BASTEI LÜBBE
TASCHENBUCH

Weitere Titel des Autors:

Teufelsgold
Der Jesus-Deal
Das Jesus-Video
Todesengel
Herr aller Dinge
Ausgebrannt
Ein König für Deutschland
Exponentialdrift
Eine Billion Dollar
Der Letzte seiner Art
Der Nobelpreis
Eine unberührte Welt
Kelwitts Stern
Solarstation
Die Haarteppichknüpfer
Quest
Eine Trillion Euro

DAS MARSPROJEKT
Bd. 1: Das Ferne Leuchten
Bd. 2: Die Blauen Türme
Bd. 3: Die Gläsernen Höhlen
Bd. 4: Die Steinernen Schatten
Bd. 5: Die Schlafenden Hüter

Titel in der Regel auch als Hörbuch und E-Book erhältlich

ANDREAS ESCHBACH

DER JESUS-DEAL

Thriller

Wenn Sie mit einer Zeitmaschine zur Kreuzigung Jesu reisen könnten – würden Sie versuchen, ihn zu retten?

BASTEI LÜBBE
TASCHENBUCH

BASTEI LÜBBE TASCHENBUCH
Band 17353

Dieser Titel ist auch als Hörbuch und E-Book erschienen

FSC
www.fsc.org
MIX
Papier aus verantwortungsvollen Quellen
FSC® C014496

Vollständige Taschenbuchausgabe
der bei Ehrenwirth erschienenen Hardcoverausgabe

Dieses Werk wurde vermittelt durch die
Literarische Agentur Thomas Schlück GmbH, 30827 Garbsen
Taschenbuchausgabe 2016 by Bastei Lübbe AG, Köln
Lektorat: Stefan Bauer
Titelillustration: © shutterstock/GG Pro Photo
Umschlaggestaltung: Johannes Wiebel, punchdesign, München
Satz: Dörlemann Satz, Lemförde
Gesetzt aus der ITC Giovanni Book
Druck und Verarbeitung: GGP Media GmbH, Pößneck
Printed in Germany
ISBN 978-3-404-17353-2

5 4 3 2

Sie finden uns im Internet unter www.luebbe.de
Bitte beachten Sie auch: www.lesejury.de

Fundstück 1

Im Jahr 1969 verhaftete das FBI einen Hilfskurator des *State Museum* in Harrisburg, Pennsylvania. Der 37-jährige Mann, dessen Name nur als Wassili R. überliefert ist, war aufgefallen, weil er immer wieder Ausstellungsstücke über Nacht mit nach Hause genommen hatte. Als die Beamten seine Wohnung durchsuchten, fanden sie dort zu ihrer Verblüffung ein Labor vor, das einzig dazu diente, Gegenstände auf das Vorhandensein von Osmium zu untersuchen, ohne sie zu beschädigen.

Die Verhaftung erfolgte am 22. Juli. Da am Tag zuvor amerikanische Astronauten zum ersten Mal auf dem Mond gelandet waren, schaffte es die entsprechende Pressenotiz nur in ein paar lokale Zeitungen.

Wassili R. wurde unter dem Vorwurf der Spionage für die Sowjetunion in Untersuchungshaft genommen. Es kam jedoch nie zu einem Prozess. Nach allem, was man weiß, ist Wassili R. im Jahr darauf gegen einen amerikanischen Agenten ausgetauscht worden.

Fundstück 2

Im Februar 1970 nahm die französische Polizei einen Mitarbeiter des *Musée Historique de Haguenau* fest, der sich, wie der Polizeisprecher in der Pressekonferenz erklärte, »auffällig benommen« habe: Er habe mehrfach Objekte aus dem Museum mit nach Hause genommen, angeblich, um sie zu reparieren, und dieses Verhalten auch nach ausdrücklichen Anweisungen, es zu unterlassen, fortgesetzt. Tatsächlich habe sich in der Wohnung des Mannes eine Werkstatt befunden, die allerdings einzig darauf ausgerichtet gewesen sei, festzustellen, ob die entliehenen Gegenstände das Element Osmium enthielten.

Der 40-jährige Mann, der erst seit Kurzem bei dem Museum angestellt gewesen war, hatte davor schon in mehreren anderen französischen Museen dasselbe eigentümliche Verhalten an den Tag gelegt. Das hatte aber jeweils nur zu seiner Kündigung geführt.

Auf die Frage eines Reporters, ob Osmium denn so wertvoll sei, erklärte der *Commissaire,* Osmium sei ein relativ seltenes Metall und demzufolge nicht gerade billig, dennoch sei es weit weniger wertvoll als Edelmetalle wie etwa Gold oder Platin, die in einigen der Exponate durchaus zu finden gewesen wären. Er fuhr fort: »Das Rätselhafte ist, dass Osmium erstmals im Jahr 1804 entdeckt worden ist; vorher war dieses Element völlig unbekannt. Von den Ausstellungsstücken, die der Verdächtige untersucht hat – und das gilt für alle Museen, in denen er angestellt war –, war jedoch keines jünger als zweihundertfünfzig Jahre.«

Der Mann, fügte er hinzu, werde psychiatrisch begutachtet. Man vermute, dass er an Wahnvorstellungen leide, könne aber noch nicht sagen, inwieweit ihn das gefährlich für die Allgemeinheit mache.

Fundstück 3

Am Sonntag, dem 2. Oktober 1994, verschwand den Berichten mehrerer schwedischer Zeitungen zufolge in der Nähe von Göteborg eine Frau unter rätselhaften Umständen und vor Zeugen spurlos aus einem Auto.

Liv B. und ihr Mann Sture waren an dem Tag bei ihren Eltern zu Gast gewesen. Es regnete unerwartet heftig, als sie gegen 14 Uhr aufbrechen wollten. Eine Weile stand die ganze Familie unschlüssig unter dem Vordach und wartete darauf, dass der Regen nachließ. Schließlich drängte Liv B. zum Aufbruch. Ihr Gatte spannte daraufhin seinen etwas zu kleinen Regenschirm auf, begleitete sie damit zum Wagen und hielt ihn über sie, während sie auf der Beifahrerseite einstieg. Ihr Bruder hat diesen Moment fotografiert: Auf dem Foto, das von mehreren Zeitungen veröffentlicht wurde, sieht man einen blonden Kopf hinter dem Wagendach eines roten Volvo und einen Mann, der einen Schirmgriff hält, ferner im Hintergrund dunkle Wolken, Regen und eine grüne, weitläufige Landschaft. Aufgenommen wurde es mit einer Kamera, die Datum und Uhrzeit in die Bilder einblendet; ihr zufolge war es in diesem Augenblick genau 14:05 Uhr.

Sture wartete, bis Liv die Tür zugezogen hatte, ging dann um den Wagen herum, winkte den Wartenden noch einmal zu, rief ein paar Worte zum Abschied und öffnete seinerseits die Tür auf der Fahrerseite. Nach übereinstimmender Meinung der Zeugen – den Eltern von Liv B. und ihrem Bruder – hatte das alles höchstens eine halbe Minute gedauert, eher weniger.

Doch als Sture B. in den Wagen stieg, war dieser zu seiner Verblüffung leer.

Kapitel 1

Er wusste, dass die anderen ihn als Last betrachteten. Er war nur dabei, weil sein Vater, sein mächtiger Vater, darauf bestanden hatte, dass ein Barron an der Aktion teilnahm. Und wer sonst hätte das sein sollen als er, Isaak, der Erstgeborene und designierte Erbe?

Deshalb hatten die Männer ihn auf diesen Posten hier gestellt: um unter sich zu sein. Deshalb stand er sich seit zwei Stunden an der einzigen Bushaltestelle Barnfords die Beine in den Bauch und hielt Ausschau nach einem Auto, das einfach nicht kommen wollte. Er fror. Nur noch ein paar Tage bis Weihnachten: Das merkte man. Der Himmel war eine graue Suppe, aus den Schornsteinen stiegen dünne Rauchfäden empor, und es roch klamm, feucht, kalt.

Ein fernes Brummen, das ein sich näherndes Fahrzeug verriet. Etwa das zehnte oder zwölfte, seit er hier ausharrte, und wahrscheinlich würde es wieder einfach an der Ortschaft vorbeituckern. Trotzdem trat Isaak aus dem Schutz des hölzernen Wartehäuschens und reckte den Hals. Seine Aufgabe mochte überflüssig sein, er würde sie gleichwohl erfüllen, so gut er konnte.

Oh. Ein weißer Toyota. Isaak spürte sein Herz schlagen. Das stimmte schon mal. Zwei Personen darin. Auch das stimmte.

Er duckte sich zurück in den dunklen Unterstand, wartete, bis die Autonummer zu erkennen war. Tatsächlich. Die Nummer, die Whitewaters Leute aus Heathrow durchgegeben hatten.

Isaak zog das kleine Sprechfunkgerät aus der Tasche, drückte die Sprechtaste. »Posten eins«, sagte er leise. »Sie kommen.«

Der Toyota bremste ab, bog nach Barnford ein.

»Verstanden, Posten eins«, kam es krachend aus dem Funkgerät.

Isaak steckte es wieder weg, verfolgte aus der Deckung des Wartehäuschens, was weiter geschah. Das Auto parkte vor dem bewussten Haus. Die Insassen stiegen aus. Der Jüngere der beiden, der am Steuer gesessen hatte, eine Brille trug und sich auffallend gerade hielt, wohl um seine geringe Körpergröße wettzumachen, musste Stephen Foxx sein. Den Namen des Älteren, der sich eben in eine graugrüne Jacke und einen karierten Schal wickelte, hatte Mister Whitewater ebenfalls erwähnt, aber Isaak hatte ihn wieder vergessen.

Sie schauten sich um. Isaak zog sich noch weiter ins Dunkel zurück. Es sah nicht so aus, als ahnten sie etwas. Die beiden traten auf das bewusste Haus zu, lasen das Namensschild auf dem Briefkasten, öffneten das niedrige Gartentürchen, gingen zur Haustüre, klingelten. Ein weißhaariger Mann machte auf, wirkte überrascht – anders als Mister Whitewater und seine Leute hatte er tatsächlich nicht geahnt, dass die beiden kommen würden –, bat sie herein. Die Türe schloss sich wieder.

Er sah auf die Uhr, zog noch einmal das Funkgerät heraus. »Posten eins. Zehn Uhr sieben. Sie sind drin.«

»Verstanden, Posten eins. Dann komm jetzt zurück. Aber unauffällig.«

Na klar unauffällig. Hielten die ihn für blöd?

Wahrscheinlich.

Isaak steckte das Gerät ein und setzte sich in Bewegung. Er spielte den Spaziergänger, die Hände tief in den Manteltaschen vergraben, den Kopf eingezogen. Sah beim Überqueren der Straße *erst* nach rechts, *dann* nach links, wie es ihm sein Vater, Mister Whitewater und noch ein halbes Dutzend anderer Leute eingeschärft hatten. Weil sie in England waren, wo die Autos auf der falschen Straßenseite fuhren! Bloß war diese Vorsicht hier in Barnford überflüssig, denn sie befanden sich in einer der abgelegensten Gegenden Südenglands, mitten auf dem Land, und der Verkehr war äußerst überschaubar.

Während er die Straße entlangging, schaute er von den Häusern weg, als interessierten ihn die dunkelbraunen, frisch gepflügten Felder auf der anderen Seite viel mehr. Dann riskierte er aber doch einen Blick auf das Haus, in dem die beiden Männer verschwunden waren: ein kleines, altes Landhaus mit mächtigem Reetdach, halb versteckt hinter Büschen und Bäumen, umgeben von einem Garten, der sich offenbar selbst überlassen blieb, voller Unkraut und modrigem Laub.

Er achtete darauf, nicht langsamer zu werden, sich seine Neugier nicht anmerken zu lassen. Er bog um die Ecke. Da stand der graue Lieferwagen. War jemand zu sehen, der ihn beobachten konnte? Nein. Isaak klopfte kurz. Die Seitentür wurde aufgeschoben, und er stieg schnell ein.

Im Inneren des Wagens stank es nach Schweiß, Kaugummi und Ungeduld. Kein Wunder, die fünf Männer hockten seit heute Morgen hier drinnen, aßen nichts und tranken so wenig wie möglich, damit nicht ständig jemand zum Pinkeln hinausmusste. Das hätte auffallen können, und auffallen war genau das, was sie nicht wollten.

Mister Whitewater bedeutete Isaak, sich nach vorn auf den Beifahrersitz zu setzen, der einzige Platz, der frei war. »Kalt draußen, hm?«, meinte er knurrig. »Ich hoffe nur, der Schnee wartet noch ein paar Stunden. Sonst kriegen wir Probleme.«

»Ja, Sir«, sagte Isaak, der wie so oft nicht recht wusste, was er auf solche Äußerungen sagen sollte. Eric Whitewater war ein enger Freund seines Vaters, ein massiger, kantiger Mann, der einen aus seinen eisgrauen Augen auf eine Art anblicken konnte, dass man sich fühlte wie ein Insekt unter der Lupe.

Einer seiner Leute, Bob, saß mit Kopfhörern am Empfänger der Abhöranlage, die sie irgendwann, irgendwie in dem Haus des Professors installiert hatten. »Klingt, als ob er endlich fertig ist mit seinem verdammten Tee«, verkündete er. »Sie gehen jetzt alle ins Wohnzimmer.« Er drehte an einem Regler. »Ich glaube, es geht schon los. Foxx knallt ihm seine Theorie an den Kopf.«

Whitewater streckte die Hand aus. »Lass mich mithören.«

Bob reichte ihm einen zweiten Kopfhörer. Whitewater setzte ihn auf, dann lauschten beide andächtig. Nach einer Weile sagte er: »Okay. Zeit, dass wir uns bereit machen. Tim, sag Wagen 2 Bescheid.«

Isaak wusste nicht, was in dem Haus vorging und worauf Whitewater und seine Männer warteten. Sein Vater hatte gesagt, das brauche er nicht zu wissen; es komme nur darauf an, dass er dabei sei. Was er wusste, war, dass ihre Aktion eine lange Vorgeschichte hatte. Dass Whitewater und seine Leute diesen jungen Mann, Stephen Foxx, monatelang abgehört und beobachtet hatten. Dass sie gewusst hatten, wann und mit welchem Flug die beiden Männer heute früh in London Heathrow landen würden. Dass in einem zweiten, weißen, kleineren Lieferwagen in der Parallelstraße noch einmal vier Männer auf ihren Einsatz warteten.

Und dass das alles dazu diente, gegen das siebte Gebot zu verstoßen. Sie waren gekommen, um etwas zu *stehlen*.

Alle Männer bis auf Bob standen auf, überprüften ihre Waffen, steckten sich die Ohrstöpsel der Funkgeräte in die Ohren. Sie waren alle schwarz gekleidet: schwarze Hosen, schwarze Rollkragenpullover. Aber was sie wirklich gefährlich wirken ließ, war das Funkeln in ihren Augen.

Whitewater holte kleine goldene Kreuze aus einer Schachtel und verteilte sie an die Männer.

»Damit sehen wir aus wie Pfarrer«, meinte einer grinsend, während er es sich umhängte. »Die werden denken, der Vatikan schickt uns.«

»Gut«, sagte Whitewater mit einem so kalten Ton in der Stimme, dass den Männern das Grinsen in den Gesichtern gefror. »Genau das *sollen* sie nämlich auch denken.«

»Und dann?«

Michael sah durchaus, dass sein großer Bruder todmüde war von dem Flug und allem. Aber er musste das jetzt wissen!

Er saß auf Isaaks Bett, die Arme um die aufgestellten Beine geschlungen, weil ihm kalt war, und wartete ungeduldig darauf, dass es weiterging.

Isaak gähnte, dass sein Kiefer knackte, und spähte dann nach der Uhr auf seinem Nachttisch. »Halb vier! Sag mal, wieso bist du überhaupt wach?«

»Mom hat mir verraten, dass du heute Nacht zurückkommst«, erklärte Michael. »Also hab ich mir den Wecker gestellt und bin früh ins Bett, ganz einfach.« Isaak brauchte nicht zu glauben, dass er als Einziger cool war.

Obwohl Isaak schon *ziemlich* cool war. Es verschlug Michael manchmal regelrecht den Atem, wenn er darüber nachdachte. Was er sich natürlich auf keinen Fall anmerken lassen durfte. Isaak war vier Jahre älter als er, schon achtzehn und ... nun, einfach vollkommen. Hatte in der Schule in den meisten Fächern beste Noten. War groß, stark und sportlich. War fromm und gottesfürchtig wie kaum jemand, den Michael kannte. Hatte in all seinen Dingen makellose Ordnung, vergaß nie zu beten, wusste alles, konnte alles, hatte keinerlei Schwächen und bot allen Versuchungen Satans unanfechtbar die Stirn. Die Mädchen an der Schule schwärmten alle für ihn. Isaak war auch zu allen freundlich, aber er ließ sich auf nichts ein, obwohl er wirklich nur mit den Fingern hätte schnippen müssen.

Dass er selber jemals so tugendhaft sein würde, daran hegte Michael schmerzhafte Zweifel. Allein, was ihm manchmal an sündigen Gedanken durch den Kopf ging, wenn er an Jennifer dachte, das neue Mädchens an der Schule, die lange, blonde Haare hatte, einen Zopf bis zum Hintern –

»Jetzt erzähl schon!«, drängte er seinen Bruder.

Isaak seufzte, richtete sich auf und hob ein Stück seiner Bettdecke an. »Deck dich wenigstens zu. Ich frier ja, wenn ich sehe, wie du da sitzt und bibberst.«

Michael schlüpfte bereitwillig unter die warme Decke, streckte die kalten Zehen aus, bis sie Isaaks Schenkel berührten. Isaak zuckte zusammen, aber er beschwerte sich nicht. Typisch Isaak. Sein Bruder hatte sich schon immer für andere eingesetzt, fast so, wie die Helden und Heiligen in den Geschichten es taten. Vor einiger Zeit zum Beispiel für seinen Kunstlehrer, Mister Lofelmaker, der aus Gründen, über die man nichts Näheres erfahren hatte, mitten im Schuljahr entlassen worden war. Isaak war in einer Versammlung zu diesem Thema aufgestanden und hatte vor dem Rektor, den Eltern und den anderen Lehrern erklärt, wie ungerecht er das fände. Und dabei war es ihm bestimmt nicht um seine Noten gegangen, denn die waren ausgerechnet bei Mister Lofelmaker nicht besonders gut gewesen!

»Also?« Michael stupste seinen Bruder mit seinen kalten Zehen. Das hatte Isaak nun davon! »Mister Whitewater hat seinen Männer goldene Kreuze gegeben, und dann?«

»Dann sind sie los. Zackig. Tür auf, raus, Tür zu, über die Straße zu dem Grundstück, mit einem Schritt über den Zaun und rein ins Gebüsch. Und im nächsten Moment waren sie so gut wie unsichtbar.« Isaak klang jetzt so angespannt, als erlebe er alles in der Erinnerung noch einmal. »Die drei Männer aus Wagen 2 hatten den Befehl, von hinten durch die Kellertür ins Haus einzudringen und sich bereitzuhalten, um auf das Signal hin sämtliche Fluchtwege abzuschneiden. Sie hatten Nachschlüssel, mit denen das völlig lautlos gehen würde. Bob hat mich angegrinst und mir auch einen Kopfhörer gegeben, damit ich mithören konnte. Man hat sie nur atmen hören. Plötzlich sagt Whitewater: Mist. Was ist, fragt Bob. Darauf Whitewater: Matthew ist auf einen Ast getreten, das hat die Vögel von den Bäumen aufgescheucht. Gib ans Team 2 weiter, sie sollen im Keller warten.«

Michael presste die Lippen zusammen, schlotterte ein bisschen an den Schultern. Musste an der Kälte liegen. Er rutschte ein Stück tiefer unter die Decke. »Und dann?«

»Eine Weile ist alles still«, fuhr Isaak fort. »Bob hat immer zwischen zwei Hörern hin und hergewechselt, auf dem einen hat er belauscht, was die drinnen im Wohnzimmer geredet haben, auf dem anderen waren die Männer. Okay, sagt er schließlich, ich glaube, die haben nichts gemerkt. Sie gehen grade rüber ins Arbeitszimmer. Foxx hat dem Professor ganz schön zugesetzt. Nur noch eine Frage von Minuten, bis er das Zielobjekt herausholt, würde ich sagen. Gut, sagt Whitewater, sobald er das tut, schlagen wir zu.« Isaak atmete geräuschvoll aus. »In dem Moment dreh ich mich um und seh, dass gerade ein großer Lastwagen in die Straße einbiegt.«

»Puh!«, entfuhr es Michael. »Was für ein Lastwagen?«

»Riesig, weiß, mit 'nem Firmenlogo drauf. Da kommt was, sage ich zu Bob. Der guckt hoch und sagt: Mist.« Isaak grinste. »Also, in Wirklichkeit hat er natürlich nicht Mist gesagt, sondern richtiggehend geflucht.«

»Klar«, sagte Michael. Wer hätte das nicht in so einer Situation? Ihm flatterte vom bloßen Zuhören die Bauchdecke.

»Eric, sagt er, da kommt gerade ein Möbeltransporter, ihr müsst einen Moment warten. Darauf hat Mister Whitewater geflucht und gesagt, es wird doch nicht jemand umziehen. Dann hat er gemeint, okay, wir warten, bis sich die Lage klärt. Ich beobachte den Lastwagen, wie er drei, vier Häuser vor uns hält. Zwei Männer steigen aus, lassen die Klappe runter. Der Wagen steht mit dem Führerhaus zu uns, sodass wir nicht reinschauen können. Eine Frau kommt aus dem Haus, graue Haare, rosa Kittelschürze. Gleich darauf sehen wir, sie laden eine Waschmaschine aus und karren sie ins Haus. Es scheint nur eine Waschmaschine zu sein, gibt Bob durch. Okay, sagt Whitewater, wir warten noch. Wir haben Zeit, die schauen sich das Ding gerade an.«

»Was für ein Ding?«

»Keine Ahnung. Jedenfalls, wir rühren uns nicht. Nach einer Weile kommt einer von den Männern raus, zum Rauchen. Steht rum, glotzt in die Luft, zieht die Schultern ein, weil er friert, geht wieder rein. Ich hab ständig die Uhr im Blick. Eine Viertelstunde, zwanzig Minuten. Dann kommen sie wieder zum Vorschein, eine andere, alte Waschmaschine auf der

Trage, laden sie auf, steigen ein und fahren davon. Bob gibt durch, als sie außer Sicht sind, und Whitewater sagt sofort: Okay. Zugriff. Und im nächsten Moment klirrt es so laut, dass mir die Ohren wehtun.«

»Was ist passiert?«

»Sie haben zwei Glastüren zum Garten eingeschlagen und sind rein. Bob hört an der Abhöranlage mit, meint, super, genau der richtige Zeitpunkt. Sie haben alles unter Kontrolle, die drei leisten keinen Widerstand. Eric hat das Zielobjekt gesichert, nur der Junge mault ein bisschen rum, ansonsten alles unter Kontrolle. Dann sagt Bob: Okay, Abzug. Er verscheucht mich vom Beifahrersitz, meint, ich soll die Tür hinten aufmachen, setzt sich ans Steuer und lässt den Motor an. Whitewater und die anderen kommen angespurtet, springen auf, und los geht es. Wir haben vier verschiedene Fluchtwege vorbereitet, aber es verfolgt uns niemand, also bleiben wir beim ersten Plan. Wir biegen nach ein paar Meilen ab auf einen Feldweg in den Wald, auf eine Lichtung, wo der Hubschrauber steht. Wir alle rein bis auf zwei Männer, die zurückbleiben, um die beiden Autos fortzubringen und dann unterzutauchen. Der Hubschrauber hebt ab, bringt uns zu einem Flugplatz, wo ein Jet wartet, und ab geht es nach Hause.« Isaak, der zuletzt nahezu atemlos erzählt hatte, holte Luft. »Kommt mir ganz seltsam vor, dass es Nacht sein soll. Ich hab im Flugzeug geschlafen und bin jetzt irgendwie total durcheinander.«

Michael war ganz kribbelig, weil die brennendste Frage trotz allem unbeantwortet geblieben war. »Und was war das? Was war das für ein Ding, das ihr erbeutet habt?«

Sein großer Bruder schwieg in dem Dämmerlicht, das das Zimmer beherrschte.

»Ich weiß es nicht«, wisperte er schließlich kaum hörbar. »Dad hat gesagt, es sei der wichtigste Gegenstand der Welt. Sein oder Nichtsein hängt daran, hat er gesagt. Unser Seelenheil. Das Schicksal der gesamten Menschheit.«

Kapitel 2

Religion in Amerika ist eine gigantische Multi-Milliarden-Dollar-Industrie, die Tausenden von Männern und Frauen Arbeit gibt und Menschen mit viel Talent und Ehrgeiz anzieht. Die Einkommen von Männern wie Swaggart, Falwell, Robertson und Schuller gehen in die Millionen Dollar. Sie fliegen mit Privatjets in der Welt herum, frühstücken mit Präsidenten, plaudern mit Premierministern und sind der äußeren Erscheinung nach nicht von den Wirtschaftskapitänen und Firmenchefs zu unterscheiden, die andere, weltliche, multinationale Unternehmen leiten.

Malise Ruthven, »The Divine Supermarket«

Da Samuel Barron ein reicher Mann war, wunderte es niemanden, dass er ein beeindruckendes Anwesen auf Long Island besaß. Er wohnte in einem Abschnitt der Gold Coast, an dem sich noch keine neureichen Internet-Milliardäre oder gar durch unzüchtige Rap-Songs zu unverschämt viel Geld gekommenen Musiker breitgemacht hatten. Derlei würde auch niemals geschehen. Der stille, zwischen Glen Cove und der Oyster Bay gelegene Küstenabschnitt war ein Refugium, bewohnt von vorwiegend alteingesessenen, vor allem aber entschieden christlichen Familien und ihren Bediensteten. Man war hier nahe genug an New York, um nicht gänzlich von der Welt abgeschnitten zu sein, konnte seine Kinder aber auf private Schulen schicken, auf denen sie vor der andernorts üblich gewordenen Verkommenheit der Sitten so weit geschützt waren, wie es eben möglich war.

Samuel Barron und seine Familie galten allerdings, obwohl seit über dreißig Jahren ansässig, immer noch als Neuankömmlinge, denn er hatte sein Vermögen zu seinen eigenen Lebzeiten gemacht. Vom Sohn eines Bankangestellten aus Richmond, Virginia, hatte er es zum Multimilliardär gebracht, dank geschickter Investments und, wie er nie hinzuzufügen vergaß, mit Gottes Hilfe. Dass Samuel Barron einer der reichsten Männer der Welt war, wussten außer ihm nur wenige Vertraute – und die Steuerbehörde natürlich. Nicht, dass Samuel Barron gern Steuern gezahlt hätte, erst recht nicht heutzutage, wo man davon ausgehen musste, dass mit seinem Geld Abtreibungen bezahlt, gotteslästerliche Kunst gefördert und pseudowissenschaftliche Irrlehren wie die Evolutionstheorie propagiert wurden. Aber wie jedermann in der Bibel nachlesen konnte, hatte Jesus gesagt, *»gebt des Kaisers, was des Kaisers ist, und Gott, was Gottes ist«*, also musste es eben sein. Worauf Samuel Barron allerdings keinerlei Wert legte, war, in irgendwelchen dummen Rankings irgendwelcher dummer Zeitschriften aufzutauchen. Er hatte es bis jetzt verstanden, diesbezüglicher Aufmerksamkeit zu entgehen. Sollten die Leute diesen bebrillten Computerfreak von der Westküste für den reichsten Mann der Welt halten, das war Samuel Barron gleichgültig.

The Barron's entsprach der Verschwiegenheit seines Besitzers vollkommen: Von der Straße aus sah man nur eine durch ein schlichtes, weißes Gitter versperrte Zufahrt, hinter der eine schmale Asphaltstraße einen bewaldeten Hügel hinaufführte, ein Anblick, der so uninteressant war, dass zufällige Passanten keinen weiteren Gedanken daran verschwendeten. Erst wenn man den Hügel passierte, öffnete sich das Gelände, boten sich gepflegte Hecken und üppige Bäume dem Blick dar, und man sah, dass die Zufahrt vor einem prächtigen, mehrflügeligen Haus im klassischen Stil endete. Ein Netz weitläufiger Wege führte zu Gästehäusern, überdachten Stellplätzen, einem Hubschrauber-Landeplatz, einem Pferdestall, einer stattlichen Schwimmhalle mit Außen-Pool und schließlich zum Privatstrand am Long Island Sound. Dass abseits und hinter Büschen und Bäumen versteckt noch Wohnhäuser für die Hausangestellten standen, blieb Gästen für gewöhnlich verborgen.

Und Gäste gab es häufig auf *The Barron's*. Immer wieder sprachen hochrangige Vertreter der *World Evangelical Alliance* vor, eines weltweiten Netzwerks von Kirchen in 128 Nationen und von über hundert internationalen Organisationen. Sie kamen, um mit Michaels und Isaaks Vater die aktuelle Lage der Mission zu besprechen und, nun ja, um mehr Geld dafür zu bitten, eine Bitte, der sich Samuel Barron nie widersetzte. Ab und an trafen sich Arbeitskreise, um hinter den verschlossenen Türen des Großen Salons und unter dem Vorsitz von Samuel Barron zu beraten, wie sich das Wort Gottes noch besser, noch wirkungsvoller, noch effizienter verkünden ließ. Und viermal im Jahr kamen führende Vertreter der wichtigsten evangelikalen Organisationen zusammen, der *Southern Baptist Convention* etwa oder der *Cornerstone Church*, der christlichen Entwicklungshilfeorganisation *World Vision International*, den *Gemeinden Christi*, der Pfingstbewegung, der *Mega-Churches*, der *Amerikanischen Missionsgesellschaft*, der *North American Christian Convention* und so weiter, um gemeinsam zu beten, einander im Glauben zu stärken und Erfahrungen auszutauschen. Seit sich ihr Vater aus dem aktiven Geschäftsleben zurückgezogen hatte, widmete er all seine Zeit und Energie dem Wort Gottes und seiner Erfüllung.

Ein Treffen so kurz vor Weihnachten, und noch dazu ein so großes – das hatte es allerdings noch nie gegeben.

Das, dessen war sich Michael Barron sicher, konnte nur mit diesem geheimnisvollen *Ding* aus England zu tun haben!

Er beobachtete das Eintreffen der Gäste von dem runden Fenster des grauen Salons aus. Das war ein kleiner, direkt über dem Haupteingang gelegener Raum, in dem Isaak und er sich oft aufhielten, um Hausaufgaben zu machen oder die Bibel zu studieren. Er sah zu, wie schwere, schwarze Limousinen vorfuhren, wie Leute in dunklen Anzügen und Wintermänteln ausstiegen, von Vater begrüßt und von den Hausangestellten zu ihren Zimmern gebracht wurden. Er wusste, dass viele der hochrangigen Kirchenleute mit eigenen Business-Jets kamen, vor allem die aus den Südstaaten. Sie landeten für gewöhnlich auf dem Long Island MacArthur Airport, wo Vaters Chauffeur sie mit dem Lincoln abholte.

Die Männer – es waren nur Männer – wirkten noch ernster als sonst. Aber vielleicht lag das auch nur an dem trüben Wetter. Die Rasenflächen waren von Reif bedeckt oder einem Hauch Schnee, der Himmel war so grau wie das Meer, konturlos, unbestimmt, bedrückend. Wenn man den Kopf hinausstreckte, roch es ganz unmerklich nach Rauch, auf eine unheilvoll wirkende Weise – so, als stamme der Rauch nicht aus den Kaminen von Glen Cove oder Bayville, sondern von einem fernen Unglücksort.

Als kein weiteres schwarzes Auto mehr kam und das, das zuletzt angekommen war, gerade zu den Stellplätzen rollte, kam Isaak herein. Er trug Anzug, Hemd und Krawatte, sah einfach umwerfend aus.

Mit anderen Worten, er würde an der Besprechung teilnehmen.

Natürlich. Er war ja der Erbe. Er musste über alles Bescheid wissen.

»Erzählst du mir danach, was das für ein Ding war?«, bat Michael.

Isaak trat neben ihn ans Fenster, blickte hinab auf den Vorplatz, wo nichts mehr zu sehen war. Eines der Zimmermädchen, eine ältere, ziemlich hässliche Frau aus New Jersey, ging in Richtung der Gästehäuser, eine hellbraune Decke über dem Arm. »Ich werde dir erzählen, was ich dir erzählen *darf*«, sagte Isaak sanft.

Michael nickte nur. Er wurde auf ein Geräusch aufmerksam, das schon seit einer ganze Weile da war. »Der Hubschrauber!«, meinte er verwundert.

Isaak spähte zum Himmel. »Das wird Mister Graham sein.«

»Der kommt auch?«

»Natürlich.«

Michael erschauderte unwillkürlich. In Vaters Arbeitszimmer hing eine Reihe von gerahmten Fotos, die Mister Graham betend an der Seite fast aller US-Präsidenten seit Eisenhower zeigten. Der Reverend war nicht nur der berühmteste und erfolgreichste Erweckungsprediger der Welt, sondern hatte auch maßgeblich dazu beigetragen, dass die verschiedenen christlichen Kirchen und Gruppierungen ihre unterschiedlichen Auffassungen im Einzelnen beiseitegelassen hatten, um die grundlegendste Aufgabe gemeinsam anzupacken, nämlich das Evangelium zu den Menschen hinauszutragen.

»Vier Tage vor Heiligabend?«, flüsterte Michael, während sie zusahen, wie sich der Hubschrauber von Westen kommend näherte. »Es muss *wirklich* wichtig sein.«

Isaak sagte nichts, spannte nur den Unterkiefer an.

Die Maschine war laut, aber nicht laut genug, um das charakteristische *Tock-Tock-Tock* von Vaters Gehstock völlig zu übertönen, das dessen Kommen stets vorausging. Sie fuhren herum, doch da öffnete sich schon die Tür, und er kam herein. Wie immer, wenn er einen Raum betrat, war es, als fülle er ihn vollständig aus, jede Ecke und jeden Winkel und jeden Spalt darin.

»Hier seid ihr«, stellte er fest. In dem Anzug, der von genau dem gleichen hellen Grau war wie seine Haare, sah er noch breitschultriger und kantiger aus als sonst. »Michael«, sagte er. »Ich will, dass du heute auch dabei bist. Geh und zieh dich um.« Er musterte Isaak kurz, nickte zufrieden. »Gut so. Mein Sohn.«

Ja! Endlich! Michael hatte Mühe, ruhig zu bleiben. »Du meinst … bei der Besprechung? Ich soll bei der *Besprechung* dabei sein?«

Vater musterte ihn eindringlich. Er konnte *sehr* eindringlich schauen mit seinen leuchtend blauen Augen. »Du bist alt genug, um dich benehmen zu können, und du musst Bescheid wissen. Also beeil dich. Du auch, Isaak. Macht euch darauf gefasst, dass heute wahrscheinlich der wichtigste Tag eures bisherigen Lebens ist.«

Mutter half ihm. Ein Glück, denn er war auf einmal so aufgeregt, dass er nie im Leben eine Krawatte gebunden gekriegt hätte! Die Neugier, die er bis jetzt schon kaum hatte bezähmen können, hatte durch die Ankündigung seines Vaters eine Intensität angenommen, die sich geradezu sündhaft anfühlte.

»Das hätte er mir auch früher sagen können, oder?«, meinte er, während seine Mutter ihm geduldig das Hemd zurechtzog. »Weißt du eigentlich, was da los ist?«

»Ach, dein Vater«, sagte sie nachsichtig. Sie war fünfzehn Jahre jünger als sein Vater, war immer noch eine schöne Frau. »Er will euch einfach seinen Freunden vorstellen, denke ich. Und ihr seid beide alt genug, um an den Gesprächen der Männer teilzunehmen. Ihr müsst es ja lernen.«

Michael betrachtete sich im Spiegel. Die Krawatte saß perfekter als sonntags zur Kirche. »Aber die kommen nicht deswegen, oder?«

»Bestimmt nicht«, meinte Mutter schmunzelnd und griff nach der Bürste, um sein Jackett noch einmal zu bearbeiten.

»Weswegen dann?«

»Das weiß ich auch nicht. Dein Vater macht ein großes Geheimnis darum. Aber du wirst es ja hören.« Sie hielt ihm das Jackett hin.

Michael schlüpfte hinein. »Und du?«

»Das ist Männersache.« Sie drehte ihn zu sich her, betrachtete ihn prüfend und schien zufrieden zu sein. »Begrüß alle mit Namen, hörst du?«, ermahnte sie ihn und zupfte ihm ein paar Stäubchen vom Revers, wo gar keine waren. »Gib jedem die Hand. In der Besprechung bist du am besten still, solange du nichts gefragt wirst, hörst du?«

»Schon klar«, meinte Michael.

»Mach einfach einen guten Eindruck. Das ist deinem Vater das Wichtigste.« Mit diesem wenig hilfreichen Rat schob sie ihn zur Tür seines Ankleidezimmers hinaus.

Am unteren Ende der Treppe stand ausgerechnet Reverend Graham und sagte gerade zu jemandem, der ihm kaum bis ans Kinn reichte: »… echter Anlass zur Hoffnung, dass der Präsident ein gottesfürchtiger –«

Dann unterbrach sich der große, greise Mann mit der hohen Stirn, wandte sich ihm zu und meinte: »Na, wenn mich nicht alles täuscht, bist du der junge Michael Barron?«

»Ja, Sir«, brachte Michael mühsam heraus und schüttelte ehrfürchtig die dargebotene Hand.

»Wie groß du geworden bist«, sagte der Reverend. »Das letzte Mal habe ich dich gesehen, als du noch so klein warst« – er deutete eine Höhe an, die Michaels Größe entsprach, als er etwa sieben gewesen war, was erstaunlich gut hinkam –, »und das kommt mir vor, als wäre es gestern gewesen!«

»An den Kindern merkt man, wie die Zeit vergeht«, meinte der untersetzte Mann, in dem Michael Jim Nelson vom *Wheaton College* erkannte. Er begrüßte auch ihn höflich, anschließend Richard Miller von *World Vision,* Andrew Merritt von der *North Creek Community Church,* Tim Stone von der *New Birth Missionary Cathedral,* Howard Block von der *Crossroads Missionary Church,* Lawrence Pierce von der *East Angeles Church,* und dann setzte sich schon alles in Bewegung in Richtung Großer Salon.

Stockungen an der Tür. Männer, die den Tisch abschritten, nach ihrem Namenskärtchen suchten. Mobiltelefone, die aus Taschen gezogen und abgeschaltet wurden. Stühle, die verschoben wurden, Gelächter, das von der holzgetäfelten Decke widerhallte. Ein Geruch von Aftershave lag in der Luft. Der Große Salon war das Herzstück des Hauses und der Raum, der am ehesten den Eindruck erweckte, als lebten sie in einem Schloss: mit all den goldgerahmten Ölgemälden, die biblische Szenen zeigten, den Kronleuchtern und den gewaltigen Samtvorhängen vor den Fenstern, die hinaus auf den Park mit dem Springbrunnen gingen.

Isaak winkte ihn her, hatte ihre Plätze ausgemacht: ganz am Ende der Tafel, mit dem Rücken zu den Fenstern. Gut. Dort würden sie nicht groß auffallen.

Wie ruhig und gelassen Isaak wirkte! Michael setzte sich beklommen. Er spürte einen regelrechten Krampf im Bauch, war aber entschlossen, sich nichts anmerken zu lassen. Er hoffte nur, dass er nicht zwischendrin aufs Klo musste!

Jetzt erst sah er, dass sogar Mister DenHaag gekommen war, der Gouverneur von North Carolina, von dem es hieß, er habe Chancen, in ein paar Jahren Präsident zu werden. Er war ein alter Freund ihres Vaters – sie redeten einander mit »Sam« und »Gerald« an – und hatte einen der Ehrenplätze direkt neben Reverend Graham.

»Reverend, wenn Sie vielleicht ein Gebet sprechen würden, ehe wir anfangen?«, bat Vater, der am Kopfende des Tisches saß, direkt unter einem Bild, das die Auferstehung Jesu zeigte: der beiseitegerollte Fels, ein gewaltiger Engel, halb schwebend, und Jesus, der verklärt aus dem Grab stieg.

Der Reverend nickte. »Gern.« Er faltete die Hände, schloss die Augen, senkte den Kopf, und alle taten es ihm gleich.

Alle bis auf Michael. Er faltete zwar die Hände, konnte sich aber nicht von diesem Anblick losreißen: Wie all diese mächtigen, eindrucksvollen Männer mit demütig gesenktem Haupt dasaßen und sich betend verneigten vor Jesus Christus, dem Sohn Gottes.

»Herr Jesus«, sprach der greise Reverend mit seiner immer noch kraftvollen Stimme, mit der Stimme eines Propheten, »aus tiefstem Herzen danke ich dir für dein Opfer am Kreuz. Dein Blut hat mich von der Sünde gereinigt und mich der Vergebung teilhaftig werden lassen. Mag die Welt ringsum auch in Aufruhr sein, dein Frieden lebt in meinem Herzen, weil ich in der Hoffnung auf deine triumphierende Rückkehr leben darf. Amen.«

»*Amen*«, wiederholten die Männer ringsum im Chor, auch Isaak. Michael dagegen brachte kein Wort heraus. Aber es achtete ohnehin niemand auf sie, oder? Alle blickten nur gespannt auf Vater, warteten, was er ihnen zu sagen haben würde.

»Sie fragen sich alle, warum ich Sie hergebeten habe und warum so dringend«, begann Vater ernst, die Hände immer noch gefaltet. Wie er in die Runde sah! Als wären seine Augen Radargeräte. »Ich will Sie nicht länger auf die Folter spannen als unbedingt nötig, aber es ist schwierig, den Sachverhalt angemessen zu erklären. Lassen Sie mich beginnen, indem ich Ihnen von einer Zeit erzähle, in der ich – ich bekenne es – an Gottes Weisheit und an seinem Plan für mich gezweifelt habe.«

Michael hielt den Atem an. Vater? Unmöglich.

»Und wie Gott mich dann«, fuhr Vater fort, »eines Besseren belehrt hat.«

Es bedurfte nur einiger Tastendrücke auf einer Fernbedienung: Eine Leinwand glitt vor dem Gemälde aus der Decke herab, die Verdunkelung der Fenster schloss sich, und ein bis dahin verborgener Projektor schaltete sich ein. Das Bild, das er auf die Leinwand warf, zeigte das Cover einer alten Ausgabe einer Business-Zeitschrift. Hinter der Überschrift *John Kaun – Manager des Jahres* war ein Mann in einem dunkelblauen Anzug abgebildet, ein Mann mit dem arrogant-aggressiven Blick eines typischen Top-Managers.

»Ich habe«, begann Samuel Barron, »vor Jahren eine beträchtliche Summe in *Kaun Enterprises* investiert, einen Konzern, dessen bekannteste Marke der Fernsehsender *N.E.W. – News and Entertainment Worldwide* – gewesen ist. Mein Beweggrund war jedoch, anders als wohl bei den meisten Investoren, nicht die Hoffnung auf exorbitante Profite. Im Gegenteil, die habe ich gar nicht erwartet. Mein Grund war vielmehr ein ganz bestimmtes Projekt dieses Herrn hier.« Er wies auf das projizierte Bild. »Sie werden sich vielleicht noch an John Kaun erinnern. Er war eine Weile einigermaßen prominent, trat in Talkshows auf, in Werbespots für seinen Sender, war Dauerthema in den Klatschspalten. Ein Emporkömmling, den ich offen gestanden lange Zeit überhaupt nicht beachtet hatte. Doch eines Tages erfuhr ich, dass Kaun umfangreiche archäologische Ausgrabungen in Palästina finanzierte, und das gab mir zu denken. Sie wissen alle, wie sensibel solche Ausgrabungen sein können, vor allem, wenn historisch relevante Dinge gefunden werden – denken Sie an die Schriftrollen von Qumran!«

Allgemeines Nicken in der Runde. Alle hörten gespannt zu. Niemand beachtete die Wasserflaschen und die chromglänzenden Kaffeekannen.

Ein Tastendruck, ein neues Bild: ein siebzigjähriger Mann in staubig-weißer, verknitterter Arbeitskleidung, der einen breitkrempigen Sonnenhut trug und verkniffen in die Kamera lächelte. »Geleitet wurden die Ausgrabungen damals von einem gewissen Charles Wilford-Smith. Als ich mich näher erkundigte, erfuhr ich, dass es sich dabei um einen Professor für Geschichte handelte, der an einem eher dubiosen Institut lehrte, nämlich der Universität von Barnford.«

»Barnford!«, stieß jemand hervor.

»Das ist diese Sekte, oder?«, fragte ein anderer. »Die sich frech *True Church* nennt?«

Einige nickten bestätigend, darunter auch Reverend Graham, der spitzlippig hinzufügte: »Dreist.«

»Genau so ist es«, bestätigte Samuel Barron. »Angesichts dieser Kombination – ein Vertreter einer pseudochristlichen Sekte und ein Tycoon, dessen Gott Mammon hieß – hielt ich es für ratsam, dass jemand mit biblischem Hintergrund zumindest ein Auge auf diese Sache hatte. Ich habe gebetet und Gottes Willen erforscht und war überzeugt, richtig gehandelt zu haben.« Er ließ das nächste Bild aufleuchten, das Plakat einer Ausstellung von Funden aus der Zeit König Salomos, die vor Jahren in New York stattgefunden haben musste. »Eine direkte Beteiligung an dem Projekt war aufgrund der Konstruktion des Konzerns nicht möglich, also habe ich Anteile an der Holding erworben. Damit war zwar keinerlei Einfluss auf die Ausgrabungen verbunden, aber zumindest wurde man auf dem Laufenden gehalten, sodass ich, so meine Überlegung, gegebenenfalls auf anderem Wege hätte reagieren können.«

Michael Barron beobachtete die Männer entlang des Tisches, die ihrerseits seinen Vater beobachteten, die meisten mit gerunzelter Stirn. Sie fragten sich, worauf das hinauslaufen würde.

Das fragte er sich allerdings auch.

»Eines Tages, vor etwa drei Jahren, geschah etwas. Was genau, das wusste niemand. John Kaun stand damals gerade mitten in Übernahmeverhandlungen für eine australische Zeitung. Eine große, riskante Sache – aber statt nach Melbourne zu fliegen, flog er nach Israel und kümmerte sich nicht mehr um die Vertragsverhandlungen. Der Deal platzte, doch Kaun blieb in Israel auf Tauchstation.«

Jetzt kam Aufregung in die Anwesenden. »Sie hatten etwas gefunden!«, mutmaßte einer.

Michaels Vater hob die Arme in einer Geste des Nichtwissens. »So sah es aus. Wobei die wenigsten Menschen von diesen Ausgrabungsarbeiten gehört hatten. Wie auch immer, das Nächste, was man erfuhr, war, dass es in Israel zu irgendwelchen Schießereien gekommen war und John Kaun dort vor Gericht stand. Er entging nur um Haaresbreite einer Gefängnisstrafe, kehrte in die USA zurück – und tat etwas, womit niemand gerechnet hatte: Er zerschlug seinen eigenen Konzern, ließ sich von seiner Frau scheiden und wandte sich vom Geschäftsleben ab. Nicht ganz – er leitet heute, soweit man weiß, eine unbedeutende Fabrik für Kartoffelchips in Oklahoma. Aber was das Parkett der Hochfinanz und des Big Business anbelangt, hat John Kaun aufgehört zu existieren.«

Hier und da Kopfnicken. Gouverneur DenHaag sagte: »Ich

erinnere mich. Das hat einiges Aufsehen erregt. Ein paar Wochen lang zumindest.«

»Für die Anteilseigner war die Auflösung von *Kaun Enterprises* ein Schock. Nach allerlei juristischem Hickhack entschädigte man uns mit Anteilspaketen an unverkäuflich gebliebenen Subunternehmen. So fand ich mich eines Tages im Teilbesitz eines New Yorker Verlages, der nicht einfach nur weltliche, sondern, um es geradeheraus zu sagen, unchristliche, verderbliche Schundliteratur publizierte!« Er wechselte das Bild. Die Fotografie eines Verlagsprospektes, der blutbespritzte und anzügliche Buchumschläge nebeneinander präsentierte. »Hier. Und das ist noch das, was vorzeigbar ist. Ich war wider Willen Verleger geworden von sogenannten Liebesromanen, die Ehebruch propagierten, von angeblichen Sachbüchern, die Sodomie verherrlichten, für unbiblische Gleichheit der Geschlechter eintraten oder spiritistische Irrlehren verbreiteten, von Kriminalromanen, die an primitivste Instinkte appellierten, ja, sogar von regelrecht pornografischen Werken!«

Michael starrte gebannt auf das Bild. Auf einem der Cover waren umrisshaft ein Rippenbogen und der Ansatz einer weiblichen Brust zu sehen, ein Anblick, der ihm durch und durch ging und übrigens wunderschön vorkam. Hatte Gott nicht auch diese Gestalt geschaffen? Wie konnte sie dann verderblich sein? Das waren alles Zusammenhänge, die er noch nicht verstand, doch nach denen er aus einem Grund, den er nicht hätte nennen können, nicht zu fragen wagte.

Er betrachtete seinen Vater, der sich die geballten Fäuste vor die Brust schlug und rief: »Ich bekenne, ich habe gezweifelt! Was war es, das Gott von mir wollte? War ich einen ganz falschen Weg gegangen? Ich wusste es nicht. Ich wusste es – wirklich – nicht.«

Die letzten Worte unterstrich er mit Faustschlägen gegen seine eigene Brust. Dann griff er nach der Fernbedienung, ließ den Projektor erlöschen und schaltete gedämpftes Licht im Saal ein.

»Wollte Gott, dass ich dieses sündhafte Schriftgut ausmerzte? Dieses Ansinnen scheiterte am Widerstand der übrigen Anteilseigner; ich besaß nicht genügend Anteile, um mich durchzusetzen. Außerdem: Diese Art Schund ist es, was sich tatsächlich verkauft. Was viele Leute lesen *wollen*. Würde dieser Verlag aufhören, diese Art Bücher zu produzieren, würden andere Verlage bereitwillig in die Bresche springen, sodass nichts gewonnen wäre.« Er sah in die Runde, ließ das wirken.

Einige nickten. »So ist die Welt«, meinte jemand.

»Schließlich«, fuhr ihr Vater fort, »wies ich Clark Thomas, den Cheflektor, an, mir jedes Manuskript vorzulegen, in dem es um christliche Themen oder allgemein um Religion ging. Ansonsten habe ich die Dinge laufen lassen.«

Er senkte die Hände, bot ein Bild der Erschütterung. »Sie machen sich keine Vorstellung davon, was alles unter diesen Etiketten angeboten wird. Handbücher für angewandtes Heidentum, für Hexerei und Magie jeglicher Art sind, das musste ich lernen, im heutigen Amerika garantierte Verkaufserfolge. Leute, die mit Gott geredet, telefoniert, gepicknickt und was weiß ich noch alles haben wollen, verkaufen ihre Elaborate millionenfach. Und offenbar werden es die Leute nie müde, immer neue Bücher voller Gemeinplätze zu lesen, wenn es nur der Dalai Lama ist, der sie angeblich von sich gegeben hat. Ich war schon drauf und dran, meine Anweisung zu widerrufen und nach einem Weg zu suchen, meine Anteile loszuwerden, sie notfalls zu *verschenken* – da schickte mir Mister Thomas *dieses* Manuskript.«

Er legte einen Stapel zerlesenen Papiers vor sich auf den Tisch.

»Geschrieben hatte es ein Journalist namens Uri Liebermann, der, wie mir Mister Thomas erklärte, seit Monaten vergeblich einen Verlag dafür suchte. Es trug den Titel ›High Noon im Negev‹ und war nichts anderes als ein minutiöser Tatsachenbericht über John Kauns Aktivitäten damals in Israel.«

Jetzt stießen etliche Männer Laute der Verblüffung aus. Einer rief: »Was für eine Fügung!«

Samuel Barron wartete, bis sich die Aufregung gelegt hatte, und fuhr fort: »Sie können sich vorstellen, mit welchem Interesse ich dieses Manuskript gelesen habe. Was Sie sich aber nicht vorstellen können, ist meine Überraschung, als ich erfuhr, worum es bei der ganzen Sache gegangen war.«

Jetzt erstarrten wieder alle. Auch Michael. *Jetzt,* dachte er. *Jetzt geht es um das Ding aus England. Aus Barnford.*

Vater schichtete die Blätter des Manuskripts sorgfältig aufeinander, legte die Hand darauf und erklärte: »Damals, im Juni vor drei Jahren, wurde bei den Ausgrabungen dieses Professors Wilford-Smith in einem zweitausend Jahre alten Grab die Bedienungsanleitung einer Kamera gefunden – einer Kamera, die erst Anfang dieses Monats auf den Markt gekommen ist. John Kaun hat daraus messerscharf den kühnen, aber, wie ich zugeben muss, einzig logischen Schluss gezogen, dass es sich um das Grab eines Zeitreisenden handeln musste.«

Er hob die Hand, ließ sie schwer zurück auf das Manuskript fallen.

»Eines Zeitreisenden, der, so war er überzeugt, Aufnahmen von Jesus Christus gemacht hat.«

Kapitel 3

Die unvollendete Aufgabe der Evangelisation fordert uns heraus. Wir glauben, dass das Evangelium Gottes gute Nachricht für die ganze Welt ist. Durch Seine Gnade sind wir entschlossen, dem Auftrag Jesu Christi zu gehorchen, indem wir Sein Heil der ganzen Menschheit verkündigen, um alle Völker zu Jüngern zu machen. (…)
Über 2,7 Milliarden Menschen, mehr als zwei Drittel der Menschheit, müssen noch mit dem Evangelium bekannt gemacht werden. Wir schämen uns, dass so viele vernachlässigt wurden; das ist ein ständiger Vorwurf gegen uns und die ganze Kirche. Jedoch ist jetzt in vielen Teilen der Welt eine beispiellose Aufnahmebereitschaft für den Herrn Jesus Christus zu erkennen. Wir sind überzeugt, dass jetzt die Zeit für Gemeinden und übergemeindliche Werke gekommen ist, ernsthaft für das Heil der bisher nicht Erreichten zu beten und neue Anstrengungen für Weltevangelisation zu unternehmen.

Aus der »Lausanner Verpflichtung«, der Grundsatzerklärung der Evangelikalen Bewegung, die 1974 auf Initiative und unter Leitung von Billy Graham von 2300 evangelikalen Führern aus 150 Ländern auf dem »Internationalen Kongress für Weltevangelisation« verabschiedet wurde

Eine Welle der Aufregung schien auf diese Worte hin durch den Salon zu branden. Überall griffen Hände nach Wasserflaschen und öffneten sie. Sprudel gluckerte in Gläser. Stuhlbeine scharrten über den Parkettboden. Sitzpolster knirschten. Kugelschreiber wurden aufgenommen und wieder hingelegt, Kaffee in Tassen gegossen.

Die Männer schienen nicht zu wissen, was sie von dieser Geschichte halten sollten. Und sich zu ärgern, dafür den weiten Weg auf sich genommen zu haben.

»Also, mir kommt das … wie soll ich sagen? Frevelhaft vor. Allein der Gedanke«, meinte jemand.

»Haltlos«, warf ein anderer ein. »Haltlos, meine ich.«

»Andererseits, bei Gott ist nichts unmöglich«, sagte ein Dritter, in dessen Gesicht auf einmal ein erwartungsvolles Leuchten lag. »Tausend Jahre sind vor ihm wie ein Tag. Also, warum sollte es nicht möglich sein, dass –?«

»Zeitreisen!«, unterbrach ein Vierter, hitzig vor Empörung. »Das ist banalste Science-Fiction! Mit so etwas sollten wir uns nicht –«

Michael wechselte einen Blick mit seinem Bruder. Isaaks Gesicht leuchtete ebenfalls.

Sein eigenes, dessen war sich Michael sicher, auch.

»Bitte!«, rief ihr Vater, die Arme ausgebreitet. »Bitte … meine Freunde …!«

Nach und nach kehrte wieder Ruhe ein, wenn es auch eine eher widerwillige, jederzeit absprungbereite Ruhe war.

»Die Theorie, der Kaun folgte, war folgende: Es wird in naher Zukunft eine Zeitreise stattfinden – in der Zukunft deshalb, weil so etwas derzeit, wie wir wissen, unmöglich ist. Andererseits nimmt der Zeitreisende eine SONY MR-01 mit, ein derzeit aktuelles Highend-Kameramodell, und bekanntlich bleiben Kameras heutzutage nur wenige Jahre aktuell. Die Zeitreise kann folglich nicht allzu weit in der Zukunft beginnen.«

Hier und da blitzten goldene Manschettenknöpfe auf, als Hände nach Kugelschreibern griffen und etwas aufschrieben, den Namen der Kamera vermutlich.

»Dieser Zeitreisende, so die Theorie weiter, ist in die Zeit Jesu gereist, um Aufnahmen von ihm zu machen – aber er ist nicht zurückgekehrt, sondern aus irgendeinem Grund geblieben. Er hat jedoch seine Kamera so versteckt, dass sie die Jahrtausende überdauern konnte. Das war es, was John Kaun damals vor drei Jahren in Israel so verbissen gesucht hat: diese Kamera.«

Michael hätte schreien mögen vor Begeisterung. Jetzt verstand er, warum sein Vater gesagt hatte, dies sei der womöglich wichtigste Tag seines Lebens! Absolut!

»Und?«, fragte jemand. »Hat er sie gefunden?«

»Diesbezüglich war der Autor des Buches unschlüssig«, erwiderte ihr Vater, die Hand immer noch auf dem Papierstapel. »Es gibt Argumente dafür, aber auch dagegen. Das wichtigste Gegenargument: John Kaun besaß damals mit *N.E.W.* einen Nachrichtensender – wenn er authentische Aufnahmen von Jesus aufgestöbert hat, warum hat er sie dann nicht zum Gegenstand einer Sendung gemacht? Die Antwort, die Liebermann für die wahrscheinlichste hält, war, dass die Kamera tatsächlich gefunden wurde – aber nicht von Kaun.«

Je länger es dauerte, auf desto mehr Gesichtern schien sich Faszination abzuzeichnen. »Was für ein Gedanke!«, hörte Michael jemanden flüstern.

Ihr Vater legte sich die Hände auf die Brust. »Für mich, liebe Freunde, war dieses Manuskript ein Zeichen. Ich habe verstanden, dass all die Dinge, die mich so ratlos gemacht hatten – die unerwartete Auflösung von *Kaun Enterprises*, der jähe Mitbesitz eines Schundverlages –, so geschehen *mussten*, weil Gottes Plan dahinterstand. Ich hatte gezweifelt, und einmal mehr hat mir Gott gezeigt, dass wir, die wir uns ihm mit Leib und Seele anvertraut haben, keinen Grund haben, je an ihm zu zweifeln. Wir verstehen seine Wege nicht immer, freilich nicht … doch wir dürfen auf ihn vertrauen, jederzeit und unter allen Umständen.« Er ließ die Hände wieder sinken. »Ich habe besagten Uri Liebermann kontaktiert und mit ihm ausgehandelt, dass das Manuskript unveröffentlicht bleibt, er aber dafür mit einem Betrag entschädigt wird, der höher war als alles, was er mit einer Veröffentlichung hätte verdienen können. Er war diesem Deal gegenüber sehr aufgeschlossen, weil er einerseits dringend Geld benötigte, andererseits nach der langen Zeit der Verlagssuche die Hoffnung auf eine Veröffentlichung sowieso schon aufgegeben hatte. Unter uns gesagt war mein Eindruck, dass ihn das Thema ohnehin nicht wirklich berührte. Er war eben am Rande in die Vorfälle verwickelt gewesen und hat versucht, davon zu profitieren.«

Völlige Stille. Michael roch den Duft des eingeschenkten, aber nicht getrunkenen Kaffees.

»Anschließend bin ich den Hinweisen aus dem Manuskript nachgegangen. Ich habe vertrauenswürdige Mitarbeiter meines Sicherheitsdienstes angewiesen, die Beteiligten der damaligen Ereignisse ausfindig zu machen und sie unauffällig zu beobachten.«

Vater griff nach der Fernbedienung, dimmte das Licht wieder.

»Um es kurz zu machen: Es ist uns vor ein paar Tagen gelungen, die Speicherkassette, die sich in der bewussten Kamera befand, in unseren Besitz zu bringen. Ein Foto konnten wir schon gewinnen.« Er hob die Fernbedienung in Richtung Beamer. »Ich bin überzeugt, dass es Jesus zeigt.«

Der Beamer leuchtete auf. Und dann …

Erschien das Bild.

Michael hätte um ein Haar aufgeschrien. Ja! Ja! Nun verstand er endlich! Das Ding, das Isaak und die Männer aus England mitgebracht hatten, war die Speicherkassette gewesen! Und ja, das *war* der wichtigste Gegenstand der Welt, Vater hatte völlig, völlig recht!

Jesus. Das war er. Das musste er sein.

Michael sah das Gesicht eines Mannes, das ihm vertraut war, seit er denken konnte – allerdings immer nur in Form von Zeichnungen oder Gemälden. Dies war ein Foto, doch es war den Abbildungen, die er kannte, gar nicht unähnlich. Es zeigte einen Mann, der am Ende eines roh gezimmerten Holztisches saß, unter freiem Himmel, umgeben von anderen Menschen, die alle zu ihm hinsahen. Er hatte ein schmales Gesicht mit edlen, hohen Wangenknochen und einer scharf geschnittenen Nase, umrahmt von wallenden Haaren, und er blickte direkt in die Kamera.

Und dieser Blick … Diese Augen …! Michael erschauerte vor der unergründlichen Kraft darin, die einen förmlich einsaugte, vor der Unendlichkeit, in die man durch sie hindurchzublicken glaubte. Über den Abgrund von zweitausend Jahren hinweg spürte man das unendliche Wissen, das unendliche Verstehen … die unendliche Liebe dieses Mannes, selbst aus einem Foto!

Der wichtigste Tag seines Lebens. Ja, so war es. Der wichtigste Tag, die wichtigste Stunde, der wichtigste Augenblick: dieser.

Er konnte seinen Blick nicht von dem Jesu wenden, fühlte, wie sich dessen Abbild in seine Seele einbrannte. Ach, wie gern wäre er an der Stelle desjenigen gewesen, der diese Aufnahme geschossen hatte! Er verstand jetzt nur zu gut, dass der Zeitreisende nicht in die heutige Zeit zurückgekehrt war, dass er dortgeblieben war, um mit Jesus zu ziehen. Er hätte es genauso gemacht, wäre ebenfalls geblieben, ohne zu zögern.

Michael starrte das projizierte Foto an und wünschte sich nur, dieser Moment würde nie enden, das Bild nie wieder verschwinden. Doch dann dämmerte ihm, dass es ja nicht enden würde! Das Bild war ja jetzt da, greifbar, verfügbar! Er würde es sich wieder und wieder anschauen können, sooft er wollte und so lange er wollte!

Erfüllt von Glückseligkeit und mit dem Gefühl, von innen heraus zu leuchten, sah Michael seinen großen Bruder an: Auch Isaak schaute fasziniert auf das Antlitz Jesu, schien zu glühen vor Glück.

Dann sah Michael in die Runde der Gesegneten, die dieses Bild vor allen anderen hatten sehen dürfen, was für ein glorreicher Augenblick!

Doch die Männer, die Vater eingeladen hatte, wirkten alles andere als hingerissen. Im Gegenteil, die meisten wirkten skeptisch. Verzogen die Gesichter, als seien sie peinlich berührt. Schauten abweisend drein, fast verärgert. Wandten den Blick ab!

Seltsam. Michael verstand es nicht. Was war los?

Nicht alle. Einige lächelten, sahen gebannt hinauf zu der Projektion. Ein paar zumindest.

Es war Reverend Graham, der das Schweigen schließlich brach. »Ich muss gestehen, ich weiß nicht, was ich davon halten soll«, sagte er. »Freilich, Gott ist nichts unmöglich. Andererseits wüsste ich im Moment keine Stelle in der Bibel, die sich so interpretieren ließe, dass er eine Zeitreise vorsieht. Deswegen frage ich mich – wohlgemerkt ohne Ihnen, Samuel, das Geringste unterstellen zu wollen –, wie wir Gewissheit erlangen könnten, hier nicht einem raffinierten Betrug aufzusitzen. Ich sehe nicht, wie wir zu einer solchen Gewissheit kommen könnten. Wie viel Verlass ist auf den Bericht dieses Mister Liebermann? Wie können wir das wissen? Wie gesagt, ich glaube Ihnen, Samuel, dass Sie nach bestem Gewissen gehandelt haben. Aber das sagt leider nichts über das Gewissen der anderen Beteiligten aus.«

Michael sank fassungslos gegen die Lehne seines Stuhls. Ein Betrug? Wie konnte man dieses Bild für falsch halten? Das war Jesus, das sah man doch! Das spürte man doch! Er presste die Lippen fest zusammen, um nicht aus Versehen mit einem Zwischenruf herauszuplatzen.

»Und selbst wenn wir uns unserer Sache sicher wären«, fuhr der greise Reverend fort, »hielte ich es trotzdem für verfehlt, das Foto etwa in der Evangelisation einzusetzen. Es beweist für sich genommen nichts. Es würde nur nie endende Diskussionen auslösen darüber, ob es echt ist oder nicht, Diskussionen, die auf fatale Weise von der *Botschaft* Jesu ablenken würden, um die es ja geht. Es würde die Unsicherheit vermehren, anstatt den Menschen Gewissheit im Glauben zu schenken.«

»Sie haben absolut recht«, sagte ihr Vater zu Michaels Verblüffung. »Es war auch nie meine Absicht, ein Medienereignis daraus zu machen. Es ging mir darum, diese Aufnahme vor unchristlichen Händen zu schützen. Ich habe nichts anderes vor, als den Inhalt der Kassette mit höchster Ehrfurcht zu behandeln.«

»Erlauben Sie mir eine Zwischenfrage«, meldete sich Gouverneur DenHaag zu Wort. »Meine Frau wird mir genau so eine Kamera zu Weihnachten schenken, von daher sagt mir die Modellbezeichnung etwas. Meines Wissens ist es eigentlich eine Videokamera.«

Ihr Vater nickte knapp. »Moderne Digitalkameras können ja in der Regel beides, Fotografie und Video.«

»Was ich meine, ist: Auf dieser Kassette könnte womöglich auch ein Video sein.«

»Das werden die Untersuchungen im Labor zeigen«, erwiderte Vater mit jener Beiläufigkeit, mit der er, wie Michael nur zu gut wusste, Themen behandelte, über die er nichts Näheres sagen wollte. »Bedenken Sie, die Kassette ist dadurch, dass sie in die Vergangenheit transportiert wurde, zweitausend Jahre alt. Sie können sich vorstellen, in welch höchst delikatem Zustand sie sich befindet.«

Ein anderer Mann, Reverend Pierce, hob die Hand. Doch ihr Vater bedeutete ihm mit einer Geste, sich einen Moment zu gedulden, und fuhr fort: »Ehe wir tiefer in die Diskussion einsteigen und womöglich Kircheninterna zur Sprache kommen, möchte ich euch, Isaak und Michael, bitten, uns nun allein zu lassen. Ihr wisst jetzt, worum es geht – bewahrt darüber einstweilen strengstes Stillschweigen. Wir sehen uns nachher beim Essen.«

Es tat Michael nicht leid, gehen zu müssen. Er war immer noch ganz erfüllt, als sie in die Halle traten und sich die schwere, schalldichte Tür satt und lautlos hinter ihnen schloss. Keiner von ihnen sagte ein Wort, doch sie schlugen in blindem Verstehen denselben Weg ein: quer durch die Halle und hinaus in den Garten.

Die Welt erschien Michael auf einmal völlig verändert. Alles schien zu strahlen, zu leuchten, wirkte, als sei es mit Elektrizität aufgeladen. Er selber fühlte sich auf jeden Fall so: Seine Fingerspitzen kribbelten, sein ganzer Körper schien unmerklich zu vibrieren.

»Stell dir vor, wenn auf der Kassette ein Video wäre!«, brach es schließlich aus ihm heraus. »Ein Video von Jesus!«

»Nicht so laut«, mahnte Isaak. »Es *ist* eins drauf.«

Michael fuhr herum. »Was?«

»He! Geht's auch leiser? Dad hat gesagt, wir sollen Stillschweigen bewahren, und du schreist hier herum wie ein –«

»Ich schrei nicht«, erwiderte Michael heftig, aber nun im Flüsterton. »Was hast du gesagt?«

Isaak sah sich um und erklärte dann mit gedämpfter Stimme: »Dad hat es mir kurz vor der Besprechung gesagt. Auf der Kassette ist tatsächlich eine Videoaufnahme. Das Bild, das Dad gezeigt hat, war nur ein Screenshot davon.«

»*Was?* Aber wieso hat er das nicht gesagt?«

»Er meint, wir müssen Ehrfurcht zeigen und Glaubensstärke. Wir werden Jesus einst im Himmel von Angesicht zu Angesicht sehen, dessen können wir gewiss sein. Also brauchen wir keine solche Stütze unseres Glaubens. Er sagt, das Video könnte sogar eine Versuchung sein.«

Sie schwiegen, gingen weiter. Es war kalt, der Geruch nach Rauch war verschwunden. Feuchtigkeit lag in der Luft, tropfte von den Ästen der Büsche ringsumher. Zwei einsame Vögel hüpften quer über den Rasen.

»Weißt du was?«, fragte Michael nach einer Weile.

»Was?«

»Ich würde das Video trotzdem gern sehen.«

Isaak seufzte abgrundtief. »Ich auch.«

»Die Leute im Labor schauen es sich bestimmt an, oder?«

»Die Kassette ist nicht im Labor«, sagte Isaak. »Dad hat sie im Safe.«

»Ehrlich?«

»Er hat sie mir gezeigt. Sie ist auch nicht so zerbrechlich, wie er getan hat. Ein Klotz aus schwarzem Plastik, ein bisschen zerkratzt, und an einer Stelle ist ein Stück der Hülle abgebrochen und wieder festgeklebt worden.«

Michael spürte ein innerliches Sehnen, das ihn fast zerriss. Es war noch stärker als das unkeusche Verlangen, das ihn manchmal befiel, wenn er an Jennifer Hughes aus der Parallelklasse dachte.

»Und wenn wir«, schlug er mit bebender Stimme vor, »uns heute Nacht in Dads Arbeitszimmer schleichen …?«

»Das wäre Ungehorsam«, stellte Isaak nüchtern fest. »Sünde.«

»Ja.« Michael seufzte. »Du hast recht.«

»Außerdem ist die Kassette, wie gesagt, im Safe.«

Michael musterte seinen großen Bruder, dann sagte er so lässig wie möglich: »6–2–9–5–9.«

»Wie bitte?«

»Das ist die Kombination.« Er grinste. »Ich hab Dad beobachtet.«

Isaak blieb stehen, sah fassungslos auf ihn herab. »Weißt du was? Du bist –«

»Cool«, sagte Michael triumphierend. »Gib's zu!«

»Nein«, widersprach Isaak. »Das ist nicht cool. Das ist sündhaft. Du hast Dads Vertrauen missbraucht.«

»Quatsch«, protestierte Michael. »Er hätte ja besser aufpassen können. Ist doch nicht meine Schuld.«

»Sagte Adam zu Gott, als er sich rausreden wollte.«

Michael drehte sich beleidigt weg. Isaak wollte es ihm nur vermiesen, dass er einmal etwas wusste, was dem großen Bruder entgangen war. Ja, so war es.

Außerdem fuchste ihn, dass Isaak womöglich recht hatte. Dass es vielleicht tatsächlich eine Sünde gewesen war, Dad so genau auf die Finger zu schauen. Und er damit ein Sünder war. Schwach. Unwürdig. Ein leichtes Opfer jeder Versuchung. Nicht so jemand wie Isaak, der über allen Dingen stand, der zu allen einfach nur höflich und freundlich war, sogar zu Mädchen.

Zornig und zerknirscht zugleich ging er weiter, dankbar, dass Isaak schwieg und das Thema ruhen ließ. Die Kälte gefror ihren Atem zu dichten, weißen Wolken und biss in die Glieder, aber das tat gut, wenn es auch das innerliche Brodeln nicht zu verringern imstande war.

Es schien ewig zu dauern, bis die Besprechung zu Ende war. Tatsächlich kamen die Männer jedoch pünktlich zum Essen heraus, alle schweigsam und nachdenklich. Reverend Graham sprach das Tischgebet, sagte unter anderem: »Jesus hat gesagt: *Seid also wachsam! Denn ihr wisst nicht, an welchem Tag euer Herr kommt.* Das heißt, dass wir allezeit bereit sein sollen, aber auch, dass wir immer hoffen dürfen. Doch Jesus hat auch gesagt: *Wer aber bis zum Ende standhaft bleibt, wird gerettet. Und diese gute Botschaft vom Reich Gottes wird in der ganzen Welt gepredigt werden, damit alle Völker sie hören. Dann erst kommt das Ende.* Lasst uns deswegen all unsere Kraft und Leidenschaft in die Verkündigung seines Wortes geben, um der Welt das Heil zu bringen.«

Michael, innerlich zerrissen vor Sehnsucht und Abscheu vor sich selbst, nahm kaum wahr, was er aß. Es wurde wenig gesprochen und wenn, dann gewöhnliche Dinge. Es war fast, als hätte es die Fotografie von Jesus nie gegeben.

Ehe er an diesem Abend zu Bett ging, betete er inbrünstig um Erlösung von unreinen Gedanken und Begierden. Doch er lag trotzdem noch lange wach, ehe ihn der Schlaf endlich übermannte.

»Michael!«

Jemand rüttelte heftig an seiner Schulter, schüttelte ihn erbarmungslos. Wieso nur? Vielleicht, wenn er sich tiefer in seine warme Decke vergrub …

»Michael, wach auf!«

Es half nichts. Er stemmte die Augen auf. Es war noch stockdunkel, nein, nicht ganz, in den Fenstern glomm das unmerkliche, blaue Licht einer mondlosen, sternklaren Nacht. »Was denn?«

»Du musst mir was versprechen!«

Es war Isaak. Isaak, der auf eine Art flüsterte, dass es sich anhörte, als schrie er. Isaak, der sich jetzt vorbeugte und Michaels Nachttischlampe einschaltete.

Michael erschrak, als er seinen Bruder im mattgelben Licht der Lampe sah. Isaak war schon angezogen, aber seine Kleidung war so durcheinander, als hätte er mit jemandem gekämpft oder schwere Dinge geschleppt. »Was ist passiert?«

»Michael!« Isaak kniete sich vor das Bett, packte ihn fest am Arm. »Du musst mir versprechen, dass du dir das Video nie, nie, nie anschauen wirst!«

Er hatte seinen Bruder noch nie so aufgewühlt erlebt, nicht annähernd. Isaaks Blick war unstet, auf seiner Stirn stand Schweiß, seine Unterlippe war zerbissen.

»Das Video?«, fragte Michael verwirrt. »Wieso nicht?«

»Weil *ich* es getan habe.«

»Was?«

»Ich hab mich in Dads Arbeitszimmer geschlichen. Den Safe aufgemacht. Die Kassette und den Player herausgeholt und an meinen Fernseher angeschlossen –«

»Ohne mich?«

Isaak packte ihn noch fester, rüttelte mit irrer Wildheit an seinem Arm. »Zum Glück! Zum Glück! Michael, du darfst dir dieses Video niemals ansehen, niemals im Leben. Versprich mir das bei allem, was dir heilig ist!«

»Wieso denn nicht?«

»Michael, das Video … es *macht* etwas mit einem. Es nimmt dir alles, was du hast, was du bist, was du glaubst. Du bist danach nicht mehr derselbe, verstehst du? Es … es *zerstört dich!*«

Ein eisiger Schauer durchlief Michael. »Aber … das kann doch nicht sein …« Wenn es Jesus zeigte? Den Erlöser? Den Heiland? Gottes Sohn?

»Versprich es!«, verlangte Isaak erneut, ihn mit einem grässlichen Blick durchbohrend, in dem Panik stand, namenloser Schrecken und vor allem Angst, entsetzliche Angst.

»Okay, okay. Ich versprech es.«

»Nein. Sag es. Sag: Ich verspreche, dass ich mir dieses Video niemals anschauen werde, solange ich lebe.«

»Ich verspreche, dass ich mir dieses Video niemals anschauen werde, solange ich lebe.«

Isaak ließ ihn los, endlich. »Gut«, sagte er. »Vergiss das nie.« Er griff nach der Lampe. »Und jetzt schlaf weiter.« Alles verschwand in Dunkelheit. »Leb wohl, Bruder.«

Kapitel 4

Wir glauben, dass wir uns in einem ständigen geistlichen Kampf mit den Fürsten und Gewaltigen des Bösen befinden, die versuchen, die Gemeinde zu überwältigen und sie an ihrer Aufgabe der Evangelisation der Welt zu hindern. Wir erkennen die Notwendigkeit, uns mit der Waffenrüstung Gottes zu versehen und diesen Kampf mit den geistlichen Waffen der Wahrheit und des Gebetes zu führen.

Aus der »Lausanner Verpflichtung«, 1974

Natürlich war an Schlaf nicht mehr zu denken. Michael lag da und starrte mit offenen Augen in die Dunkelheit. Nach einer Weile fragte er sich, ob das gerade eben überhaupt wirklich passiert war. Er fühlte sich nämlich, als sei er aus einem schlechten Traum hochgefahren, atemlos und erschrocken. Dass Isaak so etwas tun würde – sich das Video heimlich anzusehen, ohne ihn –, war eigentlich nicht vorstellbar. Und was musste passieren, dass Isaak, der immer ruhige, immer ausgeglichene, immer heitere Isaak derart außer sich geriet? Das konnte Michael sich genauso wenig vorstellen.

Schließlich machte er Licht und schlüpfte aus dem Bett. Es war kalt. Vier Uhr vorbei. Die Heizung ging erst um fünf Uhr an, kurz bevor Vater aufstand, ein eingefleischter Frühaufsteher. Egal. Er musste wissen, was da los war!

Bis zu Isaaks Zimmer war es weit. Jeder von ihnen verfügte über eine eigene Zimmerflucht – ein Schlafzimmer, ein Bad, ein Studierzimmer, ein Hobbyzimmer, ein Ankleideraum –, Isaak im Obergeschoss des rechten Flügels und er, Michael, dasselbe spiegelbildlich im linken. Im Erdgeschoss darunter befanden sich Hauswirtschaftsräume aller Art.

Schon als er Isaaks Flur erreichte, sah Michael, dass dessen Schlafzimmertür offen stand und Licht dahinter brannte: Ein Streifen gelber Helligkeit fiel quer über das Parkett des Flurs.

Wie still es war! Michael ging unwillkürlich langsamer, näherte sich zaghaft der Tür, drückte sie auf.

Niemand da. Das Bett zurückgeschlagen, das Zimmer verlassen. Regelrecht kahl wirkte es auf einmal, ohne dass Michael hätte sagen können, wieso.

Er wartete. Doch es geschah nichts, außer, dass ihm immer kälter wurde. Blöd, dass er nur im Schlafanzug und barfuß gekommen war. Er hätte sich etwas drüberziehen sollen.

Er suchte die anderen Räume ab, aber die waren alle dunkel. Isaak war nirgends. Kein Laut durchbrach die Stille außer dem *Patsch-patsch* seiner nackten Füße auf dem Holzboden.

Er ließ die Schultern sinken. Was war los? Irgendwie kam ihm das alles auch wie ein verrückter Traum vor. Seine Füße waren inzwischen eiskalt. Ach, am besten, er ging einfach zurück ins Bett.

Das tat er schließlich. Unter der Decke war es noch herrlich warm, und so dauerte es keine fünf Minuten, bis er wieder eingeschlafen war.

Er schrak hoch, geweckt von einem fernen Geräusch, das sich, als er aufrecht saß, in seiner Erinnerung anhörte, als sei irgendwo eine Tür wütend zugeworfen worden. Hatte er das geträumt? Im Hause Barron wurden keine Türen zugeworfen.

Die Uhr zeigte kurz nach sieben. Sein Herz schlug wild, vor Schreck und weil ihm die Ereignisse der Nacht wieder einfielen. Isaak. Das Video. Das leere Zimmer seines Bruders.

Nun hörte er etwas, weit entfernt. Es klang wie ein erregter Wortwechsel in höchster Lautstärke. Ein Streit? Unmöglich. Im Hause Barron gab es keinen Streit. Alle Konflikte wurden im Gebet vor Gott gebracht, und der löste sie dann.

Michael warf die Decke beiseite. Irgendwas war los, und er

würde jetzt nachsehen, was. Diesmal war er schlauer und zog sich rasch an, ehe er sein Schlafzimmer verließ.

Draußen dämmerte es. Nebel erfüllte die Luft, jene Art Nebel, die es so aussehen ließ, als sei die übrige Welt einfach verschwunden. Und obwohl jetzt alles wieder still war – eine typische Früh-am-Morgen-Stille –, kam es ihm vor, als läge ein unhörbarer, aber unheilvoller Ton in der Luft.

Am Fuß der großen Treppe hörte er wieder etwas, erregte Stimmen aus Richtung des Arbeitszimmers. Je näher er der Tür kam, desto weniger Zweifel waren möglich: Sein Vater und Isaak lieferten sich da drinnen einen Krach, dass die Fetzen flogen.

Plötzlich schrie sein Vater so laut, dass man ihn sogar durch die schwere, gepolsterte Tür hindurch verstand: »Nicht in meinem Haus!«

Das wiederholte er dreimal. Dann rief er: »Sünde! *Todsünde!*«

Michael sah unbehaglich beiseite. Der Vorraum hatte einen Marmorboden. Eine selten genutzte, kanariengelbe Sitzgruppe stand darin und ein dunkler Tisch aus Glas. Jenseits der Fenster sah man dichte Büsche und eine Vogeltränke, die gerade halb im Nebel verschwanden.

Wäre er nur im Bett geblieben.

»Es steht geschrieben …!«, hörte er Vater in höchster Erregung deklamieren. Der Rest des Satzes war wieder unverständlich.

Es war ganz sicher nicht ratsam, da jetzt hineinzugehen. Zumal ein Anklopfen bestimmt nicht gehört werden würde. Es ging um das Video, logisch. Aber wieso? Und wieso derart heftig? Hatte Isaak es kaputtgemacht? Und wenn: Wieso schrie er dann fast noch lauter als ihr Vater? »… mein Leben!«, hörte man Isaak brüllen, und: »Das muss *ich* vor Gott vertreten, nicht du!«

Michael verstand überhaupt nichts mehr. Er setzte sich hinter dem Sofa auf den Boden und beschloss abzuwarten. Sie würden ja nicht stundenlang schreien; das brachte kein Mensch fertig.

Doch da knallte die Tür schon auf, krachte gegen die Wand. Isaak kam herausgestürmt, aufgebracht, außer sich. »Das ist mir völlig egal!«, schrie er mit überschnappender Stimme. »Steck dir dein verdammtes Geld sonst wohin!«

Michael duckte sich unwillkürlich. Isaak bemerkte ihn nicht, eilte blindlings davon in Richtung Halle.

Gleich darauf kam Vater heraus, das Gesicht so rot wie sein Morgenmantel, die Haare zerwühlt, und stampfte seinen Stock gegen den Boden, als wolle er Löcher in den Marmor schlagen. »Glaub bloß nicht, dass du wieder zurückkommen kannst!«, rief er Isaak keuchend nach. »Dein Weg führt dich nur noch an einen Ort – in die Hölle! In die Hölle, sage ich! Geradewegs!«

Michael wagte sich nicht zu rühren, erst recht nicht, als zu seiner Überraschung auch seine Mutter aus dem Zimmer kam, ebenfalls im Morgenmantel, in dem weißen mit den Blumen. Sie weinte so schrecklich, wie er es noch nie bei ihr erlebt hatte, nicht einmal damals, als Großvater gestorben war. Sie bemerkte ihn auch nicht, sondern folgte Isaak und Vater, ein Taschentuch an die Augen haltend.

Michael hielt es nicht mehr aus, ging ihr nach mit dem Gefühl, dass er etwas mit angehört hatte, das er nicht hätte mit anhören sollen.

Als er in die Halle kam, stand seine Mutter am Vorderfenster und schaute hinaus, reglos wie eine Statue. Durch die offene Haustüre sah er seinen Vater draußen auf der Treppe stehen und Isaaks Corvette C5 mitten auf dem Vorplatz. Isaak schlug den Kofferraum zu, ging um das Auto herum, stieg ein. Der Motor heulte auf, als begänne ein Rennen, dann brauste der Wagen davon, dass der Kies spritzte.

Michael eilte zur Tür. Als er ins Freie kam, verschwanden die Rücklichter gerade im Dunst.

Er trat neben seinen Vater. Sein Hals fühlte sich an wie zugeschnürt. Sein Vater schwieg und starrte dem Auto nach, das nicht mehr zu sehen, nur noch zu hören war. Er stützte sich so schwer auf seinen Stock, als sei das der einzige Halt, der ihm geblieben war.

Schließlich, als auch das Motorengeräusch verklungen war, legte er Michael die freie Hand bleiern auf die Schulter.

»Jetzt«, sagte er düster, »habe ich nur noch *einen* Sohn.«

Michael hatte das Gefühl, bis in sein tiefstes Innerstes hinein zu erfrieren. Alles, was er begriff, war, dass sich etwas Entsetzliches ereignet hatte, etwas, für das es keine Worte zu geben schien.

»Was ist denn passiert?«, fragte er. Seine eigene Stimme klang kläglich in seinen Ohren, wie die Stimme einer Maus.

Vaters Hand wurde immer schwerer. »Dein Name ist Michael. Das kommt aus dem Hebräischen und heißt ›Wer ist Gott?‹. Es ist der einzige Name im Namenslexikon, dessen Bedeutung eine *Frage* ist. Und das muss so sein, denn eine Antwort darauf kann es nicht geben. Die Sprache der Menschen ist zu klein dafür. Sie kann der Herrlichkeit Gottes niemals gerecht werden.«

Michael verstand nicht, was sein Vater damit sagen wollte, hatte aber das Gefühl, etwas darauf erwidern zu müssen, und alles, was ihm einfiel, war: »Einer der Erzengel heißt so.«

»Richtig.«

»Und was bedeutet das?«

Vater schwieg einen tiefen Atemzug lang. »Offenbar mehr, als ich geahnt habe«, sagte er, wandte sich ab und ging wieder hinein, ließ ihn allein mit seiner Verwirrung.

Der Nebel, der vom Long Island Sound herzog, war so feucht wie feinster Regen. Michael sah eine Weile zu, wie es allmählich hell wurde, bis er vor Kälte zitterte und ohne dass sich das dumpfe Wirrwarr seiner Gedanken im Mindesten geklärt hätte. Nebel drinnen wie draußen. Er gab es auf, stieg die weiten, flachen Stufen hinauf.

Als er die Halle betrat, kam sein Vater gerade die Treppe herunter.

»Wohin ist Isaak gefahren?«, stellte Michael die einzige Frage, die zu stellen ihm ebenso naheliegend wie unverfänglich schien.

»Das weiß ich nicht«, erwiderte sein Vater voller Ingrimm. »Und ich will es auch gar nicht wissen.«

»Und wann kommt er zurück?«

Vater ging an ihm vorbei, ohne im Schritt innezuhalten. »Mach dich fertig fürs Frühstück.«

Das hieß, dass keine weiteren Antworten zu erwarten waren. Zumindest im Moment nicht. Michael gab es auf und machte sich auf den Rückweg zu seinem Zimmer.

Doch als er das Ende des Flurs erreichte, an dem es links in seinen Flügel ging und rechts in den Isaaks, stellte er fest, dass die beiden Türflügel vor Isaaks Flur zu waren. Und nicht einfach nur zu, sondern richtig *abgeschlossen,* wie er feststellte, als er die Klinke versuchsweise drehte.

Michael blieb entgeistert stehen. Die Türen zu den beiden Fluren waren *noch nie* geschlossen gewesen, seit er denken konnte! Es gab Türen, ja, aber hinter Pflanzenkübeln verborgen und in Vergessenheit geraten. Hätte man ihn noch gestern gefragt, ob ihre Flure abschließbar waren, er hätte voller Überzeugung verneint.

Aber das … Er verstand es nicht. Es machte ihm Angst. Er starrte die Tür an, und als er sich umdrehte, um in sein Zimmer zu gehen, hatte er das Gefühl, zu flüchten.

Als er, eine Morgenwäsche, geputzte Zähne und ein Morgengebet später, ins Frühstückszimmer kam, herrschte dort eine neue Sitzordnung: Es war nur noch für drei Personen gedeckt, der vierte Stuhl am Tisch war verschwunden. Sein Vater saß bereits vor seinem Teller und aß, so mächtig kauend, dass einem bange werden konnte.

Michael setzte sich behutsam. Die Köchin stellte ihm schweigend seine Pfannkuchen hin und verzog sich wieder.

»Deine Mutter fühlt sich nicht wohl«, erklärte sein Vater. »Sie wird später frühstücken.«

»Okay«, sagte Michael.

Er wusste nicht, was er sonst sagen sollte. Tausend Fragen gingen ihm durch den Kopf, aber er hatte das deutliche Gefühl, dass gerade keine davon angebracht war. Doch obwohl er sich so durcheinander fühlte, Hunger hatte er trotzdem, geradezu einen Riesenhunger. Und die Pfannkuchen dufteten herrlich nach Teig, Vanille, Weihnachten. Also ertränkte er sie in Ahornsirup und haute rein.

»Was hat Isaak denn –?«, fragte er irgendwann.

»Hör zu, mein Sohn«, unterbrach ihn sein Vater sofort und in jenem Ton, der anzeigte, dass es ihm verdammt ernst war. »Ich sag das nur ein einziges Mal: Ich will diesen Namen in diesem Haus nicht mehr hören. Nie wieder! Hast du das verstanden?«

Michael sah ihn erschrocken an, schluckte. »Ja, Sir.«

Es wurde das schrecklichste Weihnachten, das Michael Barron je erlebt hatte. Noch schlimmer als das Weihnachten, an dem Opa George gestorben war. Noch schlimmer als damals, als Michael kurz vor Weihnachten krank geworden war und die Feiertage im Bett gelegen hatte, fiebernd und alles, was er zu sich nahm, wieder erbrechend.

Das Haus war erfüllt von einem grauenhaften, eisigen, erstickenden Schweigen. Mutter ließ sich kaum mehr sehen, sondern verbrachte fast den ganzen Tag in ihrem Zimmer. Wenn sie – manchmal – zu den Mahlzeiten kam, schwieg sie, sah aus wie erloschen. Vater schwieg ebenfalls, wirkte dabei aber wie ein Vulkan, der jeden Moment ausbrechen konnte. Der geschmückte Baum in der Halle blieb stehen, doch es gab keine Geschenke, kein Zusammensein an Heiligabend, nichts. Sie fuhren gemeinsam in die Kirche zum Weihnachtsgottesdienst, wie sie es immer taten, aber wohl nur, weil es sonst Gerede gegeben hätte. Vor dem Abendessen las Vater nicht, wie all die Jahre zuvor, die Weihnachtsgeschichte, sondern das neunte

Kapitel des Markusevangeliums, das mit den Worten begann: *Und er fuhr fort: »Ich versichere euch: Einige von denen, die hier stehen, werden noch zu ihren Lebzeiten sehen, wie Gottes Herrschaft machtvoll sichtbar wird.«*

Michael hörte mit gesenktem Haupt und gefalteten Händen zu, wagte nur einen kurzen Seitenblick zu seiner Mutter. Doch die saß völlig reglos da, ihren Blick starr ins Leere gerichtet.

Vaters Stimme wurde lauter und schneidender, als er zu der Stelle kam, an der es hieß: »*Und wenn deine Hand dich zum Bösen verführt, dann hack sie ab! Es ist besser, du gehst verstümmelt ins Leben ein, als mit beiden Händen in die Hölle zu kommen, in das nie erlöschende Feuer. Und wenn dein Fuß dir Anlass zur Sünde wird, dann hack ihn ab! Es ist besser, du gehst als Krüppel ins Leben ein, als mit zwei Füßen in die Hölle geworfen zu werden. Und wenn dein Auge dich verführt, so reiß es heraus! Es ist besser für dich, einäugig in das Reich Gottes zu kommen, als dass du beide Augen behältst und in die Hölle geworfen wirst, wo die Qual nicht endet und das Feuer nicht erlischt.«*

Als Michael an diesem Abend zu Bett ging, konnte er sich nicht mehr erinnern, was er gegessen hatte.

Doch trotz allem wartete er die ganze Zeit darauf, dass Isaak zurückkehrte, dass sich alles wieder einrenkte, alles wieder gut wurde und wie früher. Er hatte noch nie eine vergleichbare Auseinandersetzung erlebt, hätte sich derlei nicht einmal vorstellen können. Mit Vater stritt man nicht, sein Wort war Gesetz, ganz einfach.

Vor allem hatte er nicht den Hauch einer Ahnung, was überhaupt der Auslöser dieses grauenhaften Streits gewesen sein mochte. Hatte Vater Isaak verbannt, weil er sich das Video heimlich angesehen hatte? Das konnte Michael nicht glauben. Vater war streng, gewiss, wie ein guter Vater es zu sein hatte, aber nicht grausam. Und wieso hätte Isaak all diese Dinge über das Video sagen sollen? Wieso hatte er ihm dieses überaus merkwürdige Versprechen abgenommen? Es war alles ein Rätsel.

Kurz nach Weihnachten ließ Vater von ein paar starken Männern unter den Bediensteten Isaaks Räume leer räumen, ließ alles, was darin war, hinaustragen auf den Vorplatz, Möbel, Bücher, Kleider, Bilder, alles. Er befahl, es zu einem Haufen aufzutürmen und mit Benzin zu übergießen, und legte selbst die Fackel daran, um alles zu verbrennen. Und dann standen sie da und sahen zu, wie es verbrannte.

»Vater«, stieß Michael verzweifelt hervor, »ich verstehe das alles nicht. Ich verstehe nicht, was passiert ist!«

Diesmal bekam er eine Antwort. Den Blick unverwandt auf das Feuer gerichtet und mit einer Stimme, als stünden sie an einem Grab, sagte Vater: »Was passiert ist? Satan hat seine Macht gezeigt. Das ist passiert. Er hat mitten in unsere Familie gefasst und Böses bewirkt. Er hat die Seele deines Bruders geholt, und wir können nur beten und hoffen, dass es damit ein Bewenden haben wird angesichts dessen, was auf dem Spiel steht. Ich hatte meine ganzen Hoffnungen in Isaak gesetzt. Meine und die der ganzen Welt. Doch er war zu schwach, der Versuchung zu widerstehen. Zu schwach im Glauben.«

Er wandte sich Michael zu, sah ihn eindringlich an und fügte hinzu: »Von nun an ruhen alle Hoffnungen auf dir, Michael. Alle.«

Kapitel 5

Albert Einstein war der Erste, der erkannte, dass Materie und Energie keine völlig voneinander getrennten Dinge sind. Seine Formel $E = mc^2$, die anschaulich beschreibt, wie sie miteinander in Verbindung stehen, ist wohl die berühmteste physikalische Formel überhaupt. Materie kann in Energie umgewandelt werden – was die physikalische Grundlage der Kernenergie ist –, Energie kann in Materie umgewandelt werden: Das heißt, es handelt sich im Grunde nur um zwei Seiten derselben Medaille.
Später zeigte er in seiner Relativitätstheorie, dass Raum und Zeit genauso wenig voneinander zu trennen, sondern im Gegenteil untrennbar miteinander verwoben sind: Seither sprechen wir in der Physik von Raumzeit.
Ich fand es angesichts dessen nur naheliegend zu vermuten, dass es ähnliche Verwobenheiten auch zwischen Raum und Energie, Materie und Zeit und so weiter geben müsse.

Pawel Kozyrev, »Möglichkeiten temporaler Dislokation«,
Moskau, 1966

Dann fiel Schnee, hüllte alles in Stille und kristallene Klarheit, vor der die Silhouetten der laublosen Bäume aussahen wie Teufelskrallen, die aus der Erde nach den Seelen der Sterblichen griffen. Die Hausangestellten gingen auf Zehenspitzen, sagten so wenig wie möglich und waren noch unsichtbarer als sonst. Michael fühlte sich verloren und einsam.

Wie er den Geruch von Weihnachten vermisste! Den Duft der frischen Honigkuchen, des dampfenden Weihnachtsbratens, den Rauchgeruch gelöschter Kerzen … Etwas Tannengeruch, wenn man die Halle passierte, das war alles.

Er wollte mit seiner Mutter reden, doch die sagte nur tonlos: »Ich bin so enttäuscht. Es ist eine Prüfung, die uns Gott auferlegt hat. Wir müssen ihm vertrauen. Beten. Viel mehr beten.«

Das versuchte Michael, aber es half ihm nicht. Weder klärten sich seine Gedanken, noch verschwand der dumpfe Druck, den er auf sich lasten spürte, noch fühlte er sich getröstet.

Was hätte ihn auch trösten können? Er wusste doch: Was immer geschehen sein mochte, es war geschehen, weil er Isaak die Kombination des Safes verraten hatte! Es war geschehen, weil er hochmütig gewesen war, weil er seinen Vater ausspioniert, weil er Schuld auf sich geladen hatte.

Es war geschehen, weil er *gesündigt* hatte.

Was, wenn sein Vater *das* herausfand?

Wenn er schon seinen Bruder verstoßen hatte, der ein so viel besserer Mensch war, was konnte er, Michael, dann erhoffen? Und was sollte er machen, wenn sie *ihn* aus dem Haus warfen?

Zwei Tage vor Silvester kam Reverend Smith von ihrer Kirche in Glen Cove. Offenbar hatte sich der Vorfall in der Gemeinde herumgesprochen. Vater verschwand mit ihm im Arbeitszimmer, und Michael wartete oben im Grauen Salon, die ganze Zeit. Er starrte das Auto des Reverends an, wie es im Schnee mitten auf dem Vorplatz stand, ein dunkelgrüner Toyota. Er betrachtete die Spur, die die Reifen durch das unberührte Weiß gezogen hatten, die Fußabdrücke, die zum Haus führten, die schwarzen Vögel, die am Himmel kreisten.

Was sie wohl redeten? Über Isaak? Über ihn?

Als er sie herauskommen hörte, huschte er rasch hinaus auf die Galerie, duckte sich, sodass man ihn nicht sehen konnte.

»… nach der Bibel. Die Bibel ist Gottes Wort«, hörte er Vater sagen. »Daran halte ich mich. Es ist die einzige Gewissheit, die wir haben.« Das *Tock-tock-tock* seines Gehstocks schien, wie es oft geschah, seine Worte noch zu betonen.

»Gewiss, gewiss«, erwiderte Reverend Smith, der eine weiche Stimme hatte und gut singen konnte. »Aber wie gesagt, erforschen Sie Ihr Herz aufrichtig.«

»Das werde ich. Tue ich seit jeher.«

»Manchmal stehen wir uns selber im Weg, wenn es darum geht, Gottes Willen zu erkennen. Das meine ich. Man merkt es selber in solchen Fällen nicht.«

»Reverend«, erklärte Vater, »ich kann Ihnen versichern, ich bin mit Leib und Seele das Werkzeug Gottes. Ich verdanke ihm mein ganzes Leben, also weihe ich es ihm auch ohne Vorbehalte.«

»Gut, gut«, erwiderte der Geistliche hastig. »Sehr gut.«

Sie verabschiedeten sich, dann stapfte Reverend Smith durch den Schnee zu seinem Auto, während Vater zurück in sein Arbeitszimmer humpelte.

Weiter geschah nichts.

Am nächsten Tag kam Eric Whitewater zu Besuch, mit seinem eigenen Hubschrauber, trotz des heftigen Sturmwinds, der an diesem Tag über Long Island fegte. Michael beobachtete, wie die Maschine landete. Sie trug das Firmenlogo von *Whitewater International*, den Prankenabdruck eines Panthers, rot auf weißem Grund. Mister Whitewater stieg aus, in eine dicke, schwarze Polsterjacke gehüllt, die ihn noch gedrungener wirken ließ, als er ohnehin schon war.

Mister Whitewater war der stärkste Mann, den Michael kannte. Er hatte einmal bei einem Barbecue im Spätsommer den steinernen Tisch an ihrem Grillplatz, den normalerweise vier Männer nur mit Mühe transportierten, allein angehoben und an einen anderen Platz gestellt. Dieser Mann trat auf Vater zu, der ihn am Heliport erwartet hatte, und begrüßte ihn wie einen ebenbürtigen Freund.

Michael glitt vom Fenster weg, setzte sich in Bewegung, beinahe von selbst. Dabei hatte er sich so fest vorgenommen, es nicht mehr zu tun. Weil es sich nicht gehörte. Weil es bestimmt auch sündhaft war. Aber er konnte nicht anders, er *musste* wissen, was die beiden zu besprechen hatten.

Die Räume unmittelbar hinter dem Arbeitszimmer waren ein Teil des Hauswirtschaftstrakts. In einem davon wurde Bettwäsche aufbewahrt, und im dortigen Wandschrank hatte Michael schon als Kind ein leer gebliebenes Kabelrohr entdeckt, das irgendwie mit dem Arbeitszimmer seines Vaters verbunden sein musste: Wenn man das Ohr ganz fest darauf presste und sich konzentrierte, konnte man hören, was in Vaters Refugium gesprochen wurde, zumindest teilweise.

Das hatte Michael seit Ewigkeiten nicht mehr gemacht, aber er hatte das Rohr im Schrank nie vergessen. Und was blieb ihm denn anderes übrig, wenn niemand ihm erklärte, was eigentlich los war?

Keine der Hausangestellten war zu sehen, als er sich durch die Seitentür in den Trakt stahl. Bis zu der bewussten Tür waren es nur drei, vier lautlose Schritte. Sie war unverschlossen. Michael schlüpfte hindurch und machte sie leise wieder hinter sich zu, inständig hoffend, dass nicht ausgerechnet jetzt jemand auf die Idee kommen würde, Betten frisch zu beziehen.

Der Geruch nach Wäsche und Mottenmittel erfüllte die Kammer. Es herrschte penible Ordnung: Matratzen lagerten auf hölzernen Gestellen, Bezüge, Kissen und Bettdecken stapelten sich in den Regalen. In einer Ecke stand eine Bügelmaschine, die Schutzhaube übergezogen. Obwohl es ohnehin still im Haus war, schien es hier noch einmal eine Spur ruhiger zu sein.

Michael öffnete den Schrank. Das Rohr war noch da, unbeachtet verborgen unter einem Stapel Sofakissen in transparenten Schutzhüllen, die er herausholte und beiseitelegte.

So groß, wie er inzwischen war, gestaltete sich das Lauschen schwieriger als früher. Er musste sich dazu flach auf den Boden legen und den Kopf in einem unangenehmen Winkel gegen die Wand abknicken, um mit dem Ohr an die richtige Stelle zu kommen. Aber es ging noch.

Doch er hatte Pech. Offenbar saßen sie nicht am Schreibtisch, sondern in den wuchtigen, braunen Ledersesseln vor dem Bücherregal am anderen Ende des Raumes, denn Michael hörte nur leise brummelnde Stimmen. Trotzdem blieb er, wo er war, lauschte und hoffte, zumindest das eine oder andere aufzuschnappen.

Endlich kamen sie zur Tür, vielleicht, weil es für Mister Whitewater Zeit war zu gehen.

»… sag dir, Sam, das Beste ist, du engagierst einfach einen guten Privatdetektiv. Für so eine simple Observierung ist das genau das Richtige. Und nichts Ungewöhnliches, glaub mir.«

»Ja, schon, aber –«

»Ne, warte, mir fällt gerade einer ein. Guter Mann. Hat vor, na, zwei Jahren oder so für mich gearbeitet, in einer Wirtschaftssache. Kanadier, nicht mehr der Jüngste, aber topfit. Ist noch nicht lange in dem Geschäft, ergo: hungrig. Leistungsbereit. Heißt … Warte mal, war sogar fast was Biblisches. Ah ja. Lazarus Walker. Genau. Hab die Adresse nicht dabei, kann ich dir aber schicken.«

»Na gut. Wobei es mir trotzdem lieber wäre, du –«

»Sam – dein Russe hält uns schon gut auf Trab. Und wir kriegen jetzt immer mehr Aufträge von der Regierung, da muss ich flexibel bleiben. Gute Leute gibt's nun mal nicht an jeder Straßenecke. Meine Jungs wären an so etwas … na ja. Verschwendet, um ehrlich zu sein.«

Michael hörte seinen Vater unwillig knurren. »Dir ist aber klar, worum es geht? Wir müssen verhindern, dass mein Sohn von der Sache mit dem Video herumerzählt. Du weißt, was davon abhängt.«

Das schien Mister Whitewater tief zu beeindrucken. »Ja. Natürlich. Du hast recht. Machen wir es doch so: Ich schick dir diesen Walker, und wenn er dir nicht gefällt, denken wir uns was anderes aus. Okay?«

»Es geht auch um dein Seelenheil, Eric«, sagte Vater.

Dann verließen sie das Arbeitszimmer.

Drei Tage nach Neujahr sagte sein Vater beim Mittagessen: »Mach dich bereit. Morgen früh fliegen wir beide nach Seattle.«

Michael war so verblüfft, dass er fragte: »Nach Seattle? Wieso denn?«

Worauf sein Vater mit strengem Blick erklärte: »Weil es nun du bist, der über alles Bescheid wissen muss.«

So starteten sie am nächsten Morgen kurz vor neun Uhr vom Privatflugbereich des MacArthur Airports, mit einem schneeweißen Lear-Jet. Es schneite leicht, ein unangenehmer Wind wehte. Doch all das ließen sie im Nu hinter sich, flogen bald über einer Welt aus weißer Watte, nichts als einen klaren, blauen Himmel über sich.

Michael wusste von Fotos, dass sein Vater früher, als er noch als Investor tätig gewesen war, einen eigenen Jet besessen hatte, einen größeren als den, den sie heute benutzten. Er hätte sich mühelos einen leisten können, doch da er so gut wie nicht mehr reiste, sei das unsinnig, hatte er ihm und Isaak einmal erklärt. *Wir leben in Wohlstand, weil Gott es so gewollt hat, aber das darf uns nicht vom Wesentlichen ablenken*, hatte er gesagt. *Ich kenne genug Leute, die reich sind und doch unerfüllt, weil sie Jesus nicht in ihrem Leben haben. Die kaufen dann Jachten, Football-Klubs, Oldtimer, Kunstschätze und was weiß ich alles, ohne dass es sie wirklich glücklich macht; es betäubt sie immer nur kurzfristig. Das ist das erbärmliche Leben der weltlichen Menschen, egal, wie viel Geld sie haben.* Deswegen mietete Vater heutzutage ein Flugzeug, wenn er eines brauchte. Dieses hier stammte vermutlich von *Whitewater International*, zumindest trugen die Piloten das Abzeichen am Hemd, und einer der beiden schien Vater von früher zu kennen.

Michael strich mit den Händen über das weiche, hellbeige Leder der breiten Sitze. Es war angenehm, dass Gott gewollt hatte, dass sie im Wohlstand lebten, aber er fragte sich trotzdem, wie er das verdient hatte. Gar nicht, musste man zugeben.

Er verscheuchte diese Gedanken, schaute hinaus, überließ

sich der kribbelnden Freude, mit seinem Vater allein unterwegs zu sein, und das auch noch in Geschäften! Das hatte es noch nie gegeben.

»Also, Folgendes«, erklärte Vater ihm nach einer Weile, als das anfängliche Ruckeln in einen gleichmäßigen Flug übergegangen war. »Wir fliegen zu einem Labor in Seattle, das mir gehört.«

»Okay«, sagte Michael eifrig.

»Es ist eines der größten Labors für Lebensmittelkontrollen in den Vereinigten Staaten, das größte an der Westküste.«

»Okay.« Michael hatte keine Ahnung, was er dort sollte, doch das war ihm herzlich egal.

»Das ist aber nur Tarnung«, fügte sein Vater etwas leiser hinzu. »Hinter dem normalen Geschäftsbetrieb gibt es ein geheimes Labor. Dort werden wir einen gewissen Doktor Boris Demidow treffen, der für mich arbeitet.«

»Okay«, sagte Michael. »Und was arbeitet der?«

»Das«, meinte sein Vater und öffnete seinen Aktenkoffer, den er, seit sie aus dem Haus gegangen waren, nicht mehr aus der Hand gegeben hatte, »wirst du beizeiten erfahren.« Er nahm die aktuelle *New York Times* und die Bibel heraus, drückte den Deckel wieder zu, und damit war klar, dass es das erst mal war mit Erklärungen.

Egal. Sie flogen. Vater und Sohn. Was auch immer sie erwartete, es würde auf jeden Fall interessant werden.

Michael schaute eine Weile einfach aus dem Fenster und lauschte dem Dröhnen der Triebwerke und dem feinen Zischen der Luft jenseits der Wandung. Dann holte er das Buch aus der Tasche, das er mitgenommen hatte. Die Geschichte des Zweiten Weltkriegs. Geschichte war seit jeher sein Lieblingsfach, er wusste selber nicht, wieso.

Der Flug dauerte ungefähr sechs Stunden, aber wegen der Zeitverschiebung war es erst kurz nach zwölf, als sie in Seattle landeten. In Seattle schneite es auch, was Michael einen Augenblick lang das irritierende Gefühl vermittelte, sie seien schon wieder zu Hause. Auf den zweiten Blick allerdings sah er, dass der Flughafen wesentlich größer war und dass der Schnee nicht liegen blieb.

Eine Limousine wartete auf sie, deren Chauffeur ebenfalls das Whitewater-Logo trug, an einem eleganten blauen Jackett. So rollten sie bald warm und gemütlich über den Highway in die Stadt, umschwirrt von Schneeflocken. Es herrschte dichter Verkehr. Michael hielt Ausschau nach der *Space Needle*, sah sie aber nicht.

Als sie an einer Ampel warten mussten, klopfte es plötzlich am Fenster. Michael fuhr erschrocken herum und sah in das schmutzverklebte Gesicht eines Obdachlosen, eines grauhaarigen, alt aussehenden Mannes mit stumpfem, entsagungsvollem Blick.

Der Fahrer drehte sich alarmiert um. Michaels Vater, der bis zu diesem Moment schweigend dagesessen hatte, seinen Aktenkoffer mit beiden Händen auf dem Schoß haltend, winkte ab und ließ die Scheibe herab. Der schweißige, mit Alkohol und Urin durchtränkte Körpergeruch des Unbekannten schlug ins Wageninnere wie eine Bombe, doch Vater sagte ruhig: »Der Friede des Herrn sei mit Ihnen.«

Der Mann blinzelte erschrocken, stieß aber hervor: »Bitte … es ist so kalt … Hunger …«

Vater griff in die Tasche, holte einige Scheine heraus – Zehner vor allem und einen Zwanziger, hundert Dollar vielleicht insgesamt – und reichte dem Mann das Geld.

Dem fielen fast die Augen aus dem Kopf. »Danke, Sir«, stammelte er. »Vielen Dank.«

»Der Friede unseres Herrn Jesus Christus sei mit Ihnen«, erwiderte Vater. Die Ampel sprang auf Grün, der Wagen rollte langsam an, Vater schloss das Fenster wieder.

Der Chauffeur räusperte sich, sagte aber nichts, sondern drehte nur die Lüftung eine Stufe höher.

»Danke«, meinte Vater. Dann erklärte er, an Michael gewandt: »Du darfst in solchen Fällen keine zu großen Scheine geben. Das hätte ihn in Schwierigkeiten mit der Polizei bringen können.«

»Verstehe«, sagte Michael eifrig.

»Natürlich hilft ihm das Geld nicht wirklich. Es bringt ihn über die nächsten paar Tage, und wahrscheinlich wird er das meiste davon in Alkohol investieren. Er müsste Jesus annehmen, damit ihm geholfen wäre.«

»Klar.«

»Aber«, fuhr sein Vater sinnend fort, »es hat sich eben so ergeben, dass er gerade jetzt gerade hier war. Es ist Gott, der macht, dass sich die Wege von Menschen kreuzen, verstehst du? Deswegen darf man solche Begegnungen nicht ignorieren, glaub mir.«

Michael nickte nur und hatte wieder etwas, worüber er nachdenken konnte. Einmal mehr erkannte er, dass sein Vater ein strenger, aber auch weiser Mann war.

Nach rund einer Stunde bog der Wagen auf ein weitläufiges Firmengelände ab. Die Zufahrt war bewacht, ein junger, grimmig dreinblickender Wachmann in Uniform kam wiegenden Schrittes heran. »Mister Barron«, ließ ihn der Chauffeur wissen, worauf der grimmige Blick sofort einem Ausdruck des Erschreckens wich und der Mann sich beeilte, die Schranke zu öffnen.

Michael spähte aus dem Fenster. Er sah einen flachen Bau mit viel Glas, dahinter große, fensterlose Gebäude, violett und blau gestrichen. An Rampen wurden Lastwagen ent- oder beladen. Auf den Hinweisschildern, die Pfeile zeigten und Aufschriften wie *Besucher-P, Haupteingang, Anlieferung gekühlte Proben* oder *Anlieferung Tiere,* war jeweils ein stilisiertes Reagenzglas abgebildet.

Sie hielten vor dem Haupteingang. Drinnen in der überraschend kleinen Eingangshalle empfing sie eine schöne, junge, rothaarige Frau, die sich vor Vater regelrecht verbeugte. »Mister Thompson kommt gleich«, erklärte sie diensteifrig und streckte die Hände nach seiner Aktentasche aus. »Darf ich Ihnen den Koffer abnehmen?«

»Danke, den brauche ich«, erwiderte Vater spitzlippig, die Tasche an sich ziehend. »Und wieso Mister Thompson? Den wollte ich gar nicht stören.«

Aber da kam er schon: ein stattlicher Schwarzer in einem teuren Anzug, der eine Brille mit Goldrand trug und Autorität ausstrahlte. »Mister Barron«, rief er, »was für eine Freude, dass Sie uns mit Ihrem Besuch beehren!«

Sie schüttelten sich die Hände. »Mein Sohn Michael«, erklärte Vater beiläufig, worauf Michael ebenfalls in den Genuss eines Händedrucks kam. »Ich wollte eigentlich nur zu –«

»Zu Doktor Demidow, ja, ich weiß«, unterbrach ihn Thompson, der eine Krawattennadel mit einem Kreuz darauf trug. »Er hat angerufen, dass er sich verspätet. Ein Unfall auf der 405 in Höhe Kirkland. Dort geht gerade gar nichts mehr. Wenn Sie mögen, kann ich Ihnen solange die anderen Labors zeigen.«

Michael wäre es am liebsten gewesen, wenn er ihnen zunächst einfach die Kantine gezeigt hätte. Einer der Piloten hatte ihnen zwar unterwegs Sandwiches serviert, aber das war lange her, und allzu viel war es auch nicht gewesen.

»Danke, nein«, erwiderte Vater. »Ich bin nicht hier, um Sie zu kontrollieren, Thompson. Als ich gesagt habe, ich vertraue Ihnen die Firma an, habe ich das auch so gemeint.«

»Vielen Dank«, sagte der Mann, der Michaels Vater um fast einen Kopf überragte. »In dem Fall kann ich Ihnen höchstens einen Kaffee in meinem Büro … Ah, da kommt er ja!« Er wies in Richtung der Fensterfront. »Das ging doch schneller als gedacht.«

Sie drehten sich um. Michael sah zunächst gar nichts, vernahm nur ein dumpfes Wummern, das sich anhörte wie DO-BE-DO, DO-BE-DO, DO-BE-DO, dann schälte sich ein gewaltiges Motorrad aus dem Schneetreiben. Es war eine Harley-Davidson, ein Cruiser-Modell mit hohen Lenkern, das gemächlich auf den Eingang zurollte. Ein Mann in Lederkluft und mit einem knallorangefarbenen Helm saß darauf. Er hielt auf einem der reservierten Parkplätze, stieg ab, bockte in aller Ruhe die Maschine auf. Als er den Helm abnahm, quollen lange, wilde Locken darunter hervor, die er sich mehrmals aus dem Gesicht streichen musste, während er eine Schutzplane über dem Sitz befestigte.

Endlich kam er herein. Als er näherkam, sah man, dass er älter war, als er aus der Ferne wirkte, fünfzig vielleicht. Seine ungebändigte Mähne war von grauen Strähnen durchsetzt, sein Gesicht von Hunderten winziger Fältchen. Alles in allem sah er aus wie ein alternder Rockstar, den mindestens zwei Generationen irregeleiteter Jugendlicher dafür verehrten, satanische Musik zu machen. Michael kam aus dem Staunen nicht heraus: *So* jemand arbeitete für seinen Vater?

»Mister Barron!«, dröhnte er, mit ausgestreckter Hand auf Vater zumarschierend. »Sorry für die Verspätung. Ein Lastwagen hat gemeint, er muss sich quer über die Straße legen.« Ein wenig hörte man noch einen russischen Akzent, aber nur, wenn man darauf achtete.

Vater schüttelte ihm die Hand. Sein dünnes, gezwungenes Lächeln dabei verriet Michael, dass der Mann ihm zutiefst zuwider war. »Hauptsache, er hat sich nicht auf Sie gelegt«, meinte er mit unüberhörbar verweisendem Unterton. »Was tun Sie in Kirkland? Ich dachte, Sie wohnen in der Innenstadt?«

Demidow grinste noch breiter, geradezu dreckig. »Schon, aber es hat sich ergeben, dass ich da letzte Nacht nicht war. Wenn Sie verstehen, was ich meine.«

Vater hob indigniert die Brauen. Mister Thompson wirkte ebenfalls pikiert, schien nicht allzu glücklich zu sein mit diesem Mitarbeiter, der offenbar kam und ging, wie es ihm in den Kram passte.

»Wie auch immer«, meinte Vater säuerlich. »Lassen Sie uns an die Arbeit gehen.« Er wies auf Michael. »Das ist übrigens mein Sohn. Hatte ich Ihnen ja angekündigt.«

»Stimmt. Hallo, Michael. Wirst beizeiten eingearbeitet,

was?« Ein fester Händedruck, ein freundliches Lächeln. Michael konnte sich nicht helfen, der Mann war ihm trotz allem irgendwie sympathisch.

Sie verabschiedeten sich von Mister Thompson, auf den ein ungeduldig auf den Füßen wippender Assistent mit einer dicken Mappe wartete, und marschierten los. Ihr Weg führte sie durch einen gläsernen Gang hinüber in eines der großen, fensterlosen Gebäude. Sie passierten Labors, in denen Leute in weißen Kitteln mit Handschuhen und Mundschutz irgendwelche Dinge zermahlten, mit Flüssigkeiten beträufelten, in Glasschälchen strichen oder unter Mikroskopen betrachteten. Alles war hell ausgeleuchtet und in sterilem Weiß gehalten.

Dann durchquerten sie eine Schleuse und gelangten in Räume, in denen Dämmerlicht und ein strenger Geruch nach Chemikalien und Exkrementen herrschte. Man hörte ein unheimliches Rascheln und Quieken, ein klägliches Fiepsen aus allen Richtungen, und als Michaels Augen sich an das Licht gewöhnt hatten, erkannte er schaudernd, woher das alles kam: In zahllosen Glaskästen saßen weiße Mäuse, jede allein und jede auf eine andere Weise entstellt – durch Geschwüre, die durch den Pelz brachen, durch eiternde Wunden, schwarzknotige Tumore oder verstümmelte Gliedmaßen, ein wahres Horrorkabinett sichtbarer Erkrankungen. Messgeräte tickten vor sich hin, spuckten gemächlich schmale Papierstreifen aus. In einer Ecke des riesigen Raumes saß eine Frau an einem Computer und tippte irgendwelche Daten ein, ohne sie zu beachten; sonst war niemand da.

2A – Tests auf Kanzerogenität las Michael auf der Außenseite der nächsten Türe, die sie passierten, und auf der gegenüberliegenden Tür stand: *2B – Neurologische Toxizität*. Was immer das heißen mochte. Michael hatte das Gefühl, keine Luft mehr zu kriegen. Wie man so einen Beruf ausüben konnte!

Das Labor 2B war kleiner, lag verlassen da und wirkte genauso düster. Auf den Tischen standen Metallgestelle, die alle leer waren bis auf eines, in dem ein Affe hing, ein Kapuzineräffchen mit graubraunem Fell, die Arme und Beine ausgebreitet und festgeschnallt, den Kopf mit einem Lederriemen befestigt, sodass es aussah wie gekreuzigt. Aus mehreren über ihm hängenden Glasflaschen liefen Kanülen in seinen Körper, der immer wieder von Zuckungen durchlaufen wurde, hilflose, matte Bewegungen: Das Tier wirkte, als habe es längst aufgegeben, sich losreißen zu wollen.

Michael blieb unwillkürlich stehen, mit einem Gefühl, als habe ihm jemand einen Sandsack vor die Brust geschlagen. Bildete er sich das ein, oder beobachtete der Affe ihn? Doch, ja, diese leidenden Augen starrten ihn an, nur ihn, hatten Vater und den Russen keines Blickes gewürdigt. Als setze der Affe Hoffnungen in ihn.

Michael musste sich beherrschen, nicht aufzuschreien. Am liebsten hätte er das Tier einfach losgebunden, aber er wusste natürlich, dass das nicht ging. Also würde er es nicht tun. Er war genauso hilflos wie der Affe.

»Michael?« Die Stimme seines Vaters, ungeduldig. »Was ist? Kommst du?« Die beiden waren schon weiter, standen bereits vor der nächsten Tür. Vor dem nächsten Labor. Dem nächsten Kreis der Hölle.

»Was ist mit ihm?«, brach es aus Michael heraus. »Was ist mit dem Affen? Wieso hängt er da?«

Demidow kam zurück, Vater folgte ihm widerwillig. »Das ist ein Test«, sagte der Mann in der Lederkluft. »Sieht grausig aus, was? Ich kann mich auch nicht dran gewöhnen.«

»Diese Tests sind gesetzlich vorgeschrieben«, ergänzte Michaels Vater mit verweisendem Blick. »Sie dienen dem Schutz der Bevölkerung vor gesundheitlichen Gefahren. Irgendwer muss das machen.« Er stieß seinen Stock auf den Boden, wie um das Gesagte zu bekräftigen.

Michael nickte hastig. Er bedauerte seinen Gefühlsausbruch. Hoffentlich hatte er damit das Vertrauen seines Vaters nicht wieder verspielt! »Schon gut«, murmelte er betreten. »Er tut mir halt leid, der Affe.«

Sein Vater beugte sich über die Versuchsanordnung, inspizierte ein festgeklammertes Formular, ohne das Tier zu beachten. »Das dient dazu, den Grenzwert für einen Lebensmittelzusatzstoff zu bestimmen, der … hm.« Er las das Blatt ganz durch, drehte es um – die Rückseite war leer – und sagte: »Keine Ahnung, wozu der dient. Irgendwas halt. Für nichts macht man das nicht, dafür kostet es zu viel.«

»Schon gut«, wiederholte Michael, der nur noch weiterwollte, weg von hier.

Die nächste Abteilung hieß 2C – Forschung II. Hinter den Fenstern rechts und links von der Tür war alles dunkel, man sah nur ein paar vor sich hin leuchtende Computerschirme. Demidow zog eine Codekarte durch einen Schlitz und tippte einen Code ein, dann öffnete sich die stählerne Tür. Sie führte in eine Schleuse, an deren anderem Ende dieselbe Prozedur noch einmal notwendig war.

Keine Tiere diesmal. Als das Licht anging, standen sie in einem hellen Raum voller Gerätschaften. Flüssigkeiten gluckerten in Glasröhren, tropften in Kolben, wurden auf Kochplatten erhitzt oder von leise summenden Rührern vermischt. Auf Computerbildschirmen zuckten Messkurven, veränderten sich Zahlen, warteten Programme darauf, zu Ende geschrieben zu werden. Es sah ungemein beeindruckend aus, wenn Michael auch keine Ahnung hatte, wozu das alles dienen mochte. Vielleicht war das sogar der Grund, warum es so beeindruckend aussah.

Im selben Moment, in dem die letzte Schleusentür hinter ihnen ins Schloss fiel, sagte Vater scharf: »Mister Demidow, auf ein Wort. Ich wollte nicht vor Thompson damit anfangen, aber ich muss doch sagen, dass ich es keine gute Idee finde, wenn Sie bei so einem Wetter mit dem Motorrad unterwegs sind.«

Demidow blieb unbeeindruckt. »Ja, war übel zu fahren, da haben Sie recht«, meinte er, während er die Codekarte einsteckte und eine andere herauszog. »Aber wie gesagt, ich bin nicht von zu Hause gekommen. Ich hatte nur das Motorrad dabei.«

»Dafür gibt es Taxis.«

»Dann hätte ich ja wieder zurückmüssen, meine Harley holen. Das wollte ich lieber vermeiden.« Er lachte auf. »Hey – Sie werden doch nicht weniger Gottvertrauen haben als ein alter postsowjetischer Atheist wie ich?« Das schien ihn köstlich zu amüsieren, während es Michael eine Gänsehaut verursachte zu hören, dass sich jemand selber als Atheisten bezeichnete, als gottlosen, verlorenen Menschen also. Und er schien auch noch stolz darauf zu sein!

»Das hat damit nichts zu tun«, erklärte Vater grimmig. »Sie wissen, was auf dem Spiel steht.«

»Schon, aber gerade deswegen kann ich doch mit nahezu wissenschaftlicher Gewissheit davon ausgehen, dass mir in absehbarer Zeit nichts passieren wird, verstehen Sie? Ein ungemein befreiendes Lebensgefühl, muss ich sagen.« Er zuckte mit den Schultern. »Außerdem nehmen wir hier in Seattle Schnee nicht so ernst wie Sie an der Ostküste. Maritimes Klima eben. Die drei Flocken! Bis Sie wieder am Flughafen sind, ist der Spuk verschwunden und nur das übliche nasskalte Scheißwetter übrig, das wir alle so lieben.«

Der Russe schien den Disput für beendet zu halten, jedenfalls wandte er sich an Michael und fragte, auf das Labor deutend: »Sieht cool aus, oder?«

Michael nickte. »Ja.«

»Ist nur Tarnung.«

»Was?« Er sah Demidow verdutzt an.

»Alles Theater. Chemikalien, die im Kreis herumlaufen. Ich baue das immer wieder um, damit es so aussieht, als würde ich einer ernsthaften Tätigkeit nachgehen. Mister Thompson ist der Einzige, der weiß, dass ich in Wirklichkeit für deinen Vater arbeite. Aber auch er weiß nicht, was.« Er ging um die Tische herum, wies auf einen Schreibtisch, auf dem der Monitor so stand, dass man ihn vom Fenster aus nicht einsehen konnte. »An den Computer hier gehe ich, wenn ich ins Internet muss. Das sieht dann von draußen auch aus wie Arbeit. Drinnen bin ich total abgeschirmt – kein Internet, kein Mobilempfang, gar nichts. Nur ich und der Nobelpreis, auf den ich hinarbeite.«

»Drinnen?«, wiederholte Michael verständnislos.

»Wirst du gleich sehen.«

Demidow ging voraus, Vater folgte ihm, und Michael kam mit. Zu seiner Überraschung führte der Russe sie in … die Labortoilette! Drei Pissoirs gab es und drei Kabinen, was Michael ziemlich luxuriös fand für ein Labor, in dem nur eine einzige Person zu arbeiten schien. Zudem waren die Toiletten nicht durch gewöhnliche Trennwände abgeteilt, sondern jede Zwischenwand reichte bis zur Decke, schloss die Kabine also ringsum ab. Eine überlaut surrende Entlüftungsanlage sorgte für Beseitigung übler Gerüche.

Eine vierte Tür trug die Aufschrift *Putzmittel*, und die öffnete Demidow jetzt mit einem schlichten Vierkantschlüssel. Der Raum dahinter war völlig leer.

Was es damit auf sich hatte, begriff Michael, als der Russe eine seiner Codekarten gegen eine bestimmte Wandfliese hielt und daraufhin ein Teil der Wand nach hinten klappte: eine Geheimtüre!

Es war ein Durchgang in eine Halle voller geheimnisvoller Apparaturen und Gerätschaften. Ihre Schritte erzeugten Echos. Es roch nach Öl und Elektrizität.

Demidow wirkte auf einmal wie verwandelt. Er schloss die Tür hinter ihnen, streifte die Lederjacke mit der US-Fahne auf dem Rücken ab und schlüpfte in einen schneeweißen Kittel. »Na, okay, hier arbeiten schon noch ein paar mehr Leute als nur ich«, erklärte er Michael. »Aber denen hab ich heute freigegeben. Sind zwar alle vertrauenswürdig und überprüft und so weiter, aber *so* vertrauenswürdig dann auch wieder nicht.«

Michael verstand nicht, was er damit meinte, sagte aber nichts. Sie folgten ihm in ein rundum verglastes Büro in einer Ecke der Halle. Eine Menge Computer standen darin, ein massiger Safe und in der Mitte ein ausladender, mit Papieren übersäter Tisch unter einer Hängelampe.

»Okay«, sagte Demidow, stützte sich mit beiden Armen auf ebendiesem Tisch ab und sah Michaels Vater erwartungsvoll an. »Was haben Sie mir mitgebracht?«

Der öffnete seinen Aktenkoffer. »Einen Gegenstand, von dem wir sicher wissen, dass er schon einmal durch die Zeit gereist ist.« Er holte eine quadratische, flache, fast schwarze Kassette heraus und legte sie auf den Tisch.

Der Russe sah auf das Ding hinab, ohne sich zu rühren. »Das Video von Jesus Christus? Das ist es?«

»Ja«, sagte Vater und schloss den Aktenkoffer wieder.

»Cool«, sagte Boris Demidow.

Michael lief beim Anblick der Kassette eine Gänsehaut über den Rücken. Das war er also! Der wichtigste Gegenstand der Welt. An dem Sein oder Nichtsein hing und ihrer aller Seelenheil.

In Isaaks Fall, schoss es ihm durch den Kopf, hatte das schon mal gestimmt.

Gruselig. Der Gedanke, dass in diesem Ding da … *Jesus* irgendwie in Form von Bits und Bytes gespeichert war, sein Abbild zumindest … das machte ehrfürchtig. Und veranlasste einen, sich zu fragen, ob das sein konnte, sein *durfte.* Ob die Existenz dieses Videos nicht ein böser Einfluss war, ein Schachzug Satans unter Umständen? Etwas, das eher *gebändigt* werden musste?

Waren sie womöglich genau deswegen hier?

Jedenfalls war er jetzt völlig wach. Hörte die Computer ringsum surren. Roch den Staub, der auf der Oberseite der Lampe verbrannte. Bemerkte, dass Demidow dichte dunkle Haare auf den Handrücken hatte.

Die Kassette schimmerte dunkel und wirkte schwer, eher, als bestünde sie aus poliertem Marmor, nicht aus Plastik. Sie hatte nicht geklappert, als Vater sie hingelegt hatte. Man sah keine Öffnungen, nur allerlei Bohrungen und rechteckige Hohlräume an der Seite. Auf der Oberseite, dicht bei einer der Kanten, trug sie die Aufschrift *SONY* und darunter, entsprechend kleiner, *MR-VIDEO SYSTEM*. Genau dieses Stück der Hülle schien irgendwann herausgebrochen zu sein; es war mit transparentem Klebstreifen wieder befestigt worden.

»Die Kassette ist unberührt geblieben?«, fragte der Russe.

Vater nickte. »Wie Sie gesagt haben.«

Endlich griff Demidow nach der Kassette, befühlte den Klebstreifen. »War das so?«

»Ja.«

»Hm.« Er zog den Streifen ab, entfernte den Splitter behutsam. Mit einem raschen Griff und ohne hinschauen zu müssen, holte er eine Lupe aus einer Schublade, klemmte sie sich ins Auge und spähte damit ins Innere der Kassette. »Gut«, murmelte er nach einer Weile, die in angespanntem Schweigen verstrichen war. »Man sieht nichts. Den kristallinen Speicher, den Schreibkopf, weiter nichts. Sehr gut.« Er nahm die Lupe ab, sah Michaels Vater an. »Sie ist auch nicht geröntgt worden, hoffe ich? Im Zoll etwa?«

Der schüttelte den Kopf. »Der Zoll hat sie nie zu Gesicht bekommen.«

»Hervorragend.« Demidow legte die Kassette zurück auf den Tisch, fügte den Splitter wieder ein und befestigte ihn mit einem frischen Stück Klebeband. »Besser, als ich zu hoffen gewagt hatte. Das eröffnet ungeahnte Möglichkeiten.«

»Das wissen wir doch«, meinte Vater.

»*Wissen?*«, wiederholte der Russe. Das schien ihn zu amüsieren. »Unter den Worten, die wir Menschen erfunden haben, ist das wohl eines der anmaßendsten. Ich versuche, vorsichtig damit umzugehen. Wie sie in den Westernfilmen sagen: Zieh deinen Colt nur, wenn du wirklich schießen willst.«

Jetzt war es an seinem Vater, irritiert dreinzublicken, bemerkte Michael.

Demidow wandte sich ab, holte aus einem Karton, der neben einem der Schreibtische am Boden stand, eine flache, silbergraue Schachtel, die ebenfalls die Aufschrift *SONY* trug. »Ich hab mir natürlich gleich solche Kassetten besorgt, sobald sie verfügbar waren«, erklärte er, riss den Deckel auf und befreite den Inhalt von der Schutzfolie, in der er steckte: noch eine Kassette – nur eine nagelneue diesmal. Er legte sie direkt neben die, die Vater mitgebracht hatte. »Was fällt Ihnen auf?«

»Sie sind nicht gleich!«, platzte Michael heraus. Auf der Kassette, die der Russe frisch ausgepackt hatte, stand zwar ebenfalls *SONY*, doch die Inschrift *MR-VIDEO SYSTEM* fehlte. Und sie wies auch die Nuten auf der gegenüberliegenden Seite nicht auf.

»Genau. Und was sagt uns das?« Demidow legte den Finger auf die Kassette mit dem Jesus-Video. »Dass das nicht nur ein Gegenstand aus der Vergangenheit ist, sondern zugleich einer aus der *Zukunft!*«

»Ich fürchte, ich verstehe nicht ganz, was Sie damit andeuten wollen«, hörte Michael seinen Vater sagen.

Demidow hob die alte Kassette an. »Es gibt diesen Typ Speicherkassetten noch gar nicht. Er *wird* erst hergestellt *werden!*«

»Ist doch ein gutes Zeichen. Das beweist endgültig, dass wir es mit einer Zeitreise zu tun haben.«

»Das auch. Aber vor allem ist es eine Gelegenheit, die wir uns zunutze machen können.«

»Das verstehe ich nicht.«

»Das werden Sie gleich.«

Demidow zog einen Block hervor, einen Stift und eine Schieblehre. Michael fiel auf, dass er nichts davon suchen musste. So chaotisch alles ringsum aussah, der Russe fand, was er brauchte, stets mit einem Griff. Er begann, die Kassette genau zu vermessen, notierte die Maße und murmelte dabei etwas vor sich hin, das Russisch sein mochte oder auch nicht.

Dann, mit einem Ruck, wandte er sich ab, warf sich vor einen der Computer und loggte sich ein. Michael sah ihm unauffällig auf die Finger, sah, dass das Passwort *lindsey14* lautete. Ob seine Freundin wohl so hieß?

Demidow rief ein Konstruktionsprogramm auf. Den Notizblock mit den Maßen neben sich begann er etwas zu konstruieren, und wie schnell! Michael staunte nur. Die eine Hand auf der Tastatur, die andere einen Stift über ein Tablett führend, ließ er im Handumdrehen eine Zeichnung der Kassette entstehen, die hinter ihnen auf dem Tisch lag.

»Wenn ich eine spezielle Maschine brauche«, sagte der Mann mit den langen Locken zu Michael, ohne den Blick vom Bildschirm zu wenden, »dann konstruiere ich sie immer so, dass ich jedes Einzelteil von einem anderen Hersteller beziehen kann. Ich zerlege sie so, dass man unmöglich ahnt, wie das Ding zusammengebaut aussieht oder wozu es dient. Das ist nicht einfach, und ich fange oft von vorne an. Deswegen hab ich Übung, verstehst du?«

Vater, der bis jetzt mit gerunzelter Stirn zugeschaut hatte, fragte: »Darf ich erfahren, was das werden soll?«

»Die Konstruktionszeichnungen, die Sie mitnehmen sollen, wenn Sie nach Japan fliegen, um mit SONY zu verhandeln«, sagte Demidow. Er drückte eine Taste, worauf ein Plotter in einer Ecke des Büros lautstark loslief. Ein großer Bogen Papier wurde hin und her gespult, dann begann die Maschine mit emsigem Rattern, Striche und Strichlein zu ziehen.

»Ich fürchte, ich habe das gerade nicht verstanden. Was haben Sie gesagt?«

Demidow drehte sich mit seinem Bürostuhl herum und richtete den Zeigefinger auf die Kassette. »Diesen Typ gibt es noch nicht. Also müssen Sie dafür sorgen, dass sie existiert, damit die Zeitreise stattfinden kann! Ist doch logisch, oder?«

Vater musterte ihn finster. »Okay. Und wieso ich?«

»Weil sich hier eine unvergleichliche Chance bietet, in den Lauf der Dinge einzugreifen.« Der Plotter war fertig, piepste.

Demidow stand auf, nahm die Zeichnung heraus und breitete sie auf dem Tisch aus. »Gehen Sie zu SONY, Mister Barron, und sagen Sie denen …« Er hielt inne, überlegte, zuckte dann mit den Schultern. »Keine Ahnung. Denken Sie sich einen plausiblen Grund aus. Sie sind der Geschäftsmann, nicht ich. Hauptsache, Sie bringen sie dazu, diesen Typ Kassette herzustellen.«

»Hmm«, machte Vater.

»Das Allerwichtigste dabei«, fuhr Demidow fort, zog eine Schublade auf und fischte einen gelben Textmarker heraus, »ist dieser Bereich.« Er malte ein schmales, gestricheltes Rechteck an der dem Schriftzug gegenüberliegenden Kante gelb aus. »Sie *müssen* dafür sorgen, dass in den Kassetten dieses Typs an dieser Stelle ein Streifen aus mindestens zehn Gramm Osmium verbaut wird.«

Kapitel 6

Osmium: Chemisches Element (Os) der Ordnungszahl 76. Hartes, sprödes, stahlblaues, zu den Platinmetallen zählendes Übergangsmetall. 1804 von Smithson Tennant entdeckt. Wird unterhalb von 0,66 K zum Supraleiter. Mit 22,6 g/cm³ das dichteste aller natürlich vorkommenden Elemente.

Lexikoneintrag

»Osmium?«, wiederholte Michaels Vater entrüstet. »Sie haben doch gesagt –«

»Ich habe gesagt: zur Not«, unterbrach ihn Demidow geduldig. »Etwas, das man probieren kann, wenn alle Stricke reißen. Eher Hoffnung als wirkliche Aussicht auf Erfolg. Wenn Sie Aussicht auf Erfolg haben wollen, führt an Osmium kein Weg vorbei.«

Vater gab ein unwilliges Schnauben von sich, den Blick auf die Zeichnung gerichtet. »Wie soll das funktionieren? Eine neue Serie … Haben Sie eine Ahnung, was Osmium *kostet?*«

»Nein«, gestand der Russe ebenso freimütig wie desinteressiert. Er kratzte sich am Kinn. »Die sollen es sicherheitshalber gut verpacken. In Plastik einschmelzen oder so etwas. Osmium reagiert zwar praktisch nicht mit Sauerstoff, aber niemand weiß, wie das nach zweitausend Jahren in heißer Umgebung aussieht.«

»Osmium kostet an die vierhundert Dollar pro Feinunze«, wandte Vater ein. »Das käme auf über hundert Dollar pro Kassette!«

Demidow sah nicht einmal auf. »Sie müssen das Ganze natürlich subventionieren«, meinte er nur. »Als reichster Mann der Welt sollte das doch kein Problem sein.«

»Und was soll ich denen erzählen, wozu?«

»Keine Ahnung. Denken Sie sich was aus.« Demidow nahm die Zeichnung und faltete sie sorgfältig zusammen. »Meinetwegen sagen Sie, es hat Sicherheitsgründe. Man benötigt den Streifen für eine neue, supergeheime Sicherheitstechnologie. Dann haben die was zu grübeln, wie das funktionieren könnte.« Er lachte in sich hinein; der Gedanke gefiel ihm sichtlich.

»Hmm.«

»Der Zeitreisende hat diese Kassette dabeigehabt, keine andere. Beziehungsweise *wird* sie dabeihaben. Und die muss irgendwo herkommen.« Demidow hielt Michaels Vater das zusammengelegte Blatt hin. »Es reicht im Grunde, wenn nur ein paar Tausend Stück davon hergestellt werden. Die sollen eine Sonderedition auflegen oder so etwas.«

Vater nahm die Zeichnung. »Mal sehen, was ich erreiche.«

»Wenn sonst nichts hilft, *kaufen* Sie die Firma.« Demidow griff nach der Kassette, und in demselben Augenblick, in dem er das tat, bemerkte Michael einen Fernsehapparat auf einem brusthohen Regal neben der Tür. Daneben stand ein flacher, schwarzer Kasten mit der Aufschrift *SONY MR-S*, zweifellos ein Abspielgerät für diesen Typ Speicherkassette.

Es durchzuckte ihn heiß. Was geschah jetzt? Wollte er es abspielen? Das Video von Jesus?

Und – sollte er sich *wünschen*, dass der Wissenschaftler das tat, oder sollte er es *fürchten?*

Doch Demidow machte keine derartigen Anstalten. Stattdessen hielt er Michael die Kassette unter die Nase und sagte: »Ist dir klar, was das bedeutet? Diesen Gegenstand *gibt es noch gar nicht.* Also weiß kein Mensch auf der Welt, was wirklich darin ist. Ist das nicht faszinierend?«

»Ähm«, meinte Michael, erschrocken von der plötzlichen Aufmerksamkeit. »Ja.«

»Und damit das auch so bleibt«, fuhr Demidow fort, »kommt das gute Stück bis auf Weiteres unter Verschluss.«

Er wandte sich ab und öffnete die Tür des großen Safes. Diesmal bekam Michael nicht mit, welche Kombination er verwendete, weil der Russe ihnen den Rücken zuwandte, aber er erhaschte einen Blick ins Innere, als die dicke Tür aufschwang. Stapel von Papieren lagen darin, Dinge, die Bandkassetten sein mochten und externe Festplatten. Datensicherungen vermutlich.

In der Mitte des Safes gab es ein zweites Schließfach, in dem zwei Schlüssel steckten. Demidow öffnete es, legte die Kassette hinein, drückte die Schließfachtür wieder zu und drehte die Schlüssel herum. Dann zog er einen davon heraus und reichte ihn Michaels Vater. »Hier. Das Fach lässt sich nur mit beiden Schlüsseln öffnen.«

Vater nahm den Schlüssel wortlos, befestigte ihn an seinem Schlüsselbund.

Demidow schloss derweil die Safetür, ließ mit einer lässigen Handbewegung die drei Einstellräder des Codeschlosses rotieren, dass es nur so schnurrte, und meinte dann: »Das wäre es für den Moment. Jetzt sind Sie dran.«

Vater legte die Zeichnung in seinen Koffer, drückte den Deckel zu und griff nach seinem Gehstock. »In Ordnung. Ich melde mich auf dem üblichen Weg, sobald ich mehr weiß.«

Als sie das Geheimlabor wieder verließen, sah Michael, dass sich draußen jemand an dem Kapuzineräffchen zu schaffen machte. Es war ein ernst dreinblickender Mann mit einem Kinnbart und einer dunklen Haut, die nach zu viel Solarium aussah. Als sie die Schleuse passiert hatten, hatte er die Kanülen alle entfernt und war gerade im Begriff, das Tier loszuschnallen, einen Riemen nach dem anderen. Der bepelzte Körper war schlaff wie der einer Gliederpuppe und fiel haltlos vornüber, als der Mann den Gurt um den Kopf löste. Der Laborant bettete den Affen in eine weiße Plastikschale, die auf einem Rollwagen stand.

Michael blieb stehen. »Ist er tot?«, fragte er beklommen.

»Ja«, sagte der Mann, ohne Michael mehr als einen flüchtigen Seitenblick zu widmen, weil er damit beschäftigt war, ein Formular auszufüllen. »War auch höchste Zeit.«

Michael betrachtete den toten Affen, wie er da in der Schale lag, die Arme leicht überkreuzt. Auf eine seltsame Weise wirkte das Tier, als habe es im Tod so etwas wie seine Würde wiedererlangt. Michael musste an den schmerzerfüllten Blick denken, mit dem ihn der Affe angesehen hatte. Der Gedanke, dass er kurz danach gestorben war, während sie da drinnen über irgendwelche Dinge gesprochen und nachgedacht hatten, berührte ihn.

»Michael? Kommst du?« Die ungeduldige Stimme seines Vaters. Er und Demidow warteten schon am Durchgang zum nächsten Labor auf ihn.

»Ja!« Michael beeilte sich. Aber auf dem ganzen weiteren Weg ließ ihn der Gedanke nicht los, dass der Affe in ihm so etwas wie seine letzte Hoffnung gesehen und, als auch er nichts für ihn tat, endgültig aufgegeben hatte.

Der Schnee war tatsächlich verschwunden, als sie endlich den gläsernen Übergang zum Verwaltungsgebäude passierten. Stattdessen erfüllte Nieselregen die Luft, der sich in feinen Tröpfchen auf den Scheiben absetzte. Sie verabschiedeten sich von Demidow und von Thompson, anschließend ging es zurück zum Flughafen. Michael wartete, bis sie die Wolken durchstoßen hatten und wieder durch den makellosen, erhabenen Himmel darüber flogen, dann fragte er: »Bist du wirklich der reichste Mann der Welt?«

Sein Vater, der bis zu diesem Moment grübelnd in seinem dicken, ledernen Terminplaner geblättert hatte, sah auf. »Was? Ach so. Nein, das war übertrieben. Jedenfalls, seit ich angefangen habe, das Geld schneller auszugeben, als ein Feuerwehrschlauch Wasser ausspuckt.«

»Du hast nie in diesen Rankinglisten gestanden.«

»Darauf lege ich auch gar keinen Wert«, meinte Vater und wandte sich wieder seinem Kalender zu. Nach einer Weile fügte er hinzu: »Man muss nur wissen, wie man es anstellt, dann bemerken sie einen gar nicht.«

Michael wusste nicht, was er dazu sagen sollte. Das mit den Rankings war in der Schule mal Thema gewesen. Bill aus der Basketballgruppe hatte das *Forbes Magazine* dabeigehabt und laut überlegt, wie er es anstellen müsse, um reicher als Bill Gates zu werden.

»Journalisten sind leicht zu manipulieren, wenn man sich klarmacht, dass sie in der Regel Atheisten sind und meistens linksgerichtet, sogar die in den Wirtschaftsmagazinen«, fuhr Vater fort. »Uns Christen nehmen die grundsätzlich nicht ernst. Das kann man ausnutzen.«

Michael nickte nur.

»Zum Beispiel werden solche Listen nie inflationsbereinigt erstellt. Warum? Weil die Journalisten darauf aus sind, die Leute glauben zu machen, die Reichen würden immer reicher. Was Quatsch ist. Nur die Beträge werden größer, aber das kommt daher, dass das Geld immer weniger wert ist. In Wirklichkeit waren Leute wie Vanderbilt, Carnegie, Astor und so weiter wesentlich reicher als heutige Milliardäre. Inflationsbereinigt war John D. Rockefeller der reichste Mann aller Zeiten; umgerechnet in heutige Kaufkraft hätte sein Vermögen fast fünfhundert Milliarden betragen.«

»Wow«, meinte Michael.

Danach telefonierte sein Vater mit seinem Sekretariat in New York, über den Telefonapparat neben seinem Sitz. Es ging schon um seine Gespräche mit SONY. Aber einstweilen bestimmte er nur, welche Geschäftszahlen und Berichte man ihm zusammenstellen und nach Hause schicken sollte.

Als das geklärt war, breitete sich so etwas wie Entspannung aus. Sie hatten alles erledigt, was heute zu erledigen gewesen war. Der Kopilot kam und servierte ihnen das Abendessen, Hühnchencurry auf Reis, und erklärte, sie würden nach momentanem Stand zwanzig Minuten vor Mitternacht Ortszeit auf dem MacArthur Airport landen.

Während sie aßen, überlegte Michael, warum keine Stewardess an Bord war wie sonst immer. Machte Mister Whitewater das grundsätzlich so, oder war es, damit sie sich unterhalten konnten, ohne dass jemand mithörte? Die Stewardess saß in einem Business-Jet dieser Größe meist in der Küche, was in Hörweite war, trotz des Triebwerkslärms.

»Ist wirklich ein Video auf der Kassette?«, fragte er, als sie beim Nachtisch waren.

»Ja«, sagte sein Vater.

»Hast du es dir angesehen?«

»Den Anfang. Eine Minute oder so, dann habe ich ausgeschaltet.« Das Thema schien seinem Vater unangenehm zu sein. »Ich habe nur einen Screenshot gemacht.«

Michael zog unwillkürlich den Kopf ein. Genau, wie Isaak gesagt hatte.

Sein Vater starrte nachdenklich vor sich hin. »Ihm ins Antlitz zu blicken … das war das Privileg seiner Zeitgenossen, verstehst du? Derjenigen, die lebten, als er unter uns wandelte. Ich konnte es nicht. Unser Herr. Unser Heiland. Unser Erlöser. Wir müssen Ehrfurcht haben. Wir sind Christen; wir werden ihn schauen, wenn er einst wiederkehrt, wie er es uns versprochen hat. Das wird der richtige Zeitpunkt sein, nicht früher. Bis dahin heißt es, Geduld zu haben. Viel Geduld. Auch wenn es manchmal schwerfällt.«

Damit öffnete er seinen Aktenkoffer, legte den Terminplaner zurück und holte seine Bibel heraus, um darin zu lesen.

Michael schwieg, blickte aus dem Fenster, um das Zittern um seine Augen herum zu verbergen. Er hatte beim Packen nicht einmal daran *gedacht*, die Bibel einzupacken, nicht eine Sekunde lang. Er war wohl in Wirklichkeit ein weltlicher Mensch, das Vertrauen nicht wert, das sein Vater in ihn setzte. Das würde zweifellos eines Tages böse enden.

Der einzige Ausweg war, sich zu bemühen, frommer zu werden, gehorsamer, fleißiger. Und den Versuchungen zu entsagen.

Schließlich zog er, müde von all den Eindrücken und um sich abzulenken, sein Geschichtsbuch wieder heraus. Er kam bis zum »Adlertag«, dem Tag, an dem die Luftwaffe des Deutschen Reiches begann, England zu bombardieren, dann schlief er ein. Er träumte von dem Affen und wie er versuchte, ihn zu retten, es aber nicht schaffte.

Michael wunderte sich kein bisschen, dass es nur eines Telefonates bedurfte, um seinem Vater einen Gesprächstermin mit dem Vorstandsvorsitzenden von SONY zu verschaffen: Das war er seit seiner Kindheit nicht anders gewöhnt. Er verstand bloß immer noch nicht, wozu das nötig sein sollte, und sein Vater meinte auf eine entsprechende Frage nur, das werde er schon noch verstehen. Er solle nur einstweilen alles vertraulich behandeln, auch das mit dem Osmium, und auch seiner Mutter kein Wort darüber sagen.

Michael wusste nicht recht, wie er das finden sollte: Einerseits war es ihm unangenehm zu wissen, dass sein Vater Geheimnisse vor seiner Frau hatte, andererseits war er geradezu unanständig stolz darauf, von ihm ins Vertrauen gezogen zu werden.

So flog sein Vater in der darauffolgenden Woche nach Japan. Er blieb vier Tage und kehrte unzufrieden zurück. »Von wegen ›der Kunde ist König‹«, knurrte er, als sie beide einen Moment lang allein waren. »Die verstehen nicht, wieso und wozu, und das ist ein größeres Hindernis, als ich gedacht hätte.« Er schüttelte unwillig den Kopf. »Womöglich muss ich den Laden doch kaufen.«

Das hatte weitere Telefonate zur Folge, die wiederum einen Strom von Leuten ins Haus führten: Angestellte aus Vaters Sekretariat, die Unterlagen brachten. Berater in teuren Anzügen, begleitet von Assistenten, die während der Besprechung missmutig in der Halle warten mussten. Anwälte, die sich jovial gaben und viel Zeit ließen, weil sie tausend Dollar je Stunde in Rechnung stellten, pro Person, verstand sich.

Zwischendurch kam jemand, der völlig aus diesem Raster fiel: ein hagerer, fast zwei Meter großer Mann, der in einem popeligen blauen Ford ankam, allein. Michael sah vom Grauen Salon aus, wie er ausstieg und, in einen zerknitterten bodenlangen Mantel von unbestimmbarer Farbe gehüllt, federnden Schrittes auf den Eingang zukam. Er hatte lange, graubraune Haare, die er zu einem Pferdeschwanz gebunden trug, altmodisch aussehende Koteletten und Augen, die aus der Ferne wie Polareis wirkten: Michael duckte sich unwillkürlich, als der Mann im Näherkommen seinen Blick forschend über das Gebäude streichen ließ.

»Walker«, hörte er ihn später unten in der Halle mit dunkler Stimme sagen. »Lazarus Walker.«

»Ah ja«, sagte sein Vater hörbar erfreut. »Wunderbar. Kommen Sie.«

Michael wäre am liebsten umgehend zu seinem geheimen Horchposten geeilt. Aber erstens hatte er sich vorgenommen, das nicht mehr zu tun – oder jedenfalls nicht mehr so oft –, zweitens waren die Zimmerfrauen gerade dabei, alle Betten frisch zu beziehen. Er konnte also nur vermuten, was sein Vater mit diesem Mann zu besprechen hatte.

Inzwischen hatte die Schule wieder begonnen. Die aufregendste Neuigkeit war, dass sie im Biologieunterricht die Evolutionslehre durchnehmen würden. »Der Staat verlangt, dass ihr alternative Erklärungsversuche kennenlernen sollt«, meinte ihr Lehrer lustlos. Er, Mitglied des Kirchenchors und in seiner Jugend freiwilliger Mitarbeiter der Evangelisation in Indonesien, hielt spürbar nichts davon. Er erklärte ihnen die Sache auch eher konfus. Er ließ sich mehr über Charles Darwins persönliche Mängel aus als über dessen wissenschaftliche Ansichten. Die meiste Energie verwendete er auf Argumente, die *gegen* die Theorie von der natürlichen Entstehung der Arten sprachen.

Das alles vermochte jedoch nicht zu verhindern, dass Michaels Neugierde entfacht war. Zuerst ging er in die Schulbücherei, um nach einem Buch zu suchen, das die Evolution besser erklärte, wurde allerdings nicht fündig. Kein Wunder, denn ein Gremium engagierter Eltern wachte darüber, dass keinerlei Literatur angeschafft wurde, die Schüler sittlich oder geistig ungünstig beeinflussen konnte. Also blieb Michael nichts anderes übrig, als in die Buchhandlung in der Glen Street zu gehen, die auch Bücher verkaufte, die das Gremium nie und nimmer akzeptabel gefunden hätte.

Das war noch so eine Sünde, die Michael zu verbergen hatte und von der er einfach nicht lassen konnte: in diesem bis in den letzten Winkel mit Regalen vollgestopften Laden von unauffällig abgezwacktem und zusammengespartem Geld Bücher zu kaufen, die er zu Hause in einem sorgfältig gehüteten Versteck aufbewahren musste und nur heimlich lesen konnte, nachts im Bett und mit der Taschenlampe, die Ohren allzeit gespitzt, ob jemand kam. Bücher, in denen es um Sex ging, zum Beispiel. Bücher, die das Christentum regelrecht *kritisierten* – mit unhaltbaren Argumenten freilich, das war ihm durchaus klar, aber trotzdem aufregend zu lesen. Eine verderbte Leidenschaft, die er hätte bekämpfen müssen und der er doch immer wieder erlag.

Hier fand er gleich mehrere Bücher über die Evolutionstheorie, dicke, dünne, hoch komplizierte und schließlich eines, das sehr anschaulich geschrieben, ja, regelrecht spannend zu lesen war. Nach Isaaks Verschwinden hatte Michael die zu Hause gehorteten Bücher weggeworfen, sie zerrissen und zuunterst in den Altpapiercontainer gestopft. Er wagte auch jetzt nicht, das Buch zu kaufen. Der Inhaber, ein gemütlicher, betagter Mann mit einem wallenden Bart, war es zum Glück schon gewöhnt, dass Michael oft wochenlang um ein bestimmtes Buch herumschlich. Sowieso kümmerte er sich generell nicht um die Leute, die in seinen Laden kamen, es sei denn, sie wandten sich mit einer Frage an ihn oder wollten ein Buch kaufen. Geschah das nicht, saß er an seiner Kasse, las den lieben langen Tag und futterte nebenher Apfelschnitze.

Das nutzte Michael aus, indem er sich jeden Tag in der Mittagspause aus der Schule hierherstahl, um das Buch etappenweise durchzulesen. Er stand dabei mucksmäuschenstill hinter einem der Regale und las so schnell, wie er nur konnte. Er hatte ein schlechtes Gewissen, aber nicht schlecht genug, um nicht damit weiterzumachen, bis er es durchhatte.

Und wie es ihn faszinierte! Auch wenn er nicht glaubte, dass Darwins Theorie stimmte, denn schließlich stand es in der Bibel anders, und die Bibel war nun mal Gottes Wort und unfehlbar: Wie elegant diese Idee war! Wie grandios die Vorstellung, dass sich das Universum in seiner unfassbaren Pracht und Fülle aus ein paar winzigen, jedoch unendlich genial gestalteten Anfangsbausteinen quasi von selbst entfaltet haben sollte! Michael Barron konnte nicht anders, als die Kühnheit dieses Gedankens zu bewundern. Das Bild von der Geschichte des Lebens, das dieses Buch in ihm erzeugte, war atemberaubend und wäre Gottes zweifellos ebenfalls würdig gewesen – ja, wenn Michael ehrlich war, sogar würdiger als die Vorstellung eines Gottes, der am Zeichenbrett saß und emsig eine Spezies nach der anderen konstruierte, und zwar, wie es aussah, mit Vorliebe *Insekten*.

Wieso musste er dabei an Boris Demidow denken und wie flink dieser die Zeichnung der Videokassette auf seinem Computer erstellt hatte?

Und an den Affen. An den armen Kapuzineraffen, der ihn so verzweifelt angesehen hatte.

Michael klappte das Buch zu. Biologie war nicht seine Stärke, das zeigten seine Zeugnisse eindeutig. Sicherlich verstand er also eine Menge falsch, und bestimmt war es so, wie sein Vater zu sagen pflegte, nämlich, dass derartige Bücher von Leuten geschrieben wurden, die ein tiefes Verlangen trieb, Gott zu leugnen.

Was es wohl über ihn aussagte, dass er solche Bücher aufregend fand? Darüber wollte er lieber nicht nachdenken.

Als er das Buch zurückstellte, fiel sein Blick auf ein anderes, das ihm bis jetzt noch gar nicht aufgefallen war. Er hätte ein derartiges Buch in dieser Buchhandlung auch nie vermutet, nämlich ein *Lexikon der christlichen Sekten*. Das war ja mal interessant. Ein dicker, angestaubter Wälzer, mehr als zwanzig Jahre alt und mehrfach im Preis herabgesetzt. Ein Schnäppchen beinahe. Michael schlug es auf. Wie hatte dieses Kaff in England noch mal geheißen? Ach ja, *Barnford*.

Da. *True Church of Barnford*. Ein langer Artikel, und eine faszinierende Geschichte dazu. Das Dorf war im Zweiten Weltkrieg nahezu vollständig zerstört worden, und zwar am 13. August 1940, am ersten Tag der deutschen Luftangriffe auf England. Aber: Es hatte nur einen einzigen Toten gegeben, weil am Tag zuvor ein Mann namens John Specter aufgetaucht und die Bewohner des Ortes gewarnt hatte, die sich daraufhin in Sicherheit gebracht hatten. Bis auf einen.

Danach hatte besagter John Specter angefangen zu predigen und die *True Church* gegründet. Ein – ziemlich schlechtes – Foto war abgedruckt, das die Einweihungsfeier der Universität von Barnford zeigte. Am 1. August 1964 war das gewesen, und laut Bildunterschrift war derjenige, der das Band durchschnitt, John Specter. Es stand auch dabei, dass diese Universität nie die staatliche Anerkennung erhalten hatte.

Atemberaubend unbiblisch war, *was* dieser Specter gepredigt hatte. Wobei, womöglich predigte er es immer noch: dass Jesu Tod am Kreuz nicht die Rettung der Menschen vor der Verdammnis und die Erlösung von allen Sünden gewesen sei, sondern im Gegenteil ein schreckliches Unglück, ein furchtbares Versagen! Michael spürte den Impuls, diese Seiten aus dem Buch herauszureißen und wegzuwerfen. Wie konnte sich jemand erdreisten …?

Er schüttelte den Kopf, fing sich wieder. Ganz klar: eine Irrlehre. Ein größerer Widerspruch zur Heiligen Schrift war ja kaum denkbar. Vielsagend auch die Geschichte mit der Warnung des Dorfes. Darüber hatte Michael erst neulich auf dem Flug nach Seattle gelesen: Der Angriff der deutschen Luftwaffe auf England war überraschend gekommen und hatte zunächst vor allem Flugplätzen und anderen Militärstellungen gegolten. Da es, wie der Artikel in dem Buch schrieb, derartige Einrichtungen in und um Barnford nicht gegeben hatte, war die Bombardierung des Dorfes wohl ein Versehen gewesen. Mit anderen Worten, die Warnung dieses John Specter hatte den Charakter einer Weissagung – und Weissagungen, die der Bibel widersprachen, konnten nur von Satan kommen!

Michael sah beunruhigt auf. War es nicht seltsam, dass ausgerechnet eine solche Sekte in den Fund eines Videos verstrickt war, das angeblich Jesus Christus zeigte? Er fragte sich, ob sein Vater das alles wusste. Vielleicht war es ratsam, ihn darauf hinzuweisen. Nur – wie sollte er das anstellen? Er konnte unmöglich dieses Buch kaufen und seinem Vater vorlegen, denn der würde fragen, woher er es hatte. Und er würde es entschieden missbilligen, dass sein Sohn eine derartige Buchhandlung frequentierte.

Er musste einen anderen Weg finden. Michael klappte das Lexikon zu, stellte es zurück …

Dabei fiel sein Blick durch das verstaubte Fenster hinaus auf die Straße, wo sich ihm ein Anblick bot, der ihn alles, was er gerade gedacht hatte, völlig vergessen ließ. Denn dort draußen, direkt gegenüber, kam Jennifer aus der Pizzeria – und zwar Hand in Hand mit einem Jungen, der mindestens siebzehn war und den sie so verliebt anschaute, dass Michael richtig schlecht wurde.

Mann! Der reinste Schlag in die Magengrube. Auf einmal war die Welt ringsum grau und düster und die Aussicht auf einen ganzen Nachmittag Schule schier unerträglich.

Er wartete, bis das Schwindelgefühl nachließ und die beiden außer Sicht waren, dann ging er. Der Inhaber sah kaum auf, als Michael die Tür aufdrückte.

Als er an diesem Tag nach Hause kam, übel gelaunt und überzeugt, der unglücklichste Mensch auf Erden zu sein, erwartete ihn noch ein Tiefschlag, diesmal einer, der ihn *wirklich* umhaute: Am Haus waren an die zwanzig Bauarbeiter mit Sack und Pack und großem Gerät aufmarschiert und hatten damit begonnen, Isaaks ehemalige Zimmerflucht *abzureißen!* Maschinen dröhnten, Lastwagen röhrten, der Garten war zerwühlt, das Haus zitterte unter den Hammerschlägen der Männer, alles war laut und staubig und schrecklich … und überhaupt: *Wieso?* Was *sollte* das?

»Dein Vater will es so«, erklärte seine Mutter ihm mit tränenumflorten Augen, als Michael zu ihr kam. »Wie es bei Matthäus heißt: *Wenn deine Hand oder dein Fuß dich zum Bösen verführen, dann hack sie ab und wirf sie weg! Es ist besser, du gehst verstümmelt ins Leben ein, als mit beiden Händen und beiden Füßen in die Hölle.*«

Er starrte sie voller Entsetzen an. »Und … und wenn Isaak doch zurückkommt?«

Sie schüttelte den Kopf, unendlich traurig. »Er wird nicht zurückkommen, Michael. Niemals wieder.«

Vater war zu Verhandlungen in Japan, als die Bauarbeiten begannen, und er blieb so lange, dass der Umbau abgeschlossen war, als er zurückkehrte. Auf der Seite des Hauses, wo einst Isaaks Zimmer gewesen waren, lag das Dach nun einen Stock niedriger. Die neuen Dachziegel glänzten noch. Die Flügeltür war verschwunden, die Türöffnung zugemauert, und die Wände ringsum waren frisch tapeziert. Die Seitentreppe, die am anderen Ende von Isaaks Bereich zur Garage hinabgeführt hatte, gab es nicht mehr. Sogar die gröbsten Schäden im Garten hatte man behoben. All das änderte jedoch nichts daran, dass das Haus nun von außen schrecklich disproportioniert aussah, geradezu entstellt.

Vater besah sich die Arbeiten schweigend. Anschließend rief er Michael in sein Arbeitszimmer, ließ ihn die Tür hinter sich schließen und sagte: »Damit du Bescheid weißt: Die Verhandlungen haben Erfolg gehabt. SONY wird im Herbst eine limitierte Sonderausgabe der MR-01-Kamera herausbringen, in die nur die abgewandelten Speicherkassetten passen werden. Wir haben diese Variante US VERSION getauft. Eine Handelsgesellschaft, an der ich Anteile halte, wird die gesamte Produktion übernehmen und in den Staaten vertreiben.« Er fuhr sich, ganz gegen seine Gewohnheiten, mit den gespreizten Händen durch die Haare. »Ohne die Sache mit dem Osmium würde ich sogar etwas daran verdienen. Aber so, wie es jetzt ist, mache ich dabei mehr als fünfzig Millionen Verlust.«

Kapitel 7

Fast alles, ob Gutes oder Böses, lässt sich als Gottes Wirken erklären. Gott bewahrt Geschirr vor dem Zerbrechen und findet Dinge wieder, die verloren gegangen sind. Er schenkt Freude und Nachkommenschaft. Er kümmert sich darum, dass Autos zu erschwinglichen Preisen repariert werden. Er legt günstige Zeitpläne für Überstunden fest und macht Entlassungen angenehmer. Er sorgt für Kleidung und Nahrung, wenn sie gebraucht werden, und ebenso für weniger wichtige Dinge, etwa Karten fürs Rodeo oder einen kleinen Hund für die Kinder.

Nancy T. Ammerman, »Bible Believers«

Was hätte er denn anderes tun sollen? Was denn?

Michael Barron war in diesen Tagen erfüllt von einem Gefühl, das er nicht benennen konnte, das aber so heftig war, dass er kaum wusste, wohin mit sich. Ein innerliches Brennen ließ ihn mit geballten Fäusten aus dem Schlaf aufwachen, wollte ihn dazu bringen, Sachen durch die Gegend zu werfen, Türen zu schlagen, zu schreien. Nichts davon tat er, doch er saß oft einfach nur da und kämpfte mit den Tränen.

Die Geschichte mit Jennifer war es nicht. Das war ohnehin … Er hatte ja keine zehn Worte mit ihr gewechselt, okay? Sie hatte ihn vermutlich kaum wahrgenommen. Das mit dem Typ vor der Pizzeria war nach einer Woche aus gewesen. Jetzt ging sie mit einem anderen, einem aus der Abschlussklasse.

Sollte sie. Aber das mit Isaak …

In diesen Wochen lebte Michael fast durchgehend in Erinnerungen. Er nahm kaum wahr, wie es unablässig regnete, wie der Himmel dunkel und schwer über der Landschaft lag wie ein böser Fluch. Er saß im Unterricht, war im Geiste aber auf den Seychellen, wo Isaak und er gemeinsam das Tauchen gelernt hatten. Er saß in der Mensa, aber er schmeckte nicht, was er aß, sondern durchlebte noch einmal die Festessen, die Großmutter zum Thanksgiving ausgerichtet hatte. Er sah Isaak vor sich, wie er sich wohlig über den Bauch strich und ächzte, er könne nicht mehr. So viele glückliche Tage! Wie er Isaak im Bibelquiz geschlagen hatte, ein einziges Mal nur, aber umso süßer der Gewinn …

Obwohl – wenn er heute darüber nachdachte, hatte Isaak ihn damals wahrscheinlich gewinnen lassen. Bestimmt. Denn Isaak hatte sonst immer alles gewusst, war bibelfest gewesen und stark im Glauben, oh ja.

Einmal wanderte Michael über das Anwesen und suchte nach dem Baum, auf dem sie einst ein Baumhaus gebaut hatten. Sie beide ganz alleine, nur er und sein Bruder. Im Lauf der Jahre war es verfallen, und einer der Stürme des letzten Winters hatte nun auch die Reste heruntergeholt. Oben auf dem Baum sah Michael nur noch zwei einsame Latten, deren Nägel noch hielten und die in Form eines Kreuzes übereinanderlagen. Ausgerechnet.

Isaak war damals so stolz gewesen. Und nun war er nicht mehr da. Gegangen. Verschwunden. Vertrieben.

Was hätte Michael denn anderes tun können, als wieder anzufangen, seinen Vater zu belauschen? Was denn?

Doch diesmal musste er es besser anfangen. Effizienter. Es hatte keinen Zweck, sich jedes Mal den Hals zu verrenken, nur die Hälfte zu verstehen, und das zudem in der Gefahr, von einer Hausangestellten entdeckt und verraten zu werden. Nein, er brauchte eine technische Lösung. Das Kabelrohr lud geradezu dazu ein, ein Mikrofon darin zu versenken und per Funk abzuhören, was es auffing.

Die Gelegenheit, sich entsprechendes Equipment unauffällig zuzulegen, war günstig. Der Geburtstag seiner Mutter stand bevor: Das hieß, er konnte unter dem Vorwand, ein Geschenk zu besorgen, Einkäufe unternehmen und unausgepackt auf sein Zimmer bringen, ohne dass jemand Verdacht schöpfen würde. So ließ er sich in das riesige neue Einkaufszentrum bei Hicksville fahren und begann, die Elektronikmärkte zu durchstöbern.

Er hatte keine Ahnung, was er suchte und ob es das, was er brauchte, überhaupt zu kaufen gab. In New York gab es, sagte man, einen Laden, der Spionagezubehör aller Art verkaufte, Wanzen, mikroskopisch kleine Überwachungskameras und so weiter. Aber erstens wollten seine Eltern nicht, dass er alleine nach New York fuhr, und zweitens hatte er ernsthafte Zweifel, dass man einem knapp Fünfzehnjährigen solche Dinge anstandslos verkaufen würde.

Nach stundenlanger Suche fiel ihm in einem Laden, der eher Spielzeug führte, ein Artikel in die Hände, der *Surveyor Kit* hieß und als Neuheit angepriesen wurde: eine Art Babyfon mit einem Mikrofon an einem etwa drei Fuß langen Kabel, das man mit einem gefederten Clip irgendwo anklemmen konnte. Der Clip sah aus, als ließe er sich leicht abtrennen, sodass nur ein Mikrofon von der Größe eines Fingerglieds übrig bleiben würde, und die notwendigen Batterien waren dieselben wie in seiner Taschenlampe. Er würde das Ladegerät verwenden können, das er schon besaß.

Das sah aus wie die Lösung, nach der er gesucht hatte. Zumindest war es einen Versuch wert, also kaufte er das Ding. Sicherheitshalber ließ er es als Geschenk einpacken.

Was er seiner Mutter wirklich schenken wollte, hatte er sich schon lange vorher ausgedacht: ein selber gestaltetes Hinterglasbild, mit transparenter Folie, die man ausschneiden konnte, spezieller Farbe, ein paar geschliffenen Halbedelsteinen und so weiter. Etwas Ähnliches hatte er vor einigen Jahren schon einmal gemacht, und das Bild hatte sie immer noch auf ihrem Sekretär stehen; es schien ihr also gefallen zu haben. Er kaufte ein entsprechendes Set, in dem alles, was er brauchen würde, enthalten war.

Die beiliegenden Vorlagen boten die Wahl zwischen einem neutralen Blumenmuster und verschiedenen biblischen Szenen. Michael entschied sich für ein Bild, das die Auferstehung des Lazarus darstellte, und begann gleich mit der Arbeit. Erst als er schon dabei war, die Gestalt des Lazarus von Bethanien weiß auszumalen – genauer gesagt, das Leichentuch, in das dieser der Überlieferung nach noch gehüllt gewesen war, als Jesus ihn von den Toten zurückrief –, ging ihm auf, dass er womöglich diese Vorlage gewählt hatte, weil er immer wieder an jenen geheimnisvollen Lazarus Walker denken musste, den sein Vater engagiert hatte, um Isaak zu suchen. Zumindest, wenn er das richtig verstanden hatte.

Die Gelegenheit, seine »Wanze« zu installieren, bot sich ausgerechnet am Geburtstag seiner Mutter. Es war ein Sonntag. Sie hatte sich zuerst geweigert, ein Fest auszurichten – »nicht so kurz, nachdem ich einen Sohn verloren habe«, hatte sie erklärt. Aber dann hatte sich kurzfristig ihre jüngste Cousine angekündigt, die in North Carolina lebte und gerade, hochschwanger, mit ihrem Mann eine Rundreise zu allen Verwandten machte, ehe das Baby kam. Also saßen sie Sonntagabend im Wohnzimmer beisammen: Mutter, der nicht nach Besuch und Feier zumute war, Vater, der in den Tagen davor unterwegs gewesen und mit schlechter Laune zurückgekommen war, und Michael, der auch keine Lust hatte und nur dabeisaß, weil es von ihm erwartet wurde.

Als er Christine, die Cousine, zuletzt gesehen hatte, war sie noch ein Backfisch gewesen und er ein Kind. Jetzt war sie eine Frau mit langen, rötlich-braunen Locken, einer Million Sommersprossen und einem ungeheuren Bauch. »Ich denke bei jedem Bissen, ich platze«, bekannte sie, griff aber trotzdem beherzt zu, als die Platten mit den Häppchen aufgetragen wurden. »Haben wir alles Eva zu verdanken. Dieses Miststück, sag ich. Wie kann man nur auf eine *Schlange* hören?«

Dan, ihr Mann, hatte ein dröhnendes Lachen am Leib und roch nach Pfeifentabak. Er erzählte die ganze Zeit von dem

Studium, das er nach zehn Jahren im Berufsleben noch angefangen hatte, und wie schwer es ihm fiel. »Ich sage oft zu Christine, hoffentlich kommt der Herr zurück, ehe ich die Prüfung ablegen muss«, meinte er und fügte lauthals lachend hinzu: »Das ist meine einzige Chance, heil aus der Sache rauszukommen.«

Eine gute Stunde später standen nur noch leere Silberplatten auf dem Tisch, und die Gespräche drehten sich um Familienangelegenheiten. Das Hausmädchen wartete im Hintergrund und langweilte sich. Sie war die Einzige, die Dienst hatte. Im Hause Barron bekamen die Hausangestellten normalerweise sonntags frei, um in die Kirche gehen und den Feiertag heiligen zu können, wie es die Bibel verlangte. Ausnahmen wurden nur gemacht, wenn Gäste kamen.

Der passende Moment, um sich abzusetzen, fand Michael. Er stand auf, erklärte, es sei für ihn Zeit, sich zu Bett zu begeben, die Schule anderntags, leider. Christine bekundete ihr Mitgefühl. Dan meinte, er mache das völlig richtig, ausreichend Schlaf sei das Wichtigste, wenn man lernen müsse, er achte darauf auch immer. Dann konnte Michael gehen, war frei und hatte das große, dunkle Haus für sich.

Nun aber schnell. Das Sendegerät steckte in der Tasche seiner Jacke, in der Garderobe beim Eingang. Er holte es, außerdem den dünnen Bambusstab aus dem Treibhaus, den er hinter den Hutschrank gestellt hatte, und das scharfe Teppichmesser aus der Werkstatt: Beides würde er morgen unauffällig zurückbringen. Dann nahm er die Seitentür in den Hauswirtschaftstrakt, huschte in das Bettenzimmer, schloss die Tür sorgfältig, schaltete das Licht ein und machte sich an die Arbeit.

Zunächst das Kabel mit dem Mikrofon. Den Clip hatte er längst abgeschnitten, das war gar kein Problem gewesen. Nun legte er das Mikrofon in das Kabelrohr und schob es mithilfe des Bambusstabs so tief wie möglich hinein. Das verbliebene Kabelstück führte er zur Seite. Neben dem Wandschrank stand ein Schubladenelement. Er nahm die Schubladen heraus, bohrte mit dem Messer ein Loch in die Rückwand und schaffte es nach einigen Anläufen, das Kabel hindurchzuziehen. Es war gerade lang genug, um das Sendegerät anzustöpseln und an Ort und Stelle zu deponieren, genau hinter der untersten Schublade. Niemand würde auf die Idee kommen, hier nachzusehen. Das Kabel im Schrank würde auch niemandem auffallen, zumal es sich größtenteils unter der Kante des Teppichbodens verbergen ließ.

Michael war sehr zufrieden mit seiner Installation. Künftig würde er nur noch hierherkommen müssen, um die Batterien auszutauschen, und dazu genügte es, die unterste Schublade herauszuziehen: genial, in aller Bescheidenheit. Er schaltete den Sender ein und drehte den Knopf, mit dem man die Empfindlichkeit einstellte, so weit herunter, bis die gelbe LED erlosch und nur noch die grüne glomm. Damit war seine »Wanze« betriebsbereit.

Wahrscheinlich würde sie gleich morgen zum Einsatz kommen. Denn Walker war in letzter Zeit wenn, dann montagabends zur Berichterstattung gekommen.

Kein Schultag zieht sich so zäh dahin wie der, dessen Ende man sehnsüchtig erwartet. Michael konnte den Tag über an kaum etwas anderes denken als daran, was für interessante Gespräche er wohl gerade verpasste, weil er nicht an seinem Empfänger saß. Er vergaß sogar, nach Jennifer Ausschau zu halten.

Endlich zu Hause, gab er vor, noch an einem Aufsatz schreiben zu wollen, und zog sich mit seinen Schulsachen in den Grauen Salon zurück. Dort saß er und wartete. Der Empfänger lag in der Schublade unter dem Tisch, die einen Spalt weit offen war. Er hatte seine Ohrstöpsel eingesteckt, was so aussah, als höre er Musik.

In Wirklichkeit hörte er zu, wie sein Vater telefonierte. Es ging um Geld, um eine Spende für die *Wycliff Bible Translators International*, für Bibelübersetzungen in Westafrika. Jedes Wort war glasklar zu verstehen. Michael grinste in sich hinein.

Jetzt konnte dieser Mister Walker antanzen!

Stattdessen kam Eric Whitewater, heute mit einem imposanten, schwarzen Geländewagen, er selber ganz in Khaki gekleidet, als komme er gerade aus einem Wüstenkrieg. Er marschierte auch so eilig auf den Eingang zu, als könne er es kaum erwarten, wieder dorthin zurückzugelangen.

Michael richtete sich auf, drückte die Ohrstöpsel noch einmal fest. Jetzt war er doch etwas nervös.

»Du hast beunruhigt geklungen am Telefon«, hörte er ihn wenig später sagen.

»Bin ich auch«, erwiderte sein Vater gallig. »Wir haben uns zu viel Zeit gelassen in Barnford. Dieser Wilford-Smith hat offenbar, kaum dass er den MR-Rekorder geliefert bekommen hat, Kopien des Videos angefertigt und an alle möglichen Leute weitergegeben, die jetzt munter ihrerseits Kopien ziehen, und immer so weiter. Digitale Kopien, wohlgemerkt, also verlustfrei!«

»Hm. Das ist nicht gut.«

»Absolut nicht. Du kannst darauf warten, bis das Video im Internet auftaucht. Wenn es dort nicht sogar schon irgendwo zu finden ist.«

Michael riss die Augen auf. Das Video von Jesus … im Internet? Sein Herz pochte auf einmal wild. Was für ein Gedanke!

Mit bebenden Händen griff er nach seinem Laptop, stöpselte ihn ein, klappte ihn auf, wartete, dass er hochfuhr.

»Hm«, hörte er Whitewater brummen. »Da bin ich überfragt. Ich kann in Wüsten kämpfen, in Bergen, in Sümpfen … aber was das Internet anbelangt, muss ich passen. Für den Scheiß bin ich zu alt.«

»Dafür gibt es Spezialisten. Ich hab für morgen einen herbestellt.«

Michael hörte nur mit halbem Ohr zu, ungeduldig darauf wartend, dass der Computer einsatzbereit war. Er startete den Browser, rief Google auf. Wonach suchte er jetzt am besten?

»Einen Spezialisten? Was heißt das? Einen Externen?«

»Irgend so eine Koryphäe aus Kalifornien. Hat ein Dutzend Bücher geschrieben und hält überall in der Welt Vorträge. Und nimmt exorbitante Stundensätze, alles, was recht ist.«

»Und was willst du dem erzählen, was das für ein Video ist?«

»Ich sage ihm, dass es sich um ein bislang geheimes Filmprojekt handelt. Verletzung des Urheberrechts. Hunderte von Millionen Dollar gefährdet. Ganz einfach.«

Michael hielt, die Hände über der Tastatur schwebend, inne.

Er hatte Isaak versprochen, es nicht zu tun.

Ich verspreche, dass ich mir dieses Video niemals anschauen werde, solange ich lebe.

Niemals.

Weil es etwas mit einem machte. Weil man danach nicht mehr derselbe war.

Weil es einen *zerstörte*.

Michaels Finger zitterten. Er zog sie hastig zurück, ballte die Hände zu Fäusten, legte sie vor sich auf den Tisch. Ja, er hatte es versprochen. Aber es fiel ihm schwer, dieses Versprechen zu halten, schrecklich schwer. Er war jemand, der Versuchungen leicht erlag. Jemand, der es nicht lassen konnte, von Mädchen zu träumen, auch auf unanständige Weise. Jemand, der sich damit selbst befleckte. Der es nicht lassen konnte, obwohl er wusste, dass es verwerflich war.

»Was macht der Russe?«, hörte er Vater fragen. »Hält er euch immer noch auf Trab?«

»Der? Der ist ein wandelndes Trainingslager für meine Leute. Man weiß nie, was er als Nächstes unternimmt. Und seine Freundinnen wechselt er schneller als manche ihre Unterhemden.«

»Als wir Anfang Januar bei ihm waren, hat er sich gerade eine neue angelacht … Na ja. Hab ich dir ja erzählt.«

»Das hat keine drei Wochen gehalten.« Whitewater schnaubte. »Ehrlich, ich finde es furchtbar, dass wir mit einem so unmoralischen Menschen zusammenarbeiten müssen. Das zeigt mir mal wieder, dass Gottes Wege wirklich unergründlich sind.«

Michael zog den Laptop ein Stück näher. Das Video, zum Greifen nahe vielleicht. Was für eine Versuchung! Eine Versuchung, der selbst sein großer Bruder erlegen war. Da würde man ihm auch keinen Vorwurf machen können, oder?

Außerdem verstand er es nicht. Was sollte, was *konnte* so schlimm sein an einem Video, das Jesus Christus zeigte? Den Herrn? Den Heiland?

Er tippte »Jesus Video« in das Suchfeld.

»Ich sage mir, es muss eine Prüfung sein«, hörte er Vater sagen. »Na ja. Hauptsache, er hält bei seinen Weibern den Mund.«

»Tut er. Soweit wir wissen.«

»Was heißt das?«

»Dass er die Miezen schneller flachlegt, als wir Wanzen installieren können. Von Anstand und Moral ist nichts mehr übrig heutzutage, ich sag's dir.«

Michaels Zeigefinger schwebte über der Eingabetaste.

Er hatte es Isaak versprochen. Isaak, der an jenem letzten Morgen so durcheinander gewesen war wie nie zuvor. Isaak, den das Video zutiefst erschreckt und erschüttert hatte. *Verändert* hatte.

Michael spürte, wie sich eine Gänsehaut über seinen Körper ausbreitete. Jedes Härchen stellte sich einzeln auf.

Dann, mit einem Keuchen, zog er den Finger zurück, löschte das Suchfeld, schloss das Programm und schob den Computer von sich.

Der angekündigte Sachverständige kam am übernächsten Tag, in aller Frühe. Die Sonne war eben aufgegangen, und silberner Morgendunst lag über den Hügeln, als er aus der Limousine stieg, die ihn vom Flughafen abgeholt hatte: ein hagerer Mann, so groß wie ein Baseballspieler. Er trug eine modische Glatze, einen indischen Seidenanzug und eine Brille mit einem dicken, knallroten Gestell. Michael erspähte ihn aus dem Fenster des Frühstückszimmers, wie er die Eingangstreppe hinaufeilte, eine dünne Mappe unter dem Arm, die Schultern hochgezogen. Er schien in der morgendlichen Kühle zu frieren.

Michael schlang den Rest seiner Flocken so schnell wie möglich hinab und raste auf sein Zimmer. Eine Viertelstunde, um zu lauschen, hatte er noch!

Sie waren schon mitten in der Diskussion, als er die Stöpsel endlich im Ohr hatte. »Verstehe«, sagte der Neuankömmling gerade mit dünner, hoher Stimme. Er klang, als langweile ihn das Gespräch. »Nun, ich fürchte, was einmal im Internet ist, lässt sich daraus nicht wieder entfernen. Interessante Inhalte werden kopiert, weiterkopiert, gesichert. Server werden gespiegelt, es werden Back-ups erstellt, und so weiter.«

»Ich bezahle Sie nicht dafür, mir zu sagen, dass man nichts machen kann«, hörte Michael seinen Vater grollen.

»Sie bezahlen meine Zeit«, erklärte die näselnde Stimme ungerührt. »Und sagen kann ich Ihnen nur, was ich weiß. Das Internet umfasst heute über hundert Millionen Hosts – also Server, die Inhalte bereitstellen oder aufnehmen können –, Tendenz rapide steigend. Viele dieser Server stehen in Ländern, auf die Sie keinen Zugriff bekommen. Das muss Ihnen nicht gefallen, aber so ist nun mal die Sachlage.«

»Okay. Was, wenn man die, ähm, Suchmaschinen oder wie das heißt – Yahoo, Google und so weiter – dazu brächte, entsprechende Fundstellen wenigstens nicht anzuzeigen? Wenn man das Video nicht fände, wäre schon viel gewonnen.«

»Nun ja«, meinte der Spezialist gedehnt und mit hörbarer Skepsis. »Die Frage ist, wie Sie die dazu bringen wollen.«

»Mit Geld zum Beispiel. Wie gesagt, es steht einiges auf dem Spiel.«

»Das käme auf einen Versuch an. Bis jetzt ist es so, dass diese Firmen nur auf staatlichen Druck reagieren, auf Zensurvorschriften, Gesetze zum Schutz Minderjähriger und dergleichen, und auch das nur ungern. Es ist nun mal deren Geschäftszweck, *alles* zu finden und verfügbar zu machen.« Er hüstelte. »Und selbst wenn – dann blieben immer noch Kopien auf Festplatten, CDs et cetera, die direkt von Hand zu Hand gehen, unabhängig vom Internet. Das sind ebenfalls Verbreitungswege. Zwar nicht so schnell, aber durchaus genauso wirksam.«

»Darum kümmern wir uns später. Jetzt will ich erst einmal, dass Sie mir genau erklären, wie es technisch ablaufen würde, wenn ich –«

Das Haustelefon klingelte. Michael schreckte hoch, riss sich die Stöpsel aus den Ohren und hob ab. Es war, natürlich, seine Mutter. Mit müder Stimme – seit Isaak weg war, hatte sie diese Stimme – fragte sie: »Hast du die Schule vergessen?«

»Ich komme schon!«, rief er und legte sofort auf.

Schade, gerade jetzt, wo es spannend geworden wäre. Er schaltete eilig das Empfangsgerät aus, versteckte es, schnappte seine Tasche und rannte los.

Am nächsten Tag reiste sein Vater ab, blieb eine Woche lang fort und wirkte zufrieden, als er zurückkam. Sie aßen zu Abend, dann zog er sich in sein Arbeitszimmer zurück. »Ich muss mit Eric telefonieren«, sagte er.

Michael verdrückte sich unter dem Vorwand, noch Schulaufgaben zu haben – das zog immer –, holte den Empfänger aus dem Versteck und lauschte.

Zuerst ging es, wie üblich, darum, ob die Telefonverbindung sicher sei. Dann ging es um seine Reise. »Hm, was soll ich sagen. Es war nicht leicht, aber ich hatte es mir schwieriger vorgestellt. In Sunnyvale waren sie ausgesprochen neugierig, in Mountainview völlig desinteressiert. Letztendlich hat den Ausschlag gegeben, dass ich zugesagt habe, den Aufwand zu finanzieren. Nachher, bei den kleineren Firmen, war es nützlich, sagen zu können, Yahoo und Google machen mit. Ich hab so getan, als würde ich es auf einen Rechtsstreit ankommen lassen; die Masche zieht bei Computerleuten immer.«

Pause, dann: »Ja, praktisch, dass die mehr oder weniger alle in Kalifornien sitzen. Fand ich auch.«

Noch eine Pause, länger diesmal. »Da hast du recht, aber das ist nicht nötig. Nein. Wir müssen das Video nicht aus der Hand geben. Da hat dieser sündteure Spezialist eine Methode ausgetüftelt, wie wir das umgehen. Dafür hat sich das Honorar gelohnt. Oh, frag mich nicht nach den Einzelheiten. *Hashcode* – sagt dir das was? Mir auch nicht. Der springende Punkt ist, dass er ein Programm geschrieben hat, das ich nur über die Datei mit dem Video laufen lassen muss. Das erstellt eine sogenannte Signatur. Das ist ein Code, anhand dessen man Kopien zuverlässig erkennen kann.«

Kurze Pause. »Genau. Die Leute, die demnächst bei Google und so weiter für mich arbeiten, kriegen nur diese Signatur.«

Pause. »Das geht ja nicht bei den Datenmengen. Die bauen das in die Suchroutinen ein und fertig. Ja, nur das Programm und die Signatur. Das reicht, um eine Kopie zu erkennen. Und die wird dann gesperrt. Genau.«

Längere Pause. »Okay. In dem Fall … Klar, wenn einer neugierig wird, kann er sich das Video anschauen. Aber dann ist das halt so. Ab da ist es in Gottes Hand. Das ist wie mit den Kopien, die von Hand zu Hand gehen. Eine richtiggehende Untergrundbewegung, du sagst es. Das können wir erst mal nicht ändern. Wichtig ist, dass die sich nicht weiter ausbreitet … Was? Mit wem reden?«

Lange Pause, dann hörte Michael seinen Vater erstaunt sagen: »Der ist doch tot. Ja. Wilford-Smith. Hast du das nicht mitgekriegt? Das überrascht mich jetzt. Stand in der Zeitung. Ein Fahrradunfall. Der Mann hat sich hauptsächlich per Fahrrad fortbewegt. Mit sechsundsiebzig, ja.«

Pause. »Nein, glaube ich nicht. Man muss nicht hinter allem eine Verschwörung vermuten.«

Noch eine Pause. »Ganz einfach: Ich habe einen Ausschnittsdienst abonniert, der alles sammelt, was über pseudochristliche Irrlehren erscheint. Da kam die Meldung, vor drei

Wochen oder so. Ist auch egal, mit dem Professor hat das eh nichts mehr zu tun. Das ist ein Selbstläufer. Einer gibt es dem anderen weiter.«

Ein Atemzug. »Richtig. Aber was das anbelangt, ist mir unterwegs etwas eingefallen. Zwei Maßnahmen, um genau zu sein. Da kommt erstens dein Mister Walker wieder ins Spiel, und zweitens ... Ach, das erzähl ich dir, wenn du mal in der Gegend bist. Du wirst staunen.«

Zu hören, dass der Mann tot war, den zu überfallen sein großer Bruder mitgeholfen hatte, war Michael unheimlich. Stimmte das wirklich? Aus irgendeinem Grund traute er sich nicht, von seinem eigenen Laptop aus zu recherchieren; er benutzte am nächsten Tag in der Mittagspause einen der Computer in der Schulbücherei.

Er fand tatsächlich eine kleine Meldung, erschienen in der Internetausgabe der *Portsmouth News*. Professor Charles Wilford-Smith (76) war in Barnford mit seinem Fahrrad gegen einen Milchlieferwagen geprallt und auf dem Weg ins Krankenhaus seinen Verletzungen erlegen. Der Fahrer des Lieferwagens war ein Mann, der ihn vierzig Jahre lang mit Milch beliefert hatte. Der Archäologe, der mehrere Jahrzehnte lang Grabungen in Palästina geleitet hatte, war seit fünfzehn Jahren Witwer gewesen und hinterließ zwei erwachsene Kinder und drei Enkel.

Sogar ein Bild war dabei. Es zeigte einen Mann mit schneeweißen, schlecht gekämmten Haaren, einem von viel Wüstensonne gegerbten Gesicht und einem schalkhaften Lächeln um die Augen.

Ein sympathischer Mann.

Auch ihm, dachte Michael bestürzt, war das Video offensichtlich zum Verhängnis geworden.

Kapitel 8

Wir Southern Baptists sind altmodische Christen, die altmodische Dinge glauben: dass die Hölle heiß ist, der Himmel süß, die Sünde schwarz, das Jüngste Gericht sicher und Jesus der Erlöser.

Adrian P. Rogers, Präsident der Southern Baptist Convention, der mit 16 Millionen Mitgliedern größten protestantischen Religionsgemeinschaft der USA

In den Osterferien flog Michael mit seiner Mutter nach Texas, zu Großmutter und Tante Mary, die seit Großvaters Tod zusammen auf der Ranch lebten. Diese Besuche waren eine Familientradition, und es war das erste Mal, dass Vater nicht mitkam.

»Er hat etwas Wichtiges zu tun«, erklärte ihm seine Mutter.

»Was denn?«, wollte er wissen.

»Er ist mit einem Journalisten aus Israel unterwegs. Er muss ihm Dinge zeigen, ihn mit Wissenschaftlern zusammenbringen. Er hat mir gesagt, wie der Mann heißt, aber ich … ah, Liebermann. Genau. Uri Liebermann.«

Michael fragte nicht weiter nach, wünschte sich, er hätte nicht gefragt. Liebermann. Also hatte es etwas mit dem Video zu tun.

Die Ankunft auf der Ranch rief Erinnerungen an eine Kindheit in ihm wach, die ihm gerade glücklicher denn je vorkam. Vater hatte das Anwesen einst für die Eltern seiner Mutter gekauft, die bis dahin ein Motel an der Interstate 45 südlich von Dallas betrieben hatten. Opa George war vor seiner eigenen Heirat Landwirt gewesen, aber die Ranch hatte trotzdem hauptsächlich von Feriengästen gelebt, nicht von der Viehzucht. Nach seinem Tod hatte Oma den Hotelbetrieb an einen Pächter abgegeben; die Tiere wurden jetzt nur noch für die Gäste gehalten: Pferde, um auszureiten, Ponys für die Kinder und allerhand kleinere Tiere als Streichelzoo.

»Dad hat angerufen. Er ist gerade in L. A., in Hollywood«, hielt Mutter Michael unaufgefordert auf dem Laufenden.

Ihre Schwester, Tante Mary, die nie geheiratet hatte, nur einmal kurz verlobt gewesen war, hing der Wort-Des-Glaubens-Bewegung an. Aus irgendeinem Grund fühlte sich Tante Mary bemüßigt, ihm ausführlich darzulegen, dass das Geheimnis des Glaubens darin bestehe, notfalls auch realen Erfahrungen zum Trotz an den biblischen Verheißungen festzuhalten. »Zu glauben heißt, in einem Zustand gespannter Erwartung zu leben auf das, was Gott einem verheißen hat«, erklärte sie. »Nur dann kann man spüren, wie wahr die Bibel ist, welche existenzielle Bedeutung das Wort Gottes für das eigene Leben hat. Die wahre Realität ist unsichtbar, sie hat sich nur noch nicht verwirklicht, aber sie wird sich verwirklichen, denn darauf hat sich Gott festgelegt. Er hat es uns versprochen.«

Michael wusste nicht recht, was er dazu sagen sollte. Er versuchte behutsam, ihr klarzumachen, dass sein Bruder seit ein paar Monaten verschwunden war und dass das, nun ja, keine einfache Situation war. Dass man da schon mal ins Zweifeln kommen konnte.

»Glauben«, erklärte Tante Mary mit entrücktem Lächeln, »ist etwas, das viel größer ist als das, was du für die Wirklichkeit hältst. Du musst dich nur dafür entscheiden, es so zu sehen – das ist der ganze Trick dabei.«

Mit der vagen Zusage, es mal zu probieren, schaffte Michael es, sich aus der Unterhaltung loszueisen und sich in den Garten mit seinen vielen uneinsehbaren Winkeln zu retten.

Seine Mutter lebte in der Gesellschaft der beiden Frauen regelrecht auf. Stundenlang saßen die drei beisammen, beschäftigt mit irgendwelchen Handarbeiten – Grandma war eine begeisterte Quilterin, versorgte die Großfamilie seit jeher mit kunstvollen Decken – und redeten ohne Unterlass. Über früher. Über alte Bekannte und deren Lebenswege. Wer wen geheiratet, wann welches Kind bekommen hatte und was aus den Kindern inzwischen geworden war. Über Probleme, Krankheiten und Todesfälle und, ab und zu, auch über Gott.

Großmutter ging, wie Michael wusste, regelmäßig in die Kirche und war zweifellos eine gute Christin. Trotzdem waren Religion und Glaube nicht das alles beherrschende Thema in ihrem Leben, sondern, wie sie ihm einmal erklärt hatte, nur dessen Fundament. »Und kein Mensch, den ich kenne, redet andauernd über seinen Keller«, hatte sie lakonisch hin zugefügt.

Worüber sie gerne redete, das waren Pflanzen und Tiere. Sie war eine leidenschaftliche Gärtnerin, liebte Vögel und Eichhörnchen und war bis vor wenigen Jahren noch regelmäßig ausgeritten, trotz ihres Alters und ihres schlimmen Rückens.

Aber auch sie erwähnte Isaak mit keinem Wort.

»Dad ist gerade ganz in der Nähe«, ließ Mutter Michael zwischendurch wissen. »Sie sind heute an der *Southwestern Assembly of God University* in Waxahachie. Aber er kann trotzdem noch nicht kommen, weil sie weitermüssen nach Oklahoma, an die *Oral Roberts University*.«

Was Vater eigentlich *genau* mit diesem Journalisten mache, fragte Michael, als er sie mal alleine antraf, draußen auf der weitläufigen Terrasse, um die herum ein Meer von Blumen blühte.

»Er zeigt ihm Beweise, dass dieses angebliche Jesus-Video eine Fälschung sein muss«, erklärte sie mit einer Gleichgültigkeit, die Michael völlig verblüffte. »Er will, dass der Journalist ein Buch darüber schreibt, das dein Vater dann herausbringen wird.« Erst jetzt ging Michael auf, dass Mutter offensichtlich gar nicht wusste, welche Rolle das Video im Zusammenhang mit Isaaks Ausrasten und Verschwinden gespielt hatte!

Und dieses machtvolle Video sollte eine Fälschung sein? Wie kam sein Vater auf diese Idee? Das verwirrte Michael so restlos, dass er sich irgendwann hinter den Pferdeställen wiederfand, auf einem Stapel Kaminholz sitzend und ohne die leiseste Ahnung, wie er dahin gekommen war.

Das Video – eine Fälschung? Nein. Im Lichte dessen, was er belauscht hatte, musste es so sein, dass Vater irgendetwas aufzog, um das Video zu *schützen*. Um eventuelle Kopien, die im Umlauf waren, in Misskredit zu bringen und so zu verhindern, dass sie immer weiter und weiter verbreitet wurden.

Bloß – warum? Was hatte es nur auf sich mit diesem Video?

Als er sich an diesem Abend verabschiedete, um ins Bett zu gehen, sagte er zu seiner Mutter: »Du bist hier irgendwie viel glücklicher als zu Hause.«

Es war eine unbedachte Bemerkung, die das Leuchten auf ihrem Gesicht mit einem Schlag zum Verschwinden brachte.

»Der Platz einer Frau ist an der Seite ihres Mannes«, erwiderte seine Mutter mit steinerner Miene. *»Ihr Frauen, unterstellt euch euren Männern, so wie ihr euch dem Herrn unterstellt*, heißt es in der Heiligen Schrift.«

»So hab ich das doch gar nicht gemeint«, murmelte Michael unglücklich und verzog sich.

Am nächsten Tag, hieß es, solle Vater endlich eintreffen, der Vertrag sei unter Dach und Fach. Aber da war es für Michael schon an der Zeit, in das Jugendcamp aufzubrechen, für das er sich angemeldet hatte.

Es war das erste Mal, dass Michael an einem Ostercamp teilnahm, und zwar am *Ressurection and Deliverance Camp* in den Texas Hills. Das würden, hatte es in der Beschreibung geheißen, drei intensive Tage, um die *Wahrheit zu erfahren* und *frei zu werden*. Das hatte ihn sofort angesprochen. Das klang genau wie das, was er jetzt brauchte.

In den Jahren davor waren Isaak und er meist zu den Sommercamps der *Cornerstone Church* gefahren. Da war es darum gegangen, mit Hunderten anderer junger Christen gemeinsam zu zelten, in Kanus über Seen zu paddeln und Basketball zu spielen oder, etwas verwegener, Paintball. Sie waren mit dröhnend lauten Gokarts durch die Gegend gebrettert oder herrlich endlose Wasserrutschen hinabgeglitten. Und am Ende der aufregenden Tage waren sie in einem schönen Gottesdienst gesegnet worden und müde und zufrieden nach Hause zurückgekehrt.

Schon am Treffpunkt merkte er, dass es diesmal anders laufen würde. Die Busse, vor denen sich die Teilnehmer versammelten, waren nicht wie sonst poppig-bunt bemalt und mit Postern christlicher Musikstars verziert, sondern in schlichtem, strengem Grau gehalten. Musik lief auch keine. Ein schwarzer Junge in Michaels Alter, mit dem er ins Gespräch kam, meinte, sein Bewährungshelfer habe ihm empfohlen zu kommen; er sei aber skeptisch, ob das was bringen würde. Michael wagte nicht, näher nachzufragen, und kam sich auf einmal schrecklich behütet, ahnungslos und wehleidig vor.

Eine Menge Helfer tauchten auf. Sie waren alle höchstens Mitte zwanzig und trugen Polohemden, auf denen *Let's Celebrate Our Savior!* stand. Sie hatten Namenslisten dabei, stellten Gruppen zusammen, nach Jungen und Mädchen getrennt, verteilten die Leute und ihr Gepäck auf die Busse, und sagten Sachen wie: »Hey, kein Grund, sich zu sorgen, okay? Das wird das tollste Wochenende deines Lebens.«

Michael kam in eine Gruppe mit einem dünnen, schrecklich hochgewachsenen Mexikaner namens Hermano, der den Kopf immer zwischen die Schultern zog und ein anscheinend unauslöschliches schiefes Grinsen im Gesicht trug. Ein Adam aus Vermont kam dazu, ein energiegeladener, kantig wirkenden Typ, der alles irgendwie schneller zu machen schien als andere. Der Nächste war ein schläfrig dreinblickender Junge namens Dan, der strohiges blondes Haar hatte und wirkte, als habe er ein kräftiges Schlafmittel genommen. Komplettiert wurde die Gruppe von John, der aus Ohio stammte, blass, sommersprossig und enorm übergewichtig. Er schaute so unglücklich drein, als sei das Camp eine Strafe für etwas, das er angestellt hatte. Ihr Gruppenleiter hieß Niles, ein Footballer-Typ mit schwarzen Locken und der Angewohnheit, sich ständig die Lippen zu lecken.

Dann ging es los. Erst eine stundenlange Fahrt über immer unwegsamer werdende Wege, hinauf in die Berge bis zum Camp, wo es galt, gemeinsam die Zelte aufzubauen. Nach einem Imbiss gab es eine feurige Ansprache eines erstaunlich jungen Reverends namens Frank, der *tough* wirkte. Er erzählte ihnen, dass auch der amtierende Präsident einst an einem solchen Wochenende teilgenommen habe. »Nicht genau an diesem«, räumte er ein, »denn das veranstalten wir noch nicht so lange. Aber an einem ähnlichen. Für ihn war das der Anfang seines Weges zu Gott – und ins Weiße Haus!«

Tatsächlich, fügte er hinzu, sei seit Jimmy Carter fast jeder US-Präsident – »mal abgesehen von einem gewissen, Saxofon spielenden Ehebrecher« – der evangelikalen Bewegung eng verbunden gewesen. »Gut möglich also, dass einer von euch, die ihr hierhergekommen seid, einmal Präsident wird. Sehr gut möglich.«

Das gab Applaus. Michael klatschte mit. Er begann, sich wohlzufühlen.

Dann begann auch schon ein straffes Programm aus Gebeten, gemeinsamem Gesang und vor allem vielen Gesprächsrunden zu vielen Themen. Die Gespräche liefen jeweils in der Gruppe ab, moderiert vom Gruppenleiter. Und es ging sofort ans Eingemachte: welche Erfahrungen man mit dem Glauben gemacht habe, in welche Zweifel und Nöte man dabei geraten sei. Denn, erklärte Niles, auch in solchen Fällen sei Jesus für einen da; man brauche nur seine Probleme mit dem Glauben vor ihn hinzutragen. Und das sei es, was sie nun tun würden.

Michael saß dummerweise rechts neben Niles und kam deswegen als Erster an die Reihe. Derart überrumpelt brachte er es nicht über sich, mit dem herauszurücken, was ihn wirklich bedrückte, und erzählte stattdessen wirr von einem gewissen Mädchen aus der Parallelklasse und seinen unkeuschen

Gelüsten. Dann fiel ihm ein, dass das nichts mit Glaubensproblemen zu tun hatte. Er verstehe nicht, fügte er also rasch hinzu, wieso es ihm nicht helfe, dass er regelmäßig bete und die Bibel lese und so weiter.

»Hmm, gut, ja«, meinte Niles und lächelte gezwungen. Offenbar war das nicht ganz die Art Bedrängnis, die gemeint gewesen war. »Hermano, du?«

Hermano erzählte mit tonloser Stimme und ohne den Blick vom Tisch zu heben, wie er seiner Mutter bei ihrem langsamen und qualvollen Sterben hatte zusehen müssen. Sie hatten sich die ärztliche Behandlung nicht leisten können, und seither fragte er sich, wieso Gott das zugelassen habe. Seine Mutter sei eine fromme, gute Frau gewesen, die niemandem je etwas Böses getan habe.

Niles langte über den Tisch, fasste Hermano am Handgelenk. »Jesus wird diese Qualen von dir nehmen. Du wirst sehen.«

Dan hatte ein Problem mit Drogen. Er war schon das dritte Mal hier, Jesus helfe ihm einfach nicht. Immer wieder falle er zurück, und allmählich wisse er nicht mehr, was er tun solle. Auch ihm drückte Niles das Handgelenk. »Jesus ist unser aller Retter, er wird auch dich retten.«

Der dicke John erzählte eine konfuse Geschichte, aus der Michael nicht schlau wurde. Niles offenbar auch nicht, denn er meinte danach nur, das würden sie im Lauf der kommenden Tage alles noch vertiefen und klären.

Adam aus Vermont schließlich hatte handfeste weltanschauliche Probleme mit der Bibel: Die ganzen grausamen Strafen im Alten Testament passten nicht mehr in die heutige Welt, dazu dieser zornige Gott, der Kriege und Morde an Kindern und Frauen befehle – er könne einfach nicht glauben, dass dieses Buch die ewige Wahrheit sein solle. Michael sank unwillkürlich in sich zusammen, fühlte sich durchschaut, entlarvt, bloßgestellt in seinen eigenen Zweifeln. Niles nickte nur, wiederholte den Rat, alles vor Jesus hinzutragen. »Das kannst du auch tun, wenn du daran zweifelst, dass er dir hilft«, meinte er. »Hauptsache, du tust es.«

»Und wenn ich daran zweifle, dass es ihn überhaupt gibt?«, fragte Adam.

Gespannte Stille am Tisch.

»Auch dann«, erklärte Niles tapfer. »Gerade dann. Gib ihm eine Chance, es dir zu beweisen.«

Nach jeder Gesprächsrunde traf man sich zum gemeinsamen Singen, immer etwa zwanzig Minuten lang, begleitet von ein paar Gitarren, einer Flöte, einer Geige und einem Tamburin. Es folgte eine Lesung aus der Bibel mit anschließender Erläuterung des Textes, danach ging alles wieder von vorne los. Sie bekamen Schreibzeug, mussten ein Gebet aufschreiben, in dem sie ihre Zweifel ausformulierten. Niles ließ sie es mehrmals überarbeiten, bis er meinte, ja, so sollten sie es vor Jesus tragen. Das taten sie dann in der dritten und letzten Gesprächsrunde: Reihum las jeder sein Gebet vor, den Kopf gesenkt, die Arme in empfangender Haltung ausgestreckt. Inzwischen bedauerte Michael, dass er seine wahren Zweifel zurückgehalten hatte, denn er hätte lieber sie als seine Verliebtheit vor Jesus getragen. Das mit Jennifer kam ihm in Wahrheit längst wie Kinderkram vor; tatsächlich hatte er vor dem Camp schon wochenlang nicht mehr an sie gedacht. Aber nun war die Chance verpasst.

Danach hieß es, ab in die Schlafsäcke, und irgendwie war alles anstrengender gewesen, als es ausgesehen hatte, jedenfalls schlief er praktisch auf der Stelle ein.

Am nächsten Morgen war er allerdings froh um seine Zurückhaltung. Niles erwartete offenbar, dass Jesus ihre Probleme über Nacht gelöst haben würde, und als Adam knallhart erklärte, an seinen Zweifeln hätte sich nicht das Geringste geändert, wurde er sauer. Er versuchte allerdings, so auszusehen, als sei er es nicht, sondern voller Mitgefühl und Verständnis. »Die Erlösungszeremonie am Sonntagmorgen wird das bereinigen«, meinte er nur, was fast wie eine Drohung klang.

Dann war Hermano dran. Er behauptete, er habe dank Jesus erkannt, dass seine Mutter jetzt im Himmel glücklich sei und es viel besser habe als zuvor. Seine Augen allerdings straften seine Worte Lügen, so feucht, wie sie dabei schimmerten. Dan behauptete, er sei sich nun gewiss, dass er es diesmal ohne Drogen schaffen würde. Dabei hätte Michael jede Wette gehalten, dass Dan das nur sagte, weil er spürte, dass es von ihm erwartet wurde. Niles jedoch freute sich, meinte: »Siehst du? Siehst du?«, und schien zufrieden.

Michael war danach froh, dass er ohne zu lügen erklären konnte, über seine unerfüllte Liebe so gut wie hinweg zu sein. Das begeisterte Niles regelrecht.

Es war Karfreitag. Um die Stunde der Kreuzigung herum versammelten sie sich im Freien zu einem Vortrag Franks über die Sünden der Welt, das Lamm Gottes und die Qualen seines Opfergangs: die Auspeitschung, die Dornenkrone, die Anstrengung, sein eigenes Kreuz durch die Stadt und hinauf auf den Berg Golgatha zu tragen. Die Sonne schien, sie mussten alle stehen, und es gab die ganze Zeit nichts zu trinken, was das Zuhören auch ziemlich qualvoll machte.

»Für wen hat Jesus all das auf sich genommen?«, rief Frank, offenbar mit unerschöpflicher Energie ausgestattet. »Ich will es dir sagen: für dich! Für jeden Einzelnen von euch hat er diese Qualen ertragen, um euch zu erretten vor dem ewigen Tod. Und jetzt überleg mal: Einer, der sein Leben für dich zu geben bereit ist – kannst du so jemandem nicht blind vertrauen? Sag mir das! Ich will es hören. Sag es mir. Sag es lauter. Vertraust du Jesus?«

Die Ersten riefen es, doch er bohrte nach, bis jeder schrie, dass er Jesus vertraue.

»Und einer, der dich so liebt, dass er sein Leben für dich hingibt, der dich so unendlich, so unfassbar liebt – kannst du so jemanden nicht ebenfalls lieben? Sag mir das! Ich will es hören. Laut will ich es hören, von jedem von euch. Liebst du Jesus?«

Diesmal dauerte es nur Augenblicke, bis es alle schrien, jeder so laut er konnte. Auch Michael schrie: »Ich liebe Jesus!«, und seltsamerweise hatte er zum ersten Mal, seit er im Camp angekommen war, das Gefühl, nicht zu lügen und niemandem etwas vorzumachen.

Vielleicht hatte Niles doch recht. Vielleicht wurde doch noch alles gut.

Die »*I Love Jesus*«-Rufe gingen nahtlos über in Musik, elektrisch verstärkt diesmal, in Gesang, in Lieder, die sich alle darum drehten, dass Jesus sie liebte und sie Jesus liebten. Die Melodien waren Michael eine Spur zu fröhlich angesichts dessen, dass die Lieder von jemandem handelten, der die schrecklichste Form der Todesstrafe erlitten hatte, die das römische Imperium kannte. Aber dann kamen die übrigen Helfer mit gekühlten Getränken, und alles war gut.

Erst mal zumindest. Denn es ging weiter und weiter mit den Gesprächsrunden, mit der Erkundung der Sünden, die man begangen hatte, damit, sie zu bekennen, damit, sich darüber klar zu werden, dass und wie man unter seinen eigenen Sünden litt. Irgendwann schwirrte Michael der Kopf von all dem Grübeln, und den anderen ging es genauso, sogar Niles. Alle waren heilfroh, als endlich Samstagabend war und sie eher als die Tage zuvor Schluss machen konnten. Danach hätte man beisammensitzen und über anderes reden können, aber dazu hatte Michael keine Lust mehr; für seine Verhältnisse hatte er in diesen zweieinhalb Tagen genug geredet. Also machte er es wie die meisten und ging früh zu Bett.

Das sollte sich als kluger Entschluss erweisen, denn sie wurden am Sonntagmorgen um halb drei geweckt, unerbittlich, und ins große Zelt getrieben für die Erlösungszeremonie, was immer das sein mochte.

»Ich habe Gott versprochen, zu tun, was ich kann, um euch zur Erlösung zu führen, ehe die Sonne aufgeht«, begann Frank, der geradezu unnatürlich wach wirkte. »Aber ich bin nur ein schwacher Mensch, deswegen müssen wir sicherheitshalber rechtzeitig anfangen.«

Dünnes Gelächter. Sehr, sehr dünn. Michael saß auf seinem Stuhl mit dem Gefühl, bleischwer zu sein und überhaupt alles nur zu träumen.

»Erlösen kann euch sowieso nur einer«, fuhr Frank fort. »Kann mir jemand hier sagen, wer?«

»*Jesus!*«, schrien ihm Dutzende Kehlen entgegen.

»Genau. Und das hat er schon vor zweitausend Jahren erledigt, in der Stunde vor der Auferstehung, in der Nacht, in der er den Tod und die Dämonen der Hölle besiegt und die Welt für immer verändert hat.«

Die Sünde, erklärte er, komme aus dämonischem Einfluss, genauso wie Glaubensschwäche, Zweifel und dergleichen. Sie hätten in den vergangenen Tagen alle erkannt, dass und wie sehr sie unter ihren Sünden litten. Doch warum genügte es nicht, das zu erkennen, um davon lassen zu können? Wieso fiel man immer wieder in sündhaftes Verhalten zurück, egal, was für Vorsätze man fasste, egal, wie sehr man sich bemühte und anstrengte?

»Weil die Sünde aus *dämonischem Einfluss* herrührt«, rief er eindringlich. »Weil wir das Böse nicht aus eigener Kraft besiegen *können*. Weil das nur einer kann: Jesus Christus, unser Retter. Anstatt aussichtslos gegen die Sünde zu kämpfen, müssen wir etwas ganz anderes tun: die Dämonen vertreiben und Jesus an ihre Stelle setzen!«

Michael war wie elektrisiert, als er das hörte. Gerade eben noch erschöpft und verschlafen, erfüllten ihn diese Worte unerwartet mit neuer Energie. Das leuchtete ihm ein! Das *erklärte* auch alles – seine innere Zerrissenheit, die ständigen Versuchungen …

Dämonen. Michael klammerte sich regelrecht an diese Erklärung.

Frank gab ihnen Anweisungen für das, was nun kommen würde, und nahm sich viel Zeit, diese Anweisungen zu begründen. Aufrecht sitzen sollten sie ab jetzt, den Mund offen lassen, durch den Mund atmen, ruhig und gleichmäßig. Und geschehen lassen, was immer geschah. Zuversicht bewahren. Im Übrigen stünden Helfer bereit mit gesalbtem Öl und Spucktüten.

Spucktüten? Michael musste unwillkürlich schlucken.

Wichtig sei, erklärte Frank eindringlich, bis zum Ende der Zeremonie *nicht zu beten*: Die Dämonen lebten im Körper; um sie loszuwerden, müsse man ihnen einen Weg freilassen. Durch den Mund sei nun mal der einfachste, problemloseste Weg – aber wenn man den Namen des Herrn darin führe, blockiere man ihn, und der aufgerufene Dämon könne nicht heraus.

»Und haltet durch«, beschwor Frank sie und wedelte mit einer Handvoll Papieren. »Die Liste der Dämonen ist *superlang.*«

Michael war entschlossen, durchzuhalten. Er saß kerzengerade, die Hände auf den Oberschenkeln, atmete durch den offenen Mund und wartete bang, was nun passieren würde.

»Im Namen Jesu«, begann Frank zu deklamieren, »ich befehle dem Dämon des Stolzes: Fahre aus! Im Namen Jesu, ich befehle dem Dämon der Astrologie: Fahre aus! Im Namen Jesu, ich befehle dem Dämon der falschen Götter: Fahre aus …!«

Und so ging es weiter. Er beschwor die Dämonen der Trägheit, des Okkultismus, der Maßlosigkeit, des sexuellen Missbrauchs, des Zorns, des Krebses, der Faulheit, des Geldes, der Habgier, des Konsums, der Hexerei, des Intellekts, der Pornografie, der Philosophie, der Handschriftenanalyse, der Unkeuschheit … die Liste war tatsächlich endlos.

Minutenlang geschah nichts. Man sah Leute mit offenem Mund dasitzen und atmen, während Frank die Dämonen beschwor, einen nach dem anderen. Dann war von hier ein Ächzen zu hören und von dort ein Wimmern, ein Jammern kam hinzu, plötzlich ein leiser Aufschrei, und noch einer, und noch einer. Leute begannen, mit dem Kopf zu zucken, vor und zurück zu schaukeln, sich auf ihren Stühlen zu winden. Irgendwo würgte jemand, Helfer spurteten los, Papier raschelte, gefolgt von Geräuschen, über die man besser nicht zu genau nachdachte. Dasselbe wiederholte sich schräg vor Michael, sodass er beobachten konnte, wie das ablief: Ein Helfer hielt dem Betreffenden den Kopf, salbte dessen Stirn mit einem Öl, das er in einer Plastikflasche am Gürtel trug, der andere Helfer hielt eine Spucktüte unter.

Immer mehr Aufschreie, Jammerlaute, Würgegeräusche. Das Zelt verwandelte sich in eine Kakofonie, in ein Tollhaus schreiender, sich windender Menschen. Die Helfer hatten alle Hände voll zu tun, während Frank weiter und weiter Dämonen vertrieb, unermüdlich, unbeirrbar, mit fester, befehlsgewohnter Stimme, und es immer stärker nach Schweiß und Erbrochenem stank.

Schon deswegen war es gut, strikt durch den Mund zu atmen anstatt durch die Nase. Aber bei Michael tat sich nichts. Rings um ihn fuhren Dämonen im Dutzend aus, doch er saß nur da, unbewegt wie ein Fels in der Brandung. Er stieß versuchsweise ein paar Ächzer aus, in der Hoffnung, die Sache damit in Gang zu bringen, produzierte den einen oder anderen Schrei, aber das war er selber, schon klar, und weiter geschah nichts. Es kam nichts ins Fließen, kein Dämon rührte sich oder sprang gar von seiner Seele.

Das Einzige, was ins Fließen kam, waren ein paar Tränen der Verzweiflung, dass er keine Gnade vor Gott fand.

Weil er nicht die Wahrheit gesagt hatte. Weil er sich nicht zu seinen wahren Nöten bekannt hatte. Weil er seinen Bruder ins Unglück gestürzt hatte.

Irgendwann, nach Stunden, nach Ewigkeiten, begann das Zeltdach über ihnen zu leuchten, als öffne sich der Himmel, doch es war einfach die Sonne, die endlich aufging. Die Liste der Dämonen endete, Frank sprach noch ein paar Segensworte, dann löste sich alles in Tumult und befreitem Gelächter auf. Sie traten hinaus in einen herrlichen neuen Tag, der so rein und unschuldig wirkte, wie die Erde einst vor dem Sündenfall gewesen sein musste.

Bei den anderen aus seiner Gruppe schien es funktioniert zu haben. Hermano bewegte sich, als schwebe er fünf Zentimeter über dem Boden, und grinste verzückt. Adam sagte nichts, aber er lächelte sanft. Dan war ganz ruhig und in sich gekehrt und hatte zum ersten Mal nicht diesen trägen, chemischen Glanz in den Augen. Selbst John, der gekotzt hatte und um den sich zeitweise vier Helfer gleichzeitig hatten kümmern müssen, weil es ausgesehen hatte, als stürbe er gleich, strahlte wie auferstanden. »Ich bin es los«, vertraute er Michael an, glücklich bis in die Haarspitzen und ohne dass Michael verstanden hätte, was genau er nun los war.

Doch es war großartig, das dumpf riechende, düstere Zelt zu verlassen und hinaus ins Freie zu kommen. Großartig, die wunderbar reine, kühle Luft zu atmen, die Vögel um die Wette keckern zu hören und in das goldene Licht der aufgehenden Sonne zu schauen, wie sie den Dunst über den Tälern aufleuchten ließ. Michael war regelrecht ergriffen von dem Anblick, hatte das Gefühl, gerade etwas wirklich und wahrhaftig Heiliges zu berühren.

Im nächsten Augenblick fing die Band an zu spielen, ein Lied, das begann: *»Er starb für unsere Sünden – hurray, hurray, hurray; er wusch uns rein mit seinem Blut – hurray, hurray, hurray!«* Und das Ganze elektrisch verstärkt und so laut, dass es die ganze Welt zu füllen schien.

Michael blieb stehen, fühlte seine Schultern herabsinken und kam sich auf einmal vor wie abgeschnitten von allen anderen, wie der einsamste Mensch der Welt.

Dann kam der Sommer, der erste Sommer ohne Isaak.

Es wurde warm. Die Möwen schrien um die Wette, es roch nach Meer und nach Algen. Käfer surrten umher, Grillen zirpten, das Schuljahr neigte sich dem Ende zu. Aus der Ferne wehten Grilldüfte heran, und normalerweise – früher – wäre Michael längst mit seinem Bruder im Wasser gewesen. Sie wären mit dem Segelboot rausgefahren in den Sound, zusammen mit ein paar Freunden, um die Wette geschwommen, hätten sich bibbernd auf dem Vordeck zum Trocknen ausgestreckt …

Das war alles nicht mehr vorstellbar. Die Sonne mochte scheinen und der Himmel noch so blau erstrahlen, auf dem Haus und dem Anwesen lag eine Düsternis, die nicht weichen wollte. Von überall im Garten aus sah man den umgebauten hinteren Flügel, mit dem das Haus entstellt aussah, verstümmelt. Und die Freunde von früher ließen sich auch nicht mehr blicken.

Es würden zweifellos die traurigsten Sommerferien aller Zeiten werden.

Ab Herbst wäre Isaak ohnehin aufs College gegangen, versuchte sich Michael zu trösten. Aber das war nicht der Grund für seine Bedrückung. Der Grund war, dass er, Michael Barron, Schuld daran trug, dass seinem Bruder zugestoßen war, was immer ihm zugestoßen war – was genau, wusste er ja immer noch nicht! –, und er fühlte diese Schuld auf sich lasten, so schwer, als sei ihm auferlegt, die Schuld der ganzen Welt zu tragen. Was seinerseits auch wieder ein sündiger Gedanke war, der dazu beitrug, dass er sich noch schlechter fühlte.

Just am ersten Tag der Ferien tauchte abends zur Essenszeit dieser Walker wieder auf. Er kam diesmal mit einem Mietwagen mit offenem Verdeck, und Vater sagte nur: »Ach ja, richtig«, als ihm der Besuch gemeldet wurde. Dann verschwanden die beiden in seinem Arbeitszimmer.

Michael war wie elektrisiert. Er schob seinen Teller von sich, erklärte, satt zu sein, raste auf sein Zimmer, zerrte den Empfänger aus seinem Versteck und drückte sich die Stöpsel ins Ohr. Vielleicht würde er jetzt endlich, *endlich* mehr erfahren!

Die Stimme seines Vaters. »… die Sache auf allen Ebenen angehen. Ihr Part wäre es, Kopien des Videos aufzuspüren, die

Leute direkt tauschen. Da muss es mittlerweile eine richtiggehende Untergrundszene geben. Ich stelle mir vor, dass Sie sich da einschleusen und –«

»Warten Sie«, unterbrach Walker ihn. »Ich hab da was.«

»Was meinen Sie …? Ach so. Ähm, ich glaube kaum, dass Sie mit so einem kleinen Gerät –«

In diesem Moment brach ein stechend heller Pfeifton aus Michaels Ohrhörern, der ihm durch und durch ging. Doch ehe er reagieren und sich die Dinger aus den Ohren reißen konnte, war es schon wieder vorbei.

»Sehen Sie?«, hörte er Walker sagen. »Da stimmt was nicht.«

Kapitel 9

Wir glauben, dass Jesus Christus persönlich sichtbar in Macht und Herrlichkeit wiederkommen wird, Heil und Gericht zu vollenden. Die Verheißung Seines Kommens ist ein weiterer Ansporn für unsere Evangelisation, denn wir gedenken Seiner Worte, dass die Botschaft zuerst allen Völkern verkündigt werden muss. Wir glauben, dass die Zeit zwischen Christi Himmelfahrt und Seiner Wiederkunft von der Sendung des Volkes Gottes gefüllt werden muss. Wir haben kein Recht, die Mission vor dem Ende der Zeiten abzubrechen. Wir erinnern uns an Seine Warnungen, dass falsche Christusse und falsche Propheten sich als Vorläufer des Antichristen erheben werden. Deshalb widerstehen wir dem stolzen und selbstsicheren Traum, dass die Menschheit jemals Utopia auf Erden bauen kann. Unser christlicher Glaube ruht darin, dass Gott Sein Reich vollenden wird, und wir blicken erwartungsvoll auf den Tag, an dem ein neuer Himmel und eine neue Erde sein werden, in denen Gerechtigkeit wohnt und Gott für immer regiert. Bis dahin verpflichten wir uns zum Dienst für Christus und die Menschen in freudiger Hingabe an Seine Herrschaft über unser ganzes Leben.

Aus der »Lausanner Verpflichtung«,
der Grundsatzerklärung der Evangelikalen Bewegung

Die Erkenntnis fuhr Michael wie eine Faust in den Magen: Er war entlarvt! Walker hatte mit irgendeinem Detektor seine Apparatur entdeckt, vielleicht anhand der Funkwellen, die das Gerät ausstrahlte.

Sein Herz schlug plötzlich wild. Wie dumm von ihm, zu glauben, das würde auf Dauer funktionieren! Im Gegenteil, es hatte so kommen müssen, und er war ein Narr gewesen, sich das nicht von Anfang an zu sagen.

Nur eine Frage der Zeit, bis Walker bei ihm auftauchte. Und bis sein Vater auch ihn verstieß. Und dann? Was würde er dann machen? Das konnte er sich nicht einmal ansatzweise vorstellen. Da war nur ein großes, schwarzes Loch, und dieses Loch war seine Zukunft.

Doch alle Angst vermochte nicht, ihn länger als eine Sekunde zu lähmen. Dann riss er sich hastig die Stöpsel aus den Ohren, zog den Stecker aus dem Babyfon und stopfte die Ohrhörer in die Schublade zu dem iPod, zu dem sie gehörten. Er schaltete das Gerät aus, rannte mit ihm ins Bad, zerrte Feuchttücher aus dem Spender, wischte es ab. Und nun? Ratlos sah er das Babyfon an, das im Waschbecken lag. Wie konnte er es fortschaffen, ohne neuerlich Fingerabdrücke darauf zu hinterlassen?

Er musste es in irgendetwas einwickeln. In etwas Unverdächtiges, das keine Rückschlüsse auf ihn erlaubte. Klopapier? Er zog ein paar Armlängen davon aus dem Spender, knüllte es zu einem bauschigen Büschel zusammen, packte den Empfänger damit, hüllte ihn darin ein. Dann verbarg er alles unter seinem T-Shirt und rannte los, so leise und so schnell wie möglich.

Der Flur war leer, die Treppe zum Erdgeschoss hinab verlassen. Unten war auch niemand. Michael stieß die Tür des Hinterausgangs auf, spähte hinaus. Keine Menschenseele. Da, der große Müllcontainer. Er schob den Deckel auf, zog sein Bündel heraus und stopfte es tief, tief hinein, zwischen faulige Lebensmittelreste und bröckelige Kaffeefilter, halb zerrissene Müllbeutel und feuchte Kartonagen. Weg damit. Nur weg.

Er ließ die Abdeckung geräuschlos wieder an ihren Platz gleiten und hastete zurück ins Haus, die Treppe hinauf, in sein Zimmer. Er war außer Atem. Das würde funktionieren, oder? Niemand hatte ihn gesehen. Die Verpackung und den Kassenzettel hatte er wohlweislich schon längst vernichtet und entsorgt. Außer ihm selber hatte kein Mensch von dem Rohr gewusst, nicht einmal Isaak. Es gab keine Spuren, sagte er sich, nichts, was ihn verraten konnte.

Doch während er sich die Hände wusch, gründlich, spürte er, dass ihn das nicht im Mindesten beruhigte.

Am nächsten Morgen war das Haus erfüllt von Unruhe, ja, Aufruhr. Als Michael herunterkam, standen Hausangestellte und Mitglieder ihrer Familien in der Eingangshalle beieinander und diskutierten aufgeregt miteinander. Eine Tür ging auf, jemand kam heraus, eines der Zimmermädchen, in Tränen aufgelöst. Sofort scharten sich die anderen um sie, trösteten sie, redeten durcheinander.

Was war nur los? Michael hatte ein äußerst ungutes Gefühl. Es sah so aus, als habe man alle Angestellten und ihre Familien im grünen Salon versammelt und als würden sie einzeln nacheinander in den zwischen Salon und Halle liegenden Anrichteraum gerufen, um – ja, was? Verhört zu werden? Von wem? Von seinem Vater? Walker? Das fand er nicht heraus.

Dafür entdeckte er, dass draußen auf dem Vorplatz ein Lieferwagen mit dem Logo des *Glen Cove Mansion* stand, dem berühmten Edelhotel und Konferenzzentrum am County Park. Leute in mahagonifarbenen Uniformen trugen Tabletts und chromglänzende Behälter ins Haus. Als er sich ins Frühstückszimmer verdrückte, wurde ihm das Frühstück dort von einer Unbekannten serviert, die ebenfalls diese rot-goldene Uniform anhatte und die ganze Zeit ein steinernes Gesicht wahrte.

Seine Mutter war nirgends zu finden, wie meistens. Also frühstückte er alleine, wusste hinterher nicht mehr, was es gegeben hatte. Er blieb sitzen und nippte endlos an einem Glas Orangensaft, bis eine Veränderung in die dumpf grummelnde Geräuschkulisse kam. Die Stimme seines Vaters. Michael sprang auf, ließ alles stehen, rannte nach vorn in die Halle.

»… werde ich einstweilen darauf verzichten, die Polizei

einzuschalten«, sagte er gerade, als Michael um die Ecke linste. Er stand grimmig dreinblickend und auf seinen Gehstock gestützt vor der versammelten Schar. »Mein letztes Angebot ist folgendes: Der oder die Schuldige hat bis heute Mittag Zeit, sich zu bekennen. Ihm oder ihr droht nichts weiter als die Kündigung ohne Zeugnis, das verspreche ich hier vor Zeugen.«

Michael wurde schier schlecht, als er das hörte. Er wich zurück, lehnte sich gegen den kalten Marmor in seinem Rücken und schloss die Augen.

»Sollte sich jedoch niemand melden«, fuhr sein Vater unerbittlich fort, »bin ich gezwungen, Ihnen allen zu kündigen. Ich würde das sehr bedauern, aber ich sehe keinen anderen Weg.«

Als Michael die Augen wieder aufschlug, sah er Walker in der Ecke stehen und ihn forschend betrachten. Warum? Hatte er ihn im Verdacht? Sah man es ihm an? Stand auf seiner Stirn geschrieben, dass er schuldig war? Michael war sich in diesem Moment sicher, dass es nicht anders sein konnte.

Doch der hagere, hochgewachsene Mann sagte nichts, lehnte nur mit ausdruckslosem Gesicht an der Wand und wartete.

Vater kam. Sein Gehstock knallte auf dem steinernen Boden. »Ah, du«, knurrte er, als er Michael sah. »Endlich auf?«

»Sind ja Ferien«, brachte Michael mit trockenem Mund heraus. Er hatte am Abend zuvor nicht einschlafen können, hatte endlos wach gelegen und sich in Sorgen gewälzt.

»Hast du gefrühstückt? Ich hab das Catering kommen lassen wegen dieser Sache.«

»Was ist denn los?«

Sein Vater schnaubte empört. »Ein Spion. Ein Spion in den Reihen der Menschen, denen ich vertraut habe.« Er packte Michael an der Schulter. »Komm. Sieh es dir an.«

Michael ging wehrlos mit, die Knie weich vor Entsetzen. Sein Vater führte ihn in den Anrichteraum. Dort lag auf einem Tisch sein Babyfon. *Beide* Teile. Der Sender mit dem Mikrofon und der Empfänger.

»Was ist das?«, fragte Michael mit dem Gefühl, zu lügen, zu heucheln und zu betrügen, überzeugt, dass ihn seine Stimme verriet, dass sich jetzt gleich alles aufklären und er noch vor Mittag aus dem Haus gejagt würde.

»Ein Abhörgerät«, erklärte Vater grimmig. »Eigentlich eine Art Babyfon, das für diesen Zweck missbraucht worden ist. Jemand hat es in meinem Arbeitszimmer deponiert, stell dir vor.«

»Echt?«, hauchte Michael.

In diesem Moment kam Walker herein. Er schien gerade telefoniert zu haben, klappte sein Mobiltelefon zu und sagte, an Vater gewandt: »Allzu lange kann das noch nicht installiert gewesen sein. Das ist ein neues Produkt. Es ist erst im Februar auf den Markt gekommen.«

»Sind Sie sicher?«

»Bestätigt mir jeder Großhändler, mit dem ich gesprochen habe.« Walker hob die Schultern. »Ich schätze, da war jemand einfach darauf aus, einen Investment-Tipp von Ihnen zu ergattern.«

»Pah!«, machte Vater. »Da kommt er Jahre zu spät.«

Michael betrachtete Lazarus Walker verstohlen. Es war das erste Mal, dass er ihn aus nächster Nähe sah. Er war hager, hochgewachsen, wirkte drahtig und durchtrainiert wie jemand, der schon seit frühester Jugend Kampfsport betrieb. Schwer zu sagen, wie alt er sein mochte. Nicht mehr jung jedenfalls, dazu hatte er zu viele kleine, scharfe Falten im Gesicht. Aber alt auch nicht. Wesentlich jünger als Vater. Irgendwo dazwischen eben.

Das Auffallendste an ihm, noch markanter als sein graubrauner Pferdeschwanz, waren seine Augen. Sie leuchteten in so hellem Blau, dass sie in manchen Momenten fast weiß schimmerten, und ihr Blick war völlig undeutbar.

»Kann es nicht doch jemand anderes gewesen sein?«, fragte Vater. »Jemand von außerhalb? Diese Leute arbeiten teilweise schon zwanzig Jahre und länger für mich, ich entlasse sie nur sehr ungern. Ganz abgesehen von dem Aufwand, heutzutage gutes neues Personal zu finden.«

»Drei Dinge sprechen dagegen«, erwiderte Walker mit seiner dunklen Stimme. »Erstens: Das Gerät, das verwendet worden ist, ist technisch absolut primitiv. Jemand von außerhalb wäre vermutlich ein Profi gewesen, der eine professionelle Wanze installiert hätte, kleiner als ein Reißnagel und entsprechend schwer aufzuspüren. Zweitens: Das Ganze hat nur funktioniert, weil das Babyfon an einer ziemlich raffinierten Stelle angebracht wurde. Das heißt, derjenige muss sich im Haus gut auskennen; ein Außenstehender hätte keine Chance gehabt, diese Schwachstelle in der Isolierung Ihres Arbeitszimmers zu entdecken. Und drittens: Die Reichweite des Senders ist so gering, dass sein Einsatz praktisch auf dieses Grundstück begrenzt ist.«

Michael stand hilflos dabei. Es war ihm völlig klar, dass es moralisch richtig gewesen wäre, alles zu gestehen und die gerechte Strafe dafür auf sich zu nehmen, damit nicht andere an seiner Stelle büßen mussten. Aber genauso klar war ihm, dass er das nicht tun würde. Er wusste um den richtigen Weg, doch er war außerstande, ihn zu gehen. Die Angst, genauso verstoßen zu werden wie sein Bruder, lähmte ihn am ganzen Körper, ließ seine Zunge zu einem dicken, schlaffen Klumpen nutzlosen Gewebes werden.

Irgendetwas von seiner inneren Qual musste man ihm aber wohl anmerken, denn sein Vater legte ihm die Hand auf die Schulter und sagte: »Daran kannst du sehen, dass wir wirklich immer auf der Hut sein müssen vor den Machenschaften des Bösen. Satan ist unermüdlich, schlau und listenreich. Wir dürfen uns nie in Sicherheit wiegen, niemals.«

Michael konnte nur schwach nicken.

Natürlich meldete sich niemand bis Mittag, und so sprach Vater die Kündigungen aus.

»Falls du dich übrigens fragen solltest, was mit deinem Bruder ist …«, begann Vater zwei Wochen später bei einem gemeinsamen Frühstück, zu dem Mutter, wie üblich, nicht erschienen war.

Michael stockte der Atem. »Ja?«

Das Haus war noch immer voller Unruhe. Die alten Hausangestellten waren zusammen mit einer schier endlosen Folge von Möbelwagen entschwunden, die Häuser für die Bediensteten wurden alle renoviert und auf Abhöranlagen untersucht. Das verräterische Kabelrohr war mit Beton verfüllt, das Bettenlager in einen anderen Raum verlegt worden.

Neues Hauspersonal zu finden war tatsächlich nicht so leicht. Es sei, räumte Vater ein, sogar schwieriger, als er befürchtet habe. Selbstverständlich kam nur christliches Personal infrage – doch eine solche Bedingung in Stellenangebote aufzunehmen war heutzutage verboten, auch durfte in Einstellungsgesprächen nicht danach gefragt werden. »Daran allein siehst du, wie weit dieses Land schon vom rechten Weg abgekommen ist«, war Vaters Kommentar.

Das Essen kam einstweilen immer noch täglich aus dem Hotel – und allmählich bekam Michael es über. Obwohl es durchaus eine gewisse Abwechslung gab, schmeckte es stets ähnlich. Es war ihm nicht klar gewesen, was für eine gute Köchin die alte Mildred gewesen war; es kam ihm wie eine zusätzliche Strafe vor, sie verloren zu haben.

Auch die Sauberkeit des Hauses war derzeit die Sache von Angestellten einer Reinigungsfirma, die jeden Tag aus Brooklyn anfuhren: laute, unangenehme Leute in schmierigen Overalls, die ihre Arbeit gelangweilt und achtlos erledigten. Alles in allem war es, als wohne man in einem Hotel, dessen Besitzer das Weite gesucht und den Betrieb sich selbst überlassen hatte.

»Ja, wie soll ich sagen?« Sein Vater suchte sichtlich nach Worten. »Ich habe es die ganze Zeit vor mir hergeschoben, dir das mitzuteilen, aber es ist wohl unvermeidlich, dass du es eines Tages erfährst. Also, um es kurz zu machen«, fuhr er fort, räusperte sich und sagte: »Dein Bruder hat sich, hmm ... der Sodomie zugewandt.«

»Sodomie?«, wiederholte Michael ratlos. »Was heißt das?«

»Widernatürliche Unzucht.«

»Ah.« Er verstand immer noch nicht, was sein Vater ihm damit sagen wollte. Erst als dieser düsteren Blickes murmelte: »Levitikus Kapitel 20, Vers 13«, dämmerte ihm, wovon die Rede war: Homosexualität! Sein Bruder Isaak – war *schwul* geworden?

Ihm wurde fast schwarz vor Augen. Hatte dieses Video eine solche Macht? Oder war es, weil Isaak gegen das Verbot des Vaters gehandelt hatte? Oder –?

Er mochte nicht weiter darüber nachdenken, ihm wurde regelrecht übel. Ihm graute bei der Vorstellung, mit welcher Macht Satan in ihr Leben hatte eingreifen können. Wahrhaftig, sie hatten allen Grund, ihn zu fürchten!

»Wir müssen uns das eine Warnung sein lassen, allzeit wachsam zu sein«, fügte sein Vater bedrückt hinzu. »Wir müssen noch ernsthafter als sonst die Bibel lesen und beten, um Gottes Willen für unser Leben zu erkennen.«

Das nahm sich Michael nun entschieden vor. So verbrachte er diesen Sommer, in dem die Hitze alles durchglühte, damit, in der Bibel zu lesen. Helles Licht flirrte in den Wipfeln der Bäume, schneeweiße Motorboote kreuzten vor der Küste, Wellen schlugen sanft und beharrlich an den Strand, während Michael in seinem Zimmer saß und das Buch der Bücher studierte. Der Geruch nach Heu und Barbecues lag in der Luft, doch alles, was Michael wollte, war, die Heilige Schrift, das Wort Gottes, zu verstehen, wirklich zu *verstehen*.

Er nahm an einem Bibelkurs an seiner Schule teil, der montags, mittwochs und freitags stattfand, nachmittags, in einem kühlen, kahlen Raum im Untergeschoss der Bibliothek. Dort saßen sie beisammen und befassten sich unter der Leitung eines Bibelkundlers mit der Apostelgeschichte. Sie besprachen sie Vers für Vers, während von draußen Kindergeschrei von einem nahen Spielplatz zu hören war und das Summen eines Getränkeautomaten im Flur.

Doch Michael war es, als stellten sich mit jeder Frage, die man ihm beantwortete, zwei neue. Mindestens. Je länger der Kurs ging, desto mehr kam es ihm vor, als summe sein Hirn und als drehten seine Gedanken durch.

Was seine Bibelstudien machten, erkundigte sich sein Vater eines Abends nach dem Essen, das ihnen ein neuer Koch draußen auf der Terrasse serviert hatte. Von den Sommerferien waren keine zwei Wochen mehr übrig, die Tage wurden schon wieder kürzer. Das Leben fand ganz allmählich wieder in geordnete Bahnen zurück.

»Ganz okay«, sagte Michael. »Der Kurs geht diesen Freitag zu Ende.«

»Vielleicht«, schlug sein Vater vor, »hast du irgendwelche Fragen, die wir diskutieren könnten?«

»Hmm«, machte Michael und überlegte.

Es war ein lauer Sommerabend, stilecht mit zirpenden Grillen, Sternen am Himmel und ein paar silbern schimmernden Wolken, die aussahen wie hingehaucht. Mutter hatte sich kurz nach dem Nachtisch zurückgezogen, sie sei müde, hatte sie gesagt. Auf dem Tisch brannten Windlichter. Die Lampen in der niedrigen Terrassenumrandung warfen samtene Lichthalbkreise auf die Granitplatten.

»Ja, da gibt es was«, sagte Michael schließlich.

»Lass hören.«

»Es war doch Gottes Plan, seinen Sohn für uns Menschen am Kreuz sterben zu lassen, damit wir von unseren Sünden erlöst werden, nicht wahr?«

»Ja, natürlich. Das ist der Kern des Ganzen. *Denn so hat Gott der Welt seine Liebe gezeigt: Er gab seinen einzigen Sohn dafür, dass jeder, der an ihn glaubt, nicht zugrunde geht, sondern ewiges Leben hat.* Johannes 3, 16.«

Michael nickte. »Und im 1. Buch Timotheus heißt es: *Er will ja, dass alle Menschen gerettet werden und die Wahrheit erkennen. Denn es gibt nur einen Gott und nur einen Vermittler zwischen Gott und den Menschen: Das ist Jesus Christus, der Mensch wurde und sich selbst als Lösegeld für alle ausgeliefert hat.*«

»Richtig. Man findet zahllose solcher Stellen in der Bibel, sie ist geradezu durchsetzt davon. Was nur zeigt, *wie* zentral dieses Thema ist.«

Michael seufzte unhörbar. Wieso war das allen so sonnenklar, nur ihm nicht? Was sahen die anderen, was ihm verborgen blieb? »Aber um Jesus zu kreuzigen, mussten ihn die Römer erst einmal finden und festnehmen«, sagte er zögernd. »Das konnten sie nur, weil Judas ihn verraten hat, nicht wahr?«

»So ist es. Ein Mann, dem er vertraut hat wie einem Bruder.«

»Das war doch bestimmt eine Sünde, oder? Jesus den Henkern auszuliefern?«

»Ja, natürlich«, erwiderte sein Vater heftig. »Judas hat sich dann ja auch selbst gerichtet.«

»Und ist in die Hölle gekommen?«

»Ohne Zweifel. Judas liegt seither in einem riesigen See flüssigen Feuers. Sein Haupt, seine Augen, seine Zunge, seine Hände, seine Füße, seine Lenden und seine Eingeweide sind fortwährend erfüllt von glühendem, gleißendem Feuer, das so heiß ist, dass es selbst Felsen zum Schmelzen bringt, und er ist bei vollem Bewusstsein und empfindet die Qualen, und er weiß, sie werden niemals vorübergehen, nicht in tausend Jahren, nicht in zehn Millionen Jahren, sondern sie werden für immer und ewig andauern. Immer und ewig wird er entsetzliche Schmerzen erleiden, und er weiß, dass es zu spät ist zur Umkehr, zu spät, sich anders zu entscheiden –«

»Ja, ja, schon klar«, unterbrach Michael seinen Vater behutsam, ehe dieser, wie er es bisweilen gern tat, sich in ausufernden Höllenbeschreibungen erging. »Aber der Punkt ist doch, dass Gottes Plan nicht funktioniert hätte, wenn Judas Jesus nicht verraten hätte.«

»Er *hat* ihn aber verraten.«

»Schon – aber wie konnte sich Gott darauf verlassen, dass er das tun würde?«

Sein Vater furchte misstrauisch die Stirn. »Wie meinst du das?«

»Judas *musste* ja sündigen, damit Jesus gekreuzigt wurde und wir damit von unseren Sünden erlöst wurden. Gottes Plan *beruhte* darauf, dass Judas sündigen würde. Das heißt, das Seelenheil der gesamten Menschheit hing an einem einzigen … nun ja, Sünder!«

Sein Vater musterte ihn, dachte eine Weile nach. »Das verstehst du falsch. Gott *wusste*, dass Judas sündigen würde. Gott kennt die Vergangenheit wie die Zukunft, das Schicksal jedes Vogels, jeder Blume, jeder Biene. Und natürlich auch das jedes einzelnen Menschen.«

»Aber Judas war einer der *Jünger*. Er ist mit Jesus selbst umhergezogen, hat mit ihm am Tisch gesessen, ihn predigen hören, war in seiner Gegenwart, jahrelang … Was, wenn er sich gewandelt hätte? Wenn er ein besserer Mensch geworden und Jesus treu geblieben wäre, anstatt ihn zu verraten?«

»Nun, offensichtlich ist das nicht geschehen.«

»Aber jeder Mensch hat einen freien Willen. Das sagen wir doch immer in der Mission. Der freie Wille ist sogar das, was einen Menschen ausmacht. Und wir sagen, dass jeder Mensch die Möglichkeit hat, sich zu Jesus zu bekennen.«

»Die Möglichkeit haben ist aber nicht dasselbe wie können, nicht dasselbe wie etwas tun. Jeder, der raucht, hat die Möglichkeit, es aufzugeben – niemand hindert ihn daran, es gibt keine Strafe für Nichtrauchen, er ist frei. Und trotzdem *können* es nicht alle. Mit einer Möglichkeit konfrontiert zu sein ist immer auch eine Frage, aus welchem Holz man geschnitzt ist.«

»Und Judas war aus Sünderholz geschnitzt.«

»Offenbar. *Wer an den Sohn glaubt, wer ihm vertraut, hat ewiges Leben. Wer dem Sohn aber nicht gehorcht, wird das ewige Leben nie zu sehen bekommen, denn Gottes Zorn wird auf ihm bleiben.* Johannes, Kapitel 3, Vers 36.«

Michael holte tief Luft. Irgendwie schaffte er es nicht, klarzustellen, was in seinen Augen das Problem an der Sache war. »Aber irgendeiner *musste* Jesus doch verraten, sonst wäre der ganze Plan nicht aufgegangen! Wenn Judas dafür vorgesehen war, dann hatte *er* zumindest nie wirklich die Möglichkeit, oder?«

Vater schüttelte den Kopf. »Nein, auch wenn Gott wusste, dass Judas so handeln würde, wie er gehandelt hat, war es doch Judas' eigene Entscheidung, es zu tun. Er hat Jesus nicht vor seinen Häschern geküsst, um Gottes Plan zu erfüllen, sondern um die dreißig Silberlinge zu bekommen. Das Geld war ihm wichtiger als Jesus. Das war der Grund, und das war seine Sünde.«

»Weil er eben aus Sünderholz geschnitzt war.«

»Genau.«

Michael merkte, dass er heftige Bewegungen mit den Händen machte, und ließ es. »Aber das heißt doch, als Judas auf die Welt gekommen ist, hätte Gott ihm gleich sagen können: Du, Judas, wirst es nicht schaffen. Du wirst in der Hölle landen. Du hast keine Chance, etwas daran zu ändern. Selbst wenn alle anderen Menschen sich zu Jesus bekennen und gerettet werden, einer muss mindestens in der Hölle landen, damit die ganze Sache überhaupt funktioniert, und das wirst du sein. Du bist dafür vorgesehen.«

Vater lehnte sich zurück, rieb sich die Brust. »Wir verdanken unsere Rettung letztlich einzig der Gnade Gottes, nicht unseren eigenen Verdiensten. Das ist nun mal so.«

»Und manche werden nicht gerettet.«

»So ist es.«

»Wie Judas.«

»Zum Beispiel.«

»Oder Isaak.«

Diese zwei Worte auszusprechen war, als versetze er ihrem Gespräch einen elektrischen Schlag. Von einem Moment zum anderen schien die Welt ringsum stillzustehen, die Atmosphäre zu gefrieren.

»Ich habe dir gesagt«, erklärte Vater schließlich streng, »dass ich diesen Namen in meinem Haus nie wieder hören will. Bitte halte dich daran.« Damit stand er auf und ging.

Ein paar Tage später fand eines der regelmäßigen Treffen mit den Führern der Kirchen und Glaubensgemeinschaften statt, die sein Vater finanziell unterstützte. Michael saß dabei, wie es von ihm erwartet wurde, hörte zu, sagte aber nichts. Niemand von den Männern erwähnte Isaak mit einem Wort. Es war, als habe sein Bruder nie existiert.

Sein Vater sprach lange, über den Auftrag der Mission und wie wichtig es sei, das Wort Gottes so schnell wie möglich auch in die letzten Winkel der Erde zu bringen.

»Ich sehe die Zeichen sich mehren, dass die Wiederkehr unseres Herrn unmittelbar bevorsteht«, beschwor er die Runde mehrmals. »Und ich glaube fest daran, dass wir die Generation sind, die darauf hoffen darf, dass Jesus noch zu unseren Lebzeiten zurückkommt und uns der Tod erspart bleibt.«

Doch davor müsse eben der Auftrag erfüllt sein, alle Völker der Welt zu lehren. Dafür müsse man alle technischen Mittel der Neuzeit ausschöpfen, die Druckerpresse ebenso wie das Internet, das Mobiltelefon ebenso wie das Satellitenfernsehen. »Geld«, erklärte er, »darf dabei kein Hindernis sein. Denn was uns Gott an Vermögen gegeben hat, hat er uns zu einem *Zweck* gegeben – und zwar dem, seinem Willen zu dienen.«

Das, stimmten ihm alle zu, sei zweifellos richtig.

In einer Kaffeepause – Michael hielt sich an eisgekühlte Cola – sprach ihn jemand an, Reverend Merritt von der *North Creek Community Church*. »Na?«, meinte er leutselig. Er trug eine altmodische, runde Brille und wirkte eher wie ein Psychiater als wie ein Kirchenvorstand. »Langweilt dich wahrscheinlich, was?«

»Nein, gar nicht«, erwiderte Michael rasch, obwohl er in der Tat darüber nachgedacht hatte, ob er den Tag lieber mit den

Frauen der Kirchenvorstände verbracht hätte. Die unternahmen zusammen mit seiner Mutter einen Ausflug in ein Kinderkrankenhaus in den Hamptons, um eine Spende zu überreichen und den Kindern auf der Krebsstation Geschenke zu bringen. Anschließend war ein Spaziergang entlang der Oyster Bay geplant.

»Also, mich hätte so etwas in deinem Alter entsetzlich gelangweilt«, gestand der Reverend freimütig. Er sah ihn forschend an. »Ich hatte die ganze Zeit den Eindruck, du denkst intensiv über irgendetwas nach. Darf ich wissen, worüber?«

Michael zögerte. »Über Judas.«

»Judas?« Die Brauen des Mannes hoben sich über den oberen Brillenrand hinaus. »Das ist ja interessant. Und was beschäftigt dich an ihm?«

»Dass wir alle nicht erlöst worden wären, wenn er ein besserer Mensch gewesen wäre.« Einem unvernünftigen Impuls folgend, fügte er hinzu: »Im Grunde müssten wir ihn als Heiligen verehren.«

Das entlockte Merritt nur amüsiertes Gelächter. »Einen Verräter? Das wäre allerdings ein wenig übertrieben.«

»Was meinen Sie? Hat Gott vielleicht nie vorgehabt, alle Menschen zu erretten?«

Der Reverend hob schmunzelnd die Schultern. »Vorgehabt hat er es bestimmt, denn in Hesekiel, Kapitel 18, Vers 32 heißt es: *Mir gefällt es nicht, wenn ein Mensch sterben muss, spricht Jahwe, der Herr. Kehrt also um, damit ihr am Leben bleibt!* Aber ansonsten stellt die Bibel an Dutzenden von Stellen klar, dass nur der das ewige Leben erhält, der an Jesus glaubt. Also, ich würde sagen, Gott wünscht sich zwar, dass alle Menschen gerettet werden, rechnet aber nicht ernsthaft damit.«

Michael nickte nur beklommen und war froh, dass jemand den Reverend mit Beschlag belegte und das Gespräch somit zu Ende war. Er würde das alles wahrscheinlich nie verstehen. Und zweifellos würde er auch nicht zu denen gehören, die gerettet wurden, dazu war er viel zu lasterhaft und unentschieden: ein verführbarer Mensch voller Zweifel, wankelmütig und schwach im Glauben, ein Sünder.

Wobei man, wie er nun wusste, auch als Sünder eine wichtige Rolle in Gottes Plänen spielen konnte. Nur, dass einem das nicht gut bekam.

Was wiederum ein selbstsüchtiger Gedanke war. Michael stürzte seine Cola hinunter und beschloss, nicht weiter darüber nachzudenken. Er würde sonst nur völlig durchdrehen.

Als alle wieder fort waren, winkte ihn sein Vater ins Arbeitszimmer. Michael folgte der Einladung nicht ohne Unbehagen, aber es ging um nichts Schlimmes; Vater wollte ihm nur den Inhalt eines Pakets zeigen, das am Morgen angekommen war: eine handliche Videokamera und drei Speicherkassetten, die in einem edel wirkenden Schaumstoffbett lagen.

SONY MR-01 stand auf der beigefarbenen Plastikhülle der Kamera, und darunter: *US-VERSION*.

»Es ist soweit«, sagte Vater. »Morgen fliegen wir wieder nach Seattle.«

Kapitel 10

Was die theoretische Möglichkeit einer Zeitreise anbelangt, ist die Physik nach Einstein sich weitgehend einig: Sie ist grundsätzlich möglich – aber sie wäre so energieaufwendig, dass sie als praktisch nicht durchführbar gelten muss.
Eine Zeitreise nach den Regeln der modernen relativistischen Physik würde durch ein sogenanntes »Wurmloch« erfolgen, eine Verbindung zweier Punkte in der Raumzeit. Grundsätzlich müssen die beiden Endpunkte einer solchen Verbindung nicht gleichzeitig existieren, da Raum und Zeit eine Einheit sind; einer der Endpunkte kann auch in der Vergangenheit liegen. (Der Begriff »Wurmloch« geht auf J. A. Wheeler (1957) zurück; gemeint sind raumzeitliche Gebilde, die sich aus den Kruskal-Lösungen der Feldgleichungen der allgemeinen Relativitätstheorie ergeben, wie sie 1935 von A. Einstein und N. Rosen erstmals beschrieben wurden.) Hinsichtlich der Stabilität von Wurmlöchern gibt es plausible Zweifel (1962, Wheeler/Fuller), auch wurden noch nie Wurmlöcher beobachtet. Nachfolgend soll eine alternative, wenn auch möglicherweise etwas verblüffende Variante der Zeitreise beschrieben werden, deren Hauptvorteil ist, dass sie energetisch betrachtet in der Reichweite des Menschen liegt. Sie basiert auf der theoretischen Möglichkeit einer Art »Tunneleffekt«.

Pawel Kozyrev, »Möglichkeiten temporaler Dislokation«, Moskau, 1966

Diesmal schien die Sonne, als sie in Seattle ankamen. Eine Hitzeglocke lag über der Stadt. Michael konnte sich immer noch keinen Reim auf das alles machen. Wieso legte Vater, der seine Geschäfte sonst verschwiegen und alleine abwickelte, so viel Wert darauf, ihn ausgerechnet hier dabeizuhaben? Rätselhaft.

Vielleicht hatte es auch gar nichts zu sagen. Vielleicht war das nur so eine Art Vater-Sohn-Ding. Michael war auf jeden Fall gespannt, was nun geschehen würde.

Sie wurden wieder von einer Limousine abgeholt, fuhren in etwa dieselbe Strecke, gingen wieder durch Gänge und Hallen. Doch die Labors waren diesmal leer geräumt: keine Affen, keine Mäuse, überhaupt keine Tiere. Auch die Tische und sonstigen Gerätschaften hatte man entfernt; wie es aussah, fanden gerade Arbeiten am Bodenbelag und an der Belüftungsanlage statt.

Der russische Wissenschaftler, Boris Demidow, sah noch so aus, wie Michael ihn in Erinnerung hatte, nur die Haare hatte er sich etwas kürzer schneiden lassen. In seinem versteckten Labor zog er wieder einen weißen Kittel über und untersuchte dann die Videoausrüstung, die Vater mitgebracht hatte.

Der Videokamera widmete er nur einen flüchtigen Blick, die Speicherkassetten nahm er dagegen äußerst gründlich unter die Lupe. Er tat es seltsam unbegeistert, geradezu skeptisch. Er vermaß sie genau, verglich die Werte mit seinen Notizen, nickte immer wieder grimmig.

In der Halle standen deutlich mehr Maschinen als im Januar – riesige, kolossale Aggregate, so, als baue Demidow hier einen Atomreaktor, einen Teilchenbeschleuniger oder eine Mondrakete. Oder alles zugleich. Irgendwo summte ein Gerät, ein helles Geräusch, wie man es bei Transformatoren manchmal hörte, und ab und zu machte etwas *KLONK*. Es roch nach elektrischen Entladungen und nach Schmieröl. An der Wand neben der Tür, durch die sie hereingekommen waren, hingen Kittel, Atemmasken und Schutzbrillen, darunter reihten sich schwere Schuhe in verschiedenen Größen: Demidow schien inzwischen mehr Mitarbeiter zu haben, aber er hatte sie heute wohl fortgeschickt, damit sie allein waren.

»Okay, die Maße stimmen«, erklärte der Russe schließlich und legte die Schieblehre beiseite. »Wie sieht der Marketingplan aus?«

Michaels Vater, der die Prozedur reglos verfolgt hatte, die Arme verschränkt, sagte: »Die Geräte kommen Anfang Oktober in den Handel, beschränkt auf die USA. Die ersten Anzeigen sind für kommenden Freitag geschaltet, kurz vor Weihnachten wird es eine Rabattaktion geben. Ansonsten bieten wir die Dinger einfach an, bis die Serie abverkauft ist.«

Demidow furchte die Stirn. »Und es ist vertraglich festgeschrieben, dass keine Kassetten dieser Form ohne Osmium hergestellt werden dürfen?«

»Genau so, wie Sie es mir bei unserem Treffen im Januar gesagt haben.«

»Gut.« Demidow wiegte den Kopf und sagte noch einmal: »Gut. Ihren Schlüssel haben Sie dabei, nehme ich an?«

»Selbstverständlich.« Michaels Vater holte seinen Schlüsselbund hervor, löste den flachen, nichtssagend aussehenden Schließfachschlüssel ab. Demidow ging zu seinem Safe und begann, die Kombination einzugeben.

Auch wenn Michael nicht verstand, was das alles sollte, hatte der Moment doch etwas Aufregendes. Vor dem Hintergrund der Halle mit ihren geheimnisvollen Installationen war es ein bisschen wie in den alten Filmen über die Vorbereitung der Mondflüge oder dergleichen.

Als der Tresor offen stand, entsperrten Vater und Demidow gemeinsam das Schließfach darin. Der Russe holte die Kassette heraus, legte sie wenig zeremoniell mitten auf den Tisch und sagte: »Ein historischer Augenblick. Wir sollten ein Foto machen, für künftige Schulbücher.«

Er machte aber keinerlei Anstalten, das tatsächlich zu tun. Er starrte die Kassette nur an und bewegte dabei die Finger wie ein Zauberkünstler vor einem besonders schwierigen Taschenspielertrick.

Dann wandte er sich mit überraschender Plötzlichkeit an

Michael und fragte: »Verstehst du eigentlich, was hier gerade vor sich geht?«

»Ähm«, machte Michael verdutzt. »Nein. Nicht so richtig.«

Demidow lächelte mit leuchtenden Augen. »Wahrscheinlich muss man Physiker sein, um diesen Moment angemessen würdigen zu können. Wir haben es hier nämlich mit einem wirklichen, wahrhaftigen Fall einer Situation zu tun, die es sonst nur in Form eines ziemlich berühmten Gedankenexperiments gibt: Schrödingers Katze. Hast du den Begriff schon einmal gehört?«

Michael zog unwillkürlich den Kopf ein. »Gehört ja, aber was das ist ... keine Ahnung.«

»Egal. Die meisten Leute, die glauben, dass sie verstehen, was damit gemeint ist, verstehen es eh falsch. Da geht es um Quantenphysik, das hat mit Katzen überhaupt nichts zu tun.« Der Russe fuhr sich mit den gespreizten Fingern der rechten Hand durch die Haare, überlegte. »Ich will versuchen, es dir anders zu erklären. Irgendwem muss ich es erklären, weißt du? Und du bist gerade das einzige Opfer in Reichweite, weil dein Dad es schon kapiert hat.«

»Okay?«, meinte Michael, unsicher, was das jetzt werden sollte.

»Also, stell dir, sagen wir, ein römisches Handelsschiff vor zweitausend Jahren vor. Nehmen wir an, zur Zeit von Kaiser Augustus. Es durchquert das Mittelmeer, beladen mit lauter Amphoren voller Waren. Manche sind gefüllt mit Weizen, manche mit Wein, in anderen sind kostbare Stoffe oder Dokumente auf Papyrusrollen, in einigen sind Goldmünzen. Okay? Hast du das Bild vor Augen? Galeerensklaven unter Deck, die im Takt der Trommel rudern? Ein Segel, das sich bläht? Ein dicker, reicher Römer, der achtern sitzt, sich Luft zufächeln lässt und sich ausrechnet, wie viel er mit seiner Fracht verdienen wird?«

Michael nickte.

»Okay. Aber das Schiff erreicht Rom nicht. Ein Sturm

kommt auf, ein Blitz schlägt ein, und alles geht mit Mann und Maus unter. Es sinkt auf den Meeresgrund, zerbricht, die Ladung verteilt sich über viele Quadratmeilen, unwiederbringlich.« Er breitete die Hände aus, als wolle er andeuten, wie sich Sand und Schlick darüberlegten. »Jahrhunderte vergehen. Dann, eines Tages, wird eine dieser Amphoren gefunden. Unbeschädigt, noch verschlossen und versiegelt.«

»Aha«, meinte Michael, um nicht nur stumm dazustehen.

»Sagen wir, sie ist mit einem Zeichen versehen, das den Archäologen verrät, dass sie von besagtem Schiff stammen muss, das damals verloren ging. Aber das ist alles. Die Amphoren waren alle gleich, unabhängig davon, was man darin transportiert hat.« Demidow richtete den Finger auf Michael. »Wie können wir nun herausfinden, was sie enthält, ohne sie zu öffnen?«

Michael überlegte. »Durchleuchten? Mit Röntgenstrahlen?«

»Okay.« Der Russe nickte widerwillig. »Sagen wir, die Archäologen haben kein Röntgengerät dabei. Trotzdem würden sie gerne wissen, ob in der Amphore Gold ist.«

»Sie könnten sie wiegen. Die Amphoren mit dem Gold waren bestimmt die schwersten.«

»Schon, aber sie haben ja nur die eine Amphore. Womit wollen sie sie vergleichen?«

Michael grübelte. »Man könnte die Amphore schütteln. Ob es klappert.«

»Das Gold könnte eingewickelt sein, in Lederbeuteln oder so etwas. Als Sicherheitsmaßnahme.« Demidow hob die Hand. »Egal. Jetzt entdeckt einer der Archäologen, dass in dem Siegel, das die Amphore verschließt, eine Nummer eingeprägt ist. Wahrscheinlich gab es an Bord eine Liste mit allen Nummern und jeweils einem Vermerk, was die Amphore enthielt, sagt er sich. Hilft uns das weiter?«

»Nur, wenn wir die Liste haben.«

»Die haben wir aber nicht. Vermutlich war sie auf Papyrus

geschrieben und hat sich beim Untergang des Schiffes in Fasern aufgelöst, die von Fischen gefressen wurden.«

Michael überlegte. Irgendwie schien der Wissenschaftler zu erwarten, dass ihm eine geniale Idee kam, wie das Problem zu lösen war, aber die kam ihm eben nicht. »Keine Ahnung. Ohne Liste nützt einem die Nummer nichts, würde ich sagen?«

»Genau«, rief Demidow mit einer Begeisterung, die Michael verblüffte. »Die Liste gibt es nicht mehr. Alle, die je gewusst haben, was darauf stand, sind seit zweitausend Jahren tot: Das heißt, *niemand* weiß, was in dieser Amphore ist!«

Michael sah ihn konsterniert an. Er begriff weniger denn je, was das alles sollte.

»Umgekehrt heißt das«, fügte der Russe hinzu, »solange die Amphore verschlossen und versiegelt ist, kann noch *alles* darin sein.«

Michael nickte. »Klar.«

»Ich bezweifle, dass dir das schon so klar ist, wie du denkst. Lass es eine Weile wirken. Es ist eine ungewohnte Perspektive. Die meisten Leute steigen an dieser Stelle gedanklich aus, aber das sollte man nicht. Es ist in Wirklichkeit nicht schwer zu verstehen. Es ist nur ungewohnt, weiter nichts.« Demidows Hände zeichneten die Umrisse eines bauchigen Gegenstandes in die Luft. »Da ist diese römische Amphore. Vielleicht ist Gold darin. Vielleicht nur vergammelter Weizen. Vielleicht ägyptisches Tuch. Vielleicht eine Schriftrolle aus Alexandria. Alles ist möglich – *solange die Amphore noch verschlossen ist.* Solange das Siegel nicht gebrochen wird, ist das Innere dieser Amphore ein Raum, über den *niemand* etwas weiß. Weil die Information darüber unwiederbringlich verloren gegangen ist. Merk dir das, das ist wichtig: Weil hier ein Raum entstanden ist, über den es *keine Informationen* mehr gibt, haben wir es gleichzeitig mit einem Raum zu tun, in dem *alles möglich* ist. Es ändert sich erst, wenn wir das Siegel brechen. Durch das Brechen des Siegels verlieren wir die Möglichkeiten und bekommen dafür Gewissheit. Wenn wir brüchig gewordenes Tuch herausziehen, wissen wir, dass kein Gold darin war.«

»Okay«, meinte Michael konzentriert. Doch, das hatte er jetzt kapiert. Glaubte er zumindest.

Demidow lächelte dünn. »Gut. Dann kommt jetzt die Prüfungsfrage, um zu sehen, ob du es wirklich verstanden hast: Angenommen, wir könnten eine Botschaft in die Vergangenheit schicken. Einen Befehl. Was für ein Befehl müsste das sein, um sicherzustellen, dass wir in der Amphore Gold vorfinden werden?«

Michael überlegte. Die Antwort war einfach, fast *zu* einfach, aber weil ihm keine andere einfiel, sagte er: »Man müsste ihnen sagen, sie sollen in alle Amphoren Gold tun.«

Der Russe lachte auf, klatschte in die Hände. »Richtig! Genau. Ja, du hast es verstanden.« Er drehte sich zur Seite, nahm die alte, zerkratzte Videokassette vom Tisch, die Isaak und Whitewater mit seinen Leuten in England geraubt hatten, hielt sie hoch und sagte: »Das ist im Prinzip auch so eine Amphore – nur eine aus der Zukunft. Als sie gefunden wurde, wusste auch noch niemand, was sie enthält. Weil es sie ja noch gar nicht gab; sie war noch nicht einmal geplant. Im Gegenteil, es gab nicht einmal einen *Grund*, sie zu planen, denn es existierte ja bereits ein anderes, funktionierendes Modell dieser Speicherkassette. Hätte ich sie damals geöffnet, hätte ich *gewusst*, was sie enthält – aber es wäre höchst unwahrscheinlich gewesen, dass sie Osmium enthalten hätte, denn Osmium hat mit Videotechnik so ziemlich überhaupt nichts zu tun. Deswegen war es so wichtig, sie unberührt zu lassen – unberührt und undurchleuchtet –, um in ihrem Inneren den Raum zu bewahren, in dem noch buchstäblich alles möglich war. Verstehst du das?«

»Ja«, sagte Michael zögernd.

Demidow drehte die uralte, abgeschabte Kassette in den Händen. »Das hier ist, wie wir nun wissen, eine der Kassetten, die dein Vater hat herstellen lassen. Wir wissen es, weil wir Anfang des Jahres *beschlossen* haben, dass dein Vater diese Art Kassetten herstellen lassen soll. Wir wissen nicht, welche der vielen tausend hergestellten Kassetten es ist, aber das macht nichts, denn dein Vater hat dafür gesorgt, dass *jede* davon einen Streifen Osmium enthält. Also«, fuhr er fort und legte die Kassette zurück auf den Tisch, »werde ich, wenn ich sie jetzt öffne, einen solchen Streifen vorfinden.«

Er zog einen Stuhl heran und holte ein Gerät aus der Schublade, das entfernt aussah wie einer dieser Quirls, mit denen man Milchschaum für Cappuccino zubereitete. »Besser, Sie gehen jetzt beide ein bisschen auf Abstand«, meinte er, während er eine Schutzbrille aufsetzte. »Für alle Fälle. Funkenflug, heiße Späne, Osmiumspuren.«

Michael trat zwei Schritte vom Tisch weg, sein Vater ebenfalls.

Demidow schaltete das Gerät ein. Es surrte schrill wie ein Zahnarztbohrer und wirkte nun nicht mehr wie ein Küchengerät. Die sich schnell drehende Scheibe flimmerte im Licht der Lampe, und es begann, nach heißem Plastik zu stinken, als der Physiker behutsam die Hülle der Kassette damit auffräste.

Michael hielt unwillkürlich den Atem an, wartete darauf, dass jetzt irgendetwas schiefging. Irgendetwas *musste* jetzt schiefgehen. Das ganze Vorhaben war so verrückt, dass es unmöglich klappen konnte.

Es dauerte ein paar Minuten, dann hatte der Russe den Deckel der Kassette abgetrennt. Er hob ihn behutsam ab, griff nach einer Pinzette und holte tatsächlich einen hauchdünnen, silbergrauen Metallstreifen heraus, der etwa fünf Millimeter vom Rand entfernt im Körper der Kassette gesteckt hatte. »*Voilà*«, sagte er mit unüberhörbarem Triumph in der Stimme. »Zehn Gramm Osmium.« Er legte den Streifen in eine schneeweiße Plastikschale, die neben ihm auf dem Tisch stand. »Osmium, von dem wir wissen, dass es schon einmal durch die Zeit gereist ist.«

»Und was bringt das?«, fragte Michael, der jetzt gar nichts mehr verstand.

Demidow wechselte einen wissenden Blick mit Michaels Vater. Dann meinte er: »Das erkläre ich dir, wenn du das nächste Mal kommst.«

Auf dem Rückflug sagte sein Vater: »Es ist an der Zeit, dass du alles über das Wunder erfährst, das Gott an mir bewirkt hat.«

Mit einem Blick in Richtung Kanzeltür fügte er hinzu: »Sobald wir zu Hause sind.«

Kapitel 11

Tunneleffekte sind in der modernen Physik außerordentlich häufig. Auch wenn wir sie noch nicht restlos verstanden haben, können wir doch sagen, dass das Universum, wie wir es kennen, ohne sie überhaupt nicht funktionieren würde.
Eines der bekanntesten Beispiele ist der spontane Alpha-Zerfall bestimmter radioaktiver Elemente. Nach den Gesetzen der klassischen Physik wäre dieser nicht möglich, da das Alphateilchen – ein Heliumkern aus zwei Protonen und zwei Neutronen – sich im Kern zwar bilden, diesen aber aufgrund der wirksamen Anziehungskräfte nicht verlassen kann. Nach den Gesetzen der Quantenmechanik jedoch ist die Aufenthaltswahrscheinlichkeit für das Alphateilchen auch außerhalb des Kerns nie exakt null, was bedeutet, dass es eine gewisse Wahrscheinlichkeit dafür gibt, dass es sich auch einmal außerhalb des Kerns befindet, an einem Punkt, an dem die elektrische Abstoßung die starke Kernkraft überwiegt, sodass es davonfliegt. Man sagt, das Kernteilchen hat die Energiebarriere des Kerns »durchtunnelt«. Da dies tatsächlich beobachtet wird, wissen wir, dass die quantenmechanische Deutung richtig ist.

Pawel Kozyrev, »Möglichkeiten temporaler Dislokation«,
Moskau, 1966

Es war weit nach Mitternacht, als sie zurückkamen. Michael hatte unterwegs geschlafen und war irgendwie müde und aufgekratzt zugleich.

Das Haus lag dunkel und still da. »Ein guter Zeitpunkt«, meinte Vater. »Gehen wir in mein Arbeitszimmer.«

Dort waren die Vorhänge zugezogen, schwere, goldgelbe

Portieren, in deren Widerschein die Bücherregale geheimnisvoll schimmerten. Vater ließ nur die Stehlampen bei der Sitzgruppe an, der Schreibtisch und dessen Umgebung blieben im Dunkeln. Das schuf eine heimelige Atmosphäre, genau richtig für eine kleine Verschwörung zwischen Vater und Sohn.

»Setz dich.« Sein Vater deutete auf einen der vier riesigen, dunkelbraunen Ledersessel, die, seit Michael denken konnte, vor dem Kamin standen. *Setz dich* hatte sein Vater noch nie zu ihm gesagt, was diese Sessel betraf. Michael erinnert sich nur an *Hier ist kein Spielplatz* oder *Füße runter, junger Mann.*

Entsprechend wichtig und erwachsen kam er sich jetzt vor. Er lehnte sich erwartungsvoll zurück, musterte die Reihen der in Leder gebundenen Bände in den Regalen: verschiedene Ausgaben der Bibel, religiöse Schriften, Lexika und juristische Literatur. Manche Rücken waren abgegriffen, andere wirkten nagelneu.

Sein Vater stakste zur Bar, stellte den Stock gegen das Holz und fragte: »Willst du was trinken?«

Michael fuhr hoch, wusste nicht, was er sagen sollte. Sein Vater erwartete doch nicht, dass er so etwas wie *Danke, ein Whisky wäre jetzt genau richtig* sagte?

»Ein Ginger Ale vielleicht?«, schlug sein Vater vor. »Ich sehe gerade, ich hab sonst nichts da. Eine Cola höchstens, aber die dürfte so spätabends nicht ratsam sein.«

»Ginger Ale ist okay«, beeilte sich Michael zu versichern. Im Grunde war es ihm egal. Er hätte in diesem Moment alles genommen.

Vater holte sich auch eines heraus, öffnete beide Flaschen und stellte sie auf die marmorne Tischplatte zwischen ihnen. »Immer gut, etwas zu trinken nach einem langen Flug«, meinte er. »Die Klimaanlagen trocknen einen aus.«

»Ja«, sagte Michael eifrig und nahm einen ersten Schluck. Bittersüß. Nicht unbedingt sein Geschmack. Aber das war gerade so was von egal.

Vater ergriff seinen Stock, schritt hinüber zu seinem

Schreibtisch, knipste die Lampe darauf an und holte eine Mappe aus einer Schublade. Dann löschte er das Licht wieder und kehrte zurück, um sich mit einem erleichterten Seufzer in einen der anderen Sessel sinken zu lassen. Er nahm ebenfalls einen Schluck, einen großen, und saß anschließend nachdenklich da, die Flasche in der Hand, als wisse er nicht recht, wie er anfangen sollte.

»Als ich so alt war wie du«, begann er schließlich, »habe ich mich für die Mission gemeldet.« Er beugte sich umständlich vor, um die Flasche abzustellen. »Nein, ich war älter. Sechzehn. Man musste sechzehn sein. In die Mission zu gehen war in der Gemeinde, in der meine Eltern lebten, üblich; man hat nicht groß darüber nachgedacht. Das war in den Fünfzigerjahren, kurz nach dem Krieg – eine ganz andere Welt, verglichen mit heute. Werte galten damals noch etwas, Amerika war eine moralisch überlegene Supermacht ... Nun ja, das führt vom Thema weg.«

Michael nickte erwartungsvoll, bemüht, ernst und erwachsen zu sein.

»Das lief so: Man meldete sich bei seinem Priester, der das weitergab an das Büro, das die Missionstätigkeit organisierte, die Reisen, die Unterbringung und so fort. Dann hieß es, zwei Jahre lang die Sprache des Landes lernen, in das man gehen würde, und nach dem Wehrdienst – das gab es damals noch, eine allgemeine Wehrpflicht –«

»Dort hast du dir das kaputte Bein ... also, da ist das passiert, nicht wahr?«, warf Michael ein, um auch etwas zum Gespräch beizutragen.

»Richtig. Dazu komme ich noch. Jedenfalls, danach ging man ein bis drei Jahre in das betreffende Land, um Gottes Wort zu verkünden.« Er lächelte. »Mein Traum wäre Südamerika gewesen. Am liebsten Brasilien. Aber das konnte man sich nicht aussuchen, das hat die Missionsleitung bestimmt, per Los. Ich bekam einen Brief, in dem es hieß, man würde mich nach Schweden schicken.«

»Nach *Schweden?*«, wiederholte Michael verdutzt.

Sein Vater schmunzelte. »Ja, so ähnlich habe ich damals auch reagiert. Schweden? Das war doch ein evangelisches Land, was gab es da zu missionieren?« Er wurde wieder ernst. »Später habe ich verstanden, was das Problem ist. In Schweden herrscht nämlich ein trockener, lebloser, vom Staat diktierter Protestantismus, fast schlimmer als der Katholizismus. Er verwaltet die Menschen von der Wiege bis zur Bahre, begleitet sie mit Ritualen – bloß bringt er sie nicht in Kontakt mit dem lebendigen Gott, mit Jesus.«

»Verstehe«, sagte Michael, der sich immer noch fragte, was das werden sollte. Aber er war bei aller Aufgekratztheit müde genug, die Dinge einfach auf sich zukommen zu lassen.

»Also, Schweden. Ich war nicht gerade glücklich darüber, aber gemeldet war gemeldet, und so habe ich angefangen, Schwedisch zu lernen. Das hieß, an drei Abenden in der Woche in die Stadt zu fahren. Das war schon ein Abenteuer für sich. Wenn ich Glück hatte, konnte ich mit jemandem mitfahren, wenn nicht, musste ich den Bus nehmen. Der ist erst mal durch halb Oklahoma gekurvt, ehe Tulsa endlich in Sicht kam. Jedes Mal bin ich mit genug Hausaufgaben und Übungen nach Hause gekommen, dass ich auch an den übrigen Abenden gut beschäftigt war. Abgesehen von der normalen Schule und der Arbeit auf der Farm. Mir war nicht langweilig, das kannst du mir glauben.«

Michael blinzelte. »Echt? Du kannst *Schwedisch?*«

Vater winkte ab. »Ach, das meiste habe ich längst wieder vergessen. Ich hab es ja nie gebraucht.« Er schüttelte den Kopf. »Das heißt – doch. Einmal.«

Jetzt. Jetzt kam es. Michael richtete sich auf.

»Mein Großvater hat mir schließlich zum achtzehnten Geburtstag ein Auto geschenkt, einen schwarzen 1952er Ford Mainline Sedan mit zwei Türen. Ein wunderschönes Auto, auch wenn es nur mit viel Zureden angesprungen ist. Aber es hatte ein Radio, und ich war stolzer, als ein guter Christ sein sollte.« Sein Vater lächelte versonnen. »Mein Großvater hat mir auch das Fahren beigebracht, die Führerscheinprüfung war eher eine Formsache. Man hat das damals lockerer gehandhabt als heute. Jedenfalls, von da an bin ich mit meinem eigenen Wagen zum Sprachkurs gefahren.«

Auf einmal schien elektrische Spannung in der Luft zu liegen. Michael wagte kaum zu atmen.

»Ich erinnere mich noch genau«, fuhr sein Vater fort, den Blick ins Leere gerichtet, in die Vergangenheit. »Es war der vorletzte Kursabend. Ein Montag. Der 29. Juni 1959. Am Wochenende hatte Hawaii abgestimmt, ob es den Vereinigten Staaten beitreten wollte. Königin Elizabeth von England war auf einer Reise durch Kanada; alle Frauen sprachen darüber, was sie für Kleider trug und wie schön sie war. In Italien war ein Flugzeug abgestürzt. Und ich hatte meinen Einberufungsbescheid in der Tasche. Ich hatte das Gefühl, genau zu wissen, wie mein weiteres Leben aussehen würde.« Er schüttelte den Kopf. »Ich hatte ja keine Ahnung.«

Eine Pause. Stille. Selbst die große Wanduhr schien langsamer zu ticken als normal.

»Ich war spät dran. Es begann schon zu dämmern. Es war warm, ein warmer Abend nach einem heißen Tag. Ich hatte die Fenster unten, hab immer wieder auf die Uhr gesehen, und wahrscheinlich bin ich schneller gefahren, als erlaubt war. Das Radio lief. Ich höre noch, wie der Sprecher sagt, *Tulsa Radio, sieben Minuten vor acht, Zeit für ›White Lightning‹, den neuen großen Hit von George Jones,* als plötzlich auf der Straße vor mir aus dem Nichts eine Frau auftaucht.«

»Eine Frau?«, echote Michael verblüfft.

Sein Vater beugte sich vor. »Es war nicht so, dass sie im Dunkeln gestanden hat und unversehens in die Lichtkegel meiner Scheinwerfer geraten ist. Es war nicht so dunkel. Es hat gedämmert, ich hatte die Lichter an, aber die Landschaft und die Straße waren noch gut zu erkennen. Nein, sie *erschien*. Im einen Moment war da nur die Straße, im nächsten Moment war da die Frau.« Er räusperte sich. »Außerdem *stand* sie nicht. Als ich sie sah, befand sie sich in einer Art Hockstellung, und im nächsten Augenblick ist sie umgefallen wie jemand, dem man den Stuhl weggezogen hat.«

»Wow«, hauchte Michael. »Und was hast du gemacht?«

»Na, gebremst natürlich. Ich bin zu Tode erschrocken. Ich habe gedacht, jetzt überfahr ich sie. Ich bin mit voller Kraft auf die Bremse, habe das Auto zur Seite gezogen, alles hat gezittert und geknirscht. Zum Glück war es eine dieser Straßen mitten im Nichts, weit und breit war kein anderes Fahrzeug unterwegs. Ich bringe also den Wagen zum Stillstand, springe raus und renne zu der Frau hin, die auf dem Rücken liegt. Als ich bei ihr ankomme, sehe ich, dass sie einen Regenmantel anhat«, erzählte sein Vater. »Und der Mantel *war nass.*«

»Nass?«

»Ja. Wir hatten damals nicht gerade eine Dürre, aber es hatte in der Gegend seit Wochen nicht geregnet. Und da lag diese Frau in einem Regenmantel, der nass war, genau wie ihre Haare. Ich habe ihr aufgeholfen, habe gefragt: Was ist passiert? Sind Sie verletzt? Sie sieht mich nur an, mit riesigen, entsetzten Augen, ist völlig verwirrt, atmet wie ein Blasebalg, ihre Hände um irgendeine Zeitschrift gekrallt. Und dann sagt sie plötzlich: *Var är jag?*«

»Was heißt das?«

»Das ist Schwedisch und heißt: Wo bin ich?«

»Schwedisch!«

»Genau.« Sein Vater faltete die Hände. »Siehst du das Wunder? Da taucht auf geheimnisvolle Weise eine Frau auf, die, wie sich herausstellte, kein Wort Englisch spricht, nur Schwedisch, und der erste Mensch, dem sie begegnet, ist ein Amerikaner, der seit zwei Jahren ausgerechnet Schwedisch gelernt hat. Ist das anders zu erklären als durch ein Wunder? Durch Fügung? Durch Gottes Wille?«

Michael schüttelte beeindruckt den Kopf. »Nein. Das ist … das ist echt … wow.«

»Ich habe damals natürlich nicht begriffen, was los war. Ich glaube, ich habe im ersten Augenblick nicht einmal gemerkt, dass ich Schwedisch spreche. Ich war ja in Übung, hatte mich auf die Konversationsstunde am Abend vorbereitet. Ich habe ihr gesagt, Sie sind auf der Straße nach Tulsa, und sie sagt: Tulsa? Ist das eine Stadt? Ja, sage ich. Darauf sie: Wo ist Sture? Wer ist Sture, frage ich. Mein Mann, sagt sie. Er wollte mich zum Arzt fahren.«

Michael merkte, dass ihm der Unterkiefer heruntergeklappt war. Er schloss den Mund wieder, schluckte, wusste nicht, was er sagen sollte.

»Ich habe nicht verstanden, was sie meinte«, fuhr sein Vater fort. »Hatten Sie einen Unfall, habe ich gefragt, und darauf sie: Nein, nein, das ist nur das Herz, wie üblich, das Herz. Und sie hat sich an die Brust gefasst. Sie kam mir ziemlich alt vor, weil ich selber noch so jung war, deswegen hat mich das nicht weiter gewundert, aber tatsächlich war sie nicht einmal vierzig. Dann hat sie sich umgesehen, irgendetwas gemurmelt, das ich nicht verstanden habe, und immer wieder gefragt, wo ist denn das Auto, das Auto muss doch da sein. Ich dachte, vielleicht hat ihr Mann sie dagelassen, um einen Arzt zu holen, andererseits leuchtete mir nicht ein, warum er das hätte tun sollen. Dann sagt sie: Das Haus? Wo ist das Haus hin? Hier ist kein Haus, sage ich. Hier ist nie ein Haus gewesen.«

»War sie ein bisschen … na ja … verrückt oder so?«, fragte Michael behutsam.

»Sie war verwirrt. Aber sie hatte auch allen Grund dazu. Du wirst gleich verstehen, warum. Jedenfalls, in diesem Moment schaut sie mich ernst an, die eine Hand um ihre Zeitschrift gekrampft, die andere auf der Brust, und sagt: *Unge man, berätta mig var jag är!* Junger Mann, sagen Sie mir, wo ich bin. Und ich sage noch einmal, langsam und deutlich: Sie sind auf der Straße von Deerwood Junction nach Tulsa, Oklahoma. Oklahoma, sagt sie, das ist doch in Amerika! Ja, sage ich. Das kann nicht sein, ruft sie. Wie ist das möglich? Ich träume das, nicht wahr? *Jäg drömmer det!* Nein, sage ich, das ist kein Traum.«

»Was war das denn für eine Frau?«

»Ja, pass auf. Sie fragt, wo ist meine Handtasche, ich brauche meine Handtasche. Ich sehe mich um und suche, stehe auf, gehe in immer größeren Kreisen um sie herum, aber da ist nirgends eine Handtasche. Sie reibt sich ihre Brust, ist bleich wie eine Wand. Ich hab die Handtasche auf den Rücksitz gestellt, sagt sie, da sind meine Tabletten drin, die brauche ich. Die kann doch nicht weg sein. Bloß, ich finde die Handtasche einfach nicht. Ich merke, wie sie Angst bekommt und dass das für ihr Herz gar nicht gut ist. Sie redet immer schneller, sagt, sie sei gerade noch bei ihren Eltern gewesen, zum Mittagessen, dann sei ihr schlecht geworden, Sture habe sie zum Arzt bringen wollen, es habe geregnet, sie sei ins Auto gestiegen … und jetzt sei sie plötzlich hier auf der Straße, das sei doch unmöglich.«

»Seltsam«, meinte Michael und begann sich unwillkürlich selber die Brust zu reiben aus lauter Mitleid mit der Frau.

»Was sind das denn für Tabletten, frage ich. Darauf sagt sie mir irgendeinen Namen, den ich natürlich noch nie gehört habe, und ich sage, ich kann Sie mitnehmen nach Tulsa, wenn Sie wollen, ins Krankenhaus dort. Sie darauf: Und wenn Sture kommt? Ich weiß nicht, was ich sagen soll, schaue nur zu, wie sie sich das Herz reibt und schwer atmet und Schmerzen hat, und schließlich sagt sie: Also gut, ja, bitte. Ich kann ihn ja von dort aus anrufen. Ich verstehe immer noch nicht, was los ist, aber ich bin froh, dass sie sich von mir ins Auto helfen lässt, und dann fahren wir endlich weiter.«

Michael schrak zusammen, als die Standuhr die halbe Stunde schlug, ein tiefer, sanfter Gongschlag.

»Es ging ihr nicht gut. Ich glaube, sie fand mein Auto auch nicht beruhigend. Das hat ja gar keine Sicherheitsgurte, hat sie gesagt, wie alt ist denn das? Von 1952, sage ich. Darauf sie ganz entsetzt: *Min Gud*, so alt? Ich war fast ein bisschen beleidigt. Außerdem ärgerte ich mich, dass ich jetzt die vorletzte Stunde verpassen würde.« Er schüttelte seufzend den Kopf. »Was für kleinliche Gedanken uns die meiste Zeit umtreiben, hm? Da passieren weltbewegende Dinge, und wir sorgen uns um Nichtigkeiten.«

Michael biss sich auf die Lippen, fragte sich, ob das auf ihn auch zutraf. Bestimmt. Man merkte es selber nicht, das war das Problem.

Wenn er auch noch nicht verstand, was an dieser Begegnung weltbewegend sein sollte. Abgesehen davon, dass sie merkwürdig war, das schon.

»Ich hatte eine Zeitung vorn auf der Ablage liegen. Sie greift danach, schaut darauf, sagt: Werden Sie mir helfen, wenn wir im Krankenhaus sind? Ich kann kein Englisch. Ich weiß, das ist ungewöhnlich, weil in Schweden eigentlich jeder Englisch spricht. Aber wissen Sie, ich war nicht viel in der Schule, wegen meiner Herzkrankheit, und das Fernsehen regt mich zu sehr auf, also, wie hätte ich es lernen sollen?« Sein Vater seufzte wieder, lächelte. »Ich habe ihr gesagt, ja, klar würde ich ihr helfen. Aber insgeheim habe ich gedacht, ich hör wohl nicht recht? Die lassen mich zwei Jahre lang Schwedisch büffeln, und in Schweden spricht jeder Englisch? Ich hab mich richtig geärgert, kannst du dir das vorstellen?«

»Ja«, meinte Michael grinsend.

»Dann sagt sie: Das ist aber eine alte Zeitung! Ja, sage ich, die ist vom Samstag. Vorne drauf war ein Bild von Präsident Eisenhower mit der Queen, das weiß ich noch. Samstag?, fragt sie. Ja, sage ich. Darauf sie, ganz langsam und argwöhnisch: Welches Datum haben wir? 29. Juni, Ma'am, sage ich. Du kannst mir glauben, in dem Moment habe ich auch gedacht, mit der stimmt was nicht, die ist aus irgendeinem Heim ausgebrochen oder so. Sie fragt weiter, völlig entsetzt: Und welches Jahr? 1959, sage ich. 1959, ruft sie. Wie ist das möglich? Im nächsten Augenblick merke ich, dass sie anfängt zu weinen.«

Michael schluckte unbehaglich. »Oh.«

Vater nickte. »Mir wurde allmählich mulmig. Ich weiß noch, dass ich gedacht habe, na, letztes Jahr war 1958, da ist es nur logisch, dass jetzt 1959 ist. Aber ich wusste zum Glück nicht, wie man das auf Schwedisch sagt, also hab ich den Mund gehalten. Nach einer Weile hört sie auf zu weinen und erklärt ganz ruhig: Die Ärzte werden mir nicht helfen können. Dann schließt sie die Augen, die Hände auf der Brust, legt den Kopf zur Seite gegen den Türholm und bleibt so. Herr Jesus, hilf mir, habe ich gedacht und aufs Gas gedrückt, bin so schnell gefahren, wie ich nur konnte. Erst da ist mir eingefallen, sie mal zu fragen, wie sie eigentlich heißt, aber sie hat nicht mehr reagiert, ist nur immer weiter in sich zusammengesunken. Ich bin gefahren und gefahren, der Weg kam mir auf einmal endlos vor. In Tulsa hab ich mich auch noch verfranzt, mit schwitzigen Händen am Steuerrad gekurbelt und dieses Krankenhaus einfach nicht gefunden.«

»Oje.«

»Sie war bewusstlos, als ich endlich dort war. Man hat sie auf eine Liege gelegt und davongefahren – das war das letzte Mal, dass ich sie gesehen habe. Als ich erzählt habe, was ich wusste, hat man mir gesagt, du bleibst mal besser hier, bis die Polizei da ist. Also hab ich gewartet. Nach einer Weile kam jemand und meinte, ich solle meinen Führerschein herzeigen, hat sich meine Daten notiert und gesagt, ist gut, ich soll wieder nach Hause fahren. Es war sowieso schon zu spät für den Kurs, also hab ich das gemacht.« Sein Vater hielt inne, sah versonnen vor sich hin, als liefe in seiner Erinnerung gerade der Film dazu ab. »Am nächsten Tag ist der Sheriff bei uns aufgetaucht und hat mich ausgefragt. Die Frau war in der Nacht gestorben, an Herzversagen. Er hat gemeint, die Ärzte hätten sich gewundert, dass sie überhaupt so lange gelebt hat mit einem so schwachen Herz. Und nun wisse niemand, wer sie sei; sie hätte keinerlei Papiere bei sich gehabt, und Vermisstenanzeigen gebe es auch nicht. Ich habe ihm erzählt, was ich wusste, nur den Punkt, dass sie aus dem Nichts aufgetaucht war, mitten auf der Straße, den habe ich lieber verschwiegen. Ich kannte unseren Sheriff, er hätte mir das nicht geglaubt, sondern gedacht, ich will ihm einen Bären aufbinden. Und er konnte ungemütlich werden, wenn er das von jemandem dachte. Er ließ sich auf der Karte zeigen, wo ich die Frau aufgegabelt hatte, und weil ich es nicht genau wusste, sind wir zusammen hingefahren. Aber auch er hat nichts gefunden.«

Nun griff sein Vater endlich nach der Mappe, die er vorhin geholt hatte. Er zog einen Zeitungsausschnitt heraus und schob ihn vor Michael hin. »Und jetzt lies einmal das hier.«

Michael beugte sich neugierig vor, nahm das Papier. *Frau spurlos verschwunden, sagt Ehemann* lautete die Schlagzeile. In der Nähe von Göteborg, Schweden, sei vor zwei Tagen eine Frau unter unerklärlichen Umständen aus einem Auto verschwunden. Der Ehemann der schwer herzkranken Frau habe diese mit seinem Regenschirm durch den Regen zum Auto geleitet und einsteigen lassen und sei dann um das Auto herum zur Fahrerseite gegangen. Doch als er die Fahrertür geöffnet habe, sei der Wagen leer gewesen. Das Ganze, schrieb die Zeitung weiter, habe sich vor Zeugen ereignet: Die Eltern der Frau, bei denen sie zu Besuch gewesen waren und zu Mittag gegessen hatten, hatten winkend unter dem Vordach gestanden. Ihr Bruder habe sogar ein Foto von dem Moment gemacht, in dem die Frau eingestiegen war.

Die Zeitungsmeldung datierte vom vierten Oktober 1994.

Michael spürte, wie ihm eine Gänsehaut über den Rücken lief. Er sah fassungslos auf. »Das war die Frau?«

»Ja«, sagte sein Vater. »Das war sie.«

»Sie ist irgendwie … durch die Zeit gereist?«

»Offensichtlich.«

Michael begriff. »Du *wusstest* also, dass Zeitreisen möglich sind! Schon lange bevor das Video entdeckt worden ist!«

»Ja«, sagte sein Vater und nickte. »Aber das ist noch nicht das Wunder, das Gott an mir bewirkt hat.«

Kapitel 12

»Ich schwöre Treue auf die Fahne der Vereinigten Staaten von Amerika und die Republik, für die sie steht, eine Nation unter Gott, unteilbar, mit Freiheit und Gerechtigkeit für jeden.«

»Pledge of Allegiance«, das in den USA übliche Treuegelöbnis, in öffentlichen Schulen oft Teil des gemeinsamen Morgenrituals. Die Formel »eine Nation unter Gott« wurde erst 1954 hinzugefügt und 2010 in einem Verfahren vor dem Obersten Gerichtshof für verfassungsgemäß erklärt.

Michael blickte auf das Stück Zeitungspapier hinab, das er in der Hand hielt, und wurde sich auf einmal der Stille bewusst, die sie umgab. Eine Stille, die sich in diesem Moment anfühlte, als sei der Rest der Welt erstarrt und nur sie beide übrig geblieben, geborgen in einer zeitlosen Blase, einer Höhle mit unsichtbaren Wänden.

»Weißt du, wer die Frau war?«, fragte er mit trockenem Mund.

Sein Vater zog weitere Zeitungsausschnitte aus seiner Mappe, legte sie ihm hin. Sie stammten aus schwedischen Zeitungen. *Den saknade kvinnan* stand über mehreren der Artikel, die Michael nicht lesen konnte, aber er konnte sich die Bilder darin anschauen: die Frau, ihren Mann, das Foto, das der Bruder gemacht hatte. Das Foto zeigte Datum und Uhrzeit eingeblendet: 02 10 1994 14:05.

Liv B. las er unter dem Porträt einer ernst dreinblickenden, dunkelhaarigen Frau. Ihr Mann Sture trug eine dünnrandige Brille und einen Kinnbart. Das Auto sah aus wie ein Volvo.

»Ihr Familienname war Berglund«, sagte Vater. »Sie litt seit ihrer Jugend an Herzmuskelschwäche. Ihr Mann und sie sind extra in die Nähe einer Klinik in Göteborg gezogen, wo sie ständig in Behandlung war. Sie hat Kunstgeschichte studiert und ab und zu für Zeitschriften Artikel über Künstler oder Kunstepochen geschrieben.«

»Und eines Tages ist sie durch die Zeit … *gefallen*«, ergänzte Michael mit Gruseln. Wenn einem so etwas passieren konnte – wie viel Verlass war denn dann auf die Welt?

Keine. Verlass war nur auf Jesus. Klar.

»Der Vorfall ging damals kurz durch die Weltpresse, wenn auch eher als Kuriosum«, sagte Vater. »Der Irak hatte im Herbst 1994 gerade wieder Truppen an der Grenze zu Kuwait zusammengezogen, und drei Tage nach dem Verschwinden der Frau sind in der Schweiz und in Quebec fünfzig Mitglieder einer Selbstmordsekte tot aufgefunden worden – das hat die Schlagzeilen beherrscht. Aber in Schweden war die Geschichte noch eine ganze Weile Thema.«

Er zog weitere Zeitungsausschnitte hervor. Keinen davon konnte Michael lesen, aber er sah Bilder von Leuten in weißen Schutzanzügen, die mit Hunden einen Straßenrand absuchten. Andere zeigten das Auto im Labor, halb zerlegt.

»Irgendwie musste sich die Polizei die Sache erklären. Man hat zwischendurch die Theorie aufgestellt, dass die ganze Familie in den Fall verwickelt sei – der Ehemann, die Eltern, der Bruder. Allerdings konnte man keinen einleuchtenden Grund finden, warum die vier die Frau hätten umbringen, ihre Leiche beseitigen und der Polizei dann eine so haarsträubende Geschichte präsentieren sollen. Deswegen kam es nie zu einem Prozess. Der Fall gilt heute noch als unaufgeklärt.«

»Du könntest ihn aufklären«, meinte Michael.

»Meinst du?« Sein Vater lächelte nachsichtig. »Wer würde mir glauben?«

Michael dachte nach. »Niemand wahrscheinlich. Deine Geschichte ist ja noch haarsträubender.«

»Eben. Und wie du gleich sehen wirst, hat Gott das mit Bedacht so eingerichtet, weil er mit alldem einen ganz anderen Plan verfolgt.« Sein Vater beugte sich vor, legte die Hand auf die Mappe und fuhr fort: »Als ich mich nach dem Besuch des Sheriffs das nächste Mal ins Auto gesetzt habe, lag unter dem Beifahrersitz das hier.« Er öffnete den Deckel und zog eine Zeitschrift hervor, zerknittert, vergilbt, uralt aussehend. Sie hieß *Historia;* das Titelbild zeigte einen römischen Legionär in Uniform. »Das war die Zeitschrift, die die Frau in Händen hatte, als sie aufgetaucht ist. Sie muss sie irgendwann fallen gelassen haben, und ich habe nicht mehr daran gedacht.« Er schob ihm das Heft hin. »Achte auf das Erscheinungsdatum.«

Michaels Blick suchte an den üblichen Stellen nach einer Datumsangabe und fand schließlich oben links den Vermerk: *Oktober 1994.*

Und er entdeckte noch etwas: Unter den – natürlich – schwedischen Artikelhinweisen rings um das Antlitz des Legionärs war eine Zeile, die Michael trotzdem problemlos lesen konnte.

Pontius Pilatus.

»Wow«, entfuhr es ihm.

»Erstaunlich, nicht wahr?«, meinte sein Vater. »Du kannst dir sicher vorstellen, wie verblüfft ich war. Eine Zeitschrift aus der Zukunft! Aber leider war es ausgerechnet eine Zeitschrift, die nur populärwissenschaftliche Artikel über geschichtliche Themen enthielt – die alten Römer, der Erste Weltkrieg, die Entdeckung der Schutzimpfung und dergleichen. Schau, das war der Aufsatz, den Liv Berglund für das Magazin geschrieben hat.« Er schlug das vergilbte Heft behutsam auf, zeigte auf eine Überschrift, in der es um Rembrandt ging. Darunter stand *Författare: Liv Berglund.* »Ich vermute, das hier war ihr Belegexemplar, und sie hat es an dem Tag ihren Eltern gezeigt.«

»Ein Artikel über Pontius Pilatus ist auch drin«, sagte Michael.

»Ja. Ein Zeichen. Wobei ich das erst später verstanden habe.«

Michael berührte die knisternden Seiten behutsam, bemüht, das alles zu begreifen. »Und dann?«

»Tja. Wie gesagt, ich war nicht viel älter als du heute, und ich war an dem Tag noch ziemlich durcheinander. Ich war ehrlich gesagt auch enttäuscht, dass ich nun eine Zeitschrift besaß, die aus der Zukunft zu stammen schien, mit der ich aber nichts anfangen konnte, weil sie nur von der Vergangenheit handelte. Ich hab sie weggepackt, denn es war ohnehin an der Zeit, meinen Dienst bei der Armee anzutreten.« Er presste einen Moment lang die Kiefer zusammen, dass die Muskeln in seinem Gesicht hervortraten, dann fuhr er fort: »Dort erging es mir, wie es allen Menschen ergeht, die nicht auf Gott hören wollen: Ich erfuhr Schmerz.«

Michael nickte. Diese Geschichte kannte er natürlich: In der Grundausbildung hatte es einen Unfall mit einer Maschine gegeben. Dabei war eine Kette gerissen und hatte seinem Vater das linke Knie zertrümmert. Er war seither mehrfach operiert worden, hatte seine Beweglichkeit aber nie wiedererlangt.

»Als ich aus dem Krankenhaus kam, die Entlassungsurkunde der Armee im Gepäck und meinen ersten Krückstock in der Hand, war ich total ratlos. Ich hatte studieren wollen. Ich hatte Aussichten auf ein Sportstipendium an der Oral Roberts gehabt, weil ich im Football gut gewesen war. Alles dahin. Die einzige Perspektive, die ich sah, war, für meinen Vater zu arbeiten und den Bauern der Umgebung Rasierseife, Schmieröl und Wäscheklammern zu verkaufen. Das war etwas, was ich auch als Lahmer machen konnte. Aber ich war niedergeschlagen, dass Gottes Plan für mein Leben so aussehen sollte. So *trostlos.* So *jämmerlich*.« Er nahm die Zeitschrift wieder an sich. »Dann habe ich eines Tages mein Zimmer aufgeräumt und meine Sachen ausgemistet und bin auf das hier gestoßen.« Er blätterte eine andere Stelle in dem Magazin auf, weiter hinten, und legte es Michael hin.

Michael beugte sich vor, versuchte, aus den Bildern und

den Überschriften aus ihm unbekannten Wörtern schlau zu werden. Wie es aussah, ging es in dem Artikel um …

»Die Wall Street!«, rief er aus.

»Genau. Die Geschichte der New Yorker Börse – und zwar *bis ins Jahr 1994.*« Sein Vater zog die Zeitschrift wieder an sich. »Der Text ist ziemlich belanglos, damit allein hätte ich nichts anfangen können. Die wirklich wertvollen Informationen – und das Wort *wertvoll* war selten so berechtigt wie in diesem Fall – befanden sich in den Kästen an den Rändern.« Er deutete auf farbig unterlegte Felder, die größtenteils Listen und Zahlen enthielten. »Hier zum Beispiel: eine Liste der größten Börsenkräche der Geschichte. Der Crash von 1929, das sagte mir was. Aber da stand auch ein Crash von 1973. Der *Silver Thursday* am 27. März 1980. Der *Schwarze Montag* am 19. Oktober 1987. Und so weiter, immer mit kurzen Erläuterungen, was passiert war. Beziehungsweise, was passieren *würde.* Ich, der Sohn eines Kleinstadtladenbesitzers aus Oklahoma, wusste schon 1960, dass es 1972 zu einer Ölkrise kommen würde.«

»Echt?« Michael beugte sich über die vergilbten Seiten, traute seinen Augen nicht.

»Oder das hier: die erfolgreichsten Aktien jedes Jahrzehnts. In den 50ern hatte Polaroid um 8366 Prozent zugelegt, Avon um 3799 Prozent. In den 60ern Masco um 10177 Prozent, Xerox um 5146 Prozent. Und so weiter, bis zu den 90ern. Hier, Dell: 55000 Prozent Wertzuwachs.«

»Fünfundfünfzigtausend!« Michael dämmerte allmählich, was ihm sein Vater da erzählte. »Du bist reich geworden … weil du *dieses Heft* hattest!«

»Genau so ist es«, bestätigte sein Vater ernst. »Ich habe mich bei allen Investitionen auf die Zahlen und Daten aus dieser Zeitschrift gestützt, die aus der Zukunft zu mir gekommen war. Angefangen habe ich damit, dass ich mein Auto verkauft und das Geld in Polaroid-Aktien investiert habe. Das war mein Startkapital. Als Masco an die Börse ging, war ich vom ersten Tag an dabei und bin erst ausgestiegen, als ich mein Vermögen verhundertfacht hatte. Dasselbe mit Xerox, Keystone, ChemFirst, Circuit City, Mark IV und so weiter. An den Börsencrashs habe ich durch Optionsgeschäfte verdient, über Strohmänner und Tarnfirmen, damit niemand glaubte, ich würde die Crashs *auslösen*. Und ich habe mich Ende 1994 aus dem Investmentgeschäft zurückgezogen, weil ich ab da keine sicheren Informationen mehr besaß, was geschehen würde. Ich verstehe in Wirklichkeit nicht besonders viel von Investmentgeschäften, nicht mehr als andere. Ich bin nur reich geworden, weil Gott es so wollte.«

Michael hatte das Gefühl, als würden ihm jeden Augenblick die Augen aus dem Kopf fallen. »Aber du ... du hast immer gesagt –«

»Es musste ein Geheimnis bleiben. Ich habe nie zuvor jemandem von alldem erzählt; nicht einmal deine Mutter weiß davon«, erklärte ihm sein Vater mit ernster Strenge. »Doch nun ist es notwendig geworden, dass du Bescheid weisst. Und natürlich erwarte ich von dir, dass du das alles für dich behältst.«

»Ja. Klar. Ich sag niemandem ein Wort«, versprach Michael hastig.

»Siehst du nun das ganze Bild? Siehst du, dass Gott offensichtlich einen Plan für mein Leben hatte?«

»Ja. Kann man wohl sagen.«

»Und hast du auch eine Idee, was er damit beabsichtigt hat?«

Michael biss sich auf die Lippen, überlegte angestrengt. »Ähm ... nicht so richtig, ehrlich gesagt.«

Vater lächelte nachsichtig. »Nun, dann wirst du noch Geduld haben müssen. Vielleicht kommst du ja von selber drauf.« Er nahm die Zeitungsartikel und die Zeitschrift wieder an sich, verstaute alles sorgfältig in seiner Mappe und erhob sich. »Es ist spät, wir sind beide müde. Belassen wir es für den Moment dabei.«

Die Ferien gingen ihrem Ende entgegen, und mehr als je zuvor wünschte sich Michael, sie würden es nicht tun, denn es gab noch so viel, über das er nachdenken musste. Den märchenhaften Lebensweg seines Vaters zum Beispiel. Und warum dieser ihm davon erzählt hatte. Was er ihm damit hatte sagen wollen. Ja, und eben: Welchen Plan Gott mit alldem verfolgte. Das war ihm völlig unklar. Irgendetwas hatte er nicht verstanden.

Kurz darauf fand wieder eine Besprechung der Kirchenführer statt, eine außerordentliche diesmal. Michael saß stumm mit am Tisch, versuchte einfach, zu verstehen. Zum Glück schien niemand von ihm irgendwelche Beiträge zu erwarten.

Zuerst ging es um Gouverneur DenHaag und dass man ihn unterstützen wolle für den Fall, dass er bei den nächsten Präsidentschaftswahlen antrete. Ein frommer Politiker, darin stimmten alle überein: bibeltreu, fest im Glauben, ein wahrer Mann Gottes, der der Sünde die Stirn bieten würde, wo immer er ihr begegnete. Wiedergeboren in Jesus, der Richtige für das Amt in diesen Zeiten, jawohl, der Richtige.

»Ich bin froh, dass wir uns in dieser Frage einig sind«, erklärte Michaels Vater, die Hände gefaltet. »Ich bin nämlich überzeugt, dass es eine Frage von existenzieller Bedeutung ist und Gerald ein von Gott Berufener. Wir dürfen uns heute, da die Welt immer tiefer und tiefer in Sündhaftigkeit verfällt, keinen inneren Zwist erlauben. Entschlossenheit ist gefragt und ein unbeirrbares Bekenntnis zur Heiligen Schrift, zu Jesus, zu Gott. Jesus wollte, dass wir allzeit bereit sind, dass wir in allem, was wir tun, so handeln, als sei die Endzeit angebrochen. Ich sage: Lasst uns das beherzigen! Lasst uns mithelfen, einen Mann in das Präsidentenamt zu bringen, der würdig ist, ein Land zu vertreten, das beansprucht, eine Nation unter Gott zu sein.«

Applaus in der Runde. »Wobei«, sagte einer der Kirchenführer, »ich ja darauf vertraue, entrückt zu werden, ehe die Zeit der Drangsal beginnt, von der das Buch Daniel spricht.«

Michael bemerkte, wie sich die Gestalt seines Vaters bei diesen Worten straffte. Es war, als habe sich die Temperatur im Raum gerade schlagartig geändert, nur um wenig, aber spürbar.

»Das ist eine überaus populäre Interpretation der Heiligen Schrift«, sagte sein Vater mit strenger Ruhe, »nichtsdestotrotz nur eine Interpretation. Ich persönlich halte diesen Gedanken für ein fundamentales Missverständnis.«

Der Reverend, der gerade von der Entrückung gesprochen hatte, schien der Einzige zu sein, der die veränderte Atmosphäre nicht bemerkte. »Aber im ersten Brief an die Thessalonicher schreibt Paulus –«

»Larry«, unterbrach Michaels Vater ihn, »denk einfach darüber nach, in was für einer Welt wir heute leben. Selbst wenn es nur hundert wahre Gläubige gäbe, die entrückt würden: Das wäre ein Ereignis, das weltweit Schlagzeilen machen würde. Erst recht, wenn es Millionen wären, die so plötzlich verschwänden, wie es in dieser Romanserie, *Left Behind*, geschildert wird. Jeder wüsste dann, dass die Endzeit begonnen hat und die Wiederkehr Jesu bevorsteht – jeder, auch Heiden und Atheisten, denn diese Romane sind international bekannt. Wie sollte sich unter diesen Umständen das Bibelwort erfüllen, *Tag und Stunde von diesen Ereignissen weiß niemand, nicht einmal die Engel im Himmel; nur der Vater weiß es?*«

Jetzt wand sich der Angesprochene. Die Entrückung könne doch ein Weckruf für die noch Unentschlossenen sein, sich zu Christus zu bekennen, da sie nun sähen, dass die Bibel die Wahrheit sage.

Michael sah seinen Vater eine ungeduldige Handbewegung machen, so, als wolle er den Einwand beiseitefegen. »Im 24. Kapitel Matthäus sagt Jesus den Jüngern klipp und klar: *Damals, vor der großen Flut, aßen und tranken die Menschen, sie heirateten und wurden verheiratet – bis zu dem Tag, an dem Noah in die Arche ging. Sie ahnten nichts davon, bis die Flut hereinbrach und alle umbrachte. So wird es auch bei der Ankunft des Menschen-*

sohnes sein. Wenn dann zwei Männer auf dem Feld arbeiten, wird der eine angenommen und der andere zurückgelassen. Wenn zwei Frauen an derselben Handmühle mahlen, wird die eine angenommen und die andere zurückgelassen werden. Seid also wachsam! Für mich bedeutet diese Vorhersage, dass die Menschen erst in der Rückschau erkennen werden, wann und wie die Endzeit begonnen hat. Dass erst in dem Moment, in dem Jesus wiederkehrt, klar werden wird, wann und wo Satan, der Fürst der Finsternis – und, bedenkt, der Herr der Lüge! –, seine Pläne, die Menschen endgültig zu verderben, begonnen, seine Helfer in Stellung gebracht und seine Fallstricke für ihre Seelen ausgelegt hat. Was für einen Sinn sollte es machen, die Gläubigen vorher zu entrücken? Ist es nicht unsere Aufgabe, aller Welt ein Beispiel zu sein, wie fest wir in unserem Glauben stehen? Sind wir nicht berufen, unbeirrt das Evangelium zu verkünden? Heißt es im zweiten Brief Petrus nicht: *Der Herr verzögert seine Zusage nicht, wie manche das meinen. Im Gegenteil: Er hat Geduld mit euch, denn er will nicht, dass irgendjemand zugrunde geht, sondern dass alle Gelegenheit haben, zu ihm umzukehren?*«

Ein anderer, älterer Mann hob die Hand und sagte: »Wir leben in einer Gnadenzeit, sage ich euch, aber sie wird nicht für immer währen. Gott hat Geduld, aber nicht unendlich lange. Als Noah sich auf die Sintflut vorbereitete, haben die meisten gelacht und ihn verspottet und nur wenige ihm geglaubt. Doch schließlich kam der Tag, an dem Noah die Luke verschloss und es zu regnen begann, und da war es zu spät, anderen Sinnes zu werden.«

Michael durchzuckte der Gedanke, was Noah denn gemacht hätte, wenn ihm Zehntausende geglaubt hätten, mehr, als er auf seiner Arche hätte aufnehmen können? Doch er beschloss, lieber nicht darüber nachzudenken. An irgendeinem Punkt musste man sich entscheiden, ob man nachdenken oder glauben wollte. Und er wollte glauben, mehr als alles andere. Glauben und gerettet werden.

Und immer noch kein Wort von Isaak, kein Brief, keine E-Mail, keine Spur. Er blieb verschwunden; niemand erwähnte ihn, niemand fragte nach ihm, keiner seiner Freunde von zuvor meldete sich: Es war, als hätte es ihn nie gegeben.

Seine Mutter sah Michael auch immer seltener. Sie ließ sich ihre Mahlzeiten inzwischen meistens in ihrem Zimmer servieren, und wenn sie es verließ, wirkte sie still und in sich zurückgezogen. Sie lächelte geistesabwesend, wenn sie ihn sah, strich ihm bisweilen flüchtig über die Haare, sagte wenig und wenn, dann mit leiser, resignierter Stimme. Sie war blass, obwohl es ein sonnendurchtränkter Sommer gewesen war. Es tat Michael fast weh, sie zu sehen, so durchscheinend und zerbrechlich wirkend und umgeben von einem dumpfen Geruch nach alter Wäsche, nach Krankenbett, nach Staub.

Die Assoziation mit Krankheit beunruhigte Michael. Verschwieg man ihm vielleicht etwas? Als sich die Gelegenheit bot, sprach er seinem Vater gegenüber an, was ihm aufgefallen war, und fragte ihn, ob er sich denn keine Sorgen mache.

Sein Vater hob die Augenbrauen, als verwundere ihn der bloße Gedanke. »Deine Mutter betet viel und liest in der Bibel. Was sollte ihr dabei geschehen?«

»Ich weiß nicht«, bekannte Michael. »Ich dachte eben … sie ist so anders als früher …«

»Sie bereitet sich vor«, erklärte sein Vater.

Michael sah ihn ratlos an. »Sie bereitet sich vor? Worauf denn?«

»Kannst du dir das immer noch nicht denken?«

Dieser Blick! Diese grauen, durchdringend blickenden Augen, die ihn seit jeher so prüfend betrachtet hatten, so skeptisch, so, als suchten sie nach einem Grund, enttäuscht zu sein. Als Kind hatte Michael gedacht, dass Gott genau dieselben Augen haben müsse.

»Nein«, gestand er leise. »Keine Ahnung.«

Sein Vater lächelte flüchtig. »Macht nichts. Bald wirst du.«

Kapitel 13

Seit der Auferstehung Christi verwaltet ein Mensch, Christus, der Gottmensch, die Regentschaft Gottes. Die Verwaltung des Himmelreiches liegt in den Händen eines Menschen, der die Menschen so liebt, dass er für sie starb und von den Toten für sie auferstand. Der Mensch, dem alle Gewalt im Himmel und auf Erden gegeben wurde, spricht wie wir, denkt wie wir, kennt die Mühen des Lebens und des Sterbens wie wir, denn auch er litt und starb. Endlich ist völlige Verständigung, völlige Gemeinschaft zwischen den Menschen und Gott und Gott und den Menschen möglich.

A. E. Wilder-Smith, »Wer denkt, muss glauben«, 1980

Am vorletzten Tag der Ferien flogen Michael und sein Vater wieder nach Seattle.

Inzwischen war es schon fast Routine: der frühe Aufbruch, die bevorzugte Abfertigung am Flughafen, der Flug in erhabener Einsamkeit unter einem endlosen Himmel. Irgendwann gab es Lunch. Als der abgeräumt war, erhob sich sein Vater, zog den Vorhang zwischen Passagierraum und Cockpittür zu und sagte, während er sich wieder setzte: »Es gibt noch ein paar Dinge, die du erfahren solltest, ehe wir in Seattle landen.«

»Okay«, sagte Michael, betrachtete den Vorhang und überlegte, was er nützte gegen ein eventuelles Belauschtwerden. Nichts, oder? Nicht halb so viel wie das Dröhnen der Triebwerke, das über allem lag. Es war wohl eher eine symbolische Geste.

»Der Name Albert Einstein sagt dir etwas, nehme ich an?«

»Ja. Klar«, meinte Michael. Wer hatte noch nie von Einstein

gehört? Relativitätstheorie. Atombombe. Beides hing irgendwie damit zusammen.

»Wie steht es mit dem Namen Werner Heisenberg?«

Michael überlegte, schüttelte den Kopf. »Sagt mir nichts.«

»Ein deutscher Physiker. Einer der bedeutendsten des 20. Jahrhunderts«, erklärte sein Vater. »Erwin Schrödinger?«

Michael hob ratlos die Augenbrauen. Sicher auch ein Physiker, oder? Dann fiel ihm etwas ein. »Mister Demidow hat den Namen das letzte Mal erwähnt. Irgendwas mit einer Katze.«

»Genau. Erwin Schrödinger ist einer der Begründer der Quantenmechanik.« Sein Vater winkte ab. »Ich will nicht so tun, als würde ich mich damit auskennen. Ich versuche nur, dir zu erklären, was Demidow mir versucht hat, beizubringen. Es ist wohl so, dass die moderne Physik heute zwei grundlegende Theorien kennt, nämlich die Relativitätstheorie und die Quantenmechanik. Beide sind nicht widerlegbar und allgemein anerkannt. Das Problem ist allerdings, dass sie nicht zusammenpassen, sondern einander widersprechen.«

»Echt?«

Sein Vater schmunzelte. »Tja. Gott lässt sich eben nur so weit in die Karten schauen, wie er will.« Er wurde wieder ernst. »Wie gesagt, ich verstehe davon nichts, aber andere Fachleute, die ich gefragt habe, haben mir das bestätigt. Das große Ziel der heutigen Physik ist, diese beiden Theorien zu vereinigen. Es gibt für diese Universalformel sogar einen Namen; sie nennen sie *Theory of Everything*. Bloß, dass niemand eine Ahnung hat, wie so eine übergreifende Theorie aussehen könnte.«

Michael nickte nur, gespannt, worauf sein Vater hinauswollte.

»Jetzt ein Name, der dir bestimmt nichts sagt: Pawel Nikolajewitsch Kozyrew.«

»Auch ein Physiker«, mutmaßte Michael.

»Richtig. Ein Russe. Geboren 1919, gestorben 1992. War Mitglied der russischen Akademie der Wissenschaften, also nicht irgendjemand. Im Zweiten Weltkrieg war er Panzerfahrer, später ein Mitarbeiter von Igor Kurtschatow, den man den ›Vater der sowjetischen Atombombe‹ nennt. Wobei sie das Know-how in Wirklichkeit in Amerika geklaut haben.«

»Durch Spionage«, fiel Michael ein. Er hatte einmal etwas darüber gelesen, aber die Namen wollten ihm gerade nicht einfallen.

Sein Vater winkte ab. »Wie auch immer. Kurtschatow ist 1960 gestorben, ziemlich jung also. Man vermutet, dass er bei einem Reaktorunfall in Tscheljabinsk radioaktiv verstrahlt wurde. Danach hat sich Kozyrew wieder der theoretischen Physik zugewandt, aber weil er an der Atombombe mitgebaut hat, durfte er keine Arbeiten mehr veröffentlichen. In den meisten Nachschlagewerken findet man deswegen nicht einmal seinen Namen. Boris Demidow war ab 1972 sein Schüler und engster Mitarbeiter, und nach dem, was er erzählt, hat Kozyrew in den Sechzigerjahren genau das versucht: die Ansätze von Einstein, Heisenberg und Schrödinger zu einer umfassenden Theorie zu vereinigen.«

»Wow«, meinte Michael. Auch wenn er nicht verstand, was sein Vater ihm damit sagen wollte, fand er es eine spannende Geschichte.

»Er muss jahrelang daran gearbeitet haben. Wenn es stimmt, was er Demidow erzählt hat, hat er damals mit keinem Menschen gesprochen, sondern ist nur tagelang spazieren gegangen, in Gedanken versunken, ein Notizbuch in der Tasche.« Sein Vater winkte ab. »Die Universalformel hat er nicht gefunden, aber dafür eine andere, äußerst überraschende Theorie: Nämlich, dass man theoretisch durch die Zeit reisen kann – vorausgesetzt, man besitzt ein Stück Materie, *das schon einmal durch die Zeit gereist ist!*«

Es durchfuhr Michael wie ein elektrischer Schlag, als er plötzlich begriff, was das alles sollte. »Demidow baut eine Zeitmaschine für dich!«, rief er, erfüllt von einer jäh aufwallenden Begeisterung, die ihm schier den Atem nahm.

»So ist es«, bestätigte sein Vater und machte eine beschwichtigende Geste. »Aber du musst nicht so schreien.«

Klick-klick-klick, in Michaels Gedanken fielen die Puzzlesteinchen an die passenden Plätze. »Und Materie, die schon einmal durch die Zeit gereist ist – das ist deine schwedische Zeitschrift!«

Sein Vater lächelte schief. »Ja, nur ist es leider nicht ganz so einfach. Theoretisch, sagt Demidow, würde es mit jedem beliebigen Stück Materie funktionieren. In der Praxis – was vor allem eine Frage der Energie ist, die man braucht – muss es Metall sein. Und zwar möglichst dichtes Metall, und eine bestimmte Mindestmenge. Demidow hat seine ersten praktischen Experimente mit den beiden Heftklammern durchgeführt, die das Heft zusammengehalten haben, aber mit denen hätte man bestenfalls eine Schachtel Streichhölzer in die Vergangenheit schicken können.«

»Deswegen wollte er unbedingt Osmium!«, erkannte Michael hingerissen.

»Genau. Das ist das ideale Metall dafür. Wegen seiner Dichte; das hast du ja mitgekriegt.« Sein Vater faltete die Hände. »Kozyrew hat seinerzeit die sowjetische Führung über seine Arbeiten informiert. Breschnew erteilte dem KGB den Auftrag, weltweit in Museen nach Osmium zu suchen, und zwar in Gegenständen, die älter waren als zweihundert Jahre. Da das Metall zu dieser Zeit noch unbekannt war, wäre Osmium, das man in solchen Gegenständen gefunden hätte, wahrscheinlich ein Überbleibsel einer Zeitreise gewesen.«

»Das heißt, die Russen wollten damals auch eine Zeitmaschine bauen!«

»So ist es. Ein ehemaliger FBI-Agent, ein wiedergeborener Christ, hat mir von ein paar rätselhaften Fällen erzählt, die man bis heute geheim hält. Er und ein Kollege haben 1969 einen Mann russischer Abstammung verhaftet, der in einem historischen Museum in Pennsylvania gearbeitet und systematisch alle Exponate auf Osmium untersucht hat. Als sich herausgestellt hat, dass der Mann KGB-Agent war, ist er gegen einen von unseren Leuten ausgetauscht worden. Alle Unterlagen über den Fall wurden für geheim erklärt. Damals hat sich kein Mensch einen Reim darauf machen können, was den sowjetischen Geheimdienst an Gartengeräten, Pferdegeschirr und Schmuck aus dem achtzehnten Jahrhundert interessiert.«

»Ist ja verrückt.«

»Das hat mich jahrelang beschäftigt, wahrscheinlich, weil ich einen Zusammenhang mit meiner eigenen Geschichte geahnt habe.« Sein Vater legte die Hände flach vor sich auf den Tisch. »Es folgt alles einem Plan Gottes. Dass ich diesen FBI-Mann kennengelernt habe genauso wie der Zerfall der Sowjetunion, der genau zur richtigen Zeit passiert ist, damit ich auf Boris Michailowitsch Demidow stoßen konnte. Alles, alles Gottes Plan. Verstehst du?«

»Ja, das muss damals der große Plan gewesen sein«, bestätigte Demidow, als sie wieder in seinem Labor saßen. »Der Codename lautete *Die vierte Idee:* eine Zeitmaschine bauen, die USA zerstören und damit dem Kommunismus zu seinem weltweiten Sieg verhelfen.« Der Russe sah Michael an. »Was denkst du, wie sie das machen wollten?«

Michael zuckte mit den Schultern. »Indem sie in die Vergangenheit reisen und George Washington töten?«

Demidow lächelte amüsiert. »So machen sie es in Science-Fiction-Filmen immer, ja. Aber so würde es in Wirklichkeit nicht funktionieren. Denn in einem Punkt sind die Kozyrew-Gleichungen unmissverständlich: Das, was geschehen ist, ist geschehen.«

Seit ihrem letzten Besuch war eine riesige Anlage entstanden, etwas, das aussah wie eine Kreuzung zwischen einer Mondrakete und einem Teilchenbeschleuniger. Ein kompliziert aussehendes Gebilde aus gewaltigen, dunklen Spulen, aus gelb schimmernden, gläsernen Scheiben und silberglänzenden Zylindern, Hunderte davon in einem Gitter aus Stahl, füllte die

Halle. Die Apparatur schien in Betrieb zu sein, in einer Art Stand-by, denn man spürte ein tiefes Brummen, das einem die Eingeweide im Leib erzittern ließ. Ein intensiver chemischer Geruch lag in der Luft, nach Desinfektionsmittel, nach Chlor, nach etwas Süßlich-Verdorbenem. Wenn man den Blick von der Installation abwandte, hatte man das Gefühl, deren ungeheure Masse im Rücken zu spüren, so, als böge der Betonboden sich unmerklich darunter durch.

Wieder waren sie allein, doch die Zahl der aufgehängten Overalls und abgestellten Sicherheitsschuhe hatte sich verdreifacht. Auf den Tischen standen die Überbleibsel einer Frühstückspause, zerknüllte Donut-Packungen, Kaffeebecher und leere Flaschen.

»Was geschehen ist, ist geschehen«, wiederholte Demidow. »Es ist nicht änderbar, auch nicht durch eine Zeitreise. Jetzt wirst du fragen, was Zeitreisen dann bringen. Gute Frage. Erinnerst du dich an die römischen Amphoren, über die wir bei deinem letzten Besuch gesprochen haben? Darin liegt die Antwort. Zeitreisende können nur Dinge verändern, über die niemand etwas weiß.« Er strich sich mit beiden Händen Haare aus dem Gesicht. »Das kommt einem seltsam vor, nicht wahr? Aber nur, weil wir es gewöhnt sind, uns als vom Universum getrennt zu denken. Hier die Welt, da wir. Doch das ist zu simpel gedacht. Tatsächlich sind Bewusstsein – Wahrnehmung also – und die Realität unauflöslich miteinander verbunden. In der Quantenphysik muss man das explizit berücksichtigen, denn dort verändert die Beobachtung das Ergebnis eines Experiments. Es gibt da berühmte Beispiele, etwa das Doppelspaltexperiment: Ein Lichtstrahl, der durch zwei eng benachbarte Schlitze fällt, erzeugt dahinter ein Interferenzmuster – aber sobald man beginnt, einzelne Lichtquanten zu verfolgen, zu messen, zu *beobachten*, verschwindet das Muster.«

»Echt?«, wunderte sich Michael.

»Ja. Ist Ausgangspunkt zahlreicher faszinierender Theorien, und in Summe heißt es, dass es so etwas wie einen neutralen

Beobachter nicht geben kann. Auch ein Zeitreisender ist nicht neutral. *Beobachten* kann er. Videoaufnahmen aus der Vergangenheit in die Gegenwart zu holen ist zum Beispiel völlig unproblematisch. Ich schätze, das wird künftig auch eine der wichtigsten Anwendungen dieser Technologie sein. Aber dadurch, dass jemand in eine bestimmte Zeit reist, ist er dort auch *tatsächlich gewesen*, gesehen worden, hat auf den Verlauf der Geschichte Einfluss genommen. Und daran lässt sich nachträglich nichts mehr ändern.« Demidow hob beide Zeigefinger, gleichzeitig. »Also, was hätten die bösen Sowjets mit einer Zeitmaschine tun können, um die USA zu vernichten? Mal ganz davon abgesehen, ob es überhaupt etwas am Lauf der Geschichte geändert hätte: Jeder Versuch, George Washington zu ermorden, wäre unweigerlich gescheitert. Irgendwie, an irgendetwas. Denn Washington *ist* ja der erste amerikanische Präsident gewesen!« Er richtete die Zeigefinger auf Michael. »Was wäre dein Plan gewesen?«

Michael zog den Kopf zwischen die Schultern. »Keine Ahnung.«

Der Russe lächelte nachsichtig. »Der größte Vorteil, den Zeitreisende haben, ist ihr Informationsvorsprung: Sie wissen, was einmal passieren wird. Die hypothetischen sowjetischen Zeitreisenden hätten genau gewusst, wo man einst das Weiße Haus, den Kongress, das Pentagon errichten würde. Sie hätten also in eine Zeit lange vor der Gründung der USA reisen und an den richtigen Stellen Bomben vergraben können. Die hätte man dann in der Gegenwart über ein verschlüsseltes Funksignal gezündet. Genau das war der Plan.«

»Puh«, entfuhr es Michael. »Wenn das geklappt hätte …«

»Nun, sobald man es sich im Detail überlegt, ist es schwieriger, als es klingt. Schon das mit den Bomben, die all die Zeit hätten überdauern müssen, wäre technisch heikel. Sprengstoffe altern, zersetzen sich, werden unwirksam. Kernwaffen bedürfen ständiger Wartung, um funktionsfähig zu bleiben. Und so weiter.« Er machte eine wegwerfende Handbewegung.

»Aber letzten Endes ist es natürlich daran gescheitert, dass sie kein zeitgereistes Osmium gefunden haben.«

Über diesen Punkt hatte Michael auf dem Rest des Fluges und auf der Herfahrt viel nachdenken müssen, und jetzt platzte es aus ihm heraus: »Ja, wie soll das überhaupt gehen? Wie soll man etwas machen können, bei dem das, was man dazu braucht, erst *entsteht?* Das wäre so, als ob … was weiß ich … als ob ich schon Spanisch sprechen müsste, um zum Spanisch-Kurs zugelassen zu werden. Oder als ob man eine Glühbirne bräuchte, um eine Glühbirne zu erfinden. Das ist doch verrückt!«

»Stimmt, klingt verrückt. Aber im Zusammenhang mit Zeitreisen ist es nicht ganz so verrückt, wie es klingt«, sagte Demidow. »Eigentlich sogar überhaupt nicht. Denn wenn die Physik Zeitreisen erlaubt – und das tut sie eindeutig –, besteht die Möglichkeit, dass irgendwann irgendjemand eine macht. Und wenn er sich dabei in die Vergangenheit begibt und dort Gegenstände zurücklässt, dann *gibt* es zeitgereistes Material, und zwar, *bevor* die allererste Zeitreise beginnt. Ich weiß nicht, ob dein Vater dir von der Sache mit der Schwedin erzählt hat –?«

»Habe ich«, sagte Michaels Vater knapp.

Demidow nickte. »Also. Das war 1959. Das heißt, dein Vater wusste, dass Zeitreisen möglich sind, noch ehe Kozyrew es bewiesen hat.«

»Aber die Frau hatte keine Zeitmaschine!«, wandte Michael ein.

»Richtig«, sagte Demidow.

»Und wie ist sie dann durch die Zeit gereist?«

»Sagen wir, es gibt noch andere Wege, als eine Zeitmaschine zu benutzen.«

Michael schüttelte hilflos den Kopf. »Wie funktioniert das *überhaupt?*«

»Gute Frage. Und alles andere als leicht zu beantworten.« Der Russe rieb sich das Kinn, überlegte. »Ich fürchte, du müsstest mindestens zehn Jahre theoretische Physik studieren, ehe du die Chance hättest, die entsprechenden Gleichungen zu verstehen, deswegen lassen wir den Formelkram mal weg. Ich will aber versuchen, es dir möglichst einfach zu erklären: Materie besteht aus Atomen, sind wir uns da einig?«

»Ja.« Alberne Frage, ehrlich.

»Atome wiederum bestehen aus Kernteilchen – aus Protonen, Neutronen, Elektronen et cetera. Die wiederum bestehen aus verschiedenen Quarks. Unterhalb davon lösen sich diese Konzepte aber auf; irgendwann kann man nicht mehr zwischen Teilchen und Wellen unterscheiden. Diese Ebene der Raumzeit nennt man *Quantenschaum*, und Kozyrew hat herausgefunden, dass Materie auf dieser Ebene so etwas wie ein … hm, sagen wir, *Gedächtnis* haben muss.« Er suchte nach Worten, gestikulierte dabei. »Materie, die schon einmal durch die Zeit gereist ist, *erinnert sich* gewissermaßen daran, welche *Richtung* man dazu einschlagen muss. Und diese Information ist alles, was wir brauchen. Der Rest ist nur eine Frage der einzusetzenden Energie.«

»Verstehe«, behauptete Michael kühn. »Und es muss Metall sein. Osmium.«

»Aus technischen Gründen. Wenn wir unendlich viel Energie zur Verfügung hätten, würde ein einziges Atom eines beliebigen Elementes ausreichen. Aber im Rahmen dessen, was heutzutage technisch möglich ist, ist eine bestimmte Mindestmenge Osmium erforderlich, ja.« Demidow breitete die Hände aus. »Wobei das eingesetzte Osmium während der Zeitreise verbraucht wird. Doch nichts hindert uns daran, frisches Osmium mitzunehmen, das hinterher für weitere Zeitreisen verwendet werden kann. Wenn wir die Tür in die Zeit erst einmal geöffnet haben und uns nicht allzu dumm anstellen, dann bleibt sie für immer offen.«

Michael hörte, wie sich sein Vater räusperte. »Was mich anbelangt, muss es nur ein einziges Mal funktionieren.«

»Für eine Reise in die Zeit Jesu«, meinte Demidow.

»Selbstverständlich.« Im selben Moment, in dem sein Vater

das sagte, war Michael sonnenklar, dass es natürlich darum ging, darum und um nichts anderes.

Und auf irgendeine Weise, die er noch nicht ganz durchschaute, aber zweifellos bald verstehen würde, hing das alles mit dem Video zusammen.

»Gut.« Demidow warf sich in einen Bürosessel, rollte damit zu einem Computer und startete ein Programm. »Dann lassen Sie uns zum Thema kommen. Mister Barron, Sie wollten mir heute die genauen Daten geben – Tage, Uhrzeiten, geografische Positionen. Haben Sie alles dabei?«

»Natürlich«, sagte Michaels Vater und öffnete seinen Aktenkoffer.

Auf dem Bildschirm baute sich ein sinnverwirrendes Geflecht aus farbigen Linien, schattierten Kugeln und einem Hintergrund aus Sternen auf. Es sah fast aus wie ein im Weltraum angesiedeltes Computerspiel. »Ein großer Moment«, sagte Demidow, streifte die Haare zurück und band sie im Nacken fester zusammen. »Wir hätten einen Fotografen engagieren sollen. Künftige Historiker werden uns nicht verzeihen, dass wir das alles nicht besser dokumentieren.«

Michael sah ein spöttisches Lächeln über das Gesicht seines Vaters huschen. »Wohl kaum.«

»Andererseits«, fuhr Demidow nachdenklich fort, »werden sie ja die Zeitreise beherrschen. Wer weiß, vielleicht umschwirren uns in diesem Augenblick unsichtbare Kameradrohnen aus der Zukunft?« Der Gedanke schien ihn anzuspornen, sich aufrecht hinzusetzen und förmlich zu werden. »Okay. Wenn ich nun um die Koordinaten bitten dürfte?«

Michael sah seinen Vater verwundert an. Jetzt verstand er gerade mal wieder überhaupt nichts.

»Ich glaube«, sagte sein Vater bedächtig, »es wäre gut, wenn Sie meinem Sohn auch noch erklären würden, worum es nun geht. So, wie Sie es mir damals erklärt haben.«

Demidow stutzte, dann nickte er und meinte: »Ah, ja. Das sollte ich tatsächlich tun. Gute Idee.«

Es klang, als spreche er in Wirklichkeit für die hypothetischen unsichtbaren Kameras aus der Zukunft, die er sich gerade ausgemalt hatte.

Er drehte sich mitsamt seinem Stuhl in Michaels Richtung, richtete den Zeigefinger auf ihn und sagte: »Du hast schon einmal einen Science-Fiction-Film gesehen, in dem es um eine Zeitreise ging, nehme ich an?«

Michael nickte. Isaak und er hatten nicht allzu viele Filme oder Fernsehsendungen zu sehen bekommen, weil das meiste, was ausgestrahlt wurde, unmoralisch, unchristlich oder unsittlich war. Doch Filme über Zeitreisen waren nie ein Problem gewesen. Ihr Vater war sogar einmal mit ihnen ins Kino gegangen, in eine Aufführung des alten Streifens *Die Zeitmaschine*, und hatte ihnen hinterher den Roman von H. G. Wells zu lesen gegeben.

Inzwischen verstand Michael, warum.

»In solchen Filmen«, fuhr Demidow fort, »funktioniert das in der Regel so: Man bringt seine Zeitmaschine an einen bestimmten Ort, sagen wir, nach Rom in eine uralte, verlassene Ruine. Dann besteigt man das Gerät, schaltet es ein und bewegt sich – aber nur durch die Zeit, nicht durch den Raum. Man reist zum Beispiel in die Vergangenheit und kommt im antiken Rom an. Die Ruine ist nun wieder ein intaktes Gebäude, frisch gestrichen und bewohnt, und wenn man hinausgeht, sieht man fahrende Händler, die Latein sprechen, Senatoren in ihren Togen, Sklavenmärkte, Legionäre und so weiter. So stellt man sich Zeitreisen vor, nicht wahr?«

Michael nickte. In dem Film *Die Zeitmaschine* war das genau so gewesen. Nur war der Held da in die Zukunft gereist und hatte gesehen, wie sein eigenes Haus um ihn herum zerfiel.

»In Wirklichkeit kann das so nicht funktionieren«, erklärte Demidow. »Raum und Zeit sind nämlich auf vielfältige Weise miteinander verwoben, und in diesem Fall sogar auf sehr direkte, drastische Art.« Er breitete die Hände aus, machte eine

Geste, die das gläserne Büro umfasste, in dem sie sich befanden. »Im Moment stehen wir still, oder? Was würdest du sagen?«

»Ja, klar«, sagte Michael und rührte sich nicht.

»Tja. Aber das sieht nur so aus. Denn die Erde dreht sich, und zwar einmal pro Tag komplett um ihre eigene Achse. Und wir drehen uns natürlich mit ihr. Hier auf der Breite von Seattle heißt das, dass wir uns gerade mit annähernd Schallgeschwindigkeit bewegen!«

»Ach so«, meinte Michael hastig. »Das ist auch wieder wahr.«

»Das heißt, wenn wir uns mit einer Zeitmaschine nur fünf Minuten in die Vergangenheit begeben würden, ohne den Ort zu verändern, kämen wir irgendwo im Pazifik heraus.«

»Verstehe.«

»Und das ist noch nicht alles. Die Erde bewegt sich ja auch auf ihrer Kreisbahn um die Sonne weiter, jeden Tag ein so großes Stück, dass sie in etwa einem Jahr wieder an derselben Stelle ankommt. Das entspricht einer Geschwindigkeit von sage und schreibe achtzehn Meilen pro Sekunde, das ist mehr als die *achtzigfache* Schallgeschwindigkeit! Stillstand sieht anders aus, meinst du nicht?«

»Ähm … ja. Absolut«, versicherte Michael.

»Und das ist *immer* noch nicht alles. Die Sonne bewegt sich auch, denn sie kreist um das Zentrum der Milchstraße, und sie nimmt dabei ihre Planeten mit sich – mit einer Geschwindigkeit von hundertsiebenunddreißig Meilen pro Sekunde! Die Milchstraße selber bewegt sich ebenfalls, nämlich auf das Zentrum der Lokalen Gruppe zu.« Er winkte ab, deutete auf den Betonboden. »Jedenfalls, der Punkt, an dem wir uns jetzt gerade befinden, liegt morgen um dieselbe Zeit irgendwo im Weltraum. Klar?«

Michael nickte, musste schlucken. »Ähm … ja. Klar.«

»Das heißt, um sich durch die Zeit zu bewegen, muss man sich gleichzeitig durch den Raum bewegen«, erklärte der russische Physiker und wandte sich wieder seinem Computer zu.

»Und das ist es, was du hier siehst. Dieses Programm habe ich entwickelt, um genau diese Art von Bewegungen durch Raum und Zeit berechnen und darstellen zu können.«

Seine Finger huschten über die Tasten. »Ich zeig es dir mal an einem Beispiel. Diese Kugel da ist die Erde, heute, genau in diesem Augenblick. Dieser Punkt ist Seattle, und wenn ich weiter reinzoomen würde, würde man sehen, dass er genau dieses Labor hier markiert.«

Michael trat hinter ihn, verfolgte, was geschah. Eine hellblau schimmernde Kugel, auf der die Umrisse der Erdteile mit dünnen Strichen angedeutet waren, daneben eine Art Fahne mit dem heutigen Datum und der Uhrzeit. Man sah, wie der Punkt, der Seattle bezeichnete, sich mit der Zeit unmerklich verschob.

»Angenommen, wir schalten nun die Zeitmaschine ein und reisen, sagen wir, ins Jahr 1900. Und zwar nicht nach Seattle, sondern zum Beispiel nach Paris.«

Michael sah zu, wie er Daten eingab, mit dem Mauszeiger einen Punkt auf einer anderen, diesmal grauen Erdkugel markierte, einen Punkt in Europa, der wohl Paris bezeichnete. Die danebenschwebende Fahne zeigte das Datum 1. 1. 1900 und die Uhrzeit 0:00:00, also 12 Uhr Mitternacht.

»Das ist die Erde an der Position und in der Stellung damals. Und das wäre der Weg von unserer jetzigen Position in Raum und Zeit dorthin.« Er drückte eine Funktionstaste. Die graue Kugel schnurrte zu einem winzigen Kügelchen zusammen, so lange, bis ein genauso kleines hellblaues Kügelchen in Sicht kam und eine dünne, gelbe Gerade von dem einen zum anderen.

Michael starrte die hauchzarte Linie an, während er allmählich begriff, worauf Demidow hinauswollte. »Was heißt das?«, fragte er. »Dass man eine *Rakete* braucht, um durch die Zeit zu reisen?«

Der Russe schüttelte den Kopf, dass sein Pferdeschwanz hin und her schlug. »Nein. Die Bewegung erfolgt in Wirklichkeit nicht durch den Raum, sondern durch eine sechsdimensionale … ähm …« Er hielt inne, seufzte. »Am besten versuchst du gar nicht erst, es dir vorzustellen. Das ist aussichtslos.«

»Aber«, bohrte Michael argwöhnisch weiter, »es besteht dabei die Gefahr, dass man irgendwo mitten im Weltall landet, wenn etwas schiefgeht?«

»Nein. Ganz und gar nicht. Das meinte ich damit, dass du nicht versuchen sollst, es dir vorzustellen.« Er deutete auf den Schirm. »Hier habe ich nur zwei Dimensionen. Mit ein bisschen Fantasie kann man sich ein dreidimensionales Bild vorstellen. Doch damit fehlt immer noch die Hälfte. Und irgendwie muss ich es veranschaulichen, um die Reise planen zu können, verstehst du?«

Michael schüttelte den Kopf. »Nicht so richtig. Das sieht aus, als würde ein Zeitreisender mit einer Kanone – oder einem Teilchenbeschleuniger – von der Erde jetzt auf die Erde damals geschossen.«

»Richtig. So sieht es aus. Und trotzdem ist es keine Bewegung durch den Raum. Der Zeitreisende kriegt die Sterne nicht zu sehen. Tatsächlich dürfte es so sein, dass man den Übergang gar nicht bemerkt.« Demidow holte tief Luft, überlegte. »Es gibt in den Kozyrew-Gleichungen einen Term, der sogenannte Äquigravitationalität fordert. Das heißt, man kann nicht außerhalb desselben Schwerefelds ankommen, in dem man startet, weil man dafür Potenzialenergie aufbauen müsste, was laut diesem Term gar nicht möglich ist. Mit anderen Worten, die Erde zieht einen unweigerlich an.«

»Kann man im Inneren eines Bergs oder so herauskommen?«, fragte Michael.

»Gute Frage«, hörte er seinen Vater sagen. »Ich hab damals Wochen gebraucht, ehe mir die eingefallen ist.«

Demidow verzog das Gesicht. »Die Antwort lautet: Höchstwahrscheinlich nicht. Das geht aus den Gleichungen zwar nicht hervor, aber es können nicht zwei Dinge an ein und demselben Ort sein. Das ist grundlegende Physik. Deswegen gehen wir davon aus, dass man nur an einem Punkt herauskommen kann, an dem man die bereits vorhandene Materie leicht verdrängen kann – Luft etwa oder Wasser.«

Michael musterte den Russen misstrauisch. »Das klingt trotzdem gefährlich.«

Demidow hob die Schultern. »Was ist schon ungefährlich? Fliegen ist auch gefährlich. Man kann abstürzen. Trotzdem seid ihr heute früh in euer Flugzeug gestiegen.«

Es klang wie eine Ausrede. Als wolle er etwas herunterspielen, ein Risiko kleinreden.

»Die meisten Flugzeuge stürzen *nicht* ab«, sagte Michael.

»Pioniere gehen Risiken ein, die schwer kalkulierbar sind, das liegt in der Natur der Sache. Aber glücklicherweise«, fügte der russische Physiker grinsend hinzu, »haben wir in diesem Fall eine Möglichkeit, sicherzustellen, dass die Reise in die Vergangenheit klappt.«

»Echt?«

»Ja. Überleg noch mal genau. Eigentlich müsstest du dir inzwischen denken können, wovon ich rede.«

Damit ließen sie ihn links liegen. Sein Vater zog einen Notizblock aus seinem Koffer, trat neben Demidow an den Computer, und als dieser sagte, »Okay, die Startkoordinaten?«, fragte Dad: »Als GPS-Gitter oder als Längen- und Breitengrad?«

»Ist egal.«

»Also. Nördliche Breite: 57 Grad, 50 Minuten, 23 Sekunden. Östliche Länge: 11 Grad, 59 Minuten, 2 Sekunden.«

»Mmmh. Tag und Uhrzeit?«

»2:05 p.m. am 2. Oktober 1994.«

Michael sah den beiden verwundert zu. Es war, als hätten sie vergessen, dass er da war. Die bunten Linien auf dem Computermonitor spiegelten sich in den Scheiben des Büros. Das tiefe Brummen der geheimnisvollen Anlage in der Halle schien sich nach und nach auf den ganzen Körper zu übertragen, je länger man hier stand.

»Okay. Jetzt die Ankunft«, sagte Demidow und hieb kraftvoll auf eine Taste.

»Wieder zuerst die Koordinaten?«

»Egal.«

»Nördliche Breite: 35 Grad, 44 Minuten, 28 Sekunden. Westliche Länge: 96 Grad …«

Eine Zeitreise. Erst ganz allmählich ging Michael die Bedeutung des Projekts auf, das sein Vater da in Gang gesetzt hatte. Eine Zeitreise in die Zeit Jesu! Sonnenklar, was der Zweck des Unternehmens war: Man würde auf diese Weise die Kreuzigung Jesu und vor allem seine glorreiche Auferstehung von den Toten am dritten Tag zweifelsfrei dokumentieren und hieb- und stichfest beweisen. Damit würden sie eine geistige Waffe besitzen, um alle Irrlehren hinwegzufegen und dem wahren Evangelium zum endgültigen Sieg über die Dunkelheit des Geistes zu verhelfen!

»Jetzt das Datum.«

»29. Juni 1959.«

»Uhrzeit?«

»Sieben Minuten vor acht Uhr abends.«

»Neunzehn Uhr dreiundfünfzig also.«

»Wenn Sie so wollen.«

Im Grunde, überlegte Michael weiter, war sein Vater damit fast selber eine biblische Figur. Jemand wie Noah, der von Gott den Auftrag bekommen hatte, die Arche zu bauen, damit Mensch und Tier die Sintflut überleben konnten. Noah hatte diesen Auftrag unbeirrt durchgezogen, unempfindlich gegen allen Spott und alle Anfechtungen. Und sein Vater hatte halt den Auftrag bekommen, eine Zeitmaschine zu bauen.

Der Hammer, wenn man darüber nachdachte.

»Soweit das«, sagte Demidow und betrachtete den Bildschirm, der jetzt wieder zwei winzige Erdkugeln zeigte, eine hellblaue und eine graue, sowie eine dünne gelbe Linie, die einen Punkt auf der einen mit einem Punkt auf der anderen verband. »Jetzt der Tag der Kreuzigung. Ich hoffe, da gibt es ein verlässliches Datum?«

»Gibt es. Nach dem heutigen Kalender war das am Freitag, dem 7. April 30.«

»Siebter April«, wiederholte der Physiker und tippte die Zahlen ein, ohne sonderlich beeindruckt zu wirken. »Im Jahr dreißig. Okay.«

»Wir müssen rechtzeitig vorher ankommen.«

»Schon klar. Ich rechne das mit einem Ankunftsbereich von bis zu vier Wochen davor durch.«

»Die Einzelheiten müssen wir ohnehin noch einmal genau durchsprechen.«

»Schauen wir erst mal, ob das grundsätzlich hinhaut.« Demidow hieb auf eine Taste, lehnte sich zurück. Auf dem Bildschirm war nun eine dritte Kugel zu sehen, eine blassgelbe, und eine Sanduhr, die sich immer wieder umdrehte. »Das dauert jetzt ein bisschen.«

»Wieso?«, wollte Vater wissen. »Ich hatte mir vorgestellt, man muss einfach nur die Gerade verlängern?«

»Nein, so einfach ist das nicht. Wie vorhin gesagt, wir haben es mit einer Dislokation in einem sechsdimensionalen Kontinuum zu tun. In einem Schnitt entlang anderer Achsen sieht das zum Beispiel so aus«, sagte Demidow und drückte eine Taste, die ein verwirrendes Diagramm steigender und fallender Linien auf den Schirm zauberte. »Oder so.« Ein weiterer Tastendruck rief ein Bild herbei, das aussah wie ein Tanz einander umschlingender Kurven. »Leider sind die Kozyrew-Gleichungen nur durch numerische Iteration lösbar. Und wir müssen zusätzlich den Impuls berücksichtigen, was nur näherungsweise möglich ist. Es war schließlich keiner von uns dabei in Schweden.«

In diesem Augenblick schien ihm wieder einzufallen, dass Michael ja auch noch da war, denn er drehte sich zu ihm um und fragte: »Hast du eine Idee, was wir hier gerade machen?«

Hatte Michael nicht. Doch, hatte er. Eine Ahnung. Er war nur zu verwirrt, sie klar zu formulieren.

»Es hat irgendwas mit der Frau zu tun, die in Schweden verschwunden ist.«

»Richtig.« Demidow lächelte wohlwollend. »Gut. Du hast Talent, junger Mann. Ich würde dir ja raten wollen, zu überlegen, ob du später nicht auch mal Physik studieren willst. Aber ich glaube, dein Vater hat andere Pläne für dich.«

Andere Pläne? Michael presste die Lippen zusammen.

Demidow wandte sich wieder seinem Computer zu, auf dessen Bildschirm sich immer noch die Sanduhr drehte. Trotzdem war es kein Problem, zu der Darstellung mit den Erdkugeln zurückzuschalten.

»Du hast vorhin gefragt, wie die Frau aus Schweden in die Vergangenheit geraten ist«, fuhr der Russe fort. »Das war eine sehr gute Frage. Ich glaube, dass die Antwort damit zusammenhängt, dass eine Zeitreise – also eine Bewegung von einem raumzeitlichen Punkt in der Zukunft zu einem raumzeitlichen Punkt in der Vergangenheit – auf ihrem Weg immer mal wieder die Bahn der Erde schneidet, genauer gesagt, deren jeweilige Gegenwart. Stell dir einen Zug vor, in voller Fahrt. Wenn da Dinge am Bahndamm liegen, kann er die aufwirbeln und ein Stück mit sich tragen. Genauso kann ein Zeitreisender unter bestimmten Umständen Dinge auf seinem Weg durch die Zeit mit sich ziehen. Dinge – oder Personen.«

Michael blinzelte überrascht. »Sie denken, die Frau ist von der Zeitreise mitgerissen worden, die …« – seine Gedanken verhedderten und verknoteten sich – »die wir jetzt gerade erst planen?«

Demidow nickte ernst. »Ja, genau. Wobei: Noch ist es nicht passiert. Noch ist alles möglich. Aber wenn wir zum richtigen Zeitpunkt und vom richtigen Ort aus mit dem richtigen Vektor starten, dann – und beachte die Formulierung – werden wir es gewesen sein, denen sie ihr unglückliches Schicksal verdankt.«

Michael riss die Augen auf. »Aber dann … dann dürfen wir das auf keinen Fall tun!«

Der Russe schüttelte den Kopf. »Das wird ihre Versetzung durch die Zeit und ihren Tod nicht ungeschehen machen. Denn sie *ist* durch die Zeit versetzt worden – dein Vater ist ihr begegnet. Das ist eine Tatsache. Die Frage ist lediglich, wer es verursacht hat. Wenn wir es nicht gewesen sein werden, dann wird es eine andere Mission sein, von der wir nichts wissen. Vielleicht eine aus einer ferneren Zukunft, die in eine fernere Vergangenheit unterwegs ist. Denk an die römische Amphore. Geschehen ist es auf jeden Fall – offen ist nur, wodurch.«

»Aber …«, wandte Michael ein, beendete den Einwand jedoch nicht. Würden sie dadurch nicht bewusst Schuld auf sich laden? War es nicht Sünde, das zu tun?

Andererseits: Es war Gottes Wille.

Er unterdrückte ein Seufzen. Das war alles so kompliziert!

»Aber«, führte Demidow den Satz weiter, »wenn wir es so einrichten, *dass* wir es sein werden, die sie mit dem richtigen raumzeitlichen Impuls streifen, dann haben wir welchen Vorteil?«

Michael holte tief Luft. Obwohl ihm alles so hirnrissig vorkam, ahnte er die Antwort darauf.

»Wir wissen dann«, sagte er langsam, »dass die Zeitreise funktioniert … haben wird.«

»Richtig.« Demidow klang in diesem Moment wie ein Lehrer, der seinen Schüler für seine Antwort lobt. »*Dass* eine Zeitreise stattgefunden hat, das steht schon fest. *Offen* ist bis jetzt nur, von wann nach wann und von wo nach wo. Und ›offen‹ heißt: Wir sind noch frei, es festzulegen.«

»Wie bei der römischen Amphore«, sagte Michael.

»Ja. Oder bei der Videokassette aus der Zukunft.«

»Die Frage, von wo nach wo, können wir schon beantworten«, wandte Michaels Vater ein. »Nämlich: von Jerusalem nach Jerusalem.«

Michael sah durch die Scheiben hinaus, betrachtete die

große, dunkle, kraftstrotzende Maschinerie in der Halle. »Ich dachte, es ist egal, von wo aus man startet?«

»Ich habe bereits Grund und Boden dafür in Jerusalem gekauft«, erklärte sein Vater. »Über Mittelsmänner natürlich und unter strengster Geheimhaltung. Ja, es ist egal, wo man startet. Aber das heißt, wir können auch in Jerusalem starten.«

Aber wieso hatte er die Anlage dann hier aufbauen lassen? Michael verkniff sich die Frage. Vermutlich war das nur die Entwicklungsphase.

Demidow kannte diese Pläne offenbar längst, denn er lächelte nur entsagungsvoll und meinte: »Wobei wir in Seattle weniger Geheimhaltungsprobleme hätten als in Jerusalem. Und eine bessere Energieversorgung.«

»Es gibt den bequemen Weg«, erwiderte Vater streng, »und den richtigen Weg. Beide sind bei wesentlichen Fragen nie dieselben.«

Michael musterte seinen Vater und versuchte, sich vorzustellen, wie Noah gewesen sein mochte. Wie hatte er wohl reagiert, als ihn die Leute dafür verspottet hatten, dass er mitten auf dem Land, fernab von jedem Meer, ein riesiges Schiff baute?

»Die Videokassette«, fiel ihm ein. »Was ist damit? Wie ist die in die Vergangenheit geraten?«

Demidow zuckte mit den Schultern. »Wissen wir nicht. Vermutlich durch einen ähnlichen Mitnahmeeffekt. Wenn wir durch die Zeit reisen, dann sind wir wie eine Billardkugel, die sich über einen großen, großen Tisch voller anderer Kugeln bewegt. Nicht auszuschließen, dass wir außer der Frau aus Schweden noch andere Menschen mittransportieren. Wir haben viel zu wenig Informationen, um darüber Berechnungen anstellen zu können.«

Der Computer machte durch einen sanften Gongton auf sich aufmerksam. Die Sanduhr war verschwunden.

»Fertig«, konstatierte Demidow. »Schauen wir mal.« Er nahm seinen Platz vor der Tastatur wieder ein, hantierte mit der Maus. Eine vierte Kugel war dazugekommen, blassgrün diesmal. Er zoomte sie heran. Ein goldener Punkt leuchtete darauf, daneben standen in einem Fenster mehrere Kolonnen von Zahlen, die Michael nicht deuten konnte; es waren jedenfalls weder Längen- und Breitengrade noch Zeitangaben.

Sein Vater trat neben Michael, auf seinen Stock gestützt. »Und?«

»Die Vektoren sehen gut aus. Vom Energieaufwand machbar«, sagte Demidow. »Mit anderen Worten, unter der Maßgabe, dass wir in Jerusalem starten, wäre der Startzeitpunkt …« Er drückte eine Taste, was die Zahlenkolonnen verschwinden und stattdessen ein Datum und eine Uhrzeit erscheinen ließ. »In knapp sieben Jahren. Hier.«

Michael starrte das angezeigte Datum an. Drei Tage nach seinem zweiundzwanzigsten Geburtstag. Noch eine Ewigkeit! Irgendwie enttäuschte ihn das.

Sein Vater dagegen brummte zufrieden. »Gut. Sehr gut. Das lässt uns ausreichend Zeit für die Vorbereitungen.« Er sah Michael an. »Und du wirst bis dahin alt genug sein. Alles passt zusammen. Wie ich es nicht anders erwartet habe.«

»Alt genug?«, wiederholte Michael. »Alt genug wofür?«

»Jemand aus unserer Familie muss das Zeitreiseteam begleiten.« Sein Vater hob den Stock und klopfte damit leicht gegen sein kaputtes Knie. »Und ich kann es nicht sein.«

Michael war überrascht, wie wenig ihn das überraschte. Als hätte er es geahnt. Es hatte die ganze Zeit unausgesprochen in der Luft gelegen. Klar – das war der Grund gewesen, warum Vater ihn in alles eingeweiht hatte.

Genauso klar war, durchzuckte es ihn, dass ursprünglich Isaak für die Reise in die Zeit Jesu bestimmt gewesen war. Isaak, dessen Leben durch das Video von Jesus eine jähe Wende genommen hatte.

Ein Gedanke kam ihm.

»Ich glaube, jetzt verstehe ich«, sagte er, an seinen Vater gewandt. »Deshalb wolltest du nicht, dass wir das Video sehen.

Du wolltest, dass diejenigen, die in die Vergangenheit gehen, unbeeinflusst sind.«

Sein Vater betrachtete ihn forschend, lange und schweigend, ehe er sagte: »Das ist gut überlegt, mein Sohn. Wirklich, sehr gut überlegt.«

Auf dem Rückflug sagte sein Vater: »Übrigens, was die Schule betrifft …«

Michael, ganz versunken in Träumen, wie es sein würde, durch das biblische Palästina zu wandern und Jesus zu treffen, sah auf. »Ja?« Die Schule? Ach ja. Unglaublich, wie weit das gerade weg war. Dabei ging der Unterricht schon übermorgen wieder los.

»Du wirst nicht an deine bisherige Highschool zurückgehen. Dort lernst du nicht das, was du brauchen wirst. Du musst jetzt die Sprachen des Altertums lernen – Aramäisch, Lateinisch, Hebräisch, Griechisch. Und es genügt nicht, sie so zu lernen, wie man sie an Universitäten lernt. Dort lernt man nur alte Schriften zu lesen, aber du musst diese Sprachen *sprechen* können. Du musst die Geschichte des biblischen Palästina lernen, seine Geografie, die Dinge des damaligen Alltags. Sieben Jahre werden dafür gerade reichen, wenn du dich anstrengst.«

Michael leckte sich die plötzlich trockenen Lippen. »Ich werd mich anstrengen. Versprochen.«

»Du wirst deswegen künftig ein Internat in Oklahoma besuchen. Offiziell zumindest ist es ein Internat. Aber du wirst nur vier Mitschüler haben – die anderen Mitglieder des Zeitreiseteams nämlich.«

Michael riss die Augen auf. »Das *Zeitreiseteam?* Das *gibt* es schon?«

»Dachtest du, ich warte, bis mir ein Wissenschaftler bestätigt, dass das Ganze durchführbar ist? Das wäre kein Gottvertrauen gewesen, nicht wahr? Ja, das Zeitreiseteam existiert bereits. Vier junge Männer, zuverlässig, tatkräftig und gläubig, die ich mit Gottes Hilfe für dieses Unternehmen ausgesucht habe. Sie wissen noch nicht, worum es geht, nur dass sie berufen sind, Gott zu dienen. Nun werden sie erfahren, auf welche Weise.«

»Und ich werde dabei sein.« Es war keine Frage, eher eine Feststellung. Als müsse er es aussprechen, um es selber glauben zu können.

»Du wirst dabei sein, weil du mein Sohn bist. Das heißt aber nicht, dass du dich nicht anzustrengen brauchst!«

»Schon klar«, sagte Michael schnell.

»Du bist übrigens auch insofern die Ausnahme, dass du aus einer normalen Familie kommst. Deine Gefährten sind alle in Waisenhäusern aufgewachsen und kennen ihre Eltern nicht.« Sein Vater musterte ihn streng. »Nimm bitte darauf Rücksicht.«

Michael nickte. »Und, ähm, wieso? Wieso Waisen?«

Sein Vater zögerte mit der Antwort. »Man durchschaut von außen nicht immer, was sich in einer Familie abspielt. Ich wollte, dass die Männer, die zu Jesus reisen werden, so wenig in weltliche Dinge verstrickt sind wie nur möglich. Ich wollte die Gefahr gering halten, dass etwas durchsickert. Und ich wollte, dass die Männer jung sind, um nicht aufzufallen, denn die Bevölkerung in biblischen Zeiten war im Schnitt wesentlich jünger als heute. Deswegen habe ich in den Waisenhäusern Ausschau gehalten, die ich schon seit Jahrzehnten finanziell unterstütze.«

»Du wusstest außerdem nicht, wann die Zeitreise starten kann.«

»Das auch. Aber die Geheimhaltung war der wichtigste Aspekt. Das gilt genauso für das Internat, in das du gehen wirst. Ich habe es gegründet, ohne dass mein Name dabei auftaucht. Ein paar Leute aus der dortigen Kirche, denen ich vertraue, decken das Ganze. Es sind gläubige, wiedergeborene Christen, die Jesus aufrichtig lieben und Versuchungen Satans widerstehen können. Wir müssen verhindern, dass Satan von unseren Vorbereitungen erfährt, das ist dir hoffentlich klar?«

Das hatte Michael noch gar nicht bedacht, aber jetzt, da sein Vater es sagte, leuchtete es ihm absolut ein. »Ja. Logisch.«

»Ich glaube, es wird dir dort gefallen. Auch wenn du mehr arbeiten und mehr lernen wirst als je zuvor im Leben.«

Michael versuchte, sich das vorzustellen, doch es gelang ihm nicht. Dann sagte er sich, dass es keine Rolle spielte. Er würde Jesus begegnen, dem Sohn Gottes, in seiner leiblichen Gestalt!

Das war noch viel besser als jedes Video.

Hinterher, als alles geregelt und geklärt und die Dinge im Gange waren, kam Michael Barron ein Gedanke, den er nicht mehr loswurde. Sosehr er auch versuchte, ihn abzuschütteln, die Frage blieb in seinem Geist, als kralle sie sich darin fest: Warum hatte Isaak von dem Video behauptet, es *mache* etwas mit einem? Wieso hatte er ihm das Versprechen abgenommen, es sich nie, nie, nie im Leben anzuschauen?

Was war so Schreckliches, so Lebensbedrohliches darauf zu sehen? Wie sollte es überhaupt möglich sein, dass ein Video eine solche Wirkung haben konnte? Eine geradezu … nun ja, *dämonische* Wirkung?

Er würde es wohl nie erfahren. Die Kassette lag immer noch bei Demidow im Safe, und der hatte nicht gewirkt, als interessiere ihn daran mehr als der Streifen Osmium in der Hülle. Und die Kopien, die diese dubiose englische Sekte im Internet und anderswo verbreitet hatte, waren inzwischen weitgehend aufgespürt, gelöscht und sonst wie aus dem Verkehr gezogen worden. Es war für ihn kein Herankommen mehr an das Video.

Ganz abgesehen von dem Versprechen, das er Isaak gegeben hatte.

Doch dieser Gedanke verfolgte ihn, quälte ihn, beherrschte sein Denken. Tage später, als er endlich in einer Maschine der

American Airlines nach Oklahoma City saß, bemuttert von einer rundlichen Stewardess, die ihn für ein Baby zu halten schien oder zumindest für jemanden, der zum ersten Mal im Leben flog – dabei flog er nur zum ersten Mal in einer *Linienmaschine!* –, kreisten seine Überlegungen immer noch um die Frage, was auf dem Video zu sehen war. Etwas, das ihm Angst gemacht hätte? So sehr Angst, dass er sich vielleicht geweigert hätte, die Reise in die Vergangenheit anzutreten? War in Wirklichkeit *das* der Grund gewesen, warum sein Vater das Video niemals gezeigt hatte?

Weil man darauf sah, wie jemand *starb?*

Er, Michael, womöglich?

Er krallte seine Hände um die Lehnen, drückte den Kopf nach hinten, schloss die Augen. Immer nur Zweifel, immer nur Unglaube, immer nur Angst! Sein Geist war eine einzige Jauchegrube, er konnte machen, was er wollte.

Und noch etwas, noch ein Gedanke, der bohrte und fraß und ihn peinigte: Die Herkunft der Videokassette war nach wie vor ungeklärt. Während sie alles über die Schwedin wussten, die durch die Zeit gefallen war – Vater besaß Kopien aller Ermittlungsakten gegen ihren Mann –, hatten sie keine Ahnung, wie die Kassette in die Vergangenheit und nach Palästina und schließlich in den Besitz dieses Professors gelangt war.

Irgendwie eben.

Dabei gab es eine ganz einfache, absolut naheliegende Erklärung. Nämlich die: *Jemand aus ihrem Zeitreiseteam* würde zurückbleiben. Etwas würde geschehen – oder *geschehen sein* –, das dazu führte, dass einer von ihnen nicht wieder in die Zukunft gelangte, sondern im biblischen Palästina blieb, mitsamt einer Kamera und einer Kassette. Mit anderen Worten, *sie selber* würden die Kassette hinterlassen, mit der alles angefangen hatte!

Im Grunde war das die *einzige* plausible Erklärung!

Unwahrscheinlich, dass sein Vater nicht auf dieselbe Idee

gekommen war. Schließlich beschäftigte er sich mit diesem Thema schon sein Leben lang.

Also war die Frage nur, wen es treffen würde.

Ihn?

Wie hatte Demidow gesagt? *Was geschehen ist, ist geschehen. Man kann es nicht ungeschehen machen.*

Michael fühlte ein Zittern in seiner Kehle … und fast im selben Moment eine warme, feste Hand auf seiner Schulter.

Er riss die Augen auf, sah in das milchkaffeebraune Gesicht der Stewardess.

»Das sind nur Turbulenzen«, sagte sie freundlich. »Die gehen gleich vorbei. Hier, nimm das.« Sie hielt ihm einen Kaugummi hin. »Das hilft gegen den Druck in den Ohren.«

Michael hatte keinen Druck in den Ohren, jedenfalls keinen, der vergleichbar gewesen wäre mit dem Druck auf seinem Herzen, seinem Geist, seiner Seele. Aber er nahm den Kaugummi trotzdem. »Danke«, sagte er. Trotz allem tat es gut, dass diese Frau, die ja nur ihren Job tat und ihn gar nicht kannte, so freundlich und fürsorglich zu ihm war.

Er steckte den Kaugummi in den Mund, biss darauf, sah aus dem Fenster. Natürlich würde er seinem Vater gehorchen. Würde sich in den kommenden Jahren anstrengen, um alles zu lernen, was es zu lernen gab. Würde, wenn es so weit war, in die Zeitmaschine steigen.

Aber zumindest jetzt gerade hatte er mehr Angst als je zuvor.

Kapitel 14

EIN JAHR SPÄTER

John Kaun lenkte seinen betagten, aber noch gut erhaltenen Lexus auf den Parkplatz vor dem *Langoustine* und dort auf einen Stellplatz dicht beim Eingang. Gewohnheit mittlerweile. Bethany war im siebten Monat und dankbar für jeden Schritt, den sie nicht gehen musste.

»Wieso ist er nicht zu uns in die Firma gekommen?«, meinte Bethany. »Da hätten wir ihm alles zeigen können. Das wäre doch viel interessanter gewesen.«

John Kaun zuckte mit den Schultern. »Wenn dich ein Reporter der *New York Times* in einem Restaurant treffen will, ist es erfahrungsgemäß das Beste, du gehst einfach hin. Ich hab's ihm angeboten, so ist es nicht.«

Bethany streichelte ihren nicht unbeträchtlichen Bauch. »Womöglich ist das bloß ein Spesenritter«, unkte sie. »Hat sich gesagt, wenn ich schon mal in Oklahoma City bin, dann such ich mir irgendeinen Anlass, um ins berühmteste Restaurant der Stadt zu gehen. Selbst wenn ich dafür über fettfreie Chips aus getrocknetem Gemüse schreiben muss.«

»Ich bezweifle, dass irgendjemand in New York das *Langoustine* kennt.« Gleich nach dem Telefonat mit dem Journalisten hatte er Sibyl Rawlings angerufen, die Inhaberin des *Langoustine* und eine gute Freundin, und sie um den besten Tisch gebeten.

»Also, auf in den Kampf.« Bethany angelte, behindert durch ihren Bauch, nach ihrer Handtasche.

»Hast du die Probierpackung dabei?« Ein Mädchen, hatte der Arzt gesagt. Kaun konnte sich noch gar nicht vorstellen, wie das sein würde.

»Na klar.« Sie öffnete die Handtasche und zog eine der kleinen Chipstüten heraus, mit denen sie auf den Markt des Flugcaterings zielten. »Rote Bete. Unsere Besten.«

»Gut«, sagte Kaun. »Bis jetzt war jeder verblüfft, wie gut die schmecken.«

»Was sind wir doch raffiniert.« Bethany stieß die Tür auf ihrer Seite auf, wuchtete sich im Sitz herum. »Und, hey – ist schließlich nur die *New York Times!*«

Kaun musste schmunzeln, während er seine Tür ebenfalls öffnete. »Eben. Ist schließlich nur die *New York Times*.«

Das Restaurant lag im sechsten Stock. Schon im Aufzug empfingen sie verführerische Düfte: der jodige Geruch von Meeresfrüchten und Algen, der Duft von in Butter angebratenem Knoblauch, die Aromen von Thymian, Salbei und anderen Kräutern. Oben dann, als sich die gläsernen, goldgefassten Schiebetüren öffneten, kamen verhaltenes Geschirrklappern und Geräusche aus der Küche hinzu. Sie traten ein in eine Atmosphäre, die ihnen den Mund wässrig machte.

»Sieh es so«, schlug Kaun leise vor. »Wir essen mal wieder im *Langoustine*. Dafür ist eigentlich jeder Anlass recht. Und wer weiß, wie oft wir in der nächsten Zeit dazu kommen werden.«

Bethany hakte sich bei ihm unter und lächelte gequält. »Du meinst, falls unser Kind endlich beschließen sollte, außerhalb meines Körpers weiterzuwachsen?«

»Ich hätte es anders ausgedrückt«, sagte er, »aber so etwas in der Art ging mir durch den Kopf.«

Der Journalist sprang auf, als er sie kommen sah. Er war verblüffend jung, keine dreißig, ein schlaksiger Jüngling mit aschblonden Locken und staunenden Augen. »Ruddy«, stellte er sich vor. »Jason Ruddy. Angenehm.«

»Meine Frau Bethany«, sagte Kaun. »Sie ist unsere technische Leiterin. Ich habe gedacht, es ist sinnvoll, dass sie dabei ist, falls Sie irgendwelche Detailfragen haben zum Verarbeitungsprozess, zum Nährstoffgehalt, was auch immer. Sie weiß über solche Dinge besser Bescheid als ich.«

»Ah«, machte der Journalist nur und legte den Kopf schräg. »Na ja. Mal sehen.« Begeistert schien er nicht gerade.

Er wies auf den Tisch. »Setzen wir uns doch.«

Als sie saßen – Kaun mit dem Rücken zum Saal, Bethany links neben ihm, der Journalist zu seiner Rechten, mit einem leeren Stuhl zwischen ihnen –, zog Beth die Chipstüte heraus und reichte sie ihm. »Ich habe Ihnen eine Kostprobe mitgebracht. Gewissermaßen als Appetizer.«

»Ah, danke.« Der Journalist nahm die Tüte und las mit gerunzelter Stirn die Beschriftung.

»Die Packungen, die in den Handel kommen, sind natürlich größer«, erklärte Kaun.

Der Journalist riss die Tüte auf, pickte einen Chip heraus, steckte ihn in den Mund, ohne ihn näher zu betrachten, und zerkaute ihn.

»Hm«, meinte er dann und inspizierte die Tüte noch einmal. »Rote Bete. Interessant.«

Es klang so unbegeistert, dass John Kaun und seine Frau einen alarmierten Blick wechselten. Sollte das Ganze auf einen Verriss hinauslaufen?

»Okay, das Interview«, sagte der junge Journalist schließlich, legte die Chipstüte beiseite – ohne einen weiteren der dunkelroten Chips zu nehmen – und holte ein Aufnahmegerät aus der Tasche. »Ist es für Sie okay, wenn ich das aufstelle und unser Gespräch mitschneide?«

Kaun nickte ergeben. »Nur zu.«

Der Journalist hatte auch einen Notizblock dabei, auf dem er in unleserlicher Schrift die Fragen notiert hatte, die er Kaun stellen wollte. Kaun beugte sich vor, atmete noch einmal ruhig durch, spannte den Bereich zwischen den beiden Rippenbögen an, um seiner Stimme optimale Tragkraft zu verleihen: Gelernt war gelernt.

»Mister Kaun«, begann der schlaksige Journalist. »Sie waren

einst CEO und Mehrheitsinhaber der *Kaun Enterprises Holding, Incorporated,* eines multinationalen Firmenkonsortiums, dessen Aushängeschild der Sender *N.E.W.* gewesen sein dürfte, *News and Entertainment Worldwide.* Doch auf dem Höhepunkt Ihrer Laufbahn haben Sie alles hingeworfen. Sie haben Ihren Konzern zerschlagen und verkauft, um ein neues, ein bescheidenes, ein sozusagen ›normales‹ Leben anzufangen als Inhaber einer Fabrik für, ausgerechnet, Kartoffelchips. Warum, Mister Kaun?«

Nun, die Frage hatte wohl kommen müssen. ›Augen zu und durch‹ war die beste Devise.

»Sie übertreiben«, sagte Kaun und hatte das Gefühl, dass ihm ein Lächeln gelang. »Ich bin lediglich Mitinhaber. Mein Partner, Paul Weaver, von dem ich Sie übrigens herzlich grüßen soll, hält die Mehrheit an der Firma. Und was die Chips anbelangt, nun, da sind wir mit unseren Gemüsechips im Begriff, geschmackliches Neuland zu betreten –«

»Ja, ja«, fiel ihm der Journalist ins Wort, »aber lassen Sie mich das bitte begreifen. Sie waren das, was man einen Tycoon nennt: ein reicher, mächtiger, ja, ein gefürchteter Mann. Ihr Spitzname war *Johngis Khan* im Hinblick auf Ihr legendäres Verhandlungsgeschick. Sie waren auf Titelseiten von Businessmagazinen, Gast in Talkshows, im Weißen Haus, auf den Partys der Schönen und Reichen. Ihr Leben war Stoff für die Schlagzeilen. Was war der Grund, das alles aufzugeben? Was war der Grund für Ihren Rückzug in, nun ja, nahezu Anonymität? Und trauern Sie alldem nicht manchmal nach?«

»Nein«, sagte Kaun nur, zunehmend weniger angetan von dem Verlauf, den das Interview nahm.

Der junge Mann redete sich förmlich in Rage. »Aber Sie waren Manager des Jahres 1991! Sie waren das Vorbild einer ganzen Generation. Sie waren ein Idol –«

»Mister Ruddy«, unterbrach ihn Kaun, »darf ich fragen, ob Sie wirklich hier sind, um über unsere Gemüsechips zu schreiben?«

»Ja, natürlich, die werden auch eine Rolle spielen. Doch in erster Linie geht es mir um Ihre Laufbahn insgesamt, wenn Sie verstehen, was ich meine. Das große Bild.«

Bethany räusperte sich. »Sind Sie überhaupt von der *New York Times?*«

Ihre Frage schien zu bewirken, dass Jason Ruddy ein Stück einschrumpfte. »Ah, das.« Er hüstelte verlegen. »Es tut mir leid, falls ich diesen Eindruck erweckt haben sollte. Das, ähm, war nicht … also, wie soll ich sagen?«

John Kaun richtete sich auf, reckte den Hals. Dies war einer der Momente, in denen er spürte, dass der alte John Kaun noch existierte, dass *Johngis Khan* nicht restlos verschwunden war. Ja, er musste an sich halten, um ihn nicht zum Vorschein kommen zu lassen. Obwohl das vielleicht die wirksamste Weise gewesen wäre, dem jungen Mann die Illusionen zu nehmen.

»Ich fühle mich getäuscht«, erklärte er stattdessen einfach. »Und ich mag es nicht, getäuscht zu werden.«

»Oh, ich bin wirklich Journalist, das kann ich Ihnen versichern«, sprudelte der andere hervor. »Ich habe eine Publikationsliste dabei. Zeitungen, Zeitschriften, Radio, Fernsehen, Bücher, alles. Mister Kaun, was ich will, ist, eine Biografie über Sie zu schreiben, und Kollegen haben mich gewarnt, dass Sie –«

»Mister Ruddy«, schnitt ihm Kaun unnachsichtig das Wort ab, »ich bin hergekommen, um über unsere neuen, fettfreien Chips aus schonend getrocknetem Gemüse zu sprechen, nicht über mich und mein Leben. Beenden wir das Gespräch an dieser Stelle. Für eine Biografie stehe ich nicht zur Verfügung.«

»Warst du das wirklich?«, wollte Bethany wissen, nachdem der Journalist zerknirscht abgezogen war. »Ein *Tycoon?*«

Kaun seufzte. »Erinner mich nicht.«

Sie schauten auf, als Sibyl an den Tisch trat, die Menükarten in der Hand. »Was habt ihr dem denn über mein Restaurant erzählt, dass er gleich Reißaus nimmt?«, wollte sie wissen und reichte ihnen die Karten. »Ihr bleibt aber hoffentlich?«

»Selbstverständlich«, erklärte Bethany.

»Sollen wir an einen Zweiertisch wechseln?«, fragte Kaun.

»So weit kommt's noch.« Sibyl beugte ihre ganze beeindruckende Gestalt vor und fügte leise hinzu: »Ist doch heute eh nichts los. Genießt die Aussicht. Und das Essen, natürlich.« Sie wandte sich Kaun zu, der schon die Tageskarte aufgeschlagen hatte. »Für dich würde ich wieder ein leberschonendes, herzkranzgefäßstärkendes Spezialgericht machen. Das wäre heute ein Red Snapper, frisch aus dem Golf von Mexiko, hat gestern um die Zeit noch gelebt und nichts von seinem nahen Ende geahnt. Dazu schonendes Julienne-Gemüse aus biologischem Anbau, plus dies und das. Omega-3-Fettsäuren, Vitamine, Ballaststoffe, geballte Gesundheit. Und trotzdem wohlschmeckend.«

»Klingt unwiderstehlich«, meinte Kaun.

»Krieg ich das auch?«, fragte Bethany.

»Alles, was du willst, Beth.«

»Und dazu ein großes Mineralwasser.«

»Für mich bitte auch«, sagte Kaun. »Ich muss fahren.«

Sie wussten alle, dass das nicht der wahre Grund war.

Als Sibyl wieder in der Küche verschwunden war und das Wasser auf dem Tisch stand, zog Kaun seine Pillenschachtel hervor und leerte das Mittagsfach in seine Handfläche: eine blaue Pille, eine rote, zwei weiße. Bis vor einem Monat war noch eine dicke gelbe dabei gewesen, aber seine Leberwerte waren zurzeit so, dass er sie nicht brauchte. Einstweilen jedenfalls.

»Vorspeise«, sagte er galgenhumorig und spülte die Pillen der Reihe nach mit Wasser hinunter. Der Preis des Erfolges. Ob das diesen Jason Ruddy auch noch so begeistert hätte?

Eine Biografie. Über ihn. Was für eine Schnapsidee.

Bethany musterte ihn, als entdecke sie gerade bislang unbekannte Seiten an ihm. »Warst du wirklich so berühmt?«, wollte sie wissen.

Kaun musste lachen. »Wenn du das fragen musst, offenbar nicht.«

»Also, ich erinnere mich an diesen Werbespot für NEW. Den habe ich gesehen, nichts Böses ahnend. Mehr als einmal.«

»Das will ich doch hoffen. Ich habe ein Vermögen für die Sendeplätze ausgegeben.«

»Aber du hast mir nie gesagt, dass du ein *Tycoon* warst«, fuhr sie fast vorwurfsvoll fort. »Oder Manager des Jahres.«

»Beth.« Kaun faltete die Hände. »Ich war *bestangezogener* Manager des Jahres 1991, gekürt von einem dubiosen Magazin, das 1990 gegründet worden ist und 1994 schon wieder pleite war. Das war einfach nur albern.«

»Bleibt der Tycoon.«

»Tycoon? Wenn, dann war ich eine Art Illusionist. Jemand, der Investoren Geld abgeschwatzt hat mit Versprechen auf künftige Gewinne, die nie gekommen sind.« Sich daran zu erinnern war, als schlösse er einen schwarzen, schweren, randvollen Schrank auf, aus dem die Bilder nur so herauspurzelten. »Ich habe Firmen aufgekauft wie blöde. Aber überleg mal, wann Firmen zum Verkauf stehen: in der Regel, wenn sie in Schieflage geraten sind. Bloß ist so eine Schieflage ja nicht beseitigt, nur weil der Besitzer wechselt. Man hätte etwas tun müssen – reorganisieren, rekapitalisieren, neue Geschäftsfelder erschließen, Probleme identifizieren und beheben, all das, was eigentlich der Job eines Managers wäre. Doch dazu war nie Zeit, weil ich immer schon woanders war, bei der nächsten Übernahme, bei den nächsten Verhandlungen. Ich habe am laufenden Band weitere Baustellen aufgemacht, mich um nichts richtig gekümmert. Ich war ein Getriebener – getrieben von der Angst, nicht schnell genug zu sein, nicht rabiat genug, nicht unverfroren genug. Mein angebliches Verhandlungsgeschick bestand einfach darin, andere zu überfahren, auszuspielen, auszutricksen. Ich wollte gewinnen, um jeden Preis. Ich wollte der Erste sein, der Größte, der Sieger in allen Klassen. Als die Erschöpfung zu groß wurde, habe ich zu Tabletten gegriffen. Dann konnte ich nicht schlafen, wieder war eine Tablette die Lösung. Aufputschmittel, Beruhigungsmittel, Schlafmittel. Und Mittel gegen die Nebenwirkungen. Und noch stärkere Mittel, wenn die, die ich genommen habe, keine Wirkung mehr zeigten. Ein anderer Arzt, sobald sich einer weigerte, mir zu verschreiben, was ich wollte. Geld war immer die Lösung für alles. Auch für die Probleme in meiner ersten Ehe. Ich habe mit Elizabeth eine Frau geheiratet, die ich nicht geliebt habe, die nur als Zierde für mich gedacht war. Sie hat sich gerächt, indem sie mein Geld ausgegeben hat, so schnell sie konnte, aber sie ist trotzdem an mir verzweifelt. Sie hat endlose Partys veranstaltet, um sich zu betäuben, hat getrunken, sich Liebhaber genommen … während ich immer weitergebraust bin, zerfressen von sinnlosem Ehrgeiz, aggressiv bis in die Haarspitzen. Ich war, mit einem Wort, ein Ekel. Schlimmer noch: ein *reiches* Ekel.« Kaun deutete auf den Platz, auf dem der junge Journalist gesessen hatte. »Das, was er so beeindruckend gefunden hat, war nur das Echo eines aufgeblähten Selbstbilds, das ich mit aller Kraft auf die Welt zu projizieren versucht habe. Ein völlig lächerliches Unterfangen. Hätte ich nur mal eine Sekunde lang innegehalten und darüber nachgedacht, was ich da eigentlich tue, hätte mir das sofort klar werden müssen. Aber Stillstand, das gab es bei *Johngis Khan* nie, nicht ein einziges Mal.«

Bethany musterte ihn ernst. »Und wie ist dann alles anders geworden?«

»Tja, wie?« Kaun löste die gefalteten Hände voneinander, verschränkte sie aufs Neue. »Irgendwie ist alles zusammengekommen. Die Scheidung. Der gesundheitliche Zusammenbruch danach. Ein Herzinfarkt, ein völlig vergifteter Körper … Die Ärzte haben die Hände über dem Kopf zusammengeschlagen. Totale Erschöpfung. Ich *musste* neu anfangen, es ging gar nicht anders.«

»Aber angefangen, alles zu verkaufen, hast du schon *vor* deinem Herzinfarkt.«

Kaun nickte. Bethany konnte man nichts vormachen. »Es hat sich eben doch ein Moment ergeben, in dem ich mich infrage gestellt habe.«

»Als du dieses Video gesehen hast. Das Video von« – sie hob die markanten Augenbrauen in ihrer unnachahmlichen Art, ihre Stimme bekam einen spöttischen Unterton – *»Jesus.«*

Kaun griff nach seinem Wasserglas. Dieses Video war ein heikler Punkt in ihrer Beziehung, den sie normalerweise nicht berührten. Bethany war Ingenieurin und erklärte Rationalistin und lehnte jeglichen »mystischen Mumpitz«, wie sie es nannte, entschieden ab. Und alle, die derlei vertraten, gleich mit.

Bis zu seinem Erlebnis mit diesem Video hatte sich John Kaun ebenfalls als Rationalist gesehen. Er hatte ebenfalls nichts gelten lassen, was sich wissenschaftlich nicht erklären ließ oder zumindest so aussah, als müsse es sich eines Tages wissenschaftlich erklären lassen. Doch seither …

Es ging ihm immer noch nach. Wobei er inzwischen weniger denn je wusste, was er an jenem denkwürdigen Tag eigentlich gesehen hatte. Die Bilder standen vor seinem inneren Auge, wie eingebrannt in seine Hirnrinde. Aber war es wirklich Jesus von Nazareth gewesen, den er auf diesem Monitor gesehen hatte, der historische, der *wirkliche* Jesus? Damals war er davon überzeugt gewesen.

Inzwischen wusste er nicht mehr, was er denken sollte. Es war auch keineswegs so, dass ihn das Video fromm gemacht hatte oder gar religiös im traditionellen Sinne. Das nicht – aber es hatte ihn verändert. Irgendwie. Und ja, es war definitiv der Moment gewesen, in dem er sein eigenes Leben von außen gesehen hatte. Der Moment, in dem er erschrocken war über die Leere darin, die Sinnlosigkeit, die lächerliche Aufgeblähtheit seiner selbst. Es war der Moment gewesen, in dem er, wie man es wohl nannte, *umgekehrt* war.

Er merkte, dass er sich schon die ganze Zeit den Arm rieb, die Narbe jener Schussverletzung, die er damals in Israel davongetragen hatte, auf der Jagd nach dem Video. Er nahm die Hand herunter.

»Man kann so einen Wandel nicht *machen*«, sagte er. »Er muss einem passieren. Zustoßen. Und mir ist er eben zugestoßen.« Er sah seine Frau an, seine zweite Frau, die erste, die er wirklich liebte, achtete und ehrte, die ihm gefiel, obwohl sie nicht schön im landläufigen Sinne war, und mit der er den Rest seines Erdenlebens zu teilen entschlossen war, und fuhr fort: »Wenn ich heute an mein altes Leben denke, kommt es mir vor, als seien es die Erinnerungen von jemand anders, nicht meine. Ich will damit nichts mehr zu tun haben. Das ist vorbei. Für mich zählt nur noch, was vor uns liegt.«

Das zauberte so etwas wie ein Lächeln auf ihr Gesicht. Dann kam glücklicherweise die Vorspeise, und so war dieser heikle Punkt einmal mehr umschifft.

Kapitel 15

FÜNF JAHRE SPÄTER

John Kaun hörte nie wieder etwas von dem Journalisten Jason Ruddy. Auch die Biografie, die dieser hatte schreiben wollen, erschien nie. Es sah ganz so aus, als habe die Welt den einstigen Supermanager John Kaun vergessen und ihre Aufmerksamkeit anderen, faszinierenderen Gestalten zugewandt.

Und das, fand John Kaun, war gut so. Je gründlicher seine alte Existenz in Vergessenheit geriet, desto besser.

Ab und zu stieß er auf Berichte über seine Exfrau. Bei der Scheidung hatte er sein Vermögen mit ihr geteilt, nicht aber seine Schulden, sodass Elizabeth Lawson-Kaun eine wohlhabende Frau blieb. Sie widmete sich unbeschwert dem süßen Partyleben, wurde eine Zeit lang mit verschiedenen Prominenten gesichtet, mit einem berühmten Baseballtrainer etwa, einem Rap-Musiker oder einem angeblich drogensüchtigen Hollywoodschauspieler. Doch schließlich heiratete sie einen einflussreichen Senator, der über zehn Jahre älter war als sie, mehrere Hundert Millionen Dollar schwer und einer der am besten vernetzten Politiker Amerikas. Auf den Fotos in den Zeitungen sahen die beiden trotzdem aus, als passten sie gut zusammen, und so konnte John Kaun ihr ehrlichen Herzens schreiben und ihr alles Gute wünschen. Nachher überlegte er – und das versetzte ihm wirklich einen Stich –, dass er, indem er ihr diesen kurzen Brief auf einer Karte für dreieinhalb Dollar geschrieben hatte, das einzige Mal in ihrer Beziehung aufrichtig freundlich zu ihr gewesen war. Sie antwortete ihm nicht, was ihn nicht wunderte.

Zweieinhalb Monate nach dem Treffen mit dem Journalisten, drei Tage vor dem errechneten Geburtstermin, kam das

Baby zur Welt, wie erwartet ein Mädchen. Sie tauften es Kathleen, und John Kaun fand, zur Erheiterung seiner Frau, dass es das schönste Baby sein musste, das jemals das Licht der Welt erblickt hatte. Er war hin und weg in einem Maß, das ihn selber am meisten überraschte.

Bethany hatte sich während der Schwangerschaft auf ihre eigene, typische Art auf das Kind vorbereitet: Sie hatte die besten Bücher zu den Themen Geburt, Stillzeit, Babypflege und Kindererziehung ermittelt und beschafft, sie der Reihe nach durchgelesen und daraus Checklisten, Pläne und Maßnahmen abgeleitet. Anschließend waren die Pläne durchgeführt worden: Sie hatten die Möbel umgestellt und so ergänzt, dass optimale Abläufe hinsichtlich des Wickelns und Fütterns möglich waren; Bethany hatte ihre eigene Ernährung beizeiten so angepasst, dass das Stillen dadurch nicht beeinträchtigt werden würde, außerdem die geeignetsten Produkte gesucht und die günstigsten Bezugsquellen dafür: biologisch abbaubare Windeln, gesunde Babynahrung und dergleichen mehr. Ferner hatte sie diverse Vorbereitungskurse besucht – Schwangerschaftsgymnastik, Atemübungen, alles, was nicht esoterisch klang –, und die Geburt war dann auch gut verlaufen: nicht leicht, nicht schwer, sondern einfach normal und ohne Komplikationen.

Nicht, dass Bethany etwas anderes erwartet hatte. Das war ihre Art, die Dinge anzugehen, und ihre Art, ihr Kind zu lieben. Für sie war die Welt so: wohlgeordnet und rational für den, der den Aberglauben beiseitelassen konnte. Wenn Kaun nachts aufstand, um nachzusehen, ob Kathleen noch atmete, lächelte Bethany nur belustigt. Falls sie es mitbekam, denn meistens schlief sie tief und fest.

John Kaun war es auch, der seine Tochter, wenn sie ihre Dreimonatskoliken hatte und ohne Unterlass schrie, des Nachts stundenlang durch das dunkle Haus trug, ihr den Bauch massierte und mit leiser Stimme Belanglos-Beruhigendes auf sie einredete. In seinen wilden Jahren hatte er sich angewöhnt, mit wenig Schlaf auszukommen, und ein bisschen wirkte dieses Training wohl noch nach; jedenfalls machte es ihm nichts aus.

Bei einer dieser nächtlichen Wanderungen, während Bethany den Schlaf einer erschöpften jungen Mutter schlief, hatte Kaun eine eigenartige Begegnung. Es war im Wohnzimmer, von dessen Frontfenster aus man bis auf die Straße sah, weil auf dieser Seite statt der hohen Hecke nur ein Gitterzaun stand. Kathleen war endlich auf seinem Arm eingeschlafen, schluchzte nur noch ab und zu im Schlaf vor Empörung über die durchlittenen Qualen, als Kaun unten auf der Straße eine gestreckte Limousine vorüberrollen sah. Sie war schwarz, kaum zu erkennen im matten Licht der Straßenbeleuchtung, ein unwirklicher Schemen mit schimmernden Chromleisten und abgedunkelten Scheiben, ein Fahrzeug, wie man es in New York oder in Los Angeles zu sehen erwartete, aber nicht hier, nicht im *Sooner State*, mitten im Herzland Amerikas.

Kaun blieb stehen, sah der Limousine nach, ohne aufzuhören, seiner kleinen Tochter über den Bauch zu streichen. Er überlegte müde, wer darin sitzen und wohin der Betreffende unterwegs sein mochte, um diese Zeit, in den Randbezirken von Oklahoma City.

Dann durchzuckte es ihn: In genau solchen Limousinen hatte er sich früher auch mit Vorliebe kutschieren lassen! Für irre viel Geld, aber das hatte ihn nicht interessiert. Er war *wichtig* gewesen! Ein *VIP!* Ein Prominenter! Jemand, der Anspruch auf die bequemste und komfortabelste Art der Fortbewegung hatte. Es war darum gegangen, die Umwelt zu beeindrucken, Aufmerksamkeit auf sich zu lenken, Macht zu demonstrieren. Wobei hinter dem Luxus, uneingestanden, eine Angst gelauert hatte, den Beschwernissen eines gewöhnlichen Lebens nicht gewachsen zu sein. Damals hatte er nichts mehr verabscheut als das Adjektiv ›gewöhnlich‹.

Und heute lebte er ein, nun ja, ziemlich gewöhnliches Leben. Nicht ganz durchschnittlich, aber jedenfalls Meilen entfernt von dem desjenigen da unten in der Stretchlimousine.

Ich könnte jetzt in diesem Wagen sitzen, durchfuhr es ihn.

Er sah es bildlich vor sich, weil er es oft genug erlebt hatte: Er hätte einen Drink in der einen Hand gehalten und ein Telefon in der anderen. Er hätte vielleicht mit einem Börsenmakler gesprochen, an der Frankfurter Börse oder der Londoner, hätte Anweisungen erteilt, Auskünfte verlangt, eventuellem Ärger keinerlei Zügel angelegt. Und bei alldem hätte er einen Anzug für fünftausend Dollar getragen, Schuhe für zweitausend und eine Armbanduhr für hunderttausend.

Er horchte in sich hinein, während der Wagen außer Sicht geriet. War da irgendwo Neid? Ein Bedauern, da zu stehen, wo er jetzt stand? Trauer, der Macht entsagt zu haben, dem Einfluss, dem Ruhm? Spürte er, und sei es noch so versteckt, den Wunsch zu tauschen?

Nein. Nicht die Spur.

Ein paar seiner alten Anzüge besaß er noch. Sie hingen im Schrank, wurden häufiger ausgebürstet als getragen, obwohl sie ihm noch passten. Aber er trug lieber Jeans, Polohemden oder Pullover, je nach Jahreszeit, und Sneakers für fünfzig Dollar. Dazu eine schlichte Uhr, die ihm Bethany geschenkt und die, wie er wusste, etwa zweihundert Dollar gekostet hatte. Und das alles behagte ihm viel mehr als der überkandidelte Dresscode, der in der Welt der Reichen und Mächtigen herrschte.

Auf Reisen in andere Städte, bei Anwaltsterminen oder in manchen Lokalen der Innenstadt begegnete er gelegentlich Leuten, die sich so benahmen, wie er sich früher benommen hatte. In solchen Momenten merkte er jedes Mal, dass er das alles einfach nicht mehr ernst nehmen konnte. Diese Leute kamen ihm vor wie Schauspieler, die ein absurdes Theaterstück aufführten. Es wäre ihm grotesk vorgekommen, in diese Welt zurückzustreben.

Und all das, dieser ganze grundlegende Sinneswandel, hing mit diesem Video zusammen. Das hatte ihm die Luft herausgelassen. Die Blase zum Platzen gebracht. Ihm den Spiegel vorgehalten, einen Spiegel der Wahrheit.

Dabei hätte er nicht um alles in der Welt sagen können, wie das Video diese Wirkung hervorgerufen hatte. Er sah die Bilder noch vor sich, träumte hin und wieder davon, aber …

Letztlich war es der Mann gewesen, der im Mittelpunkt der Aufnahme gestanden hatte. Der Mann, der Jesus gewesen sein mochte oder auch nicht, wie wollte man das wissen? Aber jedenfalls hatte er eine Ausstrahlung gehabt, die einen über den Abgrund der Zeit hinweg berührt hatte.

Ausstrahlung – nicht Charisma. Mit Charisma hatte Kaun Erfahrung. Charisma war die Fähigkeit, andere in seinen Bann zu schlagen, zu faszinieren, zu begeistern. Die Fähigkeit, Massen mitzureißen. Charisma, das war die Gabe der Beeinflussung, der Manipulation.

Doch was dieser Mann in dem Video ausgestrahlt hatte, war etwas anderes gewesen. Eher das Gegenteil davon. Etwas, für das John Kaun keine Worte fand.

Letztlich ein Rätsel. Das Video hatte ihn aus der Bahn geworfen, sein Leben vollkommen verändert – aber deswegen verstand er trotzdem nicht, was es damit auf sich hatte.

Alles war anders gekommen, als er es sich je vorgestellt hatte. Zum Beispiel, dass er heute die Geschicke einer Fabrik leitete, die Kartoffelchips herstellte. In erster Linie.

Das hätte er sich nie so ausgesucht. Das hatte sich ergeben. Die *Weaver-Hathaway Oklahoma Potato Chips Company* war die einzige Firma seines Konzerns gewesen, die stets solide Gewinne gemacht hatte. Aber es war eben eine langweilige Fabrik gewesen. Kartoffelchips, du meine Güte! Das war nichts, womit man auf Partys Eindruck machte. Also hatte er sich nie groß darum gekümmert. Sowieso hatte er die Anteile an der Firma nur gekauft, weil er in dem Moment etwas Geld hatte parken müssen.

Deswegen hatte Paul Weaver, sein heutiger Partner, den alten, den unausstehlichen, den John Kaun vor dessen Begegnung mit dem Video nie erlebt. Was für ein Glück!

Damals hatte alles nach Weltuntergang ausgesehen. Scheidung. Konzern zerschlagen. Konkursverfahren. Wüste Drohungen der Anteilseigner. Dann der Zusammenbruch. Herzinfarkt. Gelbsucht. Notoperation. Danach Ruhe, Schonkost, sanfte Gymnastik, eine seltsame, stille Zeit außerhalb der Welt. Dem Tod gerade noch von der Schippe gesprungen sei er, hatten die Ärzte gesagt. Dem Tod, okay, aber dem Bankrott?

Doch Überraschung: Es gab immer noch eine Firma, die Kartoffelchips produzierte und juristisch so in die *Kaun Enterprises Holding Inc.* eingebettet gewesen war, dass man sie nicht der Konkursmasse hatte zuschlagen können. Die Anteile daran gehörten nach wie vor ihm, John Kaun.

Verblüfft über diese Wendung war er nach Oklahoma City geflogen, um sich die Sache anzuschauen und weil er ohnehin herausfinden musste, was er mit dem Rest seines Lebens anfangen wollte. Dort hatte ihn Paul Weaver mit offenen Armen empfangen, ihn gar, man stelle sich vor, als Geschenk des Himmels bezeichnet!

Er lernte in Paul einen ernsthaften, seriösen Unternehmer von der Art kennen, die in der modernen Finanzwelt eigentlich keine Chance mehr hatte. Paul erzählte ihm von Tim Hathaway, dem kaufmännischen Geschäftsführer, der einige Zeit zuvor bei einem Tauchunfall ums Leben gekommen war. Ob er, John Kaun, nicht Lust habe, als neuer Partner einzusteigen? Fast die Hälfte der Firma gehöre ihm ja ohnehin.

Kaun hatte zuerst gezögert. Weniger, weil er es sich nicht zutraute, eher, weil er sich fragte, ob er das überhaupt verdient hatte. Doch dann hatte ihm Paul Weaver seine technische Direktorin vorgestellt, Bethany Miller, und es hatte auf Anhieb gefunkt. John Kaun hatte seinen Platz gefunden.

Trotzdem hatte er immer noch Probleme mit dem Produkt. Kartoffelchips herzustellen hieß, davon zu leben, dass Leute reglos vor Fernsehschirmen saßen und fettgetränkte, stark gesalzene, kross geröstete Kartoffelscheiben in sich hineinstopften, bis die Tüte leer war. Es hieß, billigend in Kauf zu nehmen, dass sich die eigenen Kunden mästeten.

»Wir zwingen niemanden«, lautete Paul Weavers Einstellung zu dem Thema. »Dies ist ein freies Land. Wenn jemand Kartoffelchips essen möchte, dann darf er das. Und wenn nicht, kann er es lassen.«

Es klang unwiderlegbar, wenn er das mit seiner tiefen, dröhnenden Stimme und seinem typischen Südstaaten-Slang sagte. »Es stimmt, dass wir niemanden *zwingen*«, pflegte John Kaun trotzdem zu erwidern. »Aber es stimmt auch, dass wir tun, was wir können, um so viele Leute wie möglich zu *verführen*.«

Er hatte daraufhin das Marketing von *Weaver-Hathaway* umstrukturiert. Die neue Strategie war, als Sponsor von Sportwettbewerben aller Art aufzutreten, vorzugsweise für Jugendliche. Außerdem hatte er Bethany dazu gebracht, ein Verfahren zu entwickeln, um Kartoffelchips mit weniger Fett und weniger Salz herzustellen, ohne dass sie deswegen schlechter schmeckten.

Die Idee, Chips aus getrocknetem Gemüse herzustellen, hatte Bethany von einem Kongress in Europa mitgebracht. Der Vorteil war, dass solche Gemüsechips einen eigenen Geschmack mitbrachten, der zudem durch die Art der Trocknung interessanter schmeckte als das Gemüse im natürlichen Zustand (wem schmeckte Rote Bete schon *wirklich?*), und dass zu ihrer Herstellung praktisch kein Fett und kein Salz erforderlich waren. Gesünder ging es kaum.

»Gesundheit ist kein Argument, mit dem man in Amerika Feierabendsnacks verkauft«, meinte Paul Weaver kritisch, als sie die erste Serie auf den Markt brachten.

Doch sie mussten etwas tun. Der Umsatz der konventionellen Kartoffelchips ging immer mehr zurück. Man kündigte ihnen Sponsorenverträge, einmal sogar mit der dezidierten Begründung, man wolle Assoziationen mit »Couch Potatoes« vermeiden. Sie begriffen, dass der Geschmack des Publikums sich veränderte – oder wenn nicht der Geschmack, dann zumindest das Denken.

Aber obwohl ihre Gemüsechips zur richtigen Zeit kamen, wollte sich der Durchbruch nicht einstellen. *Weaver-Hathaway* hatte dort, wo sie die aufgeschlossensten Kunden vermuteten, nämlich in den Küstenstaaten und vor allem in Kalifornien, große Konkurrenten. Die griffen die Idee auf, unterboten sie im Preis und überboten sie in Sachen Werbung.

»Paul«, pflegte John Kaun zu sagen, wenn die Monatszahlen vorlagen und mal wieder enttäuschend niedrig waren, »das ist nur *Geld*. Kein Grund, den Kopf hängen zu lassen.«

Worauf Paul Weaver meist entwaffnet die Hände in die Höhe warf und sich beschwerte: »Ich verstehe nicht, wie du bei so etwas ruhig bleiben kannst!«

Weil, hätte ihm Kaun entgegnen können, er in seinem alten Leben Krisen dieser Dimension als Erholung empfunden hätte. Als Atempause. Weil damals das Hasardspiel tägliche Übung gewesen war. Aber das behielt er für sich.

So verging die Zeit, was vor allem daran zu spüren war, wie schnell Kathleen heranwuchs. Es waren noch knapp zwei Monate bis zu ihrem fünften Geburtstag, als Paul Weaver eines Tages in Kauns Büro gestürmt kam, sich in dessen Besuchersessel fallen ließ und atemlos erklärte: »Wir sind erledigt.«

»Was ist passiert?«, fragte Kaun.

Man sah es in Paul Weavers Gesicht arbeiten. Was einiges hieß, denn Paul trug einen dichten Vollbart und eine runde John-Lennon-Brille. Letztere nicht, weil sie ihm besonders gut gestanden hätte, sondern weil er ein Fan des englischen Popsängers war; so ziemlich der größte persönliche Makel, den man ihm vorwerfen konnte.

»Die Bahnlinie«, stieß er hervor. »Sie soll stillgelegt werden.«

»Wie bitte?«

»Angeblich unrentabel«, sagte Paul und krallte die Hände um die gepolsterten Lehnen.

John Kauns Büro im obersten Stock des Verwaltungsgebäudes war von hellem Licht erfüllt. Es war Ende August, ein klarer, luftiger Tag, an dem man weit über die sanften, unberührt scheinenden Hügel der Umgebung sah. Gerade schob jemand das Hallentor auf; man hörte es bis herauf quietschen. Darum musste man sich endlich einmal kümmern, dachte Kaun automatisch und machte reflexhaft einen Eintrag in seine geistige To-do-Liste.

Er trat ans Fenster und schaute auf das Fabrikgelände hinab. Ein Gabelstapler fuhr gerade mit einer Palette Gemüsekisten über den Hof. Ein Lastwagen ihres Zulieferers für Pflanzenöl rangierte rückwärts an die Rampe. Drei Frauen in weißen Kitteln standen vor der Tür des Verpackungsbereichs und rauchten.

»Die Eisenbahnlinie? Wer sagt das?«, fragte er.

Paul erklärte es ihm, und wie so oft war es eine komplizierte Geschichte: Der Schwager des Bruders der Frau eines Neffen – und so weiter. Paul Weaver kannte tausend Leute, von denen jeder auch wieder tausend Leute zu kennen schien, die ausnahmslos in Oklahoma lebten. Die Familie seiner Frau war ebenfalls großflächig im *Sooner State* verzweigt, und bei Tim Hathaway war es nicht anders gewesen. *Fest verwurzelt* war gar kein Ausdruck.

Jedenfalls, irgendjemand kannte irgendjemanden bei der Eisenbahngesellschaft, der von einer Rentabilitätsanalyse gehört hatte, die angeblich den Güterzugverkehr auf der Oklahoma-Linie auf die Abschussliste gebracht hatte.

Sollte das stimmen, hatten sie in der Tat ein ernstes Problem. Das größte Handicap der Firma, sozusagen ihr Geburtsfehler, war, dass Weaver und Hathaway sie aus lauter Heimatverbundenheit in Oklahoma gegründet hatten, in einem Staat also, der für alles Mögliche bekannt war, aber nicht dafür, Kartoffeln in nennenswerten Mengen hervorzubringen. Die Kartoffeln, die sie verarbeiteten, kamen demzufolge von weit her – aus Idaho, aus Ohio, aus Pennsylvania sogar, wenn es sein musste –, und sie kamen mit der Bahn.

John Kaun kannte die diesbezüglichen Zahlen fast auswendig. Auf seiner nie endenden Suche nach Einsparpotenzialen holte er regelmäßig aktuelle Angebote von Spediteuren ein, kalkulierte immer wieder die Kosten eines möglichen eigenen Fuhrparks durch. Doch nichts davon rechnete sich auch nur annähernd, verglichen mit der Bahn.

»Das wäre schlecht«, gab er zu.

»Gott sei Dank.« Paul Weaver stieß einen abgrundtiefen Seufzer aus. »Gott sei Dank siehst du es ein. Und? Was machen wir jetzt? Wenn sie die Strecke wirklich stilllegen, können wir die Firma zumachen!«

»Oder sie verlegen.«

Paul sah ihn so entrüstet an, als habe er ihm einen unsittlichen Antrag gemacht. »*Verlegen?* Was denn? Die Maschinen vielleicht. Aber wie willst du die Leute verlegen? Die sind alle hier zu Hause, haben ihre Familien hier, ihre Kirchengemeinden, ihre Freunde ... Selbst wenn die Hälfte von denen mitginge, würden wir eine eingespielte Mannschaft zerreißen. Müssten neue Leute suchen. Einlernen. Hätten jede Menge Reibungsverluste, bis sich alles eingependelt hat. Himmel, im Grunde wäre das eine Neugründung! Das würde uns schlicht überfordern.«

Damit hatte Paul angesichts ihrer momentanen Finanzlage leider recht, auch wenn es wohl in erster Linie der Gedanke war, Oklahoma zu verlassen, der bei ihm Panik auslöste.

John Kaun spürte einen bitteren Geschmack auf der Zunge. Der aber sicherlich nur von dem neuen Medikament kam, zu dem ihm sein Arzt geraten hatte, weil seine chronische Hepatitis aus alten Zeiten mal wieder Probleme machte.

Er rieb sich die Stirn. »Okay. Lass uns einen Schritt nach dem anderen machen. Erst sollten wir versuchen rauszufinden, was an der Sache wirklich dran ist.«

»Kannst du nicht was drehen? Du hast doch noch Kontakte, von früher.« Pauls Augen rollten hinter seinen flaschenrunden Brillengläsern. Kaun hatte ihm in den vergangenen Jahren einiges über sein Vorleben anvertraut, auch ein paar der heftigeren Details. Erstaunlicherweise hatte das ihrer Freundschaft keinen Abbruch getan. »Kannst du darüber nicht irgendwas erreichen?«

Kaun kehrte an seinen Schreibtisch zurück, ließ sich in seinen Sessel fallen, griff nach seinem Organizer und schob ihn gleich wieder von sich. Das mit den Kontakten stimmte, aber wenn es irgendwie ging, wollte er vermeiden, darauf zuzugreifen. Denn dummerweise war das Flaggschiff seines Konzerns ein Nachrichtensender gewesen, was hieß, dass die Mehrzahl seiner alten Kontakte Medienleute waren, Journalisten, Fernsehreporter und dergleichen. Oder Menschen, die ihrerseits Kontakt zu Medienleuten hatten. Sich bei denen zu melden hätte geheißen, schlafende Hunde zu wecken.

»Ich geh morgen früh erst mal zur Stadtverwaltung«, erklärte Kaun. »Vielleicht finde ich da mehr heraus.«

Damit schien Paul schon zufrieden. »Ja«, meinte er, »mach das. Gute Idee.« Mit der Stadtverwaltung hatte es Paul Weaver nicht so; seit Kaun in der Firma war, überließ er ihm bereitwillig alles, was mit Behörden zu tun hatte.

Im Lauf des darauffolgenden Tages verstand John Kaun einmal mehr, warum Paul Weaver mit der Stadtverwaltung von Oklahoma City auf Kriegsfuß stand. Diesmal verstand er es sogar besonders gut. Denn: Niemand war zuständig.

Man schickte ihn von Pontius zu Pilatus. Man ließ ihn kleine Ewigkeiten lang warten, speiste ihn mit Auskünften ab, die er auch den herumliegenden Faltblättern oder dem Internetauftritt der Stadt hätte entnehmen können, oder erzählte ihm Dinge, von denen er wusste, dass sie nicht stimmten. Doch wenn er höflich darauf hinwies, sah er in beleidigte Gesichter und erntete schnippische Reaktionen.

Mit anderen Worten: Der Vormittag war eine einzige große Übung in Gleichmut.

Aber Kaun gab nicht auf. Er ging allen, die so wirkten, als könnten sie jemanden kennen, der wirklich etwas wusste, so lange auf die Nerven, bis man ihn endlich weiterschickte. Zuständig, erfuhr er, sei eine ausgelagerte Abteilung. Die war in der *Winston Mall* untergebracht, einem eine halbe Meile weit entfernt gelegenen Gebäudekomplex. Es handelte sich um eines dieser neuen Glas- und Stahlungetüme, das eine Ladenpassage enthielt, ein Fitnessstudio, diverse Schnellrestaurants, ein Café auf dem weitläufigen Vorplatz und eine Klinik, die mit Schönheitsoperationen und Laserchirurgie am Auge warb. Die fragliche Abteilung war auf atemberaubend unergonomische Weise über dieses Gebäude verteilt, zersplittert in zahllose Büros, alle so winzig und unansehnlich, dass man sie anders wohl nicht vermietet bekommen hätte. John Kaun klapperte sie alle ab, bis er jemanden fand, der zuständig war, kompetent schien und aufrichtig wirkte.

Es handelte sich um eine beleibte Frau Mitte fünfzig und erkennbar indianischer Abstammung, die in einem Kellerbüro hockte, in das nur Spuren von Tageslicht eindrangen. Wobei schon die Bezeichnung Büro geschmeichelt war; in Wirklichkeit handelte es sich um eine Art Verschlag, durch Regale und eine Stellwand abgetrennt von einem Bereich, in dem Papiervorräte lagerten. Zudem brummten dort zehn große, alte Drucker vor sich hin und dünsteten Ozon aus.

Die Frau war Kundenverkehr sichtlich nicht gewöhnt. Sie sah Kaun mit verschlossenem Gesicht an, während er zum hundertsten Mal sein Anliegen vortrug. Dann griff sie ohne langes Suchen drei Ordner aus ihrem Regal, legte sie vor ihn hin und meinte: »Diese Art Studien kenne ich. Die tauchen ungefähr alle zwei Jahre auf. Dahinter steckt immer irgendein Grünschnabel frisch aus Harvard oder von irgendeiner anderen Universität, an der man angeblich Management und Betriebswirtschaft lernt. Der will sich profilieren, kann aber nicht richtig rechnen, vergisst irgendwelche Profite, übersieht wesentliche Ausgaben, hat noch nie etwas von

Sekundäreffekten gehört und schätzt die mit Kündigungen verbundenen Kosten völlig falsch ein. Es hat mich noch nie mehr als eine halbe Stunde gekostet, diese Art Studien zu zerlegen. Das mach ich vor dem Frühstück, wenn es sein muss.«

»Heißt das«, fragte Kaun, der deutlich spürte, wie sich ein nicht unbeträchtlicher Felsblock anschickte, von seinem Herz herabzurutschen, »dass an der Sache nichts dran ist?«

Die Frau legte eine Hand auf die drei Ordner vor sich. »Ich will es mal so ausdrücken: Als Stadt haben wir kein Interesse daran, noch mehr Güterverkehr auf die Straße zu verlagern. Das würden wir uns zur Not sogar etwas kosten lassen, weil wir ansonsten mehr Straßen bauen müssten. Doch von dem Punkt sind wir noch weit entfernt.«

»Kann man in Jahren ausdrücken, wie weit?«

»Nein, aber das ist auch nicht nötig. Das Einzige, was die Eisenbahn stilllegen könnte, wäre ein entsprechend beschwatzter Abgeordneter in Washington, D.C., der in den richtigen Ausschüssen sitzt und keine Ahnung hat, was er anrichtet. Dem steht wiederum entgegen, dass die Eisenbahnergewerkschaft in D.C. traditionell einen starken Stand hat.« Sie räumte die Ordner wieder weg. »Ich glaube, Sie werden andere Dinge finden, über die Sie sich Sorgen machen müssen. Nicht darüber.«

Man hatte John Kaun immer nachgesagt, Menschen gut einschätzen zu können, und das, wie er überzeugt war, zu Recht, denn seine frühere Laufbahn hatte sich auf fast nichts anderes begründet. Diese Frau, erkannte er, wusste erstens, wovon sie redete, und sagte zweitens die Wahrheit. Also bedankte er sich in aller Form und ließ sie in Ruhe weiterarbeiten, worüber sie nicht traurig zu sein schien.

Als er das Gebäude verließ und wieder ins Freie trat, umfächelt von einer warmen Sommerbrise und Kaffeeduft, war er erleichtert, aber auch erschöpft, wie nach einem langen Kampf. Er blieb stehen, um den Augenblick zu genießen. Die

Sonne lächelte auf den Vorplatz herab. Ein Vogelschwarm zog mit verhaltenem Flügelrauschen Kreise über ihm. Kleine Kinder spielten, rannten herum, um einander zu fangen, unbekümmert um die besorgten Zurufe ihrer Eltern, die unter den Sonnenschirmen im Café saßen. Ein Auto rangierte umständlich in eine Parklücke. Von irgendwoher erklang leise, jazzige Klaviermusik – von dem Eisstand neben dem Café, erkannte Kaun.

Eis. Er hatte sich, fand er, eine Belohnung verdient.

Er stellte sich an und wartete geduldig, während sich die zwei Mädchen vor ihm, die vielleicht 16, 17 waren, nicht entscheiden konnten und dabei in einem fort giggelten. Würde Kathleen auch einmal so werden? Ein befremdlicher Gedanke, genauso wie die Überlegung, dass er selber dann schon über sechzig sein würde.

Endlich hatten sich bei beiden zu einer Wahl durchgerungen und zogen ihrer Wege. Kaun nahm zwei Kugeln in der Waffel, einfach Vanille und Schokolade.

Und in dem Moment, in dem er sich in Richtung des weitläufigen, kahlen Vorplatzes umdrehte und die oberste Eiskugel an die Lippen hob, geschah es.

Er sah etwas, das ihn mitten in der Bewegung erstarren ließ. Etwas, das alle Gedanken in ihm zum Stillstand brachte. Etwas, das er sah und doch nicht sah, weil es einfach zu unglaublich war, um es zu begreifen.

Als er wieder zu sich kam, standen zwei Kinder vor ihm und lachten ihn aus. Zwei freche Buben im Vorschulalter, die sich schier kugelten.

Warum nur? Was war los? Er brauchte eine Weile, um sich zu erinnern, wo er war. Aber warum lachten die beiden so über ihn?

»Ihr Eis ist Ihnen auf den Schuh gefallen!«, krähte der eine, ein kecker Rothaariger, mit ausgestrecktem Finger.

John Kaun sah an sich herab. Dunkles Schokoladeneis, mitten auf den hellen Stoffschuhen.

Dann fiel ihm der Mann wieder ein, den er gesehen hatte. Er hob hastig den Kopf, doch er sah nur noch, wie das Auto, in das er gestiegen war, davonfuhr, ohne dass er eine Chance gehabt hätte, das Nummernschild zu lesen.

Kapitel 16

Wie viele von uns können sagen, dass wir Christus mehr lieben, als wir sonst irgendjemanden oder irgendetwas in unserem Leben lieben? Und doch ist es das, was Jesus Christus von uns verlangt. Ich sage dir die Wahrheit: Wenn du Jesus auch nur ein kleines bisschen weniger liebst, als er es gesagt hat, dann bist du es nicht wert, ihm zu gehören! Im Leben geht es um Entscheidungen. Es ist deine Entscheidung, Jesus Christus zu lieben.

Marcus A. Toliver, »Christian Faith Hope Love«, 2013

Fast sieben Jahre, bis es losgehen sollte: Das war Michael Barron wie eine Ewigkeit vorgekommen. Doch tatsächlich verging die Zeit im Flug. Ab und zu kam ihm sogar der Gedanke, dass es nicht schlecht gewesen wäre, sich noch etwas *mehr* Zeit zu nehmen als *nur* sieben Jahre.

Denn die Tage, Wochen, Monate rasten nur so vorbei, während sie lernten wie verrückt. Die größten Brocken stellten natürlich die alten Sprachen dar: Aramäisch, die Sprache, die Jesus gesprochen hatte. Hebräisch. Latein. Und schließlich Altgriechisch. Lauter schwere Sprachen, deren Vokabular man sich stumpf reinpauken musste, weil es so gut wie keine Ähnlichkeiten zum Englischen gab und damit auch kaum Anknüpfungspunkte für Eselsbrücken. Und die Grammatiken waren so kompliziert, dass eigentlich ständig einer von ihnen am Verzweifeln war.

Das schweißte zusammen. Hatten sie einander anfangs noch skeptisch beäugt, waren sie mittlerweile fast wie Brüder.

Das Zeitreiseteam bestand aus fünf Leuten, bis auf einen alle ungefähr in Michaels Alter.

Da war zunächst Mark Walvoord, der das Kommando leiten würde, ein hagerer Mann mit dunkelbraunen Locken und einem Kinnbart, der von ihnen allen am »biblischsten« aussah. Mark war nicht der Älteste, strahlte aber eine Ruhe, innere Sicherheit und natürliche Autorität aus, die ihn ganz von selbst zum Anführer werden ließ. Er war jemand, der zuhörte, wenn man etwas auf dem Herzen hatte, und er erzählte gern, dass er von Kindesbeinen an den Wunsch gehegt hatte, sein Leben Jesus zu widmen. In manchen Momenten sah er aus wie ein Heiliger, und Michael wunderte sich nicht, dass man ihn nie lachen sah.

Fast genau der gegenteilige Typ war Roger Hunt, ein bärenstarker, grimmiger Mann Mitte zwanzig, dem an der rechten Hand der kleine Finger fehlte. Roger war keiner, der anderen zuhörte. Wenn man mit ihm redete, wartete er nur auf ein Stichwort, zu dem er lautstark und erregt seine Meinung sagen konnte. Am meisten verhasst war ihm die Evolutionstheorie. Was für ein Unfug! Reiner Betrug! Gott hatte die Welt vor sechstausend Jahren erschaffen, das stand für ihn fest. Und Dinosaurier waren seiner Überzeugung nach nur eine Erfindung betrügerischer, gottloser Archäologen, deren Machenschaften von einer Verschwörung profitgieriger Museumsbetreiber gedeckt wurden.

Der Älteste unter ihnen, nämlich schon Anfang dreißig, war Jeremy Taylor. Er war ein sehr schweigsamer Mensch; ein grobknochiger Typ mit strohblonden Haaren und schlechtem Kleidergeschmack. Wenn er sich doch einmal zu Wort meldete, beschäftigten ihn moralische Fragen. So war er, wie er gestand, in seine Cousine verliebt und konnte endlos darüber grübeln, ob eine solche Verbindung statthaft war. Und das, obwohl besagte Cousine seine Zuneigung nicht erwiderte, was wohl das eigentliche Problem war. Ihm eine Tageszeitung zu geben hieß, ihm Leiden zu bereiten; er brauchte nur ein paar Seiten zu lesen, um an der moralischen Verkommenheit der Welt zu verzweifeln. »Wir leben in der

Endzeit, es kann gar nicht anders sein«, pflegte er dann zu sagen.

Jeremy hatte, ehe er zu ihnen gestoßen war, ein kurzes Medizinstudium absolviert. Er war kein approbierter Arzt, aber er würde als solcher fungieren, falls jemand aus dem Team krank wurde oder sich verletzte oder sie Menschen, denen sie begegnen würden, helfen mussten.

Derjenige, mit dem sich Michael am wohlsten fühlte und mit dem er sich am engsten befreundete, war Tom. Tom hieß eigentlich Thomas E. Davies, wobei er ein Geheimnis darum machte, wofür der Buchstabe »E« stand, und viel Wert auf das »ie« in seinem Nachnamen legte.

Als es darum ging, dass jeder von ihnen – für alle Fälle – ein Handwerk erlernen sollte, entschied sich Tom für das eines Steinmetzes. Das war die leichteste Wahl, denn er hatte seit jeher gerne Steine bearbeitet, mit Hammer, Meißel und Schleifpapier in allen Körnungen. Tatsächlich konnte man ihm in dieser Hinsicht kaum noch etwas beibringen, also lernte er zusätzlich das Handwerk des Mosaiklegens. Wohlhabende Häuser und öffentliche Plätze des alten Rom hatte man oft mit Mosaiken verziert, eine Mode, die zur Zeit des Königs Herodes ihren Weg nach Judäa gefunden hatte. Mosaikkünstler waren deswegen sehr gefragt gewesen.

Anders als in Rom, wo man auch Menschen und Tiere in Mosaiken abbildete, hatte man in Judäa nur grafische Ornamente verwendet, allenfalls ergänzt durch Weinblätter oder Granatäpfel. Der Grund dafür war das zweite Gebot, »Du sollst dir kein Bildnis machen«. Das galt nach damaligem Verständnis nicht nur für Gott, sondern genauso für Mensch und Tier.

»Da werd ich mir so was hier eine Weile verkneifen müssen«, meinte Tom, als er das erfuhr. Er schliff gerade hingebungsvoll an einer Tierfigur, einer winzigen Katze, die er aus einem weißen Kiesel gemacht hatte, kaum größer als ein Daumen.

Tom liebte Tiere aller Art, und es wurde ihm nie langweilig, sie in Form von Steinfiguren nachzuahmen. Am liebsten machte er Schildkröten, Frösche und, vor allem, Füchse. »Füchse«, pflegte er zu erklären, »sind toll. Von unserem Fenster im Waisenhaus hab ich die oft gesehen, wie sie abends aus dem Wald gekommen sind – ganz vorsichtig, ganz elegant. Nee, Füchse sind echt toll.«

Es gab zwei Gründe, warum man sie ein Handwerk erlernen ließ, und zwar so, dass sie es auch mit den damaligen Mitteln würden ausüben können: erstens, weil es eine gute Tarnung sein würde, zweitens aus Sicherheitsgründen.

Der Plan sah vor, dass sie nur einige Wochen in der Vergangenheit verbringen würden. Doch trotz genauester historischer und biblischer Forschung konnte man nicht hundertprozentig sicher davon ausgehen, dass das Datum der Kreuzigung und Auferstehung Jesu wirklich das richtige war. Im schlimmsten Fall konnte es passieren, dass sie ein, zwei Jahre warten mussten, ehe es so weit war. Dann würden sie eine Möglichkeit brauchen, ihren Lebensunterhalt zu verdienen.

Der Zweite, der relativ rasch sein Handwerk fand, war Roger: Er wurde Schmied. Dass er dafür begabt war, war offensichtlich; nach kürzester Zeit schmiedete er Hufeisen, Pflugscharen, Türangeln, Fassreifen, was immer man wollte. Als ihm langweilig wurde, lernte er noch die Grundzüge der Goldschmiedekunst, nicht zuletzt, weil in biblischer Zeit Handwerker, die Schmuck anfertigen konnten, höchstes Ansehen genossen hatten.

Mark probierte lange herum und entschied sich schließlich für das Handwerk, das auch Jesus selbst erlernt hatte, nämlich das des Zimmermanns. Zwar stellte er sich anfangs ungeschickt an, aber nach ein paar Wochen erklärte er, der Geruch von frisch gesägtem Holz gefalle ihm. Schon bald fertigte er mit simplen Werkzeugen, wie sie vor zweitausend Jahren üblich gewesen waren, einen stabilen Tisch, an dem die Gruppe von da an die Abende verbrachte.

Michael schließlich wurde Weber, lernte, mit Flachs, Schafwolle, Hanf, Muschelseide und Ziegenhaar umzugehen, obwohl ihm diese Tätigkeit schrecklich schwerfiel. Bloß hatte er den Eindruck, dass ihm alles andere noch schwerer fallen würde. Zu seinem Erstaunen begann ihm das eintönige Hantieren mit Kett- und Schussfäden nach einer Weile beinahe zu gefallen, gerade *wegen* seiner Eintönigkeit. Es beruhigte. Die vielen Gedanken, Sorgen und Zweifel, die ihn bedrängten, schienen sich zwischen den derben Wollfäden zu verfangen, sodass er sie los war.

Jeremy erlernte kein Handwerk. Er war Arzt, das war Beruf genug. Während die Übrigen mit ihren jeweiligen Instruktoren arbeiteten und die Werkzeuge schwangen, studierte er, was man über die Krankheiten biblischer Zeiten wusste: Lepra, Lupus, Pest und andere.

Nebenher lernten sie noch Dutzende anderer Fertigkeiten, die sie in der Vergangenheit brauchen würden. Wie man die damalige Kleidung trug, etwa, das Kethoneth und das Salmah. Wie man sich bei Tisch benahm: dass man aufeinander warten musste, wenn man zu zweit aus einer Schüssel aß, nicht aber, wenn man zu dritt oder zu mehr war. Dass man mit einem Löffel oder einem Stück Brot schöpfte, aber nie mit den Fingern hineinlangte. Dass es in Ordnung war, den Rand eines Trinkgefäßes abzuwischen, das im Kreis herumgereicht wurde. Sie lernten, dass der beste Wein damals aus Samaria gekommen war, von Zypern oder von Rhodos. Sie lernten Oliven pressen, Weizen mahlen und Brot backen, Ziegen melken, Fische ausnehmen und vieles, vieles mehr.

Außerdem erlernten sie mit den Videokameras umzugehen, die sie mitnehmen würden. Sie bekamen gewebte Umhängetaschen, die auf eine Art genäht waren, die im biblischen Palästina nicht auffallen würde. Diese Taschen verfügten über Gucklöcher, hinter die sich die Kameras einsetzen ließen. Ein Druck auf einen verborgenen Knopf in der Umhängeschlaufe genügte, um sie zu starten und zu stoppen. Das war einfach.

Schwierig war, damit auch das zu filmen, was man filmen wollte!

Anfangs lachten sie sich schief beim abendlichen Durchsehen der Aufnahmen, die sie den Tag über gemacht hatten: Da waren Köpfe abgeschnitten, sah man minutenlang nur Himmel oder nur Wiese, ging aller Ton in Rascheln unter.

Es war Mark, der ernsthafte, sorgenvolle Mark, der sie dazu brachte, sich mehr Mühe zu geben, indem er sagte: »Jetzt findet ihr das komisch. Aber was, wenn wir mit Aufnahmen der Bergpredigt zurückkommen, und auf den Kassetten sind nur Bilder von Füßen oder Steinen? Und was, wenn wir mit Aufnahmen von der *Kreuzigung* zurückkommen, und auf den Kassetten sind nur Bilder von Himmel und Wolken? Lacht ihr dann auch noch?«

Nein, da lachte keiner mehr. Ab da gingen sie ernsthaft an die Sache heran, und wenige Wochen später hatten sie es in der Kunst, eine versteckte Kamera zu benutzen, alle zur Meisterschaft gebracht.

Ein anderes, schwieriges Thema waren Waffen. Man durfte nicht blauäugig sein; es hatte in biblischer Zeit von Räubern und Wegelagerern gewimmelt. Sie würden sich in einem Notfall irgendwie verteidigen müssen – nur wie? Eine damals übliche Waffe wäre zum Beispiel ein Schwert gewesen. Doch als welche beschafft wurden und sie versuchten, damit zu trainieren, winkte der Ausbilder irgendwann entnervt ab: Sie würden sich eher selber verletzen, als je zu lernen, sich wirkungsvoll gegen Angreifer zur Wehr zu setzen.

Daraufhin beschloss Michaels Vater, dass das Zeitreiseteam Revolver mitnehmen würde. Diese Waffe war für die Siedler des Wilden Westens gut gewesen, meinte er, sie würde auch für das biblische Palästina taugen. Roger, Mark und Jeremy konnten mit Schusswaffen bereits umgehen, Mark und Tom lernten es an einem rasch eingerichteten Schießstand schnell.

»Wir dürfen nur keine der Waffen verlieren«, gab Tom zu bedenken.

»Da noch nie ein zweitausend Jahre alter Revolver ausgegraben wurde, gehe ich davon aus, dass euch das nicht passieren wird«, erwiderte Michaels Vater.

Ein Vorteil war, dass die Menschen der biblischen Zeit einen Revolver nicht als Waffe identifizieren konnten. Das wiederum war zugleich der Nachteil, denn es hieß, dass man ihnen mit einer Schusswaffe nicht drohen konnte. Wenn man den Revolver zog, dann musste man entschlossen sein, zu töten.

Nach einem der Schießtrainings erzählte Tom Michael, wie es gewesen war, von seinem Vater für das Team ausgesucht zu werden. »Er hat Gott um Rat und Beistand gebeten. Wir haben zusammen gebetet, und er hat gesagt, Herr, gib mir ein Zeichen, ob dieser junge Mensch neben mir derjenige ist, den du in deinen Dienst stellen willst.«

»Und dann?«, fragte Michael staunend. »Was für ein Zeichen war das?«

Tom hob die Schultern. »Keine Ahnung.« Er fasste an seine Wange. »Das hier kann's nicht gewesen sein, das hatte ich schon immer.«

Toms rechte Gesichtshälfte war nämlich durch ein ausgeprägtes Feuermal verunstaltet. Es hatte die Form eines Weinblatts, dessen Stiel seinen Augenwinkel berührte. Obwohl das Ganze abstoßend aussah, zumindest, wenn man es das erste Mal sah, schien Tom nicht damit zu hadern. Gott hatte ihn eben so geschaffen, meinte er, wo sei das Problem?

Tom war der Einzige von ihnen, der rauchte. Und zwar nicht Zigaretten, sondern eine dicke, schwarze Pfeife, die er sich des Abends auf der Bank vor dem Wohnhaus genüsslich ansteckte, um gedankenverloren vor sich hin zu paffen. Es beruhige ihn, erklärte er, außerdem werde sein Feuermal davon schwächer – eine Überzeugung, die nach Michaels Beobachtung jeder Grundlage entbehrte.

Etwa um die Zeit, als Michael volljährig wurde und nebenher den Führerschein machte, hatten sie Wortschatz und

Grammatik endlich intus. Nun, so hieß es, ging es darum, die alten Sprachen auch richtig *sprechen* zu lernen, und zwar so gut, dass sie sich darin würden unterhalten können.

Der Plan war, dass sie sich als Reisende aus dem antiken Griechenland ausgeben würden, genauer gesagt aus Thrakien. Das war eine Gegend, über die ein durchschnittlicher Bewohner von Judäa, Samaria oder Galiläa um die Zeitenwende nicht sonderlich viel wissen würde. Man würde kleinere Fehler, die ihnen unterliefen, im günstigsten Fall als Missverständnis von Fremden interpretieren. Doch ihr Altgriechisch musste sitzen, das war klar.

Alles lief unter größtmöglicher Geheimhaltung ab. Auch ihre Lehrer wussten nur das, was sie wissen mussten, und darüber hinaus nur, dass es sich um ein sehr wichtiges, aber sehr geheimes Projekt handelte, das man zum Lobe Gottes unternahm, über das sie keine weiteren Fragen stellen sollten.

Das funktionierte, solange ihre Lehrkräfte aus der evangelikalen Bewegung selbst stammten. Doch als es ans Sprach*training* ging, musste man auf Fachleute von außerhalb zurückgreifen, auf Universitätsprofessoren, Altertumskundler und dergleichen, teilweise auf Spezialisten aus dem arabischen Raum: Denen konnte man nicht mehr sagen, *stellt keine Fragen.* Die durften nicht einmal auf die *Idee* kommen, Fragen zu stellen. Was sie allein schon in dem Moment getan hätten, in dem sie gesehen hätten, dass sie nur fünf relativ junge Männer als Schüler hatten.

Und in die Hintergründe einweihen durfte man sie natürlich erst recht nicht.

Doch Michaels Vater fand auch für dieses Problem eine Lösung. Er rief kurzerhand ein offizielles Projekt namens »Bibelpark« ins Leben. Dessen Idee war folgende: Man würde irgendwo in Amerika, wo die Landschaft dem biblischen Palästina ähnelte, künstliche Städte und Dörfer errichten nach dem Vorbild von Orten wie dem antiken Jerusalem, Nazareth oder Bethlehem. Dort sollten Darsteller sich in den antiken Sprachen unterhalten und die traditionellen Handwerke ausüben. Zahlende Besucher, so das offizielle Konzept, würden sich im Eingangsbereich umziehen, die Kleidung der damaligen Zeit anlegen und sich darin unter das »Volk« mischen. So würden sie einen authentischen Eindruck vom Leben in biblischer Zeit erhalten.

Vater hatte nicht vor, dieses Projekt wirklich zu realisieren; er trieb es nur weit genug, dass es als Vorhaben glaubhaft war. In Wirklichkeit war es bloß Tarnung für die Vorbereitungen der Zeitreise. So suchte die Projektleitung zwar nach einem geeigneten Gelände, verwarf aber jedes Angebot aus irgendwelchen Gründen. Und solange man das Gelände nicht hatte, konnte natürlich auch der Bau der Siedlungen nicht beginnen.

Ungeachtet dessen warb man schon Darsteller an. Offiziell hieß es, man wolle, wenn es so weit sei, auf eine ausreichend große Reserve an Mitarbeitern zurückgreifen können. Die Leute bekamen die Zeit der Ausbildung gut bezahlt und wurden danach wieder nach Hause geschickt, mit einem Bonus und der Vertröstung, man werde sich melden, sobald es losgehe. Dass sie nur als Tarnung dienten, damit das Zeitreiseteam das Sprechen üben konnte, ahnte niemand. Da auch die Ausbilder regelmäßig wechselten, fiel nie auf, dass dieselben fünf jungen Männer immer wieder an allen Trainingseinheiten teilnahmen und sich auch immer wieder für die Vertiefungskurse qualifizierten.

Die Sprechtrainings fanden in verschiedenen Kongresshotels statt, die Michaels Vater beziehungsweise der Leiter des angeblichen Bibelpark-Projekts jeweils für zwei Monate komplett anmietete. Michael und die anderen reisten jedes Mal genauso an wie die anderen Teilnehmer, standen in den Schlangen vor der Anmeldung und taten, als kennten sie einander nicht. Das war zugleich eine gute Übung, denn auf ihrer Zeitreise würden sie sich ebenfalls unauffällig einfügen müssen. Es war aber auch einfach lustig. Sie arrangierten es, dass sie sich immer relativ rasch »kennenlernten« und »anfreundeten«, sodass sie wieder wie gewohnt zusammenhocken konnten. Natürlich mussten sie trotzdem aufpassen, nichts über ihr Vorhaben auszuplaudern, aber auch das war eine gute Übung. Die sie gut bewältigten: Nicht einmal Tom, dem Unbedachtesten von ihnen, entschlüpfte je ein falsches Wort.

Nach jedem Sprechtraining kehrten sie dorthin zurück, wo sie den größten Teil der hinter ihnen liegenden Jahre verbracht hatten: in das angebliche »Internat«, in dem sie bei der zuständigen Behörde als Schüler angemeldet waren.

Nun, in gewisser Weise war es tatsächlich ein Internat. Was das Offizielle anbelangte, die Papiere und Genehmigungen, hatte alles seine Richtigkeit, dafür hatten Vaters Rechtsanwälte schon gesorgt. Dass der offiziell eingereichte Lehrplan von dem, was sie in Wirklichkeit lernten, erheblich abwich, wusste außer ihnen ja niemand.

Offiziell hieß es *Holy Scriptures College*. Es handelte sich um ein ehemaliges Seminarhaus in der weiteren Umgebung von Oklahoma City, in dem eine Bibelgemeinde, die inzwischen nicht mehr existierte, zwanzig Jahre lang Missionare ausgebildet hatte. Dabei schien das Wort »abgelegen« eigens erfunden worden zu sein, um die Lage des Gebäudes zu beschreiben: Sie lebten zwar nicht *ganz* am Ende der Welt, aber man hatte das Gefühl, dass es bis dahin jedenfalls nicht mehr weit sein konnte. Die Gegend war topfeben und kahl, außer trockenem Gras und dürren Sträuchern wuchs kaum etwas, und wenn man die letzte Ortschaft hinter sich gelassen hatte und auf der richtigen Straße war, einer schmalen Schotterpiste, kam unweigerlich ein Moment, in dem man überzeugt war, dass nun *nie wieder* ein Zeichen menschlicher Besiedelung kommen würde. Ab da dauerte es noch eine Viertelstunde, bis das Seminarhaus auftauchte.

Es waren genau genommen zwei Gebäude: Neben dem Haupthaus stand noch ein langgestreckter, flacher Bau mit sechsundzwanzig Zimmern, in denen sie und ihre jeweiligen Lehrer wohnten, was hieß, dass die meisten Räume dort ungenutzt blieben. Im Haupthaus befanden sich die Schulungsräume, die Küche und der Betsaal, in dem allabendlich ein Gottesdienst stattfand. Das war regelmäßig der Moment des Tages, in dem Michael schmerzhaft zu Bewusstsein kam, dass er es, was Frömmigkeit und innige Hingabe an ihren Herrn Jesus Christus anbelangte, nicht im Entferntesten mit den anderen aufnehmen konnte. Mark sang in diesen Gottesdiensten mit einer Inbrunst, die einem Schauer über den Rücken jagte. Dem grimmigen Roger liefen im Gebet nicht selten die Tränen über das Gesicht. Der sonst so schweigsame Jeremy konnte reden wie ein Wasserfall, wenn es darum ging, Sünden zu bekennen, Gott sein Herz auszuschütten oder Bibelstellen zu rezitieren: Er kannte die ganze Heilige Schrift auswendig, hätte das gesamte Buch aus dem Kopf hersagen können. Und Tom strahlte geradezu vor Gläubigkeit, wenn er ins Gebet versunken war.

Nur er, Michael Barron, saß da und fühlte sich klein und unwürdig mit all seinen Zweifeln, seinen verworrenen, unglücklichen Gefühlen und seinem Mangel an Vertrauen.

Aber er war ja auch der Einzige, der nicht wegen der Festigkeit seines Glaubens ausgewählt worden war. Er war nur dabei, weil er der Sohn seines Vaters war.

Der *Reservesohn* noch dazu.

Was wollte man denn da erwarten?

Versorgt wurden sie und das Anwesen von einem alten Ehepaar, den Stones. Emmanuel Stone war ein hagerer, wortkarger Mann mit riesigen Händen und einer von Sonne, Wind und Einsamkeit gegerbten Haut, der sich um das Haus kümmerte und sie bisweilen in barschem Ton anwies, ihm zur Hand zu gehen, wenn die Flure zu fegen oder die Gemeinschaftsräume zu putzen waren. Reparaturen an den Gebäuden betrachtete er als Teil ihrer handwerklichen Ausbildung.

Wie seine Frau mit Vornamen hieß, bekamen sie nie heraus; er nannte sie immer nur *Mrs Stone,* wenn er von ihr sprach. Mrs Stone war klein und rundlich und hatte die Angewohnheit, ständig die Lippen zu spitzen, was ihren Gesichtsausdruck jeweils abrupt vom Mütterlichen ins Gouvernantenhafte veränderte. Sie fungierte als Köchin, wobei ihre Kochkünste unter den Mitgliedern des Teams sehr unterschiedlich gewertet wurden. Mark äußerte sich dahin gehend, dass er zwar schon besser gegessen habe, es darauf aber nicht ankäme, Michael fand das Essen insgeheim richtig schlecht, die Übrigen waren geradezu begeistert. Was, überlegte Michael, wohl Einiges über die Küchen der Waisenhäuser aussagte, in denen sie aufgewachsen waren.

Eines Tages – Michael sah gerade seinem einundzwanzigsten Geburtstag entgegen – tauchte überraschend ein junges Mädchen auf. Es war vielleicht ein, zwei Jahre älter als er und so schön, dass ihm der Atem wegblieb. Nach allem, was man erfuhr, kam sie aus Illinois und sollte Mrs Stone von nun an in der Küche helfen. Sie würde auch das Decken und Abräumen der Tische übernehmen, was bis dahin Aufgabe der Jungen gewesen war.

Ihr Name, fand er heraus, war Esther. Sie hatte scheue, sanfte Rehaugen, weich fallende, hellbraune Haare und ein herzförmiges Gesicht, und sie bewegte sich auf eigenartige Weise, mit leicht nach hinten geneigtem Oberkörper. Das sah aus, als wolle sie jedes Terrain erst vorsichtig mit den Füßen abtasten, ehe sie sich hineinwagte.

Kurzum, Michael verliebte sich in sie.

Nur ein bisschen, sagte er sich. *Und ohne ernsthafte Absichten.* Er hatte ja eine Aufgabe. Es war nicht daran zu denken, vorher noch zu heiraten.

Davon abgesehen war an Esther sowieso kein Herankommen. Mrs Stone hielt sie jederzeit unter strenger Aufsicht. In den abendlichen Gottesdiensten hatten sich die Stones bisher auch schon abseits gesetzt; Esther saß nun eben zwischen ihnen. Und sie hatte ihr Zimmer in der Wohnung der Stones, die einen Anbau ans Haupthaus bewohnten.

So blieb Michael nur, sie insgeheim anzuschmachten, und

mehr wollte er ja gar nicht. Sagte er sich jedenfalls. Manchmal erlaubte er sich, ein wenig von ihr zu träumen, sich vorzustellen, wie es wäre, ihre Hand zu halten, von ihr mit einem Lächeln bedacht zu werden oder gar ihre schön geschwungenen, vollen Lippen zu küssen. Mehr aber auch nicht. Esther gab keinerlei Anlass, sich über ihre Figur Gedanken zu machen, denn sie trug allzeit züchtige Kleidung. Abgesehen davon verbot Michael sich solche Gedanken einfach. Wenn er, nun ja, gegen den Drang, gewisse sündhafte Handlungen an sich vorzunehmen, nicht länger ankam, dann dachte er weiterhin an Jennifer, von der er zumindest wusste, wie sie im Bikini aussah und wie groß ihre Brustwarzen wurden, die sich manchmal durch den dünnen Stoff abgezeichnet hatten. Esther war ihm für derartige Fantasien zu schade. Er beschränkte sich darauf, sich auf die Momente zu freuen, in denen er einen Blick auf sie erhaschte, beim Essen etwa oder im Gottesdienst.

Mehr brauchte im Grunde auch gar nicht zu passieren. Er war eben ein bisschen verknallt, und das vergoldete ihm gewissermaßen die Zeit, die sie in der Vorbereitung ihrer Mission noch hier verbringen würden.

Ja, gut, ab und zu malte er sich aus, dass er später einmal, wenn alles geklappt hatte, zurückkehren und um ihre Hand anhalten würde. Das würde er vielleicht sogar tatsächlich tun, denn in letzter Zeit hatte er den Eindruck, dass er ihr ebenfalls aufgefallen war. Sie schien bisweilen nach ihm Ausschau zu halten, seinen Blick zu suchen. Was zu der kühnen Hoffnung Anlass gab, dass sie seine Gefühle womöglich erwiderte.

Wobei Michael keinerlei Vorstellung hatte, was nach der Mission sein würde. Was sein Vater mit dem Videomaterial machen wollte, das sie aus der Vergangenheit mitbringen würden. Welche Rolle er dabei spielen würde. Denn dass das die Welt grundlegend verändern würde, daran konnte man wohl kaum ernsthaft zweifeln. Erstens – eine Zeitreise! Und zweitens – die Auferstehung Jesu von den Toten zweifelsfrei bewiesen!

Sie würden nicht nur in die Geschichte *reisen*, sie würden auch Geschichte *machen*.

Tom, der Esther einmal beiläufig als »dürres Huhn« bezeichnet hatte und folglich kein Konkurrent um ihre Gunst war – ein Glück! –, begann in dieser Zeit, sich nun trotzdem Sorgen wegen seines Feuermals zu machen. Zwar hatte Michaels Vater ihnen erklärt, dass körperliche Entstellungen wie Toms Feuermal oder Rogers fehlender kleiner Finger in alter Zeit nichts Ungewöhnliches gewesen seien, im Gegenteil. Aber im Lauf der Jahre war Toms Mal *ziemlich* auffällig geworden, das musste man zugeben. Nun begann er zu fürchten, dass man ihn am Ende doch nicht auf die Reise in die Vergangenheit mitnehmen würde.

Michael hörte sich daraufhin um. Das war einer der Vorteile, wenn man einen reichen Vater hatte: Man kannte eine Menge hochkarätiger Leute, die man einfach anrufen konnte. Er sprach mit einem Spezialisten für Hautkrankheiten an der berühmten Mayo-Klinik, der ihm erklärte, nein, Feuermale seien nicht heilbar. Sie seien allerdings auch nicht gefährlich, wenn man richtig mit ihnen umgehe. Und man könne sie durchaus behandeln in dem Sinne, dass man sie reduzieren beziehungsweise weniger auffällig erscheinen lassen könne. Dafür habe sich in den letzten Jahren eine Lasertherapie bewährt, und der Arzt konnte ihm sogar eine Adresse in Oklahoma City empfehlen: eine Privatklinik, die auf Schönheitsoperationen, Augenbehandlungen und ganz allgemein Hautprobleme spezialisiert sei. Sie gehe diese aber nicht nur äußerlich an, sondern grundlegend, untersuche also auch Faktoren wie Ernährung, Verdauung, Hormone und dergleichen und beziehe sie in die Therapie ein. »Die haben sehr gute Ärzte dort«, meinte er, »darunter eine frühere Studienkollegin von mir, Doktor Susan Wang. Wenden Sie sich am besten direkt an sie, und richten Sie ihr einen schönen Gruß von mir aus.«

Das versprach Michael. Als er Tom davon erzählte, war der zuerst skeptisch. Er hatte in seiner Kindheit allerlei Kuren und

Behandlungen durchlitten, die alle nichts gebracht, es manchmal sogar noch schlimmer gemacht hatten. Doch schließlich rang er sich dazu durch, der Sache eine Chance zu geben. Michael rief diese Susan Wang an, machte einen Termin aus, und nachdem sie Tom untersucht und ihm alles erklärt hatte, war dieser hellauf begeistert – vielleicht auch, weil Doktor Wang eine sehr charmante Frau war.

Michael besaß als Einziger ihrer Gruppe ein eigenes Auto, einen dunkelroten Dodge Stratus, den ihm sein Vater zur Führerscheinprüfung geschenkt hatte. Nichts Besonderes, aber es machte ihn zum Chauffeur, wann immer sie Zeit hatten, etwas zu unternehmen, was selten genug der Fall war. Natürlich war es deshalb an ihm, Tom zu den Behandlungen zu fahren, die im Abstand von zwei Monaten stattfinden würden, jeweils gefolgt von einer Nachuntersuchung eine Woche später.

Billig war die Therapie nicht, was Michael erfolgreich vor Tom verbarg. Er verwandte den größten Teil seines Taschengelds darauf, mit dem er ohnehin wenig anfangen konnte, dort, wo sie sich befanden. Allerdings hätte auch das nicht gereicht, aber seine Mutter schickte ihm zusätzlich Geld, nachdem er ihr erklärt hatte, wozu.

Die Klinik lag in einem großen, modernen Gebäudekomplex, der vor allem eine Ladenpassage war. Zum Parken musste man in die Tiefgarage. Beim ersten Mal machten sie es so, und Michael trieb sich, während er auf Tom wartete, in den Läden herum. Doch die Behandlung dauerte mit allem Drum und Dran anderthalb Stunden, länger, als er brauchte, um mit den Läden durch zu sein. Ab da setzte er Tom nur ab und fuhr dann weiter, um ihn später auf dem Vorplatz abzuholen, wo man kurz halten konnte. Meistens begab sich Michael zur nahe gelegenen Stadtbibliothek, parkte auf deren weitläufigem Parkplatz und verbrachte die Zeit im Lesesaal. Doch das behielt er für sich. Weltliche Literatur! Das ging gar nicht. Wenn man ihn fragte, was er gemacht habe, sagte er nur: »Bin ein bisschen durch die Stadt gebummelt«, und mehr wollte niemand wissen.

Und ganz ehrlich? Er fand nicht, dass die Behandlungen einen großen Unterschied machten. Ja, ein bisschen tat sich etwas. Aber wenn es in dem Tempo weiterging, würde Tom vierzig sein und den Gegenwert einer Luxusjacht ausgegeben haben, ehe das Feuermal verschwunden war.

Doch es nahm seinem Freund die Sorgen, und das war Michael die Sache wert. Ja, manchmal kam Tom richtiggehend ausgelassen zurück. Eines Tages sprang er lachend zu Michael in den Wagen, die rechte Seite wie immer glänzend von dem Spray, das nach der Behandlung zum Schutz aufgebracht wurde, und rief: »Hast du den gerade gesehen? Den Typ vor der Eisdiele? Den hab ich mit meinem Anblick so erschreckt, dass ihm das Eis auf die Schuhe gefallen ist!«

Michael hatte den Mann nicht gesehen. Er hatte auch nicht die Muße, sich nach ihm umzudrehen, denn er stand auf der Busspur, und hinter ihm näherte sich ein Bus der Linie 7, dessen Fahrer ungehalten die Scheinwerfer aufblendete. Er hatte genug damit zu tun, eine Lücke im fließenden Verkehr zu finden, um ihm so schnell wie möglich davonzufahren.

Kapitel 17

Christen lieben Jesus, und eine Möglichkeit, die sie haben, um sich dessen gewiss zu sein, dass sie ihn lieben, ist die, dass sie sehr oft an ihn denken und in ihren Herzen zu ihm sprechen. Liebe ich Jesus? Denke ich an ihn? Wie oft denke ich an ihn? Er sieht mein Herz. Er weiß, wie viele Gedanken ich an ihn verwende. Er liebt es, geliebt zu werden. Es grämt ihn, in Vergessenheit zu geraten.

American Tract Society, »The Sabbath at Home«, 1867

Beim Abendessen war Kathleen, die sonst vor Energie übersprudelte, ungewohnt still und brav, schien genauso nachdenklich zu sein, wie John Kaun zumute war. Es war Beth, die von ihrem Tag erzählte, von der Anlagensteuerung, die sie auf Anraten der Herstellerfirma hatte erneuern lassen und die seither, oh Wunder, nicht mehr funktionierte. Mit dem Resultat, dass beide Verpackungsstraßen stillstanden und damit im Grunde die gesamte Produktion.

»Jedenfalls«, schloss Bethany und spießte die letzten Salatblätter auf, als seien es ihre persönlichen Feinde, »kommt morgen deren Spezialist. Per Flieger aus Boston, und wehe, du zahlst von seinen Reisekosten auch nur einen Cent!«

»Fällt mir nicht im Traum ein«, meinte Kaun.

»Gut. Dem weiche ich nämlich nicht mehr von der Seite, bis das Ding funktioniert, egal wie lang es dauert.«

»Mit anderen Worten, ich soll Kathy morgen abholen.«

Sie nickte kauend. »Und diesen Vertreter brauchen die auch nicht mehr zu schicken. Ich hab dem *gesagt*, dass seine Anschlussbelegung nicht stimmen kann, aber der hat bestimmt gedacht, was versteht eine Frau schon von Technik?«

Nach dem Abendessen brachte sie Kathleen ins Bett. Das war eine Prozedur, die normalerweise gern eine Stunde und länger dauerte, weil Bethany das als »Mutter-Tochter-Zeit« betrachtete und es nicht eilig hatte, und Kathleen natürlich sowieso nicht. Kaun räumte derweil ab, warf die Spülmaschine an und machte es sich im Wohnzimmer auf dem Sofa gemütlich. Obwohl sie in derselben Firma arbeiteten, sahen sie sich tagsüber selten, und so verbrachten sie die Abende oft einfach damit, sich zu unterhalten, über alles Mögliche. Irgendwie ging ihnen der Gesprächsstoff nie aus.

Doch Kaun hatte es sich gerade mit der Zeitung in den Sofakissen bequem gemacht, als Bethany wieder ankam, die Stirn in Sorgenfalten. »Kathy gefällt mir nicht. Sie ist in letzter Zeit so blass, und das im Sommer! Und wann hat sie das letzte Mal zu mir gesagt, Mum, ich bin müde, ich will schlafen? Hat sie das *überhaupt* schon einmal gesagt?« Sie schüttelte den Kopf. »Das Kind brütet was aus.«

Kaun legte die Zeitung beiseite. »Hast du gefühlt, ob sie Fieber hat?«

»Hat sie nicht. Aber Ellen hat heute gesagt, dass gerade was rumgeht.« Ellen war die Tagesmutter, bei der Kathleen tagsüber war, zusammen mit drei anderen Kindern. Sie fühlte sich dort so wohl, dass man sie abends manchmal kaum von dort wegbrachte.

»Hmm«, machte Kaun. »Da fällt mir ein, Pauls Sekretärin hat sich krankgemeldet. Darmgrippe, meinte er.«

»Das würde jetzt grade noch fehlen.« Bethany setzte sich neben ihn. »Und natürlich ist Doktor Snyder gerade im Urlaub.«

»Der hat echt ein Talent dafür.«

Sie sah ihn an, packte ihn bei den Schultern und zog seinen Kopf auf ihren Schoß, was sich Kaun nur zu gerne gefallen ließ. Dann sah sie auf ihn herab und erklärte: »Du gefällst mir übrigens auch nicht.«

»Bitte?«

»Dir liegt was auf der Seele. Das sieht man so deutlich, als hätte man es dir mit einem Filzstift auf die Stirn geschrieben. Also versuch gar nicht erst, es abzustreiten.«

Sie verstand nicht nur von Technik eine Menge, sondern auch von seinem Seelenleben, manchmal mehr als er selber.

»Ich muss über etwas nachdenken«, sagte er.

»Auch das sieht man.«

»Über eine Begegnung, die ich heute hatte. Und über das Video.«

Sie kniff die Augen zusammen. »Welches Video?«

»*Das* Video.«

»Oh.«

Das – und das sah *er* nun überdeutlich in ihrem Gesicht – beunruhigte sie. Das Video stand für eine dunkle, irrationale, esoterische Seite an ihm, die ihr absolut nicht gefiel.

Was einen nicht wunderte, wenn man wusste, dass sie die einzige Tochter einer alleinerziehenden Mutter war, die, presbyterianisch erzogen, zum Buddhismus konvertiert war, dann zum Katholizismus, danach zum Hinduismus, um sich anschließend der breiten Palette moderner esoterischer Welterklärungen zuzuwenden. Seine Schwiegermutter hatte so gut wie nichts ausgelassen. Sie hatte sich mit den Rosenkreuzern beschäftigt, der Theosophie, dem I Ging, indianischen Ritualen, dem Zoroastrismus, der Kabbala, neuheidnischen Wicca-Kulten und der Gnostik. Sie hatte zu Füßen von mindestens einem Dutzend verschiedener indischer Gurus gesessen, wie sie in Kalifornien massenhaft ihr Unwesen trieben, und in einem halben Dutzend Yoga-Varianten keinerlei Fortschritte erzielt. Sie war davon überzeugt, dass Außerirdische die Erde beobachteten und zu Auserwählten sprachen, kannte alle anstehenden Transite ihres Horoskops auswendig und verließ ihr Haus nie, ohne vorher die Tarotkarten zu befragen – ein Haus, das selbstverständlich nach den Regeln des Feng-Shui eingerichtet war. Vollends den Überblick verloren hatte ihre Umwelt darüber, welcher Ernährungslehre sie gerade anhing;

das ließ man, falls ihr Besuch drohte, am besten schicksalsergeben auf sich zukommen.

Laut Visitenkarte war Jane Freedom Miller zertifizierte Farbtypberaterin. Kaun bezweifelte allerdings, dass sie mit dieser Tätigkeit Einkünfte in steuerlich relevanter Höhe erzielte. Sie hatte es auch nicht nötig, da sie immer noch Unterhalt von ihrem geschiedenen Mann bekam. Bethanys Vater lebte in San Francisco, war Rechtsanwalt im Bereich Firmenübernahmen und verdiente mehr Geld, als er hoffen konnte, jemals auszugeben, zumal er ohnehin nie Zeit hatte. Er war zum vierten Mal verheiratet und schien die Angewohnheit zu haben, jede Frau nach dem ersten Kind zu verlassen, um sich eine zehn bis fünfzehn Jahre jüngere Kopie zu suchen. Und es hieß, seine neue Frau, siebenunddreißig Jahre jünger als er, sei gerade auch schwanger.

Dass Bethany, die all diese Eskapaden hatte mitmachen müssen, heute eine tiefe Abneigung gegen alles Mystische, Spirituelle, Religiöse oder anderweitig rational nicht zu Fassende hegte, war nachvollziehbar. Dass sie ausgerechnet Maschinenbau studiert hatte, auch. Diese Entscheidung musste ein Familiendrama höchsten Grades gewesen sein, das sich John Kaun nicht wirklich vorstellen konnte, das aber bis heute nachschwang.

Aber was sollte er machen? Das Video, das er damals in Israel gejagt hatte, war ebenso sehr Teil seiner Geschichte wie Bethanys Mutter Teil der ihren.

»Hab ich«, begann Kaun, »dir eigentlich je erzählt, was ich auf dem Video gesehen habe?«

»Ja«, sagte sie säuerlich. »Aber ich hab's erfolgreich verdrängt. Erzähl es lieber noch mal.« Es klang wie: *Wenn es unbedingt sein muss.*

Nun, es musste sein. Also erzählte er es ihr.

Das Video war relativ kurz gewesen. Zehn Minuten vielleicht, eher weniger. Er hatte keine Szene gesehen, die er aus der Bibel gekannt hätte. Nicht die Bergpredigt, nicht die Kreuzigung, nicht die Auferweckung des Lazarus, nichts dergleichen. Wobei das bei näherer Überlegung nichts zu sagen hatte. Jesus von Nazareth war etwa drei Jahre lang als Prediger umhergezogen. Da kamen leicht tausend Predigten zusammen, wenn er jeden Tag nur eine gehalten hatte. Die Wahrscheinlichkeit, dass ein Zeitreisender, der in diese Zeit gereist war, um Jesus zu filmen, eine der anderen, nicht dokumentierten Ansprachen erwischen würde, war einfach groß.

Man hatte in dem Video ein Dorf gesehen, einen von einer niedrigen Mauer umgebenen Platz vor einem Brunnen, im Schatten eines knorrigen, verkrümmten Olivenbaums. Im Hintergrund ein paar Hütten, jenseits davon grüne, ansteigende Wiesen, erstaunlich grün dafür, dass es Palästina sein sollte, und Ziegen, die darauf weideten. Auf der Mauer vor dem Brunnen hatten Frauen gesessen, angetan mit Kopftüchern, jede einen großen Tonkrug neben sich. Sie hatten einem Mann zugehört, der gesprochen und einfach *ausgesehen* hatte wie Jesus, der von seiner Haltung, Gestik, dem Ausdruck in seinen Augen *gewirkt* hatte, wie man sich Jesus vorstellte. Unter dem Olivenbaum hatten Männer gestanden, bärtig alle, in graue oder braune Gewänder gehüllt, die Jesus ebenfalls zuhörten …

»Und einen dieser Männer«, schloss Kaun, »habe ich heute gesehen. In Oklahoma City.«

Das beeindruckte Bethany kein bisschen. »Du meinst, einen Mann, der so *aussah* wie einer der Männer aus dem Video.«

Kaun, der immer noch in ihrem Schoß lag und nicht vorhatte, daran so schnell etwas zu ändern, bewegte den Kopf verneinend hin und her. »Das wäre die naheliegende Erklärung, aber ich schaffe es einfach nicht, das zu glauben.«

»Sondern? Wer war es dann? Ein Unsterblicher? *Ahasver?*«

Sie kannte sich aus mit mythologischen Gestalten, das musste ihr der Neid lassen.

»Pass auf. Es war ein junger, etwas derber Mann Mitte

zwanzig, der auf der rechten Gesichtshälfte ein Feuermal hatte –«

»Ein *was?*«

»Ein Feuermal. Das ist eine Veränderung der Haut, wie sie Gorbatschow auf dem Kopf hat.«

»Ach so.« Bethany nickte. »Du meinst einen *Naevus flammeus.*«

»Wie auch immer. Also, dieser Mann im Video hatte so ein Feuermal, und zwar in Form eines Weinblatts, wobei der Stiel des Blatts exakt am äußeren Augenwinkel saß. Sehr prägnant. Und ein Mann, der genau so aussah und *genau dasselbe Feuermal* hatte, ist mir heute nach meiner Odyssee durch die Stadtverwaltung über den Weg gelaufen. Auf dem Platz vor der *Winston Mall.* Ich meine: Wie wahrscheinlich ist es, dass so eine Hautveränderung zweimal vorkommt, absolut identisch?«

Bethany hob die Schultern. »Keine Ahnung. Und was schließt du jetzt daraus?«

»Daraus schließen kann ich noch nichts, aber ich habe einen Verdacht. Nämlich, dass es vielleicht doch stimmt, was man ab und zu liest. Dass das Video eine Fälschung war.« Kaun holte tief Luft. Die Bilder waren seiner Erinnerung wie eingebrannt. Der Gedanke, dass man ihn damit getäuscht haben sollte, schmerzte regelrecht. »In dem Video hebt Jesus – oder derjenige, den ich dafür gehalten habe, der Mann, der predigt, ohne dass man seine Stimme hört, weil die Tonspur nicht erhalten geblieben ist –, dieser Mann also hebt die Hand, streckt sie nach dem Jungen mit dem Feuermal aus, streicht darüber … und es verschwindet!« Er seufzte. »Es sah absolut echt aus. Wobei das ja nichts heißen will heutzutage.«

»Und wieso schließt du daraus, dass dein Video eine Fälschung war?«

»Na, offensichtlich hat der Mann, den ich im Video gesehen habe, nicht *damals* gelebt, sondern lebt heute. Also kann das Video nicht aus der Vergangenheit stammen, sondern erst vor ein paar Jahren gedreht worden sein. Man hat es nur aus irgendwelchen Gründen als alt ausgegeben. Und ich bin drauf reingefallen. Und der Mann, dem ich heute begegnet bin, war ein Schauspieler.«

Bethany schüttelte den Kopf. »Das ist unlogisch, John. Wenn man so eine Szene drehen will, nimmt man einen Schauspieler mit gesunder Haut und verpasst ihm maskentechnisch ein Feuermal, das der Jesus-Darsteller nur abzuwischen braucht.«

Kaun stutzte. »Stimmt.« Ja, das hatte er sich falsch überlegt. Typisch Beth, einen solchen Denkfehler in Sekunden zu erkennen. »Aber was heißt es dann?«

»Wahrscheinlich heißt es einfach«, meinte seine Frau, »dass dein Erinnerungsvermögen nicht so gut ist, wie du denkst.«

Kaun setzte sich auf. »Das Bild steht mir vor dem inneren Auge, so klar und deutlich wie die Erinnerung an unseren ersten Kuss!«, protestierte er.

Sie lächelte spitz. »Ach ja? Welche Ohrclips habe ich an dem Tag getragen?«

»Hast du Ohrclips getragen?«

»Siehst du?«

Kaun zögerte, unsicherer denn je, was er von der ganzen Sache halten sollte. Hatte er sich die Ähnlichkeit, die Identität wirklich nur eingebildet?

»Ich habe mir überlegt, dass es noch eine andere Erklärung geben könnte«, sagte er, ohne Bethany anzublicken.

»Nämlich?«

»Wir sind seinerzeit davon ausgegangen, dass ein Zeitreisender das Video aufgenommen und hinterlassen hat. Und wir wussten – oder glaubten zu wissen –, dass er es mit einer Kamera gemacht hat, die damals noch nicht auf dem Markt war, einer Kamera des Typs SONY MR-01.«

»Und?«

»Ich habe im Internet nachgesehen. Inzwischen gibt es diese Kamera. Listenpreis viertausend Dollar.«

»Ganz schön teuer.«

Er sah sie an. »Verstehst du nicht? Es könnte sein, dass diese Zeitreise *jetzt gerade* vorbereitet wird! Dass ich heute dem *Zeitreisenden* begegnet bin! Dem Mann, der in die Vergangenheit reisen und das Video *aufnehmen* wird!«

Sie furchte die Augenbrauen. »Wenn du ihn in dem Video gesehen hast, muss jemand anders die Kamera gehalten haben, oder?«

»Ja, meinetwegen. Dann gehört er eben zu einem Team.« Konnte er nicht mehr klar denken? Kaun horchte in sich hinein. Das Erlebnis heute hatte ihn auf eine schwer zu fassende Weise aufgewühlt, ließ ihm keine Ruhe. Egal was er damit machte, eines würde mit Sicherheit nicht funktionieren: es einfach zu vergessen.

»Meinst du nicht, dass das alles ziemlich nach Science-Fiction klingt?«, fragte Beth.

»Doch«, sagte er. »Aber was heißt das schon? Wenn jemand vor vierzig Jahren unseren heutigen Alltag beschrieben hätte, mit Mobiltelefonen, Internet rund um die Welt und so weiter, hätte man auch gesagt, ›klingt wie Science-Fiction‹.«

»Die Raumschiffe fehlen«, meinte sie. »In allen Science-Fiction-Geschichten, die ich gelesen habe, gab es im Jahr 2000 Städte auf dem Mond.«

Kaun zuckte mit den Schultern. »Kann ja noch kommen.«

Sie griff nach seiner Hand, umschloss sie mit den ihren. »Der Mann – der *Zeitreisende* heute … Was hatte der an?«

Kaun rief sich den Moment wieder ins Gedächtnis. »Jeans, ein gelb-schwarz kariertes Flanellhemd und schwarze Lederschuhe. Nichts Modisches. Und er hatte rötlich schimmernde Haare, die nicht sehr sorgfältig gekämmt waren.« Er ließ das Bild in seiner Erinnerung schärfer werden. »Muskulös war er. Das Hemd spannte um seinen Bizeps. Er kam aus dem Haupteingang, ging schräg über den Vorplatz und ist in ein Auto gestiegen, das dort auf ihn gewartet hat.«

Beth gab ein anerkennendes Brummen von sich. »Das Nummernschild hast du aber nicht zufällig gesehen?«

Kaun schüttelte den Kopf. »Ich weiß nur, dass es ein Dodge war, ein Stratus, würde ich sagen. Dunkelrot. Er stand auf der Busspur, und es kam gerade ein Bus an, der ihn verscheucht hat.«

»Der Busfahrer könnte seine Autonummer gesehen haben.«

»Ja.«

»Wann war das genau? Hast du auf die Uhr gesehen?«

»Nein, aber ich habe noch den Kassenbon aus dem Eiscafé. Auf dem steht als Uhrzeit vier Minuten nach drei.« Auf ihren fragenden Blick hin winkte er ab. »Ich hab mir ein Eis gegönnt nach dem Stress mit den Ämtern.«

»Sollst du aber nicht.«

»War für mein seelisches Gleichgewicht unerlässlich.«

Sie beließ es dabei. »Welche Linien halten an der *Winston Mall?*«

»Keine Ahnung.«

»Lässt sich herausfinden. Du könntest dich an Metro Transit wenden, wer den Bus gefahren hat, und denjenigen fragen. Vielleicht erinnert er sich noch an den Vorfall und an die Autonummer. Oder«, fiel ihr ein, »womöglich sind die Busse in Oklahoma City mit Verkehrsvideo ausgerüstet. Du weißt schon – Kameras, die alles aufzeichnen, was im Bus und vor dem Bus passiert.«

Kaun musterte seine Frau. Obwohl er wusste, dass sie klug war, verblüffte sie ihn doch immer wieder aufs Neue.

Er beugte sich vor und küsste sie. »Gute Idee. Das mach ich. Gleich morgen früh.«

»Gut«, erwiderte sie und sah ihn mit Schlafzimmeraugen an. »Dann vergiss das alles jetzt, und küss mich noch mal. Aber *richtig.*«

Am nächsten Morgen rief Kaun von seinem Büro aus die *Central Oklahoma Transportation and Parking Authority* an, die in der Stadt den Busverkehr betrieb. Er hatte sich, um sein Anliegen zu begründen, eine Geschichte ausgedacht, die ziemlich dicht an der Wahrheit blieb, was seiner Erfahrung nach immer empfehlenswert war, wenn man einen Vorwand brauchte: Er habe jemanden gesehen, den er von früher kenne, ihn aber verpasst und suche nun nach einer Möglichkeit, den Kontakt anderweitig herzustellen.

Das mit der Videoüberwachung schied gleich aus; die Busse in Oklahoma City seien mit derlei nicht ausgestattet, erfuhr er. Obwohl man es sich manchmal wünschen würde, aber, er wisse ja, wie das sei, das Geld fehle eben.

Die Idee, den betreffenden Fahrer zu *fragen*, machte den Mann am anderen Ende der Leitung äußerst misstrauisch. »Das geht nicht gegen Sie persönlich, aber wir hatten da ein paar Fälle von Stalking. Üble Sachen. Seither gilt bei uns die Regel, keine personenbezogenen Informationen mehr herauszugeben, niemals, an niemanden, und wenn das Haus brennt, verstehen Sie?«

»Vollkommen«, versicherte Kaun und fragte sich, was zum Teufel mit der Welt los war, dass sich schon *Busfahrer* vor Stalkern in Acht nehmen mussten. »Ich will ja gar keine personenbezogenen Informationen haben. Wir können es gern so machen, dass Sie meine Nummer und meine Bitte an den betreffenden Fahrer weitergeben, dass er mich anrufen kann, falls er was weiß.«

»Hm. Da müsste ich erst meinen Chef fragen. Der ist heute aber nicht da.«

Das klang alles gar nicht gut. Je mehr Zeit verstrich, desto mehr würde dem Gedächtnis des Fahrers entfallen. Falls sich Busfahrer überhaupt für die Autonummern gewöhnlicher Automobile interessierten.

»Hören Sie«, versuchte es Kaun noch einmal, »Sie haben doch jetzt gerade meine Nummer im Display stehen?«

»Ja.«

»Könnten Sie sich die einfach mal aufschreiben? Mein Name ist John Kaun, ich bin der kaufmännische Geschäftsführer der Firma *Weaver-Hathaway*. Das sollte sich alles leicht nachprüfen lassen.«

»Die Kartoffelchips?«, fragte der Mann.

Kaun, der gerade den Werbeplan für das kommende Quartal vor sich liegen hatte, lächelte zufrieden. Sieh an, ganz so schlecht war ihr Marketing wohl doch nicht.

»Ja. Die Kartoffelchips.«

Sein Gesprächspartner klang auf einmal völlig verändert, sozusagen vom Skeptiker zum Fan gewandelt. »Sie haben die letzten Jahre die Volleyballmannschaft am College meines Sohnes gesponsort! Er ist am *O-Triple-C*.«

»Stimmt.« Kaun versuchte, nicht säuerlich zu klingen. Das *Oklahoma City Community College* war es gewesen, das die Kündigung des Sponsorenvertrags damit begründet hatte, man wolle nicht mit *Couch Potatoes* assoziiert werden.

»Warum sagen Sie das nicht gleich? Warten Sie, ich schau nach.«

Nach einer Weile kam er zurück. »Hm. Das ist jetzt Pech. Der betreffende Fahrer hat seit heute Urlaub. Und seine Privatnummer kann ich Ihnen beim besten Willen nicht geben. Erstens ist es gesetzlich nicht erlaubt, und zweitens hab ich die nicht mal, die hat nur die Personalabteilung. Sicherheitsmaßnahme, verstehen Sie? Damit wir bei Engpässen nur die Leute anrufen können, die Bereitschaft haben. Die tragen in der Zeit eins von unseren Mobiltelefonen bei sich.«

»Verstehe. Aber meine Nummer können Sie ihm ja trotzdem geben? Wenn er aus dem Urlaub zurückkommt?«

Das werde er machen, versprach der Mann. Kaun gab ihm auch noch seine Mobilnummer. Als er auflegte, tat er es jedoch mit dem Gefühl, dass sein Anliegen trotz aller guter Absichten in Vergessenheit geraten würde.

Was tun? Er sah auf den Marketingplan hinab, der vor ihm lag. Anzeigenschaltungen, Fernsehspots, Plakataktionen, Kinowerbung. Das alles musste er irgendwie um mindestens fünfzehn Prozent kürzen, unter Berücksichtigung von Mengenrabatten, Kündigungsfristen und Sondertarifen.

Unmöglich, sich auf diese Aufgabe zu konzentrieren, solange ihm diese seltsame Begegnung im Kopf herumspukte. Er würde noch einmal zur *Winston Mall* fahren und sich umsehen. Leute befragen. Ein Mann mit einem so prägnanten Feuermal musste auch anderen aufgefallen sein.

Gerade als er aufstand, klingelte sein Mobiltelefon. Bethany.

»Sag bitte, dass du heute nichts vorhast, was sich nicht verschieben ließe«, sagte sie mit leicht panischer Stimme.

»Ich habe heute nichts vor, was sich nicht verschieben ließe«, sagte er. »Was ist los?«

»Ellen hat gerade angerufen. Heute Morgen sah alles gut aus, Kathy hat sich gefreut, bei den anderen zu sein. Aber jetzt meint Ellen, sie ist doch krank und wir sollten mit ihr zum Arzt.« Ein abgrundtiefer Seufzer. »Ich habe bloß ein verdammt schlechtes Gefühl bei der Vorstellung, diesen, wie soll ich sagen … diesen Menschen, der sich für einen Spezialisten hält, mit der Anlage allein zu lassen.«

»Ist es so schlimm?«

»Ich darf gar nicht anfangen, davon zu erzählen. Lass uns beim Thema Kathy bleiben.«

»Kein Problem. Ich gehe.«

»Ich hab in der Praxis angerufen. Der Vertretungsarzt ist ein Doktor Bishop, und ich hab einen Termin für halb zwölf bekommen. Meinst du, das schaffst du?«

Kaun überschlug die Strecke bis zu Kathleens Tagesmutter und von dort bis zur Praxis. »Sollte klappen. Ist mir gerade ehrlich gesagt sogar lieber, als mich mit dem Marketingbudget herumzuschlagen.«

»Gern geschehen«, sagte Beth. »Aber lass dich bloß nicht mit irgendwelchen Tees oder Aspirin oder homöopathischen Mittelchen abspeisen, hörst du? Er soll ihr ein Antibiotikum verschreiben oder so. Etwas, das wirkt, auf jeden Fall.«

»Ist mir schon klar.« Homöopathie rangierte auf Bethanys Werteskala ungefähr in der Gegend von Geistheilung, Wasser aus Lourdes oder Klangschalentherapie. »Ich mach das. Geh du und kümmer dich um deinen sogenannten Spezialisten.«

Sie würde das hinkriegen, daran hegte er keinerlei Zweifel. Montagfrüh würde die Anlage wieder laufen. Nur ob der Spezialist Montagfrüh noch würde laufen können, das war schwer vorherzusagen.

Kaun sagte seiner Sekretärin Bescheid und ging. Als er bei der Tagesmutter ankam, lag Kathleen auf der Couch, ein Glas Limonade vor sich auf dem Tisch, unberührt. Ein deutlicheres Zeichen, dass etwas mit ihr nicht in Ordnung war, konnte es kaum geben.

»Ich weiß nicht, was mit ihr ist«, sagte Ellen beklommen. »Sie sagt, ihr sei nicht übel. Fieber hat sie auch keins. Sie ist nur müde, immerzu. Hat sie schlecht geschlafen?«

»Ach was«, meinte Kaun. »Sie geht zurzeit sogar freiwillig ins Bett, früher als sie müsste.«

Ellen so besorgt zu erleben war beunruhigend. Sonst war sie eine Art weiblicher Buddha: wohlbeleibt – Kathy sagte »schön weich« dazu –, gemütlich, die Ruhe selbst. Sie hatte vier eigene Kinder, die sie so, wie sie aus dem Haus gegangen waren, durch fremde ersetzt hatte. Sie war jemand, der im Umgang mit Kindern aufblühte.

»José hat erzählt, dass sein ältester Bruder letzte Woche etwas mit Durchfall und Erbrechen hatte«, fuhr sie fort. José, ein Junge mit erstaunlich großen, schwarzen Augen, der in einer Ecke saß und mit einem Holzauto spielte, sah auf, als er seinen Namen hörte. »Vielleicht hat sie sich darüber angesteckt.«

»Wir gehen gleich zum Arzt. Schauen wir mal, was der sagt.« Kaun sah auf die Uhr. »Wobei wir uns jetzt beeilen sollten.«

Unterwegs fragte Kathleen von hinten: »Daddy? Wenn wir zu Hause sind, darf ich dann *Sid the Science Kid* angucken?«

»Mal sehen«, erwiderte Kaun.

»Bitte!«

»Also gut. Wenn du beim Doktor brav bist.« Kleine Kinder waren auch in geschwächtem Zustand nicht zu unterschätzende Verhandlungsgegner, das hatte er inzwischen gelernt.

»Vor Doktor Snyder habe ich keine Angst«, erklärte Kathleen tapfer.

»Doktor Snyder ist gerade im Urlaub. Aber der Vertretungsarzt ist bestimmt genauso nett.«

»Was ist denn ein Vertretungsarzt?«

»Ein Arzt, der kommt und die kranken Leute behandelt, solange der Arzt, dem die Praxis gehört, nicht da ist.«

»Wird der mich pieksen?«

Es war wichtig, weder unnötige Ängste noch falsche Hoffnungen aufzubauen. »Kann sein. Aber ich glaub nicht. Wahrscheinlich musst du einmal den Mund weit aufmachen, dann schaut er dir in die Ohren, hört deine Lunge ab und fertig.«

Genau so kam es. Doktor Bishop war ein bestürzend junger Mann, dessen dünner Oberlippenschnurrbart Kathleen sichtlich faszinierte. Und der Arzt wirkte so müde, als habe er drei Nächte nicht geschlafen. Er ließ Kathleen den Mund aufmachen, schaute ihr in die Ohren, hörte ihre Lunge ab und verschrieb dann ein Antibiotikum.

»Es geht gerade etwas herum«, meinte er mit schwerem Augenaufschlag. »Eine Sommergrippe, die auf Darm und Kreislauf schlägt. Sollte es in einer Woche nicht besser sein oder sie Fieber kriegen, kommen Sie einfach noch mal.«

Als sie die Praxis mit dem Rezept in der Hand verließen, war John Kaun innerlich hin und her gerissen.

Vernünftig wäre gewesen, mit Kathleen sofort nach Hause zu fahren. Unterwegs bei ihrer gewohnten Apotheke das Medikament zu besorgen und Kathy die erste Portion davon einzuflößen, sobald sie daheim waren. Das Kind dann auf dem Sofa vor dem Fernseher deponieren und, während sie diese Kindersendung mit der nervigen Musik schaute, noch einmal kurz im Büro anrufen. Sich anschließend mit dem Marketingplan befassen, den er wohlweislich eingepackt hatte. Sein Lesesessel vor dem großen Fenster mit dem Blick auf den Garten würde ein großartiger Platz dafür sein.

Auf der anderen Seite war es von der Praxis aus nur ein kleiner Umweg zur *Winston Mall*. Okay, ganz so klein war der Umweg nicht, wenn man ehrlich war, aber es lag jedenfalls nicht am entgegengesetzten Ende der Stadt. Nur rasch vorbeifahren, sich umsehen, ein paar Fragen stellen. Ehe die Spur erkaltete.

Während er den Wagen aufschloss und Kathleen auf dem Kindersitz anschnallte, sagte er sich, dass das sinnlos war. In dieser Ladenpassage gingen täglich Tausende von Leuten ein und aus; wer würde sich da an einen einzelnen jungen Mann erinnern? Und selbst wenn er jemanden traf, der sich erinnerte: Wie hoch war die Wahrscheinlichkeit, dass dieser etwas über den Unbekannten mit dem Feuermal wusste? So gut wie null. Es war völliger Unsinn, sich von einer solchen Aktion irgendetwas zu erwarten.

Aber es drängte ihn, es zumindest zu versuchen. Und sei es nur, um die summende Unruhe in seinem Inneren zu beruhigen. Außerdem ging es Kathy jetzt, nach dem Arztbesuch, schon wieder viel besser. Die Psychologie des weißen Kittels. Kannte man ja. Der Arzt als Schamane, der vor allem durch seine Ausstrahlung heilte, durch den Glauben an ihn und seine Kräfte.

Wobei man zugeben musste, dass Doktor Bishop keinen besonders überzeugenden Schamanen abgegeben hatte.

Vielleicht war Kathleen einfach nur erleichtert, dass sie den Arztbesuch ohne Pieksen überstanden hatte.

Da fiel ihm ein, in der *Winston Mall* gab es auch eine Apotheke. Jedenfalls meinte er, sich an eine zu erinnern. Eine kleine zumindest. Ganz sicher war er sich nicht, aber was sollte es? Es würde sie fünf Minuten kosten, darauf kam es nicht mehr an. Gut, vielleicht nicht fünf Minuten, eher eine Viertelstunde oder so – aber den Versuch war es wert.

Tatsächlich waren die ersten fünf Minuten schon um, ehe

er in der Tiefgarage einen Parkplatz gefunden hatte. Dann standen sie vor dem Aufzug, der nicht kam und nicht kam. John Kaun erwog, das Ganze abzubrechen und heimzufahren. Zumal Kathleen wieder unleidig wurde. Sie sei müde, jammerte sie.

»Wir müssen noch in eine Apotheke, deine Medizin holen«, erklärte Kaun, während er sich innerlich einen grausamen, schlechten, selbstsüchtigen Vater schalt.

»Aber *dann* fahren wir heim, ja?«

Kaun schwieg. Zum Glück kam der Aufzug endlich. Oben in der weitläufigen, lärmerfüllten Passage fragte er sich, wie er auf die Schnapsidee gekommen war, mit einem kranken Kind im Schlepptau Nachforschungen anstellen zu wollen. Wenigstens hatte er sich richtig erinnert, was die Apotheke anbelangte. Sie würden das Rezept einlösen und nach Hause fahren, basta. Und er würde seine innere Unrast anderweitig zu beruhigen suchen, am besten mit konzentrierter Arbeit.

Die Apotheke war allerdings kleiner als gedacht, und sie hatten das Mittel nicht vorrätig. »Wir sind hauptsächlich darauf ausgerichtet, was die Leute drüben in der Klinik verschrieben bekommen, verstehen Sie?«, meinte der Mann hinter der Theke, ein dünner, engelhaft wirkender Mittdreißiger mit Klavierspielerhänden.

Die Klinik. Kaun drehte sich um, sah in die Richtung, in die der Apotheker zeigte. Richtig, die war ihm schon das letzte Mal aufgefallen. *Kosmetische Operationen* stand auf dem Schild und *Laserbehandlungen am Auge (Kurzsichtigkeit)*.

Und darunter: *Hautprobleme aller Art.*

»Danke«, sagte Kaun mit dem plötzlichen Gefühl zu träumen. »Sie haben mir sehr geholfen.«

Es war Irrsinn, was er tat, sagte er sich, während sie die Halle durchquerten. Sie würden ihm in der Klinik nichts sagen. Sie würden sich hinter ihrer ärztlichen Schweigepflicht verschanzen und ihm keinen Fußbreit weiterhelfen. Es war verschwendete Zeit, es auch nur zu versuchen.

Aber er konnte nicht anders. Es war, als lenke eine fremde Macht seine Schritte.

»Wohin gehen wir?«, jammerte Kathy an seiner Hand.

»Ich muss mich nur schnell nach etwas erkundigen«, sagte Kaun. War er erbarmungslos? Ja.

Sie schluchzte auf. »Trägst du mich?«

»Na klar.« Das war das Mindeste, was er ihr jetzt schuldig war. Er nahm sie hoch, und sie schlang ihre kleinen Arme um ihn, fühlte sich klebrig an von Schweiß und so warm, als trüge er eine riesige Wärmflasche. Wie schwer sie geworden war!

Zu spüren, wie sie ihren Kopf an seinem Hals barg, in vertrauensvoller Hingabe, erfüllte ihn einmal mehr mit jenem eigenartigen, unbegreiflichen Glück der Elternschaft, mit etwas, das nur Liebe sein konnte.

Aber er ging trotzdem unbeirrt auf das Eingangsportal dieser Klinik zu.

Ein roter Teppich war vor dem Eingang ausgerollt, rechts und links davon standen sorgsam gepflegte Buchsbäumchen, wie sie sonst Hotels zierten. Der Äskulapstab war in das Glas der Tür geätzt, die Schlange, die sich um diesen Stab wand, leuchtete unter dem indirekten Licht. Alles wirkte sehr edel, sehr ästhetisch, sehr teuer.

Die Passage war erfüllt von Stimmengewirr und Klaviergeklimper, irgendwo lachte jemand fast hysterisch. Doch als die beiden Glasscheiben sich vor ihnen öffneten und hinter ihnen wieder schlossen, blieb das alles zurück, und Stille umfing sie. Stille, akzentuiert vom leisen Plätschern eines Zimmerspringbrunnens.

Kaun trat an die lange Theke aus kostbar hellem Holz. Eine Frau in einem weißen Kittel stand abgewandt am anderen Ende und studierte eine umfangreiche Liste, völlig in ihre Tätigkeit versunken. Hinter der Theke saß eine Empfangsdame, die ohne Weiteres als Model hätte arbeiten können und auf jeden Fall eine hervorragende Werbung für die Klinik war, was den Bereich Schönheitschirurgie anbelangte.

»Guten Tag«, sagte Kaun. »Ich habe eine Frage. Sie behandeln hier Hautprobleme, habe ich draußen gelesen.«

Die schöne Empfangsdame nickte elegant. »So ist es.«

»Auch sogenannte Feuermale?«

»Ja. Mit Laser. Das ist die beste verfügbare Methode.« Sie griff in ein Fach unterhalb ihres Schreibtischs, eine Bewegung, bei der man nicht umhin kam zu bemerken, dass es an ihren Brüsten nichts mehr zu verbessern gab. »Ich kann Ihnen da gern eine Informationsbroschüre –«

Kaun schüttelte den Kopf, zwang seine Augen in eine unverfänglichere Richtung. »Nein, es geht mir um etwas anderes. Ich habe hier gestern einen jungen Mann gesehen, der auf der rechten Seite seines Gesichts ein Feuermal in Form eines Ahornblatts hatte. Ich gehe davon aus, dass er bei Ihnen in Behandlung –«

Der Blick der schönen Empfangsdame wurde abweisend. »*Sorry.* Wir geben grundsätzlich keine Auskünfte über unsere Patienten.«

Kaun wedelte mit der freien Hand. »Nein, klar, verstehe ich. Will ich auch gar nicht.«

Kathleen schien immer schwerer zu werden. Seine Arme erlahmten allmählich. Er bugsierte sie auf seine andere Hüfte und sollte sich später erinnern, dass er gespürt hatte, wie dabei ihr T-Shirt hochrutschte und ein Stück ihres Rückens entblößte.

»Ich wollte Sie bitten, diesem jungen Mann eine Nachricht von mir zu übermitteln«, fuhr Kaun hastig fort, während die Miene der schönen Empfangsdame immer finsterer und abweisender wurde. »Falls er tatsächlich Ihr Patient sein sollte, meine ich. Nur eine Nachricht. Meinen Namen, meine Telefonnummer … Er kennt mich nicht, aber ich kenne ihn. Ich will nur mit ihm reden. Er kann ja selbst entscheiden, ob er mich dann anruft oder nicht.«

Die Empfangsdame rieb sich die schönen Hände. »Ich weiß nicht, ob ich das darf.«

»Sie wissen aber, wen ich meine, oder? Er hatte ein schwarz-gelb-kariertes Hemd an. Und er hat rötliche Haare, ziemlich verstrubbelt.«

Die Empfangsdame straffte sich, sah in Richtung der Frau, die ihnen den Rücken zuwandte und immer noch in ihrer Liste blätterte, ab und zu etwas hineinkritzelnd. »Doktor Wang?«

Die Frau drehte sich um. Sie trug einen weißen Kittel, hatte leicht geschlitzte Augen und war natürlich ebenfalls äußerst attraktiv. Vermutlich war das in einer Klinik wie dieser Einstellungsvoraussetzung.

»Ja?«, fragte sie mit dunkler Stimme. »Worum geht es?«

Auf dem Namensschild an ihrer Brust stand *Dr. Susan Wang*, was Kaun dazu veranlasste, sich vorzustellen. Er trug sein Anliegen noch einmal vor und auch, warum ihm so viel daran lag, soweit sich das erklären ließ, ohne wie ein Spinner zu klingen. Währenddessen wanderte ihr Blick fortwährend zwischen ihm und Kathleen auf seinem Arm hin und her, was Kaun das Gefühl vermittelte, sie höre ihm nur mit halbem Ohr zu.

»Mister Kaun«, unterbrach sie ihn schließlich, »eine Frage: Was sind das für blaue Flecken am Rücken Ihrer Tochter?«

Er stutzte. »Was? Was für blaue Flecken?«

Sie zeigte auf den Teil von Kathys Rücken, über dem das T-Shirt hochgerutscht war. »Das hier. Das scheinen mir Hämatome zu sein.«

Kathleen ächzte unwillig, als Kaun sie weit genug herumdrehte, um erkennen zu können, wovon die Rede war. Tatsächlich. Blaue Flecken, die fast schon türkisfarben schimmerten.

»Die sehe ich zum ersten Mal«, versicherte er ihr. Er sah seine Tochter an. »Kathy? Hast du dich heute verletzt?«

»Nein«, murmelte sie müde.

»Oder vielleicht gestoßen? Bist du hingefallen?«

Kathleen legte ihre Stirn in Falten. »Weiß nicht.«

Er sah, dass Doktor Wang ihn plötzlich beunruhigend ernst musterte.

»Mister Kaun«, sagte sie fast grimmig und wies in Richtung eines Flurs, »bitte kommen Sie mit mir in ein Untersuchungszimmer. Ich möchte mir Ihr Kind kurz näher anschauen.«

Kaun erschrak. Etwas Unheilvolles lag auf einmal in der Luft. Den Bruchteil einer Sekunde später durchzuckte ihn der Gedanke: *Sie verdächtigt mich, Kathy zu misshandeln!*

Was würde jetzt passieren? Sofort fielen ihm Geschichten ein, die er gelesen hatte, über Eltern, denen man die Kinder weggenommen hatte aufgrund falscher Anschuldigungen. Manche hatten jahrelang prozessieren müssen, um ihre Kinder wiederzubekommen, manche auch vergebens.

Unwillkürlich wandte er den Blick zum Eingang. Ihm war, als träte im selben Moment Doktor Wang einen Schritt zur Seite, bereit, ihm den Weg abzuschneiden, falls er zu fliehen versuchte. Verdammt! Warum war er mit Kathleen nicht einfach direkt nach Hause gefahren? Sie hätte jetzt schon auf dem Sofa liegen können, und alles wäre in bester Ordnung gewesen.

Er folgte der Ärztin wie betäubt, erfüllt einzig von der Vorahnung nahenden Unheils. Sie führte ihn in einen schmalen Raum, in dem eine Untersuchungsliege stand, ein Stuhl auf Rollen und ein fahrbarer Tisch mit allerlei Instrumenten. Die Wände waren ebenfalls mit hellem Holz getäfelt. Gerahmte Fotografien hingen daran, äußerst dezente Akte, an denen selbst ein Puritaner wenig auszusetzen gehabt hätte: nur Kurven von Rücken, Schultern, Halsansätzen und dergleichen.

Er setzte Kathleen auf die Liege, zog ihr auf Geheiß der Ärztin das T-Shirt aus. Kathy beschwerte sich mit keinem Wort, saß aufrecht da, aufmerksam, zeigte nichts von dem Widerstand, den sie Ärzten gegenüber bisweilen an den Tag legte.

Doktor Wang zog Latexhandschuhe an und begann, Kathys Oberkörper Inch um Inch zu inspizieren. Himmel, jetzt sah er es: An den Oberarmen hatte sie auch blaue Flecken!

»Wir kommen eigentlich gerade vom Arzt«, erklärte er, bemüht, sich seine Unruhe nicht anmerken zu lassen.

Sie hob die Augenbrauen. »Und was hat der zu den blauen Flecken gesagt?«

»Nichts.«

»Hmm.«

Sie nahm Kathleens Hände, studierte die Fingernägel, drehte sie um, betrachtete die Handflächen. Dann sah sie Kaun an und sagte: »Mister Kaun, ich werde jetzt eines der Allgemeinkrankenhäuser anrufen und Ihre Tochter dorthin überweisen, und zwar sofort. Sie muss so schnell wie möglich untersucht werden. Allem voran muss ein großes Blutbild erstellt werden.«

Der Klang ihrer Stimme war wie ein Schlag in die Magengrube. »Wieso das?«, hörte sich Kaun fragen.

»Sehen Sie ihre blauen Flecken? Das Problem ist: Sie sind nicht blau, sondern eher türkis. Das kann heißen, dass mit ihrer Thrombozytenzahl etwas nicht stimmt.« Sie nahm noch einmal Kathleens Hand, drehte die Innenfläche nach oben, dehnte die Finger ein wenig zurück. »Sehen Sie, wie die Handlinien verschwinden? Normalerweise bleiben sie sichtbar, als dunkelrote Striche. Wenn sie so blass werden wie die Umgebung, heißt das, dass der Hämoglobingehalt des Blutes unter siebzig gesunken ist.«

»Und was bedeutet das?«

Doktor Wang ließ Kathleens Hand wieder los. »Ich hoffe sehr, dass ich mich irre«, sagte sie. »Aber es kann sein, dass Ihre Tochter akute Leukämie hat. Und dass es jetzt auf jede Stunde ankommt.«

Kapitel 18

Ich liebe Gott, und ich liebe Jesus Christus, und ich liebe alle guten Menschen, und ich liebe die Engel, und ich werde Halleluja singen.

Duncan Grant, »The duty of children to love and seek Christ«, Presbyterian Board of Publication, 1840

Und so begann der Albtraum.

In der Klinik nahmen sie Kathleen als Erstes Blut ab, ihrem Geschrei und ihren Tränen zum Trotz, und in Unmengen, wie es Kaun vorkam. Als Bethany eintraf, lag Kathy schon in einem frisch bezogenen Bett, im Gesicht fast so bleich wie die Laken, und hatte zwei Kunststoffbeutel an einem Ständer über sich hängen, deren roter Inhalt über Schläuche und Kanülen in ihren Arm lief. Sie müsse auf jeden Fall dableiben, hatte ein junger Assistenzarzt erklärt, ihre Thrombozyten seien »im Keller«. Ihr »HB-Wert«, was immer das war, läge bei vier, was dem Ton nach, in dem er es sagte, etwas Schlimmes zu sein schien.

Der Chefarzt kam höchstpersönlich, mit Gefolge, bat sie zur Audienz ins Stationszimmer. Aus seinem Mund hörten sie zum ersten Mal die Diagnose: akute lymphatische Leukämie. Der Mann war fast einen Kopf kleiner als Kaun und hatte eine Knollennase. Man müsse natürlich noch eine Reihe von genaueren Untersuchungen durchführen, sagte er, um die Diagnose abzusichern, aber schon die Ergebnisse der Blutsenkung ließen wenig andere Erklärungen für Kathleens Anämie. Es sei auf jeden Fall knapp gewesen, fünf vor zwölf sozusagen. Nur ein paar Tage später, und man hätte nichts mehr machen können.

Wie ihre Chancen stünden, fragte Kaun, oder war es Bethany, die es fragte? *Leukämie* – das Wort rief Bilder wach von glatzköpfigen Kindern mit aufgeschwemmten Gesichtern, die traurig in sterilen Krankenhausbetten saßen und Stofftiere an sich drückten.

Zu den Chancen könne man im Moment noch nichts sagen, meinte der Chefarzt, erst müssten die Ergebnisse der Untersuchungen vorliegen. Dann erklärte er aber doch, dass Leukämie der häufigste Krebs im Kindesalter sei und die Aussichten grundsätzlich gut stünden. Leukämie sei gut heilbar, neunzig Prozent aller Kinder überlebten sie. Seine grauen Haare glänzten im Licht der Neonröhren silbern. Alles roch nach Desinfektionsmitteln.

Ein Albtraum.

Es galt, sich um das Nächstliegende zu kümmern: Kathleen würde Sachen von zu Hause brauchen, Schlafanzüge, ihre Zahnbürste, Spielsachen. Kaun konnte sehen, wie Bethanys technischer Verstand zu arbeiten begann, um die neue Situation zu bewältigen, wie sie im Geiste schon die Checklisten, Abläufe, die gesamte Organisation ihres Alltags umstellte. »Lass uns zusammen zurückfahren, das Nötigste einpacken«, sagte sie geschäftig. »Dann fährst du mich wieder her, ich bleibe die Nacht über bei Kathy. Du gehst am besten in die Firma, nachsehen, was mit der Anlagensteuerung ist.«

»Ich hab davon doch keine Ahnung«, meinte Kaun, während sie den Weg zum Fahrstuhl einschlugen.

»Ja, aber das weiß der sogenannte Spezialist ja nicht. Strahl einfach Autorität aus, das kannst du besser als ich«, erwiderte Beth. »Zur Not frag Bob, der ist dageblieben.« Bob Turner war ihr Assistent, ein junger, etwas schüchterner Mann, den sie zwei Jahre zuvor frisch von der Langston University eingestellt hatten. »Ah, und lass mich nicht vergessen, Kathys Fuchs einzupacken!«

»Als ob du den vergessen würdest.« Der Fuchs war Kathleens wichtigstes Schmusetier, eine rotbraune Plüschfigur so lang wie sein Arm, die immer dabei sein musste, wenn es ins

Bett ging. Kaun hatte keine Ahnung, wieso ausgerechnet ein Fuchs; weder gab es dazu einen Film, noch ein Märchen, das sie beeindruckt hätte, noch sonst irgendeinen Anlass. Kathy hatte einfach eines Tages in einem Geschäft darauf gezeigt und mit einer für sie untypischen Bestimmtheit gesagt: »Den da. Den will ich.«

Als sie zurück in der Klinik waren, brach die Dämmerung herein. »Du fährst von der Firma aus auf jeden Fall nach Hause und schläfst dich aus«, schärfte ihm Bethany ein. »Einer von uns muss ab jetzt immer fit bleiben.«

»Okay«, sagte Kaun. »Falls ich schlafen kann, nach alldem.«

Als er in der Firma ankam, war es schon Nacht. Rings um die Verpackungshalle brannten alle Lichter, der rote Kastenwagen stand noch da, aber der Mietwagen nicht mehr. Drinnen lärmte es auf höchst erfreuliche Weise.

»Seit einer halben Stunde«, rief ihm ein freudestrahlender Bob Turner entgegen. »Ihre Frau hat vollkommen recht gehabt, das Interface hatte die falsche Anschlussbelegung.«

»Gut.« Kaun zog den Zettel aus der Tasche, den ihm Bethany zwischen Tür und Angel aufgeschrieben hatte, *für den Fall, dass sie es hinkriegen.* »Sie müssen morgen den Neuanlauf überwachen, meine Frau kann wahrscheinlich nicht so früh da sein. Das hat sie mir für Sie mitgegeben.«

Der junge Mann schien erfreut über die Aufgabe, überflog die rasch hingekritzelten Zeilen, nickte. »Okay. Super. Alles klar, mach ich.«

Danach ging Kaun noch in sein Büro, studierte seinen Terminkalender für die kommenden Tage, überlegte, welche Besprechungen sich absagen und welche Lieferantengespräche sich verschieben ließen. Es fühlte sich fast an wie früher. Da hatte er sich auch immer zu viel aufgebürdet und war ständig beschäftigt gewesen, Termine zu ändern und Ausreden zu erfinden. Er hatte also Übung. Er würde es irgendwie hinkriegen.

Ehe er nach Hause ging, legte er Paul einen Zettel hin, damit der gleich Bescheid wusste, was los war.

John Kaun schlief schlecht in dieser Nacht, aber er schlief. Und erst am nächsten Morgen kam er dazu, Bethany zu erzählen, wie sich alles überhaupt zugetragen hatte.

Sie rief gegen sieben Uhr an, kam reichlich übernächtigt eine Stunde später mit backfrischen Donuts an und erkundigte sich als Erstes nach der Anlage.

»Läuft wieder«, sagte Kaun und stellte ihr einen Kaffee hin. »Bob war geradezu begeistert, dass du ihm den Neuanlauf aufgebürdet hast.«

»Gutes Zeichen.« Sie stürzte den Kaffee hinab wie ein Verdurstender Wasser. »Ich habe mir sowieso überlegt, dass wir eine Vertretung für mich brauchen. Bob ist so weit, mehr Verantwortung zu übernehmen. Er könnte auch die Chargenplanung machen.«

»Das kriegen wir schon hin«, sagte Kaun.

»Du wirst ihm eine Gehaltserhöhung geben müssen.«

»Klar.« Das war die Bethany, die er kannte. Leere Trostworte funktionierten bei ihr nicht; sie musste wissen, was vor sich ging, wie die Dinge standen, wie alles Notwendige geregelt war. Er schenkte ihr Kaffee nach. »Wie geht es Kathy?«

»Kathy.« Sie starrte in ihre Tasse. »Sie nimmt es besser auf, als ich gedacht hätte. Ich habe versucht, ihr zu erklären, was los ist, was Leukämie für eine Krankheit ist und was auf sie zukommt … Weil sie gefragt hat. Du weißt ja, ich halt nichts davon, Kindern was vorzulügen.«

Er nickte. Das war bei Gott nicht Bethanys Art. Deswegen war im Hause Kaun noch nie ein Weihnachtsmann oder Osterhase gesichtet worden, und es gab auch keinen Klapperstorch, der Babys brachte.

»Sie hat sich alles ganz ruhig angehört und es sich durch den Kopf gehen lassen. Dann hat sie mich gefragt, ob die Untersuchungen und Behandlungen wehtun werden. Ja, hab ich gesagt, einige davon bestimmt.« Sie schlug die Hand vor den

Mund, schluchzte darunter auf. »John, sie ist doch noch so klein! Mein Baby! Und auf einmal ist sie so ernst, wie die meisten Erwachsenen nicht sind ...«

Kaun spürte seinen Atem schwer gehen. Es zerriss ihm das Herz, Beth so zu sehen, seine Tochter in Lebensgefahr zu wissen. Er sah ihr zu, wie sie sich ein Lächeln abrang, unter Tränen, und liebte sie in diesem Augenblick mehr denn je.

»Was für ein Glück«, stieß sie schniefend hervor, »dass dieser Doktor Bishop das erkannt hat! Was für ein Glück.«

Das war der Moment, in dem ihm einfiel, dass sie ja noch gar nicht wusste, was passiert war. Er war in all der Aufregung nicht dazu gekommen, es auch nur zu erwähnen.

»Es war nicht Doktor Bishop«, sagte er.

»Sondern?«

Er erzählte ihr alles. Gestand, dass er mit einem kranken Kind im Arm auf die Suche nach einem Phantom gegangen war, weil es ihm einfach keine Ruhe gelassen hatte.

Ihre Augen waren riesig, als er erzählt hatte, was es zu erzählen gab.

»Mit anderen Worten«, sagte sie langsam, fast tastend, »wenn du nicht diesem Mann begegnet wärst ... diesem Mann aus deinem Video ... dann wäre die Leukämie unserer Tochter womöglich unentdeckt geblieben?«

So hatte er die Sache noch gar nicht betrachtet. »Nicht auszuschließen«, räumte er ein.

Sie starrte ins Leere, dachte nach, lange, und er ließ sie, unterbrach sie nicht. Endlich sah sie auf und sagte: »Sie hätte sterben können. Wenn du nicht nach diesem Mann gesucht hättest, dann hätten wir Kathy bloß ein Antibiotikum gegeben, und sie wäre vor Ende der Woche tot gewesen.«

»Ein glücklicher Zufall.«

»Hmm.« Wieder eine lange Pause. »Irgendwie fällt es mir gerade schwer, das als Zufall abzutun.« Beth setzte sich ruckartig auf, griff entschlossen nach einem Donut. »Verdammt. Jetzt klinge ich schon wie meine Mutter!«

Die erste Woche verging, doch anstatt aus einem Albtraum aufzuwachen, wurde alles immer noch schlimmer.

Sie waren dabei, als man bei Kathy eine Knochenmarkspunktion durchführte, was nicht ohne bittere Tränen abging und sich anfühlte, als assistiere man der Folterung des eigenen Kindes. Es folgte eine Lumbalpunktion, »um zu sehen, ob leukämische Zellen ins Gehirnwasser gelangt sind«, was aber – ein Hoffnungsschimmer! – nicht der Fall zu sein schien. Und immer wieder Blutentnahmen. Kaum zu glauben, wie viel Blut in einem so dünnen, kleinen Kinderkörper zu finden war. So etwas wie eine Kernspintomografie, bei der es nur darum ging, reglos in einer Röhre zu liegen, war verglichen damit schon fast eine harmlose Abwechslung.

Auf einmal gehörten Worte wie *Zytostatika, Broviac-Katheter* oder *FAB-Klassifikation* zu ihrem Wortschatz. Man werde so schnell wie möglich mit der Chemotherapie beginnen, erklärte der behandelnde Arzt, es zähle jede Stunde. Das Ziel sei, eine Remission zu erreichen, was so viel hieße wie, dass im Knochenmark keine Tumorzellen mehr nachweisbar seien. »Das bedeutet nicht, dass sie dann alle zerstört sind«, fügte er hinzu, »sondern nur, dass es weniger als etwa eine Milliarde Tumorzellen sind. Das wird aber verglichen mit der Situation jetzt eine Reduktion um 99,9 Prozent sein.«

Was blieb einem anderes übrig, als alle Behandlungen zu akzeptieren, die die Fachleute vorschlugen, alles zu unterschreiben, was zu unterschreiben war? Kaun verbrachte Stunden im Internet, um zu verstehen, was Begriffe wie *Anthrazyklin, Cytrin-Arabinosid, Agranulozytose* oder *Thrombozytopenie* bedeuteten, und hatte Mühe, sich auf die normale Arbeit zu konzentrieren.

Paul Weaver war sehr betroffen von der schlechten Neuigkeit. Er bot ihm Hilfe an und erzählte, um ihm Mut zu machen, dass der älteste Sohn seines älteren Bruders als Kind ebenfalls Leukämie gehabt habe. »Heute ist er fünfundzwanzig und bei den Marines. Ein Schrank von einem Mann, du kennst die Typen ja. Aber damals, ja, das war eine schwierige Zeit. Belastet auch eine Ehe, so was. Passt auf euch auf.«

»Wir tun, was wir können«, sagte Kaun, dem die Erzählung vor allem bewusst gemacht hatte, dass sie erst am Anfang eines langen, schweren Weges standen.

»Weiß ich doch, weiß ich«, meinte Paul. »Das tut ihr ja immer.«

Kaun begann, den Krankenhausgeruch zu hassen, diese Mischung aus Desinfektionsmitteln und Körperausscheidungen, die einem entgegenschlug, sobald man durch die Eingangstüren trat. Er begann, die überbreiten Türen hässlich zu finden, die billigen, kitschigen Bilder und die Schutzleisten entlang der Wände. Und es erschütterte ihn zu sehen, wie viele Kinder auf derselben Station waren, blasse, elend aussehende Gestalten, glatzköpfig, verpflastert, verkabelt, manche wie betäubt wirkend. Nicht alle, nein, manche lachten und spielten oder tobten herum, als gäbe es kein Morgen (was es für manche dieser Kinder auch nicht geben würde). Aber Kathleen gehörte im Moment eindeutig eher zu den elend aussehenden Gestalten.

Merkwürdig, überlegte er, was es für einen Unterschied machte, ob man selber Patient war oder ein Angehöriger. Nach seinem Zusammenbruch damals hatte er Wochen in einer Klinik zugebracht, hatte Dialysen, Operationen und andere schmerzhafte Prozeduren über sich ergehen lassen, doch die Erinnerung daran war blass, kaum vorhanden. Er entsann sich nur an eine in Nebel gehüllte Zeit.

Das war die Hoffnung, an die er sich klammerte: dass Kathleen es genauso empfinden mochte, dass die Realität sie auch nur gedämpft erreichte und dass sie es auf diese Weise durchstehen würde.

Und *dass* sie es durchstehen würde. Dass sie überlebte. Das vor allem. Das vor allem.

Michael hatte nichts dazu getan, gar nichts. Trotzdem geschah es eines Tages: Er kam mit Esther ins Gespräch.

Es passierte nach dem Mittagessen. Mrs Stone winkte ihn zu sich und sagte: »Michael, du musst helfen, die Vorhänge im Betsaal aufzuhängen. Ich hab sie gewaschen, aber ich hab's heute so im Rücken, ich muss meine Tabletten nehmen und mich eine Weile hinlegen. Sonst kann ich heute gar nichts mehr machen, und dann verhungert ihr alle.«

Gern, erwiderte Michael, aber er habe keine Ahnung, wie das gehe.

»Das macht Esther, du musst ihr die Vorhänge nur hinhalten«, ächzte Mrs Stone und klang, als werde sie jeden Moment ohnmächtig. »Der Korb steht in der Waschküche. Sie soll dir zeigen, wo.«

Sprach's, drehte sich weg und wankte davon, eine Hand in den Rücken gestemmt.

Michael schwindelte. Er würde mit Esther allein sein! Das war so … so … ach, er hatte gar keine Worte dafür. Verlegen machte es ihn auf jeden Fall.

Esther schien ebenfalls ein wenig verlegen. »Komm, ich zeig dir, wo der Korb steht«, sagte sie und ging dann raschen Schrittes voraus. Michael folgte ihr, verzaubert und beglückt, weil er jede ihrer Bewegungen unsagbar elegant fand. Er verspürte den intensiven Wunsch, sich ihr zu Füßen zu werfen und ihr seine Liebe zu gestehen, spürte ihn so sehr, dass er erst mal kein Wort herausbrachte.

Also trug er ihr einfach den schweren Plastikkorb mit den Vorhängen zum Betsaal und bemerkte dort, was er für einen schrecklichen Fehler hielt: »Die sind ja noch feucht!«

Esther lachte, ein helles, perlendes, ganz und gar zauberhaftes Lachen. »Das muss so sein. Vorhänge müssen aufgehängt trocknen, sonst kriegen sie Falten.«

»Ach so.« Er war erleichtert. Also würde ihr Beisammensein daran nicht scheitern.

Er half ihr, die große Leiter zu holen und aufzustellen. Insgesamt waren es vier Fenster, folglich waren vier Vorhänge aufzuhängen. Das lief so, dass Esther die Leiter hochstieg, um die Rollen in die Vorhangschienen einzufädeln, und seine Aufgabe bestand darin, ihr den Vorhang hinzuhalten. Wichtig war, ihn so zu halten, dass möglichst wenig Gewicht auf den Rollen lag.

»Ist ein altmodisches System«, erklärte Esther, während sie mit dem ersten Vorhang zugange war.

»Verstehe«, sagte Michael, obwohl er in Wirklichkeit nicht im Entferntesten verstand, was sie meinte. Es war ihm auch herzlich gleichgültig, denn er sah zwischen ihren Söckchen und dem Saum ihres Rocks ein Stück von ihren Waden, glatte, weiße, samtene Haut, die ihn unsagbar faszinierte.

Allerdings hing an der Stirnseite des Saales Jesus am Kreuz, und zwar so, dass er genau in ihre Richtung schaute. Es war ratsam, sich nichts zu erlauben.

Als sich der erste Vorhang duftig-weiß vor dem Fenster verteilte und sie die Stufen der Leiter heruntergeklettert kam, sagte sie: »Du. Ich muss dir sagen, dass du mir irgendwie bekannt vorkommst. Kann es sein, dass wir uns schon mal gesehen haben?«

Nichts hätte Michael in diesem Augenblick mehr verblüffen können als das. Er merkte, wie sein Mund ein paar Mal auf- und zuging, ehe er einen Satz herausbrachte, der dann leider nur so etwas Langweiliges war wie: »Nicht, dass ich wüsste.«

Esther legte ihre herrliche Stirn in entzückende Grübelfalten. »Hmm. Vielleicht erinnerst du mich auch nur an jemanden. Ich komm bloß nicht drauf, an wen.« Sie nahm die Leiter, stellte sie um. »Hast du mal in Chicago gelebt?«

Michael, der ihr mit dem Korb folgte, gestand, er sei noch nie im Leben in Chicago gewesen.

»Dann kann's das nicht sein«, folgerte sie. »Ich bin nämlich aus Chicago.«

»Ach so«, meinte er. »Ich aus New York.«

Sie nahmen den zweiten Vorhang in Angriff, was diesmal

schneller ging, zumindest kam es Michael so vor. Und es war ihm alles andere als recht; er hätte ewig bei ihr stehen und feuchtes, weißes Gewebe über seinem Kopf halten können. Zumal es diese Arbeit nicht nur mit sich brachte, sondern geradezu notwendig machte, dass er dabei ihren hochgereckten Körper im Blickfeld hatte; das geschah sozusagen von selbst. Und er kam nicht umhin, festzustellen, dass es an diesem Körper nicht das Geringste auszusetzen gab. Ja, um es geradeheraus zu sagen: Esther war das schönste Mädchen, das er je gesehen hatte. Er hätte die Zeit mit ihr gern angehalten, doch sie flog dahin.

Wieder war sie fertig, kam herunter, wollte wissen: »Wie bist du denn zu Jesus gekommen?«

»Ich?« Michael war überzeugt, dass er einen völlig belämmerten Anblick bieten musste. Freundlich von ihr, so zu tun, als sei alles normal.

»Ich fand es total aufregend, als es hieß, ich würde in einem Seminarhaus für Missionare arbeiten«, sagte sie. Dann verdüsterte sich ihr Blick. »Ich hab aber nicht erwartet, dass es nur so wenige sind. Dabei ist es doch so nötig, die Menschen zu bekehren!«

Sie war also nicht eingeweiht, erkannte Michael. Offenbar kannte sie nicht einmal die Tarngeschichte mit dem »Bibelpark«-Projekt.

Da sie ihn so fragend ansah, sagte er rasch: »Ich, ähm … ich komme aus einer christlichen Familie. Ich bin damit aufgewachsen.«

»Dann hast du es gut gehabt. Ich komme aus einem heidnischen Elternhaus. Okay, nicht ganz – meine Eltern sind eben so Kartei-Christen, gehen an Weihnachten in die Kirche und bei Hochzeiten, und das war's. Du weißt schon. Sie kennen die Bibel gar nicht, beten nie, sind total weltlich. Und wollten mich da natürlich auch reinziehen, klar.«

»Mmh, klar«, meinte Michael, weil ihm das in dem Moment völlig auf der Hand zu liegen schien. Das war es, was

Heiden eben so machten. Verdarben ihre Kinder, ließen sie verloren gehen, kümmerten sich einen feuchten Dreck um deren Seelenheil.

»Als ich zwölf war«, erzählte Esther weiter, »hat meine Mutter so ein, na ja, ein Mutter-Tochter-Gespräch mit mir geführt. Du weißt schon, über Menstruation und Sex und so. Sie hat mich gefragt, ob ich was mit Jungen hätte. Mit zwölf, stell dir vor! Ich war noch ein Kind, hatte noch nicht mal meine Regel, war flach wie ein Brett, also, was hätte ein Junge von mir wollen sollen? Aber meine Mutter klang, als erwarte sie das förmlich von mir. Sie meinte, ich soll ihr einfach sagen, wenn sie mit mir zum Frauenarzt gehen soll, damit der mir die Pille verschreibt.«

Es war ein richtiger Gefühlsausbruch, dem Michael gebannt zusah. Er hatte nicht geahnt, dass das scheu und schüchtern wirkende Mädchen, das er bis jetzt nur aus der Ferne angeschwärmt hatte, so lebhaft und feurig sein konnte.

Peinlich war, dass er – ganz gegen seinen Willen, das hätte er beschwören können! – auf einmal ein Ziehen im Unterleib verspürte, so ein jennifermäßiges Gefühl, gewissermaßen, verbunden mit gewissen körperlichen Begleiterscheinungen, von denen er nur hoffen konnte, dass Esther sie nicht bemerkte. Und alles nur, weil sie das Wort »Sex« in den Mund genommen hatte!

»Und dann?«, fragte er, um von sich abzulenken.

»Ich hatte damals eine Freundin, die schon bei Jesus war«, erzählte Esther weiter. Sie stellte die Leiter ans dritte Fenster, nahm das obere Ende des vorletzten Vorhangs und machte sich daran, die Stufen hinaufzusteigen. »Ich hab gedacht, na, wenn es ihr hilft und so, okay. Für mich ist das nichts, hab ich gedacht. Schränkt nur ein. Die ganzen Gebote, man darf dies nicht, man darf das nicht, warum soll ich mir das antun?«

»Verstehe«, sagte Michael und bemühte sich, woandershin als auf ihre Unterschenkel zu schauen.

»Aber dann hatte ich eine Bewahrung«, fuhr sie fort, während sie die ersten Rollen einfädelte. »Und da habe ich gemerkt, dass Gott mich ruft.«

»Eine Bewahrung?«

»Das war am Independence Day im selben Jahr. East Ontario Street, Ecke North Rush Street, das weiß ich noch wie heute. Das vergess ich auch nie wieder, glaube ich. Jedenfalls, wir wollten zum Feuerwerk am Navy Pier, meine Eltern und ich. Ich hab getrödelt, also waren sie schon über der Straße, ich aber noch nicht, und die Ampel war rot. Ich schaue, kein Auto, will noch schnell rüberrennen. In dem Moment hält mich ein alter Mann fest und sagt: ›Du hast auf die falsche Seite geschaut.‹«

Michael blinzelte irritiert. »Was heißt, auf die falsche Seite?«

»Wegen der Parade hat man den Verkehr umgeleitet. Die Straße, über die ich rennen wollte, war an dem Tag eine Einbahnstraße – in die andere Richtung! Ich hab nach links geschaut, aber im nächsten Augenblick ist ein Truck gekommen, von rechts! Ein Riesengerät, viel zu schnell – der hätte mich platt gewalzt. Der hätte keine Chance gehabt, noch zu bremsen.«

»Wow«, stieß Michael hervor, dem bei der Vorstellung einer platt gewalzten Esther ganz schummrig wurde. »Das war ja wirklich eine Bewahrung.«

»Ja, nicht wahr? Es war ein richtiger Schock, den Truck vorbeidonnern zu spüren.«

»Was war das für ein Mann?«

Sie sah auf ihn herab, hob die Schultern. »Keine Ahnung. Er hat sich umgedreht und ist wieder gegangen, ohne ein Wort. War im nächsten Moment in der Menge verschwunden.«

Michael betrachtete die Bahnen des leuchtend weißen Gewebes, die feucht und nach Waschmittel duftend von seinen Händen herabhingen, und musste an Schutzengel denken, mit weißen Flügeln und besorgten Blicken. »Irre Geschichte.«

Esther fädelte weiter ein. »Ja. Meinen Eltern hab ich gar nichts davon erzählt, die hätten eh bloß geschimpft. Aber meiner Freundin hab ich's erzählt, und die meinte, glasklarer Fall, eine Bewahrung. Da hab ich zum ersten Mal gedacht, dass vielleicht doch was dran ist an dem, was sie mir immer beibringen will, und hab mal angefangen, was zu lesen. Das hat mich auf die Idee gebracht, zu beten und mich zu bedanken für die Bewahrung. Na, und so bin ich nach und nach Christin geworden. Das fanden meine Eltern zwar gar nicht gut, aber –«

In diesem Moment knallte die Tür auf, dass sie beide erschrocken zusammenfuhren.

Es war Tom. »Hier bist du!«, rief er aus. »Und ich steh mir bei deinem Wagen die Beine in den Bauch!«

Jetzt fiel es Michael siedend heiß ein. »Mist! Deine Nachuntersuchung! Die hab ich total vergessen.«

Tom kam herangewalzt, schaute auf die Armbanduhr. »Termin ist um vier. Schaffen wir das überhaupt noch?«

»Klar«, sagte Michael, obwohl er sich da alles andere als sicher war. »Aber den einen Vorhang müssen wir noch aufhängen. Sonst macht uns Mrs Stone kein Abendessen.«

Tom schnaubte unwillig. »Also, aber beeilt euch.«

Natürlich blieb er da, trat ungeduldig von einem Fuß auf den anderen. So kamen sie nicht mehr dazu, sich zu unterhalten. Michael hielt Esther den letzten Vorhang hin, sie fädelte ein, klick, klick, klick, das ging rasend schnell, wenn es sein musste. Und dann waren sie fertig.

»Na endlich«, meinte Tom, während Esther mit einem letzten, himmlischen Lächeln sagte: »Danke.«

Sie schafften es gerade noch rechtzeitig. Michael musste unterwegs hier und da etwas schneller fahren als erlaubt, aber er tat es auf Straßen, auf denen wenig Verkehr herrschte und niemand kontrollierte. Sie kamen fast auf die Minute pünktlich vor dem Winston Center an. Er ließ Tom vor dem Hintereingang aus dem Wagen hüpfen; von dort aus waren es nur noch ein paar Schritte bis zur Klinik.

»Übliche Stelle!«, rief er ihm nach.

»Okay!«, winkte Tom ab und rannte.

Die *übliche Stelle* waren Halteplätze an der Westseite des Gebäudes. Dort verboten Schilder das Parken, erlaubten nur das Be- und Entladen. Nachmittags hatte hier aber noch nie jemand etwas entladen, jedenfalls nicht, seit sie herkamen.

Nachuntersuchungen dauerten nicht lange genug, als dass es sich gelohnt hätte, woandershin zu fahren. Eine halbe Stunde höchstens. Sonst hatte Michael immer ein Buch mitgenommen, war im Wagen geblieben und hatte solange gelesen. Oder hatte sich, wenn er gerade strebsam gewesen war, die altgriechische Grammatik noch einmal vorgeknöpft.

Heute hatte er kein Buch dabei. Doch das machte nichts. Alles, was er jetzt wollte, war sowieso nur, die Begegnung von vorhin in Ruhe noch einmal vor seinem inneren Auge ablaufen zu lassen.

Esther. Jetzt war es passiert. Er war ihr endgültig verfallen.

Er malte sich aus, wie sie als Helden zurückkehren würden. Die erste Zeitreise, das war doch mindestens so bedeutsam wie die erste Mondlandung, oder? Auch wenn jetzt alles noch im Geheimen ablaufen musste, sein Vater würde im richtigen Moment schon die Publicity-Maschine anwerfen. Und dann würde man sie feiern, genau wie die Astronauten damals. Ihre Namen würden in allen Zeitungen stehen, würden in die Geschichtsbücher eingehen …

Aber das Wichtigste war, dass er dann zu Esther gehen und sie bitten konnte, seine Frau zu werden –

Tom. Riss die Tür auf, warf sich schwer atmend auf den Beifahrersitz, zog die Tür mit einem mächtigen Rums wieder zu und stieß hervor: »Mist.«

Michael hatte Mühe, in die Gegenwart zurückzufinden. »Was denn?«

»Mist, Mist, Mist.«

Bisher war Tom noch nie anders als gut gelaunt zurückgekommen. Doch jetzt wühlte ihn irgendetwas zutiefst auf, schien ihn regelrecht in Panik zu versetzen.

Er hat der Ärztin Avancen gemacht, und sie hat ihn abgewiesen!, schoss es Michael durch den Kopf. Aber nein, das passte nicht. Es musste etwas anderes sein.

»Tom«, sagte er. »Was ist los?«

Tom sah starr geradeaus, atmete tief ein und erklärte dann: »Jemand hat in der Klinik nach mir gefragt.«

»Was?«

»Ein Mister Cohen oder so. Hab's nicht genau verstanden.«

Michael musterte seinen Freund alarmiert. »Wieso sollte jemand nach dir fragen?«

Tom fuhr mit einer Plötzlichkeit herum, die ihn erschreckte. »Ja, eben! Warum? Keine Ahnung. Verdammt.« Er versetzte dem Armaturenbrett einen Schlag. »Fahr los! Das war's. Ich komm nicht mehr her. Viel zu riskant. War eine blöde Idee. Genauso wie –«

Er brach ab. So, als habe er noch etwas sagen wollen, es sich in letzter Sekunde aber anders überlegt.

»Genauso wie – was?«

»Nichts«, sagte Tom, ohne ihn anzusehen. Die Hände, die Steine vom Wegesrand in winzige, fast lebendig wirkende Figuren verwandeln konnten, ballten sich zu Fäusten. So aufgebracht hatte Michael ihn noch nie erlebt.

»Sag es niemandem, okay?«, bat er. Jetzt stand Panik in seinem Blick. »Nicht, dass es daran scheitert. Mann, das wär was! Aus lauter Angst, dass ich wegen dieses verdammten Feuermals nicht mitdarf, lass ich's behandeln – und dann verderb ich's, *weil* ich's behandeln lasse!«

Michael versuchte sich vorzustellen, welchen Grund jemand haben sollte, sich für Tom zu interessieren. Aber etwas richtig Einleuchtendes wollte ihm nicht einfallen.

»Vielleicht war es ja was Harmloses. Ein Quacksalber, der dir eine Wunderkur andrehen will.«

Tom schüttelte heftig den Kopf. »Nein. Er hat gesagt, er *kennt* mich!«

»Bestimmt eine Verwechslung.«

Tom warf ihm einen finsteren Blick zu. »Wer, bitte schön, würde *mich* mit jemand anderem verwechseln?«

Auch wieder wahr. Michael grübelte weiter, den Zündschlüssel in der Hand.

»Warte.« Tom war etwas eingefallen. Er fasste in die Hosentasche. »Sie hat's mir ja aufgeschrieben, mitsamt der Telefonnummer. Hier.« Er förderte einen zerknüllten Zettel zutage, glättete ihn, hielt ihn Michael hin.

Es durchrieselte Michael Barron kalt, als er den darauf gekritzelten Namen las.

John Kaun.

Einen Herzschlag lang war er wieder vierzehn Jahre alt, saß zusammen mit seinem großen Bruder in der Besprechung mit den Kirchenführern … sah zum ersten Mal eine *Fotografie* von Jesus Christus …

Er blinzelte, schüttelte die Erinnerung ab, griff nach dem Zettel.

»Tom«, sagte er langsam, »das dürfen wir nicht verschweigen. Das wäre das Falscheste, was wir tun könnten.«

Kapitel 19

Unsere unmittelbare Reaktion ist, Jesus im Gegenzug ebenfalls zu lieben. Wir leben nach dem Gesetz der Wechselseitigkeit. Wenn andere freundlich zu uns sind, erwidern wir diese Freundlichkeit. (…) Wir lieben diejenigen, die uns lieben. Jesus hat unser wüstentrockenes, sündiges Leben mit einer Liebe erobert, die so reich und voll ist, dass unser hungriges Herz voller Freude das Geschenk der Vergebung der Sünden und das neue Leben im Geiste umarmt hat. Wir haben das Geschenk von Gottes Liebe empfangen und erwidern voll ehrlichem Enthusiasmus: Mein Jesus, ich liebe dich.

Derl G. Keefer, C. Neil Strait, »The Wesleyan Preaching Resource Vol. II«, 2002

Die erste Chemotherapie war ein seltsam form- und zeitloses Ereignis, in dem dunkelgrüne, leise tickende Maschinen vorkamen, die wasserklare Flüssigkeiten in den Körper ihres Kindes pumpten, in präzise festgelegten Mengen pro Stunde, ferner Krankenschwestern in weißen Kitteln, die hereinkamen und hinausgingen und deren Gesichter sich irgendwann nicht mehr voneinander unterschieden, sowie zahllose nierenförmige Metallschalen, die überall bereitstanden und von denen es doch nie genug zu geben schien, wenn Kathleen sich übergeben musste. Chemische Gerüche durchtränkten alles. Man bekam rissige Hände vom unablässigen Desinfizieren. Und obwohl es nicht immer leise zuging, war es, als herrsche atemlose Stille, als sei die Zeit einfach stehen geblieben.

Aber sie war nicht stehen geblieben. Irgendwann war die Behandlung vorüber, und sie durften Kathleen wieder mit nach Hause nehmen, endlich.

Unwillkürlich atmeten sie auf, so, als wäre nun alles überstanden – oder wenigstens das Schlimmste. Keiner von ihnen wollte daran denken, dass das, was sie hinter sich hatten, nur die erste Runde in einem Kampf war, der sich noch lange hinziehen würde.

Kathleen kehrte zurück in ein Zuhause, das in der Zwischenzeit »in eine Art Privatklinik umgewandelt« worden war, wie Kaun es ausdrückte. Sie hatten einen von der Klinik empfohlenen Reinigungsservice beauftragt, alle Räume mit Dampf, asthmatauglichen Superstaubsaugern und allerhand Chemie porentief zu reinigen und zu desinfizieren. Die meisten Stofftiere waren in Plastikhüllen verpackt und in die Garage ins vorübergehende Exil geschickt worden, und das Haus roch wie ein Laden für Putzmittel aller Art. Und sie hatten Desinfektionsmittel und Verbandszeug angeschafft in Mengen, die nach Kauns Gefühl für die Ausstattung einer mittelgroßen Militäreinheit ausgereicht hätten.

Ihre wichtigste Aufgabe war nun, Kathleens Immunsystem, das stark geschwächt war, einerseits von der Leukämie, andererseits von der Chemo, vor Infektionen aller Art zu schützen. Das hieß: so wenig Besucher wie möglich, auf keinen Fall jemanden, der erkältet war oder an etwas Ansteckendem litt. Und vor allem keine anderen Kinder, weil gesunde Kinder immer irgendwelche Keime umhertrugen.

Das war hart für Kathleen, die ihre Freunde vermisste. Sie gewöhnte sich an, jeden Tag stundenlang mit Ellen und den Kindern zu telefonieren, obwohl das nur bedingt als Ersatz taugte und außerdem Ellens Tagesablauf gehörig durcheinanderbrachte.

Was die Verwandtschaft anbelangte, war mit wenig Besuch zu rechnen. Bethany war ein Einzelkind, genau wie er, wobei seine Eltern nicht mehr lebten. Bethanys Vater schickte, als er von Kathleens Erkrankung erfuhr, eine zweizeilige E-Mail, für ihn eine persönliche Bestleistung in Sachen Familienpflege. Blieb Bethanys Mutter. Deren Besuch würde sich irgendwann nicht mehr verhindern lassen, einstweilen aber half der Hinweis, dass Kathleens Leben unter Umständen davon abhing, dass sie sich jetzt keine zusätzliche Infektion einfing.

Um das zu vermeiden, galten noch weitere Einschränkungen: Sie durfte nicht raus – nicht in den Garten, nicht mit zum Einkaufen, nirgendwohin.

»Da bin ich ja praktisch im Gefängnis!«, protestierte sie.

»Nein, man nennt das Quarantäne«, erklärte Kaun ihr. »Als damals die Astronauten vom Mond zurückgekommen sind, mussten sie auch in Quarantäne, zur Sicherheit.«

Das imponierte ihr, denn über die Apollo-Mondflüge wusste sie eine Menge – Einfluss ihrer technikbegeisterten Mutter. Unter diesem Aspekt konnte sie diese Regel einigermaßen akzeptieren.

Nie ohne Protest blieben die Einschränkungen beim Essen: Kein Eis. Keine Pommes frites. Nichts, das mit Milch zu tun hatte. Erlaubt waren nur Gekochtes oder steril eingeschweißte Nahrungsmittel.

Zum Glück fielen eine Menge Süßigkeiten in die letztgenannte Kategorie. An diesen hielt sie sich mit grimmigem Zorn für die entgangenen Genüsse schadlos.

Baden war auch nicht erlaubt, wegen des Broviac-Venenkatheters. Den musste sie bis auf Weiteres behalten, denn es war zu aufwendig und zu riskant, einen solchen Katheter vor jeder Behandlung neu zu legen. Erstaunlicherweise gewöhnte man sich aber schnell daran, ein Kind zu haben, dem ein dünner Silikonschlauch mit mehreren Anschlüssen aus dem Hals kam. Bethany, altgedienter Star-Trek-Fan, der sie war, nannte Kathleen »Borg-Prinzessin«, was diese noch nicht verstand und auch nicht witzig fand, weswegen Beth es wieder ließ.

Der Katheter erforderte ständige Pflege. Vor dem täglichen Duschen musste er sorgfältig mit speziellen, großen Pflastern abgeklebt werden. Die Umgebung der Stelle, an der der Schlauch durch die Haut in die innere Drosselvene ging, galt es peinlich sauber und keimfrei zu halten: Ein Katheter war ein Einfallstor für Keime aller Art. Nicht wenige Patienten, hatte man ihnen erklärt, starben an den Komplikationen von Infektionen, die sie sich über ihren Katheter zuzogen.

Sie mussten alle zwei Tage in die Klinik kommen, um den Katheter durchspülen zu lassen. Kathleen fragte jedes Mal vor dem Betreten des Gebäudes: »Aber wir gehen gleich wieder, ja?«

»Ja«, versicherte Kaun ihr jedes Mal geduldig. »Heute gehen wir danach gleich wieder.«

Kathleen wusste, dass sie für die nächste Behandlung wiederkommen musste. Sie schob den Gedanken daran nur möglichst weit von sich. Hauptsache nicht heute! Was Kaun nicht unvernünftig vorkam und für kleine Kinder vielleicht ohnehin die vorherrschende Lebenshaltung war.

Er fand es schwierig, mit seiner Arbeit zurechtzukommen. In der Firma zu sein kam ihm in den ersten Tagen vor, als befände er sich in einer irrealen Welt mit lauter irrealen Problemen. Was, überlegte er, in mancher Hinsicht gar nicht so falsch war. Bloß half es nichts, es so zu betrachten. Also bemühte er sich, noch größere Sorgfalt als sonst an den Tag zu legen, damit ihm kein dummer, kostspieliger Fehler unterlief. Alle größeren Entscheidungen besprach er mit Paul, genau so, wie sie es am Anfang gemacht hatten.

Paul erwies sich als jemand, der es nicht bei hohlen Mitleidsfloskeln beließ, sondern tat, was er konnte, um ihnen zu helfen. Sie verschoben ein paar Projekte, die nicht wirklich dringend waren, auf das nächste Jahr, verlängerten einige Verträge, bei denen es nicht drauf ankam, ohne Neuverhandlungen. Das reduzierte die Arbeitslast spürbar.

Kaun nahm sich möglichst viel seiner Arbeit mit nach Hause, erledigte von dort aus telefonisch, was sich telefonisch erledigen ließ. Dabei arbeitete er nur, solange Kathleen schlief – was sie oft und ausgiebig tat. War sie wach, war er für sie da. Sie machten nichts Besonderes, dazu war sie zu müde und schwach; meistens wollte sie einfach nur auf seinem

Schoß sitzen und ihre Lieblingsbücher vorgelesen bekommen. »Genau wie früher«, verlangte sie dann immer, wobei sich Kaun fragte, was sie wohl mit *früher* meinte. So lange war es noch nicht her, dass sie überhaupt Gefallen daran gefunden hatte, sich vorlesen zu lassen.

Vielleicht hieß *früher* für sie: *vor dem Tag neulich, an dem ich ins Krankenhaus gekommen bin.*

Für Kaun waren es Momente wie Diamanten, diese Stunden, in denen er seine Tochter ganz für sich hatte, die innige Verbindung zu ihr so stark spürte wie nie zuvor. Er war seit Kathleens Geburt glücklich gewesen, sie in seinem Leben zu haben, aber offenbar nicht glücklich genug: Die drohende Gefahr, sie zu verlieren, ließ ihn ihre Gegenwart nur umso intensiver empfinden.

So vergingen die Tage. Es galt, Kathy täglich auf blaue Flecken zu untersuchen, auf der Hut zu sein vor Durchfall, Temperaturanstieg, Husten. Der Koffer stand jederzeit fertig gepackt bereit, denn es hatte geheißen: bei Fieber sofort in die Klinik!

Dazu kam es nicht, doch der Tag, an dem Kathleen zur nächsten Chemo in die Klinik musste, kam trotzdem. Wieder die leise tickenden Maschinen, wieder die emsigen, schweigsamen Krankenschwestern, wieder Gespräche mit angestrengt zuversichtlichen Ärzten. Wieder viele Stunden, in denen man nichts tat, als an ihrem Bett zu sitzen und einfach nur abzuwarten, dass es vorüberging, Stunden, in denen man irgendwann aufhörte, etwas zu denken. Wenn das Kind döste oder schlief, war es gut.

Sie wechselten sich ab, weil Bethany bisweilen in einem richtigen Bett schlafen musste, nicht nur auf den harten Liegen, die in den Zimmern der Kinder-Onkologie für die Eltern bereitstanden. Und weil Kaun ohnehin schlecht schlief.

In einer der Nächte, in der Kaun bei ihr blieb, gingen Kathleens Augen plötzlich auf und musterten ihn mit einem verletzten Blick.

»Daddy«, sagte sie leise, »warum bin ich eigentlich krank?«

Er hob die Schultern. »Das weiß man nicht. Es ist einfach passiert.«

»Werd ich wieder gesund?«

»Das hoffen wir. Die meisten Kinder, die das haben, werden am Ende wieder gesund.«

Sie sah ihn an, durchdringend, kristallklar. »Und die, die nicht gesund werden?«, fragte sie. »Die sterben, oder?«

Es war eine Frage wie ein Stich ins Herz. Doch Kaun hatte das sichere Gefühl, dass er jetzt, in diesem Augenblick, nichts anderes sagen durfte als die reine Wahrheit, weil er mit allem anderen das Vertrauen seiner Tochter verlieren würde. Also sagte er: »Ja.«

Sie dachte eine Weile darüber nach und meinte schließlich: »Ach so ist das.«

Dann schlief sie wieder ein.

Auf irgendeine Weise bekam Bethany Wind von diesem Gespräch, denn sie stellte ihn am nächsten Tag deswegen zur Rede. Stand unten am Parkplatz, als er kam, zog die Beifahrertür auf, setzte sich neben ihn und machte ihm wütende Vorhaltungen, die sich anhörten, als hätten sie stundenlang in ihr gegärt. Wie er so etwas zu seinem Kind sagen könne, zu seinem eigen Fleisch und Blut?

»Beth«, sagte Kaun ruhig, »es ist die Wahrheit.«

Ein gequälter Schrei entrang sich ihrer Kehle. Sie ballte die Hände zu Fäusten, presste sie sich vor den Mund. »Ich will das nicht«, stieß sie nach einem langen, atemlosen Moment hervor. »Ich will nicht darüber nachdenken, dass Kathy sterben könnte!«

Es war ein merkwürdiger Moment, in dem etwas Merkwürdiges geschah. Es war, als flösse Kaun von irgendwoher eine Kraft zu, von der er nicht geahnt hatte, dass er sie besaß. Es war eine Kraft, die sich anfühlte, als ströme sie durch ihn hindurch, strahle von ihm aus, verändere Raum und Zeit und alles andere um ihn herum, und erfüllt von dieser Kraft konnte er die Hand ausstrecken und seine Frau an sich ziehen, die es sonst nie, nie, nie gestattete, berührt zu werden, wenn sie so aufgebracht war wie jetzt, konnte sie umarmen und festhalten und spüren, wie sie auf einmal ruhig wurde, ruhig und gefasst.

»Bethany«, flüsterte Kaun, »du kannst nicht auf der einen Seite rational an die Welt herangehen und auf der anderen so tun, als gäbe es den Tod nicht.«

Sie nickte langsam. Sie sagte nichts, aber sie nickte.

Auch nach all den Wochen hatte sich Michael Barron noch nicht wirklich daran gewöhnt, wieder zu Hause zu sein. In den vergangenen Jahren war er nur zu den Feiertagen zurückgekommen, mehr nicht. Und er hatte nichts vermisst.

Im Grunde war er hier nicht mehr zu Hause. Zu Hause – das verband er inzwischen mit seinem kleinen Zimmer in dem weißen Holzhaus in Oklahoma, mit dessen undichten Fenstern, durch die er einen Blick auf leere Ebenen voller dürrem Gras gehabt hatte, dem knarrenden Eisenbett und den grob gezimmerten Möbeln, dem winzigen Schreibtisch und dem Bücherregal, dem Geruch nach heißem Staub, der in den Sommermonaten alles dominierte. Es war eine anstrengende Zeit gewesen. Er hatte selten eine Stunde für sich gehabt. Trotzdem hatte er sich freier gefühlt als hier, in seinem düsteren Elternhaus. All der Luxus, an dem sich niemand wirklich zu erfreuen schien, kam ihm so sinnlos vor.

Außerdem kam ihm das Ganze wie eine Strafe vor, nur, dass er nicht genau wusste, wofür. Für die Aktion mit Tom? Dafür, dass er sich heimlich verliebt hatte? Er hatte sich nicht einmal von Esther verabschieden können, dazu war alles viel zu schnell gegangen. Nach dem Telefonat mit seinem Vater waren sofort Leute aufgetaucht, das reinste Überfallkommando, hatten alles geräumt, sie fortgebracht. Ihre Ausbildung werde zu gegebener Zeit anderswo fortgesetzt, hatte es geheißen. Aber bislang hatte Michael niemand gesagt, wann und wo das sein würde, auch nicht, wo sich die anderen jetzt befanden. Er hing völlig in der Luft.

Und das, obwohl man die Zeit, die bis zum Beginn des Unternehmens noch blieb, inzwischen schon in *Wochen* zählen konnte!

»Welchen Grund hatte Kaun deiner Meinung nach, sich nach Thomas zu erkundigen?«, hatte sein Vater ihn kurz nach seiner Rückkehr gefragt.

Michael erklärte wahrheitsgemäß, er habe nicht den Hauch einer Ahnung.

Das brachte seinen Vater ins Grübeln. »Ich wusste, dass er dort irgendwo lebt. Seine« – er sagte es verächtlich – »Kartoffelchipsfabrik betreibt. Aber er kennt keinen von euch, hat euch nie gesehen. Der Name Barron, okay, der hätte irgendwelche Glocken bei ihm klingeln lassen. Aber er hat ja nicht nach *dir* gefragt, sondern nach *Thomas!* Das finde ich rätselhaft.«

»Ich auch«, pflichtete Michael ihm bei, und das war nicht gelogen. Nicht einmal übertrieben.

Sein Vater dachte noch eine Weile nach, dann meinte er: »Nun, wie auch immer. Ich habe Walker hingeschickt. Der soll rauskriegen, was da los ist.« Er sah Michael eindringlich an. »Uns bleibt nicht mehr viel Zeit. Wir müssen aufpassen, dass uns der Verderber nicht in letzter Sekunde mit einem seiner Tricks an der Nase herumführt. So viel hängt von eurer Mission ab, so viel. Wir müssen wirklich auf der Hut sein.«

Walker berichtete, dass John Kauns fünfjährige Tochter lebensgefährlich erkrankt war. Doch das machte die Sache noch rätselhafter. Kaun und seine Familie sollten gerade andere Sorgen haben, als sich um junge Männer mit Feuermalen Gedanken zu machen. Was hatte ihn veranlasst, in der Privatklinik ausgerechnet nach Thomas Davies zu fragen? Das fand auch der grauhaarige Detektiv nicht heraus.

»Es bleibt ein eigenartiger Zufall«, beharrte Michaels Vater. »Und hinter eigenartigen Zufällen verbirgt sich oft das Walten höherer Mächte. Ich frage mich, was das zu bedeuten hat ... und ob wirklich *Gott* dahintersteckt.«

Es klang beunruhigend, wie er das sagte. Der Gedanke, möglicherweise persönlich im Brennpunkt der Aufmerksamkeit Satans zu stehen, war Michael bis zu diesem Moment noch nie gekommen, aber er leuchtete ihm ein. Und nahm ihm den Atem.

Vater verfolgte die Sache nicht weiter, dazu war er anderweitig zu beschäftigt. Das Projekt befand sich in der Endphase, und eines der wichtigsten Vorhaben war jetzt, die Zeitmaschine nach Israel zu transportieren und dort einsatzbereit zu machen.

Michael hatte nur eine vage Vorstellung von dieser Maschine. Er stellte sich eine Art Kanone vor, einem Teilchenbeschleuniger ähnlich, die sie in die Vergangenheit schießen würde. Sein Vater erklärte ihm, wie ihr Transport ablief. Die Maschine ließ sich in lauter Einzelteile zerlegen, die für sich genommen unverdächtig aussahen; diese wurden von verschiedenen Speditionen an verschiedene Empfänger in Israel befördert. Das diente dazu, nicht die Aufmerksamkeit des israelischen Zolls oder gar des Geheimdiensts zu erregen. Niemand sollte eine Vorstellung davon haben, wie das alles zusammengesetzt aussehen und was es bewirken würde, ja, mehr noch, niemand sollte auch nur auf die Idee kommen, sich diese Frage zu stellen. Es durfte zwischen den einzelnen Sendungen so wenig feststellbare Verbindungen geben wie nur möglich.

»Kurz nachdem du nach Oklahoma gegangen bist, habe ich in Israel eine Filmfirma gegründet«, erzählte ihm sein Vater. »Nicht zum Schein – diese Firma hat wirklich gearbeitet. Sie hat etliche Filme und Serien für das israelische Fernsehen produziert, sich nach und nach einen guten Ruf erworben. Ich habe sie dreimal umziehen lassen, und nun bin ich im Besitz eines ausgedehnten Drehgeländes auf dem Ölberg. Hallen, Filmausrüstung, Schneidestudio – alles da.«

»Ein *Filmstudio?*«, wunderte sich Michael.

»Ein Filmstudio eignet sich hervorragend als Tarnung. Niemand findet es ungewöhnlich, wenn dort große, merkwürdig aussehende Gegenstände angeliefert werden. Es sind nur Kulissen, sagt man sich. Auch Sicherheitsmaßnahmen und Wachleute akzeptiert jeder. Ein Studio muss schließlich Filmstars vor aufdringlichen Fans schützen, Filmpiraterie verhindern, aufsehenerregende Projekte bis zu einem Stichtag geheim halten, und so weiter. Ideal für uns.«

Eine andere Tarnung, die sich bewährte und für mehr Dinge nützlich war, als Michael gedacht hätte, war das angebliche »Bibelpark«-Unternehmen. Sein Vater zeigte ihm eine Schachtel voll frischer, glänzender Silbermünzen, legte ihm ein paar davon hin und erklärte: »Hier, ein tyrischer Schekel, wie man ihn um das Jahr 30 herum in Jerusalem geprägt hat. Die einzige Münze, mit der man die Tempelsteuer entrichten konnte. Da, ein griechischer Lepton. Und ein römischer Denarius. Schön, nicht wahr?«

»Ja«, sagte Michael und nahm die Münzen in die Hand. Sie waren erstaunlich schwer, fühlten sich gut an.

»Ich habe sie von Fachleuten prägen lassen. Alles daran ist historisch einwandfrei. Der Silbergehalt stimmt genau, die Prägung entspricht exakt den antiken Vorbildern. Nur sind diese Stücke eben frisch geprägt.«

Michael verstand immer noch nicht. »Ich dachte, du willst den Bibelpark gar nicht wirklich bauen.«

Das amüsierte seinen Vater. »Die sind auch nicht für den Bibelpark. Das sollen nur alle denken, die damit zu tun hatten. Die sind für euch.«

»Für uns?«

»Ihr werdet als reiche griechische Reisende auftreten. Dafür braucht ihr ja wohl Geld.« Sein Vater fasste in die Schachtel, hob eine Handvoll Münzen heraus und ließ sie wieder hineinklimpern. »Das ist das Geld der damaligen Zeit. Massives Edelmetall. Nicht bloß Papier und Zahlen in Computern wie heute.«

Auch die Kleidung, die sie tragen würden, erfuhr Michael, wurde gerade von Fachleuten auf diesem Gebiet angefertigt, nach denselben Verfahren, wie man in biblischer Zeit gegerbt, gewoben und genäht hatte. Nichts daran würde verraten, dass sie aus dem 21. Jahrhundert kamen.

»Es war übrigens Unfug, zu versuchen, Thomas' Mal entfernen zu lassen«, meinte Vater irgendwann später. Sie saßen einmal mehr alleine beim Mittagessen, weil Mutter in ihre Gebete vertieft war.

Michael hob die Schultern. »Er wollte es unbedingt. Er hat sich Sorgen gemacht, dass er vielleicht doch zu auffällig ist und nicht mitdarf.«

»Ja, eben«, meinte Michaels Vater unwirsch. »Es war Unsinn, sich solche Sorgen zu machen. Ihr hättet einfach damit zu mir kommen sollen.«

Er schwieg, während der Butler die Vorspeise ab- und den Hauptgang auftrug, ein Steak mit Röstzwiebeln, Bohnen und *home fries*. Als er wieder draußen war, spießte er ein paar Bohnen auf und fuhr fort: »Natürlich habe ich mir diese Frage damals auch gestellt, als es darum ging, das Team zusammenzustellen. Ich habe mich auch gefragt, ob Thomas zu auffällig ist. Und weil ich ratlos war, habe ich getan, was jeder gute Christ in so einem Fall tun sollte: Ich habe die Frage an Gott weitergegeben und ihn um ein Zeichen gebeten.«

»Aha«, machte Michael unbehaglich, säbelte ohne rechten Appetit an seinem Steak herum. Davon hatte Tom ihm ja erzählt.

»Dir ist sicher aufgefallen, dass sein Mal genau die Form eines Weinblatts hat. So präzise, dass man nichts anderes darin erkennen kann. Ich hatte Bedenken, ganz ehrlich. Zwar können wir davon ausgehen, dass die Leute in früheren Zeiten mehr körperliche Mängel gehabt haben, als man heutzutage sieht, weil man so gut wie nichts davon chirurgisch beseitigen konnte, keine Male, keine Hasenscharten, keine Klumpfüße und was es sonst so gibt. Aber ich war mir nicht sicher, ob jemand mit so einem *prägnanten* Feuermal wie Thomas nicht trotzdem auffallen würde.«

»Ja«, meinte Michael. »So etwas Ähnliches hat sich Tom auch überlegt.«

Sein Vater nickte. »Deswegen habe ich damals zu Gott gebetet und ein Zeichen erfleht, wie ich mich entscheiden soll. Anschließend habe ich meine Bibel aufgeschlagen, und wie ich sie aufschlage, fällt mein Blick auf den Satz im 15. Kapitel des Johannes-Evangeliums, wo es heißt: *Ich, ich bin der Weinstock; ihr seid die Reben. Wer mit mir verbunden bleibt und ich dann auch mit ihm, der trägt viel Frucht. Denn getrennt von mir könnt ihr nichts ausrichten.*« Er hob eine Hand. »Das war das Zeichen, um das ich gebeten hatte. Das war Gottes Weise, mir klarzumachen, dass er Thomas mit diesem Mal gezeichnet hat. Dass er eine Absicht damit verfolgt.«

Michael sah seinen Vater an, wusste nicht, was er denken sollte. »Hat die Behandlung vielleicht deswegen nicht richtig angeschlagen?«, entfuhr ihm ein Gedanke, noch ehe er ihn zu Ende gedacht hatte.

Vater lächelte. »Natürlich. Es braucht schon mehr als ein paar Laserstrahlen, um sich Gottes Willen zu widersetzen.«

Es war in einer dieser Nächte, in denen sie beide in der Klinik ausharrten, eine der letzten Nächte des zweiten Zyklus, als nicht mehr das Zellgift in Kathleens Adern lief, sondern bereits die Flüssigkeiten, die es wieder aus dem Körper spülen sollten. Kathleen schlief, genau wie Bethany, vor Erschöpfung. Nur Kaun schlief nicht. Einmal mehr rächten sich die medizinischen Sünden seiner Vergangenheit, hielt sein Körper die Nacht für den Tag. Am nächsten Morgen stand ihm ein Arbeitstag mit sehr viel starkem Kaffee bevor.

Die Nachtschwester bot ihm ein Schlafmittel an. »Ganz leicht«, versicherte sie ihm, die Pillendose in der Hand, »etwas Pflanzliches.«

Kaun, der sich wunderte, dass eine so kleine Frau mit

einem so anstrengenden Beruf zurechtkam, lehnte dankend ab. »Ich werde ein bisschen herumspazieren«, erklärte er leise. »Vielleicht hilft das.« Das würde es vermutlich nicht, aber es würde ihn zumindest ablenken.

So wanderte er durch die abgedunkelten, stillen Flure, stieg die schummrigen Treppenhäuser hinab oder hinauf. Ab und zu sah er ein farbiges Licht über einer Tür leuchten und eine Krankenschwester, die sich darauf zubewegte.

Auf dieser Wanderung geriet er in die Klinikkapelle, deren Existenz ihm bis dahin entgangen war. Und eigenartig – obwohl es draußen so ruhig war, hier drinnen war es noch ruhiger.

Kaun zog die Tür hinter sich zu. Auf dem Altar brannte eine Kerze. Blumen schmückten ihn üppig, künstliche allerdings. Ein kaum wahrnehmbarer Duft nach Weihrauch lag in der Luft, stimmte einen unwillkürlich besinnlich.

Die Kapelle war nicht groß, die Bänke boten Platz für vielleicht zwanzig Personen. Kaun setzte sich in eine davon, faltete die Hände im Schoß und sah hinauf zu dem Kreuz, das über dem Altar hing. Es war ein neutrales Kreuz aus glattem, gemasertem Holz. Doch natürlich konnte man diese geometrische Gestalt – ein langer senkrechter Balken, ein kürzerer waagrechter im oberen Bereich – nicht anschauen, ohne den Gekreuzigten mitzudenken. Das war eine unvermeidliche kulturelle Prägung, wenn man in diesem Teil der Welt aufgewachsen war.

Kaun betrachtete das Kreuz, horchte in sich hinein, versuchte zu erspüren, was es in ihm auslöste. Doch er kam nur wieder zu dem Schluss, zu dem er bei solchen Gelegenheiten bisher immer gekommen war: nichts. Es sprach ihn nicht an. Weder fühlte er sich davon hingezogen noch davon abgestoßen. Es hätte genauso gut ein Kreis oder ein Dreieck aus Holz an der Stirnseite der Kapelle hängen können.

Er fühlte auch kein Bedürfnis zu beten, auch jetzt nicht. *Nicht einmal* jetzt. Es wunderte ihn selbst. Es lag nicht an seiner Erziehung, dessen war er sich sicher. Er war nicht anders aufgewachsen als die meisten Amerikaner. Als Kind hatte man ihm die Geschichten um Jesus und seine Apostel erzählt, sonntags war er mit in die Kirche gegangen, in der Schule hatte er das Morgengebet mitgesprochen. Das ganze Programm. Seine Eltern waren nicht besonders religiös gewesen, auch nicht atheistisch oder gar anti-religiös. Sie hatten das alles vermutlich mitgemacht, weil alle es taten und weil man kein Außenseiter sein wollte.

Kaun blickte auf seine gefalteten Hände hinab. Ein Reflex aus diesen Zeiten. Wenn man einen Kirchenraum betrat, dämpfte man Stimme und Schritt, senkte den Kopf und faltete die Hände. Aber es bedeutete ihm nichts, war ein Akt der Dressur, der nachwirkte, nicht anders, als man Hunde dressieren konnte, auf einen bestimmten Zuruf hin Männchen zu machen.

Im Grunde war er immer ohne Religion, ohne Kirche durchs Leben gegangen. Auch dass er damals in Israel das ominöse »Jesus-Video« gesucht, ja, *gejagt* hatte, war geschäftlich motiviert gewesen, nicht religiös. Dass es, als er es endlich zu sehen bekam, einen derart radikalen Wandel in seinem Leben bewirken würde, hatte er weder erhofft noch geahnt. Es war ihm einfach zugestoßen.

Doch nicht einmal dieser grundlegende Wandel hatte in ihm das Bedürfnis ausgelöst, vermehrt in die Kirche zu gehen. Er hatte keinen Anlass gesehen, an den diversen Ritualen teilzunehmen, sich in eine Kirchengemeinde einzugliedern und derlei. Nichts dergleichen. Das Video hatte ihn und sein Leben total umgekrempelt, ja. Es hatte alles, was ihn ausmachte, vom Kopf auf die Füße gestellt. Es hatte bewirkt, dass jeder, der ihn von früher kannte, in der einen oder anderen Form gesagt hatte, »ich erkenne dich nicht wieder«. Doch eine Hinwendung zur Kirche und zur christlichen Religion hatte das Video nicht bewirkt.

Seltsam. Warum nicht? Wenn der Mann, den er gesehen

hatte, wirklich Jesus von Nazareth, wirklich Jesus Christus gewesen war – wieso hatte das ausgerechnet an seiner Gleichgültigkeit der Kirche gegenüber nichts geändert?

Kaun atmete durch. Es tat gut, hier zu sitzen. Die Stille tat gut, der Weihrauchduft entspannte ihn. Vielleicht würde er nachher doch etwas schlafen können.

Denkbar, dass es gar nicht Jesus gewesen war, den er gesehen hatte. Denkbar, dass es jemand anders gewesen war. Vorstellbar, ohne Weiteres.

Doch andererseits auch wieder nicht. Denn: Wer war es *dann* gewesen? Wer war der Mann, der sein Leben so grundlegend verändert hatte?

Er sah ihn immer noch vor sich, konnte die Bilder aus jenen zehn, zwölf Minuten immer noch jederzeit wachrufen. Er sah darauf einen Mann, der … nun, wie sollte er es beschreiben? Wie der Sache gerecht werden? Im Grunde ging es nicht, im Grunde gab es keine Worte, die hätten nachvollziehbar machen können, was ihm diese Bilder vermittelt hatten, diese kurze, bewegte, farbige Sequenz. Doch hätte man ihm eine Pistole auf die Brust gesetzt und ihn gezwungen, es in Worte zu fassen, dann hätte er gesagt: Ich habe einen Mann gesehen, der so voller Lebensbejahung war, der ein so unglaublich bedingungsloses Ja zum Leben ausgestrahlt hat, dass man zusehen konnte, wie es auf andere übersprang, sie mitriss, ja, wie es sie heilte. Und dass man nur erahnen konnte, wie es in seiner unmittelbaren Gegenwart gewesen sein musste, wenn diese Ausstrahlung selbst über einen Bildschirm funktionierte und über zwei Jahrtausende hinweg.

Was war, verglichen damit, das Kreuz? Kaun hatte nie recht verstanden, wieso ausgerechnet das Kreuz als Symbol für diesen Mann stand, und er verstand es weniger denn je. Er hatte seit dem Video ein paar Bücher zu dem Thema gelesen. Die Kreuzigung war eine Hinrichtungsart des römischen Imperiums gewesen, die bei politischen Verbrechern, Aufrührern und Hochverrätern zum Einsatz gekommen war. Gedacht war sie zur Abschreckung, weil sie den Verurteilten ausgesprochen langsam und qualvoll tötete. Es hatte sich aber um keine besondere Hinrichtungsart gehandelt; in den von Rom besetzten Gebieten waren Zehntausende auf diese Weise zu Tode gebracht worden.

Hieß das, dass Jesus so jemand gewesen war? Ein Aufrührer? Ein politischer Verbrecher?

Vielleicht, wenn man den entsprechenden Standpunkt einnahm. Um das zu beurteilen, wusste er zu wenig über die Verhältnisse der damaligen Zeit. Immerhin war Jesus unter anderem als ›König der Juden‹ bezeichnet worden. Gut möglich, dass das den Unwillen der Obrigkeit ausgelöst hatte.

Doch wenn er an den Jesus dachte, den er gesehen hatte – und er würde bis zum Beweis des Gegenteils von dem Mann auf dem Video als Jesus denken –, dann konnte er in ihm nur den Heiler sehen. Jemanden, der andere anstecken konnte mit einer geradezu überwältigenden Liebe zum Leben.

Endlich war auch die zweite Chemo überstanden, und sie konnten Kathleen wieder mit nach Hause nehmen. Erstaunlich, wie sehr sich ihr neues Leben schon wie Alltag anfühlte, überlegte Kaun am nächsten Morgen. Er steckte ein paar Scheiben Brot in den Toaster und wollte gerade den Hebel drücken, als aus Richtung der Schlafzimmer ein panischer Schrei gellte.

Kathy! Es ist etwas mit Kathy!

Er ließ alles fallen, rannte los, die Treppen hoch in den Flur zum Kinderzimmer.

Dort kam ihm Bethany entgegen, mit den Händen fuchtelnd, eine Geste der Beschwichtigung. »Sorry!«, keuchte sie. »Sorry. Nichts passiert, nichts passiert. Ich hätte nicht so schreien sollen. Das war dumm von mir. Ich wusste ja, dass es passieren würde.« Sie warf sich an seine Brust, in der Kaun sein Herz heftiger schlagen spürte, als gut für ihn war. »Ich dachte nur nicht, dass es so … so …«

»Was?«, brachte er endlich heraus. Ihm war schwindlig, doch das wollte er sich nicht anmerken lassen. »Was ist los?«

Sie sagte nichts, gab ihn nur frei und wies auf die Tür zum Kinderzimmer.

Es war tatsächlich etwas mit Kathleen. Sie lag in ihrem Bett, glatzköpfig wie ein frisch gekochtes Ei, umgeben von all ihren Haaren, und heulte und schluchzte wie ein Schlosshund. Kaun, unendlich erleichtert, setzte sich auf den Rand ihres Bettes, fasste nach einem der Büschel. Dunkle, gelockte Haare, die sie zu hundert Prozent von ihrer Mutter geerbt hatte.

»Das macht nichts«, sagte er. »Das ist nicht schlimm. Die wachsen irgendwann wieder, du wirst sehen.«

Kathy hatte natürlich schon während der zwei Chemos Haare verloren und auch in der Zeit dazwischen, aber es waren nicht besonders viele gewesen. Sie hatten es, ohne es auszusprechen, für ein Zeichen gehalten, dass Kathy nicht so harte Mittel bekam wie andere Kinder, dass es bei ihr nicht so schlimm war.

Und nun war es auf einen Schlag passiert.

Bethany lachte unter Tränen, jene Art Lachen, die stärker ist als man selber. »Jetzt siehst du aber *wirklich* aus wie eine Borg-Prinzessin«, prustete sie los, und zu Kathys Missvergnügen musste auch Kaun lachen. Bethanys Lachen hatte seit jeher ansteckend auf ihn gewirkt.

Es gefiel Kathy immer noch nicht, so genannt zu werden, doch es schien sie zu beruhigen, dass ihre Eltern über die Sache lachen konnten. Sie stemmte sich aus dem Bett und lief, eine Spur von Haaren hinterlassend, die von ihrem Schlafanzug fielen, hinüber ins Ankleidezimmer, um sich dort im Wandspiegel zu betrachten. Sie stand eine Weile davor, drehte sich hin und her und schien nicht recht zu wissen, was sie davon halten sollte. Dann verlangte sie, dass man ein Foto von ihr machte. Und noch eins. Und eins von hinten, weil sie sehen wollte, wie sie ringsherum aussah.

Ein paar Tage später waren ihr auch die letzten Haare ausgefallen, die Augenbrauen und die Wimpern. »Jetzt bin ich ein Fisch«, erklärte Kathleen daraufhin und verbrachte ab da viel Zeit damit, sich mit blauem Filzstift Schuppen auf den Körper zu malen.

Bethanys Geburtstag kam. Zum Frühstück gab es einen Fertigkuchen aus der Packung, eine Kerze und, statt echter Blumen, die sich Kathleens wegen verboten, einen Strauß bunter Blumenservietten darum herum. Es entlockte ihr ein Lächeln.

Kaun schenkte ihr ein Perlenarmband, vor dem sie während eines Stadtbummels einmal stehen geblieben war, in einer anderen, unbeschwerteren Zeit. Es brachte sie zum Seufzen.

Den Rest des Tages teilten sie sich wieder die Firma. Kaun vormittags, Verhandlungen mit dem Betriebsrat, die nicht warten konnten, Bethany nachmittags, zum ersten Testlauf der neuen Röststrecke.

Abends, als Kathleen endlich schlief, erschöpft von einem Tag voller Fisch-Geschichten, Fisch-Spiele und Fisch-Filme, ließ sich Bethany neben Kaun aufs Sofa fallen und meinte: »So. Das war er also, der trostloseste Geburtstag meines Lebens.«

Kaun legte die Zeitung beiseite. »Findest du?«

»Ja. Es fehlt nicht mehr viel, und ich fange an, mir *selber* leidzutun. Ich wollte, ich wäre cool genug zu sagen, Krebs hin, Krebs her, lass uns einen Babysitter bestellen und wenigstens einen Abend ausgehen. So wie Lindsey.« Lindsey war die Mutter eines neunjährigen Jungen mit Hirntumor, mit der sie in der Klinik ins Gespräch gekommen waren und die das alles schon seit Jahren durchmachte. »Wobei, wer weiß«, fügte Bethany hinzu und seufzte, »vielleicht kommt das ja noch.«

Kaun sah unauffällig an ihr vorbei auf die Wanduhr. Halb neun.

»Vielleicht«, meinte er bedächtig, »ist das aber auch gar nicht nötig.«

Genau in diesem Moment klingelte es am Tor. Geniales Timing.

Bethany sah ahnungslos in Richtung Haustüre. »Wer ist denn das? Um diese Zeit?«

»Alles Gute zum Geburtstag, Beth«, sagte Kaun.

Sie sah ihn konsterniert an. »Was soll das heißen?«

»Mach einfach auf.«

Es war ein Lieferwagen mit einer stilisierten Langouste auf der Seite, der vorfuhr, als sie das Tor auffahren ließen. Sibyl Rawlings und Stephen, einer ihrer Köche, stiegen aus, öffneten die Hecktüre und kamen dann vollbepackt die Stufen herauf. Stephen trug einen chromblitzenden Wärmebehälter, Sibyl einen Korb voller Utensilien. Unter einem Bündel weißer Kochschürzen ragte ein silberner Kandelaber heraus. »Wo ist die Küche?«, fragte sie.

»Ich zeige euch den Weg«, rief Kaun und ging voraus.

Bethany stand völlig verdattert im Weg herum. »Kann mir bitte jemand erklären, was das alles werden soll?«

»Wenn der Gast nicht zum Restaurant kommen kann«, meinte Sibyl, »muss das Restaurant eben zum Gast kommen.«

»Aber … aber ihr habt doch heute Ruhetag!«

»Ruhe ist ein dehnbarer Begriff.«

Sie nahmen die Küche in Besitz. Stephen band sich eine weiße Schürze um, schaltete den Herd ein, legte Messer und andere Utensilien zurecht. Sibyl hob die Hände und erklärte: »Wir sind frisch geduscht, reiner als rein, nach menschlichem Ermessen frei von gefährlichen Bakterien. Die Anforderungen an das Menü waren eine Herausforderung, das gebe ich zu, aber es sollte jetzt darauf abgestimmt sein, euch keine fremden Keime ins Haus zu tragen. Es gibt geräucherte Foie gras mit Birnenchutney, mit Kräutern überbackenes und mit Speck gefülltes Putenfilet an Ratatouille-Gemüse und frittierten Kartoffelnestern und zum Abschluss heißen Gewürzkuchen mit Vanillesoße.« Sie wies auf Kaun. »Für den Wein wollte dieser Herr sorgen, der selber gar keinen trinkt. Mal sehen, ob das gut geht.«

Allmählich begriff Bethany, was los war. »Du!«, rief sie. »Du steckst dahinter!«

Kaun mimte die reine Unschuld. »Ich hab Sibyl nur gefragt, ob sie sich das vorstellen kann. Den Rest hat sie organisiert.«

»Wenn man von unseren konspirativen Telefonaten absieht, den Zeitplänen, Bedarfslisten und so weiter, die er erstellt hat«, widersprach Sibyl. »Wir haben so etwas nämlich noch nie gemacht. Er hat mich überredet.«

»Überredet? ›Offene Türen eingerannt‹ trifft es besser.«

Bethany sah von einem zum anderen, während sich allmählich so etwas wie ein glückliches Lächeln in ihr Gesicht stahl. »Das ist ja … ich weiß gar nicht, was ich sagen soll …«

»Du sollst auch nichts sagen, sondern dich herrichten gehen, Schätzchen«, erklärte Sibyl resolut. »Zeig mir, wo euer Geschirr steht und an welchem Tisch ihr essen wollt, den Rest machen wir.«

Dann kam ein Tag, ein verheißungsvoller Morgen, an dem das Licht auf den dunklen Wassern des Long Island Sounds glitzerte und an dem Michaels Vater beim Frühstück sagte: »Es gibt ein paar Probleme, um die ich mich persönlich kümmern muss. Ich werde mindestens eine Woche lang weg sein, und ich weiß nicht, ob ich dazu komme, mich zu melden.«

Michael nickte. »Kann ich irgendwas machen in der Zeit?«

Worauf sein Vater die Hand ausstreckte, sie ihm schwer auf die Schulter legte und eindringlich sagte: »Ja, das kannst du. Bereite dich innerlich vor auf das, was vor uns liegt. Geistig, meine ich. Bete. Lies in der Bibel. Bitte um Gottes Beistand für das Gelingen des großen Werks, von dem so viel abhängt. Das wäre das Beste, was du jetzt tun kannst.«

Michael hielt dem Blick stand, aber er musste an seine zahllosen Sünden denken, seine Zweifel, seine Heimlichkeiten. Was, wenn er sich an Gott wandte und dieser daraufhin ein Zeichen gab, dass er es nicht wert war, die anderen zu begleiten? Was dann?

»Okay«, sagte er. Ein Okay verpflichtete zu nichts. Es war kein Versprechen, nur eine Rückmeldung, dass er verstanden hatte.

Er begleitete seinen Vater zur Haustür. Von dort sah er dem davongleitenden schwarzen Lincoln nach, bis der Wagen durch das Tor in Richtung Flughafen abbog und außer Sicht kam.

»Du könntest«, sagte in diesem Moment eine Stimme neben ihm, »auch etwas anderes machen, solange er fort ist.«

Michael schrak zusammen. Es war seine Mutter, die plötzlich dastand, als sei sie aus dem Nichts aufgetaucht. Sie trug ein schneeweißes Kleid, hatte ihre Haare hochgesteckt und wirkte blass und durchgeistigt, wie fast nicht mehr von dieser Welt.

»Sorry«, sagte er hastig. »Ich hab dich nicht kommen hören.«

Sie ging nicht darauf ein, hielt ihm nur einen Zettel hin, ein zusammengefaltetes Stück linierten Papiers.

»Was ist das?«

»Eine Adresse«, erklärte sie. »Isaak wohnt dort.«

»Isaak?« Er schrie es fast, riss ihr den Zettel aus der Hand, faltete ihn auf.

Es war eine Adresse in San Francisco. Kein Name. Nur eine Hausnummer, eine Straße, ein Stadtteil, die Stadt.

»Du hast *Kontakt* zu ihm?«, fragte er, überrascht von der Heftigkeit der Gefühle, die in ihm aufwallten. »Warum hast du mir nichts gesagt?«

Sie neigte den Kopf leicht zur Seite. »Ich sage es dir doch gerade.«

In Michael arbeitete es. Seine Gedanken formten sich, wie sich ein Knäuel entwirrte. Sein Vater durfte davon nichts erfahren, das war klar. Der war aber nun eine Woche lang fort.

»Ich könnte ihn besuchen!«, erkannte er. Kein Problem. Er

war kein Kind mehr. Er hatte sein Taschengeld, brauchte nur ein Ticket nach San Francisco zu buchen.

»Ja«, sagte seine Mutter. »Das solltest du sogar.« In ihrem Gesicht zeichnete sich Schmerz ab. »Aber pass auf dich auf, Michael. Pass gut auf dich auf.«

Kapitel 20

Ich hatte auf einmal das sichere Gefühl, dass ich nicht mehr allein war. Ich merkte, dass ich mit Jesus redete, zu Ihm sang. Unsere Jungs sangen auch bald: »Oh, wie ich Jesus liebe. Oh, wie ich Jesus liebe …« Da war eine Melodie in unseren Herzen, weil Er uns so nahe war.

Dee Brestin, »Falling in Love with Jesus«, 2001

Michael Barron nahm einen United-Airlines-Flug, der um sieben Uhr am JFK abging und um kurz vor halb elf in San Francisco landete. Obwohl der Flug lang dauerte – mit der Zeitverschiebung sechseinhalb Stunden –, fand er unterwegs keine Ruhe. Er ignorierte das Videoprogramm, wollte nichts lesen, schaute nur aus dem Fenster auf ziehende Schäfchenwolken und das Schachbrettmuster aus Feldern und Straßen und dachte daran, wie es sein würde, seinen Bruder wiederzusehen. Nach über sechs Jahren, einer kleinen Ewigkeit. Himmel, er selber war inzwischen älter, als Isaak damals gewesen war!

Unterwegs bekam er Hunger. Er hatte vor Aufregung nichts gefrühstückt, ein Fehler, der sich durch das minimale Bordfrühstück nicht beheben ließ. Als sie endlich gelandet waren, musste er noch im Flughafen einen Hamburger essen, ehe er sich auf die Suche nach einem Taxi machte.

Der Taxifahrer, den er abbekam, war eine unrasierte, schmierige Erscheinung. Als Michael ihm die Adresse nannte, grinste er wissend und meinte: »Mission District, aha. Da leben die Künstler. Die Lebenskünstler, ha, ha, ha.«

Michael verstand nicht, wie er das meinte, und es war ihm auch egal. Er hatte genug damit zu tun, in dem nach altem

Rauch und Schweiß stinkenden Inneren des Taxis möglichst wenig zu berühren.

Die Fahrt vom Flughafen in die Stadt auf dem sechsspurigen Highway führte ein Stück an der Bay entlang. Michael spähte aus dem Fenster. Hätte er die berühmte Brücke sehen müssen?

»Ich kenn mich aus«, erklärte der Taxifahrer. »Wenn Sie was Bestimmtes suchen … oder was Besonderes …«

»Nein«, sagte Michael. »Ich suche nur meinen Bruder.«

»Ach so.« Das schien ihn zu enttäuschen. Er bewegte seinen Kopf hin und her, als litte er unter Nackenschmerzen. Dann drehte er das Radio an und ignorierte seinen Fahrgast.

Michael war es recht. Er wollte nur die Stadt sehen, in der Isaak all die Jahre gelebt hatte, sich innerlich vorbereiten auf den Moment, in dem er ihm wieder gegenübertrat.

Sie bogen ab, hinein in die Stadt. Niedrige Häuser in allen Farben, Palmen am Straßenrand, munteres Treiben auf den Straßen. Billigläden, Gemüsemärkte und alle paar Schritte gigantische, schreiend bunte Wandmalereien. Fast, als hätte es ihn nach Südamerika verschlagen.

Auch ausgesprochen finster wirkende Gestalten sah man. Als das Taxi an einer Ampel hielt, vor der eine Handvoll Typen in ledernen Hosen herumlungerten und mit Klappmessern spielten, drehte sich der Fahrer doch noch einmal herum und meinte: »Keine Touristengegend hier, okay? Army Street, Cesar Chavez Street – die meidet man besser. Kleiner Tipp.«

»Okay«, sagte Michael.

Dann waren sie endlich da. Michael zögerte, als er vor einem heruntergekommen wirkenden Haus stand, sah dem Taxi nach, doch das sauste davon, als flüchte es. Nun, zumindest seine Mutter wusste ja, wo er war. Im Falle eines Falles.

Er wandte sich dem Haus zu. Die Haustüre war irgendwann eingetreten und danach nur notdürftig geflickt worden, und das musste lange her sein. Es stank nach verrottenden Küchenabfällen und nach ausgelaufenem Bier. Schmutzige Verpackungsreste lagerten sich in windgeschützten Ecken ab. Michael trat näher, studierte die Klingelschilder.

Auf einem davon stand: *Lofelmaker/Barron*.

Michael sank die Kinnlade herab, als er begriff, was das hieß. Isaak lebte mit seinem ehemaligen Kunstlehrer zusammen!

Hatte seine Mutter das gewusst?

Der Türöffner funktionierte wider Erwarten, summte asthmatisch, nachdem Michael einmal kräftig auf den Klingelknopf gedrückt hatte. Die Tür sprang auf, muffiger Gestank wehte ihn an. Der Flur war dunkelbraun und rot gestrichen, nicht besonders sorgfältig. Im düsteren Hintergrund standen Mülleimer. Michael drückte die Tür hinter sich zu, was einige Kraft erforderte.

»Im zweiten Stock«, rief jemand von oben. Eine fremde Stimme.

»Okay«, sagte Michael und erklomm die Treppe, deren Geländer derart wackelte, dass er sich lieber an der Wand festhielt. Seine Bauchdecke vibrierte vor Anspannung. Fast sieben Jahre. Es kam ihm vor wie ein halbes Leben.

Oben erwartete ihn ein magerer, abgehärmter Mann in einer offenen Tür. Er trug ausgeleierte Jeans, Badelatschen, ein langes Hemd voller Farbflecken und einen Kinnbart. Die grauen Haare waren so schlecht geschnitten, als habe er es selber vor dem Spiegel gemacht.

»Hallo. Du musst Michael ein«, sagte der Mann und streckte ihm die Hand hin. »Ich bin Charly.«

Michael wusste nicht, was er sagen sollte. Er schüttelte ihm die Hand und sagte nur: »Hallo.«

Charly lächelte müde. »Deine Mutter hat eine Mail geschickt, dass du kommst.«

»Ach so.« Also hatte sie doch Bescheid gewusst.

Charly winkte ihn herein. Er schloss die Tür und legte drei Riegel und zwei Sicherheitsketten vor, mit einer Beiläufigkeit, die von Routine zeugte. Dann ging er voran. Der Flur war so eng, dass man fast mit den Schultern anstieß. Eine braungraue Streifentapete voller Stockflecken bedeckte Wände und Decke.

Durch eine Tür auf der linken Seite erhaschte Michael einen kurzen Blick in ein helles Zimmer und auf eine Staffelei, auf der ein halb fertiges Gemälde stand. Es war eine wilde, düstere Komposition von Farben und Formen, beeindruckend, fast erschreckend. Die Wände waren weiß gestrichen, soweit man sah, denn es hingen jede Menge weiterer Bilder daran. Andere standen am Boden, hintereinander gegen die Wand gelehnt. In einer Ecke verdeckte ein Tuch eine Matratze, der Rest war Atelier. Farbtuben lagen herum und farbverschmierte Lumpen, überall Gurkengläser, voll mit dunkelgrauem Wasser.

Die nächste Tür linker Hand führte in eine dunkle Küche. Alles war sehr eng, sehr alt, sehr abgewohnt.

Gegenüber war eine Tür schräg eingebaut. Charly öffnete sie, sagte in den Raum dahinter: »Er ist da.« Dann drehte er sich um und meinte mit traurigem Blick: »Geh einfach rein.«

Das Zimmer, das Michael betrat, lag im Dunkeln. Dicke Vorhänge hingen vor den Fenstern, die Luft war stickig. Es stank nach Schweiß, Pisse und Räucherstäbchen, dass es einen schier umhaute.

»Hallo, Michael«, sagte eine dünne, heisere Stimme, die er nur mit Mühe als die seines Bruders erkannte.

»Hallo, Isaak«, sagte er mühsam. Da hatte er wohl einen ungünstigen Tag für seinen Besuch gewählt, was?

Er versuchte, mehr zu erkennen. Ein großes Doppelbett nahm den Raum fast vollständig ein, zwei Nachttische rechts und links davon standen voller Flaschen und anderem Zeug. Und in dem Bett saß oder lag sein Bruder, dessen Gestalt er nur undeutlich ausmachte.

»Zieh einfach die Vorhänge beiseite«, sagte Isaak.

»Okay.«

Er zog eine der braunen Stoffbahnen auf. Helligkeit flutete herein, als sei ein Staudamm gebrochen. Michael drehte sich um und erschrak, als er Isaak sah, oder besser gesagt, die zum Skelett abgemagerte Gestalt, in der er seinen Bruder unter anderen Umständen nur mit Mühe wiedererkannt hätte.

»Um Gottes willen«, entfuhr es ihm. »Was ist mit dir?«

Isaak sah ihn nur ausdruckslos an. »Was soll sein? Ich sterbe.«

War es die Gewöhnung, dass Kathleen kaum mehr Angst vor dem Krankenhaus zeigte? Oder hatte sie das Gefühl, dass man ihr hier trotz allem helfen würde? Jedenfalls, das Wort ›Untersuchung‹ schreckte sie nicht mehr. Sie wollte zwar immer noch genau wissen, was sie erwartete, doch wenn man es ihr dann erklärte, nahm sie es hin, ohne eine Szene auf dem Parkplatz zu machen wie zu Anfang.

Um ihren Katheter war sie inzwischen beinahe froh, denn, so hatte sie ihnen erklärt, damit sei es nicht nötig, sie so oft zu pieksen.

Manchmal war es trotzdem nötig, zum Beispiel bei den Knochenmarksuntersuchungen, die regelmäßig fällig waren. Aber da wusste sie, dass sie ein Mittel bekommen würde, um den Eingriff zu verschlafen.

»Guten Morgen, kleine Meerjungfrau«, sagte Dr. Parker, als Kathleen bis auf das Höschen ausgezogen vor ihm auf der Untersuchungsliege saß. Die Schuppen, die sie sich mit blauem Filzstift auf jede erreichbare Stelle ihres Körpers gemalt hatte, verblassten zwar allmählich, waren aber immer noch gut zu erkennen.

»Keine Meerjungfrau«, protestierte Kathy. »Ein *Fisch!*«

Dr. Parker war ein junger Assistenzarzt mit abstehenden Ohren, der – vielleicht um davon abzulenken – stets kreischbunte Krawatten mit Comicfiguren trug. Die stachen unter seinem weißen Arztkittel besonders ins Auge und faszinierten die Kinder, mit denen er zu tun hatte, sichtlich.

»Was denn für ein Fisch?«, fragte er, während er Kathys Hals abtastete.

In Kathleens Augen trat eine Art Glanz. »Ein großer, starker Fisch«, erklärte sie. »Einer, der ganz, ganz tief in den Ozean hinuntertauchen kann, dorthin, wo es schrecklich dunkel und kalt ist, aber es macht ihm gar nichts!«

»Wow«, sagte Dr. Parker. »Das klingt ja toll.« Er setzte sich das Stethoskop in die Ohren. »Dann lass mich mal hören, wie so ein Fisch atmet.«

Kaun sah auf die Uhr. Zeit, zu gehen. Er verabschiedete sich mit einem raschen Kuss von Bethany, die in der Klinik blieb.

»Ah, warte«, meinte sie und griff nach ihrer Arbeitsmappe, mit der sie sich die Wartezeit vertreiben würde. »Das hier kannst du Bob schon mal geben. Sag ihm, den Rest kriegt er morgen.« Sie zog ein paar Blätter heraus, Schemazeichnungen voll rätselhafter Abkürzungen und Zahlen, darauf eine Menge Anmerkungen mit grünem Stift und in Bethanys unverkennbarer, präziser Handschrift.

Kaun steckte die Papiere ein. »Okay. Dann bis heute Abend.«

»Bis heute Abend.« Er gab seiner Tochter noch einen Kuss auf die Glatze. »Mach's gut, du Fisch.«

»Blubb«, machte Kathleen und lachte frech.

Es sollte nicht bis zum Abend dauern. Kurz nach Mittag rief Bethany an und sagte mit hörbarer Unruhe in der Stimme: »Kannst du bitte ins Krankenhaus kommen? Dr. Truong will uns sprechen. Er meinte, es sei wichtig.«

Dr. David Truong war der Chefarzt der Onkologie, ein ernster, penibler Mann, der, anders als sein Name vermuten ließ, wenig Asiatisches an sich hatte. Eine Aura von Sorgfalt und Genauigkeit umgab ihn, sodass man ihm, obwohl er alles andere als warmherzig war, unwillkürlich vertraute.

Er empfing sie in seinem mustergültig aufgeräumten Büro. Ohne große Vorreden holte er Kathleens Dokumentation auf den Bildschirm und sagte dann fast vorwurfsvoll: »Ich habe Sie hergebeten, um die Befunde der Knochenmarksuntersuchung mit Ihnen zu besprechen. Um es kurz zu machen: Ihre Tochter spricht auf die Chemotherapie schlechter an, als wir gehofft haben. Nach allen Erfahrungen mit dem Verlauf dieser Krankheit ist nicht mehr davon auszugehen, dass wir eine Remission bei ihr erreichen werden.«

Später saßen sie in der Küche und sahen Charly zu, wie er das Mittagessen kochte, etwas Chinesisches. »Ich koche oft chinesisch«, erklärte er, während er mild ranzig riechendes Öl in seinem Wok erhitzte. Die Gasflamme darunter zischte. »Es ist leicht, gesund und kostet nicht viel, wenn man auf Fleisch verzichtet. Und ich liebe es, in den Geschäften in Chinatown einzukaufen. Das ist jedes Mal ein Fest für die Sinne.«

»Er muss immer malen, wenn er zurückkommt«, fügte Isaak mit rasselnder Stimme hinzu.

Er hatte darauf bestanden aufzustehen. Nun saß er auf einem Kissen auf dem einzigen Stuhl in der Küche und sah trotz des dicken grünen Bademantels, in den er sich gehüllt hatte, dünn aus. Er hatte Michael die dunklen Knoten entlang seiner Arme gezeigt und nur gesagt: »Hab ich am ganzen Körper. Kaposi-Sarkom. Geradezu klassisch. Vor AIDS war das eine fast unbekannte Krankheit, stell dir vor.«

Und er hatte nicht gewollt, dass Michael ihn anfasste. Er hatte sich nur von Charly helfen lassen.

Charly rührte klein geschnittene Möhren in das Öl, Tofustücke, Sojasprossen, Erbsen. Dann streute er chinesische Gewürze darüber und löschte alles mit Sojasoße ab, was so laut war, dass es den Straßenlärm von draußen übertönte. Allmählich begann es auch, besser zu riechen.

»Wir haben nicht immer hier gewohnt«, erklärte er, während er den Inhalt des Woks wendete. »Früher hatten wir eine riesige Wohnung drüben im Duboce Triangle, mit einem herrlichen Atelier und einer Dachterrasse. Aber als Isaak krank geworden ist …« Er nahm den Deckel vom Reiskocher, sah nach, wie weit der Reis war. »Die Medikamente. Die fressen einen auf. Und so viel verdient man nun auch wieder nicht als Künstler, selbst wenn man gut im Geschäft ist. Unregelmäßig vor allem. Du musst immer was auf der hohen Kante behalten. Das meiste kassieren ohnehin die Galeristen. *Die* werden mit Kunst reich, nicht unsereiner.« Er zuckte mit den Achseln. »Aber das war noch nie anders.«

Michael befand sich nach wie vor in einer Art Schockzustand, wurde das Gefühl nicht los, einen besonders intensiven Traum zu durchleben. »Warum hast du dich nicht gleich mit Mutter in Verbindung gesetzt?«, fragte er Isaak. »Die hätte dir bestimmt Geld gegeben!«

Isaak winkte nur ab.

»Oder … oder du hättest zurückkommen sollen! Wie im Gleichnis vom verlorenen Sohn.«

Isaak seufzte. »Ich schätze, ich wollte es nicht drauf ankommen lassen, herauszufinden, wie wörtlich Vater die Bibel nimmt.«

Charly verteilte das Essen auf die Teller, tat Reis dazu. »Wir kommen zurecht. Andere sind schlimmer dran. Unter uns wohnt eine Familie aus Puerto Rico, mit vier Kindern, von sechs bis siebzehn Jahren, in einer Wohnung, die noch ein Stück kleiner ist als unsere. Freundliche Leute, immer hilfsbereit. Unglaublich.«

Er bot Michael an, sich eine Flasche Reisbier mit ihm zu teilen. »Leider die letzte«, sagte er bedauernd. »Schmeckt aber auch nicht anders als normales Bier, wenn man ehrlich ist.« Er lachte.

Aus der ganzen Art, in der er das Essen zubereitet hatte, sprach spürbarer Stolz. Es war, als sei diese einfache Mahlzeit für sie ein Festessen, zur Feier des Tages, an dem die beiden Brüder einander wiedergefunden hatten.

Isaak aß ebenfalls, wenn auch wenig und ganz, ganz langsam. Er kaute jeden Bissen gründlich, und man hatte den Eindruck, dass es ihn mehr erschöpfte, als dass es ihn stärkte.

Die Küche war ein Sammelsurium gebrauchter Küchenmöbel: ein mickriger Kühlschrank mit Rostflecken, der brummte wie ein Staubsauger. Ein Gasherd voller Macken. Ein viel zu niedriges Spülbecken aus Plastik, darüber ein Regal mit Zahnputzbechern und Rasierzeug und ein Spiegel: Offenbar mussten sich die beiden in der Küche waschen, weil es kein Badezimmer gab. Eine Glastür führte auf einen winzigen Balkon hinaus, über dem Wäscheleinen gespannt waren; Nachthemden und Unterhosen hingen gerade daran. Eine Waschmaschine sah Michael nirgends, aber er verzichtete darauf, zu fragen, ob sie überhaupt eine besaßen.

»Wie ist das denn passiert?«, schaffte er es irgendwann zu fragen. Er machte eine verlegene Geste in Isaaks Richtung. »Das, meine ich.«

Isaak zuckte mit den mageren Schultern. »Ich war unvorsichtig. Ganz einfach.«

Charly gab ein Schnauben von sich. »Wobei das die Sache äußerst zurückhaltend beschreibt, alles, was recht ist.«

Isaak lächelte flüchtig, was auf seinem totenkopfartig aussehenden Gesicht so schrecklich aussah, dass Michael gar nicht hinschauen wollte. »Okay, dann sagen wir: Ich war völlig bedenkenlos.«

»Das trifft es schon eher.« Charly seufzte, sah Michael an. »Er hat alle Warnungen in den Wind geschlagen. Ist ja nicht so, dass man heutzutage über AIDS nicht Bescheid wüsste, oder? Hier in den einschlägigen Vierteln kannst du keine zwanzig Schritte gehen, ohne auf ein Informationsplakat oder eine *Safer-Sex*-Werbung zu stoßen.«

»Ich hatte es so satt, dass mir jemand sagt, was richtig und was falsch ist. Dieses ständige ›Du sollst‹ und ›Du sollst nicht‹ hat mir bis hier gestanden, ehrlich.« Isaak hielt sich die dünne Hand auf Kinnhöhe vors Gesicht. »Es war wie ein Rausch, das alles hinter sich zu lassen. Die ersten Jahre waren … puh. Genial. Sag ich immer noch. Intensiv. Ein einziger langer Drogentrip. Oder wie ich mir halt einen Drogentrip vorstelle.«

»Er war wie entfesselt«, ergänzte Charly, Isaak aus traurigen Augen betrachtend. »Er hat sich nichts sagen lassen, nichts.

Was hatten wir für Streits, wenn ich mal gemeint habe, wenn du schon rummachen musst, dann nimm wenigstens Kondome! Und schau dir die Typen doch genauer an!« Er hob die Hand, ließ sie so schwer auf den Tisch zurückfallen, dass das Besteck darauf klingelte. »Was hätte ich denn machen sollen? Ich wollte ihn ja nicht vertreiben.«

Isaak starrte ins Leere. »Der Punkt ist, ich hab mich irgendwie beschützt gefühlt. Ich hab wirklich geglaubt, mir kann nichts passieren.« Er warf Michael einen Blick zu, der ihm klarmachte, dass er Charly nichts von dem Video erzählt hatte.

»Das war wie bei einem Pendel, verstehst du?«, erklärte dieser derweil, an Michael gewandt. Er hielt mit der einen Hand einen Löffel am Stielende hoch und drückte mit der anderen die Löffelschale zur Seite. »Wenn man das in eine Richtung gezogen hat und loslässt, dann kehrt es auch nicht einfach in die Mitte zurück, sondern schlägt erst mal ins andere Extrem aus.« Er ließ den Löffel los. Doch der Stiel drehte sich zwischen seinen Fingern nicht besonders gut, und so bewegte sich die Schale nur ein Stück in die entgegengesetzte Richtung und verharrte dann. »Und Isaaks Pendel war eben sehr weit ausgelenkt gewesen. So erklär ich's mir.«

»Ja«, sagte Isaak und zog den Bademantel fester um sich. »Jedenfalls, eines Tages habe ich herausgefunden, dass ich doch nicht beschützt gewesen bin. Dass ich's mir nur eingebildet habe.«

Kaun konnte spüren, wie sich Bethany auf dem Stuhl neben ihm verkrampfte, und griff nach ihrer Hand.

»Aber warum?«, fragte sie sofort. »Machen wir etwas falsch?«

Dr. Truong schüttelte das grau melierte Haupt. »Nein. Sie machen nichts falsch. Manche Dinge passieren, ohne dass man etwas falsch macht.«

»Was heißt das konkret?«, wollte Kaun wissen. »Welche anderen Behandlungsmöglichkeiten gibt es?«

Der Chefarzt faltete die Hände, legte die Daumen gegeneinander. »Nun, im Grunde nur eine, nämlich eine Knochenmarkstransplantation.« Die Daumen reckten sich in die Höhe. »Ich will Ihnen das Prinzip beschreiben. Kurz und drastisch gesagt, zerstören wir dabei mit einer Hochdosis-Chemotherapie und Bestrahlungen sämtliche blutbildenden Zellen in Kathleens Knochenmark – und damit auch die leukämischen Zellen, die ja das Problem sind. Anschließend ersetzen wir sie durch gesunde Zellen von einem passenden Spender.«

»Oh mein Gott«, hörte Kaun seine Frau flüstern.

»Ich will nicht verschweigen«, fuhr der Chefarzt fort, »dass es sich dabei um ein riskantes Verfahren handelt, das den Patienten auch stärker belastet als die bisherige Therapie. Aber es ist mittlerweile Standard, wird überall auf der Welt durchgeführt und gut beherrscht. Wir haben die einzige *Stem Cell Transplantation Unit* im Staat Oklahoma, und unsere Überlebensraten liegen in den letzten Jahren bei fast hundert Prozent.« Die Daumen fanden wieder zusammen. »Im Grunde reduziert es sich auf das Problem, einen passenden Spender zu finden. Wir sind gerade dabei, die Gewebemerkmale von Kathleen zu bestimmen. Damit werden wir uns, sofern Sie dieser Therapie zustimmen, an die Datenbank wenden, in der die Daten von Spendern in aller Welt erfasst sind.«

Kaun war wie vor den Kopf gestoßen. Er hatte natürlich eine Menge über Knochenmarkstransplantationen gelesen; darum kam man nicht herum, wenn man im Internet nach Informationen über Leukämie suchte. Aber jetzt gerade war alles, was er sich angelesen hatte, wie ausgelöscht.

»Was sind das für Merkmale?«, fragte er. »Die Blutgruppe oder so?«

»Nein, die Blutgruppe spielt keine Rolle. Tatsächlich wechselt man bei einer Knochenmarkstransplantation unter Umständen die Blutgruppe, man übernimmt nämlich die des Spenders. Der Spender muss, wie man sagt, HLA-identisch sein oder zumindest histokompatibel. HLA steht für *human leukocyte antigen.* Das beschreibt eine Oberflächenstruktur der Gewebezellen, eine Art Fingerabdruck, an dem der Körper Zellen als eigene Zellen erkennt. Je HLA-ähnlicher, desto eher lagern sich die transplantierten Zellen im Knochenmark ein.«

Warum?, fuhr es Kaun durch den Kopf. *Warum passiert uns das?* »Kommen wir als Spender infrage?«, wollte er wissen. »Bei Organspenden ist das doch oft der beste Weg.«

»Ja, aber nicht, was Knochenmark anbelangt. Geschwister – ja. Eineiige Zwillinge sind der Idealfall. Mit Spenden von einem Elternteil hat man eher schlechte Erfahrungen gemacht.«

»Wie ändern sich Kathleens Chancen dadurch?«, wollte Bethany wissen. Risiken, Wahrscheinlichkeiten, logische Zusammenhänge – das war etwas, mit dem sie sich auskannte und an dem sie sich festhielt.

Dr. Truong breitete die Hände aus, die Geste eines Dozenten. »Ich könnte Ihnen jetzt Prozentzahlen nennen, aber in Wirklichkeit nützen Ihnen die nichts. Jeder Patient ist ein Einzelfall.«

»Was für Nebenwirkungen hat die Behandlung?«, feuerte Beth die nächste Frage ab.

»Zahlreiche. Sie kennen die Nebenwirkungen einer normalen Chemotherapie. Bei einer Hochdosis-Chemo treten die alle auch auf, nur schlimmer. Die Medikamente greifen die Schleimhäute in Mund und Magen an. Irgendwann kann der Patient nichts mehr essen und muss künstlich ernährt werden. Schmerzen sind häufig, wobei wir dagegen natürlich entsprechende Mittel geben. Die Ganzkörperbestrahlungen verursachen oft Probleme mit der Leber oder der Lunge und machen vor allem extrem anfällig für Infektionen. Das ist tatsächlich das größte Risiko bei der Sache. Deswegen würde Ihre Tochter die ganze Zeit, in der Regel etwa sechs Wochen, in einem hermetisch abgeschirmten, keimfreien Zimmer verbringen. Sie dürften dann nur unter strengen Sicherheitsvorkehrungen zu ihr – in steriler Kleidung, mit Mundschutz und dergleichen.«

»Verstehe«, sagte Bethany tonlos.

»Ich will auch gleich die möglichen Langzeitfolgen ansprechen«, fuhr der grauhaarige Arzt fort. »Ihre Tochter wird sehr lange Zeit Medikamente gegen Abstoßungsreaktionen einnehmen müssen. Es kann sein, dass sie infolge der Bestrahlungen unter Hormon- beziehungsweise Wachstumsstörungen leiden wird. Höchstwahrscheinlich wird sie selber keine Kinder bekommen können. Und bestimmte Erkrankungen wie etwa Grauer Star oder neue Krebserkrankungen werden mit höherer Wahrscheinlichkeit eintreten.«

»Gibt es eine Alternative?«, fragte Kaun. »Eine andere Behandlung mit der Aussicht auf Heilung?«

Dr. Truong sah ihn aus seinen müden Augen an. »Nein. Nach dem derzeitigen Stand der Wissenschaft ist das der einzige Weg.«

»Dann brauchen wir uns das ja nicht lange zu überlegen.« Bethany streckte die Hand aus. »Wo müssen wir unterschreiben?«

Später, auf dem Weg zum Parkplatz, blieb sie unvermittelt stehen und klammerte sich an Kaun, als gäben ihre Beine jeden Moment unter ihr nach. Er hielt sie einfach eine Weile so. Schließlich fragte sie leise: »Was machen wir denn jetzt?«

Er studierte ihr Gesicht, die Angst in ihren Augen, den Schmerz auf ihren angespannten Lippen. »Als Erstes werde ich meine alten Kontakte reaktivieren. Vielleicht finden wir doch einen besseren Weg.«

Kapitel 21

Es gab unglaubliche Momente, in denen ich spürte, dass Er körperlich bei mir war. Ich erinnere mich, wie ich einmal auf dem Schnee ins Schleudern geriet, auf der Interstate in Portland, meine zwei kleinen Jungs auf dem Rücksitz angeschnallt, wie mein Wagen sich komplett herumdrehte und ich die herankommenden Autos und Trucks vor mir sah. Ruhe kam über mich, weil ich auf einmal eine andere Präsenz im Wagen fühlte. Einen Moment lang teilte sich das Meer des Verkehrs, und mein Wagen ließ sich ohne Weiteres wieder wenden. Er hat uns und andere gerettet.

Dee Brestin, »Falling in Love with Jesus«, 2001

Nach dem Essen war Isaak erschöpft, obwohl er fast nichts zu sich genommen hatte. Charly half ihm zurück ins Bett, deckte ihn zu und meinte dann zu Michael: »Ich mach den Abwasch. Ihr müsst jetzt von Bruder zu Bruder miteinander reden, da brauche ich nicht dabei zu sein.«

Er stellte ihm einen Stuhl hin, der gerade eben zwischen Bett und Fensterbrett passte, und zog die Tür hinter sich zu. Gleich darauf hörte man ihn in der Küche mit dem Geschirr klappern.

»Ich wüsste nicht, was ich ohne ihn täte«, sagte Isaak leise. »Was er alles für mich aufgegeben hat … du machst dir kein Bild. Kein Mensch hat mich je so geliebt wie er. Nicht mal Mutter.«

Michael sah beiseite, studierte das Stillleben auf dem Nachttisch. Wasserflaschen, Medikamentenschachteln, Kartons mit Tüchern, ein Teller mit braun gewordenen Apfelschnitzen. »Woher hatte sie deine Adresse?«

»Charles hat ihr geschrieben.«

»Ach so.«

Der Verkehr auf der Hauptstraße brauste wie ein ferner Wasserfall, unablässig. Isaaks Atem ging rasselnd. Den Geruch des Krankenzimmers, der ihm beim ersten Eintreten entgegengeschlagen war, nahm Michael kaum noch wahr; seine Nase fühlte sich an wie betäubt.

»Was hat das alles mit dem Video zu tun?«, fragte er. »Du hast mich damals versprechen lassen, es mir nie anzuschauen – warum?«

»Das Video. Ach ja«, wiederholte Isaak nachdenklich. Oder er war einfach nur müde und klang deshalb so. »Jesus. Damals habe ich geglaubt, dass er es tatsächlich war. Im Grunde glaube ich es sogar immer noch. Aber es hat sich schon so viel von dem, was ich mal geglaubt habe, als Irrtum herausgestellt, dass ich da nichts mehr drauf gebe.« Er sah sinnend vor sich hin. Man konnte spüren, wie die Vergangenheit in ihm lebendig wurde. »Es war ein Schock, ihn zu sehen. Es hat alles beiseitegefegt, was ich bis dahin für unbezweifelbare Wahrheit gehalten habe. Jesus, Gottes Sohn, gekommen, um uns zu erlösen, bla, bla, bla. Ich wollte ihn sehen, weil ich dachte, ihn leibhaftig zu sehen wird mich in meinem Glauben bestätigen, bekräftigen, bestärken … Stattdessen war es wie ein Schlag mit dem Hammer vor den Kopf. Ich war völlig geschockt. Völlig verzweifelt. Ich war … Na ja, du hast mich ja erlebt. Ich hatte das Gefühl, mein Blut siedet. Ich habe dieses Video gesehen und gewusst, dass mein Leben eine einzige Lüge ist. Dass ich mich selber nicht kenne. Dass ich einen grundlegenden Teil meiner selbst wegdränge, von mir forthalte, zu begraben versuche unter frommen Sprüchen und eifrigen Gebeten – den Teil, der jemanden liebt, und zwar einen *Mann!*«

Michael legte die Hand vor den Mund. So also war das gewesen.

Unwillkürlich fragte er sich, wessen *er* sich bewusst geworden wäre, hätte er das Video gesehen.

»Das Problem mit solchen Einsichten ist«, sagte Isaak, »dass du nicht mehr zurückkannst zu dem, was vorher war. Du weißt es jetzt, und das kriegst du nicht mehr weg. Du willst es auch gar nicht. Aber mir war klar, dass Vater das nie im Leben akzeptieren würde. Nie. Also musste ich fort. Erstens, um Charles zu finden. Zweitens, weil ich aus diesem falschen Leben rausmusste, verstehst du? Ich hätte es keinen Tag länger ausgehalten, aller Welt den braven Jungen vorzuspielen, den ich mir mein ganzes Leben lang selber vorgespielt hatte. Deswegen habe ich noch in der Nacht meine Sachen gepackt. Und mich am Morgen Vater gestellt. Gab natürlich einen ungeheuren Krach. Du kennst ihn ja. Ich weiß nicht mehr … Ich glaube, du hast es mitbekommen, oder?«

Michael nickte.

»Laut genug waren wir jedenfalls. Und ich war auch nicht gerade diplomatisch. Na ja, und dann bin ich los. Quer durch die Staaten. Als Erstes bin ich auf eine Bank, noch in New York, und hab von meinem Konto abgehoben, was nur ging. Ein paar tausend Dollar. Dann bin ich weiter, bin gefahren und gefahren. Damals habe ich mir gesagt, was für ein Glück, Dad hat nicht daran gedacht, meine Kreditkarten sperren zu lassen. So konnte ich in den Motels und Tankstellen mit Karte zahlen und brauchte mein Bargeld nicht anzugreifen. Aber in Wirklichkeit wollte er auf die Weise nur herausfinden, wohin ich gehe. Kaum war ich hier in Frisco, war es, zack, aus mit der Kreditwürdigkeit.«

Michael bemerkte jetzt erst eine Konstruktion an der Wand gegenüber: zwei Regalhalterungen mit einem Besenstiel dazwischen, von dem Hemden und Hosen baumelten, an Kleiderbügeln aller Art. »Warst du deswegen so tugendhaft, was Mädchen anbelangt hat? Weil sie dich gar nicht interessiert haben?«

»Klar«, sagte Isaak. »Wenn dir Frauen völlig gleichgültig sind, ist es leicht, der ideale Gentleman zu sein.«

Michael sah hinab auf den Hinterhof, in dem ein zerlegtes Auto vor sich hin rostete. Die Scheiben des Fensters waren verschmiert. »Dad hat dein Zimmer abreißen lassen. Den ganzen Flügel.«

»Ich weiß«, sagte Isaak.

Das wunderte Michael. »Woher?«

»Man hat es eine Weile auf Google Streetview gesehen.«

Michael furchte die Stirn. »Echt? Den hinteren Teil des Hauses sieht man von der Straße aus doch gar nicht.«

»Aber von dem Weg aus, der am Wald entlang zum Ufer führt, zu den Klippen. Dort gibt es einen Punkt, von dem aus man das Haus sieht.« Isaak musste husten, spuckte etwas in ein Papiertuch. Dann ließ er es in einem Plastikbeutel verschwinden, der auf der anderen Seite des Bettes am Bettpfosten hing. »Vielmehr, es *gab* so einen Punkt. Irgendwann war die ganze Straße aus Google verschwunden.«

Michael nickte. »Dad hat alle Internetfirmen kontaktiert und sie dafür bezahlt, dass das Video im Internet nicht auffindbar ist.«

»Verstehe.« Isaak sank ein Stück tiefer in sein Kissen. »Hier ist mal einer aufgetaucht, der mich verfolgt hat. Hat mich schließlich angesprochen. Hat gesagt, ich soll niemandem etwas über das Video sagen. Solange ich mich daran hielte, würde man mich in Frieden lassen. Und auch die Leute, die … wie hat er sich ausgedrückt? Die mir *wichtig* wären. Denen würde dann nichts zustoßen. Klang wie aus einem Mafiafilm abgeschaut.« Er lachte, wobei sein Lachen gleich in Husten überging. »Ich hatte eh nicht vor, irgendjemandem was davon zu erzählen. Ein Video von Jesus? Wenn hier irgendwas ein Abtörner gewesen wäre, dann das.«

»Wie sah der Mann aus?«

»Puh, wie sah er aus …? Hager. Hatte einen Pferdeschwanz, graue Haare, graue Augen. Ziemlich unangenehme *vibes*.«

»Das war Mister Walker. Lazarus Walker. Privatdetektiv aus Kanada. Arbeitet seit ein paar Jahren für Dad.«

»Ah ja? Ich bin davon ausgegangen, dass er zu Whitewaters Truppe gehört. Gibt's den nicht mehr?«

»Doch. Der arbeitet auch noch für Dad. Du weißt doch, sie arbeiten alle irgendwie für Dad.«

»So kann man's auch sagen.«

»Whitewater hat inzwischen eine Menge Regierungsaufträge, in Afghanistan, im Irak und so.«

»Verstehe.«

»Wobei ich das bloß vom Hörensagen weiß. In alles weiht Dad mich nicht ein.«

»Hätte mich auch gewundert.«

Eine Pause. Isaak schloss die Augen, schien einzuschlafen. Michael blieb sitzen, weil er nicht wusste, was er sonst tun sollte.

»Was das Video anbelangt …«, sagte Isaak plötzlich leise und ohne die Augen zu öffnen. »Ich wollte das vorhin vor Charles nicht sagen, aber … Ganz ehrlich: Ich bin mir nicht mehr sicher, dass ich damals das Richtige getan habe. Das Video zu sehen hat mich ermutigt. Ich habe geglaubt, es berechtigt mich … eigentlich sogar, dass es mich *verpflichtet*, zu meinen Gefühlen zu stehen. Zu meiner Wahrheit. Das zu leben, was in mir ist. Mich zu meiner wahren Natur zu bekennen. Und so weiter, und so weiter.«

Er schlug die Augen auf. Seine Stimme war jetzt ein angestrengtes Wispern. »Ich habe Dinge getan, von denen ich gelernt habe, dass sie Sünde sind und Gott ein Gräuel. Als ich sie getan habe, kam es mir vor wie eine Befreiung. Aber das steckt trotzdem in einem drin, das mit der Sünde … und du siehst ja, wohin es mich gebracht hat. *Der Lohn der Sünde ist der Tod* heißt es, nicht wahr? Ich frage mich in letzter Zeit oft, ob Vater nicht vielleicht doch recht hatte. Ob die Bibel nicht doch die Wahrheit ist, Gottes Wort, und so weiter. Ich weiß es nicht. Wenn, dann bin ich in die Sünde gefallen und verloren, einer von denen, die am Tag des Gerichts in die Hölle geworfen werden.« Seine Hand streckte sich aus, in Michaels Richtung, aber dann hielt er in der Bewegung inne, zog sie wieder zurück. »Manchmal denke ich, das Video war doch ein Trick Satans.

Und ich bin drauf reingefallen. Lass die Finger davon, Michael, lass die Finger davon. Versprich mir das.«

Michael hatte einen staubtrockenen Mund, musste schmerzhaft schlucken. »Okay«, sagte er und fühlte sich den Tränen nahe. »Ich versprech's.«

Als sie nach Hause kamen, spürte Kaun den überwältigenden Drang, etwas zu tun – etwas Zielführendes, etwas Sinnvolles, etwas, das zumindest die Chance beinhaltete, Kathleen zu helfen. Ja, er würde an seine Kontakte von früher anknüpfen. Er würde seine Fühler ausstrecken, Gesprächspartner, Helfer, Fachleute suchen und in seinem Sinne aktivieren. Genau so, wie er es früher getan hatte.

Bloß, dass er es damals getan hatte, um sich selber als großartig darzustellen vor der Welt (die im Grunde gar keinen Wert darauf legte, dass irgendjemand *großartig* war; der Welt war besser gedient, wenn es ein paar tüchtige und zuverlässige Leute gab, auf deren Wort Verlass war). Doch nun ging es darum, einem todkranken Mädchen zu helfen. Die Risiken, die das für die Ungestörtheit seines Privatlebens mit sich brachte, waren demgegenüber vernachlässigbar geworden. Alles eine Frage der Relationen.

Er hatte seine Vergangenheit gut weggesperrt. Sie staubte, in Kartons verpackt, in einem Abstellraum vor sich hin, auf einem hohen Regalbrett hinter ausrangierten Haushaltsgeräten, störenden Kleinmöbeln und viel zu selten benutzten Fahrrädern. Doch es war alles noch da. Im zweiten Karton, den er öffnete, fand er sein altes Adressverzeichnis, ein dickes, angeberisch in Haifischleder gebundenes Ringbuch.

Als er es aufschlug, stieg ihm ein angestaubter, aber vertrauter Geruch entgegen: nach seinem damaligen Aftershave, nach Zigarrenrauch, nach *Macht*. Die Seiten knisterten beim Umblättern, vollgekritzelt mit Namen, Anschriften, Telefonnummern und seinen Anmerkungen. Kaun merkte, dass er lächelte.

Seltsam, dieses alte Ding wieder in Händen zu halten, nach all der Zeit; dieses Notizbuch, das früher sein ständiger Begleiter gewesen war. Der Geruch, der Anblick seiner eigenen Schrift, das alles rief Erinnerungen zurück, ließ etwas in ihm wach werden, ein Gefühl, das ihn damals getragen, ja, beherrscht hatte: eine Haltung dem Leben gegenüber, die kämpferisch gewesen war, arrogant und gehetzt.

Vielleicht gar nicht schlecht, wenn er daran ein bisschen anknüpfte. Zumindest den kämpferischen Teil würde er brauchen können.

Er verschloss die Kartons wieder, stellte sie zurück und ging mit dem Adressbuch in das Arbeitszimmer, das Beth und er sich teilten. Dort saß er dann, blätterte darin, rief sich die Gesichter zu den Namen ins Gedächtnis, erinnerte sich. Es war eine Reise in die Vergangenheit, in eine andere Zeit, in eine andere Welt, in ein anderes Leben.

Eigenartig, kam ihm zwischendurch der Gedanke, dass er diese Dinge aufbewahrt hatte. Er hatte damals mit so vielem so radikal Schluss gemacht, sich von so vielem entschlossen getrennt – doch davon nicht.

Als hätte er geahnt, dass er es eines Tages noch einmal brauchen würde.

Sein Blick blieb an einem Namen hängen:

Dr. Seymour, Mark

Eine heikle Geschichte. Mark und er hatten sich in Harvard im ersten Jahr das Zimmer geteilt, wie es dort Usus war, um Freundschaften fürs Leben zu stiften. Anfangs hatte das auch geklappt. Mark war später sein Arzt gewesen – so lange, bis er, John Kaun, auf die Überholspur gewechselt war und irgendwann zu einem anderen Arzt, Doktor Ross Leuven, der ihm den Treibstoff dafür verschafft hatte: die Medikamente, die zu verschreiben sich Mark strikt geweigert hatte.

Als er seinen Zusammenbruch gehabt hatte, war Mark trotzdem gekommen. Er hatte ihn in eine andere, bessere Klinik geschafft und ihn danach noch eine Weile betreut und aufgepäppelt. Bis Kaun schließlich nach Oklahoma gegangen war; ab da hatten sie sich wieder aus den Augen verloren.

Da. Marks Privatnummer. Kaun erinnerte sich, dass er sie in sein neues Adressverzeichnis übertragen hatte, aber er hatte seit mindestens sechs Jahren nicht mehr angerufen. Gut möglich, dass sie veraltet war.

Und ganz schön dreist, es trotzdem zu versuchen. Aber für Kathy würde er auch dreist sein, wenn es sein musste.

Es klingelte lange. Kaun sah auf die Uhr. In New York war es kurz nach sieben. Was nicht unbedingt hieß, dass ein viel beschäftigter Arzt, der zudem in der Forschung tätig war, um diese Zeit schon zu Hause war.

Doch. Jemand hob ab, sagte: »Seymour?« Die unverkennbare, dunkle Stimme – allenfalls noch etwas dunkler, als er sie in Erinnerung hatte.

»Hier spricht die Vergangenheit«, sagte er. »John Kaun.«

Er war auf viele denkbare Reaktionen gefasst gewesen – Ärger, Ablehnung, Unmut, Desinteresse –, aber nicht auf die Begeisterung, auf die er tatsächlich stieß. »John! Ich fass es nicht. Bist du das wirklich?«

»Will ich doch hoffen.«

»Mann, ist das eine Überraschung. Wie geht's dir?«

»Mir? Mir geht's gut, danke.«

»Ich meine das durchaus auch im medizinischen Sinne.«

Kaun atmete durch. »Diesmal rufe ich nicht an, weil es *mir* schlecht geht, sondern meiner Tochter.«

»Ah, ja. Du hast eine kleine Tochter, richtig. Entschuldige«, bat Mark, »du hast damals eine Karte geschickt, aber ich bin nie dazu gekommen, sie zu beantworten … Kathleen war der Name, richtig?«

»Ja«, sagte Kaun überrascht. Hatte er Mark tatsächlich eine Karte geschickt? Er erinnerte sich nicht. Womöglich war es Beth gewesen. »Und wenn sich hier jemand entschuldigen muss, bin ich das.«

»Schwamm drüber. Erzähl. Was ist los?«

»Stör ich dich nicht gerade bei irgendwas?«

»Ach was, nein.«

Also erzählte Kaun. Mehr oder weniger alles, was es zu erzählen gab, bis auf das mit dem Mann mit dem Feuermal und überhaupt alles, was mit dem Video zu tun hatte.

»Hmm, hmm«, machte Mark danach. »Schlimme Sache. Tut mir aufrichtig leid für euch. Du willst jetzt vermutlich meinen Rat, was ihr tun sollt?«

»Ja. Ob es eine bessere Behandlungsmöglichkeit gibt.«

»Hmm.« Mark dachte eine Weile nach. »Also, du weißt, ich bin kein Krebsspezialist –«

»Aber du kennst welche. Du kennst die besten, überall. Und für mich hast du immer eine bessere Behandlungsmöglichkeit gefunden.«

Er hörte Mark auflachen. »Bei dir war das damals auch einfach, du hattest dir für deinen Herzinfarkt ja die denkbar ungeeignetste Klinik ausgesucht … Lass mich mal überlegen. Das OU, wo ihr jetzt seid, ist auf jeden Fall schon mal nicht schlecht. Meines Wissens ist es unter den Top 30 in Sachen Krebstherapie.«

»Was heißt, dass es neunundzwanzig bessere gibt.«

»Eher nur fünfundzwanzig, aber im Prinzip hast du recht. Also, eine Topadresse wäre beispielsweise das MD Anderson Cancer Center in Houston, Texas.«

Kaun schrieb mit. »Das wäre nicht allzu weit weg.«

»Dann natürlich immer die Mayo-Klinik. Rochester, Minnesota.«

»Das wäre ein bisschen weiter weg.« Kauns Stift flog über das Blatt. In Gedanken organisierte er schon. Man würde eine Wohnung vor Ort anmieten müssen, eine Vertretung für ihn in der Firma engagieren, einen kaufmännischen Geschäftsführer auf Zeit. Vielleicht einen, der es im Ruhestand nicht aushielt. Man würde den Transport von Kathleen bewerkstelligen müssen …

Ging alles. Ließ sich alles regeln. Er hatte früher weitaus kompliziertere Unternehmen auf die Beine gestellt.

»Das Problem dabei ist«, fügte Mark hinzu, »dass die auf Krebs spezialisiert sind, nicht unbedingt auf Kinder. Das kann Schwierigkeiten mit sich bringen. Für Kinder wäre, wenn ich mich recht entsinne, das Kinderhospital in Cincinnati die beste Adresse oder das Saint Jude in Memphis.«

Kaun notierte sich auch das. »Wenn es dein eigenes Kind wäre«, fragte er geradeheraus, »wohin würdest du dann mit ihm gehen?«

»Hm.« Mark versank in tiefes, langes Nachdenken. So kannte ihn Kaun. Das hatte ihn anfangs in Harvard auf die Palme gebracht, ehe er sich daran gewöhnt hatte. »Wenn du so fragst: Ich würde erst mal bleiben, wo ich bin. Wie gesagt, das OU ist gut, und in einer vertrauten Umgebung zu sein ist ein wichtiger Faktor bei jeder Heilung. Ein Grund zu wechseln wäre nur, wenn zum Beispiel irgendwo eine Studie liefe, in deren Profil deine Tochter passt. Aber im Moment geht es einfach darum, einen passenden Spender zu finden, und da sind die Chancen dank Zentralregister überall gleich gut oder schlecht.«

»Die Chancen liegen bei siebzig Prozent, habe ich gelesen«, sagte Kaun. Seit sie aus der Klinik zurück waren, fielen ihm solche Details nach und nach wieder ein.

»Ja, so etwas in der Art«, bestätigte Mark. »Hängt ein bisschen vom HLA-Typ ab, weil die nicht alle gleich häufig sind. Aber siebzig Prozent heißt eben, dass dreißig Prozent *keinen* Spender finden.«

»Daran will ich gerade lieber nicht denken.« Kaun spürte einen Stich in der Brust. Er legte die freie Hand dorthin, rieb die Stelle. War sicher nur eine psychisch bedingte Verspannung.

»Kann ich verstehen«, hörte er Mark sagen. Im Hintergrund waren auf einmal Geräusche, das Klappern eines Schlüssels, Schritte auf Steinfliesen. »Tragische Sache, das alles.«

»Gibt es Alternativen?«, fragte Kaun rasch, weil er merkte, wie die Aufmerksamkeit seines alten Freundes abgelenkt wurde. »Andere Behandlungsmethoden?«

»Keine, die wirklich helfen. Sorry. Es sind viele Kurpfuscher und Wunderheiler unterwegs, die ihr Geschäft mit den Verzweifelten machen.«

»Ich hatte gehofft …« Verzweifelt? War er verzweifelt? Noch nicht, aber das konnte noch passieren. »Da ist jemand gekommen, höre ich.«

»Ja, Eileen. Ich hab noch gar nicht mit ihr gerechnet.« Eileen war Marks Frau; Kaun kannte sie nur dem Namen nach. »Sag mal, hast du Unterlagen über den Fall deiner Tochter?«

»Ja.«

»Kopier die doch mal und schick sie mir«, sagte Mark. »Vielleicht fällt mir was ein.«

Irgendwann am Nachmittag kam für Michael der Zeitpunkt, Abschied zu nehmen.

Es begann, als Charly die Tür öffnete und sagte: »Das Taxi ist jetzt da.«

Schon. Viel zu früh. Wie dumm, dass er sich kein Hotelzimmer genommen hatte. Michael stand auf mit dem Vorsatz, wiederzukommen, bald, und länger zu bleiben.

Es drängte ihn, seinen Bruder zu umarmen, wenigstens zum Abschied. Offenbar sah man ihm das an, denn Isaak sagte mit nachsichtigem Kopfschütteln: »Nein. Nein, Michael.«

»Aber es heißt doch, es sei ungefährlich, einen AIDS-Kranken zu berühren!«, protestierte Michael.

»Ich will es trotzdem nicht«, beharrte Isaak.

»Ich habe so oft daran denken müssen, wie wir als Kinder zusammen im Bett gelegen haben und du mir irgendwas erzählt hast …«

»Ja. Aber das ist vorbei.« Das Thema schien Isaak unangenehm zu sein. »So, wie unsere Kindheit vorbei ist. Wir haben unterschiedliche Wege eingeschlagen, Michael. Und mein Weg«, fügte er bitter hinzu, »endet bald.«

Draußen hupte jemand. »Das Taxi«, stieß Charly hervor. »Ich kümmer mich drum.«

Er eilte hinaus. Gleich darauf hörte man ihn etwas zum Vorderfenster hinabrufen.

»Kann ich nicht irgendwas für dich tun?«, fragte Michael mit dem Gefühl, auf einmal vor Schmerz keine Luft mehr zu bekommen. »Vielleicht gibt es irgendeine sauteure Therapie, für die ich dir das Geld besorgen könnte?«

»Nein, gibt es nicht«, sagte Isaak. »Aber du könntest trotzdem etwas für mich tun.«

»Isaak«, stieß Charly erschrocken hervor, der just in diesem Augenblick wieder ins Zimmer kam.

»Lass nur«, meinte Isaak. »Ich geh schon nicht fort. Aber ... aber ich würde mich gerne mit der Familie versöhnen, Michael. Ich muss nicht zurückkehren, man muss kein Fest für den verlorenen Sohn feiern oder so. Aber wenn Dad mir verzeihen könnte ...« Er atmete mühsam. »Na ja, das wird er wahrscheinlich nicht. Aber wenn er zumindest noch mal mit mir reden würde. Es könnte auch am Telefon sein. Einfach nur per Telefon, das wäre schon okay. Meinst du, du könntest ein gutes Wort für mich einlegen bei ihm?«

Ausgerechnet. »Ja«, versprach Michael, wobei seine Zunge sich schwer anfühlte, während er das sagte, und sein Kinn schlaff. »Ich versuch's. Ich tu, was ich kann.«

»Das wäre großartig.« Zum ersten Mal, seit Michael da war, sah er so etwas wie Tränen in den Augenwinkeln seines Bruders. »Das ist wirklich das Einzige, was ich mir noch wünsche.«

»Ich red mit Dad«, sagte Michael noch einmal beklommen.

Charly räusperte sich. »Ich will nicht drängeln«, sagte er, »aber Taxis warten hier in der Gegend nicht ewig, auch nicht, wenn man ihnen gesagt hat, sie sollen das Taxameter schon mal laufen lassen.«

»Okay«, meinte Michael. Es fühlte sich immer noch unvollständig an zu gehen, ohne Isaak umarmt zu haben. »Dann muss ich wohl. Ich glaube, Flugzeuge warten auch nicht.«

»Ja«, erwiderte Isaak blinzelnd. »Hab ich auch gehört.«

»Dann … dann mach's gut.«

»Du auch.«

»Ich meld mich«, versprach Michael.

Und dann ging er. So behielt er seinen Bruder in Erinnerung: als ausgezehrtes, schwaches Abbild seiner selbst, ganz klein in einem riesigen Bett, in riesige Kissen gelehnt, und ihm mit Augen voller Schmerz nachschauend.

Die Rituale hatten sich verändert. Wenn John Kaun abends nach Hause kam, wechselte er als Erstes die Kleidung, um möglichst wenig Keime von draußen hereinzubringen. Er tat dies in einem Gästezimmer in der Nähe der Haustür, in dessen Bad er sich auch wusch, unter Verwendung von reichlich Desinfektionsmittel. Draußen-Kleidung und Drinnen-Kleidung hingen in zwei verschiedenen Schränken.

Eines Abends war es spät geworden, Kathleen lag schon im Bett. Da aber der Gutenachtkuss zu den Ritualen gehörte, an denen sie eisern festhielt, ging Kaun auf ihr Zimmer. Sie war noch wach, hatte auf ihn gewartet.

»Der Fuchs ist traurig«, erklärte sie und drückte ihr Plüschtier, das, obwohl sie es so liebte, nie einen eigenen Namen bekommen hatte.

»Traurig? Wieso denn?«, fragte Kaun.

»Weil er niemanden hat, mit dem er spielen kann. Nur mich.«

»Das ist doch gut. Ihr spielt doch immer schön miteinander.«

»Ja, aber er vermisst die anderen. Den Pinguin. Die Eule. Die blaue Katze.« Sie zählte geduldig all die Stofftiere auf, die mangels Kochfestigkeit in Plastikfolie eingeschweißt in der Garage ausharren mussten.

Kaun verstand natürlich, was sie ihm damit im Grunde sagen wollte: dass sie andere Kinder vermisste. Doch daran war nichts zu ändern.

»Sag dem Fuchs«, meinte er, »dass die alle unterwegs sind. Dass sie eines Tages zurückkommen und euch von den Abenteuern erzählen werden, die sie in der großen Welt erlebt haben.« Er wünschte, ihm wäre eine bessere Geschichte eingefallen, aber dafür fehlte ihm die Begabung. »Vielleicht kann der Fuchs bis dahin ja auch ein bisschen mit den Dinosauriern spielen …«

Kaun wollte nach den Figuren greifen, die normalerweise auf dem Bord entlang ihres Bettes aufgereiht standen. Die Dinosaurier waren aus solidem Plastik und problemlos sterilisierbar. Doch das, was er in die Hand bekam, war kein Saurier, sondern ein dunkel schimmernder, glatter Stein. Weiter vorn, auf Höhe von Kathys Schultern, lag noch einer, hellgelb gemasert. Und am Kopfende ein hellblauer, der aussah wie gut gekauter Kaugummi mit goldenen Punkten darin.

»Was ist das?«, wunderte er sich.

»Das sind Edelsteine«, erklärte Kathy stolz. »Die sind gut für mich.«

»Sagt wer?«

»Oma.«

»Ach so.« Kaun entdeckte etwas an der Wand, das da bisher noch nicht gehangen hatte: ein indianisches Amulett, ein Medizinbeutel aus dunklem Leder, mit Perlen bestickt. »Aber wenn es für dich gut ist, dann ist es für den Fuchs doch sicher auch gut, oder?«

Sie riss die Augen auf. »Ja, stimmt.« Der Gedanke schien sie zu erleichtern.

Nachher fragte er Bethany nach den Steinen und dem Amulett.

»Die hat meine Mutter geschickt«, erklärte sie, als sei das die selbstverständlichste Sache der Welt. »Zusammen mit einem Brief, in dem sie genau beschrieben hat, was ich wo hinlegen oder aufhängen soll. Damit die Chakren in der richtigen Weise beeinflusst werden.«

Kaun musterte sie verblüfft. »Es war mir schon klar, dass deine Mutter das geschickt hat. Es wundert mich nur, dass du das Zeug tatsächlich aufstellst. Ich meine, von wegen Rationalität und so?«

Der Blick, den sie ihm zuwarf, war der Blick einer Bärin, die ihr Junges verteidigt. »Ich habe beschlossen«, erklärte sie, »dass mich die Rationalität mal kann. Von jetzt an werde ich zu jedem Gott beten, der meine Tochter rettet.«

Kapitel 22

Der offensichtlichste Zusammenhang zwischen Materie und Zeit ist in der Allgemeinen Relativitätstheorie beschrieben: Von Materie geht Gravitation aus, und Gravitation wiederum beeinflusst das Vergehen der Zeit. Je stärker die Gravitation, desto langsamer vergeht die Zeit.
Interessanterweise erklärt Albert Einstein das durch einen Zusammenhang zwischen Materie und Raum: Materie – Masse also – verzerrt den Raum, und diese Verzerrung des Raums macht sich als Gravitation bemerkbar.

Pawel Kozyrev, »Möglichkeiten temporaler Dislokation«, Moskau, 1966

Ein paar Tage später bat Bethany, als sie abends zusammensaßen: »John – erzähl mir mehr über dieses Video.«

Kaun sah seine Frau überrascht an. In normalen Zeiten hätte er sie jetzt aufgezogen, irgendetwas gesagt wie: Hallo? Wieso auf einmal? War das nicht *der Gegenstand, dessen Name nicht genannt werden soll?*

Aber es waren keine normalen Zeiten, deswegen fragte er nur: »Was willst du wissen?«

»Alles«, sagte sie. Man merkte ihr an, dass es sie Überwindung kostete, das zu sagen. »Wie du es gefunden hast. Wieso du überhaupt danach gesucht hast. Und so weiter. Alles eben.«

»Okay.« Kaun legte den Arm um sie. Sie saßen auf der Couch, wie so oft, das Wohnzimmer abgedunkelt bis auf eine Stehlampe neben dem Kamin, schauten einfach nur hinaus in die Nacht und redeten. »Also, *gefunden* habe natürlich nicht ich es, sondern ein Ausgrabungshelfer, ein junger Amerikaner aus Maine namens Stephen Foxx. Student der Volkswirtschaft, wenn ich mich recht entsinne. Ein ziemlich raffinierter Bursche, das kann ich dir sagen. Der hat mich eine Zeit lang ganz schön ausgetrickst.«

»Ein Student? Was hatte der auf einer Ausgrabung zu suchen?«

»Das war, glaube ich, eine Art Hobby von ihm. Das wusste ich bis dahin nicht, aber anscheinend machen das viele Leute, die ein bisschen abenteuerlustig sind: bei Ausgrabungen in Israel mitarbeiten. Es gibt dort eine eigene Behörde, die solche Jobs vermittelt.«

Wie ihn die Erinnerungen überfielen, sobald er anfing, davon zu erzählen! Kaun war, als schmecke er wieder den Wüstenstaub, als spüre er noch einmal die Hitze, die Anspannung, das Jagdfieber.

Und den Schmerz, dass letztlich alles nichts genützt hatte. Dass das Video am Ende doch an die katholische Kirche verloren gegangen war.

»Danach gesucht hat ein englischer Archäologe«, fuhr er fort, »ein gewisser Professor Wilford-Smith.« Erinnerungen. »Ich weiß gar nicht mehr, wer mir den vorgestellt hat. Es war auf einer dieser Partys, die in New York irgendwie ständig stattfinden. Meistens für wohltätige Zwecke, in Wirklichkeit, um Geschäfte anzubahnen.« Erinnerungen. Wie er mit seiner Limousine vorfuhr und wartete, dass ihm der Wagenschlag geöffnet wurde. Wie er ausstieg und ihn Blitzlichtgewitter empfing, als sei dies Hollywood und er ein Anwärter auf einen Oscar. Drinnen Frauen, in aufwendige Abendkleider und teure Düfte gehüllt, und Männer, die sich an Drinks festhielten und einander belauerten, während sie taten, als genössen sie den Abend. Und alles in den Kulissen irrsinnig teurer, von angesagten Innenarchitekten gestalteten Penthouse-Apartments in den besten Lagen. Ohne Blick auf den Central Park ging gar nichts.

»Ich sehe ihn noch vor mir. Groß, linkisch, in einem Anzug, der ihm nicht richtig gepasst hat. Er hat sich unwohl gefühlt, kein Wort herausgebracht – bis ich ihn endlich gefragt habe, was ich für ihn tun kann. Ab da hat er geredet wie ein Wasserfall.« Kaun musste bei der Erinnerung an den Abend schmunzeln. »Er hat ständig irgendwelche Scherben und Splitter aus der Jackentasche gezogen und mir unter die Nase gehalten. Und dabei hat er auf mich eingeredet, als ginge es um sein Leben. Ich hielt ihn ehrlich gesagt für einen Spinner.«

»Was wollte er denn? Dass du ihn finanzierst?«

»Ja, natürlich.«

»Und das hast du gemacht? Obwohl du ihn für einen Spinner gehalten hast?«

Kaun verspürte plötzlich Verlangen nach einem Whisky. Einem honiggelben, rauchigen, mindestens achtzehn Jahre alten schottischen Whisky *on the rocks*. Wie lange war es her, dass er so etwas zum letzten Mal getrunken hatte? Ein halbes Leben.

»Ich hatte damals eine Reihe von jüdischen Investoren. New York, High Society, einflussreich, wichtig. Die hatten mir zu verstehen gegeben, dass sie es gern sähen, wenn mein Konzern sich irgendwie in Israel engagieren würde. Da war die Finanzierung einer Ausgrabung eine vergleichsweise preisgünstige Möglichkeit.« Er angelte nach seinem Glas, nippte daran. Leider nur Apfelsaft. »Abgesehen davon dachte ich, auf diese Weise würde ich ein Standbein in Israel haben. Wenn man einen Nachrichtensender betreibt, ist das eine interessante Sache; schließlich produziert diese Region seit Jahrzehnten ständig Schlagzeilen. Es hat dann tatsächlich den Umgang mit den israelischen Behörden erleichtert, was Visa, Drehgenehmigungen und so weiter anging. Ich hätte jederzeit unter dem Vorwand, über die Ausgrabungsarbeiten zu berichten, Reporter nach Israel schicken können, die *ganz zufällig* auch andere Ereignisse mitbekommen hätten.« Er musste lachen. »Hab ich aber nie gemacht.«

Beth nickte verstehend. »Und dann?«

»Dann? Dann hab ich erst mal jahrelang nichts gehört. Solche Ausgrabungen dauern Ewigkeiten. Da wird ja nicht nur jeder Stein umgedreht, sondern auch noch aufgeschrieben, wann und wo man welchen Stein umgedreht hat, und fotografiert wird das Ganze außerdem.« Wieder eine Erinnerung. Gläserne Vitrinen, darin Tonvasen, Mosaike, brüchige Stoffe, alles kühl und weiß ausgeleuchtet von Halogenstrahlern. Menschen mit Champagnergläsern in der Hand, die aufeinander einredeten, ohne den Ausstellungsstücken mehr als flüchtige Blicke zu widmen. »Ich bin Wilford-Smith in dieser Zeit nur einmal begegnet, in einer New Yorker Ausstellung über die Epoche König Salomos, zu der er ein paar Funde beigesteuert hatte. Wir haben die Hände geschüttelt und fünf Minuten Small Talk gemacht. So was wie: Wie kommen Sie voran? Und er: Oh, gut, gut. Das war alles. Dann habe ich nichts mehr von ihm gehört, bis eines Tages sein Anruf kam, er hätte in einem zweitausend Jahre alten Grab die Bedienungsanleitung einer japanischen Videokamera gefunden, als Grabbeigabe.«

Bethany furchte die Stirn. »Ich hätte als Erstes nachgeprüft, ob die Anleitung *auch* zweitausend Jahre alt ist.«

»Hab ich gemacht, stell dir vor. Ich habe eine Probe des Papiers an die Universität Chicago geschickt, um eine Altersbestimmung mithilfe der Radiokarbonmethode durchführen zu lassen. Die haben sich gewundert, das Papier war tatsächlich zweitausend Jahre alt, plus minus ein paar Hundert Jahre. Auf jeden Fall älter als der Buchdruck.«

Sie dachte eine Weile darüber nach, zum ersten Mal nicht voller Ablehnung, seit er sie kannte und sie von der Sache wusste.

»Verrückt«, konstatierte sie schließlich. »Und dann habt ihr euch gesagt, dass eine Zeitreise dahinterstecken muss?«

»Das war die einzige Erklärung, die uns eingefallen ist. Besser gesagt, sie ist dem Professor eingefallen; ich wäre gar nicht auf die Idee gekommen. Ich hatte einfach nicht die notwendige Fantasie. Aber es hat mir eingeleuchtet, als er meinte, falls jemals die Zeitreise erfunden würde, wäre die Zeit Jesu ein absolut logisches Reiseziel.« Kaun stellte sein Glas wieder weg. »Na ja, und jemand, der in die Zeit Jesu reist, wird das nicht tun, um eine Dokumentation über die Arbeitsgewohnheiten von Ziegenhirten zu drehen. Also haben wir uns gesagt, wo eine Bedienungsanleitung ist, ist vielleicht irgendwo auch die Kamera dazu, und in der Kamera eventuell noch ein Video, das dann wahrscheinlich Jesus zeigt.«

»Habt ihr euch nicht gefragt, ob eine Videoaufnahme überhaupt zweitausend Jahre überstehen kann?«, fragte Bethany. »Ich hab Disketten aus den Achtzigern, die schon nicht mehr lesbar sind.«

»Ich habe mich bei Experten erkundigt, unauffällig natürlich. Die meinten, selbst wenn auf so einem Band nur noch Rauschen sein sollte, im Labor könne man die ursprünglichen Aufnahmen wiederherstellen. So ähnlich, wie man es mit den Daten macht, die weit entfernte Raumsonden wie etwa Voyager schicken. Die sind auch so schwach, dass sie im allgemeinen Rauschen untergehen, aber per Computer kann man sie doch herausrechnen.« Er winkte ab. »Das war, bevor sich herausgestellt hat, dass die fragliche Kamera gar kein Videoband verwendet, sondern eine damals noch unbekannte Technologie, das MR-Verfahren. Dabei werden alle Daten in einem Siliziumkristall gespeichert, auf eine Weise, die als extrem dauerhaft gilt. MR-Kameras sind Profi-Geräte für den Einsatz unter erschwerten Bedingungen. Weniger bewegte Teile als andere Kameras, verschleißarm, staubgeschützt und was weiß ich noch alles.«

»Und nun bist du einem aus dem Zeitreiseteam begegnet.«

»Glaube ich zumindest.«

Bethany sah sinnend ins Leere. Kaun betrachtete sie. Er liebte es, ihr zuzusehen, wenn sie intensiv nachdachte. Eine Art Leuchten schien in solchen Momenten von ihr auszugehen, ein besonderer Glanz ihre dichten, dunklen Locken zu umspielen. Er mochte es, wie sich ihre Augenbrauen dabei zusammenzogen und wie ab und zu ihre Lippen zuckten, als seien sie fast so weit, das Resultat ihrer Überlegungen zu verkünden, aber eben noch nicht ganz.

»Ich kann es nicht rational begründen«, meinte sie schließlich, »aber ich habe das Gefühl, du solltest der Sache noch mal nachgehen. Versuchen, den Mann zu finden.«

»Denkst du?«, fragte Kaun verblüfft.

Ihr Blick blieb auf das Fenster gerichtet, ging hinaus ins Dunkel der Nacht. »Falls Zeitreisen tatsächlich möglich sind«, sagte sie, »gibt es dann überhaupt so etwas wie Zufälle? Das frage ich mich. Wobei ich keine Antwort darauf habe.«

Wenn das alles, überlegte Kaun, zu sonst nichts gut war, dann wenigstens dazu, einen kleinen Durchbruch in ihrer Beziehung bewirkt zu haben: Das Video, das für ihn so wichtig und das ihr so unheimlich gewesen war, war nicht länger eine *No-go-Area* zwischen ihnen.

»Okay«, sagte Kaun. »Dann probier ich das.«

Kenneth Thompson war nicht der erste Privatdetektiv, mit dem John Kaun in seinem Leben zu tun hatte, aber auf jeden Fall der am unauffälligsten wirkende. Er hätte nicht gewusst, wie er den Mann auf der anderen Seite des weißen, leeren, geradezu sterilen Schreibtisches hätte beschreiben sollen, abgesehen davon, dass er zwei Augen, eine Nase und einen Mund besaß, jeweils an den dafür vorgesehenen Stellen. Thompson hatte ein Dutzendgesicht, das man sofort wieder vergaß – eine für einen privaten Ermittler zweifellos vorteilhafte Eigenschaft. Er war von durchschnittlicher Größe, hatte langweilig stumpfbraune Haare, Augen von nichtssagender Farbe. Allenfalls sein Mund wirkte etwas müde. Sogar sein Name war gewöhnlich; im Telefonbuch von Oklahoma City füllten die Thompsons fast zwei ganze Seiten. Es gab alleine ein Dutzend Kenneth Thompsons – und keiner davon war der, der ihm jetzt gegenübersaß. Kaun hatte sich umgehört unter Leuten, die sich mit derlei auskannten, und alle hatten ihm zu Thompson geraten. Das sei der Beste.

Sein Büro sah absolut nicht so aus, wie solche Büros in Filmen aussehen: Es lag nicht in einem heruntergekommenen Gebäude in einer zwielichtigen Straße, sondern in einem Bürogebäude voller Anwaltskanzleien im Herzen der Stadt. Es war nicht schäbig, sondern nagelneu und frisch gestrichen, in makellosem Weiß. Auf dem Schreibtisch lag nur ein Notizblock, den Thompson vorhin aus einer Schublade gezogen hatte. Hinter ihm prangte eine Karte von Oklahoma City und Umgebung an der Wand. In einer Zimmerecke kümmerte eine Grünpflanze vor sich hin, daneben stand ein – selbstredend verschlossener – Rollladenschrank, und neben diesem ein Kleiderständer, an dem kein Kleidungsstück hing.

Der Privatdetektiv spielte nachdenklich mit einem Kugelschreiber. »Ich würde gern verstehen, was Sie von dem Jungen eigentlich wollen«, sagte er.

»Ich will nur mit ihm reden«, erwiderte Kaun. »Ihm ein paar Fragen stellen.«

»Was für Fragen?«

»Das«, erklärte Kaun, »möchte ich Ihnen nicht sagen.«

Thompsons Gesicht verlor nichts von seiner Ausdruckslosigkeit. »Sie sagten, Sie kennen ihn, aber Sie wissen nichts über ihn, nicht einmal seinen Namen?«

»Ich kenne ihn nur vom Sehen.«

»Und wann haben Sie ihn das letzte Mal gesehen? Vor der Begegnung an der *Winston Mall*, meine ich.«

»Das ist ein paar Jahre her.«

»Sie sagten, er sei knapp zwanzig. Wenn Sie ihn vor ein paar Jahren getroffen haben, sind Sie sicher, dass er es war? In diesem Alter machen ein paar Jahre einen großen Unterschied.«

Kaun dachte an das Video, an den Moment, in dem Jesus die Entstellung des jungen Mannes durch eine einfache Berührung zum Verschwinden gebracht hatte. Auf dem Video war der Mann eher *älter* gewesen als bei ihrer Begegnung.

Was kein Wunder war, wenn man von einer Zeitreise ausging.

Das konnte er dem Privatdetektiv natürlich nicht sagen.

»Das Feuermal«, sagte Kaun. »Die Form dürfte einzigartig sein.«

»Hmm.« Thompson zog einen Kalender aus einer anderen Schublade, betrachtete ihn. »Die Begegnung, die Sie geschildert haben, ist inzwischen schon verdammt lang her. Die Spur dürfte kalt sein.«

»Das ist mir klar. Versuchen Sie es trotzdem.«

»Ich kann Ihnen nichts versprechen.«

Kaun nickte. »Sie brauchen mir nichts zu versprechen. Versuchen Sie einfach, was Sie können.«

Der Detektiv packte den Kalender wieder weg. »Ich nehme neunzig Dollar die Stunde für die ersten zehn Stunden. Danach achtzig. Spesen gehen extra.«

»Okay.« Wenn er so gut war, wie Kauns Gewährsleute versichert hatten, verkaufte er sich damit unter Wert. Aber das war seine Sache.

Thompson zog ein Vertragsformular aus der Schublade und sein Mobiltelefon aus der Jackentasche. »Wir müssen eine Verabredung machen. Wann haben Sie Zeit?«

»Wann immer es nötig ist«, sagte Kaun.

Der Detektiv hob anerkennend die Augenbrauen. »Gut.« Dann wählte er eine Nummer.

Die Fahrt zu dem Phantombildzeichner führte sie schließlich in die eher zwielichtigen Gegenden der Stadt. Sie fuhren durch Straßen, entlang derer *Mobile Homes* und Autowracks um die Wette zerfielen, herumlungernde Leute dubiose Dinge rauchten und man die Armut fast riechen konnte.

Der Privatdetektiv hielt in der Nähe eines Hauses, vor dem ein Barbecue stattfand. Lichterketten hingen an den Wänden, Leute standen mit Bierdosen in Händen herum, und vom Grill stieg viel zu viel Rauch auf.

Der Mann, den sie suchten, wohnte ein Haus weiter. Er war enorm dick, hatte eine Glatze und dunkle Hundeaugen und hieß Aaron. »Vornamen reichen hier in der Gegend«, fügte er gleich hinzu.

Er dirigierte sie ins Wohnzimmer. Eine Wand hing voller Bilder von Jesus, in entsetzlich süßlichen Farben, daneben griffbereit an einem Haken ein Gewehr. Ein riesiger Fernsehapparat lief mit ausgeschaltetem Ton, irgendeine Soap-Opera. In den Polstersesseln versank man. Neben dem Sessel des Hausherrn stand ein Korb mit mindestens zehn Packungen *Weaver-Hathaway*-Kartoffelchips. Alle Geschmacksrichtungen, die sie im Angebot hatten, alle in der Maxi-Größe, die Kaun am liebsten aus dem Programm genommen hätte. Aber die Supermarktketten bestanden darauf.

»Kann ich Ihnen was zu trinken anbieten? John? Ken?«, fragte Aaron ebenso zuvorkommend wie kurzatmig.

»Danke, für mich nichts«, erwiderte Kaun. Der muffige Geruch, der das Haus erfüllte, weckte in ihm die Vorstellung einer Küche, in der schmutzverkrustetes Geschirr seit Wochen vor sich hin schimmelte.

Der Detektiv winkte ebenfalls ab, worauf Aaron sagte: »Okay. Dann hol ich die Sachen.«

Die *Sachen*, das waren: ein Skizzenblock, drei schon reichlich kurze Bleistifte und ein gräulicher Radiergummi. Aaron ließ sich damit ächzend in seinem Sessel nieder, schlug den Block auf, sah Kaun an und meinte: »Okay. Legen Sie los.«

Er sei der Beste, hatte ihm der Detektiv auf der Herfahrt erklärt. Und er solle sich nicht vom Drumherum irritieren lassen. Also beschrieb Kaun wieder den jungen Mann mit dem Feuermal. Er musste dabei den Kopf von dem Fernsehschirm wegdrehen, weil ihn das Geflimmer darauf ablenkte.

»Okay. Verstehe«, meinte Aaron nach einer Weile und begann zu zeichnen. In unglaublicher Geschwindigkeit entstand ein Porträt, so lebensecht wie ein gut gelungener Schnappschuss.

»Im Büro musste ich immer den Computer verwenden«, erzählte der Mann, während er zeichnete. »Gesichter aus tausend vorgefertigten Elementen zusammensetzen. *Bullshit*, was dabei rauskommt. Unnatürlich. Könnte man auch lassen, bringt nichts. Aber auf die Weise braucht niemand zeichnen zu lernen. Spart Ausbildungskosten. Am Computer klicken kann jeder, sogar ein Cop.« Er lachte mit pfeifender Lunge.

Er hielt Kaun die Skizze hin. »So?«

Es tat Kaun richtig leid, etwas daran aussetzen zu müssen. »Die Nase«, meinte er unbehaglich. »Die war ein bisschen breiter.«

»Okay.« Er radierte die Nase aus, zeichnete eine neue, breitere Nase hin.

»Die Lippen waren voller«, musste Kaun ergänzen. »Und das Haar war eher, wie soll ich sagen? Verstrubbelt. So, als würde er sich zwar kämmen, aber als nütze es nichts.«

»Verstehe.« Schwups, verschwand der Mund und erstand neu, runder, voller, richtiger. Dann huschte der Radiergummi über die Haarpartie, gefolgt von einem Bleistift, der es in ungebändigterer Form wieder erscheinen ließ.

Man hörte das Gelächter der Party. Es knallte mehrmals heftig, so, als begänne man nebenan, aus Jux und Tollerei in die Luft zu schießen.

»Sind nur Knallfrösche«, meinte Aaron, ohne im Zeichnen innezuhalten. »Zwei Brüder, die da wohnen. Jung. Und ziemlich beschränkt, unter uns gesagt. Haben jetzt einen Job in 'ner Firma, die die Dinger herstellt. Seither denken sie, Knallfrösche sind das Größte.« Er hielt Kaun die Zeichnung wieder hin. »Besser?«

»Viel besser«, bestätigte Kaun. »Bloß die Kinnpartie … Ich weiß nicht, irgendwie war die anders.«

Husch, husch zauberten Radiergummi und Bleistift eine neue Kinnpartie. »So?«

Kaun zögerte. »Ja. Besser.«

»Aber?«

»Hmm. Ehrlich gesagt merke ich gerade, dass das Gesicht

insgesamt viel runder war. So eine richtige Frohnatur, wenn Sie verstehen, was ich meine.«

»Mal sehen, ob ich das verstehe«, meinte Aaron gleichmütig und radierte in Windeseile die Hälfte seiner Zeichnung weg, um sie genauso schnell wieder entstehen zu lassen, mit exakt denselben Merkmalen wie vorher, nur eben runder, mondförmig fast.

»Ja«, erklärte Kaun, maßlos verblüfft. Man hätte denken können, der dicke Mann habe Zugriff auf seine Erinnerungen. »Genau so hat er ausgesehen. Ganz genau so.«

»Na also«, meinte Aaron mit zufriedenem Brummen. »Das war ja einfach.«

Er verpasste dem Porträt noch den letzten Schliff, schattierte hier, zeichnete da nach, bis das Gesicht plastisch auf dem Papier stand, beinahe lebendig. Dann riss er das Blatt ab und überreichte es Thompson, der es sorgsam in einer Mappe aus Karton verstaute.

Alles, was Aaron für dieses Meisterwerk wollte, waren fünfzig Dollar. »Nicht für mich«, erklärte er. »Für unseren Herrn. Geht alles in die Erneuerung unserer Kirche.« Damit versenkte er die Geldscheine in einer Spardose, die vor einem Gemälde stand, auf dem Jesus zu sehen war, die Brust in geradezu obszöner Weise geöffnet und mit einem Herz, das hell daraus hervorleuchtete.

Am nächsten Morgen hatte Kaun ein Gespräch mit Paul Weaver zu führen, das keinen weiteren Aufschub mehr duldete. Ein Gespräch über ein Thema, das Kaun unangenehm war, ja, fast peinlich, und das seines Erachtens gar kein Thema hätte sein dürfen.

Bethany war zu Hause geblieben. Sie hatte schlecht geschlafen und sich beim Frühstück nicht wohlgefühlt. Die Sache begann, an ihren Nerven zu zehren, auch wenn sie diesen Gedanken strikt von sich wies.

»Mein erster Gedanke war, unser Ferienhaus zu verkaufen«,

versuchte Kaun zu flachsen, nachdem er sein Anliegen vorgebracht hatte. »Aber dann ist mir eingefallen, dass wir ja gar kein Ferienhaus haben.«

Paul Weaver lachte nicht. Er schmunzelte nicht einmal. Er schüttelte nur bekümmert den Kopf und meinte: »Dass so etwas *so* teuer ist …«

Er meinte den Brief der Klinik, den Kaun mitten auf den Tisch gelegt hatte: der Kostenvoranschlag für eine Knochenmarkstransplantation.

›Exorbitant‹ war gar kein Ausdruck.

John Kaun hatte sich bis dahin als wohlhabenden Mann betrachtet. Er war Teilhaber einer gut gehenden Firma, fuhr einen Wagen der Oberklasse, besaß ein – wenn auch noch nicht ganz abbezahltes – eigenes Haus in bester Lage und musste beim Einkaufen nicht auf Preise achten. Dass *Geld* im Zusammenhang mit der Erkrankung seiner Tochter zum Problem werden würde, damit hatte er nicht gerechnet.

Und dass es so war, erbitterte ihn. Seit der Brief gekommen war, wurde er das Gefühl nicht los, sich in einer Schlinge verfangen zu haben, die sich langsam, aber unerbittlich zuzog.

»Und deine Versicherung?«, fragte Paul behutsam. »Was sagt die?«

»Na, was wohl? Was Versicherungen eben sagen in solchen Fällen. Irgendwo im Kleingedruckten steht, dass sie die Kosten für so eine Behandlung nicht übernehmen. Hab ich damals überlesen, oder falls ich's gelesen habe, nicht wichtig gefunden.« Das Fenster stand offen. Von draußen drangen der Duft gerösteter Kartoffeln und die beruhigenden Geräusche einer gut gehenden Firma herein: das Brummen von Lastwagen, die kamen und abfuhren, das Surren von Gabelstaplern, laute Rufe und Gelächter. »Ich war zu der Zeit noch daran gewöhnt, dass mich sündteure Anwälte auf Schritt und Tritt beraten«, fügte Kaun hinzu.

»Also, ich möchte das nicht«, sagte Paul entschieden. »Ich möchte nicht, dass du mir Anteile verkaufst. Fünfzig zu fünfzig, das ist ein gutes Verhältnis. Ausgewogen. Wir sind damit immer gut gefahren.« Er schüttelte den Kopf. »Lass es uns anders machen. Ich gebe dir ein Darlehen. Zinslos, unbefristet. Du zahlst es mir so zurück, wie du kannst.«

»Und woher willst du das Geld dafür nehmen?«

»Ganz einfach – ich verkaufe *unser* Ferienhaus.«

»Ha, ha.« Kaun wusste genau, dass die Weavers auch kein Ferienhaus besaßen.

Paul winkte ab. »Es ist doch egal, ob ich dir Anteile abkaufe oder dir ein Darlehen gebe. Ich muss so oder so eine Hypothek auf unser Haus aufnehmen. So viel Geld hab ich auch nicht einfach so herumliegen.«

Kaun wollte etwas erwidern, von dem ihm später nicht mehr einfallen wollte, was, denn er wurde dadurch abgelenkt, dass das Telefon klingelte und Bethany an anderen Ende war, die in völliger Panik rief: »John! Ich bin krank. Ich hab mich gerade übergeben müssen, mir ist hundeelend … und ich hab so Angst, dass ich Kathy mit irgendwas anstecke!«

Die Schlinge. Sie hatte sich gerade noch ein Stückchen weiter zugezogen.

Es war wie in den alten Zeiten, die nur in der Erinnerung gut gewesen waren: ein Alarm, das hieß, alles liegen und stehen lassen und das Krisenmanagement übernehmen.

Genau das war es, was John Kaun nun machte. Er ging hinüber in sein Büro, rief das Krankenhaus an, ließ sich nicht abwimmeln, nicht abspeisen mit Zusicherungen wie »wir schicken im Lauf des Tages jemanden vorbei« oder »wir geben Ihrer Apotheke Bescheid, welches Medikament sie Ihnen geben soll« oder was sie alles vorbrachten, um sich ihre eingespielten Abläufe nicht durcheinanderbringen zu lassen. Kaun lehnte ab, begründete, warum (seine Tochter war, wie man in der Klinik genau wissen sollte, todkrank, ihr Immunsystem stark geschwächt, und falls ihre Mutter an einer Darmgrippe erkrankt war, bestand für das Kind akute Lebensgefahr), ließ sich weiterverbinden und, wenn er nichts erreichte, noch einmal und noch einmal. Er drängte, bettelte, drohte und tobte, redete mit Engelszungen, spielte die Mitarbeiter gegeneinander aus, schreckte nicht davor zurück, die Fakten und Aussagen so hinzubiegen, dass sie wirkten. Nach einer guten halben Stunde war endlich alles organisiert. Er gab Paul kurz Bescheid und eilte dann zu seinem Wagen, um nach Hause zu fahren.

Er kam knapp zwei Minuten vor dem Krankentaxi an, das Bethany in die Klinik bringen würde, getrennt von Kathleen, die mit ihm fuhr. Kathy, verwirrt und verängstigt, plärrte ohne Unterlass, während sie sich durch den Innenstadtverkehr quälten. Sie beruhigte sich erst, als sie endlich im Krankenhaus waren. Durch eine Isolierglasscheibe konnten sie einen kurzen Blick auf Bethany werfen, die leichenblass in einem Rollstuhl saß und ihnen müde lächelnd zuwinkte. Anschließend gelang es Kaun, seiner Tochter begreiflich zu machen, dass ihre Mutter jetzt *nicht* dieselbe Krankheit hatte wie sie. Dass sie sich vielleicht nur einen Bazillus eingefangen hatte, der nun in ihrem Bauch rumorte, aber nicht auf Kathys Bauch überspringen durfte. Und dass die Ärzte aufpassen würden, dass das nicht geschah.

»Werden die mich pieksen?«, fragte Kathy.

Als Kaun ihr versicherte, dass sie das nicht tun würden, war sie schließlich einverstanden, die paar Tage in der Klinik zu bleiben, wo die Ärzte sie unter Beobachtung halten wollten.

Die Untersuchungen zeigten jedoch bald, dass Bethany schlicht und einfach an Erschöpfung litt. Ihr Kreislauf war im Keller, ihre Nerven waren überreizt und ihre Hormone im Ungleichgewicht – Stress, mit einem Wort. Ihr Erbrechen war vermutlich nur eine Reaktion ihres Körpers darauf gewesen. Man würde sie ein paar Tage dabehalten, gründlich durchchecken und wieder aufpäppeln.

So kam es, dass Kaun allein in dem für diesen Nachmittag angesetzten Gespräch mit Dr. Truong saß, Kathleens weitere Therapie betreffend.

»Ihre Frau ist nicht die erste Mutter eines krebskranken Kindes, der es so ergeht«, erklärte der Chefarzt. »Es nimmt die Mütter einfach mehr mit. Denken Sie, es ginge, dass sie beruflich eine Weile kürzertritt als bisher?«

»Ich glaube schon«, meinte Kaun.

»Gut«, sagte der Arzt.

Eine Pause entstand, die Kaun ein ungutes Gefühl verursachte, umso mehr, je länger sie dauerte. So, als seien die guten Nachrichten jetzt abgehandelt und als kämen nun die schlechten an die Reihe.

»Mister Kaun«, bat der Arzt schließlich, »gestatten Sie, dass ich Ihnen eine persönliche Frage stelle, Ihre Herkunft betreffend?«

Kaun hob die Augenbrauen. »Bitte.«

»Kann es sein, dass Sie oder Ihre Frau indianische Vorfahren haben? Womit ich die amerikanischen Ureinwohner meine, um es klar zu sagen.«

Kaun nickte überrascht. »Ja, kann sein. Von meinem Urgroßvater väterlicherseits heißt es, er sei ein Merrimack gewesen.«

»Merrimack? Nie gehört.«

»Das wundert mich nicht. Die Merrimack gelten als ausgestorben. Und auch davor waren sie nie bedeutend. Ihr Siedlungsgebiet lag im Nordosten, im heutigen New Hampshire, wird auf Karten aber meistens den Pennacook oder den Abenaki zugeschlagen. Außer einigen Völkerkundlern dürfte kaum jemand je von ihnen gehört haben. Mein Nachname, Kaun, ist angeblich ein Wort aus der Merrimack-Sprache, allerdings weiß niemand mehr, was es bedeutet.«

Dr. Truong nickte bedächtig. »Ausgestorben, hmm, hmm. Heißt das, es gibt auch keine weitere Verwandtschaft?«

»Nein.«

»Entfernte Cousins oder dergleichen?«

»Auch nicht.« Kaun beugte sich vor. »Darf ich wissen, warum Sie mich das fragen?«

Der Arzt musterte ihn aus Augen, die in diesem Moment wirkten, als hätten sie schon zu viele schlimme Dinge gesehen. »Ich habe nach einer Erklärung für ein Laborergebnis gesucht«, sagte er. Er rief etwas an seinem Computer auf und drehte den Bildschirm dann so herum, dass Kaun ihn sehen konnte. »Ich will es Ihnen erklären. Wenn wir von HLA-Faktoren sprechen, meinen wir bestimmte Gensequenzen, von denen es ein paar Tausend verschiedene gibt, die alle hier aufgelistet sind. Das ist ein Teil des offiziellen HLA-Verzeichnisses.«

Er wies auf den Schirm, auf dem Kürzel standen wie HLA-A, A*01:01:01:01 und ATG GCC GTC ATG GCG CCC CGA ACC.

»Der Punkt dabei ist«, fuhr Dr. Truong fort, »dass diese Sequenzen nicht alle gleich häufig sind und sich diese Häufigkeiten nach Herkunft unterscheiden. Wenn Sie europäische Wurzeln haben, haben Sie bestimmte HLA-Faktoren mit höherer Wahrscheinlichkeit, als wenn Sie afrikanische, asiatische oder australische Wurzeln haben. Und«, fügte er hinzu, »es gibt Kombinationen, die so gut wie nie vorkommen.«

»Und Kathleen«, sagte Kaun voll dunkler Vorahnung, »hat eine solche Kombination?«

»Leider.«

»Ist es dadurch ein Problem, einen Spender für sie zu finden?«

»Ein massives.«

Kaun lehnte sich zurück, schloss für einen Moment die Augen und massierte sich die Nasenwurzel. Es war ein Schock, ja. Ein Schlag, mit dem er nicht gerechnet hatte. Doch noch während er versuchte, damit fertigzuwerden, spürte er, wie etwas in seinem Inneren erwachte, jener auf Katastrophen aller Art ausgerichtete Teil, der in seinen Tagen als Vorstand der *Kaun Enterprises Holding, Inc.* permanent aktiv gewesen war. Er konnte geradezu spüren, wie dieser Teil den Staub der ruhigen letzten Jahre abschüttelte und sich unverzüglich an die Arbeit machte.

Strategie Nummer eins lautete: Mehr Informationen beschaffen.

»Was hat dieses Problem mit Indianern zu tun?«, fragte er.

Dr. Truong faltete die Hände. »Man geht davon aus, dass die amerikanischen Indianer von asiatischen Völkern abstammen, die sich vor etwa dreißigtausend Jahren von diesen abgespaltet haben. Vermutlich sind sie über die zeitweise zugefrorene Beringstraße von Asien her eingewandert. Man kann das genau dokumentieren, seit man die mitochondriale DNS analysiert, die stets von der Mutter stammt. Und wenn eine Menschengruppe über dreißigtausend Jahre lang von anderen isoliert ist, ist das für die Ausbildung von Merkmalen auf Zellebene ausreichend viel Zeit.«

»Das heißt, Kathleen hat diese HLA-Faktoren von mir geerbt?«

»Man erbt sie immer von beiden Elternteilen. Eine Mischung der Allele, wie man das nennt. Von Ihnen stammt der Teil ihrer HLA-Faktoren, der unglücklicherweise sehr selten ist.«

Strategie Nummer zwei lautete: Alternativen suchen und auf Machbarkeit prüfen.

»Dann müsste ich doch aber als Knochenmarkspender infrage kommen«, meinte Kaun.

Der Chefarzt schüttelte den Kopf. »Wie gesagt, mit Knochenmarkspenden von Elternteilen hat man keine guten Erfahrungen gemacht.«

»Aber wenn sie diese seltene Sequenz von mir hat –«

»Fehlt trotzdem die Sequenz, die von Kathleens Mutter stammt.«

Kaun rieb sich das Kinn, wie man es tat, wenn man einen Faustschlag abbekommen hatte. »Ich habe gelesen, dass die HLA-Faktoren von Spender und Empfänger nicht unbedingt hundertprozentig identisch sein müssen. Es reicht, wenn sie kompatibel sind.«

»Das ist richtig«, räumte Dr. Truong ein. »Das ist auch, was wir versuchen werden: schauen, ob wir bei größtmöglicher Streckung des Kompatibilitätsbereiches doch einen Spender in den Datenbanken finden.« Er lehnte sich in seinem Sessel zurück und fügte bekümmert hinzu: »Ich will Ihnen da aber keine großen Hoffnungen machen. Selbst wenn wir jemanden finden sollten, könnte es trotzdem passieren, dass die Spenderzellen nicht anwachsen.«

»Und dann?«

»Tja.« Er nahm die Hände auseinander, spreizte sie vielsagend.

Mit anderen Worten: Dann würde Kathleen sterben.

Strategie Nummer drei lautete: Kämpfen, ohne auch nur eine Sekunde ans Aufgeben zu denken.

»Testen Sie mich auf alle Fälle trotzdem«, verlangte Kaun.

Der Arzt schüttelte den Kopf. »Das ist sinnlos, Mister Kaun. Sie gewinnen mit höherer Wahrscheinlichkeit zweimal hintereinander im Lotto.«

»*Jede Woche* gewinnt jemand im Lotto«, entgegnete Kaun und zog sein Jackett aus. »Das ist kein Argument.«

Dr. Truong schob sich mit seinem Sessel ein Stück von seinem Schreibtisch weg. »Sie klammern sich da an etwas, Mister Kaun. Das sollten Sie nicht.«

»Ich klammere mich an etwas, völlig richtig.« Das Hemd war dran. Kaun knöpfte den Ärmel auf, krempelte ihn hoch. »Eine alte Regel im Sport lautet: Es ist erst vorbei, wenn es vorbei ist.« Er streckte dem Arzt seinen Arm hin. »Es ist ganz einfach, Doktor Truong. Wenn Sie mich nicht testen, gehe ich zu irgendeiner der Organisationen, die Knochenmarkspender suchen, und mache den Test dort. Noch heute. Dann bin ich morgen auch in Ihrer Datenbank.«

Der grauhaarige Arzt betrachtete Kaun eine Weile forschend. »Na gut.« Er deutete auf seinen blanken Arm. »Den können Sie wieder einpacken, ich brauche kein Blut für den Test. Ein Abstrich Ihrer Mundschleimhaut reicht mir.« Er erhob sich. »Warten Sie. Ich hole rasch das Set.«

Als er Bethany danach in ihrem Zimmer besuchte, brachte er es nicht fertig, ihr zu sagen, wie es stand. Er musste den Schlag erst selber verdauen.

Also sagte er nur: »Sie haben noch keinen Spender für Kathy gefunden, der infrage kommt. Aber sie suchen weiter.«

Beth lag blass und schwach in den Kissen und bot einen Anblick, bei dem Kaun spürte, wie sein Beschützerinstinkt ansprang. Sie wirkte benommen, schien ein starkes Beruhigungsmittel bekommen zu haben.

Und sie hing an einem Tropf. »Irgendwelche Elektrolyte. Weil ich mich doch erbrochen habe«, erklärte sie mit einem skeptischen Blick hinauf zu dem Plastikbeutel voll wasserklarer Flüssigkeit. »Ich wette, es ist einfach nur Zucker.«

Kaun nahm ihre Hand. »Hauptsache, du kommst bald wieder auf die Beine.«

»Kathy. Wie geht's ihr?«

»Ach, ganz gut, glaube ich. Sie ist in einem hübschen Zimmer, zusammen mit zwei anderen Mädchen in ihrem Alter. Alle so glatzköpfig wie eine Packung frischer Eier. Und alles so steril, dass es einen in der Nase beißt –«

Sein Mobiltelefon klingelte. Er zog es heraus, nahm an, lauschte, sagte dann: »Okay. Ich komme.«

»Was ist los?«, fragte Bethany, als er das Gerät wieder einschob.

»Der Detektiv«, erklärte Kaun. »Er hat jemanden gefunden, der den Mann mit dem Feuermal kennt.«

Mit jedem Tag, der verging, wuchs Michael Barrons Verzweiflung.

Er hatte es ehrlich vorgehabt! Ja, zugegeben: Er hatte sich nicht wohlgefühlt, als er Isaak versprochen hatte, sich bei ihrem Vater für ihn einzusetzen. Das schon. Aber er war ernsthaft entschlossen gewesen, es trotzdem zu tun.

Doch er schaffte es einfach nicht.

Es war schrecklich, in das Haus zurückzukommen, das ihm

jetzt leerer und verlassener und düsterer vorkam als je zuvor. Und das, obwohl Hausangestellte zugange waren, wohin er auch kam, obwohl die Sonne schien und das Haus mit Licht geradezu durchflutete und obwohl ständig jemand von Vaters Freunden zu Besuch kam, meistens zum Essen, und ein ständiges Kommen und Gehen herrschte.

Es ging nicht. Mehr denn je kam ihm die Präsenz seines Vaters erdrückend vor, Ehrfurcht gebietend, Respekt einflößend.

Beziehungsweise, wenn er ganz ehrlich war: Er hatte schlicht und einfach Angst vor Dad.

Es kam ihm vor, als hingen überall Schilder mit der Aufschrift *Ich will diesen Namen in meinem Haus nie wieder hören*. Er hatte immer noch im Ohr, mit welchem Ingrimm Vater diesen Satz ausgesprochen hatte. Er *träumte* davon. Er hatte Angst, zu tun, was notwendig war, um sein Versprechen zu halten, und er schaffte es nicht, diese Angst zu überwinden.

Die bloße Vorstellung, vor seinen Vater hinzutreten und zu sagen …

Nein. Unmöglich. Er schaffte es nicht einmal, es sich bis zum Ende *vorzustellen*, geschweige denn, es zu tun.

Und mit jedem Tag, der verging, schien es unmöglicher zu werden.

Er nahm es sich jeden Morgen vor. Inbrünstig. Er betete sogar manchmal, bat um Kraft und Beistand dafür, aber er versagte jedes Mal aufs Neue, ließ Gelegenheit um Gelegenheit tatenlos verstreichen. Was half es, sich hinterher heimlich vor die Stirn zu schlagen, sich lautlos einen Feigling zu nennen, sich die Fingernägel in den Handballen zu bohren zur Strafe? Nichts. Gar nichts.

Er konnte der Einsicht nicht länger ausweichen, dass er ein Versager war, ein Blender, ein elender Taugenichts, eine Niete, eine Flasche, ein Blindgänger. Er hatte keinen Mumm in den Knochen, besaß nicht mehr Willenskraft als eine Fahne im Wind, war ein einziger charakterlicher Fehlschlag. Er war ein Schwächling, ein Drückeberger, ein Waschlappen, ein erbärmlicher, widerlicher Feigling. Der Dreck unter Isaaks Fingernägeln war mehr wert als er.

Und ganz bestimmt war er es nicht wert, zu den Auserwählten zu gehören, die in die Vergangenheit reisen und Jesus selbst gegenübertreten würden. Wie kam er dazu? Hatte er diese Position nicht im Grunde seinem Bruder gestohlen?

Jesus. Michael wurde entsetzlich schwarz in seiner Seele zumute, wenn er daran dachte. Jesus würde ihn sofort durchschauen.

Ja, vielleicht würde er ihn sogar gleich an Ort und Stelle richten, ihm genau die Strafe zukommen lassen, die er verdient hatte.

Im Grunde, sagte er sich irgendwann in diesen dunklen Wochen, war das die einzige Hoffnung, an die er sich noch klammern konnte.

Kapitel 23

Vor dem Hintergrund der inhärenten Zusammenhänge zwischen Masse, Raum und Zeit Materie nur als aus Kernteilchen bestehend zu betrachten, die ihrerseits wieder aus noch kleineren Teilchen bestehen etc., ist offensichtlich tautologisch. Nachfolgend (ab 42.2.1) soll gezeigt werden, dass sich Materie genau wie Raum und Zeit als Extremwerte eines allgemeinen, sechsdimensionalen Feldes herleiten lässt.

Pawel Kozyrev, »Möglichkeiten temporaler Dislokation«,
Moskau, 1966

Unterwegs zum Büro des Detektivs war John Kaun voll wilder Hoffnungen, obwohl ihm völlig unklar war, was er sich eigentlich erhoffte. Irgendetwas eben, das Rettung verhieß. Etwas, das bewirkte, dass am Ende alles gut werden würde.

Während er an einer Ampel wartete und Fußgänger hin und her strömten wie ein Ballett zu unhörbarer Musik, ging ihm auf, dass er im Grunde an Fügung glauben wollte. Er *wollte,* dass alles, was ihm zugestoßen war – nicht zuletzt seine Verwicklung in diese Geschichte um ein Video von Jesus Christus, große Güte! –, mehr war als nur ein letztlich sinnloser Zufall. Dass es etwas *bedeutete.*

Wobei er sich, überlegte er, während er einen Parkplatz suchte, immer wieder aufs Neue klarmachen musste, was für eine monströse Geschichte das im Grunde war. Eine, die man niemandem einfach so erzählen konnte. Eine Zeitreise! Man würde ja für verrückt gehalten. Paul Weaver gegenüber zum Beispiel hatte er nie ein Wort darüber erwähnt, wohlweislich, denn er legte Wert darauf, dass sein Geschäftspartner ihn weiterhin für zurechnungsfähig hielt.

Auch Thompson würde er nichts davon erzählen. Niemand, der nicht dabei gewesen war, konnte das wirklich verstehen.

Der Detektiv saß genau so hinter seinem leeren, weißen Schreibtisch, wie Kaun ihn bei seinem ersten Besuch angetroffen hatte, und bot ihm genauso gleichmütig den Besucherstuhl an.

»Okay«, sagte Kaun. »Was haben Sie gefunden?«

»Das hier.« Thompson öffnete eine Schublade, holte einen kleinen Gegenstand heraus und stellte ihn vor Kaun auf den Schreibtisch.

Es war eine Steinfigur, kaum größer als ein Daumen. Kaun nahm sie vorsichtig in die Hand und betrachtete sie aus der Nähe. Ein Tier. Ein Fuchs, würde man sagen, beeindruckend kunstvoll aus einem rötlichen Stein gehauen oder geschliffen oder wie immer man so etwas zuwege brachte. Wobei der Stein selber nicht besonders wertvoll wirkte, eher wie ein simpler Kieselstein als wie ein Halbedelstein.

Kaun sah den Detektiv an. »Hübsch. Und was hat das mit unserem Fall zu tun?«

»Das hat der Mann gemacht, den Sie suchen.«

»Ein Steinmetz?«

»Das wussten Sie nicht?«

»Nein«, gestand Kaun und stellte den Steinfuchs zurück. »Es überrascht mich sogar.«

Thompson wischte imaginäre Staubkörnchen von der Tischplatte, während er berichtete. »Ich bin mit der Phantomzeichnung ins Winston-Center gegangen und habe die Leute befragt, die dort arbeiten. Die Schönheitsklinik habe ich erst einmal außen vor gelassen. Schweigepflicht. Dagegen kommt man schwer an. Also hab ich mich auf die Läden, Boutiquen und so fort konzentriert.«

»Verstehe«, sagte Kaun. Die alltägliche Arbeit eines Privatdetektivs schien deutlich unglamouröser zu sein, als man das in Filmen zu sehen bekam.

»Etliche Leute haben sich an den Mann erinnert, wussten aber weiter nichts über ihn. Nur, dass man ihn eben eine Zeit lang oft gesehen hat. Er ist wohl tatsächlich eine auffällige Erscheinung. Alle waren sich einig, dass es Monate her ist, seit er das letzte Mal da war.«

Kauns Zuversicht sank spürbar. »Das klingt nicht gut.«

»Ja, ich habe auch erst gedacht, das ist hoffnungslos«, meinte der Detektiv. »Doch dann habe ich den Besitzer eines kleinen Geschäfts angetroffen, der Modeschmuck, Andenken und allen möglichen Kitsch verkauft. Kleiner Laden, alles voller Staub. Nicht gerade ein boomendes Business. Aber der hat, als ich ihm die Zeichnung gezeigt habe, gesagt, ja, den kennt er, sein Name sei Tom.«

»Tom?« Das sagte Kaun gar nichts. »Und weiter?«

»Nichts weiter. Er wusste nur den Vornamen. Er meinte, der sei vor einem Jahr bei ihm aufgekreuzt und wollte ihm seine Steinfiguren verkaufen.« Thompson beugte sich vor, nahm den Fuchs in die Hand. »Er hatte vier verschiedene dabei. Eine sitzende Ente, einen anderen, größeren Fuchs, ein weißes Kaninchen und diese Figur hier, die als einzige noch übrig war. Der Ladenbesitzer meinte, er hat ihm gesagt, nein, kaufen will er sie nicht, aber er nimmt sie in Kommission. Damit war Tom einverstanden. Sie haben einen Deal ausgehandelt, wie viel Prozente und so, über den er mir nichts sagen wollte, und Tom hat ihm eine Telefonnummer dagelassen. Falls er Nachschub braucht.«

Kaun spürte sein Herz pochen, heftiger, als gut für ihn war. »Und wer meldet sich, wenn man dort anruft?«

»Das habe ich vorsichtshalber nicht ausprobiert, sondern gleich die zugehörige Adresse ermittelt.« Er machte eine vage Handbewegung, wie um anzudeuten, dass er seine Mittel und Wege habe, derlei herauszufinden. »Es handelt sich um eine Privatschule außerhalb der Stadt. Zwei Fahrstunden, schätze ich.« Der Detektiv musterte Kaun auffordernd. »Ich dachte, es ist am besten, wir fahren gemeinsam.«

Es war mehr als zwei Stunden später, als Kaun fragte: »Sind Sie sicher, dass da noch was kommt? Eine menschliche Ansiedlung, meine ich.«

Thompson tätschelte sein Navigationsgerät. »Ich wäre schwer enttäuscht, wenn nicht. Das ist das beste Gerät, das man für Geld kaufen kann.«

Sie fuhren weiter. Die Straße wurde noch unwegsamer. Einige Meilen, nachdem die weiß bemalten Steine entlang ihrer Ränder aufgehört hatten, räumte der Detektiv ein: »Allerdings ist kein Gerät unfehlbar. Das muss man berücksichtigen.«

Kaun musterte das karge, trockene Tal, dem sie folgten. »Vielleicht war es auch einfach die falsche Adresse.«

»Ja, vielleicht.«

»So wie das hier habe ich mir immer ein Atombombentestgelände vorgestellt.«

Thompson warf ihm einen unamüsierten Blick zu. »Machen Sie keine Witze.«

»Ich meine ja nur.«

»Allerdings«, stellte der Detektiv eine weitere Meile später fest, »sieht man gar keine Telefonleitungen.«

»Ist mir auch aufgefallen. Schon lange nicht mehr. Die letzten Leitungen führten zu dieser abgebrannten Farm.«

»Wobei das heutzutage nicht viel heißen muss«, meinte Thompson.

Doch nach einer weiteren Viertelstunde tauchten plötzlich weiß gestrichene Gebäude auf. Ein wuchtiger, zweistöckiger Kasten, daneben ein lang gestrecktes Bauwerk, das aussah wie ein Motel, dem nur der Highway fehlte. Darum herum scharten sich Schuppen, Ställe und Garagen.

Ein Stichweg führte rechtwinklig von der Straße ab, die weiterging, nach Kansas vielleicht oder nach Missouri. Sie passierten Reste eines Drahtzaunes und Reste eines Tores. Dann kam ein verwittertes Schild mit der halb verblichenen Inschrift *Holy Scriptures College*.

»*Holy shit*«, murmelte Thompson, lenkte den Wagen auf den Parkplatz dahinter und stellte ihn ab.

Sie stiegen aus. Die Motorhaube knackte, Grillen zirpten, ein irgendwie nervöser Wind raschelte mit trockenen Baumwipfeln. Die Sonne brannte auf sie herab und auf das ausgedörrte, nutzlose Land ringsherum. Ansonsten lag alles verlassen und still.

»Niemand da«, konstatierte Kaun entmutigt und wischte sich mit dem Handrücken über den Mund. Der Wind trug feinen Staub mit sich, blies einen voll damit.

»Hmm«, machte Thompson. Er zog seine Sonnenbrille aus der Brusttasche, setzte sie auf und sah sich aufmerksam um.

»Wirkt verlassen«, meinte Kaun. »So, als wäre es schon vor Langem aufgegeben worden.«

»Nein«, sagte der Detektiv. »Hier wohnt jemand. Sehen Sie die Fensterscheiben? Alle noch ganz. Und dahinten, zwischen den Häusern, hängt Wäsche an der Leine.«

»Die kann da schon jahrelang hängen.«

»Dann wäre sie nicht mehr farbig, sondern ausgebleicht.« Er ging in die Hocke, betastete eine Reifenspur, die nicht von ihnen stammte. »Ist Ihnen der Staub aufgefallen, der hier alles zuweht? Auf dieser Spur liegt keiner. Das heißt, sie ist frisch. Keinen Tag alt.«

Wie zum Beweis bellte in diesem Augenblick irgendwo ein Hund. Man sah ihn nicht, er schien auf der anderen Seite des Hauptgebäudes angeleint zu sein, aber er kläffte sich die Seele aus dem Leib.

Sie setzten sich in Richtung des Haupthauses in Bewegung, mit der gebotenen Vorsicht, falls der Hund doch nicht angeleint sein sollte. Er klang wie ein ziemlich großer Hund.

»Hallo?«, rief Thompson laut. »Ist jemand zu Hause?«

Ein paar Schritte vergingen ohne Reaktion. Dann wurde die Haustür geöffnet. Sie blieben stehen. Ein hagerer Mann in einem blauen Overall, wie ihn Farmer trugen, kam heraus, schlurfte auf sie zu.

»Was wollen Sie?«, fragte er abweisend.

Der Detektiv machte eine Handbewegung, als lüfte er einen imaginären Hut, und sagte: »Guten Tag. Wir würden gerne mit Tom sprechen.«

»Hier gibt's keinen Tom.«

»Ein junger Mann mit einem Feuermal im Gesicht.«

Der Mann im Overall musterte sie skeptisch. Seine Kiefer bewegten sich, als kaue er Kaugummi. »Werden Sie hier nicht finden.«

»Warten Sie, ich hab ein Bild von ihm.« Thompson zückte die Zeichnung, hielt sie ihm hin. »Das ist er.«

Der Mann fuhr sich mit seinen schaufelartigen Händen durch die grauen Haare, schüttelte den Kopf. »Nee.«

»Man hat uns gesagt, er ginge hier zur Schule.«

»Die Schule ist schon lange geschlossen. Hier ist niemand mehr.«

»Wie lange?«

Er holte tief Luft, kaute wieder auf der Antwort und sagte dann nur: »Lange.«

»*War* Tom denn mal hier?«, bohrte der Detektiv weiter.

Der Mann zog den Kopf misstrauisch ein. Es ließ einen an eine Schildkröte denken. »Darf ich mal fragen, wer Sie überhaupt sind?«

»Klar.« Ohne jedes Zögern, mit einer routiniert wirkenden Bewegung, zückte Thompson eine Visitenkarte, reichte sie ihm und sagte: »Mein Name ist Miller, Hank Miller. Ich bin Anwalt. Das hier ist mein Assistent, Carl Brown. Wir sind in einer Erbschaftsangelegenheit unterwegs.«

Das kam, fand Kaun, erstaunlich glaubwürdig rüber. So, als sei es ein Sprüchlein, das ein Anwalt namens Hank Miller täglich fünfzigmal aufsagte.

»Der junge Mann«, fügte Thompson hinzu, »ist möglicherweise Alleinerbe von vierzehn Millionen Dollar.«

Das schien den Mann im Overall nicht zu beeindrucken. Er betrachtete die Visitenkarte, die in seinen Händen klein und deplatziert aussah. »Ah ja? Und Sie wissen nicht mal seinen Nachnamen?«

Thompson lächelte knapp. »Oh, den wissen wir schon. Wir behalten ihn bloß für uns, aus Gründen der Vertraulichkeit. Sie verstehen?«

Der Mann hielt ihm die Karte wieder hin. »Ich kann Ihnen da nicht weiterhelfen.«

»Behalten Sie sie«, bat Thompson. »Falls Ihnen doch noch was dazu einfällt. Für sachdienliche Hinweise gibt es unter Umständen eine Belohnung.«

»Er hat gelogen«, erklärte der Detektiv auf der Rückfahrt. Es klang auf eine fast absurde Weise empört, so, als habe er selber, Thompson, in dem Gespräch gerade nur die reine Wahrheit gesagt. »Zumindest hat er uns etwas verschwiegen. Ich glaube, dass er Tom sehr wohl kennt und es uns gegenüber bloß nicht zugegeben hat.«

»Und wieso glauben Sie das?«

»Weil«, erklärte Thompson, »jeder, dem man eine Phantomzeichnung zeigt, entweder fragt, ob man von der Polizei ist, oder wissen will, was der, den man sucht, angestellt hat. Oder beides.« Er deutete mit dem Daumen kurz über seine Schulter. »Unser Freund da hat keins von beidem gefragt.«

»Sie denken, dass dieser Tom dort irgendwo ist?«

»Zumindest war er mal da. Ich müsste mich sehr täuschen.«

Kaun ließ sich das durch den Kopf gehen. »Auf der anderen Seite«, meinte er, »warum hätte er uns irgendwas sagen sollen? Zwei Unbekannten, die nach einem, sagen wir mal, Schützling fragen?«

Thompson nickte. »Deswegen die Karte und die Story von den vierzehn Millionen. Das hat schon öfters funktioniert.«

»Und wenn nicht? Was haben Sie dann vor?« Kaun versuchte, sich vorzustellen, wie sie sich nachts auf das Gelände des angeblich ehemaligen *Holy Scriptures College* schlichen, ganz in Schwarz gekleidet, mit Gesichtsmasken, Waffen und

Taschenlampen ausgerüstet, wie sie durch Fenster in die Zimmer dahinter leuchteten oder die Gebäude durchsuchten. Je plastischer er sich das ausmalte, desto verrückter kam ihm die Idee vor.

»Es gibt mehrere Punkte, an denen man ansetzen kann«, zählte der Detektiv auf. »Erstens dieser Ladenbesitzer, mit dem Tom ins Geschäft kommen wollte. Den kann ich bitten, mal anzurufen wegen Nachschub. Dann sieht man, ob sich daraus etwas ergibt. Zweitens: die Schule. Die muss bei den zuständigen Stellen angemeldet sein, es muss Unterlagen geben, Geschäftsberichte, Schülerverzeichnisse, Sponsoren, Hintergründe aller Art. Drittens: der Umstand, dass dieser Tom offenbar Steinmetz ist. Nicht gerade ein Trendberuf; die Zahl der Steinmetze in den USA dürfte überschaubar sein. Eine Szene, in der jeder jeden kennt. Bestimmt gibt es einen entsprechenden Verband oder Verein, vielleicht eine Fachzeitschrift, eine Website, ein Forum, Ausbilder … Da kann ich mich umhören.« Er räusperte sich. »Ja, und schließlich das Gebäude selber. Man könnte sich dort auf die Lauer legen, unauffällig beobachten, wer kommt und geht und wohin jeweils. Was es da für Verbindungen gibt.«

Okay. Das klang alles wesentlich vernünftiger. Kaun überlegte, ob es ratsam war, Thompson in die wahren Hintergründe der Geschichte einzuweihen.

Nein, entschied er. Noch nicht. Dazu war es noch zu früh.

Der Plan, den sich Michael schließlich zurechtlegte, war, sich schrittweise an die große Konfrontation heranzutasten. Er würde damit beginnen, Vater kritische Fragen zu stellen. Sobald er das hinbekam, würde er darüber hinaus einen anderen Standpunkt als sein Vater einnehmen – natürlich nur da, wo es vertretbar war, also nicht in Glaubensfragen und dergleichen. Auf diese Weise hoffte er sich genügend Entschiedenheit anzutrainieren, um sich für seinen Bruder einsetzen zu können.

Er begann damit an einem herrlichen Morgen, an dem sie das Frühstück im Wintergarten einnahmen, an einem mit einer blumenbestickten Tischdecke und sonnengelbem Geschirr gedeckten Tisch. Jenseits der Scheiben glitzerten die Büsche noch vom Morgentau, die Vögel flogen um die Wette, die Pancakes waren dick und knusprig, und der Ahornsirup leuchtete im Sonnenlicht. Alles war gut, alles war herrlich, und die Gnade Gottes war spürbar in allem, was sie umgab, als Michael seinen ganzen Mut zusammennahm und fragte: »Bist du eigentlich sicher, dass … dass diese Zeitmaschine wirklich funktionieren wird?«

Sein Vater senkte die Kaffeetasse, die er gerade zum Mund hatte führen wollen. »Warum fragst du das?«

Michael spürte, wie ihm der Schweiß ausbrach, Gottes Gnade hin, Gottes Gnade her. »Nur so«, sagte er hastig. »Ich meine, es interessiert mich eben. Wie man so etwas macht. Vorbereitet. Ob da, was weiß ich, Testläufe und so stattfinden. Und … und wie die aussehen. Ob Demidow mal, ich weiß nicht, irgendeinen Gegenstand ein paar Tage in die Vergangenheit geschickt hat, zum Beispiel. Nur, damit man auch sieht, dass alles … funktioniert.«

Vater sah sich um, vergewisserte sich wohl, dass niemand von den Hausangestellten ihr Gespräch mithören konnte. Dann sagte er kühl: »Du weißt, dass wir nur den einen Streifen Osmium haben. Es ist genau die Menge, die für eure Reise erforderlich ist. Wir können nichts davon an einen Testlauf verschwenden.«

»Oh«, machte Michael mit dem Gefühl, als öffne sich gerade eine Falltüre unter ihm. »Verstehe.«

»Beunruhigt dich das? Dass ihr die Ersten sein werdet, die die Maschine benutzen?«

Mut, rief sich Michael in Erinnerung. Es ging darum, Mut zu entwickeln. Mut zum Widerspruch, wenn es sein musste.

»Ein … ein bisschen schon, ja«, sagte er mühsam. »Ich dachte, na ja, ich dachte, man macht das so. Bei technischen

Geräten, meine ich. Dass man versucht, so viele Unwägbarkeiten wie möglich im Vorfeld zu klären …«

Seine Stimme versagte, weil sein Mund auf einmal wieder schrecklich trocken war.

Er hatte das Gefühl, einzuschrumpfen unter dem Blick, mit dem sein Vater ihn betrachtete. Er wusste gar nicht, wohin er selber schauen sollte.

»Ich habe versucht«, begann dieser schließlich leise, »dir nahezubringen, welche Wege die Vorsehung gegangen ist, um all das zu ermöglichen. Was alles an, wenn man in Kategorien von weltlicher Wahrscheinlichkeit denkt, *Zufällen* geschehen musste, damit wir es so weit bringen konnten. Und da zweifelst du noch daran, dass auch die Reise zu Jesus, unserem Herrn, gelingen wird?«

»Ich … ich dachte nur …« Er war sich nicht sicher, ob er das wirklich sagte, ganz leise, kaum hörbar, oder nur die Absicht hatte, es zu sagen. Und weiter kam er sowieso nicht.

»Es geht dabei um Vertrauen«, fuhr Vater fort. »Weil *alles*, was mit Gott zu tun hat, eine Frage des Vertrauens ist. Des Sich-Überlassens. Des Sich-Hingebens an etwas, das größer ist als menschliche Kraft. Ein Testlauf wäre nichts anderes als der Ausdruck von Misstrauen gegen Gottes Güte und Weisheit.«

»Verstehe«, flüsterte Michael. »Das … das hatte ich mir nicht überlegt.«

»Dies ist nicht das Apollo-Projekt, nicht die Mondlandung. Es geht nicht darum, uns selber als Menschen oder als Individuen zu verherrlichen. Es geht darum, Gottes Auftrag zu erfüllen. Da es Gottes Wille ist, zu tun, was wir tun, wird die Zeitmaschine funktionieren, daran kann es vernünftigerweise nicht den Hauch eines Zweifels geben.«

Michael nickte nur noch, fühlte sich klein und dumm und unwürdig, Teil von alldem zu sein. Der Morgen war herrlich, und die Sonne schien auf ihren reich gedeckten Tisch, an dem Gott ihnen das täglich Brot gab und noch viel, viel mehr, die Büsche glitzerten wie mit Diamanten bestäubt, und die Vögel flogen umher, als tanzten sie, und Gottes Gnade war auf allem. Nur er, Michael Barron, war davon ausgeschlossen.

Dies war der Moment, in dem zu ihrer grenzenlosen Überraschung die Tür aufging und Mutter hereinkam. Sie war blass und bleich und in einen schwarzen Morgenmantel gehüllt, den Michael noch nie an ihr gesehen hatte.

Sie sahen beide auf, verblüfft, denn sie hatte ihnen morgens schon seit einer kleinen Ewigkeit keine Gesellschaft mehr geleistet.

»Tammy!«, sagte Vater überrascht. »Das ist ja –«

»Ich habe gerade eine E-Mail vom Lebensgefährten unseres Sohns bekommen«, unterbrach ihn Mutter, hinter einen der freien Stühle tretend. »Isaak ist letzte Nacht gestorben.«

Kapitel 24

Wir gehen aus von der Dirac-Gleichung in kovarianter Form:

$$(i\hbar\gamma^{\mu}\partial_{\mu} - m_{o}c)\psi = 0$$

Wie man sieht, treten hier Raum- und Zeitkoordinaten völlig gleichberechtigt auf. Es wird noch zu zeigen sein, dass das berechtigterweise so ist und eine Unterscheidung nach Raum- und Zeitdimensionen demzufolge unnötig.

Pawel Kozyrev, »Möglichkeiten temporaler Dislokation«, Moskau, 1966

Emmanuel Stone beobachtete den Mann aus New York, wie er zuerst den Hof abschritt, dann die Stallungen und Werkstätten, und schließlich wieder zum Parkplatz zurückkehrte. Vermutlich wollte er sich noch einmal vergewissern, was man von dort aus sah und was nicht. Walker hieß er, Lazarus Walker. Emmanuel Stone war überrascht, wie schnell alles gegangen war. Er hatte angerufen, wie es ausgemacht gewesen war, eine New Yorker Nummer, wie gesagt. Und nun war der Mann schon da, war mit einem Geländewagen gekommen, einem Mietwagen, fast das gleiche Modell wie das, mit dem die beiden Männer aufgetaucht waren, nur in Schwarz. Er hatte lange, graue Haare, die er zu einem Pferdeschwanz zusammengebunden trug wie ein in die Jahre gekommener Hippie, und wasserklare, eisige Augen, nach deren Anblick man ihn garantiert nicht mehr für einen Hippie hielt.

Jetzt kam er zurück. In seinen Cowboystiefeln, die an ihm irgendwie militärisch aussahen.

»Okay. Jetzt die Überwachungsanlage.«

Emmanuel Stone zückte die VHS-Kassette, um die es ging.

»Hier. Ich hab das Band aufbewahrt, genau, wie Sie es gesagt haben.«

»Gut«, meinte Walker kühl. »Können wir es uns irgendwo ansehen?«

»Im Wohnzimmer. Dort steht der Fernseher.« Sie hatten ausschließlich christliche Sender einprogrammiert, ließen den ganzen Dreck, der sonst gesendet wurde, außen vor. So war es vertretbar. Es war von hier aus einfach zu weit zur nächsten Kirche, als dass sie jeden Sonntag den Gottesdienst hätten besuchen können. Außerdem hatte es seine Frau oft mit dem Rücken, und dann wurde ihr beim Autofahren schlecht. Dann halfen nur die Tabletten und Bettruhe. An solchen Tagen war es gut, den Fernseher zu haben.

Aber das ging diesen Walker nichts an.

Das Wohnzimmer war sauber aufgeräumt, wie immer. Emmanuel Stone schaltete den Apparat ein, legte die Kassette ein, spulte vor bis zu der bewussten Stelle. Er hatte sich das Band natürlich schon angesehen, hatte sich die Position gemerkt.

»Ehrlich gesagt hab ich damals gedacht, so ein Quatsch, eine Überwachungsanlage«, gestand er, während man sah, wie der Geländewagen auf den Parkplatz rollte.

»Tja«, meinte Walker nur. Er ging in die Hocke, drückte die Stopp-Taste, als der Wagen zum Stillstand kam, und schrieb sich dessen Autonummer auf.

Clever. Daran hatte Emmanuel Stone nicht gedacht. Da konnte man mal sehen.

Walker ließ das Band weiterlaufen. Sah zu, wie die beiden Männer ausstiegen und sich umsahen. Ein dünnes Lächeln kräuselte seine Lippen.

»Wie haben die noch mal gesagt, dass sie heißen?«, fragte er.

»Hank Miller der eine.« Emmanuel Stone zeigte auf den Durchschnittstypen, der ihm die Visitenkarte gegeben hatte. »Und der andere Carl Brown.«

»Irgendwie bezweifle ich, dass ich in Oklahoma einen Anwalt namens Hank Miller finden werde«, sagte Walker. »Oder? Was meinen Sie?«

Emmanuel Stone sah sich selber zu, wie er auf die Männer zuging. »Ich glaub's auch nicht«, meinte er.

Walker schüttelte den Kopf, mit einem Lächeln, das richtiggehend gefährlich wirkte.

»Amateure«, sagte er.

Ob er zu einer Besprechung der Testergebnisse in die Klinik kommen könne, ließ Dr. Truong kurz darauf anfragen. Und ob es auch abends ginge, wenn der allgemeine Trubel sich gelegt habe und sie sich so viel Zeit nehmen konnten, wie sie brauchten?

»Gern«, sagte Kaun.

Tatsächlich herrschte, als er spät an diesem Abend die Pforte passierte, eine geradezu weihevolle Atmosphäre, fast so, als beträte er eine Kirche, einen der jahrhundertealten Dome in Europa. Als er an der Tür zur Kapelle vorbeikam, hörte er jemanden dahinter Orgel spielen, ein Kirchenlied. Offenbar eine Probe, denn das Stück brach ab und begann gleich darauf wieder von vorn.

Er besuchte erst noch schnell Bethany. Dazu musste er sich an der Stationsschwester vorbeimogeln, weil die Besuchszeiten natürlich längst vorüber waren.

Beth hatte schon ihr Schlafmittel bekommen und Mühe, die Augen offen zu halten, aber sie freute sich, ihn zu sehen.

»Ich muss auf die Zufuhr von genug Eisen und Magnesium achten«, murmelte sie schläfrig. »Die Ärztin hat es mir genau erklärt. Und ich soll weniger Sachen mit hohem glykämischen Index essen. Zucker und so. Außerdem soll ich das Schwimmen wieder anfangen. Zweimal die Woche am besten. Meinst du, wir kriegen das organisiert, trotz allem?«

»Na klar«, sagte Kaun.

»Gut«, meinte sie. Dann fielen ihr die Augen zu.

Noch zwei Tage, hatte es geheißen, dann durfte sie wieder

nach Hause. Er konnte es kaum erwarten. Es war schrecklich still so allein im Haus. Er beugte sich über sie, küsste sie und flüsterte ihr ins Ohr: »Ich liebe dich.«

Sie lächelte mit geschlossenen Lidern und murmelte: »Das ist auch gut.«

Er verließ sie, weil es Zeit für den Termin bei Dr. Truong wurde. Die Stationsschwester erwischte ihn beim Rausgehen, feuerte einen mahnenden Blick auf ihn ab, sagte aber nichts.

Dr. Truong wartete schon auf ihn. Er hatte, ein Novum, Getränke bereitgestellt, Mineralwasser und Orangensaft.

»Kein Champagner«, stellte Kaun fest.

Der Chefarzt schloss die Tür eigenhändig hinter ihm. »Dazu besteht leider kein Anlass.«

»Schlechte Neuigkeiten also?«

»Setzen Sie sich.«

Kaun wunderte sich selbst, wie gefasst er es aufnahm. Woher kam die Kraft, die er spürte, die Zuversicht, die ihn gegen alle Vernunft erfüllte? Er wusste es nicht.

Dr. Truong dagegen wirkte aufgewühlt auf eine Weise, wie ihn Kaun noch nie erlebt hatte. Zugegeben, so gut kannte er ihn nicht. Doch der Mann sah auf alle Fälle immer wieder Kinder sterben, das gehörte für ihn zum Berufsalltag. Wobei man sich wahrscheinlich nie daran gewöhnte und es gut war, dass man es nicht tat. Aber es war beunruhigend, darüber nachzudenken, was so jemanden aus der Fassung bringen konnte.

Kaun setzte sich, schlug die Beine übereinander, wappnete sich innerlich. »Also«, sagte er.

Dr. Truong verschanzte sich hinter seinem Schreibtisch, ließ die Flaschen genauso unangetastet wie Kaun, musste mehrmals ansetzen. »Ich will offen sein. Ich habe vor diesem Gespräch erwogen, Ihnen einfach zu sagen, dass die Gewebetests wie erwartet ergeben hätten, dass Sie als Spender nicht infrage kommen, und es dabei bewenden zu lassen. Aber Sie haben auf mich immer gewirkt wie jemand, der die Wahrheit ertragen kann, deswegen möchte ich darauf verzichten, den leichten Weg zu gehen. Oder? Täusche ich mich, was das betrifft?«

»Ich hoffe, nein.« Kaun musterte den Arzt verwundert. Das war sie doch schon, die schlechte Neuigkeit, mit der er hatte rechnen müssen. Was sollte denn jetzt noch kommen?

Mal abgesehen davon, dass es nach einer solchen Einleitung ohnehin sinnlos war, diese Frage noch zu stellen.

»Nun, also.« Der Chefarzt faltete die Hände, die einander unablässig kneteten und massierten, während er weitersprach. »Die Wahrheit ist komplizierter. Die Wahrheit ist, dass Sie einer der sehr seltenen Fälle sind, in denen die HLA-Werte eines Elternteils mit denen des Kindes kompatibel sind. Wohlgemerkt, sie sind nicht identisch. Ich habe Ihnen ja erklärt, warum das nicht der Fall sein kann. Aber Kathleen hat von ihrer Mutter offenbar ein, wie man das nennt, neutrales Allel mitbekommen. Das heißt, Sie kämen als Knochenmarksspender grundsätzlich infrage.«

»Aber?«, sagte Kaun.

Dr. Truong blinzelte. »Wie bitte?«

»Sie haben gesagt, Sie hätten schlechte Neuigkeiten. Das klang gerade wie eine gute.«

»Ach ja. Ja.« Er nahm die Hände auseinander, verschränkte sie aufs Neue. »Ich habe daraufhin von Ihrem Hausarzt Ihre Krankenakte angefordert.« Er sah auf. »Dazu haben Sie bei Beginn von Kathleens Therapie Ihre Einwilligung erklärt, wenn Sie sich erinnern?«

»Ja«, sagte Kaun. Damals hatte er sich noch gewundert, wie viele Unterschriften für eine Krebsbehandlung erforderlich waren.

»Es ist so, dass es natürlich Kriterien gibt, wer als Knochenmarksspender infrage kommt und wer nicht. Ein Spender darf keine Drogen nehmen, nicht selber irgendwann Krebs gehabt haben und nicht mit AIDS infiziert sein. Klar. Weitere Ausschlusskriterien sind Autoimmunkrankheiten jeder Art, Diabetes, Morbus Crohn und eine Reihe ähnlicher Dinge, ferner chronische Erkrankungen der Leber, der Lunge und des Herzens.«

Ein Gefühl von Betäubung begann, sich in Kauns Körper auszubreiten. »Herz«, wiederholte er. »Und Leber.«

»Ja«, sagte Dr. Truong bedauernd. »Sie hatten einen Herzinfarkt. Und Sie hatten eine schwere Hepatitis. Bereits einer dieser beiden Befunde hätte Sie als Knochenmarksspender ungeeignet gemacht. Beide zusammen … Nein. Leider. Ausgeschlossen.«

Die Betäubung schien immer weiter um sich zu greifen. Als habe man ihm unbemerkt eine Spritze gegeben.

»Ich verstehe nicht«, hörte John Kaun sich sagen. »Wieso ist ein fast zehn Jahre zurückliegender Herzinfarkt ein Hinderungsgrund, meiner Tochter Knochenmark zu spenden?«

»Es ist in erster Linie nicht der Herzinfarkt selber, sondern der Umstand, dass Sie seither Blutverdünner nehmen müssen. Die Entnahme von Knochenmark ist, verglichen mit, sagen wir, einer Blutspende, ein relativ drastischer körperlicher Eingriff. Man sticht dabei mit einer langen Hohlnadel vom Rücken her in den Beckenkamm des Spenders, einen der Knochen des Körpers, in dem sich besonders viel Knochenmark befindet, und saugt daraus rund einen Liter ab. Das Knochenmark bildet sich im Körper des Spenders rasch wieder neu, das ist nicht das Problem. Aber man kann diesen Eingriff nicht bei jemandem vornehmen, der Blutverdünner nimmt; er würde schlicht und einfach verbluten.«

»Ich könnte die Blutverdünner absetzen.«

»Dann droht Ihnen ein neuer Infarkt. Ich habe das Angiogramm Ihres Herzens gesehen, Mister Kaun. Sie haben dort zu viele Adern, die unverdünntes Blut nicht mehr passieren kann. Ein Infarkt wäre sehr wahrscheinlich.«

»Ich habe schon einmal einen Infarkt überlebt. Das Risiko würde ich eingehen.«

»Mag sein«, erwiderte Dr. Truong, »aber kein *Arzt* würde es eingehen. Als Arzt opfert man nicht ein Leben, um ein anderes zu retten.«

»Müsste nicht *ich* das entscheiden? Wenn ich die volle Verantwortung dafür übernehme, den behandelnden Arzt von jeglicher Haftung freistelle –«

Der Chefarzt schüttelte den Kopf. »Das brauchen wir nicht zu diskutieren, Mister Kaun, denn das Haupthindernis ist nicht Ihr damaliger Infarkt, sondern Ihre chronische Hepatitis. Chronisch heißt, dass die Erreger noch da sind. Ihr Körper hat nur gelernt, damit zu leben, mit etwas medikamentöser Unterstützung und einer angepassten Lebensführung. Aber Ihr Knochenmark ist kontaminiert. Es würde Ihre Tochter umbringen, so sicher wie das Amen in der Kirche.«

John Kaun musterte den grauhaarigen Mediziner auf der anderen Seite des Schreibtisches mit dem unwirklichen Gefühl, den Kontakt mit seinem eigenen Körper zu verlieren. Er fragte sich, ob die Empfindung völliger Betäubung so etwas wie eine Schutzreaktion war, aber wovor wollte sie ihn schützen? Davor, zu schreien und blindlings um sich zu schlagen? Gut möglich.

»Mit anderen Worten«, sagte er langsam, »die Sünden meiner Vergangenheit holen mich nun doch ein. Bloß, dass es mein Kind ist, das dafür sterben soll, nicht ich selber.«

Dr. Truong knetete wieder seine Hände. »Ich bezweifle, dass diese Art, es zu betrachten, in irgendeiner Weise weiterhilft.«

»Gibt es denn etwas, das noch weiterhilft?«

Er neigte den Kopf zur Seite. »Nun, darüber wollte ich mit Ihnen reden. Es handelt sich um ein Verfahren, das, um es gleich anzusprechen, ethisch nicht unumstritten ist, aber einen gangbaren Weg darstellt. Man spricht von *saviour siblings*, von Rettungsgeschwistern. Die Grundidee ist die, dass Sie und Ihre Frau noch einmal ein Kind bekommen – allerdings eines, das im Labor gezeugt werden würde. Man würde aus einer größeren Zahl befruchteter Eizellen eine oder zwei auswählen, die von ihren HLA-Werten möglichst kompatibel mit denen Ihrer Tochter wären, und Ihrer Gattin implantieren. Bei der Geburt würde man das Blut aus der Nabelschnur und der Plazenta, das von Natur aus sehr reich an Stammzellen ist, verwenden, um Kathleens Knochenmark neu aufzubauen.«

Kaun bewegte die Schultern. Das Gefühl der Betäubung wich allmählich wieder. »Ein Kind als Ersatzteillager, mit anderen Worten.«

»In erster Linie wäre es ein Kind.«

»Meine Frau ist nicht mehr die Jüngste. Ich weiß nicht, ob sie noch einmal schwanger werden kann.«

»Das Verfahren würde ohnehin eine Fachklinik für Fortpflanzungsmedizin involvieren. Da sind heute schon ganz andere Dinge möglich. Das wäre nicht das Problem.«

»Sondern«, begriff Kaun, »ob Kathy noch neun Monate überlebt.«

Dr. Truong hüstelte, blickte beiseite. »Wir wissen es nicht. Das muss man klar sagen. Und in der Medizin geschehen manchmal die reinsten Wunder.« Er sah ihn wieder an. »Und selbst im schlimmsten Fall … hätten Sie danach immer noch ein Kind. Ein Kind, das Sie braucht. Ein Kind, das Sie mit der Zukunft verbindet. Ein Kind, das ist immer auch Hoffnung.«

Kaun sah an ihm vorbei, versuchte zu ergründen, was diese Vorstellung in ihm auslöste. »Ich … ich muss darüber erst nachdenken.«

Der Arzt nickte ernst. »Das war es, was ich Ihnen vorschlagen wollte.«

Es war spät, als John Kaun das Büro des Chefarztes endlich verließ, und als er es tat, schwirrte ihm der Kopf von all den Unterlagen, die Dr. Truong ihm noch gezeigt hatte: Beschreibungen der Vorgehensweisen, Studien über Verlauf und Heilungschancen, Zeitungsberichte über Familien, die so etwas schon gemacht hatten und es nicht bereuten. Er hatte sich alles angesehen, die wichtigen Stellen gelesen, den Rest überflogen, hatte Detailfragen gestellt. Doch dabei war ihm die ganze Zeit bewusst gewesen, dass er sich damit nur ablenkte, dass das, was er tat, Beschäftigungstherapie war, nur eine andere Art von Betäubung.

Aber nun, da er allein durch die dunklen Flure des Krankenhauses ging, drängte der Schmerz, den er bis jetzt hatte unterdrücken können, an die Oberfläche seines Bewusstseins. Unaufhaltsam, mit jedem Schritt ein Stück weiter.

Und es war mehr Schmerz, als er ertragen konnte.

Schließlich machte er kehrt und stieg die Treppen hinauf in die Kinderonkologie. Er wusste nicht, was er dort wollte, er wusste nur, dass es sein musste, jetzt, sofort.

Die Nachtschwester erkannte ihn. »Mister Kaun?«, wunderte sie sich flüsternd. »Was wollen Sie denn hier, um diese Zeit?«

»Ich bin ganz leise«, versicherte er. »Und ich schaue nur.« In der Kinderabteilung hatte jede Tür eine Sichtscheibe eingebaut, durch die man in das Zimmer dahinter sehen konnte.

Sie ließ ihn gewähren. So stand er vor dem Glas, das kaum größer war als ein Blatt Papier, und sah Kathy zu, wie sie schlief, tief und unschuldig und so glatzköpfig, als wäre sie aus Porzellan. Sie hielt ihren Fuchs fest im Arm – *schon wieder ein Fuchs!*, dachte Kaun –, der die Wäsche, die chemische Reinigung und die Sterilisierung unbeschadet überstanden hatte und ihr dank dessen als Gefährte auf ihrem schwierigen Weg zur Seite stehen konnte.

Sein Kind. Wie war es möglich, dass dieser Gedanke, dieser Anblick so heftige Gefühle in einem weckte, selbst in ihm, der bis vor wenigen Jahren über die Idee, Kinder zu haben, nicht einmal *nachgedacht* hatte? Wie kam es, dass man ein so eigensinniges, rätselhaftes, widerborstiges, aufsässiges, hilfsbedürftiges, Geld und Nerven kostendes, winziges Wesen derart liebte, mehr als das eigene Leben? Denn das war ihm vorhin im Gespräch mit dem Chefarzt blitzartig klar geworden: dass er sein Leben für seine Tochter geben würde, ohne zu zögern.

Wenn man ihn nur lassen, wenn es sie nur retten würde!

Und was für eine tiefe, existenzielle Verzweiflung, dass es das nicht tat!

Er spürte dem Gefühl nach, das ihn durchdrang. Es hatte etwas Urzeitliches, Archaisches an sich. Es kam ihm vor wie der Ruf des Lebens selbst, das vor allem eines wollte, nämlich weitergehen, Generation um Generation um Generation. In diesem Spiel war das Leben der Eltern, wenn Zeugung und Aufzucht erfolgt waren, nicht mehr von Bedeutung; ihre Aufgabe war erfüllt, was sie darüber hinaus taten, nicht von Belang.

Aber erklärte dieser Gedankengang etwas? Nein. Es so zu betrachten kam ihm vor wie eine armselige, blutleere Beschreibung, die das Mysterium dahinter nur verbarg. So, als schriebe man Formeln für Luftströmung an eine Tafel in der Erwartung, dadurch zu wissen, was ein Hurrikan war: Niemand wusste das, der nie einen erlebt hatte.

Schließlich riss er sich los und ging, mit einem Gefühl, als liefe er mit einer offenen Wunde in der Brust herum. Heute Nacht würde er nicht zu dem Seelenfrieden zurückfinden, in dem er so lange gelebt hatte, das wusste er.

Vielleicht würde es nie wieder der Fall sein. Das wusste er nicht.

Man musste es abwarten. Und sich schon mal daran gewöhnen, wie es sich mit einer offenen Wunde auf der Seele lebte.

Auf dem Weg hinaus passierte er abermals die Krankenhauskapelle. Hier war es inzwischen still, die Tür stand einen Spalt weit auf, einladend beinahe.

Kaun trat näher, drückte sie auf. Jemand hatte die Kerzen gelöscht. Nur eine einzige, elektrische Kerze erhellte den Altar noch mit künstlichem Flackern, mit gelbem, unnatürlich regelmäßig zuckendem Licht.

Er zögerte, doch dann ging er hinein. Ihm war, als zöge ihn etwas nach vorn, vor das Kreuz aus neutralem Holz. Bildete er sich das ein, oder blitzten unter dem flackernden Licht in der Maserung des Holzes Konturen eines Körpers auf, die Umrisse des Gekreuzigten? Ja, bestimmt bildete er sich das ein. Na wenn schon.

»Warum?«, fragte er unhörbar leise. »Ich würde es gern verstehen. Du bist für die Sünden der Menschen gestorben, sagt man. Aber du hast es freiwillig auf dich genommen. Du kannst nicht wollen, dass mein Kind für *meine* Sünden sterben muss. Das ergibt keinen Sinn. Jedenfalls keinen, den ich verstehen kann.«

Der Gekreuzigte, den Kaun sich einbildete, schwieg dazu. Machte wohl das übliche leidvolle Gesicht, und damit hatte es sich.

»Ich verstehe es nicht«, flüsterte Kaun. Er würde es heute Nacht auch nicht mehr verstehen.

Er spürte ein Stechen in der Brust, wie er es schon lange nicht mehr gespürt hatte. Ein Stechen, das jemand mit seiner Krankengeschichte nicht ignorieren durfte. Er hatte ein Spray, das dagegen half, aber das lag im Handschuhfach.

Zeit zu gehen.

Ihr Haus lag dunkel zwischen den anderen Villen, hinter deren Fenstern Licht brannte und sich Schatten bewegten. Das Tor zur Einfahrt öffnete sich, als Kaun sich mit dem Wagen näherte, und die Lampen entlang der Fahrbahn gingen an. Doch es waren nur Funkgeräte, Bewegungsmelder und eine damit verbundene Steuerungsanlage, die ihn begrüßten. Es fühlte sich kalt und mechanisch an und verstärkte nur das Gefühl der Einsamkeit, das ihn erfüllte.

Bedrückende Stille hinter der Haustür. Er schaltete die Beleuchtung ein, warf die Schlüssel absichtlich heftig auf die Kommode, sodass sie klapperten und klirrten. Er spürte das Bedürfnis, alle Räume mit Lärm und Licht zu füllen.

Ach ja, und außerdem verspürte er ein Bedürfnis nach einem großen, starken Whisky. Es überwältigte ihn nahezu.

Was für ein Glück, dass sie nichts Alkoholisches im Haus hatten.

Er streifte die Schuhe ab, ging in die Küche und riss den Kühlschrank auf, dass die Flaschen darin klapperten. Seufzend goss er sich ein Glas Milch ein, warf die Tür mit einem Rums wieder zu. Musik! Jetzt brauchte er Musik. Oder irgendeine geistlose Fernsehsendung. Irgendwas Lautes, Buntes, das ihn ablenkte.

Er tappte hinüber ins Wohnzimmer, fuhr mit der freien Hand über die Leiste der Lichtschalter, sodass alle Lampen, Leuchtröhren und Strahler zum Leben erwachten …

Und hielt mitten in der Bewegung inne.

In dem Sessel vor dem Fenster saß ein Mann, so regungslos, als warte er dort schon seit Stunden. Er war groß und hager, hatte lange, graue Haare, die er zu einem Pferdeschwanz gebunden trug, und die Augen, aus denen er ihm entgegensah, hatten die Farbe von Polareis.

Kaun ließ die Lichtschalter los, trat einen Schritt vor, schüttelte ungläubig blinzelnd den Kopf und sagte dann: »Ryan? Sie?«

Kapitel 25

Es war aber einer krank, Lazarus von Bethanien, aus dem Dorfe der Maria und ihrer Schwester Martha, nämlich der Maria, die den Herrn gesalbt und seine Füße mit ihren Haaren getrocknet hat; deren Bruder Lazarus war krank. (…) Als nun Jesus hinkam, fand er ihn schon vier Tage im Grabe liegend. (…) Als Martha nun hörte, dass Jesus komme, lief sie ihm entgegen, Maria aber blieb im Hause. Da sprach Martha zu Jesus: Herr, wärest du hier gewesen, mein Bruder wäre nicht gestorben! Aber auch jetzt weiß ich, was immer du von Gott erbitten wirst, das wird Gott dir geben. Jesus spricht zu ihr: Dein Bruder soll auferstehen! Martha spricht zu ihm: Ich weiß, dass er auferstehen wird in der Auferstehung am letzten Tage. Jesus spricht zu ihr: Ich bin die Auferstehung und das Leben. Wer an mich glaubt, wird leben, auch wenn er stirbt; und jeder, der da lebt und an mich glaubt, wird in Ewigkeit nicht sterben.

Das Evangelium nach Johannes, Kapitel 11

Die Gestalt, die bis zu diesem Moment auch eine Wachspuppe hätte sein können, zeigte eine Regung: Der Mann lächelte dünn.

»Seit etlichen Jahren«, erklärte er mit dunkler Stimme, »lebe ich nicht mehr unter diesem Namen, sondern nenne mich Walker. Lazarus Walker. Aber schön, dass Sie sich noch erinnern.«

»Lazarus Walker.« Kaun ließ sich den Namen auf der Zunge zergehen. »Prägnant. Fast ein wenig *zu* prägnant für jemanden Ihrer Profession, wenn Sie mir die Bemerkung gestatten. Darf ich Ihnen etwas zu trinken anbieten? Ich habe allerdings nur eine beschränkte Auswahl: nichts, in dem Alkohol in erwähnenswerten Teilen enthalten ist.«

»Das habe ich schon bemerkt. Danke, nein.«

Kaun verzichtete darauf, zu fragen, wie Ryan ins Haus gelangt war. Der Mann hatte lange Jahre für ihn gearbeitet, war in der Blütezeit seines Konzerns sein Sicherheitschef gewesen. Kaun wusste, dass Schlösser selten ein Hindernis für ihn waren.

Er setzte sich ihm gegenüber auf das Sofa. »Ich freue mich, Sie zu sehen. Wenn Ihr Besuch auch etwas … *unerwartet* kommt.«

Ryan nickte nur.

»Was ist damals passiert? Die Leute, die Sie nach der Sache mit dem Video aus Israel rausgeschmuggelt haben, haben behauptet, Sie seien in Damaskus nicht am vereinbarten Treffpunkt erschienen. Später kam nur noch diese Karte, ohne Absender, nur mit diesen beiden Worten *alles OK* in Ihrer Handschrift.«

»Ich habe anderweitig Hilfe und Unterstützung bekommen.«

Kaun musterte ihn. Früher hatte Ryan die Haare militärisch kurz getragen, war gern aufgetreten wie ein Schleifer vom Kasernenhof. Anderweitig Hilfe und Unterstützung? Das hieß, vermutlich durch die legendären irischen Untergrundnetzwerke, die man als Außenstehender nie wirklich durchschauen würde.

»Okay.« Kaun nahm einen Schluck Milch und stellte das Glas beiseite. »Was führt Sie zu mir?«

Ryan hob die Brauen. »Sagen wir so: Sie stürzen mich in einen Loyalitätskonflikt, Mister Kaun.«

»Wie das?«

»Sie interessieren sich für gewisse Personen und Einrichtungen, von denen die Leute, für die ich arbeite, wünschen, dass sie nicht das Interesse Außenstehender erregen.«

Kaun bemühte sich um eine ausdruckslose Miene, wenn

ihm auch klar war, dass er es in dieser Disziplin nie zu jener Meisterschaft bringen würde, die Ryan erlangt hatte. »Ich weiß nicht, was Sie damit meinen.«

»Ein junger Mann namens Tom. Ein College draußen im Niemandsland.« Ryan sah Kaun auffordernd an, doch als ihm der nicht den Gefallen tat, darauf zu reagieren, fügte er mit leichtem Tadel in der Stimme hinzu: »Es gibt dort Überwachungskameras, wissen Sie? Die Bilder waren gut genug, um das Autokennzeichen des Wagens entziffern zu können, der auf einen gewissen Kenneth Thompson zugelassen ist, einen Privatdetektiv aus Oklahoma City. Und Sie hätte ich auch auf wesentlich schlechteren Aufnahmen wiedererkannt.«

»Berührt das jetzt diesen Loyalitätskonflikt, den Sie erwähnten?«

Ryan nickte. »Richtig. Ich verdanke Ihnen viel, Mister Kaun, und so etwas vergesse ich nicht. Aber ich schulde meinen heutigen Auftraggebern ebenfalls Loyalität, das werden Sie verstehen. Deswegen bin ich hier, anstatt irgendwelche anderen Dinge zu tun, die jemand in meiner Situation hätte tun können. Ich würde das Problem gern auf gütliche Weise aus der Welt schaffen. Stellen Sie Ihre Nachforschungen ein, dann wird es auch nicht hässlich.«

Kaun spürte einen eigenartigen Druck in seinem Inneren, so, als hätte sich tief in seinen Eingeweiden eine Blase gebildet. Eine Blase, die mit irgendwelchen heftigen Gefühlen gefüllt war, ohne dass er die leiseste Ahnung hatte, welche.

»Haben Sie eine Vorstellung davon«, fragte er, »*warum* ich das tue? Warum ich nach diesem Tom forsche?«

»Nein. Das ist auch ohne Belang. Lassen Sie es, bitte.«

»Ryan – dieser Junge war auf dem Video! Ich habe ihn wiedererkannt! Er hat *Jesus* getroffen, ist durch ihn von seinem Feuermal geheilt worden!« Kaun schüttelte den Kopf, korrigierte sich: »Besser gesagt, er *wird* Jesus treffen. Er *wird* geheilt werden.«

Der Mann mit den irischen Wurzeln riss die Augen auf. Das

brachte ihn aus dem Konzept. So gut kannte Kaun ihn immerhin.

Die Blase in seinem Inneren stieg langsam höher.

»Ryan«, fuhr Kaun eindringlich fort, »Sie waren damals dabei. Sie wissen, dass das Video real war. Dass es eine Zeitreise gegeben haben *muss*. Und ich glaube, dass sie jetzt gerade vorbereitet wird. Ich glaube, dass dieser Mann namens Tom ein Teil des Teams ist, das in die Zeit Jesu reisen wird!«

In Ryans Gesicht arbeitete es. Es sah aus, als fielen für ihn in diesem Moment eine Menge Puzzleteile an die passenden Stellen.

»Und was wollen Sie?«, fragte er mit rauer Stimme. »Es verhindern?«

»Nein«, sagte Kaun, und das war der Augenblick, in dem die Blase in seinem Inneren platzte und ihn dazu brachte, ohne Nachdenken zu sagen: »Was ich will, ist, dabei zu sein. Ich will mit in die Vergangenheit gehen – zusammen mit meiner Tochter.«

Er überraschte sich selber mit dem, was er sagte. Es klang womöglich, als habe er sich das lange und gründlich überlegt und eine wohlfundierte Entscheidung getroffen. Aber nichts dergleichen war der Fall; dieser Plan war aus dem Blauen heraus entstanden und plötzlich da, fix und fertig, abgesehen von den Details.

Es war nicht das erste Mal, dass er so etwas erlebte. Im Gegenteil: Er hatte oft weitreichende Beschlüsse auf diese spontane Art und Weise gefasst. In seiner Umgebung hatte ihm das ehrfürchtige Bewunderung eingetragen und zu seinem damaligen Ruf als Super-Manager beigetragen.

Aber das hier stellte alles Bisherige in den Schatten.

Ryan sah ihn nur an. Er wirkte, soweit man Derartiges bei ihm sagen konnte, geschockt.

Doch es war unmöglich, jetzt innezuhalten. Das musste alles raus, und so fuhr Kaun blindlings fort: »Meine Tochter ist krank. Sie hat Leukämie. Wie es aussieht, unheilbar. Was soll ich tun? Verstehen Sie nicht, dass ich mich fragen muss, wieso mir all das zugestoßen ist? Wieso ich damals in die Jagd nach dem Video verwickelt war? Wozu, wenn nicht zu irgendeinem Zweck? Verstehen Sie nicht, dass ich mir sage, dass Jesus, was immer er sonst war, Gottes Sohn oder nicht, in erster Linie ein Heiler war?«

Ryan sagte nichts. Er saß nur da und hörte zu. Gut, sollte er zuhören. Jemand musste zuhören, damit alles herauskonnte, was da in ihm gegärt hatte.

»Ein Heiler. Ja.« Kaun sah beiseite, überflutet von Erinnerungen, wieder einmal. »Nachdem ich aus Israel zurückgekommen bin und meinen Konzern aufgelöst hatte, hatte ich einen totalen körperlichen Zusammenbruch. Es hat nicht viel gefehlt, und ich wäre gestorben. Ich war lange außer Gefecht, hatte viel Zeit, nachzudenken. Ich habe damals viel gelesen, sehr viel. In den Jahren davor bin ich ja nie dazu gekommen. Unter anderem habe ich viele Bücher über Jesus gelesen, die Bibel, die christliche und die jüdische Religion und Geschichte, all das. Dabei ist mir eine Sache aufgefallen, ein Detail nur, an das ich jetzt lange nicht mehr gedacht habe, aber vielleicht ist es wichtig, nämlich: Jesus hatte seinerzeit viele Gegner, die alles, was er gesagt und gepredigt hat, kritisiert haben, die ihn und das, was er gemacht hat, verdammt haben. Er hat sich massiv mit dem Establishment angelegt, es wirklich herausgefordert und entsprechende Gegenreaktionen provoziert.«

Ryan nickte unmerklich.

»Aber eine Sache hat niemals jemand infrage gestellt«, fuhr Kaun fort, »nicht ein einziger seiner Gegner. Nämlich, dass er heilen konnte. Niemand hat das bezweifelt. Seine Widersacher haben seine Motive bezweifelt, die Quellen seiner Kräfte, aber niemals die Heilungen an sich.«

»Und das bedeutet … was?«, fragte Ryan.

Ja, was bedeutete es? Danach suchte Kaun selber noch. Der

rote Faden, dem er folgte, war hauchdünn, konnte jeden Moment reißen. »Ihr neuer Vorname, Lazarus, stammt aus der Bibel«, sagte Kaun, in einem tastenden Versuch, den richtigen Weg zu finden. »Es war der Name eines Mannes, den Jesus von den Toten auferweckt hat. Lesen Sie es nach. Die Auferstehung des Lazarus ist in der Bibel ausgesprochen anschaulich geschildert, anschaulicher als die Auferstehung Jesu selbst!« Dann endlich brach es aus ihm heraus: »Ryan – ich will meine Tochter zu ihm bringen und ihn bitten, sie zu heilen!«

Das war es. Genau. Kaun ließ sich zurück gegen die Polster fallen. Ihm war der Schweiß ausgebrochen, während er geredet hatte, und nun fühlte er sich unsagbar erleichtert. Erleichtert, weil er endlich Klarheit geschaffen und das Gewirr seiner Gefühle und Impulse aufgedröselt hatte. Erleichtert, weil endlich ein klares Ziel vor seinen Augen stand.

Ein klares Ziel. Nichts setzte Energie und Tatkraft auf bessere Weise frei.

Ryan hatte sich wieder gefangen. Er betrachtete ihn aus zusammengekniffenen Augen und sagte: »Mit Verlaub, Mister Kaun, das ist ein völlig wahnsinniger Plan.«

»Ja. Aber der einzige, der Sinn ergibt.« Kaun horchte dem Klang seiner eigenen Worte nach, horchte in sich hinein. »Wobei Sie natürlich recht haben. Als Plan ist es der reine Irrsinn. Ich spreche ja nicht einmal die Sprache Jesu.«

Eine Pause entstand. Kaun hätte nicht sagen können, wie lange sie dauerte, weil seine Gedanken plötzlich irgendwie stillzustehen schienen. Es war, als hätten sie sich bis zur völligen Bewegungslosigkeit ineinander verheddert.

»Es tut mir leid für Ihre Tochter und für Sie«, erklärte Ryan schließlich. »Aber ich halte das für ausgemachten Schwachsinn. Mit allem nötigen Respekt, Sir.«

Kaun setzte sich ruckartig auf. »Sie arbeiten für die Leute, die die Zeitreise vorbereiten, nicht wahr? Wer ist es? Die Regierung? Nein. Das glaube ich nicht. Es muss jemand anders sein. Vielleicht ein reicher Medienunternehmer, der die Story des

Jahrtausends plant. Kreuzigung und Auferstehung auf allen Kanälen, dasselbe, was mir damals vorschwebte. Ist es das?«

Ryans Gesicht war wieder eine undurchdringliche Maske. »Meine Auftraggeber haben Anspruch auf meine Loyalität und Verschwiegenheit. Das verstehen Sie sicher, Mister Kaun.«

»Sie werden es mir nicht sagen.«

»Nein. Das wäre unprofessionell. Alles, was ich Ihnen sagen kann, ist, dass Sie gut beraten sind, nicht weiter nach Tom zu suchen. Pfeifen Sie Ihren Detektiv zurück. Vergessen Sie die Sache.«

»Und wenn ich das nicht kann? Wie werden Sie Ihren Loyalitätskonflikt dann lösen?«

Ryan erhob sich mit jener Plötzlichkeit, die typisch für ihn war. »Diejenigen, für die ich arbeite«, erklärte er, »beschäftigen noch mehr Leute – Leute, vor denen selbst ich mich fürchte. *Die* werden den Konflikt lösen, nicht ich.«

Kaun hob eine Hand, bittend. »Lassen Sie mich nur mit Ihren Auftraggebern reden. Bitte. Überbringen Sie ihnen das als Botschaft von mir. Ich wäre einverstanden, die Aktion vermarkten zu lassen. Alles, was gewünscht wird – Talkshows, Home-Storys, Webcam, was auch immer. Hauptsache, Kathleen wird wieder gesund.«

»Sie sind wirklich verzweifelt, nicht wahr?«

»Ja«, sagte Kaun. »Nein. Ich weiß es nicht. Ich weiß nur, dass ich alles tun würde, damit mein Kind weiterleben kann. Alles.«

Ryan sah nachdenklich auf ihn herab. Dann, nach einem langen, schweigenden Moment, meinte er: »Es gibt so etwas wie Schicksal, Mister Kaun – eine Kraft, der man nicht entrinnen kann. Die alten Griechen wussten das; für sie war es die alles bestimmende Macht, stärker selbst als ihre Götter. Vielleicht sollten Sie das akzeptieren.«

Kaun fühlte sich auf einmal schrecklich müde. So, als habe er alle Kraft, die noch in ihm gewesen war, verbraucht. »Ja«, sagte er. »Vielleicht sollte ich das.«

Ryan wandte sich zum Gehen. »Übrigens ist Ihre Alarmanlage höchst mittelmäßig.«

Kaun zuckte mit den Achseln. »Ich hatte nie den Ehrgeiz, jemanden Ihres Formats damit aufzuhalten.«

Ryan lächelte flüchtig. Lächeln, das konnte er immer noch nicht gut. Er ging ohne ein weiteres Wort. Kaun blieb sitzen, hörte ihn den Flur entlanggehen, hörte, wie die Haustür ins Schloss fiel.

Dann war alles wieder still und verlassen.

Kaun blieb sitzen, wo er war. Er wäre außerstande gewesen, sich zu bewegen. Es war, als hätte eine gewaltige Detonation stattgefunden und als käme nun der Donner zurückgerollt, ein Echo ferner Berge, ohrenbetäubend, markerschütternd, alles niederwalzend, was die Explosion selbst nicht verwüstet hatte. Als gelte es, im Bombentrichter auszuharren und zu warten, bis die Taubheit wich und der Staub sich legte.

Nur, dass es keine Explosion war, die all das verursachte, sondern diese hirnverbrannte, irrwitzige, völlig wahnsinnige Idee, die da plötzlich aus seinem Mund gekommen war.

Sich der Reise in die Vergangenheit, in die Zeit Jesu anschließen.

Kathy mitnehmen.

Und Jesus bitten, sie zu heilen.

Irre. Ein Gedanke, wie er nur einem völlig verzweifelten Gehirn entspringen konnte. Eine Idee, die keiner rationalen Prüfung standhielt.

Schon die bloße Idee einer Zeitreise war absurd. Er hatte damals, als Vorstand von *N.E.W.*, einen guten Überblick besessen, was wichtige Forschungsprojekte auf der ganzen Welt anbelangte, und war auch oft Gerüchten nachgegangen, die militärische Entwicklungen betrafen. Diesen Überblick besaß er nicht mehr, aber er war jemand geblieben, der die Nachrichten aufmerksamer verfolgte als die meisten. Doch nirgends, wirklich *nirgends* war *jemals* irgendetwas berichtet worden, das auf Forschungen über Zeitreisen hingedeutet hätte. Eine Zeitreise, das rangierte als ernsthaftes wissenschaftliches Thema nur unwesentlich vor dem Perpetuum mobile.

Trotzdem *wusste* er, dass Zeitreisen möglich waren.

Weil er wusste, dass eine stattgefunden hatte. Er hatte höchstpersönlich vor einem Skelett gestanden, das laut C14-Datierung zweitausend Jahre alt gewesen war, aber moderne Amalgam-Zahnfüllungen aufgewiesen hatte und einen nach heutigen Methoden behandelten Knochenbruch: das Skelett eines Zeitreisenden.

Eines Zeitreisenden, in dessen Grab die Bedienungsanleitung einer Videokamera gelegen hatte, die erst drei Jahre, nachdem man das Skelett ausgegraben hatte, auf den Markt gekommen war!

So unwahrscheinlich es klang, so wahrscheinlich war es: Irgendjemand bereitete irgendwo gerade die erste Zeitreise vor.

In aller Heimlichkeit.

Mit anderen Worten: Sein Vorhaben war grundsätzlich durchführbar.

Er musste nur noch herausfinden, *wer* dahintersteckte. Wer da an einer Zeitmaschine baute. Und dann mit ihm verhandeln.

Verhandeln, das konnte er. Das konnte er sogar gut. Man hatte sein Verhandlungsgeschick seinerzeit als »legendär« bezeichnet. Das war übertrieben, aber er durfte Vertrauen in seine diesbezüglichen Fähigkeiten haben. Vor allem war er in diesem Fall motivierter, als er es je gewesen war. Erfahrungsgemäß ein Killerfaktor, was den Erfolg in Verhandlungen anbelangte.

Wie standen die Chancen, die Hintermänner Ryans ausfindig zu machen?

Es hatte nicht so geklungen, als seien es staatliche Stellen. Ein alter Reflex: Ein Projekt wie die Zeitreise, das stellte man sich unwillkürlich als gewaltiges Vorhaben unter Regierungsaufsicht und strengster Geheimhaltung vor, als eine Art Neuauflage des Manhattan-Projekts zur Entwicklung der Atombombe.

Doch vielleicht waren diese Zeiten vorbei. Man schrieb das 21. Jahrhundert. Es gab mehrere Firmen, die, finanziert von Internetmilliardären mit viel Fantasie und Spieltrieb, an Raketen entwickelten und entschlossen waren, in den Weltraum vorzustoßen. Während die amerikanische Regierung gerade im Begriff war, die bemannte Raumfahrt einzustellen.

Mit anderen Worten: Es war grundsätzlich denkbar, dass ein privater Investor hinter dem Projekt Zeitreise stand.

Gut. Denn die Anzahl der Milliardäre war zwar groß, aber überschaubar. Das hieß, irgendwo in dieser Gruppe würde er fündig werden.

Und wie standen die Chancen, dass Jesus Kathy würde heilen können?

Schwer zu sagen. Doch wenn an den christlichen Überlieferungen auch nur ein Funken Wahrheit war, durfte man davon ausgehen. Für einen, der Tote ins Leben zurückrufen konnte, sollte Leukämie kein Problem darstellen.

Und *würde* Jesus es tun?

Nun – welchen Grund sollte er haben, es *nicht* zu tun?

Blieben die praktischen Fragen. Die Details.

Die wichtigste Frage war: Wie konnte man sicherstellen, dass Kathy die *Reise* überleben würde?

Er wusste nicht, wie strapaziös eine Zeitreise für den Körper war. Ohne etwas über die physikalischen Hintergründe zu wissen, konnte man darüber nicht einmal spekulieren. Eine Sache aber stand fest: In der Vergangenheit anzukommen bedeutete für das Immunsystem jedes modernen Menschen eine ungeheure Belastung. Er würde konfrontiert sein mit den Erregern von Krankheiten, die heute ausgerottet oder zumindest selten geworden waren. Er würde es mit Viren und Bakterien zu tun bekommen, mit denen sein Körper keine Erfahrungen hatte, weil sie sich in den Jahrtausenden seither stark verändert hatten.

Und was für einen gesunden Menschen nur eine Herausforderung war, würde für Kathy mit ihren durch die Chemotherapien und die Leukämie massiv geschwächten Abwehrkräften den sicheren Tod bedeuten.

Kaun saß immer noch reglos da, starrte hinaus in die Nacht, die er kaum sah, weil sich das hell erleuchtete Wohnzimmer in der Scheibe spiegelte. Nach allem, was er in den vergangenen Monaten an Höhen und Tiefen durchgemacht hatte, hätte ihn diese Erkenntnis eigentlich erneut in Verzweiflung stürzen müssen. Doch er befand sich in einem überaus eigentümlichen Zustand, in dem seine Gedanken rasten, die Einfälle flogen, die Assoziationen miteinander Ball spielten, als wären sie auf Speed. Er war in einer Art Trance, in der alles leicht ging, sich alles fügte und Ideen kamen wie gerufen.

Und das war die Idee, die ihm kam: Kathy würde für die Dauer der Reise eine Art Raumanzug tragen müssen, der verhinderte, dass sie mit Krankheitserregern in Kontakt kam.

Eine Reportage fiel ihm ein, die *N.E.W.* vor Jahren gesendet hatte. Es war um einen Hersteller von Schutzanzügen gegangen. Die Firma, die ihren Sitz in Texas hatte, stellte Schutzanzüge aller Art her, von einfachen Ganzkörperoveralls, wie sie Kriminalisten trugen, wenn sie Tatorte untersuchten, über Schutzkleidung für staubfreie Zonen in der Halbleiterfertigung oder keimfreie Räume in Krankenhäusern, Schutzanzüge, wie man sie in radioaktiv verseuchten Gebieten brauchte, bis hin zu echten Raumanzügen für NASA und ROSKOSMOS.

Natürlich war ein solcher Anzug auffällig, erst recht, wenn man vorhatte, damit durch das biblische Palästina zu pilgern. Man würde eine Tarnung dafür benötigen. Seine Gedanken flogen, schwerelos, mühelos. Er erinnerte sich an eine andere Reportage. Ein *Making of* zu einem Science-Fiction-Film, Jahre her. Darin war ein Schneider interviewt worden, der in Los Angeles für die Filmindustrie arbeitete und schon die absonderlichsten Kostüme angefertigt hatte.

Auf einmal ging es leicht, sich zu erheben und ins Arbeitszimmer hinüberzugehen. Kaun schaltete den Computer ein, holte sein Adressbuch hervor, begann zu arbeiten. Es war spät, nach Mitternacht, doch er hatte die Zeit vergessen. Er suchte nach der Firma, die Schutzanzüge herstellte. Es gab sie noch. Er schrieb eine E-Mail, erkundigte sich nach geeigneten Modellen, nach den Kosten dafür und wie lange man einen solchen Schutzanzug maximal tragen konnte. Er fand die Mailadresse der Reporterin, die damals das *Making of* gemacht hatte, und schrieb sie an mit der Bitte, ihm einen Kontakt zu der Filmschneiderei herzustellen.

Und weil er gerade dabei war, verfasste er noch mehr Mails, Anfragen, Rundschreiben an weitere Adressen aus seinem dicken Ringbuch. Er schilderte in groben Zügen das Schicksal seiner Tochter und fragte nach Knochenmarksspendern, die nicht in den offiziellen Datenbanken standen, nach Menschen, die vom Stamm der Merrimack abstammten. Nicht alle, die er anschrieb, würden ihm helfen, aber einige vielleicht schon. Und wenn sie nur seiner Bitte nachkamen, diese Anfrage weiterzuleiten.

Er hatte sich nicht *nur* Feinde gemacht. Zumindest hoffte er das.

Am liebsten hätte er auch gefragt, ob jemand etwas über Pläne wusste, eine Zeitmaschine zu bauen. Doch wie formulierte man eine solche Frage, ohne wie ein Wirrkopf zu klingen? Wahrscheinlich ging das überhaupt nicht, also ließ er es.

Mitten in der Nacht fuhr John Kaun schweißgebadet auf, aus wilden Träumen, mit heftig pochendem Herzen.

Er saß keuchend da, seine Gedanken ein einziger Tumult.

Und was, wenn sie nicht zurückkehrten?

Jetzt fiel es ihm wieder ein. Sein Traum von gerade eben. Aspen. Schneebedeckte Hänge. Er war zweiundzwanzig, hatte seine erste Million gemacht, wollte dazugehören, den Sieger heraushängen, den jugendlichen Überflieger. Nur deshalb das Wochenende in dem teuren Skigebiet. Ein Auftritt, eine Selbstinszenierung. Und dann diese idiotische Wettfahrt, die damit endete, dass man ihn mit einem Bruch des linken Schienbeins ins Krankenhaus einlieferte.

Denn jetzt erst – *jetzt erst!* – war ihm wieder eingefallen, dass das Skelett des Zeitreisenden in Palästina ebenfalls einen sauber verheilten Bruch des linken Schienbeins aufgewiesen hatte!

Nicht einmal damals, als er davor gestanden hatte, war ihm sein eigener Unfall eingefallen. Erst jetzt. In einem Traum.

Ein Warntraum?

War das Skelett in dem zweitausend Jahre alten Grab in der Nähe von Jerusalem *sein eigenes* gewesen?

Man konnte es nicht mehr nachprüfen, die Gebeine waren in den Wirren der Verfolgungsjagd verloren gegangen.

Aber nun hatte er davon geträumt. Ein Traum wie eine Warnung.

Er fuhr sich mit den Händen über das Gesicht, das nass von Schweiß war. Wieder das Stechen in der Brust. Das Spray lag auf dem Nachttisch; es half.

Wahnsinn. Der ganze Plan, den er sich da zurechtgelegt, den er teilweise schon angeleiert hatte, war schierer Wahnsinn. Ein Hirngespinst, geboren aus Verzweiflung, Müdigkeit, zeitweisem Irresein. Besser, er vergaß das alles und richtete seine Energie auf wirklich gangbare Wege. Zum Beispiel darauf, doch noch einen Knochenmarksspender zu finden. Zum Beispiel darauf, ein Rettungsgeschwister für Kathy zu zeugen. Vielleicht hielt sie ja noch lange genug durch. Wenn sie sich jede erdenkliche Mühe gaben. Es war zumindest eine greifbare Sache. Und noch ein Kind zu haben, ja, warum nicht? Beth hatte sich immer zwei Kinder gewünscht; es hatte nach Kathy nur nicht mehr geklappt, nicht auf natürlichem Wege. Ja.

Er ließ sich wieder in die Kissen sinken, streckte die Hand nach links, wo das Bett leer war. Zeit, dass Bethany zurückkam.

Zeit, dass er diesen Mann mit dem Feuermal vergaß.

Kapitel 26

Jesus (…) kam zum Grabe. Es war aber eine Höhle, und ein Stein lag davor. Jesus spricht: Hebet den Stein weg! Martha, die Schwester des Verstorbenen, spricht zu ihm: Herr, er riecht schon, denn er ist schon vier Tage hier. Jesus spricht zu ihr: Habe ich dir nicht gesagt, wenn du glaubst, werdest du die Herrlichkeit Gottes sehen? Da hoben sie den Stein weg. Jesus aber hob die Augen empor und sprach: Vater, ich danke dir, dass du mich erhört hast. Doch ich weiß, dass du mich allezeit erhörst; aber um des umstehenden Volkes willen habe ich es gesagt, damit sie glauben, dass du mich gesandt hast. Und als er solches gesagt, rief er mit lauter Stimme: Lazarus, komm heraus! Und der Verstorbene kam heraus, an Händen und Füßen mit Grabtüchern umwickelt und sein Angesicht mit einem Schweißtuch umhüllt.

Das Evangelium nach Johannes, Kapitel 11

Vater kam nicht mit zu Isaaks Beerdigung. Er charterte ihnen ein Flugzeug, einen achtsitzigen Lear-Jet, der sie, versorgt durch eine freundliche, schweigsame Stewardess, nach San Francisco und zurück brachte, aber er selber blieb zu Hause. Er sagte nicht, warum, tat, als höre er diesbezügliche Fragen nicht. So, wie er humpelte, mochte man vermuten, dass sein Bein schlimmer geworden war, doch irgendwie bezweifelte Michael das. Er schämte sich zwar für seine Zweifel, trotzdem hatte er sie. Er hielt seinen Vater für halsstarrig, dickköpfig und unversöhnlich, sogar über den Tod hinaus.

Da die Beisetzung am frühen Vormittag stattfand, mussten sie zeitig starten, mitten in der Nacht, und verdösten den größten Teil des Fluges. Auch, als sich die Maschine ihrem Ziel näherte, schwiegen sie, jeder in seine Trauer und seine Gedanken versunken.

Michael fühlte sich schrecklich. Schrecklich, weil er sein Versprechen nicht eingelöst, es nicht einmal versucht hatte. Okay, wahrscheinlich wäre es sowieso aussichtslos gewesen, wenn er jetzt sah, wie hart und unnachgiebig sein Vater blieb. Aber wie gesagt, er hatte es ja nicht einmal versucht. So war sein Bruder als Verstoßener gestorben und sein letzter und größter Wunsch unerfüllt geblieben.

Wobei das noch nicht einmal das Schlimmste war. Denn selbst angenommen, sein Vater hätte sich erweichen lassen und Isaak die Rückkehr erlaubt: Was hätte ihm das genützt? Isaak hatte gesündigt, so sehr, dass er nicht in den Himmel kommen würde. Keine Chance. Sie würden einander also nicht wiedersehen, niemals. Am Tag des Jüngsten Gerichts würde Isaak zu denen gehören, die ins ewige Feuer geworfen wurden.

San Francisco war in dichten Nebel gehüllt, als sie ankamen, ein kühler Tag. Ein Taxi erwartete sie am Flughafen, brachte sie fast auf die Minute pünktlich zu dem Friedhof, auf dem alles stattfand. Mutter zögerte vor dem Aussteigen. Sie sah Michael an und bekannte: »Ich rechne mit dem Schlimmsten.«

Sie sollte recht behalten.

Die Beerdigung war ein Zirkus, der keinerlei Ähnlichkeit mit einer christlichen Zeremonie hatte. Die Trauernden, die sich versammelt hatten – verblüffend viele, Hunderte von Menschen, Männer meist, aber auch Frauen –, trauerten wirklich, das musste man zugeben; vielen strömten die Tränen über die Gesichter. Doch diese sogenannte Pastorin, die am Grab stand! Das war eine dralle, kleine Frau mit wallendem blonden Haar, die flatterhafte Gewänder trug, fast wie Schleier, wobei es Michael vorkam, als seien sie durchscheinend, um ihre körperlichen Reize zu entblößen …

Besser, er schaute nicht zu genau hin. Er schaute stattdessen angestrengt anderswohin, auf den Sarg, der über der ausgehobenen Grube stand, auf die Silhouette der Stadt ringsum oder hinauf zum Himmel. Der Nebel hatte sich, seit sie ausgestiegen waren, verflüchtigt, und just, als die Pastorin zu predigen begann, zog über ihnen ein Flugzeug dahin. Es war so seltsam bemalt, dass Michael einen Augenblick lang glaubte, es sei gar keines, sondern die riesige Jesus-Statue, die mit segnend ausgebreiteten Armen über Rio de Janeiro steht. Als habe sie sich losgerissen, sei aufgestiegen und flöge nun am Firmament.

Einen Augenblick lang nur, wie gesagt. Aber es war ein tröstlicher Augenblick, eine Koinzidenz, die ihm bedeutsam erschien. Vielleicht hieß es, dass Jesus Isaak trotz allem vergab, wenn es sein Vater schon nicht tat. Michael hoffte zumindest, dass es das hieß.

Die sogenannte Pastorin verlas alle möglichen Texte, von denen kein einziger aus der Bibel stammte. Es ging darin um Reinkarnation, um Karma, um das Rad des Lebens und andere unbiblische Dinge; Irrlehren aus Buddhismus, Hinduismus und anderen Quellen. Michael musterte seine Mutter ab und zu von der Seite. Sie stand reglos da, gefasst, das Gesicht zur Maske erstarrt, und ließ alles über sich ergehen.

Es gab eine Musikgruppe: zwei Gitarristen, ein Saxofonist und eine Frau, die die Lieder mal auf einer afrikanischen Trommel, mal mit einem Schellenring begleitete. Natürlich spielten sie kein einziges Kirchenlied – das hatte Michael inzwischen auch nicht mehr erwartet. Er kannte keines der Stücke, die sie darbrachten, aber sie kamen ihm unangemessen fröhlich vor, vor allem, wenn man bedachte, dass hier gerade ein Mensch der ewigen Verdammnis übergeben wurde.

Immerhin, den Brauch, zum Abschied eine Schaufel Erde auf den hinabgelassenen Sarg zu werfen, den gab es noch. Danach defilierten alle Besucher an Michael und seiner Mutter vorbei – und an Charly, der sich etwas abseits hielt –, um ihnen die Hände zu schütteln und ihnen zu versichern, dass man Isaak sehr geschätzt habe, dass er ein wunderbarer Mensch gewesen sei und eine Bereicherung für alle, die ihn gekannt hatten. Viele von denen, die kamen, sahen völlig normal aus, wie ganz gewöhnliche Leute, und man wäre nie im Leben auf die Idee gekommen, dass sie … nun ja … *schwul* sein könnten. Und womöglich, überlegte Michael irgendwann, waren es ja auch nicht alle. Wer mochte das wissen?

Doch es gab auch andere Gestalten: wild kostümierte Männer etwa, teilweise sogar geschminkt, die sich derart tuntig und affektiert aufführten, als wollten sie sämtliche Klischees bestätigen und alle Zerrbilder noch übertreffen. Michael kam sich zeitweise vor wie in einem fiebrigen Traum.

Als die Beerdigung vorüber war, lud Charles sie ein mitzukommen, zum Essen mit all ihren »Freunden«, wie er es nannte. Mutter lehnte dankend ab, und Michael war froh darüber. Wenn schon die Beisetzung so frivol abgelaufen war, wie unerträglich und sündig mochte es dann abseits des Friedhofs weitergehen?

Auf dem Weg zum Flughafen fragte er seine Mutter: »Meinst du, Dad ist deswegen nicht mitgekommen? Weil er geahnt hat, was uns erwartet?«

Mutter sah ihn an, musterte ihn mit einem Lächeln, in dem sich Spott und Traurigkeit zu mischen schienen, und sagte: »Schatz – dein Vater geht *nie* auf Beerdigungen. Ist dir das noch nicht aufgefallen?«

Daran hatte er erst einmal zu kauen. Nein, das war ihm in der Tat noch nie aufgefallen. Aber es stimmte. Als Großvater gestorben war, hatte sein Vater dringende Geschäfte gehabt – an Weihnachten! Das war ihm schon damals erstaunlich vorgekommen. Als vor ein paar Jahren Reverend Miller gestorben war, ein guter Freund seines Vaters, hatte sich dieser am Tag der Beerdigung mit Husten ins Bett gelegt. Und so weiter. Ja, man konnte fast den Eindruck haben, sein Vater hielte den Tod für eine Art ansteckende Krankheit, mit der man besser jegliche Berührung mied!

Als sie zurückkamen, wirkte das Haus menschenleer und verlassen, und in die Eingangshalle zu kommen war, als beträten sie ein Mausoleum. Mutter rief nach Vater, doch stattdessen erschien eine der Hausangestellten, eine verschüchterte junge Filipina. In ihrem hastigen, verschliffenen Englisch erklärte sie, Mister Barron sei in seinem Arbeitszimmer und wolle unter keinen Umständen gestört werden. Das habe er ihr befohlen auszurichten.

»Verstehe«, sagte Mutter und entließ sie mit einem Wink. Sie sah Michael an. In ihr Gesicht schien sich die Trauer mit jeder Stunde, die seit dem Begräbnis vergangen war, tiefer einzugraben. »Ich werde mich auch zurückziehen und für Isaak beten. Du solltest dasselbe tun. Es ist das Einzige, was wir nach dieser … dieser entsetzlich heidnischen Veranstaltung für ihn tun können.«

»Ja, okay«, sagte Michael.

Sie verschwand, und er ging auf sein Zimmer, ohne dass ihm nach Beten zumute gewesen wäre. Es kam ihm sinnlos vor. Wenn von dem, was man ihm beigebracht hatte, auch nur die Hälfte stimmte, war Isaak verloren, und daran ließ sich nicht mehr das Geringste ändern.

Den Briefumschlag auf seinem Schreibtisch hätte er fast übersehen. *Michael,* stand darauf, in der Handschrift seines Vaters.

Was war das? Er riss den Umschlag auf, zog das Blatt heraus, das darin steckte.

Pack deine Sachen, las er. *Die Gruppe fliegt übermorgen nach Israel. Das restliche Training findet dort statt.*

Endlich konnte Kaun seine Frau nach Hause holen, seine Tochter allerdings noch nicht: Kathy hatte unerwartet Fieber und Durchfall bekommen, brauchte Antibiotika, musste unter Beobachtung bleiben. Es ginge ihr schlecht, meinte Doktor Parker, aber man tue, was man könne.

Kaun erzählte Bethany von dem Gespräch mit Dr. Truong

und dass er aufgrund seiner chronischen Hepatitis als Knochenmarksspender nicht infrage kam. Und von der Idee, ein Rettungsgeschwister für Kathleen zu zeugen.

»Na klar«, sagte sie sofort. »Das versuchen wir.«

Was immer die Ärzte mit Kathy machten, es half, denn das Fieber sank rasch, und zwei Tage später durfte auch sie nach Hause.

Endlich, endlich war wieder Leben in den Räumen, wenn Kaun abends heimkam!

Im Büro türmte sich die Arbeit. Kauns Gefühle dazu waren ein ständiges Auf und Ab: An manchen Tagen kam ihm das alles unwichtig und belanglos vor, reine Zeitverschwendung. War es nicht eine völlige Verkennung der Prioritäten, sich mit dem Verkauf von Kartoffelchips zu befassen, während seine Tochter dem Tod ins Auge sah? Andererseits konnte er auch nicht den ganzen Tag an ihrem Bett sitzen und sie bemitleiden. Es ging ja darum, das Leben zu leben, solange es dauerte, und seine Arbeit war eben ein Teil davon, ein Teil, den er selbst jetzt an manchen Tagen liebte. Verhandlungen, das war für ihn immer ein Spiel gewesen, das er genoss. Und ob man mit einem Medientycoon über den Verkauf einer Zeitung verhandelte oder mit dem Einkäufer einer Supermarktkette über die Abnahme von Kartoffelchips, das Spiel war dasselbe.

Nur, dass sein Gedächtnis derzeit nicht so zuverlässig war wie sonst. Ein Teil seines Geistes blieb immer mit Kathys Zustand beschäftigt. Deswegen hatte er es sich angewöhnt, wieder mehr Notizen zu machen, um nicht den Überblick über all die Termine, Vertragskonditionen, Prozentsätze und Abnahmemengen zu verlieren, die er aushandelte.

Doch was, wenn solche Notizen verloren gingen? Danach sah es gerade aus. Dabei stand ihm genau vor dem inneren Auge, was er, sich durch Mappen und Ablagen wühlend, suchte: einen blassgelben Zettel, darauf grün der Vordruck für Telefonnotizen, und in dem freien Raum unter den Feldern für

Datum, Uhrzeit und Gesprächspartner – in diesem Fall ein Einkäufer von Walmart – die Zahlen, auf die es jetzt ankam, die einfließen mussten in Verträge und Produktionspläne. Doch dieser Zettel schien sich in Luft aufgelöst zu haben.

Er konnte ja unmöglich noch einmal anrufen und fragen, was sie ausgehandelt hatten!

Letzte Hoffnung: dass das Papier in die Hängemappe für die erledigten Telefonnotizen gerutscht war. Er legte die Mappe aufgefaltet vor sich auf den Tisch, prüfte einen Zettel nach dem anderen.

Und stutzte, als ihm ein Blatt in die Hand geriet, auf dem nichts stand außer einem monatealten Datum und einem Autokennzeichen.

Er erkannte die Handschrift seiner Sekretärin. Also ging er ins Vorzimmer, zeigte ihr den Zettel und fragte, ob sie sich erinnern könne, was es damit auf sich habe.

Sie grübelte eine Weile, bis es ihr wieder einfiel. »Das war ein Mann, der seinen Namen nicht sagen wollte und seine Telefonnummer auch nicht. Im Display wurde auch keine angezeigt. Er hat gesagt, Sie hätten um eine Auskunft gebeten; ich solle nur die Autonummer notieren, Sie wüssten dann schon Bescheid.«

Der Busfahrer. Das Kennzeichen des Autos, in das der Mann mit dem Mal gestiegen war. Der Steinmetz, der Füchse machte.

Kaun sah das Blatt konsterniert an. »Und wieso finde ich das erst jetzt?«

»Ich weiß nicht. Ich hab's Ihnen hingelegt wie immer.« Sie beugte sich vor, nahm noch einmal das Datum in Augenschein. »September, ja. Das war kurz nachdem Sie erfahren hatten, dass Ihre Tochter krank ist. Sie werden wichtigere Dinge im Kopf gehabt haben.«

»Das war wohl so«, meinte Kaun. Er musste den Zettel gesehen haben, ohne ihn wahrzunehmen, musste ihn völlig unbewusst in die Mappe mit den erledigten Notizen gesteckt haben. Er erinnerte sich nicht mehr. »Danke. Ja, ich weiß Bescheid. Gut.«

War es wirklich gut? Das fragte er sich, als er wieder in seinem Büro war. Er hatte den Mann mit dem Mal vergessen wollen. Den Plan, den er damit verband, die ganzen irrwitzigen Hoffnungen.

Aber er konnte es nicht. Wer hätte es fertiggebracht, jetzt *nicht* den Detektiv anzurufen? Niemand.

»Thompson.« Die Stimme klang flach und nichtssagend, wie immer. Kaun hatte ihm nichts von dem Besuch Ryans gesagt, ihn am Morgen danach nur angerufen und erklärt, es sei nicht mehr so dringend, diesen Steinmetz zu finden.

»Kaun. Sagen Sie, Sie können doch bestimmt zu einer Autonummer den Halter eines Fahrzeugs ermitteln?«

»Natürlich.«

Kaun erzählte ihm von seinen Recherchen damals, von dem Busfahrer, von der Telefonnotiz.

»Ich verstehe das richtig: Sie haben die Nummer des Wagens, in den dieser Tom gestiegen ist?«, vergewisserte sich der Detektiv, dem nun doch ein gewisses Interesse anzumerken war.

»Falls sich der Busfahrer korrekt erinnert hat«, schränkte Kaun ein.

»Einen Versuch ist es wert«, meinte Thompson. »Geben Sie her.«

Eine knappe Stunde später rief der Detektiv zurück. »Also, der Wagen ist zugelassen auf einen gewissen Michael Barron.«

»Barron?«, wiederholte Kaun.

»Ja, mit zwei R. Ich habe anhand von Geburtstag, Geburtsort und sonstigen persönlichen Daten gleich ein bisschen recherchiert, wer das ist. Wie es aussieht, nicht irgendwer, sondern der jüngste Sohn eines reichen New Yorker Finanziers, eines gewissen Samuel Barron. Wie reich der ist, dazu findet man wenig. Im Who's who steht, dass er zwei Söhne hat, Isaak und Michael, und vom Geburtsdatum her könnte es hinhauen. Was auf den ersten Blick nicht passt, ist, dass es sich um einen eher billigen Wagen handelt, aber … Sind Sie eigentlich noch dran?«

»Ja.« Kaun wurde bewusst, dass er in Gedanken abgedriftet war. »Der Name Barron sagt mir was.«

»Ah. Tatsächlich?«

»Samuel Barron war ein Investor, mit dem ich mal zu tun hatte. Vor zehn Jahren oder so. Ich habe ihn allerdings persönlich nie getroffen, das lief alles über Mittelsmänner, Anwälte und Bevollmächtigte.«

»Kennen Sie diesen Tom über diese Verbindung?«, wollte der Detektiv wissen.

»Nein. Ich hatte keine Ahnung, dass es da überhaupt eine Verbindung gibt.« Samuel Barron? War *das* der Mann, für den Ryan jetzt arbeitete?

Etwas anderes fiel ihm ein. »Haben Sie schon herausgefunden, wer dieses angebliche College finanziert?«

»Nichts, was wirklich Licht in die Sache bringt. Träger ist eine Stiftung, die von einem Verein finanziert wird, der wiederum … Jedenfalls ist es sehr undurchsichtig.«

»Es könnte sein, dass dieser Samuel Barron damit zu tun hat. Ich meine mich zu erinnern, dass er viel für kirchliche Zwecke gespendet hat, vor allem für die Mission.«

»Wünschen Sie, dass ich in dieser Richtung weiter recherchiere?«

Kaun musste an Ryans Warnungen denken, zögerte. »Es könnte sein, dass mit dem Mann nicht gut Kirschen essen ist.«

Der Detektiv lachte unbekümmert. »Da mache ich mir keine Sorgen. Im Who's Who stand, dass Samuel Barron aus Oklahoma stammt und der *Southern Baptist Church* angehört, genau wie ich. Nur spendet er mehr, vor allem für die Mission. Ich gehe davon aus, dass so jemand die Zehn Gebote kennt.«

»Ich muss darüber erst nachdenken«, entschied Kaun.

Das Telefonat ließ ihn ratlos zurück wie selten. Samuel Barron? Er hatte damals in den Rankings des *Forbes Magazine* nachgesehen, den berühmten Listen der reichsten Menschen der Welt oder der USA, aber Barron dort nicht gefunden.

Was nichts zu bedeuten haben musste. Bei diesen Listen war viel Schmu im Spiel, wie Kaun nur zu gut wusste. Er hatte schließlich selber erfolgreich getrickst, um darauf zu erscheinen: Einige Jahre lang hatte sein Name sich um den Platz 20 der reichsten Menschen der USA bewegt. Eine glatte, unverschämte Lüge, denn in Wahrheit war sein Konzern auf Schulden aufgebaut gewesen, auf dem Geld anderer Leute. Die Platzierung auf der Forbes-Liste hatte als grandioses Hilfsmittel gedient, um … nun ja, um *noch* leichter *noch* mehr Schulden anzuhäufen. Ihn schauderte, wenn er daran zurückdachte.

Was, wenn Samuel Barron reicher war, als er gedacht hatte? Wenn jemand ohne viel Geld es hinbekam, auf der Liste zu erscheinen, würde es für jemanden *mit* viel Geld erst recht kein Problem sein, *nicht* darauf zu erscheinen. Zum Beispiel, weil er ein frommer Mann war, dem an der Mission für seinen Glauben gelegen war und daran, sich nicht mit seinem Reichtum hervorzutun.

Es kam Kaun irreal vor, das zu denken, aber was, wenn es dieser Samuel Barron war, der vorhatte, ein Team in die Vergangenheit zu schicken? Das hätte Sinn ergeben. Jemand, dem die Mission so wichtig war, würde es zweifellos für eine gute Idee halten, Jesu Leben, Sterben und, womöglich, seine Auferstehung zu dokumentieren, um damit der Welt die Wahrheit seines Glaubens zu beweisen. Falls er das technisch hinbekam.

Kaun fasste hinab, betastete sein linkes Schienbein. Ihm war, als schmerze der Bruch von damals wieder.

Samuel Barron. War das der Mann, mit dem er sprechen musste?

James Hegarty Ryan, der seit Jahren mit einem kanadischen Pass unter dem Namen Lazarus Walker lebte, bereitete sich gerade auf einen geruhsamen Abend zu Hause vor, als sein Mobiltelefon klingelte.

Es kam selten vor, dass er abends nichts zu tun hatte, und noch seltener, dass er an einem freien Abend einfach zu Hause blieb. Allerdings kam es öfter vor als früher, was, wie er manchmal dachte, daran liegen musste, dass auch er älter wurde.

Seit Isaak Barron tot und Ryans Auftrag, ihn in San Francisco zu überwachen, damit beendet war, wohnte er in einem unscheinbaren Haus auf den Hamptons, in Rufweite Barrons, sozusagen. Er hatte das Haus möbliert gemietet und verfügte über drei Zimmer, Küche, Garage und einen verwilderten Garten. Er hatte nie viel Wert auf persönlichen Besitz gelegt; alles, was er sein Eigen nannte, passte bequem in ein Auto.

Teil der Möblierung war eine betagte, aber erstaunlich gute Stereoanlage, auf der die wenigen CDs, die ihn durchs Leben begleiteten, hervorragend zur Geltung kamen: Das war der ausschlaggebende Grund, lieber zu Hause zu bleiben, als an einer Bartheke zu sitzen. Heute würde er sich den »Fidelio« in der Inszenierung von Otto Klemperer anhören. Er hatte vor, die vollen zwei Stunden und dreiundzwanzig Minuten mit geschlossenen Augen in dem bequemen Schwingsessel zu verbringen, mit einem Glas – nur einem! – echtem irischen Whiskey in der Hand, einem einundzwanzig Jahre alten *Bushmills Single Malt*, den er auf dem Rückflug von Oklahoma in einem *Liquor Store* am Flughafen entdeckt hatte.

Etwas davon ließ er gerade feierlich in ein geeignetes Glas rinnen, als, wie gesagt, das Telefon klingelte.

Er zögerte einen Moment, erwog, nicht an den Apparat zu gehen. Doch als er das Gerät zur Hand nahm, stand eine Nummer im Display, die er schon sehr, sehr lange nicht mehr gesehen hatte, und da war es keine Frage mehr.

»Ja?«, meldete er sich.

Und er vernahm tatsächlich die Stimme des alten Mannes, die er ebenfalls schon sehr, sehr lange nicht mehr gehört hatte.

»Ryan. Schön, Sie zu hören.«

Ein warmes Gefühl war in seiner Brust. Eine Empfindung, die er sehr, sehr selten spürte. »Ganz meinerseits, Sir.«

Ein tiefer Atemzug am anderen Ende der Verbindung, Tausende von Meilen entfernt. »Ryan – ich habe Ihnen einmal gesagt, dass ich Sie vielleicht eines Tages anrufen und bitten würde, etwas für mich zu tun.«

»Ich erinnere mich.«

»Nun, heute ist dieser Tag.« Der alte Mann zögerte. »Das, worum ich Sie bitte, ist nicht schwierig – jedenfalls nicht für jemanden mit Ihren Fähigkeiten. Es ist auch nicht gefährlich. Es ist nicht einmal illegal. Aber, Ryan – es ist ungeheuer wichtig.«

Ryan nickte. »Ich höre.«

Kapitel 27

Die Schlussfolgerungen aus (87.2.5) und (88.5.17) sind eindeutig: Die Bewegung von Materie/Energie durch die Raum/Zeit lässt sich als einfache Rotation im sechsdimensionalen Bezugssystem darstellen. Da die neutrale Achse $\Theta^{\delta\gamma}$ *dabei konstant bleibt, muss die Dislokation gravitationsinvariant erfolgen. Das mag auf den ersten Blick wie eine Einschränkung aussehen. Praktisch stellt es jedoch eine Erleichterung dar, denn dadurch ist sichergestellt, dass ein Zeitreisender, der von der Erdoberfläche startet, nicht versehentlich im freien All landen kann.*

Pawel Kozyrev, »Möglichkeiten temporaler Dislokation«,
Moskau, 1966

Sein Vater würde die Gruppe nach Israel begleiten und bis zum großen Tag bei ihnen bleiben. Von seiner Mutter aber musste sich Michael verabschieden.

Er musste zu ihr hinaufgehen, weil sie das Haus und die Welt schon seit Tagen sich selbst überließ. Vielleicht, überlegte er, während er die Treppe emporstieg, war ihr entfallen, dass es heute losging?

Doch als er ihr Zimmer betrat, sah sie ihm mit klarem, stolzem Blick entgegen und befahl: »Knie dich hin.«

Michael, völlig verblüfft, tat wie geheißen, worauf sie ihm eine Hand auf den Kopf legte und ihn segnete.

Dann ließ sie ihn wieder aufstehen, küsste ihn auf beide Wangen und sagte: »Du wirst unserem Heiland begegnen. Danach wird alles anders sein. Ich weiß es.«

Er kam verstört in die Halle herunter. Einerseits wegen des Segens – dergleichen hatte seine Mutter *noch nie* getan! –, andererseits, weil er nicht geahnt hatte, dass sie Bescheid wusste.

Zum Glück blieb keine Zeit zum Nachdenken. Das Gepäck war bereits verladen – viel brauchte er nicht für die paar Wochen, bis es losging –, und der Wagen wartete mit laufendem Motor.

Für diesen Flug hatte sein Vater eine große Maschine gechartert, ohne erste Klasse, aber mit über hundert Sitzplätzen. Sie flogen zuerst nach Boston, wo die anderen zu ihnen stießen. Sie benahmen sich so aufgedreht, dass man meinen konnte, sie reisten zu einer wilden Party und nicht zu einer riskanten Expedition. Der Rest der Gruppe hatte, erfuhr Michael, die Zeit in einem abgelegenen Resort verbracht, mit viel Sport und letztem Sprachunterricht, vor allem in Altgriechisch.

Es war das erste Mal, dass er seinen Vater zusammen mit seinen Kameraden erlebte. Es erschreckte ihn richtiggehend, mit welch ungeheurem Respekt sie ihm begegneten.

»Es ist eine große Ehre für uns, Sir, dass Sie uns begleiten«, erklärte Mark Walvoord, als das Flugzeug wieder gestartet war und nach Osten flog, Richtung Tel Aviv. »Wir werden dank Ihres Projekts Geschichte schreiben, glaube ich. Oder?«

Michaels Vater nickte wohlwollend. »Oh ja, das werdet ihr. Das werdet ihr.«

Tom hatte sich den Sitz neben Michael gesichert. Sein Feuermal leuchtete vor Aufregung und war so groß wie eh und je. Die teure Laserbehandlung hatte überhaupt nichts gebracht. »Wir hatten einen Riesenfernseher im Speisesaal, sag ich dir«, erzählte er ihm begeistert. »Also, *wirklich* riesengroß. Kinoformat. So was hast du noch nicht gesehen. Die blödeste Werbesendung hat darauf ausgesehen wie –« Als er bemerkte, dass Michaels Vater zu ihnen hersah, unterbrach er sich hastig und sprudelte, wie um seine Verlegenheit zu überspielen, los: »Sir! Da sind letzte Woche kurz hintereinander zwei Reportagen im Fernsehen gekommen, zu denen ich Sie gerne was fragen würde.«

»Ja?« Michaels Vater nickte auffordernd.

»Bei der ersten Sendung ging es um das Klima und wie es sich wandelt, die Gründe dafür und all das. Es hieß, dass die Erde sich aufheizt, weil sich immer mehr Treibhausgase in der Atmosphäre ansammeln … Das sagt man doch so, oder? Treibhausgase?«

»Ja«, bestätigte Mark. »Kohlendioxid, Methan und so weiter.«

»Genau.« Tom nickte heftig. »Das meiste davon sind Abgase, die wir Menschen produzieren, mit unseren Autos, Flugzeugen und Fabriken. Die Abgase sammeln sich in der Atmo sphäre an, und das hat zur Folge, dass das Sonnenlicht sich darin fängt und alles aufheizt. Der Film hat gezeigt, was passiert, wenn das weitergeht; dass es dann Dürren gibt, Überschwemmungen, Hungersnöte und andere Katastrophen …«

»Was es schon immer gegeben hat«, warf Roger brummig ein. »Vergiss es. Was sogenannte Wissenschaftler behaupten, kannst du in deiner Pfeife rauchen. Wenn's nicht in der Bibel steht, kann es nicht wahr sein, sag ich. Punkt, Amen, aus.«

Tom beachtete den Einwand nicht. »Am nächsten Tag kam auf einem anderen Kanal eine Reportage über das Erdöl, dass es bald unerschwinglich teuer wird und irgendwann ausgeht. Und dass unsere gesamte Zivilisation darauf angewiesen ist. Ohne Öl fährt kein Auto, fliegt kein Flugzeug, arbeitet kein Traktor. Das heißt, man kann nichts mehr anbauen, nichts mehr ernten, nichts mehr produzieren. Man braucht Öl, um Plastik herzustellen, Medikamente, Farben, tausend Dinge … Jedenfalls wollte ich Sie fragen, ob Sie denken, dass das Gottes Plan ist. Dass das Öl ausgeht, damit das Klima sich nicht weiter verändert und die Erde bewohnbar bleibt?«

Jeremy schüttelte den Kopf, dass die Haare flogen. »Wir leben in der Endzeit. *Das* heißt es. Alles wird immer schlechter und geht vor die Hunde. Weil die Sünde um sich greift, die Gottlosigkeit, die blanke Gier.«

»Die Reportage war tatsächlich beunruhigend«, meinte

Mark ernst. »Ich wusste zum Beispiel nicht, wie abhängig wir vom Öl sind. Abgesehen vom Autofahren, meine ich. Auf der anderen Seite kann man sich fast nicht wünschen, dass mehr Öl gefunden wird, weil das unser Klima vielleicht endgültig aus dem Gleichgewicht bringt. Eine echte Klemme, in der wir da stecken.«

Michaels Vater hob die Hand, ehe noch jemand etwas sagen konnte. Alle schwiegen und sahen ihn gespannt an, mindestens, als sei er Johannes der Täufer.

»Ihr habt alle vier recht«, erklärte er. »Doch es gibt trotzdem keinen Grund, sich zu fürchten. Das Problem, das diese Filme gezeigt haben, ist in Wirklichkeit keines.« Er lächelte geheimnisvoll. »Ich werde euch erklären, warum. Aber erst morgen, wenn wir die Anlage besichtigt haben. Ihr werdet staunen über Gottes Weisheit.«

Doch der Flug nach Tel Aviv dauerte über elf Stunden, und so begann er schließlich doch, Andeutungen zu machen.

»Ihr kennt die Stelle bei Matthäus, im Kapitel 24, Vers 34, wo Jesus zu seinen Jüngern sagt: *Ich versichere euch: Diese Generation wird nicht untergehen, bis das alles geschieht.* Das ist oft missverstanden worden, weil es auf den ersten Blick klingt, als spreche Jesus von der Generation seiner Jünger. Aber er sagt im nächsten Vers: *Himmel und Erde werden vergehen, aber meine Worte vergehen nie.* Das würde er nicht sagen, wenn das, was er ankündigt, unmittelbar bevorstünde, nicht wahr? In Wirklichkeit spricht er davon, dass es eines Tages eine Generation geben wird, die die letzte sein wird vor seiner Rückkehr. Und die Bibel erklärt genau, was die Zeichen sind, anhand derer man erkennen kann, ob diese Zeit gekommen ist.«

Alle nickten. Natürlich war ihnen das Thema geläufig; darüber war in Gottesdiensten und in Bibelkunde oft geredet worden. Doch sie hörten ihm trotzdem alle aufmerksam zu, hingen geradezu an seinen Lippen.

Warum auch nicht? Es war eine willkommene Abwechslung auf dem Flug, der sich endlos hinzuziehen schien.

»Das erste Zeichen finden wir im Buch Daniel. In Kapitel 12, Vers 4 heißt es: *Aber du, Daniel, bewahre die Worte zuverlässig auf und versiegle das Buch bis zur Zeit des Endes.* Das bedeutet ohne Zweifel, dass Daniel eine Prophezeiung gegeben wurde, die nicht für die damalige Zeit bestimmt war, sondern für eine Zeit, die erst noch kommen würde. Deswegen sollte er sie versiegeln und aufbewahren: damit sie Teil der Heiligen Schrift wird und so die Jahrtausende überdauert. Weiter heißt es: *Viele werden hierhin und dorthin eilen, und das Wissen wird sich vervielfachen.* Beschreibt das nicht unsere Zeit? Das Wissen hat sich in den letzten Jahrzehnten explosionsartig vermehrt, inzwischen wird man kaum noch damit fertig. Das hat es nie zuvor gegeben. Und sind die Menschen heutzutage nicht pausenlos unterwegs, immer auf Achse, ständig auf Reisen?«

»So wie wir gerade«, meinte Tom grinsend, und alle lachten.

»Aber es stimmt«, ergänzte Mark ernst. »Bis zum Anbruch des zwanzigsten Jahrhunderts haben sich die Menschen fast nur zu Fuß oder mit Pferden fortbewegt. Und dann, auf einmal, gibt es Autos, Flugzeuge, Raketen – wie eine Explosion!«

Michaels Vater nickte. »Das zweite Zeichen ist die Neugründung des Staates Israel. Auch das hat die Bibel vorhergesagt. Bei Jesajah, Kapitel 66, Vers 8 heißt es, die Nation wird in einem einzigen Tag geboren werden. Und genau so ist es gekommen, denn Israel wurde an einem einzigen Tag neu begründet, nämlich durch die Proklamation am 15. Mai 1948.«

Wieder nickten sie. Das wussten sie alle, doch irgendwie schien es jetzt gerade, da sie hoch über dem Atlantik in Richtung des Heiligen Landes flogen, bedeutsamer zu sein als je zuvor.

»In Matthäus, Kapitel 24, Vers 7 spricht Jesus davon, wie die Nationen und Königreiche Krieg gegeneinander führen, wie Hungersnöte ausbrechen und Erdbeben stattfinden. Auch das beschreibt unsere heutige Welt. Wie hätte man vor zweitausend Jahren Weltkriege anders beschreiben sollen? *Ein Volk wird sich gegen das andere erheben und ein Staat den anderen angreifen* – genau. Es gab zudem nie größere Hungersnöte als in unserer Zeit, nie so viele Erdbeben. Die Bibel prophezeit, dass in der Endzeit Lug und Trug allgemein üblich werden – eine gute Umschreibung unserer Politik heute. Sie prophezeit Epidemien – und was erleben wir? AIDS, Rinderwahnsinn, grassierende Krankheiten wie Diabetes, Krebs oder Alzheimer.«

Alle nickten, nur Mark wandte ein: »Die große Pest war allerdings im 14. Jahrhundert.«

»Sicher«, meinte Vater wohlwollend. »Doch damals waren die übrigen Zeichen eben nicht erfüllt.«

Mark hob die Brauen. »Das stimmt auch wieder.«

Michael wandte den Kopf, sah hinaus in die Nacht, die überraschend schnell gekommen war. Weil sie ihr entgegenflogen, natürlich, aber verwirrend war es trotzdem. Sie würden frühmorgens in Tel Aviv landen und wahrscheinlich hundemüde sein.

»Im zweiten Brief des Petrus, in Kapitel 3, ist die Rede davon, dass in den letzten Tagen viele sein werden, die Gott spotten und böse Dinge tun werden, und dass sie sagen werden: Hat Jesus nicht versprochen, zurückzukommen? Wo ist er denn? Warum ist alles so, wie es immer war?« Sein Vater machte eine Handbewegung in Richtung der Zeitungen und Zeitschriften, die in einer Halterung an der Wand klemmten. In einer davon war, wie Michael auf der ersten Etappe des Fluges festgestellt hatte, das Titelthema ein langes Interview mit einem Evolutionsbiologen, der die Religion geradezu hasserfüllt attackierte. »Auch das beschreibt unsere heutige Welt, oder etwa nicht? Und ist es nicht faszinierend, dass die Tatsache, dass so viele Menschen über Jesus spotten, ihrerseits ein Zeichen seiner bevorstehenden Rückkehr ist?«

Sie lachten alle einträchtig.

Sein Vater winkte ab. »Ihr wisst das alles selber. Ihr kennt den Vers aus Lukas, Kapitel 21, wo es heißt: *Wenn das alles anfängt, dann hebt den Kopf und richtet euch auf, denn dann ist eure*

Erlösung nicht mehr weit. Ich wollte es euch nur ins Gedächtnis rufen. Aber jetzt«, fügte er hinzu, »denken wir von da aus einmal weiter! Ihr habt vorhin den Klimawandel erwähnt, den die Wissenschaftler beobachten. Nun, das, was sie beobachten, ist wahrscheinlich richtig – nur die Schlussfolgerungen, die sie daraus ziehen, sind falsch. Denn sind das alles nicht eher die Zeichen am Himmel, von denen Lukas in Kapitel 21 spricht? Das tobende Meer und seine Wellen, vor dem die Völker in Angst und Schrecken geraten und nicht mehr aus noch ein wissen?«

Jetzt hoben sich Augenbrauen vor Erstaunen.

»Und was das ausgehende Erdöl anbelangt, ohne das wir nicht leben können«, fuhr er mit überlegenem Lächeln fort, »fragt euch doch mal selbst: Warum hätte Gott mehr davon in die Erde tun sollen, als wir brauchen? Das wäre Unsinn, nicht wahr? Nein, Gott in seiner Weisheit kannte den Bedarf, den wir haben werden, und dass es zur Neige geht, ist einfach ein weiteres Zeichen, dass wir in der Endzeit leben. Dass Jesus bald zurückkehren und uns erretten wird. Und sobald das geschieht, werden all diese Probleme keine Rolle mehr spielen, versteht ihr?«

»Ah, cool«, rief Tom begeistert aus. »So hab ich mir das noch nie überlegt.«

»Jesus wird alles neu machen. Eine gänzlich neue Zeit wird anbrechen, ein Zeitalter des Friedens und der Gerechtigkeit.« Michaels Vater breitete die Arme aus wie ein Prediger, strahlte sie an. »Sagt selber – ist es nicht wunderbar, dass wir der letzten Generation angehören, der Generation, von der es heißt, dass sie den Tod nicht mehr kennen wird?«

Alle klatschten begeistert, nur Michael nicht. Er sah aus dem Fenster zu seiner Linken, schaute hinab in die bodenlose Nacht, durch die sie flogen, und musste an Isaak denken. Daran, dass seit seinem Tod erst eine Woche vergangen war. Und dass sein Vater sich um die Beerdigung gedrückt hatte.

Er hatte einen schalen Geschmack im Mund. Ging es nur

darum? Sein Vater lachte und scherzte mit den anderen, verbreitete Zuversicht – doch Michael konnte nur Angst hören in dem, was er sagte. Angst davor, zu sterben.

Es gelang Michael wider Erwarten, noch ein wenig zu schlafen, wenn auch nur schlecht.

Sie hatten genug Platz, über hundert Sitzplätze, und sie waren die einzigen Passagiere: Also konnte sich jeder eine Sitzreihe aussuchen und sich ausstrecken. Nur war Michael zu aufgewühlt, um Ruhe zu finden. Er wälzte sich immer noch hin und her, als die anderen längst schnarchten. Einmal sackte das Flugzeug ab, als er gerade eingenickt war, sodass er erschrocken hochfuhr … Schrecklich. Er sah ständig auf die Uhr, aber die Zeiger schienen eingefroren zu sein. Der Flug wollte kein Ende nehmen.

Doch gerade als er sich damit abgefunden hatte, dass er kein Auge zutun würde, schlief er ein, so plötzlich, als fiele er in ein tiefes, schwarzes Loch. Er wachte erst wieder auf, als ihn jemand wachrüttelte, weil das Flugzeug zur Landung ansetzte. Er hatte alles überhört, die Durchsagen des Piloten, das Palaver der anderen, die längst auf waren, sich gewaschen und gefrühstückt hatten. Durch die Sichtluken flutete helles Licht in die Kabine, in breiten, grellen Strahlen. Draußen sah man wüstenhafte Uferregionen in seltsamen Farben. Michael kam alles vor wie ein wirrer Traum.

Die Landung verlief so glatt, dass man kaum merkte, wie die Maschine aufsetzte. Beim Aussteigen fiel sie eine Hitze an, die ihm den Atem nahm, zusammen mit dröhnendem Lärm und dem Gestank von Kerosin.

Ein Bus brachte sie zum Terminal, wo sie trotz allem die üblichen Einreiseprozeduren hinter sich bringen mussten. Reisegrund? Michael schrieb *religiöse Reise*, wie sein Vater es ihnen geraten hatte, und grinste bei dem Gedanken, dass das ja stimmte, nur nicht so, wie der Beamte in dem blauen Uniformhemd das vermutlich verstand.

Reiseziel? *Jerusalem.* Mark schob ihm einen Zettel mit der Hoteladresse hin, wo sie die erste Nacht verbringen würden. *Sheraton Plaza, 47 King George Street, Jerusalem.*

Endlich war das überstanden. »Alles okay?«, fragte ihn Tom, und Michael nickte, obwohl er sich alles andere als okay fühlte, sondern so gerädert, als sei er die Strecke von Boston hierher geschwommen.

Sie folgten seinem Vater hinaus aus all dem Glas und Beton in die Wüstenhitze, wo ein Kleinbus auf sie wartete, zum Glück mit Klimaanlage. Der Fahrer war ein bärtiger, ungeduldiger Mann, der ein kehliges Englisch sprach. Er verlud ihr Gepäck, sie stiegen ein, dann ging es los.

Der Mann fuhr wie ein Henker. Alte Häuser, Neubauten, Straßenschilder, bärtige Greise auf Eseln am Straßenrand – das alles sauste vorbei, fremd, verwirrend. Das sollte das Heilige Land sein? Aussehen tat es wie ein ungewöhnlich dicht besiedeltes Arizona.

Irgendwann konnte Michael nicht mehr hinausschauen, weil ihm von der Fahrerei schlecht wurde. Er schloss die Augen, lehnte den Kopf zurück und ließ alles einfach über sich ergehen. Es würde ja nicht ewig dauern. Schließlich war dies die Endzeit, oder? Er musste trotz allem lachen, als ihm dieser Gedanke kam.

Es dauerte auch nicht lange. Es ging sogar verblüffend schnell, bis er jemanden – Mark Walvoord – sagen hörte: »Da. Jerusalem.«

Michael richtete sich auf, reckte den Hals, sah nach vorn. Viel war nicht zu sehen. Häuser, Werbeplakate, Hochspannungsleitungen. Eine Großstadt eben. Zypressen entlang der Straße wie dunkelgrüne, zugeklappte Regenschirme, und alle Gebäude schienen aus demselben weißgelben Material erbaut zu sein. Ziemlich unbeeindruckend. Um nicht zu sagen: enttäuschend.

Doch dann überquerten sie einen Hügel und hatten zum ersten Mal freien Blick auf das Stadtzentrum.

»Wow«, hauchte Tom.

»Die Goldene Stadt«, flüsterte Jeremy.

»Das Zentrum der Welt«, sagte Michaels Vater.

Im Licht der vormittäglichen Sonne lag Jerusalem da, als hätte ein Riese einen Sack voller Geschmeide über dem Tal ausgeleert. An zahllosen Orten zwischen den gleißend gelben Häusern stachen dunkle Kirchtürme empor, schlanke Minarette, kleine und große Kuppeln, Kreuze, spitze Dächer und halbrunde. Es war ein steinernes Labyrinth, das zum Tempelberg anstieg, der über allem thronte, mit seiner ungeheuren goldenen Kuppel, die im hellen Sonnenlicht zu glühen schien.

Etwas geschah mit Michael Barron in diesem Moment.

Es war der Moment, in dem ihm endlich bewusst wurde, dass er teilhatte an etwas Großem, etwas Unerhörtem. Es war der Moment, in dem er begriff, dass er ausersehen war, Geschichte zu schreiben, all seinen Sünden und Mängeln zum Trotz, einfach, weil es Gott so gefallen hatte.

Er hielt den Atem an, erschüttert von der Wucht der Erkenntnis, ergriffen von dem Wissen um die Gnade, die ihm zuteilwurde. Einen köstlichen, intensiven Augenblick lang war er … *da.*

Hupende Mopeds. Klappernde Lastwagen. Teure Limousinen. Soldaten mit griffbereit umgehängten Maschinenpistolen, Polizisten mit wachsamem Blick. Junge Männer mit Schläfenlocken und schwarzen Hüten. Verschleierte Frauen. Alte Männer, die an Café-Tischen Zeitung lasen; hübsche Mädchen daneben, das Telefon am Ohr und lachend. Stände am Straßenrand, überladen mit Gemüse aller Art. Werbeplakate, dieselben wie in den USA, nur auf Hebräisch beschriftet. Balkone, die voller Wäsche hingen. Straßenschilder in Hebräisch, Arabisch und Englisch. Und immer wieder Mauern, Häuser, Torbögen aus diesem gelblich-weißen Stein. Es war, als habe man die ganze Stadt aus einem einzigen Felsen herausgemeißelt.

»Habt ihr es euch so vorgestellt?«, fragte Michael, ohne eine Antwort zu erwarten, einfach nur, weil die Frage aus ihm herauswollte.

Er achtete nicht mehr auf die anderen, schaute nur und schaute, war wie verzaubert, in den Bann geschlagen von … ja, wovon eigentlich? Er wusste es nicht. Es spielte auch keine Rolle. Dies war der Ort, an dem Jesus gestorben und auferstanden war, an dem er den Tod selbst besiegt und damit die Erlösung für alle Menschen errungen hatte. Und er, Michael Barron, würde dabei sein, wenn es geschah. Er würde Augenzeuge des wichtigsten Ereignisses in der Geschichte des Universums werden.

Was für ein Gedanke! Alle Ängste, alle Sorgen waren auf einmal wie weggeblasen. Er war wie berauscht, erfüllt von Freude, von Zuversicht, von Hoffnung, ja, Hoffnung. Jedes Schlagloch war ein Anlass zur Verzückung, das Gewusel der Menschen auf den Straßen kam ihm vor wie ein Ballett zu unhörbarer Musik, das Gewirr der zum Himmel ragenden Antennen und Satellitenschüsseln wie ein Kunstwerk. Es konnte nicht einfach bloß an einer schlechten Nacht in einem Flugzeug liegen, dass er sich so anders fühlte, so gesegnet, ja, gesegnet! Es war der Ort, die Zeit, das bevorstehende Abenteuer, ohne Zweifel.

»Hey«, meinte Tom zu ihm, klopfte ihm auf den Rücken. »Schon gut. Ist doch kein Grund zu heulen.«

Jetzt erst merkte Michael, wie ihm die Tränen übers Gesicht liefen. Ohne ein Wort umarmte er seinen Freund. Gesegnet, alle waren sie gesegnet, sah das denn niemand außer ihm? War *das* seine Aufgabe im Leben – zu sehen und zu bezeugen, dass sie alle gesegnet waren?

Sie sahen ihn an, besorgte Blicke. Ganz unnötig, ganz unnötig! Aber gut, er war ja okay. Kein Grund, ihnen Anlass zur Sorge zu bereiten. Er wischte sich das Gesicht trocken, lächelte, nickte ihnen zu. Sagte: »Wow, hm?«, und sie nickten ebenfalls, fanden es auch, waren beruhigt.

Sein Vater saß ganz vorne neben dem Fahrer, hatte nichts davon mitgekriegt. Auch das war in Ordnung. Alles war in Ordnung. Alles war gut.

Der Bus umrundete die Altstadt. Immer wieder erhaschte Michael Blicke auf den Tempelberg. Dann ging es erneut aufwärts, und schließlich, nach einer Meile oder so, kamen sie vor einem umzäunten und bewachten Gelände an, an dessen Zufahrt ein Schild mit der Aufschrift *Last Generation Films* prangte. Das Logo daneben zeigte eine stilisierte Figur in einer Robe, die die Arme weit ausbreitete und von der Strahlen in alle Richtungen ausgingen.

Der Gitterzaun war hoch und solide, hatte nach außen gedrehte Spitzen. Dahinter: Gebäude in allen Größen – niedrige Baracken, Schuppen, riesige Hallen. Ein paar altmodische Autos, die sicher für einen Film benötigt wurden. Vor dem Tor warteten Scharen von Mädchen mit Fotoapparaten, beobachtet von den Wachleuten.

Der Bus durfte passieren. Der Fahrer hielt kurz hinter dem Tor, ließ sie aussteigen, wendete und fuhr wieder davon.

»Er bringt unser Gepäck ins Hotel«, erklärte Michaels Vater. »Wir bleiben diese Nacht in Jerusalem, schlafen uns aus, kommen an. Morgen geht es weiter nach Galiläa. Dort werden wir ein abgelegenes Hotel ganz für uns haben. Ihr werdet euch mit der ländlichen Umgebung vertraut machen, die sich seit zweitausend Jahren nicht grundlegend geändert hat. Wir werden Orte besuchen, die damals schon existiert haben – Nazareth, wo Jesus aufgewachsen ist, die Stelle am Jordan, an der er getauft wurde, Kanaan, den See Genezareth, Kapernaum und viele mehr. Ein straffes Programm.«

Mark deutete auf das Firmenlogo. »Ist das da nicht, hmm … ein bisschen arg *unverblümt?*«, fragte er behutsam.

Michaels Vater schüttelte den Kopf. »Im Gegenteil. Filmstudios geben sich heutzutage alle bizarre Namen, um aufzufallen. Das da kam gut an, aber kein Mensch denkt sich weiter was dabei.« Er lächelte amüsiert. »Manchmal ist die Wahrheit die beste Tarnung.«

Plötzliches Geschrei veranlasste sie, sich umzudrehen. Ein Wagen hatte vor dem Tor gehalten. Ein junger Mann stieg aus, verteilte Autogramme und posierte lächelnd für Fotos mit den aufgeregten Teenies.

»Das ist Amos Gavron, ein israelischer Fernsehstar«, erklärte Michaels Vater. »Er spielt in einer Serie mit, die gerade in Halle 2 vollends abgedreht wird. Noch eine Woche etwa, dann ist Produktionspause. Am Tag aller Tage werden wir das Gelände für uns haben.« Er wies in die Richtung, in der die größte Halle stand, ein strahlend weiß lackierter Hangar, so groß, dass man einen Jumbojet darin hätte unterbringen können. Ein Schild mit einer riesigen blauen 1 hing über dem Zugang. »Kommt.«

Drei Sicherheitsleute bewachten die Tür. Sie untersuchten den Ausweis, den Vater präsentierte, aufs Genaueste, riefen irgendwo an, um sich die Sache bestätigen zu lassen. Dann erst ließen sie sie passieren. Als Michael und die anderen an ihnen vorbei durch die Tür gingen, schauten sie immer noch drein, als trauten sie der Sache nicht.

Als die schwere Stahltüre hinter ihnen zugefallen war und die Männer sie nicht mehr hören konnten, sagte Michaels Vater: »Sie denken, sie bewachen die Kulissen eines Science-Fiction-Films, der streng geheim bleiben muss. Deswegen übrigens ist die Anlage auch ein bisschen fantasievoller gestaltet worden als nötig.«

Der Raum, in dem sie standen, war so groß wie das Innere einer Scheune und völlig leer bis auf eine Neonröhre an der Decke. An der gegenüberliegenden Wand wartete eine zweite Stahltür, gesichert durch ein Kombinationsschloss. Der Code, den Michaels Vater eintippen musste, um sie zu öffnen, war endlos lang. Dahinter lag ein Gang, von dem aus man in Büros und Werkstätten sah, alle verlassen.

»Die Installation der Anlage ist seit zwei Monaten abgeschlossen. Streng geheim natürlich. Einmal sind trotzdem Leute vom israelischen Geheimdienst aufgetaucht und wollten wissen, was wir machen. Ein Teil der Maschine sieht aus wie ein Kanonenrohr und musste in einem Stück transportiert werden, weil es innen hochpräzise gefertigt ist. Das hatten sie irgendwie spitzgekriegt, und dass es hier oben auf dem Ölberg angebracht wird, sozusagen in Schussweite des Tempels, hat sie nervös gemacht.«

»Und dann?«, fragte Mark Walvoord gespannt.

»Nun, wir haben ihnen das angebliche Filmprojekt erklärt und ihnen das Drehbuch gezeigt. Das hat sie beruhigt.«

»Was steht denn in diesem Drehbuch?«

Michaels Vater schmunzelte. »Es ist eine Zeitreisegeschichte«, sagte er. »Was sonst?«

Sie erreichten das Ende des Flurs und eine weitere Sicherheitstür. Diesmal war eine Codekarte nötig, die man durch einen Schlitz zog.

Diese Tür gab den Weg in die eigentliche Halle frei.

Es war, als betrete man eine Kathedrale. Die Halle war riesig, eine ungeheure, dunkle Höhle, deren Decken und Wände man fast nicht mehr ausmachen konnte und die das Echo ihrer Schritte mit irritierend langen Verzögerungen zurückwarfen. Links und rechts standen Maschinen, die aussahen wie große, aufrecht montierte Tanks. Andere schienen enorme Transformatoren zu sein, alle verbunden durch dicke, silbern schimmernde Leitungen. Und über ihnen, entlang der Mittelachse der Anlage, hing etwas, das wohl das eben erwähnte Rohr sein musste: ein lang gestreckter, dünner Zylinder mit zahllosen Rippen und Längsrillen, an dessen Ende ein bernsteinfarbenes, transparentes Ellipsoid saß wie ein riesiger, erstarrter Tropfen Honig.

Der imposanteste Anblick aber war ein enormer, offenbar vergoldeter, warm schimmernder Parabolspiegel an der Stirnseite der Halle. Er war so hoch wie ein Haus und so blank poliert, dass er die Anlage verzerrt spiegelte, ebenso wie sie und ihre Bewegungen, ins Absurde vergrößert, die Schritte von Ameisen in einen Tanz von Riesen verwandelnd. Das Rohr mit dem Bernsteintropfen am Ende zielte genau in die Mitte dieses Spiegels.

Und davor auf dem Boden, der schwarz und spiegelglatt und so sauber war, dass man nicht ein einziges Stäubchen darauf sah, lag etwas denkbar Unpassendes: ein roher, ovaler, übermannshoher Felsbrocken.

»Was –?«, setzte Tom an, doch im gleichen Moment begann es in der Halle zu dröhnen wie von einem anlaufenden Düsentriebwerk. Heiße, nach Abgasen stinkende Luft schlug ihnen aus der Richtung des Felsens entgegen. Dünne, rote Laserstrahlen leuchteten auf, bildeten ein Gitternetz, zeichneten flimmernde Punkte auf den Stein, als sich dieser vom Boden erhob. Er schwebte senkrecht nach oben, als hebe ihn eine unsichtbare Hand aus Lärm empor. Im Nu hatte er die oberste Laserlinie erreicht und damit, wie es aussah, den Brennpunkt des Parabolspiegels, der jetzt völlig ausgefüllt war von überdimensional vergrößerten Abbildern der Felsoberfläche.

Gleich darauf sank der Felsen wieder, genauso schnell, wie er aufgestiegen war, fing sich kurz über dem Boden ab und setzte auf. Das Brausen und Fauchen erstarb, etwas klapperte, dann kam ein Mann hinter dem Felsen zum Vorschein.

»Willkommen«, rief er mit jenem unverkennbaren Zungenschlag, an dem Michael ihn auch nach all den Jahren sofort wiedererkannte: Es war niemand anders als Boris Demidow, der russische Physiker. Er machte eine einladende Handbewegung zu dem Felsbrocken hin und fuhr fort: »Darf ich vorstellen? Eure Zeitmaschine.«

Der Russe hatte sich verändert. Seine Haare waren grauer geworden, fast weiß, ungewöhnlich für jemanden, der noch relativ jung war, und er trug sie nicht mehr lang und zum Pferdeschwanz gebunden, sondern kurz geschnitten. Er hatte eine Menge mehr Fältchen um die Augen, oder vielleicht zeichneten sie sich nur deutlicher ab, weil sein Gesicht braun gebrannt war. Vermutlich hatte er schon ziemlich viel Zeit hier in Israel verbracht.

Vermutlich fuhr er hier auch nicht Motorrad, überlegte Michael.

Aber er war immer noch gut drauf. Er schüttelte allen die Hand, stellte sich vor, und es gab allerlei Ahs und Ohs und beeindruckte Gesichter, weil, immerhin, der Erfinder der Zeitmaschine, das war schon was! Am Schluss wandte sich der Physiker Michael zu, zwinkerte ihm verschwörerisch zu und meinte: »Na, alles senkrecht? Jetzt geht's bald los. Endlich. Dann werden wir sehen, ob all das wirklich funktioniert.«

Michael riss die Augen auf. »Zweifeln Sie etwa daran?«

Der Russe lachte unbekümmert. »Ach was. Nein. Das klappt. Wissen wir doch.«

Er wandte sich den anderen zu, begann mit seinen Erklärungen. »Ihr habt euch bestimmt gewundert – wieso ein fliegendes Gefährt? Und wieso als Felsen getarnt? Nun, ganz einfach. Ihr werdet euch mehrere Wochen in der Vergangenheit aufhalten müssen, weil wir absolut sicher sein wollen, dass ihr vor der Kreuzigung ankommt, nicht hinterher. In dieser Wartezeit kann euch das Ding als Unterkunft dienen, wenn ihr sonst nichts finden solltet. Ihr werdet improvisieren müssen, das wisst ihr ja, aber das Vehikel wird eure Basis sein. Außerdem«, fügte er hinzu und hob mahnend den Zeigefinger, »braucht ihr es, um in unsere Zeit zurückzukehren.«

Sie hörten ihm alle aufmerksam zu. Man hätte eine Stecknadel fallen hören, so still war es. Von dem Lärm der Stadt ringsum drang nicht der kleinste Laut herein.

»In Wirklichkeit ist nicht das die Zeitmaschine«, fuhr der Russe fort, auf das Ding deutend, das aussah wie ein Felsen, »sondern das hier.« Er zeigte in die entgegengesetzte Richtung, auf das Kanonenrohr mit dem hellgelben Ellipsoid. »Das ist die Vorrichtung, die euch den richtigen, wie ich das nenne, *raumzeitlichen Impuls* verleihen wird, der euch ans Ziel befördert. Aber euer Gefährt wird mit der Gegenwart verbunden bleiben, das ist der Witz bei der Sache. Stellt euch das wie ein gigantisches Gummiband durch Raum und Zeit vor, zweitausend Jahre lang und straff gespannt.« Er zeigte wieder auf den Felsen. »Das wichtigste Gerät dort drinnen ist ein Apparat, so groß wie ein Aktenkoffer. Der ist so etwas wie das Gegenstück zu dieser Anlage hier. Er befindet sich genau im Schwerpunkt des Gefährts, und dort ist der Knopf, den ihr drücken müsst, um in die Gegenwart zurückzukehren – *tzäng!*« Er machte ein Geräusch, das wohl ein schnalzendes Gummiband imitieren sollte. »Unmöglich zu verfehlen.«

Er trat ein paar Schritte zurück, breitete die Arme aus. »Und warum fliegt es? Nun, nicht, damit ihr damit durchs biblische Palästina schwirren könnt wie ein UFO, mal abgesehen davon, dass das gar nicht ginge, weil ihr höchstens Treibstoff für zwanzig Minuten Flug habt. Die Idee ist, dass ihr schwebend ankommt, ein Stück außerhalb des damaligen Jerusalem, in der Nähe der Grabstätten. Dort sucht ihr euch sofort einen geeigneten Platz, an der ein Felsen niemandem auffällt. Und von da brecht ihr dann auf. Zu Fuß, versteht sich, denn Taxis waren seinerzeit noch ausgesprochen rar.« Er lachte über seinen eigenen Witz.

Michaels Vater trat neben ihn, die Hände hinter dem Rücken verschränkt, und erklärte: »Das Gerät wurde von einer zum Boeing-Konzern gehörenden Firma konstruiert, an der ich Anteile besitze. Die Leute, die es gebaut haben, glauben, dass es Experimenten für die Entwicklung eines neuen, militärisch nutzbaren Senkrechtstarters dienen soll.« Er lächelte. »Es ist sehr leicht zu steuern, mit einem einzigen Schalthebel. Sogar ich kann es, und ich habe keine halbe Stunde gebraucht, um es zu lernen.«

»Und wer *soll* es steuern, wenn es losgeht, Sir?«, fragte Mark.

Barron sah ihn an. »Du. Du bist der Kommandant und der Pilot.«

»Aber jeder von euch wird lernen, wie man es steuert«, fügte Demidow hinzu. »Sicherheitshalber.«

»Die Tarnhülle aus künstlichem Stein«, fuhr Michaels Vater fort, »stammt von einer anderen Firma, einer, die Landschaften für Freizeitparks gestaltet. Den Leuten dort wiederum haben wir nicht gesagt, dass das Metallgebilde, das sie verkleiden sollten, fliegen kann. Wir haben ihnen erzählt, es handle sich um eine Steuer- und Überwachungsanlage für den Bibel-Park.« Er drehte sich zu dem Ding um, das wirklich täuschend echt aussah. »Deswegen ist der angebliche Fels an etlichen Stellen von innen durchsichtig. Erstaunliches Material, übrigens. Kunststoff, fühlt sich aber an wie Felsgestein. Kommt, schaut es euch an.«

Endlich. Michael hatte seine Ungeduld kaum noch bezähmen können, und er hatte gemerkt, dass es den anderen genauso ging. Sie eilten alle auf das Ding zu. Als sie es halb umrundet hatten, sahen sie die Tür, eine Öffnung, an der die Tarnung beiseitegeschwenkt und in einen seitlichen Hohlraum geglitten war. Zwei Treppenstufen aus geriffeltem Metall führten vom Boden nach innen.

»Das dürfen wir niemanden sehen lassen«, meinte Mark. »Die Leute damals würden sich ja Wunder was denken.«

»Das wird nicht passieren«, erwiderte Demidow. »Sonst wären uns entsprechende Legenden überliefert.«

Die Öffnung war schmal, sie konnten sie nur einer nach dem anderen passieren. Das Innere erinnerte an Bilder von Raumkapseln. *Eine Zeitkapsel,* dachte Michael. Es gab Liegen, darunter Stauraum, ein winziges Waschbecken, eine Kochnische und eine Art Pilotensitz mit tatsächlich nur einem einzigen Steuerknüppel.

Doch all das streifte der Blick nur. Hängen blieb er an einem rätselhaften Gebilde in der Mitte des Raums, das aussah wie ein vergoldeter Thron unter einer Schutzhülle aus halbtransparentem Plastik.

»Was ist denn das?« Es war Tom, der das fragte.

»Das«, erklang Samuel Barrons Stimme hinter ihnen, »ist der Platz, auf dem Jesus sitzen wird.«

Sie drehten sich um, starrten ihn verdutzt an, begriffen nichts. Michael jedenfalls hatte das Gefühl, sich verhört zu haben.

»Ähm … bitte, *wer?*«, fragte Mark Walvoord irritiert.

Im Blick seines Vaters lag etwas, das Michael noch nie bei ihm gesehen hatte. Seine Augen schienen regelrecht zu leuchten vor Begeisterung, vor Glück, vor, ja, Liebe … Liebe zu Gott, ihrem Herrn.

»Freunde und Brüder im Glauben«, sagte Samuel Barron salbungsvoll, »dies ist der Moment, an dem ich euch endlich offenbaren kann, was eure wirkliche Aufgabe im Plan Gottes ist. Ihr sollt nicht nur Augenzeugen der Auferstehung Jesu werden, seines Triumphes über den Tod und die Sünde, sondern ihr sollt ihn, wenn ihr zurückkehrt, mitbringen. Ihr werdet das Werkzeug seiner Rückkehr sein, wie die Bibel sie verheißt.«

Kapitel 28

Liebe ist der Schlüssel zur Hoffnung. Warum? Weil wir nicht nur die Person lieben, die wir sehen, sondern auch den Christus, den wir nicht sehen. Wir zeigen Vertrauen, dass unser Geliebter tatsächlich hier ist. Wir lieben andere Menschen um Jesus willen. Wir lieben Jesus um anderer Menschen willen, die uns so reichhaltige Gelegenheit geben, uns für sie einzusetzen – und für ihn. Jede Person, der wir begegnen, ist ein Zeichen der Gnade, ein Symbol für das Kommen Jesu. (…) Unser stündliches Gebet soll sein: »Komm, oh Herr Jesus!« Sei gewiss, dass seine Antwort immer ist: »Hab Hoffnung. Ich bin da!«

Alfred McBride, »The Second Coming of Jesus«, 1993

Michael Barron stand starr vor Entsetzen, ja, vor Grauen. Schon der Gedanke, Jesus Christus, den Sohn Gottes, den Heiland, den Menschensohn aus der Ferne zu beobachten, durch das Objektiv einer Kamera hindurch, hatte ihm schlaflose Nächte bereitet. Es hatte Jahre gedauert, bis er sich damit abgefunden hatte, dass dies seine Aufgabe, sein Schicksal sein würde.

Aber ihm zu begegnen und ihn einzuladen, mit ihnen zu kommen? Keine zwei Meter von ihm entfernt zu sitzen, wenn ihr Gefährt durch die Zeit zurück in die Gegenwart stürzte?

Er wollte im Boden versinken, sich in Luft auflösen, schreiend die Flucht ergreifen.

Dann sah er die anderen, seine Kameraden, seine Weggefährten, seine Glaubensbrüder und Freunde, und sah, dass auch sie blass waren, dass auch sie die Augen weit aufgerissen hatten und keine Worte fanden. Es ging ihnen genauso. Selbst ihnen, die so fromm waren, so wahrhaft gläubig, die Jesus, ihren Herrn, von ganzem Herzen liebten: Selbst ihnen jagte diese Vorstellung Furcht ein.

Das gab ihm Kraft. Seltsam, aber so war es. Nicht allein zu sein half.

Sein Vater trat zurück auf den Boden der Halle. »Von hier werdet ihr aufbrechen, hierher werdet ihr zurückkehren«, rief er mit der Stimme eines Predigers. »Wir werden den Spiegel beiseiteschwenken und die Tore dahinter öffnen, sodass Jesus hinaustreten kann und damit erfüllt, was der Prophet Sacharja in Kapitel 14, Vers 4 verkündet hat, nämlich: *An jenem Tag wird er auf dem Ölberg stehen, der östlich von Jerusalem liegt.*«

Sie folgten ihm, gebannt von seinen Worten, alle Augen auf ihn gerichtet, auf Samuel Barron, den Diener Gottes, der nun auf die Mitte des Parabolspiegels zuhumpelte und dabei fortfuhr: »Jesus wird die Stadt Jerusalem schauen, und alle werden ihn sehen. Alle verfügbaren Kameras werden sich auf diesen Punkt richten und sein Bild in alle Welt übertragen, per Satellit, per Fernsehen, per Internet. Es wird keine anderen Nachrichten mehr geben, denn mit ihm werden, wie es die Offenbarung und der Evangelist Matthäus ankündigen, die himmlischen Heerscharen erscheinen und die Gläubigen, begleitet von Engeln. In Psalm 72 heißt es, dass sich alle Könige vor ihm neigen und alle Völker ihm dienen werden. In Psalm 96 heißt es: *Denn er kommt, um die Erde zu richten. Mit Gerechtigkeit regiert er die Welt, mit Wahrheit alle Völker.* Er wird, wie es im Buch Daniel im zweiten Kapitel heißt, *ein Reich errichten, das niemals untergehen wird.*«

Er drehte sich um, sah Tom an, dann die anderen, und sagte: »Versteht ihr jetzt, warum ich gesagt habe, macht euch keine Sorgen? Nicht um das ausgehende Öl, nicht um den Wandel des Klimas? Ich habe es gesagt, weil ich weiß, dass der Heiland bald kommen und alle Missstände mit seiner göttlichen Allmacht beseitigen wird. Alle Probleme, alles Elend, alle Ungerechtigkeiten, alles Leid – all das wird er verschwinden lassen.«

Seine Augen leuchteten. Noch nie hatte Michael seinen Vater so erlebt.

»Im ersten Brief an die Thessalonicher schreibt Paulus, dass im Augenblick der Wiederkunft Jesu ein lauter Kommandoruf vom Himmel ertönen wird, ein Befehl, den man überall auf Erden hören wird. Es wird der Ruf sein, mit dem der Herr die Auferstehung der Toten befiehlt. Im ersten Brief an die Korinther enthüllt der Apostel, dass auch die zur Zeit der Wiederkehr Christi Lebenden in diesem Moment verwandelt werden. Wir werden alle einen Körper erhalten, der dem Altern, dem Verfall und den Krankheiten nicht mehr unterworfen sein wird, weil die Sünde endgültig besiegt ist. In Kapitel 15 sagt Paulus: *Und wir, wir werden verwandelt. Denn dieser verwesliche Körper hier muss Unverweslichkeit anziehen, dieses Sterbliche Unsterblichkeit. Der Tod ist verschlungen vom Sieg.*«

Er klopfte mit seinem Stock gegen sein steifes Knie. »Bald ist Schluss hiermit«, rief er, glühend vor Triumph. »Denn alles, was geschieht, ist Gottes Wille. Und da all dies vorhergesagt ist, wird es geschehen, genau so!«

Michael hatte das eigenartige Gefühl, bereits nicht mehr da zu sein, sich verflüchtigt zu haben, als sei sein Körper nur eine Illusion gewesen. Und wer wusste das schon, vielleicht war es ja so?

Ihm stockte der Atem vor der Größe dessen, was sich anbahnte, was hier begann, was von hier aus geschehen würde.

Der endgültige Triumph des Lammes über die Sünde, das Böse, den Tod.

Und er, Michael Barron, würde ein Teil davon sein.

Erlösung. Ja, Erlösung.

Endlich.

John Kaun drehte den Kopf von seinem Computer weg, weil er sich vergewissern musste, nicht zu träumen. Er war in seinem

Büro. Die Sonne schien herein. Die Klimaanlage gluckerte leise. Unten im Hof rangierte ein Lastwagen, und jemand rief: »Noch ein Stück, noch ein Stück – stopp!« Es war drei Uhr nachmittags. In einer halben Stunde kamen die Leute von der Werbeagentur für ein Briefing, die Kampagnen für Thanksgiving und Weihnachten betreffend. Drüben am Tisch standen die Kaffeekannen bereit, die Kekse und, natürlich, die Chips; der Beamer war aufgebaut, das Flipchart aufgestellt.

Nein, er träumte nicht.

Er wandte sich wieder der Mail zu, die gerade angekommen war. Die Absenderadresse bestand aus einer kryptischen Zahlen-Buchstaben-Kombination, die er noch nie zuvor gesehen hatte. Der Text war kurz:

Der Mann, mit dem Sie sprechen sollten, wenn Sie Ihr Vorhaben noch verfolgen, heißt Michael Barron.

Er wird am 3. April im Hotel Sof Olam in Afula, Israel (südlich von Nazareth), seinen 22. Geburtstag feiern.

Er wird das Zimmer Nummer 7 haben.

Sie können ihm sagen, woher Sie diese Informationen haben. Ich werde, sobald ich diese Mail abgeschickt habe, untertauchen und nicht mehr für Barron arbeiten.

Alles Gute.

Ryan.

Kapitel 29

An einem Sonntag, dem Tag des Herrn, wurde ich vom Geist Gottes ergriffen: Ich hörte hinter mir eine laute Stimme, die wie eine Fanfare klang und mir befahl: »Schreibe das, was du siehst, in ein Buch und schicke es an die sieben Gemeinden in den Städten Ephesus, Smyrna, Pergamon, Thyatira, Sardes, Philadelphia und Laodizea.« Als ich mich umdrehte, um zu sehen, wer da mit mir sprach, sah ich sieben goldene Leuchter und mitten zwischen den Leuchtern jemand, der aussah wie der Menschensohn. Er trug ein Gewand, das bis zu seinen Füßen reichte, und ein breites goldenes Band um die Brust. Das Haar auf seinem Kopf war weiß wie schneeweiße Wolle. Seine Augen brannten wie lodernde Flammen. Seine Füße glänzten wie leuchtendes Gold, das im Schmelzofen glüht, und seine Stimme klang wie das Donnern der Brandung. Sieben Sterne hielt er in seiner rechten Hand, und aus seinem Mund kam ein scharfes, auf beiden Seiten geschliffenes Schwert. Sein Gesicht leuchtete wie die Sonne in ihrem höchsten Stand. Als ich ihn sah, fiel ich wie tot vor seine Füße.

Buch der Offenbarung, Kapitel 1

Es war an just dem Tag, an dem Jonathan Hawthorne das Messingschild am Eingang der Kanzlei austauschen ließ. Das alte hatte die Inschrift »Basil Hawthorne & Son« getragen, auf dem neuen stand nur noch sein Name.

Während der Arbeiter die metallene Tafel anschraubte, genoss Jonathan Hawthorne das befriedigende Gefühl, damit im Alter von 57 Jahren endlich aus dem Schatten seines Vaters herausgetreten zu sein. Doch er ließ es sich nicht anmerken.

Kontinuität war wichtig in diesem Beruf, wichtiger als Befriedigung persönlicher Ambitionen. Deshalb unterschied sich das neue Türschild auch in Machart, Schrifttype und dergleichen nicht von dem alten.

Sein Vater hatte jeden Tag damit begonnen, sich an seinen Schreibtisch zu setzen und sein großes, ledergebundenes Terminbuch zu konsultieren. Selbst an seinem letzten Tag hatte er es so gehandhabt. Dass ihn an diesem Tag, einem Mittwoch, sein dritter Herzinfarkt ereilen und endgültig dahinraffen würde, im Alter von achtundachtzig Jahren, hatte freilich nicht in seinem Buch gestanden.

Nun war es Jonathan, der an dem Schreibtisch aus dem 19. Jahrhundert saß, und auch er begann jeden Tag auf diese Weise. Mit dem einzigen Unterschied, dass er alle seine Termine – und mittlerweile auch die, die er von seinem Vater übernommen hatte – mithilfe eines Computers verwaltete.

Heute erschien ein Termin auf dem Bildschirm, den sein Vater vereinbart haben musste, als er, Jonathan, noch ein Kind gewesen war.

Um diese Sache, beschloss er, würde er sich als Allererstes kümmern.

Er stand auf, holte den Schlüsselbund aus der Tasche und ging damit in den Aktenraum. Dort schloss er einen der Stahlschränke auf, suchte nach der Mappe mit dem entsprechenden Aktenzeichen und entnahm sie. Sie enthielt lediglich einen uralten, voluminösen Umschlag, auf dem noch einmal vermerkt war, dass er erst am heutigen Tag geöffnet werden sollte.

Das tat Jonathan Hawthorne. Ein zweiter, normaler Brief war darin und ein Blatt mit ausführlichen Anweisungen, auf einer Schreibmaschine getippt.

Äußerst rätselhaften Anweisungen.

Jonathan Hawthorne nahm die gesamte Mappe an sich und schloss den Schrank wieder ab. Dann wies er seine Sekretärin an, ihn die nächste Stunde unter keinen Umständen zu stören, und zog sich in sein Büro zurück.

Zunächst rief er die Auskunft an. Es galt, einen Namen zu überprüfen und ob eine bestimmte Telefonnummer noch galt. Das tat sie nicht mehr, doch er erhielt die neue Nummer. Der Betreffende lebte also möglicherweise noch.

Er wählte die Nummer. Es klingelte zweimal, dann wurde am anderen Ende abgehoben.

»Guten Tag«, sagte er. »Hier spricht Jonathan Hawthorne von der Kanzlei Hawthorne, London.«

»Ich habe Ihren Anruf erwartet«, antwortete am anderen Ende der Leitung die Stimme eines alten Mannes. »Den Ihres Vaters, um genau zu sein.«

»Mein Vater ist vor einem Jahr gestorben. Ich führe seine Geschäfte weiter.«

»Mein Beileid.«

Jonathan räusperte sich. »Um auf Ihre Anweisungen zurückzukommen –«

»Nun, wie Sie hiermit überprüft haben, lebe ich noch«, erwiderte die Stimme. »Das heißt, wir machen weiter wie unter Punkt 3 geregelt. Ich nehme das Notwendige selbst in die Hand und melde mich wieder. Falls Sie bis in spätestens einem Monat nichts von mir gehört haben sollten, schicken Sie den Brief ab. Andernfalls vernichten Sie ihn ungeöffnet.«

Jonathan betrachtete die getippten Anweisungen. »Genau so steht es hier.«

»Gut. Dann bis demnächst, hoffe ich.«

Nach dem Telefonat wog Jonathan Hawthorne den Brief nachdenklich in der Hand. Es stand nur ein Name darauf, ein Name, der ihm nicht unbekannt war. Es würde kein Problem sein, die zugehörige Anschrift zu ermitteln, falls dem alten Klienten seines Vaters in den kommenden Wochen etwas zustoßen sollte.

Der Umschlag war dick, enthielt wenigstens ein halbes Dutzend gefaltete Blätter. Worum es darin wohl ging? Jonathan Hawthorne spürte einen Moment lang die Versuchung, den Brief zu öffnen und zu lesen, ehe er ihn vernichtete. Doch natürlich würde er das nicht tun. Verlässlichkeit war wichtig in seinem Beruf, wichtiger als die Befriedigung persönlicher Neugier.

Die Mail von Ryan hatte in John Kaun das Gefühl ausgelöst, etwas losgetreten zu haben, etwas ganz und gar Wahnsinniges, das nun eine Eigendynamik entwickelte, die nicht mehr zu stoppen war. Das allein war schon beunruhigend, noch mehr allerdings folgende Überlegung: Was mochte Ryan wissen, dass er die Idee, die ihm, Kaun, während ihres Gesprächs herausgerutscht war, nicht als Schnapsidee abtat, sondern ernst nahm, offenbar ernster als er selber?

Die Mail war etwas, das er Bethany nicht verschweigen durfte.

Andererseits wusste er nicht, wie er es ihr sagen sollte, ohne dass sie ihn für komplett übergeschnappt hielt.

Der nächste Abend war der Abend eines Tages, an dem es Kathleen zunehmend schlechter gegangen war. Sie war so matt und müde gewesen wie selten zuvor, hatte gewirkt wie jemand, der dahinschwand, so langsam, dass man dabei zusehen konnte, und das unaufhaltsam.

Als sie endlich schlief und er und Beth vor dem verhalten brennenden Kamin saßen, sagte Kaun: »Ich frage mich, wie man weiß, wann es an der Zeit ist, das Unvermeidliche zu akzeptieren. Ich dachte immer, ich würde es wissen, wenn es einmal so weit wäre, aber ich merke, ich weiß es nicht.«

Der Blick, mit dem sie ihn musterte, bekam etwas Waidwundes. »Wie meinst du das?«

Er hob die Hände. »Na ja. Ich frage mich, ob wir es akzeptieren müssen, dass Kathleen …« Er zögerte. »Dass sie uns verlassen wird. Dass die Zeit, die wir noch mit ihr haben werden, begrenzt ist. Dass wir es nicht aufhalten können.«

»Und dann?«

»Und dann Abschied nehmen. Trauern. Weiterleben.«

Irgendwo schlug der Wind ein Halteseil gegen einen Fahnenmast, was ein metallisch hallendes Geräusch machte. In Kauns Ohren klang es wie das Läuten einer Totenglocke.

Das Leben ging weiter. Zugleich war John Kaun noch nie zuvor so bewusst gewesen, wie flüchtig jedes Leben war, wie zerbrechlich.

Wie *kostbar*.

Beth schüttelte den Kopf. »Nein. So weit bin ich noch nicht. Ich würde mir nicht verzeihen können, wenn wir nicht alles versuchen.«

Das, erkannte Kaun, war der Moment.

»Warte«, sagte er und stand auf. »Ich muss dir was zeigen.« Er holte seinen Laptop, ließ sie die Mail von Ryan lesen. Erklärte, was es dazu zu erklären gab.

Und Beth sagte, ohne auch nur eine Sekunde zu zögern: »Ja. Das machen wir.«

Dann hielt sie inne, schüttelte den Kopf, rieb sich die Schläfen und meinte: »Eine Zeitmaschine? Das kann man niemandem erzählen, oder?«

»Es *ist* jemand durch die Zeit gereist. Wie auch immer. Das ist vielleicht unglaublich, aber es ist definitiv geschehen«, beharrte Kaun. »Also muss es irgendwann und irgendwo beginnen.« Er klappte den Rechner wieder zu und sah hinaus in die Nacht. »Sage ich mir jedenfalls. Wirklich glauben kann ich es auch nicht.«

Er erklärte ihr seine Überlegungen, was Kathleens Infektionsanfälligkeit betraf, und zeigte ihr die Angebote für passende Schutzanzüge, die er auf seine fiebrig-nächtlichen Anfragen hin erhalten hatte.

»Meine Güte«, flüsterte Bethany, während sie die Bilder betrachtete. »Das ist irre.«

»Komplett irre.«

»Allein mit der Idee machen wir uns lächerlich.«

»Sehe ich auch so.«

Sie straffte sich. »Wir machen es trotzdem. Wir sagen einfach niemandem etwas davon.«

Also ging John Kaun daran, alles Notwendige zu organisieren. Sie nahmen bei Kathleen die erforderlichen Maße, und er bestellte den passenden Schutzanzug, der schon unglaubliche fünf Tage später geliefert wurde. Der Umhang, um den Schutzanzug zu tarnen, traf eine Woche danach ein. Er besprach sich mit Paul Weaver, allerdings ohne ihn in ihr wahres Vorhaben einzuweihen. Er erzählte ihm nur, in Israel gebe es jemanden, der Kathy möglicherweise helfen könne, und dass sie es auf jeden Fall versuchen wollten. Ganz gelogen war das ja nicht.

Er reaktivierte außerdem seine früheren Kontakte nach Israel. Mit deren Hilfe fand er eine Privatklinik, zentral gelegen in Jerusalem, in der sie unterkommen würden, in einem keimarmen Zimmer. Mit Blick auf den Ölberg, was man offenbar für ein Werbeargument hielt. Die Klinik unterstützte klassische Krebstherapien mit allerlei Naturheilverfahren, wobei ihm der Chefarzt gleich erklärte, in Kathleens Fall könne er ihm wenig Hoffnung auf Besserung machen. Kaun erwiderte, es gehe ihm nur darum, seine Tochter vor Infektionen zu schützen, solange sie in Israel seien. Das, bekam er zur Antwort, könne man gewährleisten.

Eine glückliche Fügung wollte, dass ein Rechtsanwalt, der früher für Kaun Enterprises gearbeitet hatte, vor allem im Nahen Osten, in der fraglichen Zeit zu Akquisitionsgesprächen nach Israel reiste. Er bot an, Kaun und seine Familie in seinem Lear-Jet mitzunehmen, sodass sie Kathleen nicht den Infektionsgefahren eines Großraumflugzeugs würden aussetzen müssen. Und das Ganze überdies kostenfrei. »Sie wissen, dass ich selten Hemmungen habe, Geld zu verlangen«, erklärte der Mann Kaun, »aber in diesem Fall hätte ich sie.«

Eine weitere glückliche Fügung wollte, dass der Grund, warum Kaun ihn überhaupt angerufen hatte, sich als hinfällig erwies. Kaun hatte befürchtet, dass es mit seinem Visum Schwierigkeiten geben könnte wegen der Vorfälle und des Gerichtsverfahrens vor zehn Jahren. Doch die israelischen Behörden hatten Kaun entweder alles verziehen oder alles vergessen, jedenfalls bekam er die Visa für sie alle drei ohne Probleme.

Weniger glücklich war, dass Kathleen den Schutzanzug mit äußerster Skepsis betrachtete. Bethany versuchte, ihren Abenteuergeist zu wecken, und erzählte von den Astronauten des vergangenen Jahrhunderts, den Apollo-Mondmissionen und den Raumstationen. Kaun kannte niemanden, der so von technischen Wunderwerken schwärmen konnte wie seine Frau. Trotzdem zog Kathy das Ding nur mit gehörigem Widerstreben an. Immerhin, er passte. Und er funktionierte auch, vor allem das Gerät, das Außenluft ansaugte und durch Filter pumpte, die kein Bakterium und kein Virus passieren ließen. Doch nach einer knappen Stunde hatte Kathy genug davon und bekam fast einen Tobsuchtsanfall, als Bethany sie zu beschwatzen versuchte, es noch eine Weile auszuhalten.

Das versprach, ein Problem zu werden. Sollte das mit der Zeitreise tatsächlich zustande kommen (nicht, dass Kaun es sich im Ernst hätte vorstellen können, aber das war ja trotz allem das Ziel), dann würde Kathleen es *tagelang* in dem Schutzanzug aushalten müssen. Dabei hatten sie die für das Auffangen von Körperausscheidungen vorgesehenen Gerätschaften vorerst in ihren Verpackungen gelassen, denn die sahen *richtig* unheimlich aus. Und ob die Ernährung über Flüssignahrung aus einem Versandhaus für Bodybuilder-Zubehör funktionieren würde, stand auch in den Sternen.

Doch das würde sich, wenn es sein sollte, alles finden. So flogen sie nach Israel, halb zuversichtlich, halb mit dem Gefühl, etwas völlig Wahnsinniges zu unternehmen. Die medizinischen Atteste, die sie mitbrachten, reichten, um ihr umfangreiches Gepäck unbeanstandet durch den Zoll zu bringen. Und in der Klinik sah man tatsächlich vom Fenster ihres Zimmers aus den Ölberg – wenn auch nur einen Teil davon, der zudem von einem hässlichen Klotz von Gebäude dominiert wurde. Ein Filmstudio, hieß es in der Info-Mappe.

Bis zum Stichtag war es nur noch eine Woche. Deswegen zog Kaun, sobald klar war, dass Beth und Kathy gut untergebracht waren und gut versorgt wurden, los, um weitere Kontakte aus alten Zeiten zu reaktivieren.

Diesmal handelte es sich um Kontakte zu Leuten, die man nicht einfach anrufen konnte. Zu diesen Leuten musste man sich durchfragen. Es waren Leute, die alle überwachbaren Formen der Kommunikation mieden. Leute, die Gesetze als Hindernisse betrachteten, nicht als Handlungsrichtlinien.

Früher hatte sich Kaun dieser Kontakte bedient, um Reportern seines Senders Türen zu öffnen, die ihnen andernfalls verschlossen geblieben wären – und dabei hatte es sich mitunter durchaus um Gefängnistüren gehandelt. Er hatte diese Leute kontaktiert und bezahlt, wenn es darum gegangen war, seinen Mitarbeitern aus Schwierigkeiten herauszuhelfen.

Diesmal brauchte er ihre Hilfe, um in ein abgeschirmtes Hotel in der Nähe von Nazareth einzubrechen.

Am Morgen seines 22. Geburtstages fand Michael seinen Platz am Tisch mit Blumen umkränzt vor, und kaum hatte er die Dekoration bemerkt, fingen die anderen schon an, *Happy Birthday* zu singen. Peinlich irgendwie, aber auch lustig.

Dann gab es Geschenke. Eine Eule aus schwarzem Stein von Tom, einen Schuhlöffel aus Holz mit Intarsien in Form von Weinblättern von Mark, einen Becher aus gehämmertem Eisen von Roger und lederne Sandalen von Jeremy.

»Wow, danke euch«, rief Michael, als er das letzte Geschenk ausgepackt hatte. »Schade, dass ich die Sachen nicht mitnehmen kann. Bis auf die Sandalen vielleicht.«

»Lieber nicht«, meinte Jeremy. »Die Schließen sind aus rostfreiem Stahl. Der wird erst seit fünfzig Jahren oder so hergestellt. Aber er soll allergiefrei sein!«

Alle lachten. Michael auch, doch bei ihm war es mehr als das Lachen über eine lustige Bemerkung: Es war pures Glück. Seit Michael den Plan seines Vaters, nein, den Plan *Gottes* kannte, erfüllte ihn eine euphorische Glückseligkeit, die nicht mehr von ihm wich. Sie erfüllte ihn wie ein Prickeln in jeder einzelnen Zelle, so intensiv, dass er sich in manchen Augenblicken fragte, ob die Umwandlung seines Körpers schon begonnen hatte.

Der Tag war nah, auf den er, wie ihm vorkam, sein Leben lang gewartet hatte. Und nicht nur er, nein, die ganze Menschheit, das gesamte Universum! Die Ära des Bösen würde nun enden, die Zeit des Leids, des Unglücks, der Not, des Elends, der Krankheit und der Kriege. Die Sünde würde endgültig besiegt werden, das Reich Gottes kommen, und all das nicht irgendwann, sondern *in der kommenden Woche!*

Sie feierten heute nicht seinen Geburtstag – wer war er schon? Nein, sie feierten die bevorstehende Ankunft des Herrn. Das war es, was ihn glücklich machte, glücklicher als alle Geschenke der Welt.

Es war ein Glück, das blieb; es wich nicht, und er wollte auch nicht, dass es je wieder von ihm wich, nein, er wollte in diesem Hochgefühl bleiben, für alle Zeiten.

Und sei es nur, weil es getrübt war von einer leisen Ahnung, dass jenseits davon Fragen warteten, die er sich nicht stellen wollte.

Danach hielt Boris Demidow eine kleine Ansprache. Dass ihre Ausbildung nun abgeschlossen sei und sie bereit seien für das große Abenteuer. Dass sie genug gelernt hätten, um sich in der Vergangenheit zu bewähren.

»Heute«, fuhr er fort, »ist ein Festtag. Es ist für alles gesorgt, auch für Alkohol, und ihr dürft noch einmal über die Stränge schlagen. Ja, ihr *sollt* es sogar!«

Sie stutzten, vor allem, da Michaels Vater im Hintergrund stand und wohlwollend zu dem nickte, was der Russe sagte.

»Es macht nichts, wenn euch heute Abend schlecht wird«, erklärte Demidow weiter. »Es macht auch nichts, wenn ihr euch übergeben müsst. Im Gegenteil, es wäre sogar gut. Denn morgen kommt das auf jeden Fall auf euch zu.«

»Was soll das heißen?«, rief Tom. »Üben wir für eine römische Orgie oder so etwas?«

Der Physiker lachte. »Auf die Idee hätten wir eher kommen müssen. Nein, heute ist schlicht und ergreifend der letzte Tag, an dem ihr moderne Lebensmittel essen dürft. Morgen werden wir mithilfe von Einläufen und richtig radikalen Abführmitteln eure Därme völlig entleeren, damit ihr keine heutigen Darmbakterien mit in die Vergangenheit nehmt und dort lasst.«

Michael verzog das Gesicht, und er sah, dass die anderen es ihm gleichtaten. An diesen Aspekt hatte er noch gar nicht gedacht, aber er leuchtete ihm ein.

Gefallen tat ihm die Aussicht allerdings nicht.

»Die restlichen Tage werdet ihr euren Darm behutsam wieder aufbauen, indem ihr euch nur von Lebensmitteln ernährt, wie man sie auch in biblischer Zeit gegessen hat. Ab morgen werde ich euch außerdem jeden Tag wiegen, weil ich eure Masse bis aufs Gramm genau wissen muss, um euch in die Vergangenheit schießen zu können. Und eure Masse … die wird ab morgen noch dramatische Veränderungen durchlaufen!« Demidow klatschte die Hände zusammen. »Aber, wie gesagt, erst ab morgen. Heute ist noch alles erlaubt, alles da, und das in Hülle und Fülle. Also haut rein, dass die Teller krachen!«

Das ließen sie sich nicht zweimal sagen. Das Büfett bog sich unter Leckereien aller Art; man hätte problemlos eine ganze Kompanie satt bekommen.

Doch als Michael sich wie die anderen darauf stürzen wollte, sah er, wie ihm sein Vater bedeutete, mit ihm zu kommen.

»Bin gleich wieder da«, sagte er zu den anderen, aber die registrierten das gar nicht.

Draußen war es warm. Dem Norden Israels stand ein heißer Tag bevor.

Sein Vater humpelte grimmig voraus, hinaus zu den Autos,

mit seinem Stock bei jedem Schritt hellen Staub aufwirbelnd. Plötzlich blieb er stehen, drehte sich um und sagte, als sei es ihm gerade erst eingefallen: »Alles Gute zum Geburtstag, mein Sohn. Leider kann ich nicht bleiben.«

Michael stutzte. »Wieso nicht?« Was konnte es so kurz vor dem großen Tag noch Dringendes zu tun geben?

»Zeig ich dir.« Sein Vater humpelte zu dem schwarzen Lincoln, mit dem er gekommen war, öffnete die Beifahrertür, holte eine Zeitung heraus und breitete sie auf der Motorhaube aus.

Die Meldung stand auf der Titelseite: Gouverneur Gerald DenHaag hatte seine Kandidatur für die nächsten Präsidentschaftswahlen erklärt. Er habe gute Chancen, meinte der Kommentator, da er auf die Unterstützung durch das christliche Amerika zählen könne; die Staaten des *Bible Belt* seien ihm quasi sicher.

Michael musste lachen. Demnach wusste Vaters Freund DenHaag auch nicht Bescheid! Denn sonst wäre ihm klar gewesen, wie sinnlos es war, für das Amt des US-Präsidenten zu kandidieren, wenn in drei Tagen die Herrschaft Jesu über die Erde begann.

»Ich muss mit Gerald deswegen reden«, erklärte sein Vater und faltete die Zeitung wieder zusammen. »Aber das kann ich nicht von hier aus. Ich fahre nach Jerusalem. Im Sheraton haben sie eine gute Videokonferenzanlage.«

»Ja. Okay«, meinte Michael. »Verstehe ich vollkommen.«

»Ich treffe euch auf jeden Fall, wenn es losgeht.« Sein Vater legte ihm die freie Hand auf die Schulter. »Feiert schön. Es feiert sich ohnehin besser ohne elterliche Aufsicht, nicht wahr?«

Er winkte dem Chauffeur, der gerade mit Vaters Koffern aus dem Haus trat. Michael wartete, sah ihnen nach, bis der Wagen in der Staubwolke, die er aufwirbelte, restlos verschwunden war. Dann ging er wieder hinein.

So feierten sie alleine. Doch irgendwie verflog die ausgelassene Stimmung vom Frühstück bald, und so etwas wie Feststimmung wollte nicht aufkommen. Die meiste Zeit redeten sie nur, vor allem über die bevorstehende Expedition, und das auf Altgriechisch, damit die Bediensteten des Hotels nichts mitbekamen.

Über die Expedition und über die Zeit danach. Die Zeit nach dem Ende aller Sünde.

»Ich bin gespannt, wie Gott das mit dem Begehren in Zukunft regeln wird«, meinte Mark. »Ich meine, bestimmt wird man niemanden mehr begehren, den man nicht kriegen kann, oder?«

Worauf Tom mit den Schultern zuckte und meinte: »Logisch. Entweder, du wirst sie nicht mehr begehren, oder du wirst sie kriegen.«

»Hoffentlich Letzteres«, entfuhr es Mark, und er wurde rot.

Den Nachmittag über sahen sie sich auf der Videowand in einem der Konferenzräume drei Bibelfilme an, die nicht allzu sehr missraten waren: »König der Könige«, »Die zehn Gebote« und »Das Gewand«.

Nach den ersten zwei Filmen brauchten sie eine Pause. Tom fragte Michael, ob er mit ihm nach draußen ginge, er wolle seine letzte Pfeife vor dem großen Tag schmauchen. »Und wer weiß, ob ich's je wieder anfange, wenn mein Körper erst geheiligt ist, nicht wahr?«

So saßen sie nebeneinander auf einer Bank vor dem Hoteleingang. Tom schmauchte genüsslich seine Pfeife, blies Rauchringe in die Luft, und ein bisschen war es wie in den alten Zeiten. Als das hier alles noch weit, weit weg gewesen war.

Sie sahen zu, wie die zwei Lieferwagen kamen. Das Catering. Die Wachleute kontrollierten die Papiere, warfen Blicke in die Laderäume, winkten sie weiter. Dann trugen Männer in weißen Overalls Tabletts, Warmhalteboxen und silbern glänzende Schüsseln durch den Lieferanteneingang ins Haus. Ein Aroma fremder Gewürze wehte herüber, der Michael das Wasser im Mund zusammenlaufen ließ. Und das, obwohl sie schon den ganzen Tag fast nichts anderes taten, als zu essen!

Nach einer Weile, in der sie friedlich schweigend dagesessen hatten, meinte Tom leise: »Stell dir vor. Wir werden Jesus sehen. *Jesus!* Wir werden mit ihm sprechen. Puh. Ich krieg das große Knieflattern, wenn ich nur dran denke, ehrlich.«

Michael nickte. »Ich auch.«

Tom stieß einen Mundvoll Rauch aus. »Weißt du, ich merke gerade deutlich, wie sehr ich ihn liebe. Mein ganzes Leben lang schon. Klar, ich war natürlich auch mal in das ein oder andere Mädchen verliebt, hab das Flattern gekriegt, wenn ich sie gesehen habe und so – aber das war alles nichts verglichen damit. Jesus, das ist es. Das ist meine wahre Liebe.« Er sah Michael forschend an. »Findest du es schräg, wenn ich das sage?«

Michael wusste nicht, wie er das finden sollte. Er spürte ein sachtes Unbehagen, eine Reibung am Grund seiner Seele. Irgendetwas mit seinen Gefühlen war nicht so, wie es hätte sein müssen. Aber er überging es und sagte: »Nein, wieso? Finde ich gut. Darum geht's doch. Liebe.«

»Genau.«

Abends ging es in die Disco im Keller, die eigens für Michaels Geburtstag geschmückt worden war. Es lief die beste christliche Rock- und Popmusik, und Boris Demidow, der nach dem ersten Bibelfilm gegangen war, tauchte wieder auf und machte Stimmung. Jetzt war Schluss mit dem Herumsitzen und Quasseln. Boris brachte sie alle zum Tanzen, erst zu Discorhythmen, dann versuchte er, ihnen den *Trepak* beizubringen, einen russischen Tanz, den Männer gemeinsam tanzten. Man stampfte dabei mit den Füßen, ging ab und zu in die Hocke oder sprang mit gespreizten Beinen in die Luft … Sie bekamen es nicht hin, aber sie hatten jedenfalls viel zu lachen.

Zwischendurch animierte er sie immer wieder zum Trinken. »Ob ihr heute kotzt oder morgen, was soll's?«, rief er, die Wodkaflasche in der Hand. »Also habt wenigstens Spaß dabei!«

Die anderen gingen bereitwillig darauf ein. »Die Bibel verbietet den Genuss von Alkohol schließlich nicht«, meinte Mark, als er das erste Glas gekippt hatte und es Boris zum Nachfüllen hinhielt.

Und Roger, der in all den Jahren nicht viel gesprächiger geworden war, lallte zu vorgerückter Stunde: »Wie hat Jesus gesagt? Ich bin der Weinstock, und ihr seid die Reben?« Er schwankte. »Mann – ich hab mich noch nie so sehr wie eine Rebe gefühlt …«

Michael hielt sich weitgehend zurück, ohne dass er hätte sagen können, warum. Er unterhielt sich ein bisschen mit Demidow, während dieser einen Cocktail mixte, fragte ihn, ob er das ernst gemeint habe mit dem Wiegen.

»Aber hallo.« Der Physiker schaufelte zerstoßenes Eis in einen Shaker, in den er zuvor ein Dutzend verschiedener Spirituosen geschüttet hatte. »Todernst.«

»Und wieso ist das so wichtig?«

»Weil ich euch einen Impuls geben muss, der euch durch Raum und Zeit ans Ziel befördert. Und Impuls, das ist physikalisch Masse mal Geschwindigkeit, falls du in Physik aufgepasst hast.«

»Und da kommt es auf jedes Gramm an?«

Boris Demidow nickte grimmig. »Da kommt es auf jedes Gramm an, ganz genau. Euer Vehikel habe ich gewogen, an dem ändert sich nichts mehr. Eure Bäuche sind die letzten Variablen.« Er beugte sich vor, fügte verschwörerisch hinzu: »Und, ehrlich gesagt, wir sind am Limit. Das zeitaktive Osmium, das wir haben, reicht für eine maximale Masse; die dürfen wir nicht überschreiten. Wäre sogar gut, wenn ihr ein bisschen schlanker startet, als ihr jetzt seid.«

Michael riss die Augen auf. »Aber wir werden mit Jesus zurückkommen! Der wiegt bestimmt auch was! Nehme ich jedenfalls an.«

Der Russe drehte den Deckel auf den Shaker. »Ja, schon. Aber bis dahin werdet ihr Treibstoff verbraucht haben, für die Suche nach dem Landeplatz. Und ihr könnt vor der Rückkehr

Ballast abwerfen. Ich hab eine Liste am Armaturenbrett angebracht, was ihr dortlassen dürft und was nicht.« Er begann, den Drink zu schütteln. Es sah ziemlich profimäßig aus. »Außerdem habe ich noch drei Kilobarren normales Osmium in eure Maschine geschraubt. Mir persönlich ist am wichtigsten, dass ihr die wieder mitbringt. Für künftige Zeitreisen – du verstehst?«

Michael nickte. Er verstand. Der Physiker ging davon aus, dass dieses Osmium nach ihrer Rückkehr ebenfalls *zeitaktiv* sein würde und folglich dazu dienen konnte, weitere Zeitreisen zu unternehmen.

Aber wozu sollte man noch durch die Zeit reisen, wenn das Reich Gottes erst begonnen hatte? Schwer zu sagen. Auf jeden Fall war klar, dass der Physiker nicht an die bevorstehende Erlösung glaubte.

Nun, er würde sich wundern!

»Pawel Kozyrew war schwer in Ordnung, weißt du?«, erklärte Boris Demidow. »Hochintelligent. Ein Genie, wenn ich jemals eines getroffen habe. Ein wirklicher Mann der Wissenschaft. Es ist eine Schande, dass so jemand in die Mühlen der Politik geraten ist. Eigentlich gebührt ihm der Platz direkt neben Einstein, ganz ehrlich. Das ist mein persönliches Ziel in dem Ganzen hier: meinem Lehrer den ihm gebührenden Platz in den Annalen zu verschaffen.« Er lachte. »Abgesehen davon, dass ich natürlich den Nobelpreis abgreifen werde, sobald eure Zeitreise geklappt hat.« Er schüttete den Cocktail in ein gekühltes Glas, das er Michael hinschob. »Bitte. Damit du deine Sorgen mal vergisst und endlich ein bisschen in Stimmung kommst.«

Das konnte Michael schwerlich ablehnen, also probierte er den Drink. Er schmeckte sensationell. Aber kurz danach wurde Michael schlecht, so sehr, dass es keinen anderen Weg mehr gab als den auf die Toilette, um sich zu übergeben.

Boris applaudierte, als Michael kalkweiß zurückkehrte. »Du gehst mit gutem Beispiel voran!«

»Die Letzten werden die Ersten sein«, zitierte Jeremy salbungsvoll Markus, Kapitel 10.

Sich übergeben zu haben hatte Michael schlagartig ernüchtert. Vielleicht nicht, was seinen Blutalkoholgehalt anbelangte, aber er war jedenfalls irgendwie »draußen«, nicht mehr in Stimmung für Alkohol und dumme Sprüche. Und außerdem müde. Er hatte genug vom Feiern, er wollte, dass es endlich *losging*.

Die Stimmung kam auch nicht wieder. Nach einer halben Stunde gab er es auf und sagte: »Also, Leute, ich geh ins Bett.«

Er sagte es in den leeren Raum hinein. Jeremy döste in einer Ecke vor sich hin, Roger ließ sich von Boris erklären, wie man Cocktails mixte, und Tom schwärmte Mark mit schwerer Zunge vor, wie sehr er Jesus liebe. Mark hörte ihm aufmerksam zu, nickte ab und zu und versicherte ihm: »Ich auch, ich auch.«

Niemand beachtete Michael, als er aufstand und ging.

Das Hotel wirkte merkwürdig still und verlassen, als er die Treppe hochkam. Nun, es war ja auch schon spät. Kurz vor Mitternacht oder so. Und vielleicht kam es ihm nur so vor, weil er von der lauten Musik unten ein bisschen taub war.

Denn ganz verlassen war das Hotel nicht, obwohl sie die einzigen Gäste waren. In der Halle saß einer von den Caterern und las Zeitung. Die Israelis waren fanatische Zeitungsleser, das war Michael aufgefallen. Und aus der Küche hörte man auch etwas: Gläserklirren, Stimmen. Ein Gespräch auf Hebräisch. Nach dem, was Michael verstand, unterhielten sich zwei Küchenfrauen über eine traurige Liebesgeschichte.

Darum ging es im Grunde immer, überlegte er auf der Treppe nach oben. Es ging immer nur um Liebe. Das war das Problem aller Probleme, die zentralste aller Fragen: Wer liebt mich? Wen liebe ich? Das war es, woran Menschen litten: an zu wenig Liebe.

Doch all das, sagte sich Michael zufrieden, würde bald der Vergangenheit angehören. Alles würde gut werden, alles.

Wie er so die Stufen emporstieg, mit schweren Füßen und unsicherem Schritt, merkte er, dass er nicht so nüchtern war, wie er sich vorhin gefühlt hatte.

Umso besser, wenn er endlich ins Bett kam.

Zimmer Nummer 7. Wo war der Schlüssel? Immerhin, er sah keine zwei Schlüssellöcher, traf auf Anhieb. Einigermaßen jedenfalls. Gutes Zeichen. Er schloss auf, öffnete die Tür.

Doch noch ehe er Licht machen konnte, packte ihn jemand, presste ihm die Hand auf den Mund und zischte in arabisch angehauchtem Englisch: »Nicht schreien!« Die Tür fiel hinter ihm zu.

Michael blieb völlig reglos und stellte zu seinem eigenen Erstaunen fest, dass ihm das alles gar keine Angst machte. Nicht einmal so ein Vorfall vermochte die Glückseligkeit zu vertreiben, die ihn erfüllte – war das nicht ein herrliches Zeichen?

Jetzt machte jemand anders Licht. Jemand, der auf dem Bettrand saß. Er knipste die Lampe über dem Bett an, die hell genug war, dass Michael das Gesicht des Mannes sehen konnte.

Und, merkwürdig: Er kannte den Mann!

Nur von Bildern zwar. Aber es war zweifellos John Kaun, der ihn da forschend ansah.

John Kaun hatte nur gestaunt, wie alles abgelaufen war. Als machten diese Leute so etwas jeden Tag.

Er hatte es mit zwei Gewährsleuten zu tun. Der eine hieß Gideon, ein schlanker, braun gebrannter, durchtrainierter *Sabra* mit schwarzen Locken und kühner Adlernase, der, wenn er sich bewegte, so elastisch wirkte wie eine schwingende Stahlfeder. Der andere hieß Leo und war erstens das Gehirn des Teams und zweitens so ungefähr das genaue körperliche Gegenteil von Gideon: untersetzt, zur Fülle neigend, mit blonden, strähnigen Haaren und so träge wie ein Faultier.

Es gab außer den beiden noch andere Helfershelfer, aber

die kannte Kaun nicht, und er wollte sie auch nicht kennenlernen. Sie bewegten sich in einem Bereich, in dem es gut war, nicht mehr zu wissen als unbedingt notwendig.

Er hatte nicht mitbekommen, welchen Deal seine Helfer mit der Cateringfirma gemacht hatten. Ein Rätsel zudem, wie sie die richtige Firma identifiziert hatten. Leo hatte nur gesagt, es sei *einfach* gewesen. Jedenfalls war es gelungen, ihn einzuschmuggeln, vorbei an den Leuten eines Sicherheitsdienstes aus Haifa, die das Hotel unauffällig bewachten. In einem Overall mit dem Logo des Caterers war er ins Zimmer 7 gegangen, um dort zu warten, zusammen mit Gideon. Das sei *mal was anderes*, hatte Gideon gemeint, und Kaun hatte darauf verzichtet zu fragen, was sie sonst so trieben.

Gideon trug ein Funkgerät im Ohr, einen dezenten Knopf, genau wie Leo, der in der Halle geblieben war. So hatten sie im Dunkeln gesessen und gewartet, bis Gideon kurz vor zwölf endlich flüsterte: »Leo sagt, er kommt.«

Kaun nahm die besprochene Position ein – auf dem Bettrand sitzend, die Hand am Lichtschalter der Leselampe – und wartete. Kaum zu hörende Schritte auf dem Flur, ein Schlüssel, der auf der Suche nach dem Schlüsselloch schier ewig über das Holz kratzte. Endlich ging die Tür auf, es gab ein kurzes Handgemenge, dann war sie wieder zu, und Kaun konnte Licht machen.

Das also war Michael Barron: ein pausbäckiger, brav wirkender Junge mit mattbraunen Haaren und pickliger Haut. Er ähnelte seinem Vater, fand Kaun, zumindest dessen Fotos.

»Guten Abend«, sagte er in seinem beruhigendsten Tonfall. »Mein Name ist John Kaun. Sie brauchen keine Angst zu haben, wir wollen Ihnen nichts tun. Ich will nur mit Ihnen reden. Bitte versprechen Sie mir, dass Sie nicht schreien werden, dann lässt mein Begleiter Sie los.«

Michael Barron nickte, ohne zu zögern.

»Okay.« Kaun gab Gideon das Zeichen, den Jungen loszulassen.

»Ich bin draußen«, knurrte der Mann und verschwand. Vermutlich wollte er vermeiden, dass Michael Barron ihn allzu genau zu Gesicht bekam. Kaun hatte keine Ahnung, wo und wie er sich auf den Fluren zu verbergen gedachte, aber das war Gideons Problem, nicht seines.

»Ich hab Sie sofort erkannt, Mister Kaun«, erklärte der junge Barron, ohne sich um Gideon zu kümmern. »Sie haben damals das Video gefunden, nicht wahr? Das Video von Jesus.«

»Ja«, sagte Kaun. »Habe ich.« Dies war nicht der Moment, um Details zu korrigieren.

Der Junge wirkte nicht ganz nüchtern und zudem beunruhigend euphorisch. Kaun fragte sich, ob Barron unter Drogen stand. Er schien trotz dieses Überfalls, der ihn hätte erschrecken oder zumindest überraschen müssen, völlig unbeschwert, ja, geradezu heiter. Konnte man überhaupt ernsthaft mit ihm reden?

Kaun spürte Verzweiflung in sich aufsteigen, eine Verzweiflung, die schon lange in ihm gärte. Nun, da er alles auf eine Karte gesetzt hatte und es so aussah, als sei es eine schlechte Karte, ließ sie sich nicht länger unterdrücken.

»Mister Barron«, begann er, »ich bin hier, um Sie um Hilfe zu bitten. Es geht um meine Tochter, und es geht um Leben und Tod.« Er ging absichtlich direkter vor als geplant. Er wollte dieses glückselige Grinsen zum Verschwinden bringen!

Michael Barron ließ sich behutsam auf den Korbstuhl sinken, der vor dem Schreibtisch stand. »Wie kann ich Ihnen helfen?«, fragte er. Er grinste immer noch so zuversichtlich wie ein frisch bekehrter Missionar, der die Antworten auf alle Fragen des Lebens hat.

Kaun zog seine Brieftasche heraus, entnahm ihr ein Foto von Kathy und reichte es ihm. »Das ist meine Tochter Kathleen. Sie ist fünf Jahre alt, hat Leukämie und nach dem Stand der Dinge nur noch ein halbes Jahr zu leben. Sie bräuchte eine Knochenmarkstransplantation. Aber der einzige kompatible

Spender, den wir bis jetzt gefunden haben, wäre ich selber – doch ich leide an einer chronischen Hepatitis, durch die mein Knochenmark hochinfektiös und damit unbrauchbar ist.«

Michael Barron runzelte die Stirn. Das Grinsen war weg. »Ich verstehe«, sagte er.

Kaun beugte sich vor, faltete die Hände, ließ ihn nicht aus den Augen. »Ich schätze, es hat keinen Sinn, darum herumzureden, also Klartext: Ich weiß, dass eine Zeitreise in die Zeit Jesu stattgefunden haben muss, denn anders ist das Video, das ich gesehen habe, nicht zu erklären. Aufgrund der verwendeten Kameratechnologie war uns schon damals klar, dass diese Zeitreise nicht irgendwann in ferner Zukunft, sondern relativ bald starten würde. Ich bin zu der Überzeugung gelangt, dass es Ihr Vater ist, der diese Zeitreise gerade vorbereitet, und ich vermute, dass Sie dabei sein sollen.« Er holte tief Luft. »Ich vermute es, weil ich *weiß*, dass ein Freund von Ihnen – der junge Mann mit dem Feuermal, der sich ebenfalls hier im Hotel befindet – dabei sein *wird*.«

Michael Barron riss die Augen auf. »Woher? Woher wissen Sie das?«

»Weil ich ihn in dem Video gesehen habe. Ich habe ihn wiedererkannt. Ich habe gesehen, wie Jesus ihn von dem Feuermal heilt.«

Das verschlug dem Jungen den Atem, man konnte es sehen. »Dann … dann klappt es also!«, stieß er hervor. »Dann wird es funktionieren!« Er blinzelte, merkte wohl, dass er damit alles bestätigte, was Kaun an Vermutungen geäußert hatte, doch es schien ihm egal zu sein. »Sie haben das wirklich gesehen? Wie Jesus Tom heilt?«

»Ja.« Kaun beschrieb die Szene, die Begegnung, die graziöse Handbewegung, mit der Jesus dem Jungen über das Gesicht fuhr, und wie das Mal danach weg war, als hätte es nie existiert. Einfach so.

Die Erinnerung daran heraufzubeschwören ergriff ihn selber. Er spürte schmerzhaft, wie viel Hoffnung er in diesen wahnwitzigen Plan legte. Und wie wenig Hoffnung er hatte, dass er sich realisieren lassen würde.

»Wow«, sagte der Junge, nun wieder euphorisch lächelnd. »Wenn ich Tom das erzähle …« Er hielt inne. »Nein, besser nicht. Man muss vorsichtig sein mit diesen Dingen.« Er sah Kaun an, schien nach dem Zusammenhang zu suchen, fand ihn aber nicht, angesäuselt, wie er war.

»Um es kurz zu machen«, fügte Kaun hinzu, »ich will *mit* Ihnen in die Vergangenheit gehen, gemeinsam mit meiner Tochter. Ich will sie zu Jesus bringen, damit er sie heilt.«

Kapitel 30

1937 wandte der schottische Physiker W. J. van Stockum erstmals die allgemeine Relativitätstheorie auf einen hypothetischen unendlich langen, extrem dichten rotierenden Zylinder an. Die Rotation eines solchen massiven Objektes, so ergab sich, würde tatsächlich die Raumzeit mit sich ziehen. Van Stockum ermittelte einen Pfad durch die vierdimensionale Raumzeit, der in ein und demselben Punkt begann und endete – eine geschlossene Kurve durch die Zeit. Damit war bewiesen, dass die allgemeine Relativitätstheorie die Zeitreise grundsätzlich erlaubt.

Pawel Kozyrev, »Möglichkeiten temporaler Dislokation«, Moskau, 1966

Michael Barron wurde das Gefühl nicht los zu träumen. Er hätte Angst haben sollen. Angst davor, was Leute mit ihm vorhaben mochten, denen es gelungen war, die Sicherheitsmaßnahmen auszutricksen. Angst, entführt zu werden. Angst, dass der große Plan in Gefahr geriet.

Aber er hatte keine Angst. Im Gegenteil, trotz allem war er von tiefem Glück und allumfassender Zufriedenheit erfüllt, trunken vor Zuversicht. Er fühlte sich aufgehoben in der Gnade Gottes, der ihm seine Sünden vergeben hatte.

»Wie soll das gehen?«, fragte er ganz automatisch, ohne nachzudenken.

Damit löste er einen wahren Redeschwall des Mannes aus. John Kaun begann, von Bakterien und Schutzanzügen zu reden, von Tarnung, von Gegenleistungen, die er zu erbringen bereit war, wenn sie ihn nur mitnähmen, wenn sie ihn nur mitnähmen.

Irgendwann konnte Michael ihm nicht mehr folgen. Das Zimmer lag im Halbdunkel. Er hatte das Gefühl, aus der Zeit gefallen zu sein, so, als existiere jenseits der Fenster und Türen nichts mehr. Zwar hörte man weit weg die Bässe der Musik im Keller, doch sie wurden gedämpft durch eine Wand aus Stille.

Und da saß dieser Mann, der älter aussah als auf den Aufnahmen, die Michael gesehen hatte, und redete und redete. Das gelbliche Licht der Nachttischlampe leuchtete tiefe Falten in seinem Gesicht aus, Falten, die die Sorge um sein Kind gegraben hatte. Er verstand nicht mehr, was der Mann sagte, aber er spürte dessen Liebe zu seiner Tochter, seine Angst, die er um sie hatte, seine Bereitschaft, alles zu tun, egal was, wenn es sie nur rettete, und all das rührte Michael zutiefst.

Gleichzeitig war er schrecklich müde und sein Geist verworren, vom Alkohol vielleicht, weil er den nicht gewohnt war. Boris Demidow war schuld! Schuld, dass ihn jetzt so viele Gedanken umschwirrten, so viele Unklarheiten, so viele Fragen, wie ein Mückenschwarm, nach dem man nur schlagen, den man aber nicht vertreiben konnte. Schließlich schnappte sich Michael eine Frage, irgendeine, und das war die: »Haben Sie sich denn selbst gesehen?«

Kaun hielt inne, sah ihn ratlos an. »Wie meinen Sie das?«

»Im Video«, erklärte Michael. »Haben Sie sich selbst im Video gesehen?«

»Nein.«

»Schade.« Das wäre schön gewesen. Schicksal. Gottes Wille. So wunderbar eindeutig.

»Wieso?«, fragte Kaun.

»Dann hätten wir gewusst, dass es passiert ist«, erklärte Michael und hatte gleichzeitig das Gefühl, dass ihn der Mann nicht verstand. »Und dass es deshalb passieren *wird*. Verstehen Sie?«

Kaun sah ihn an. Lange. »Vielleicht war ich trotzdem da«, sagte er schließlich. »Vielleicht war ich es, der gefilmt hat.«

»Dann hätten Sie doch bestimmt vor allem Ihre Tochter gefilmt.«

Der Mann schluckte. Er suchte nach einem Rettungsanker, nach Hoffnung, nach einem Strohhalm, das sah man. »Von dem Video war nicht mehr viel erhalten. Möglicherweise war auf dem Rest der Kassette …«

Michael winkte ab. Was hatte er sagen wollen? Er wusste es nicht mehr. »Ich habe das Video nicht gesehen«, gestand er. »Mein Vater wollte nicht, dass wir es sehen. Ich hab lange nicht verstanden, warum. Warum ausgerechnet wir es nicht sehen sollen, die wir in die Vergangenheit reisen werden. Aber in letzter Zeit ist mir klar geworden, warum. Weil es wichtig ist, was man weiß. Das, von dem man weiß, dass es passiert ist, kann man nicht mehr verändern.« Er lachte, fand den Gedanken auf einmal albern. Wieso denn nicht? Man musste es doch nur *tun!* »Also, angeblich jedenfalls. Es hat ja noch nie jemand versucht. Unsere Zeitreise wird schließlich die erste sein.« Er hatte richtiggehend Lust, es zu versuchen. Vielleicht würde er es einfach machen. Irgendeine Kleinigkeit, nur um zu beweisen, dass es ging. Um Boris sagen zu können, dass er sich geirrt hatte mit seinen Formeln und seinem Getue. Boris, der schuld daran war, dass er jetzt gerade nicht klar denken konnte.

Wie der Mann ihn ansah! Michael spürte sein Herz ganz weit werden, vor Mitleid überfließen, und das war es, was seine Gedanken wieder auf Kurs brachte. *Was ihr für einen meiner gering geachteten Geschwister getan habt, das habt ihr mir getan*, hatte Jesus in Matthäus 25,40 gesagt.

»Egal«, sagte er also und winkte ab. »Das spielt keine Rolle. Sie brauchen nicht mitzukommen, Sie und Ihre Tochter. Wir reisen nicht in die Vergangenheit, um Jesus zu *filmen*. Wir reisen in die Vergangenheit, um ihn in die Gegenwart zu holen.« Ja, es war richtig, dass er das diesem Mann anvertraute, der zu allem bereit gewesen war, zu allem, egal wozu. Wie Abraham, der bereit gewesen war, seinen Sohn Isaak zu opfern. Nur – na ja – andersherum eben.

»Ihre Tochter wird nicht sterben«, erklärte Michael eindringlich. »Ich verspreche es Ihnen.«

John Kaun hatte sich auf dieses Gespräch gründlich vorbereitet, gründlicher als auf jede andere Verhandlung seines Lebens. So kam es ihm zumindest vor. In Gedanken hatte er immer neue Folgen von Argumenten durchgespielt, sich gewappnet für alle nur denkbaren Erwiderungen, hatte sich gefasst geglaubt auf jede Replik.

Doch mit dieser Wendung hatte er nicht gerechnet.

Ihm stockte buchstäblich der Atem. Er hatte, ehe sie heute Morgen aufgebrochen waren, extra eine halbe Tablette mehr von seinem Herzmittel genommen, wie man es ihm geraten hatte, wenn ein besonders stressiger Tag bevorstand. Aber nun spürte er dennoch böses Herzstechen.

Und irgendwie kam es ihm vor, als müsse er sich verhört haben. »Sie wollen … *was?*«, fragte er.

Der junge Barron lächelte und erklärte: »Nach seinem Opfertod und seiner Auferstehung wird Jesus mit uns in die Gegenwart kommen. Damit wird geschehen, was die Bibel seit zweitausend Jahren verheißt: die Rückkehr Jesu und der Anbruch seines Friedensreichs.«

Zu jedem anderen Zeitpunkt seines Lebens hätte Kaun auf so eine Erklärung hin einfach nur gelacht. Doch hier und jetzt lag ihm nichts ferner. Ohnehin begleitete ihn schon die ganze Zeit – seit jenem Gespräch mit Ryan, seit dessen Mail, seit ihrem Aufbruch nach Israel – ein Eindruck völliger Irrealität. Er hatte das Gefühl, einen Plan zu verfolgen, der ebenso verzweifelt wie hoffnungslos war, und zwar so eindeutig, dass jeder es gesehen hätte.

Doch jetzt gerade kam es ihm vor, als stülpe sich diese Irrealität um wie ein Handschuh, der von innen nach außen gewendet wurde. Ihm war, als stünde er am Abgrund der Erkenntnis, dass alles, was er bis jetzt geglaubt hatte, falsch war, und alles, was er bis jetzt bezweifelt oder abgetan hatte, wahr.

Fühlte sich so eine Bekehrung an? Er wusste es nicht, aber was er empfand, erinnerte ihn intensiv an den Moment, als er das Video gesehen hatte. Auch damals war es gewesen, als würde eine Lawine losgetreten, die Glauben und Zweifel und Wissen und Zuversicht durcheinanderwirbelte und die nicht aufzuhalten war. Die Puzzlesteine fielen auf ihre Plätze, und es war nur eine Frage der Zeit, bis sich die Umrisse des Bildes zeigten, zu dem sie gehörten.

»Und wann wird das sein?«, fragte er. Er kam sich dämlich dabei vor, profan, aber es war eben wichtig. »Meine Tochter hat nicht mehr viel Zeit.«

»In drei Tagen«, erklärte Michael Barron.

Kaun sah ihn an, versuchte zu erspüren, ob der Junge die Wahrheit sagte. »In drei Tagen«, wiederholte er, jedes Wort sorgfältig wählend. »Da *starten* Sie. Aber für Kathy ist wichtig, wann Sie wieder *zurückkommen*.«

Der pausbäckige junge Mann sah ihn strahlend an. »Na, sofort. Wir kommen sofort zurück.« Er hob die Hände. »Wie lange wir in der Vergangenheit unterwegs sein werden – keine Ahnung. Das kann noch niemand sagen. Aber wir reisen in der Zeit, verstehen Sie? Wir können es uns *aussuchen*, wann wir zurückkommen.«

»Ach so«, sagte Kaun. Solche Überlegungen hatten ihm schon damals, während der Jagd auf das Video, regelmäßig das Gehirn verdreht.

»Wir brechen in drei Tagen auf«, fuhr Michael Barron fort. »Am Mittwoch um 16 Uhr 48, um genau zu sein. Was weiter geplant ist, weiß ich ehrlich gesagt nicht. Mit den technischen Dingen habe ich nichts zu tun. Aber ich schätze, wir werden ein paar Minuten später wieder auftauchen.« Ein fast ansteckendes Strahlen erschien auf seinem Gesicht. »Und *Jesus* wird bei uns sein, der leibhaftige Sohn Gottes. Wir werden auf dem Ölberg ankommen. So, wie es prophezeit wurde. Und dann« – er machte eine ausholende Geste, als meine er die ganze Welt, was zweifellos auch der Fall war – »wird alles anders. Alles.«

Sah so die Antwort aus? Der Weg, den die Dinge gehen würden? John Kaun wusste nicht mehr, was er denken sollte. Erinnerungen blitzten auf, an den Religionsunterricht als Kind, an die Sonntagsschule, die Kirchgänge, die Predigten. Da war viel davon die Rede gewesen, dass Jesus am Ende der Zeiten wiederkehren würde, um Gericht zu halten über die Guten und die Sünder. Aber man hatte das eher als eine Art frommes Märchen verstanden, nicht als etwas, das man eines Tages als Schlagzeile in der Zeitung lesen würde.

»Was für eine Fügung, dass Sie hergekommen sind«, hörte er Michael Barron versonnen sagen. »Dass ich Ihnen die Hoffnung für Ihr Kind zurückgeben durfte.«

John Kauns Gedanken kamen zum Stillstand. »Das war keine Fügung«, sagte er. »Das war Absicht. Und es war verdammt aufwendig, wenn Sie es genau wissen wollen.«

Der Junge sah ihn stirnrunzelnd an. »Woher haben Sie überhaupt gewusst, dass ich hier bin?«

»Ich habe es eben gewusst.«

»Das weiß niemand außer uns und meinem Vater.«

Kaun dachte an Ryans Mail. *Sie können ihm sagen, woher Sie diese Informationen haben; ich werde nach dem Absenden dieser Mail untertauchen und nicht mehr für Barron arbeiten.*

Nun gut. Besser, er verriet es ihm. Offenheit gegen Offenheit. »Sagt Ihnen der Name Lazarus Walker etwas?«

Michael Barron blinzelte verblüfft. »Ach so? Hmm. Aber wieso hätte Dad ihm das verraten sollen?«

»Das weiß ich nicht«, räumte Kaun ein. »Ich kann Ihnen nur sagen, dass der Mann, den Sie als Lazarus Walker kennen, in Wirklichkeit James Hegarty Ryan heißt. Als ich noch einen Konzern geleitet habe, war er Chef meiner Sicherheitsabteilung.«

Die Augen des Jungen weiteten sich immer mehr. »Sie haben einen Spion bei meinem Vater eingeschleust?«

Kaun schüttelte den Kopf. »Es schmeichelt mir, dass Sie mir so viel Raffinesse zutrauen, aber so war es nicht. Ich kenne Ryan seit Ewigkeiten. Wir haben uns in New York kennengelernt, als ich etwa in Ihrem Alter war. Ryan hat mich aus einer Schlägerei gerettet, die ansonsten böse für mich ausgegangen wäre. Später habe ich ihm einen Anwalt besorgt, als er wegen eines Mordes angeklagt wurde, den er nicht begangen hat. Er hat viel angestellt in seinem Leben und es mit dem Gesetz nicht allzu genau genommen, aber die Frau, um die es ging, eine junge Opernsängerin, die jemand auf dem Heimweg von der Metropolitan Opera erstochen hat, war nach allem, was ich weiß, die einzige große Liebe seines Lebens. Hätte er wirklich aus Eifersucht gemordet, wäre ihr Ehemann das Opfer gewesen, nicht die Frau.«

Der Junge nickte versonnen. »Das ist das, worum es letzten Endes immer geht, nicht wahr?«, meinte er. »Um Liebe.«

»Ja«, sagte Kaun.

»Hat man je herausgefunden, wer es war?«

»Nein. Aber Ryan wurde freigesprochen. Später habe ich ihn engagiert. Er hat bis zu der Geschichte mit dem Video für mich gearbeitet. Danach musste er untertauchen, weil die israelischen Behörden hinter ihm her waren, und ich habe nichts mehr von ihm gehört. Bis neulich.«

»Unglaublich«, meinte Michael Barron. »Na, *das* ist doch eine Fügung. Oder wollen Sie das im Ernst einen bloßen Zufall nennen?«

John Kaun zuckte mit den Schultern. Er wusste selber nicht mehr, was er davon halten sollte.

»Seltsam«, sagte der Junge. »Ich hatte immer das Gefühl, dass Lazarus nicht sein wirklicher Name ist. Keine Ahnung, warum.«

Sie schwiegen beide einen Moment lang. Ein Punkt war erreicht, an dem Kaun kein Konzept mehr für das weitere Gespräch hatte und ihm auch keines einfiel. Lazarus. Wie war Ryan auf die Idee gekommen, sich ausgerechnet einen so auffälligen Tarnnamen zuzulegen?

Seine Gedanken mäanderten, folgten allerlei absonderlichen Assoziationsketten. »Ist Ihnen eigentlich mal aufgefallen«, fragte Kaun aus einem Impuls heraus, »dass der einzige Mensch, dessen Auferstehung von den Toten in der Bibel beschrieben wird, *Lazarus* ist, nicht Jesus?«

Michael Barron lächelte sanft. »Aber Jesus ist es, der ihn auferweckt. Damit ist gezeigt, dass ihm Macht über Leben und Tod gegeben ist.«

Kaun nickte ungeduldig. »Ja, klar, so wird das meistens interpretiert.« Warum beschäftigte ihn das? »Bloß wird Lazarus' Auferstehung in aller Ausführlichkeit erzählt. Er ist bereits vier Tage tot. Es heißt ausdrücklich, er stinkt schon. Jesus befiehlt, den Stein vor dem Grab beiseitezurollen, ruft ihn, und Lazarus kommt heraus. Es ist plastisch beschrieben, was er anhat, was er sagt; fast wie eine Reportage. Man sieht es vor sich. Jesus eigene Auferstehung dagegen wird nicht geschildert, nirgends. Sie findet sozusagen unter Ausschluss der Öffentlichkeit statt. Sein Grab ist einfach am dritten Tag leer. Für leere Gräber kann es aber jede Menge Gründe geben, nicht wahr?«

Der Junge blinzelte. »Stimmt. Das ist mir tatsächlich noch nie aufgefallen.«

Kaun folgte dem Gedanken. Es war irgendwie wichtig. »Ich habe mich immer gefragt, warum Jesus nicht dageblieben ist nach seiner Auferstehung. Warum er sich nicht gezeigt hat. Er hätte noch jahrzehntelang lehren können. Wie Buddha, der über achtzig geworden ist.«

»Das war eben nicht der Plan«, sagte der junge Barron.

»Anscheinend«, räumte Kaun ein. »Wenn der Plan war, dass er stattdessen mit Ihnen in die Zukunft geht …« Er hielt inne, verblüfft über die Schlussfolgerung, bei der er angelangt war. »Dann passen die Beschreibungen in der Bibel auf einmal.«

Michael Barron lächelte salbungsvoll, triumphierend, geradezu glücklich. »Ja. Sind die Wege Gottes nicht wunderbar?«

John Kaun fühlte sich entzweigerissen. Ein Teil von ihm hatte begonnen, zu glauben, was der Junge erzählte, während der andere Teil von ihm immer mehr in Panik geriet. Es lief nicht wie geplant!

»Ich glaube«, sagte er, »ich würde in dieser Angelegenheit doch gern mit Ihrem Vater sprechen.«

»Der ist nicht da. Warum denn?«

»Es wäre mir trotz allem lieber, wenn meine Tochter und ich mitkommen könnten.«

Michael Barron hob die Augenbrauen. Es wirkte, als sei das mit einer ungeheuren Anstrengung verbunden. »Ich fürchte, das geht sowieso nicht. Es ist alles vorbereitet, wissen Sie. Die Masse des Fahrzeugs, der Energieaufwand und so weiter, das ist alles genau kalkuliert. Und der Start kann nicht verschoben werden.«

Panik. John Kaun hatte so manches Mal in Verhandlungen das Gefühl panischer Angst unterdrücken müssen, doch da war es immer nur um Geld gegangen. »Warum nicht?«, fragte er.

Der Junge musterte ihn mit grüblerischer Trunkenheit. »Das ist schwierig zu erklären. Es muss dieser Startzeitpunkt sein, weil wir wissen, dass es damit funktioniert. Dafür gibt es, sagen wir mal, historische Beweise.« Er wedelte mit den Händen. »Sie müssen vertrauen, Mister Kaun. Gott wird Ihrer Tochter helfen, aber Sie müssen ihm vertrauen.«

Welche andere Wahl hatte er denn? Keine. Er war zu spät dran. Wenn er früher an Barron herangetreten wäre, wenn er ihm gedroht hätte, sein Projekt öffentlich zu machen … Aber was hätte das gebracht? Eine Zeitmaschine in den Händen der Regierung. Das konnte sich niemand wünschen.

Konnte er vertrauen? Er würde es versuchen müssen.

»Wenn Sie meine Bitte ablehnen«, versuchte er es ein letztes Mal, »übernehmen Sie damit die Verantwortung für das Leben dieses fünfjährigen Mädchens.« Er wies auf das Foto Kathleens, das Michael Barron noch immer in der Hand hatte.

Der Junge gab ihm das Bild zurück. »Ich vertraue auf Gott«, sagte er. »Alles wird gut.«

Kaun nahm es wieder an sich. Immerhin, ein Teil von ihm glaubte. Vielleicht musste das reichen.

Kapitel 31

1949 griff der Mathematiker Kurt Gödel, ein Freund Einsteins und sein Kollege am Institute für Advanced Studies in Princeton, diesen Grundgedanken erneut auf, betrachtete jedoch das gesamte Universum. Er kam auf eine Lösung, wonach ein rotierendes Universum als Zeitmaschine funktionieren würde. Man bezeichnet diese Lösung der Einstein'schen Gleichungen zur Gravitationstheorie deswegen als Gödel-Universum oder R-Universum (R steht für die zugrunde liegende negative kosmologische Konstante).
Nach Gödel hätte das Universum eine Umlaufszeit von ca. 70 Millionen Jahren, wobei die Zentrifugalkraft die Gravitationskraft ausgleicht. Dabei läge das Zentrum der Rotation überall, jeder Betrachter befände sich im Zentrum. Das Universum würde auch nicht in einem finalen Kollaps enden, sondern ewig bestehen.

Pawel Kozyrev, »Möglichkeiten temporaler Dislokation«,
Moskau, 1966

Michael Barron erzählte niemandem von seiner nächtlichen Begegnung. John Kaun war gegangen, so rätselhaft, wie er aufgetaucht war, und dann hatte die Müdigkeit Michael buchstäblich überwältigt. Er hatte geschlafen wie ein Stein, um am nächsten Morgen mit einem mächtigen Kater aufzuwachen. Vielleicht hatte es an den Kopfschmerzen gelegen, aber das Gespräch in der Nacht war ihm wie ein seltsamer Traum vorgekommen, nicht wie eine wirkliche Begebenheit.

Und was hätte es schon gebracht, Alarm zu schlagen? Kaun und seine Leute waren längst über alle Berge. Er hätte nur unnötige Aufregung verursacht, drei Tage, ehe es losging.

Ehe ohnehin alles anders werden würde.

Nein, zu Sorgen sah er keinen Anlass. Alles, was jetzt geschah, war Fügung. War Gottes Plan, der sich verwirklichte.

Und ehe er seine Meinung ändern konnte, begann der Prozess der Darmsanierung, der ihn endgültig auf andere Gedanken brachte: weil er sich noch nie im Leben so elend gefühlt hatte wie in diesen Stunden, in denen er mehr Zeit auf der Kloschüssel verbrachte als sonst wo.

Am Tag vor dem Aufbruch durften sie wieder essen. Boris mahnte sie, sich zu mäßigen. »Nicht, dass euch schlecht ist, wenn es losgeht.« Er wog sie mehrmals am Tag, zusammen mit der Kleidung, die sie auf der Reise tragen würden.

Dann endlich kam der Tag und schließlich auch die Stunde.

Michaels Vater war, während sie gefastet und sich gequält hatten, in Jerusalem geblieben. Am Tag aller Tage kam er mit einem komfortablen Bus und schweigsamen Wachleuten nach Afula, um sie alle abzuholen. Sie fuhren direkt in das abgeschirmte, menschenleere Filmstudio. Dort legten sie ihre biblische Kleidung an, ließen sich ein allerletztes Mal wiegen und versammelten sich zu einer letzten Andacht. Gemeinsam beteten sie in der Mitte der Halle, unter dem »Kanonenrohr« mit der bernsteinfarbenen Kugel am Ende. Vater rezitierte die Verse aus dem Matthäus-Evangelium, in denen Jesus seine Wiederkehr angekündigt hatte, und schloss mit den Worten: »Segne, oh Herr, diese Expedition, die Ausdruck unserer Liebe zu Dir und unserer Hingabe an Deinen göttlichen Willen ist. Amen.«

Boris Demidow war der Einzige, der nicht an ihrer Runde teilnahm. Er stand abseits, wartete, tippte, als Vater zu ihm hinübersah, angelegentlich auf seine Armbanduhr.

Sechzehn Uhr zwanzig. Es wurde Zeit.

Vater löste die Hände voneinander, legte sie ihnen der Reihe nach segnend auf, zuerst Mark und Roger, dann Jeremy und Tom und am Schluss ihm, seinem Sohn.

»Im Namen des Herrn«, sagte er, »an Bord mit euch.«

Die Uhr auf dem Nachttisch zeigte 16:20.

»Noch eine halbe Stunde«, stellte Bethany fest.

»Ja«, sagte Kaun.

Sie seufzte, fuhr sich mit den Händen über das Gesicht, sagte aber nichts weiter. Es war auch nicht nötig. Alles, was es zu sagen gab, war längst gesagt. Sie warteten. Seit Tagen. Und sie taten es quasi mit angehaltenem Atem, in einer unwirklichen, angespannten Gemütsverfassung, wie Kaun sie noch nie erlebt hatte: als seien sie aus der Zeit gefallen.

Als er unverrichteter Dinge aus Galiläa zurückgekommen war und Bethany alles erzählt hatte, hatte sie ihn lange angesehen und schließlich gefragt: »Glaubst du das?« Worauf Kaun hatte zugeben müssen: »Ich weiß es nicht. Ich glaube es, und ich glaube es auch wieder nicht.«

So ging es ihnen beiden. Sie glaubten es, weil sie es glauben *wollten*, weil es ihre letzte Hoffnung war. Es *musste* ja tatsächlich eine Zeitreise stattfinden, versicherten sie einander. Und das würde sie nun sein: die Zeitreise, die dazu führte, dass das Video entstand, das Kaun gesehen hatte.

Aber die Rückkehr Jesu? Wirklich und wahrhaftig? Was für ein irrwitziger Gedanke. Kaun versuchte immer wieder, sich vorzustellen, wie das aussehen, wie das *sein* würde, und konnte es nicht. Würden Engel erscheinen? Himmlische Heerscharen? Würden die physikalischen Gesetze außer Kraft gesetzt werden?

Warten. Das war das Einzige, was sie tun konnten. In diesem winzigen Zimmer sitzen, im Halbdunkel, mit zugezogenen Vorhängen, während draußen die Sonne schien, herabbrannte auf Jerusalem und den Ölberg, an dessen Fuß ständig Busse mit Touristen hielten. Gedämpfter Verkehrslärm drang herein. Die Klimaanlage summte vor sich hin. Es roch nach Desinfektionsmittel und nach den Ausdünstungen von drei Menschen auf zu engem Raum. Sie verließen das Zimmer nicht, wagten es nicht. Einerseits, weil Kathleen seit zwei Tagen fieberte, unleidig war und sie um sich haben wollte, selbst wenn sie schlief, andererseits und uneingestandenerweise, weil sie

Angst hatten, den Zauber damit zu brechen, die Magie zu zerstören, die im Hoffen und Bangen lag. Beth und er schliefen auf zwei schmalen Feldbetten, aßen das karge Klinikessen. Kaun versuchte, nicht darüber nachzudenken, dass das alles trotzdem teurer war, als es der Aufenthalt in einem richtig guten Luxushotel gewesen wäre. Der Arzt kam alle paar Stunden, um nach Kathleen zu sehen. Er wirkte nicht beunruhigt wegen ihres Zustands, aber das konnte auch einfach seine professionelle Haltung sein.

Sie schwiegen viel. Saßen an Kathys Bett, sahen ihr beim Schlafen zu, hielten einander an den Händen und hingen ihren Gedanken nach. Auf einem Tisch in der Ecke stand Bethanys Laptop, aufgeklappt, eingeschaltet. Alle zwei Minuten rief er Mails ab. Daneben lag Kauns Mobiltelefon, ebenfalls auf Empfang, weil er Michael Barron seine E-Mail-Adresse und seine Telefonnummer gegeben hatte. Aber sie warteten vergebens auf eine Nachricht, einen Anruf des Inhalts »Kommen Sie, Sie können doch mit an Bord«.

Die Uhr zeigte 16:43. Auf dem Gang hörte man Schritte, wie so oft. Irgendwelche Instrumente klirrten, Metall auf Metall.

»Noch fünf Minuten«, sagte Kaun.

Bethany nickte, holte hörbar Luft.

Er erhob sich, trat an den Spalt zwischen den Vorhängen, sah hinaus. Wartete. Auf ein Wunder. *Vertrauen Sie,* hatte der Junge gesagt.

Hing alles davon ab, dass er vertraute? Der Lauf der Weltgeschichte? Schwer vorstellbar.

Er wandte den Kopf. Die grünen Ziffern standen auf 16:45. Bethany saß da, hatte die Hand auf der dünnen Bettdecke liegen, unmittelbar neben Kathys Hand.

Irgendetwas geschah um 16:48. Die Klimaanlage setzte einen Herzschlag lang aus, die grünen Ziffern auf der Uhr erloschen kurz, das fahle Licht des Laptop-Bildschirms flackerte. Im nächsten Augenblick surrte das Kühlaggregat wieder los, gurgelnd und unrund, so, als wolle es sich beeilen, das Versäumte nachzuholen.

Beth sah ihn an, mit geweiteten Augen, in denen er Schmerz las. Er schob den Vorhang eine Winzigkeit beiseite, sah hinaus. Da drüben lag der Ölberg, dieser karge, unauffällige Hügel, auf dem mehr Gebäude standen als Bäume wuchsen. Keine himmlischen Heerscharen. Auf der Straße unter ihrem Fenster spazierten zwei verhüllte Frauen, die sich unterhielten; die eine gestikulierte heftig. In einem Hof, den man von hier oben aus einsah, warf ein bärtiger Mann einen Karton in einen überfüllten Mülleimer.

Kaun drehte sich wieder um.

16:50.

Boris Demidow durchquerte die Halle, blieb vor dem riesigen Hohlspiegel stehen und sah sinnend hinauf in das rot flimmernde Gitter einander kreuzender Laserstrahlen. »Allein das ist schon bemerkenswert«, sagte er. Seine Stimme hallte. »Wie das Ding verschwunden ist. Völlig lautlos. Unglaublich.«

»Was ist daran bemerkenswert?«, fragte Samuel Barron, der ihm schwerfällig gefolgt war. Sein Stock machte *tock … tock … tock*, was in der Halle klang wie das Ticken einer Uhr.

»Ihre Frage beweist, dass Sie keine Ahnung von Physik haben«, erwiderte Demidow und schaltete die Laser aus. »Ein so großer Körper, der einfach verschwindet, von einer Sekunde auf die andere, hätte normalerweise ein Vakuum hinterlassen. Die Luft hätte schlagartig eindringen und einen Donnerknall verursachen müssen, der die Halle ernsthaft beschädigt hätte. Von unseren Trommelfellen gar nicht zu reden.«

»Aber das ist nicht passiert«, stellte Barron fest und trat neben ihn.

»Nein. Das ist nicht passiert.«

»Sie wussten das im Voraus, nehme ich an. Sonst hätten Sie zumindest einen Ohrenschutz getragen.«

Demidow nickte. »Ja, ich wusste es. Es folgt aus den Kozyrew-Gleichungen. Trotzdem ist es beeindruckend zu erleben, wenn sich eine Hypothese bestätigt.«

Barron holte tief Luft. »Es hat funktioniert. Es hat begonnen. Das sollten wir feiern, finden Sie nicht?«

Der Russe musterte ihn überrascht von der Seite. »Feiern? So kenne ich Sie ja gar nicht.«

»Oh, Sie kennen auch meinen Weinkeller zu Hause auf Long Island nicht.«

»Sie haben einen Weinkeller? Hätte ich Ihnen nicht zugetraut.«

Der alte Mann neigte geschmeichelt den Kopf. »Lassen Sie uns zurückfliegen und bei einem 1961er Château Pétrus besprechen, wie wir weiter vorgehen. Der Anlass verlangt danach, finde ich.«

»Unbedingt«, strahlte Demidow. Er sah sich um. »Die Anlage …?«

»Bleibt erst mal so stehen, wie sie ist. Keine Sorge.«

Der Russe hob mahnend den Zeigefinger. »Aber ich warne Sie! Ich werde das Thema Veröffentlichung ansprechen, ganz egal, wie teuer der Wein ist, den Sie mir kredenzen. Wir haben damals vereinbart, dass ich meine Arbeiten zurückhalte, bis bewiesen ist, dass die Zeitreise funktioniert. Nun, sie hat funktioniert.«

Barron nickte geduldig. »Ich habe diese Vereinbarung nicht vergessen. Ich weiß, dass Ihnen der Nobelpreis wichtiger ist als die Gnade unseres Herrn.«

»Die Geschmäcker sind nun mal unterschiedlich.«

»Und die Herausforderungen zahlreich«, fügte Barron hinzu. Er wandte sich zum Gehen. »Kommen Sie. Das Flugzeug wird startbereit sein, bis wir am Flughafen sind.«

Demidow sah sich noch einmal um, tätschelte die Schaltkonsole, dann folgte er dem Mann mit dem Krückstock. »Eins interessiert mich noch«, meinte er. »Wieso wollten Sie, dass Ihre Jungs erst in dreieinhalb Jahren zurückkehren? Ich hätte die Steuerung ohne Weiteres so programmieren können, dass sie *sofort* zurück gewesen wären. Ganz egal, wie lange sie in der Vergangenheit unterwegs sind.«

Samuel Barron lächelte dünn. »Verzeihen Sie die Retourkutsche: Ihre Frage beweist, dass Sie die Bibel nie gelesen haben.«

Kapitel 32

Das Nowikow-Selbstübereinstimmungsprinzip ist eine Vermutung, die von dem russischen Astrophysiker Dr. Igor Nowikow in den 1980er Jahren gemacht wurde, um die Paradoxa der Zeitreisetheorie zu eliminieren.
Er stellte sich eine Billardkugel vor, die in ein Wurmloch gestoßen würde, und zwar exakt so, dass sie in der Zeit zurückreisen und mit einer früheren Version ihrer selbst zusammenstoßen würde. Somit würde sie sich selbst von der Bahn ablenken, die es überhaupt ermöglichte, in das besagte Wurmloch zu fallen – und somit den gesamten Vorgang in die Nichtexistenz abdrängen.
Nowikow fand heraus, dass es viele Flugbahnen gab, die aus denselben Ausgangsbedingungen resultierten. Zum Beispiel konnte die Kugel sich selbst nur streifen und ihren Kurs also nur leicht beeinflussen, um sich in der nächsten Runde wiederum genau gleich zu streifen. Dieser Vorgang wäre in sich abgeschlossen (eine sogenannte Kausalitätsschleife) und kein Paradoxon. Die Wahrscheinlichkeit für ein derartiges Phänomen wäre höher als Null, die Wahrscheinlichkeit für die Selbstauslöschung des Ereignisses dagegen Null. Daraus schloss Nowikow, dass ein Zeitreisender, egal was er auch anstellt, niemals ein Paradoxon erzeugen könnte.

Wikipedia

John Kaun ließ den Vorhang los, drehte sich um, suchte den Blick seiner Frau.

»Er hat gesagt, sie kommen sofort zurück.« Seine Stimme klang rau.

Bethany sagte nichts, sah ihn nur an, das Gesicht eine starre Maske.

»So habe ich ihn verstanden. Sie gehen in die Vergangenheit, tun, was zu tun ist, und kehren so zurück, dass es für uns aussieht, als seien sie nur eine Minute lang weg gewesen.« Unwillkürlich unterstrich er seine Worte mit Gesten: Der Verlauf der Zeit war eine Linie, die quer vor ihm verlief, links die Vergangenheit, rechts die Zukunft. Seine Hand machte einen großen Bogen ganz nach links, bewegte sich dort ein Stück nach rechts und sprang dann zurück an die Ausgangsstelle.

Bethany drehte den Kopf, sah die Uhr an. Sie zeigte 16:51.

»Es sind erst drei Minuten«, sagte sie.

Kaun nickte, überlegte. »Stimmt. Vielleicht muss man einen Sicherheitsabstand einhalten. Vielleicht kann man das nicht so genau steuern, auf die Sekunde.«

Er sah wieder hinaus, hinweg über Hausdächer, Antennen und Satellitenschüsseln, hinüber zum Ölberg, der so unscheinbar wirkte und vor allem: so unverändert. Nicht so, als spiele sich da irgendetwas Weltbewegendes ab. Oder als würde es das jemals.

Die Klimaanlage röchelte, als wolle sie ihren Geist aufgeben. Irgendwo lachte jemand schallend. Unter ihm fuhr ein Auto mit offenen Fenstern vorbei, aus denen die dumpfen Bässe von Tanzmusik dröhnten.

Die Magie, in der sie die letzten Tage gelebt hatten, zerbröselte.

Kaun holte Luft, rieb sich gedankenverloren die Brust und fragte sich, ob das Gefühl, das in ihm aufstieg, auch etwas anderes sein konnte als tiefe Enttäuschung. Darüber, versagt zu haben. Es falsch angegangen, eine Chance verpasst zu haben.

Oder einfach betrogen worden zu sein.

Die Uhr sprang auf 16:55.

Der Karton mit dem Schutzanzug stand immer noch in der Ecke. Den würden sie jetzt nicht mehr brauchen.

»Ein Wunder«, sagte Bethany. »Zum ersten Mal in meinem Leben war ich bereit, wirklich *bereit*, an ein Wunder zu glauben. Und?« Ihre Stimme troff vor Verachtung. »Das soll mir eine Lehre sein.«

In diesem Moment gab der Laptop ein *Ping!* von sich, das Signal, dass eine E-Mail eingetroffen war. Es war kein sonderlich lauter Ton, aber Kathleen erwachte davon. Mit einem Greinen schreckte sie hoch, verschwitzt, die dünnen, kurzen Haare, die ihr seit ihrer letzten Chemo wieder gewachsen waren, verklebt.

Bethany nahm sie in die Arme, wiegte sie und sah zu Kaun hinüber, der an den Computer gegangen war und die Nachricht las. »Was ist es?«

Einen Augenblick lang rührte sich Kaun überhaupt nicht. Dann hob er den Kopf und sah sie mit geweiteten Augen an, so verblüfft, wie sie ihren Mann noch nie gesehen hatte.

»Eine Mail aus London.« Seine Stimme war tonlos. »Jemand dort hat eine neue Behandlungsmethode entwickelt. Es könnte eine Chance sein, Kathy zu helfen. Eine reelle, wissenschaftliche, völlig unverrückte Chance.«

Er griff nach dem Handy, begann zu wählen. »Ich schau mir das an. Ihr bleibt solange hier. Ich hoffe bloß, dass heute noch eine Maschine nach England geht …«

Bethany Kaun spürte, wie ihr eine Gänsehaut über den Rücken lief, trotz der Hitze. Sie drückte ihre Tochter fester an sich. »Wenn das stimmt«, erklärte sie, »dann nehme ich alles zurück, was ich gerade gesagt habe. Dann glaube ich doch an Wunder.«

Er bekam einen Platz in der letzten Maschine, die Tel Aviv verließ, und meldete sich am späten Nachmittag des darauffolgenden Tages wieder. Seine Stimme am Telefon klang auf irritierende Weise gleichzeitig freudig erregt und angespannt.

»Also, Folgendes«, sagte er hastig. »Die haben hier in London ein Verfahren entwickelt, um Leberschäden zu behandeln, vor allem Hepatitis-Spätfolgen. Dabei sind sie auf eine Methode gestoßen, Knochenmarksspenden so aufzubereiten, dass sie für den Empfänger nicht mehr gefährlich werden können.«

»Was? Das ist ja –«

»Kathy und ich wären allerdings der erste echte Anwendungsfall.«

Bethany spürte einen Knoten im Bauch. »Versuchskaninchen. Ach so.«

John versuchte, unbekümmert zu klingen. »Schon, aber sie sind sehr zuversichtlich, dass es funktionieren wird. Die Konstellation ist einfach selten, verstehst du? Normalerweise werden Leute mit solchen Krankheiten gar nicht erst in die Spenderdatenbank aufgenommen. Also findet man sie auch nicht, wenn man nach Spendern sucht. Die haben regelrecht auf uns *gewartet*. Ich würde sagen, das riskieren wir. Es ist auf jeden Fall aussichtsreicher als, ähm, unser *vorheriger* Plan.«

Ja, das stimmte allerdings. Bethany betrachtete ihre Tochter, die schon schlief, an ihren großen Plüsch-Fuchs gekuschelt. Heute war es ihr wieder besser gegangen als die letzten Tage.

»Und wie geht es jetzt weiter?«, fragte sie.

»Ihr kommt morgen hierher, nach London, ins Saint-Mary-Hospital. Ich habe schon einen Krankentransport organisiert, eine Maschine, die euch abholt. Das mit dem Krankenwagen zum Flughafen regle ich, wenn ich nachher mit Doktor Goldstein spreche.«

»Okay.«

»Ich werde ihn auch bitten, dass er Kathy den Broviac-Katheter ziehen soll«, fuhr Kaun fort. »Das macht sie für den Flug hierher weniger anfällig. Für die Vorbereitung auf die Knochenmarkstransplantation braucht sie ohnehin einen anderen Katheter, den mit drei Zugängen.«

»Einen Quinton-Katheter, ja.« Bethany hatte alles, was John über die Behandlung im Internet gefunden hatte, ebenfalls gelesen. Und noch einen Stapel Fachbücher dazu. »Wie sieht die Vorbereitung bei denen aus, weißt du das?«

»Weitgehend so wie in den Broschüren. Sie planen zwei Wochen Hochdosis-Chemo und Bestrahlungen.«

»Geht das wieder los.«

»Ja. Praktischer wäre ein Wunderheiler natürlich schon gewesen«, sagte John.

Vorbereitung. Was für ein harmloses Wort dafür, Kathleens Knochenmark restlos zu zerstören.

»Aber das Wichtigste, was ich dir sagen muss, Beth«, fuhr John fort, »ist Folgendes: Ich werde nicht da sein, wenn ihr in London ankommt. Du wirst den größten Teil der Vorbereitung allein durchstehen müssen.«

»Was?«, entfuhr es Bethany entgeistert. »Wieso das? Und wo bist du jetzt?«

»Ich bin noch in London, aber schon am Heathrow. Meine Maschine nach New York geht in einer Stunde.« Die Stimme ihres Mannes hatte einen ungewohnten, beunruhigenden Klang. »Vertrau mir bitte, Beth. Ich musste versprechen, im Gegenzug etwas in den Staaten zu erledigen, und ich muss es vor der Knochenmarksübertragung tun.«

»Was um alles in der Welt kann so wichtig sein, dass du –?«

»Es geht dabei auch um Leben und Tod, glaub mir«, unterbrach John sie. »Mehr kann ich am Telefon nicht sagen. Ich erzähl dir alles, wenn ich in zwei Wochen zu euch stoße. Versprochen.«

Mark Seymours Büro lag im vierzehnten Stock der Klinik, und wäre es noch hell gewesen, hätte man zweifellos einen grandiosen Blick über die Upper West Side von Manhattan gehabt. So sah man jenseits der Fenster nur eine wirre Wolke von Lichtpunkten, überblendet von den Spiegelungen der Deckenleuchten.

Mark studierte die Unterlagen, die Kaun ihm mitgebracht hatte, und nickte während der Lektüre, genau wie früher. Seltsam, dachte Kaun. Die Körper werden älter, die Haare grau, aber davon abgesehen ändern sich die Menschen nicht.

Endlich senkte sein Freund die Papiere, breitete sie vor sich aus und meinte: »Hm. Das sieht jetzt ein bisschen anders aus, als ich mir das vorgestellt hatte.«

»Wie meinst du das?«, wollte Kaun wissen.

Mark nahm seine Brille ab, putzte sie umständlich. »Als du neulich aus London angerufen und mir von dem Verfahren erzählt hast, klang das für mich so, als ob die Reinigung des Knochenmarks *nach* der Entnahme stattfände. Dass sie sozusagen im Körper des Spenders passiert ... okay, oder zumindest zum Teil ... das ändert die Sache ziemlich.«

»Inwiefern? Glaubst du nicht mehr, dass das funktionieren kann?«

»Doch, doch. Das schon.« Er setzte die Brille wieder auf. »Der Punkt ist der: Normalerweise ist eine Knochenmarksspende keine große Affäre. Für den Laien sieht es ein bisschen blutig aus, zugegeben, aber ansonsten besteht für den Spender keine besondere gesundheitliche Gefahr. Die Punktionen des Beckenkamms werden unter Narkose ausgeführt, danach hat man ein paar Tage lang Schmerzen an den Punktionsstellen, das ist alles. Im Normalfall geht ein Spender am nächsten Tag wieder nach Hause, und einige Zeit später hat sein Körper das fehlende Knochenmark nachgebildet.«

Kaun nickte. »So haben es mir die Ärzte am Saint Mary's auch erklärt.«

»Und die hatten keine Bedenken wegen deines Herzinfarkts?«

»Ich habe es so gemacht, wie du es mir geraten hast. Ich habe gesagt, ja, ich hatte einen, aber nur einen leichten, er ist schon lange her, und ich fühle mich fit wie eh und je.«

»Und was stimmt davon?«

»Dass es nur ein leichter Infarkt war und dass es schon lange her ist. Zehn Jahre. Fast elf.«

»Und das mit der Fitness war gelogen?«

»Sagen wir, ich habe möglicherweise ein etwas zu positives Bild davon gezeichnet.«

»Was heißt das konkret?«

»Dass ich immer noch die Mittel nehme, natürlich. Dass ich in stressigen Situationen zum Nitroglyzerin-Spray greifen muss. Und dass ich es nicht riskieren würde, die Treppe bis in mein Büro hochzusteigen.«

»Dann habe ich dir möglicherweise einen falschen Rat gegeben.« Mark nahm die Unterlagen wieder auf, in denen das Verfahren beschrieben war. »Wie gesagt, normalerweise wäre das kein ernsthafter Hinderungsgrund. Bei einer normalen Knochenmarksspende. Aber was ich hier über die Nebenwirkungen des Mittels lese, mit dem dein Körper vor der Entnahme regelrecht getränkt werden muss, die Blutverdickung, die es bewirkt … Dazu die veränderte Absaugnadel, diese, na, Filtereinheit oder wie man das nennen soll … Das kann gefährlich werden für jemanden mit deiner Vorgeschichte.«

Kaun sah seinen alten Freund und Studienkollegen eindringlich an. »Mark – ich werde nicht zusehen, wie meine fünfjährige Tochter stirbt, nur weil ich einen Infarkt haben *könnte*. Ich hab schon einmal einen überlebt.«

»Ja. Aber das ist nichts, was einen trainiert. Ein Herzinfarkt, auch ein leichter, hinterlässt dich schwächer, als du vorher warst. Verletzlicher.«

»Das Risiko gehe ich ein. Das ist überhaupt keine Frage.«

»Die Frage ist, ob der behandelnde Arzt das Risiko eingeht.« Sein alter Freund aus Studientagen legte die Stirn in Falten. »Das ist ein Problem der medizinischen Ethik, und die hat viel mit Wahrscheinlichkeiten zu tun. Selbst mit deiner Knochenmarksspende liegen die Überlebenschancen deiner Tochter nur bei etwa siebzig Prozent. Dafür wird ein Arzt nicht das Leben eines Spenders aufs Spiel setzen. Auch nicht, wenn es der Vater ist.«

»Deshalb bin ich hier«, sagte Kaun. »Weil du weißt, wie Ärzte ticken. Und weil du mir sagen kannst, wie ich es erreiche, dass die uns in London nicht ablehnen.«

»Du setzt deine Gesundheit aufs Spiel.«

»Mark – niemand weiß besser als du, dass ich meine Gesundheit schon einmal aufs Spiel gesetzt habe, und wofür? Für eine verdammte *Firma!* Für *Geld!* Da werde ich sie doch wohl riskieren dürfen, um mein *Kind* zu retten.«

Sein Freund faltete die Hände, sah kummervoll beiseite. »Das ist echt viel verlangt.«

»Okay. Gehen wir schrittweise vor. Was denkst du? Würden sie mich ablehnen, wenn sie die Wahrheit wüssten?«

»Kann ich nicht sagen, ohne deine Akte zu kennen.«

Kaun öffnete seine Tasche noch einmal, holte eine weitere Mappe heraus und legte sie vor ihn auf den Tisch. »Hier. Das ist die Akte, die mein Hausarzt über mich führt. Das heißt, eine Kopie davon.«

»Hmm.« Dr. Mark Seymour zog sie heran, schlug sie auf, mit matten Bewegungen, denen das Widerstreben deutlich anzusehen war. Er blätterte eine Weile darin, hielt bei einem Blatt mit den Ergebnissen einer Blutanalyse inne. »Hmm. Ich kann natürlich nur für mich selber sprechen, aber wenn ich das hier sehe, würde ich es ablehnen, das Verfahren bei dir anzuwenden. Zu riskant.«

Kaun rührte sich nicht. Die Tasche auf dem Schoß, sagte er: »Und jetzt vergiss bitte für einen Augenblick, dass du Arzt bist, und sag mir, wie ich diese Ablehnung vermeide.«

»Das wird schlecht ausgehen, John.«

»Denk an früher. An Harvard. Wie wir überlegt haben, wie man die Regeln austricksen kann.«

Mark grübelte wieder, dann sagte er mit spürbarem Widerwillen: »Die Ärzte in London werden sich ohnehin in einem Zwiespalt befinden. Du und deine Tochter, ihr wärt medizinisch ein interessanter Fall. Sie werden eher nach Gründen suchen, die Behandlung durchzuführen, und geneigt sein, Gegenargumente außer Acht zu lassen. Das kannst du ausnutzen. Du müsstest nur sozusagen alle Schuld auf dich nehmen. Die behandelnden Ärzte hintergehen. Wenn nichts passiert – gut. Und wenn etwas passiert … Nun, dann wären sie entlastet.«

Kaun nickte entschlossen. Er deutete auf die medizinische Akte. »Die muss ich nach London schicken, vorher fangen sie nicht an, Kathleen auf die Transplantation vorzubereiten. Sag mir, welche Dokumente verräterisch sind, damit ich sie ersetzen kann.«

»Wodurch?«

»Durch Fälschungen natürlich.«

»Und woher willst du die nehmen?«

»Die mache ich selber. Kein Problem mit modernen Computern. Scannen, abändern, ausdrucken.«

Mark sah ihn unwillig an. »Du erwartest jetzt aber nicht von mir, dass ich dir dabei helfe, oder?«

»Erwarten wäre das falsche Wort. *Erbitten* trifft es eher.«

»Du ersparst mir wohl gar nichts.«

»Sieh es als Liebesdienst für einen verzweifelten Freund«, sagte Kaun und fügte hinzu: »Was meinst du? Wäre es eine Idee, ein Gutachten beizufügen, dass ich fit genug bin, um, sagen wir, am Oklahoma City Halbmarathon teilzunehmen?«

Mark starrte ihn an. »Hast du deinen Konzern damals auch mit solchen Methoden aufgebaut?«

»Auch.«

»Du weißt doch gar nicht, was in so einem Gutachten drinsteht.«

»Aber du weißt es.« Kaun wedelte mit der Hand. »Ich bastle es unter den Briefkopf eines Kardiologen aus Oklahoma City, keine Sorge. Und datiere es zurück. Der Mann ist inzwischen im Ruhestand.«

»Ich weiß nicht …«

»Mark«, sagte Kaun, nun mit so tödlichem Ernst, dass der Freund erschrocken aufsah. »Ich werde tun, was immer ich kann, um meine Tochter zu retten. Alles, was du entscheiden musst, ist, ob du mir hilfst. Wenn nicht, werde ich enttäuscht sein, aber ich werde gehen und jemand anderen fragen. Ich mache auf jeden Fall weiter, egal, welche Entscheidung du triffst.«

Mark Seymour nickte nur. Dann stand er auf, zog eine

Schublade seiner Hängeregistratur heraus und ging die Akten durch, bis er gefunden hatte, was er suchte. »Ich geb dir eine Kopie von dem hier. Das müsste hinhauen. Ein Patient, der nach einem leichten Infarkt angefangen hat, Halbmarathons zu laufen.«

»So etwas in der Art schwebte mir vor.«

Mark legte das Blatt auf den Kopierer, drückte die Taste. »Ich muss den Namen schwärzen, ehe ich es dir gebe, okay?«

»Kein Problem.«

»Wann geht dein Flieger nach London? Morgen?«

John Kaun schüttelte den Kopf. »Ich schicke die Akte per Kurierpost. Ich selber fliege erst in zwei, drei Wochen. Kurz vor der Knochenmarksentnahme.«

Mark Seymour sah ihn ungläubig an. »Du weißt aber, dass die Vorbereitung auf eine Knochenmarkstransplantation eine echt brutale Prozedur ist? Das willst du deiner Frau wirklich alleine überlassen?«

»Ich *kann* noch nicht nach London zurück«, erwiderte Kaun. »Ich muss erst ein Versprechen einlösen, das ich jemandem gegeben habe.«

Am Tag darauf schickte John Kaun sein Dossier, bereinigt von kritischen Befunden und ergänzt um ein gefälschtes Gutachten, per Eilboten nach London. Während die Mappe an Bord eines Transportflugzeuges westwärts über den Atlantik reiste, bestieg Kaun ein Flugzeug nach Oklahoma City und verschlief zum ersten Mal in seinem Leben den ganzen Flug. Warum? Er hätte es nicht sagen können. Bestimmt nicht wegen Schlafmangels, denn er hatte in der Nacht davor sehr gut geschlafen.

Während des Zwischenstopps in Houston rief er Bethany in London an. Bei ihr war es schon Abend, und sie war völlig aufgelöst. In der Klinik hatten sie gerade Kathleen per Laser vermessen, um die Maße für den Strahlenschutz zu ermitteln, der ihre Lunge bei den anstehenden Bestrahlungen abdecken sollte.

»John, warum muss unsere Kleine das alles auf sich nehmen?«, weinte Beth über die transatlantische Telefonverbindung, und was sie eigentlich meinte, war: *Warum bist du nicht hier bei uns?*

Kaun war, als lege sich ein unsichtbarer Eisenring um seine Brust, während er ihr zuhörte. Und dieser Ring zog sich immer weiter zu, je öfter er wiederholte, dass es unabdingbar war, zu tun, was er zu tun hatte und worüber er ihr nichts sagen durfte, nicht per Telefon, aus Sicherheitsgründen. Und dass er, ja, so schnell wie irgend möglich kommen werde. Dann wurde der Flug nach Oklahoma City aufgerufen, und er musste Schluss machen.

Am nächsten Morgen fuhr er in die Firma, um mit Paul Weaver die anstehenden Marketingmaßnahmen zu besprechen und auch, was zu tun war, falls er, Kaun, länger indisponiert sein sollte aufgrund der Sache in London. So nannten sie es: *die Sache in London*.

»Heißt das, dass du jetzt das Geld brauchst?«, fragte Paul gegen Ende des Gesprächs. »Du weißt schon. Die Kosten für diese …« Er meinte die Knochenmarkstransplantation, aber er brachte das Wort nicht über die Lippen. Nannte es nicht einmal mehr *die Sache*. »Wir haben mal darüber gesprochen.«

»Ja, ich weiß«, sagte Kaun. »Aber es ist nicht nötig.«

»Wie das?«

»Das Wunder der europäischen Gesundheitssysteme«, meinte Kaun schulterzuckend. »In England ist das alles staatlich. Man zahlt nichts.«

»Gar nichts?«

»Man fragt sich, wie das geht, nicht wahr?«

Paul nickte entgeistert. »Ja, das fragt man sich in der Tat. Das heißt, der britische Steuerzahler kommt für die Behandlung deiner Tochter auf?«

Kaun zuckte noch einmal mit den Schultern, wollte das Thema aber nicht weiter vertiefen, und Paul glücklicherweise auch nicht. Denn das war nur die halbe Wahrheit gewesen. Es stimmte, dass Kathleens Behandlung ihn keinen Cent kosten würde, bloß waren die Gründe dafür andere und komplizierter als die, die er vorgebracht hatte. Jemand anders übernahm die Kosten, die das britische Gesundheitssystem nicht übernahm, wenn sich ihm ausländische Patienten anvertrauten, und derjenige hatte ihn darüber hinaus mit geradezu obszön viel Geld ausgestattet für das, was er zu tun versprochen hatte. Doch davon durfte Paul nicht einmal etwas ahnen, zu seinem eigenen Schutz.

Während die beiden Männer sich über Geschäftliches unterhielten, Listen aufstellten, Namen notierten, setzte man Kathleen in London den Quinton-Dauerkatheter ein. Das war an sich schon eine qualvolle, riskante Sache. Und doch war es nur die Vorbereitung für weitaus qualvollere, weitaus riskantere Maßnahmen.

Am Nachmittag kehrte Kaun nach Hause zurück. Er ordnete Unterlagen, verlor sich in Gedanken beim Durchblättern von alten Ordnern mit Fotos aus der Zeit, die andere seine »Glanzzeit« nannten. Seine Glanzzeit? Er erinnerte sich an diese Zeit nur noch undeutlich und jedenfalls nicht glanzvoll, weil er den größten Teil davon unter Drogen stehend verbracht hatte.

Zu der Zeit war es in London schon wieder Abend, der Abend eines Tages, an dem seine Frau mit den Ärzten das weitere Vorgehen besprochen hatte. Eine Reihe von Bestrahlungen und eine Hochdosis-Chemotherapie würden Kathleens Knochenmark restlos abtöten, gesunde wie kranke Zellen. Man hatte ihr die Sicherheitsmaßnahmen erklärt, die notwendig waren, damit Kathleen in der Zeit, in der sie ohne eigenes Immunsystem war, nicht an einer banalen Infektion starb. Kathy würde in einem hermetisch abgeschirmten, absolut keimfreien Zimmer leben. Jeder, der zu ihr wollte, musste eine Schleuse passieren, seine Kleidung ablegen und gegen sterile Krankenhauskleidung tauschen. Er musste seine Hände gründlich desinfizieren und sich mehrmals am Tag den Mund mit einer speziellen Lösung ausspülen.

Während John Kaun Fotos betrachtete, auf denen er berühmten Leuten die Hände schüttelte, studierte Bethany Kaun Erläuterungen der medizinischen Maßnahmen, die von nun an ihren Tagesablauf bestimmen würden: Blutentnahmen. Desinfektion des ganzen Körpers. Das tägliche Duschen. Das Absaugen von Schleim aus der Lunge, das bald nötig werden würde.

Andere Unterlagen handelten von den Nebenwirkungen, die so gut wie sicher auftreten würden. Kathleens Schleimhäute würden irgendwann so angegriffen sein, dass sie nichts mehr würde essen können. Man würde sie ab da künstlich ernähren. Und später würde sie Morphin benötigen und viel, viel schlafen.

Zu alldem hatte Bethany ihr Einverständnis erklärt. Was blieb schon anderes übrig? Die Hoffnung war zurückgekehrt, aber um einen hohen Preis. Ein Wunderheiler, dachte sie, als sie die Unterlagen weglegte, wäre wirklich angenehmer gewesen.

Während seine Frau zu Bett ging, packte John Kaun gerade die alten Ordner weg, ohne etwas daran verändert zu haben. Anschließend begab er sich in das Ankleidezimmer, um seine Anzüge von damals in Augenschein zu nehmen.

Zu seinem Erstaunen waren sie nicht nur noch in tadellosem Zustand – das hatte er sogar erwartet; schließlich handelte es sich um maßgeschneiderte Anzüge von den besten und teuersten Schneidern der Welt –, sondern sie passten ihm auch noch wie angegossen. Das wunderte ihn wirklich. Hieß es nicht, man nehme mit dem Alter unweigerlich zu? Er betrachtete sich im Spiegel und kam zu dem Schluss, dass er damals, unter dem Einfluss all der Medikamente, mit denen er sich gesteuert hatte, aufgedunsen gewesen war. Nicht Fett, nicht Muskeln – eingelagertes Wasser. Eine der Nebenwirkungen, vor denen man ihn gewarnt hatte. Nach seinem Zusammenbruch, dem Infarkt, der Hepatitis hatte sich das verflüchtigt, und die Pfunde, die er danach, als glücklich verheirateter Genussmensch, zugelegt hatte, hatten das fehlende Gewicht ziemlich genau ausgeglichen.

Es fühlte sich eigentümlich an, die Anzüge wieder anzulegen. Fast, als verwandle er sich in jemand anderen – in *Johngis Khan*, den Tycoon, vor dem die Wall Street einst gezittert hatte. Irrtümlicherweise, aber das hatte bis heute niemand wirklich durchschaut. Es war beinahe auch eine Zeitreise, die edlen, fein gestärkten Hemden anzuziehen, die Krawatten zu binden und den Knoten sorgfältig zurechtzuziehen, bis er genau richtig saß, nicht zu streng, nicht zu locker, sondern irgendwo dazwischen, gelassene Souveränität und Stilgefühl signalisierend. Er konnte es noch. Eines von den Dingen, die man nicht verlernte, wie das Fahrradfahren. Und was für ein Glück, dass sich die klassische Herrenmode nie änderte.

Schließlich das Jackett überstreifen, das Einstecktuch zurechtzupfen, die Manschettenknöpfe schließen bis auf einen. Während er all das tat und sich dabei in den wandhohen Spiegeln beobachtete, fiel ihm eine Filmszene wieder ein, die so gar nichts mit dem zu tun hatte, was er hier tat, und doch mit allem. Die Szene war aus einem der Rambo-Filme. Er erinnerte sich nicht, aus welchem, aber jedenfalls kleidete sich Sylvester Stallone darin in epischer Breite, ja, geradezu elegisch für den bevorstehenden Kampf. Er behängte sich endlos mit Waffen und Patronengurten, und zuletzt band er sich mit finsterer Entschlossenheit jenes blutrote Stirnband um den Kopf, das durch diesen Film sein Markenzeichen wurde.

Genauso kam sich Kaun gerade auch vor: als zöge er in eine Schlacht. War es wegen dem, was er zu tun vorhatte, oder war es eine Erinnerung an früher, an seine Art, Geschäfte zu betreiben, als führe er Krieg? Irgendwie beides. Anzüge, diese Insignien der modernen Mächtigen, hatte er stets als Kampfanzüge verstanden, als Waffen in Auseinandersetzungen, in denen es um Beute ging wie eh und je. Nur, dass man über das langweilige Blutvergießen ein wenig hinaus war. Das erledigte man, falls notwendig, unauffällig und abseits des eigenen Umfelds.

Auf jeden Fall hieß das, dass er einsatzbereit war. Ja, er war richtiggehend gespannt darauf, ob er die alten Tricks noch draufhatte.

Er zog den letzten der Anzüge, die er mitnehmen würde, wieder aus, bürstete alles gründlich durch und packte dann seine Koffer. Anschließend hängte er sich ans Telefon. Er buchte einen Erste-Klasse-Flug nach New York, eine Suite in einem Luxushotel und einen Limousinenservice, der ihn vom Flughafen La Guardia abholen und dorthin bringen würde. Er rief eine Zeitarbeitsfirma an, um für zwei Wochen eine Sekretärin zu engagieren. Er ließ sich gleich mit ihr verbinden und stellte ihre Fähigkeiten auf die Probe, indem er ihr auftrug, Termine mit mehreren Detekteien und einem Rechercheservice auszumachen, bis zu seiner Ankunft Briefpapier und Visitenkarten drucken zu lassen und einiges mehr; die Liste war lang.

Und schon floss das Geld wieder wie in alten Zeiten. Als er auch gern das Geld anderer Leute mit vollen Händen ausgegeben hatte.

Als alles organisiert war, blieb er eine Weile sitzen, um Kraft zu sammeln für das letzte Telefonat, das noch ausstand. Gut möglich, dass davon viel abhing.

Endlich, als er das Gefühl hatte, soweit zu sein, hob er ab und wählte eine Nummer, die er schon lange besaß, aber nie zuvor gewählt hatte.

»Guten Abend, Sie sprechen mit dem Büro von Elizabeth Lawson-Price«, meldete sich eine junge Frauenstimme. »Was kann ich für Sie tun?«

»Hier spricht John Kaun«, sagte er. »Bitte sagen Sie Ihrer Chefin, dass ihr Exmann gern ein paar Worte mit ihr wechseln würde.«

Die Empfänge von Senator Chuck Price und seiner Frau Elizabeth hatten in den vergangenen Jahren Kultstatus erlangt. Jeder, der in New Yorks Gesellschaft etwas galt oder gelten wollte, rechnete es sich als Ehre an, eingeladen zu werden. Hier, in der weitläufigen, mehrstöckigen Penthouse-Wohnung mit dem märchenhaften Blick über den Central Park, von der es hieß, es sei eine der teuersten Wohnimmobilien der Stadt, traf sich alles, was Rang und Namen hatte. Milliardenschwere Geschäfte wurden hier eingefädelt, Affären begonnen, Weichen gestellt. Hier war der wahre Laufsteg für die angesagte Designermode und die wahre Lobby der hohen Politik. Hier nahmen Bonmots und Gerüchte ihren Ursprung, die in den darauffolgenden Wochen von Gespräch zu Gespräch weitergetragen wurden, hier war die Arena, in der Rivalen einander zum verbalen Schlagabtausch gegenübertraten, hier fanden sich die dunklen Ecken, in denen sich geheime Deals verabreden ließen.

Doch an diesem Abend waren die Aufregung und die gespannte Vorfreude bei denen, die der Reihe nach in teuren, schwarzen Limousinen vor dem Eingang des Apartmenthauses vorfuhren, noch größer als gewöhnlich. In den Tagen davor hatte ein Gerücht die Runde gemacht, das die meisten kaum glauben mochten: nämlich, dass *John Kaun* zurück sei – zurück in der Stadt, zurück auf dem Parkett der Gesellschaft und der Hochfinanz, zurück im einzig wahren Spiel, dem um Geld, Macht und Einfluss.

Und er habe, hieß es, große, ja, geradezu unerhörte Pläne. Über die niemand auch nur das Geringste wusste.

Er kam tatsächlich. Dramaturgisch wirkungsvoll war seine Limousine eine der letzten, die vor dem dunkelblauen Teppich hielten, der vom Bordstein zum Eingang führte. Der Wagen kam punktgenau zum Stillstand. Fotojournalisten drängten heran, Sicherheitsleute stemmten sich ihnen entgegen. Der Portier öffnete den Wagenschlag. Und dann stieg er aus, John Kaun, als sei keine Zeit vergangen, als sei er niemals weg gewesen, als sei in Wirklichkeit immer noch *damals*. Er trug einen perfekt sitzenden Smoking und ein dezentes, leicht spöttisches Lächeln, ignorierte die Fotografen und die Blitzlichter – was ihn nur umso fotogener machte –, schritt gemessen auf das Portal aus Glas und auf Hochglanz poliertem Messing zu und verschwand darin.

»Du hast dich kein bisschen verändert«, sagte Elizabeth, als sie ihn am Fahrstuhl in Empfang nahm. Sie schien sich zu freuen, ihn zu sehen.

»Und du«, erwiderte Kaun und küsste ihr formvollendet die Hand, »siehst schöner aus denn je.«

Sie stellte ihn ihrem Ehemann vor. Chuck Price war ein Koloss, ein Mann der Macht und des großen Geldes, der seinen Vorgänger an der Seite seiner Gattin mit einer der Situation gemäßen Skepsis musterte. Aber selbst er schien der Legende, dem Mythos John Kaun zu erliegen: In seiner Stimme schwang Ehrfurcht mit, in seinem Händedruck lag Respekt und Ehrerbietung.

Die Welt, erkannte Kaun, hatte ihn nicht vergessen, wie er geglaubt hatte. Im Gegenteil, sein Ruf schien durch seinen zeitweiligen Rückzug nur zugenommen, sich noch um eine Dimension des Numinosen erweitert zu haben.

Dies hier war nicht seine *Rückkehr*. Dies hier war seine *Auferstehung*.

Umso besser, dachte er.

Er machte die Runde, schüttelte Hände, verteilte Komplimente und nahm welche entgegen, ließ seinen Charme sprühen, Frauenaugen aufleuchten und Männergesichter vor Neid erblassen. Alles war noch, wie er es gekannt hatte, alles funktionierte noch, wie es immer funktioniert hatte. Hin und wieder bekam er mit, was geflüstert wurde, hörte, wie jemand wisperte, »Was er wohl vorhat?«, oder: »Warum er wohl zurückgekommen ist?« Er war das Zentrum der Aufmerksamkeit, kein Zweifel, die Hauptattraktion des heutigen Abends.

Einige Zeit und ein paar Häppchen von dem selbstverständlich hervorragenden Büfett später nahm sich Elizabeth wieder seiner an. Sie hängte sich bei ihm ein und entführte ihn mit strahlendem Lächeln aus dem Kreis seiner Gesprächspartner und Bewunderer. Die beiden Männer, die am interessantesten für ihn sein könnten, seien jetzt bereit, raunte sie ihm zu, während sie den Saal durchquerten und aller Augen auf sie gerichtet waren. Beste Verbindungen, Aufsichtsratsposten, internationale Kontakte jedweder Art. »Und jeder der beiden schon einmal wegen Insiderhandels vor Gericht«, fügte sie hinzu, als sie den Flur erreichten. »Natürlich ohne verurteilt worden zu sein.«

»Natürlich«, meinte Kaun lächelnd.

Die Männer warteten in einem schummrigen Nebenzimmer, einer Bibliothek oder dergleichen. Der eine war untersetzt und kahlköpfig, der andere hager und grauhaarig. Hinter den hohen Fenstern leuchtete die Skyline Manhattans, als sei es die Installation eines Lichtkünstlers.

»Sie planen ein Investment, heißt es?«, begann der Untersetzte.

»So ist es«, sagte John Kaun.

»Darf man erfahren, in welchen Bereich? Vielleicht … können wir ja behilflich sein.«

Jetzt beginnt es, dachte Kaun, *in diesem Moment.* Ihm schwindelte bei dem Gedanken daran, wie wenig Zeit ihm blieb für das, was zu tun war.

»Waffen«, sagte er dann einfach.

Die Augen seiner Gesprächspartner weiteten sich. »Waffen?«

Kaun beugte sich leicht vor und erklärte mit verhaltener Stimme: »Es wird zu einem Krieg kommen. Zu einem *großen* Krieg. Zu einem Krieg, gegen den sich die beiden Weltkriege ausnehmen werden wie dumme, kleine Scharmützel.« Er nippte an seinem Champagner. »Es gibt Milliarden zu verdienen. Und das ist die konservative Schätzung.«

Kapitel 33

Im Jahr 2005 bezeichneten sich 78 % aller US-Amerikaner als Christen. 73 % waren Mitglied einer Kirchengemeinde. 59 % bezeichneten Religion als »sehr wichtig« für ihr Leben. 42 % bezeichneten sich als »Born again«, als »wiedergeborene« Christen (im Jahr 1996 waren es 35 %). 22 % erklärten, für sie sei die Bibel das unbezweifelbare Wort Gottes (im Jahr 1980: 19 %).

Nach Umfragen des Gallup Instituts

Stephen Foxx ahnte von alldem nichts und auch nichts davon, dass seine Vergangenheit im Begriff war, ihn wieder einzuholen. Für ihn war es ein Tag wie jeder andere, ein Tag, an dem er für eine Geschäftsreise packen musste und der sich von ähnlichen Tagen allenfalls dadurch unterschied, dass er Anlass fand, in der Wohnzimmertür stehen zu bleiben und zu fragen: »Muss das *wirklich* sein?«

Judith Menez-Foxx, die auf einer Leiter stand und dabei war, das Bücherregal abzustauben, hob auf diesen Einwand hin lediglich die Augenbrauen. »Was? Dass ich Staub wische, während du planlos durch die Wohnung rennst?«, fragte sie, ohne in ihrer Tätigkeit innezuhalten. »Ich dachte mir, dann stehe ich wenigstens nicht im Weg herum.«

»Erstens renne ich nicht planlos durch die Wohnung, sondern suche die rote Mappe mit den Unterlagen für *Video World Dispatcher* –«

»Ist sie nicht in deinem Arbeitszimmer?«

»Würde ich dich fragen, wenn sie dort wäre?«

»Stimmt. Würdest du nicht.«

»Und zweitens und außerdem weißt du ganz genau, dass ich von etwas anderem rede.«

Judith zog die nächsten beiden Bücher heraus, wischte den Staub auf ihnen und auf dem Regalbrett ab und stellte sie zurück. »Hmm«, machte sie. »Lass mal überlegen. Kann es sein, dass du eifersüchtig bist?«

Stephen Foxx wippte ungeduldig auf den Zehen. »Ich werde doch das Recht haben, es unpassend zu finden, dass meine Frau sich mit einem Exlover trifft, während ich meine Eltern besuche, oder?«

»Ami ist verheiratet und hat drei Kinder. Und er ist nur diese Woche in den USA«, erwiderte Judith ungerührt. »Wir werden zusammen essen und über vergangene Zeiten reden, weiter nichts.«

»Man kann es auch übertreiben mit der Vergangenheitspflege.«

»Sagt der Mann, der sich um keinen Preis von den Comics seiner Kindheit trennen will.« Judith hatte einen zerlesenen Batman-Sammelband herausgezogen und hielt ihn mit spitzen Fingern wie etwas ganz und gar Unappetitliches.

Stephen schnaubte unwillig. »Das ist etwas völlig anderes. Das ist ein Erbstück. Damit verbinde ich kostbare, schmerzliche Kindheitserinnerungen –«

»Du bist süß, wenn du eifersüchtig bist, weißt du das?«

»Danke. Was tut man nicht alles, um die Frau seines Herzens zu entzücken.«

Sie blickte von der Höhe ihrer Leiter auf ihn herab, schob den Comic-Band behutsam wieder an seinen Platz zurück und meinte: »Mir fällt gerade was ein.«

»Was denn?«

»Du hast doch gestern im Esszimmer mit den Programmierern in Bangalore telefoniert, während ich geduscht habe. Dann bin ich rausgekommen –«

»Ich erinnere mich«, sagte Stephen.

»Ich habe dich abgelenkt, glaube ich.«

»So kann man es auch nennen. Du warst splitterfasernackt!«

Sie stieg herab, küsste ihn lange und innig und meinte schließlich: »Ich würde an deiner Stelle mal nachsehen, ob die Mappe nicht immer noch dort liegt, wo sie lag, als du mich ins Schlafzimmer gezerrt hast.«

Die Fahrt zu seinen Eltern verlief ohne besondere Vorkommnisse. Auch dass seine Mutter ihn mit der Frage begrüßte, wieso er Judith nicht mitgebracht habe, war keine Überraschung.

»Wie ich am Telefon schon gesagt habe«, wiederholte Stephen also geduldig, »es ist wegen dieser Ausstellung. Buddhistische Kunst des 15. Jahrhunderts. Sie muss die Texte schreiben, mit denen die Exponate erklärt werden. Und der Abgabetermin ist übernächste Woche, sonst wird der Katalog nicht rechtzeitig zur Eröffnung fertig.«

»Ja, ich weiß das ja«, meinte seine Mutter. »Ich finde es nur schade, dass sie nicht dabei ist.«

»Ich auch«, sagte Stephen und dachte an Judiths Verabredung mit diesem Ami. War er eifersüchtig? Aber hallo.

Wie immer, wenn er kam, trieben sie viel zu viel Aufwand. Deckten den großen Tisch im Wintergarten, luden Freunde und Nachbarn ein, vorbeizukommen und Stephen Hallo zu sagen. Die Rückkehr des verlorenen Sohns und so. Einzelkinderschicksal.

Sein Vater interessierte sich für das Geschäftliche. »*Video World Dispatcher* mal wieder«, meinte er beim Essen. »Für die Firma arbeitest du jetzt schon ziemlich lange, oder?«

»Über zehn Jahre«, sagte Stephen. Es war nicht sein ältester Kunde und auch nicht sein größter, aber sein … nun, man konnte sagen, sein schicksalsträchtigster.

»Die expandieren enorm, hab ich gelesen. Da war neulich ein Artikel in der Zeitung. Es hieß, die bauen jetzt ein neues Versandzentrum in Oklahoma.«

Stephen nickte. »Genau darum wird es in den Besprechungen gehen. Ich soll die IT dafür konzipieren.«

»Und da verlassen die sich auf dich? Obwohl du immer noch eine Ein-Mann-Firma bist?«

»Das bin ich nur im juristischen Sinn. In der Praxis manage ich über hundert Entwickler in der ganzen Welt, und es gibt Back-up-Lösungen, falls ich mal ausfalle.«

Sein Vater hüstelte. »Na, wahrscheinlich sagen sie sich, du bist noch jung und wirst nicht so schnell ausfallen.«

»Ab und zu falle ich trotzdem aus – wenn wir mal in Urlaub fahren, zum Beispiel. Das ist immer der Test, ob die Back-up-Lösungen funktionieren.«

»Verstehe. Na, jedenfalls, wenn du mal juristische Beratung brauchst, weißt du ja, an wen du dich wenden kannst.« Stephens Vater war Anwalt gewesen, hatte sich erst vor Kurzem ins Privatleben zurückgezogen und suchte noch nach einer passenden Beschäftigung für den Ruhestand. Nur Golf zu spielen war offenbar nicht so erfüllend, wie er sich das einst vorgestellt hatte.

»Na logisch«, sagte Stephen friedfertig.

Es klopfte. Es waren die Bradys, Nachbarn, die erst hergezogen waren, als Stephen schon studiert hatte, und die er daher nur flüchtig kannte. Aber sie wollten ihm trotzdem Hallo sagen und ließen sich auch gern ein Stück Kuchen aufdrängen. Als sie gingen, begleitete Dad sie zum Tor, und dort standen sie dann und fanden kein Ende.

Seine Mutter nutzte die Gelegenheit sofort, wieder auf das Thema Hochzeit zu sprechen zu kommen. »Ich wollte dir noch sagen«, erklärte sie umständlich, »dass wir nichts gegen eine jüdische Hochzeit hätten. Falls es deswegen ist. Vor ein paar Wochen hat die Älteste von Cohens geheiratet, Ruth, ich weiß nicht, ob du dich noch an sie erinnerst …«

»Vage«, sagte Stephen. Richard Cohen war einer der jüngeren Partner aus Dads früherer Kanzlei. Einer der Leute in Anzügen, denen man einmal im Jahr auf dem Firmenfest begegnet war.

»Jedenfalls, wir waren auch eingeladen. In Portland, in der

Synagoge. Und ich muss sagen, das war sehr schön. Das Paar unter dem Baldachin, das Zertreten des Glases –«

»Mom«, sagte Stephen geduldig, »wir werden weder in einer Kirche noch in einer Synagoge heiraten. Das Standesamt hat uns völlig gereicht.«

Sie seufzte, spähte durch die Fenster. Vater stand immer noch mit den Bradys am Gartentor. »War es wegen Judiths Aufenthaltserlaubnis? Habt ihr nur deswegen geheiratet?«

»Nein, aber es war ein angenehmer Nebeneffekt, dass das seither geregelt ist.«

Sie seufzte noch einmal, sah auf ihre Hände hinab. »Nun, ehrlicherweise muss man sagen, dass der Segen eines Pfarrers auch keine Garantie dafür ist, dass eine Ehe hält. Heutzutage.« Sie sah auf. »Erinnerst du dich noch an Sue Foster? Was war das für eine prunkvolle Hochzeit! Die ganze Stadt hat wochenlang von nichts anderem geredet. Und jetzt ist sie wieder geschieden, sitzt da mit zwei kleinen Kindern, und der Mann ist auf und davon.«

»Wie das?« Ob er sich an Sue Foster erinnerte? Allein die Frage zeigte, wie wenig Stephens Mutter von den erotischen Abenteuern seiner Jugend mitbekommen hatte. »Sie hat doch diesen Arzt geheiratet, diesen Jim Santora?«

»Anästhesist. Er ist Anästhesist. Ja. Und die beiden wirkten so glücklich! Aber er hat sie verlassen. Keine Ahnung, was passiert ist. Es heißt, sie will nicht, dass er die Kinder sieht. Sie ist dafür vor Gericht gegangen und hat gewonnen. Daraufhin ist er fortgezogen, hat jetzt angeblich eine Stelle in Florida.«

»Na, so was.« Sue Foster. Zuerst war das nur die große Schwester seines besten Freundes Nick gewesen und eine lästige Pest. Dann war Nick bei einem Badeunfall ums Leben gekommen. Das hatte Stephen ziemlich zu schaffen gemacht, aber auch eine besondere Nähe zwischen ihm und Sue erzeugt, die es ein paar Jahre später leicht gemacht hatte, mehr passieren zu lassen. Sie waren nicht ineinander verliebt gewesen, aber Stephen erinnerte sich an allerhand heiße Stunden zu zweit.

»Ich hab sie vorgestern im Supermarkt getroffen«, fuhr seine Mutter fort. »Als ich erwähnt habe, dass du kommst, hat sie gemeint, du sollst sie mal besuchen, falls du Zeit hast.« Sie sah ihn bittend an. »Das könntest du doch machen, oder? Vielleicht morgen, auf dem Rückweg von deiner Besprechung? Sie freut sich bestimmt. Man sieht sie kaum in der Stadt, aber du … ich meine, du kennst sie ja aus der Zeit, als ihr Bruder noch gelebt hat.«

Stephen dachte wieder an Judith, die sich morgen mit einem ihrer ehemaligen Liebhaber treffen würde, und meinte: »Hm, ja. Mal sehen.«

Ami hatte den Treffpunkt vorgeschlagen, den Faneuil Hall Markt in Downtown, eine ziemlich touristische Gegend, in der Judith schon jahrelang nicht mehr gewesen war. Sie kam mit der U-Bahn, brauchte eine Weile, um sich zu orientieren, musste erst herausfinden, wo das Bagel Café war, in dem Ami sie treffen wollte. Sie machte sich nicht viel aus Bagels, aber gut, Ami war der Gast im Land. Vermutlich hatte er die Adresse aus irgendeinem Reiseführer.

Er war schon da, als sie ankam, hatte ihnen einen Tisch in einer Nische gesichert, wo sie für sich sein würden. Sie erkannte ihn sofort wieder; er hatte sich kaum verändert. Er war immer noch schlank, breitschultrig und durchtrainiert, hatte diese dichten, braunen Locken, in denen sie sich damals oft festgekrallt hatte, wenn sie …

Nun ja. Das war Vergangenheit. Sie trat zu ihm an den Tisch, freute sich an dem Lächeln, das über sein Gesicht huschte, als er sie wahrnahm. Er hatte einen Kaffee vor sich stehen, halb getrunken. Judith registrierte es. Er musste wesentlich früher als zur vereinbarten Zeit eingetroffen sein, denn sie hatte sich höchstens fünf Minuten verspätet.

»Der Kaffee in Amerika ist furchtbar«, erklärte Ami, als sie sich setzte. »Aber die belegten Bagels sehen gut aus. Wobei, wenn du lieber was Richtiges essen willst, können wir auch woandershin gehen.«

»Darüber denke ich später nach«, sagte Judith und bestellte einen Cappuccino.

Er legte gleich los, sah sie eindringlich an aus seinen dunklen Glutaugen, während er seine Fragen abfeuerte: was sie mache, wie es ihr gehe und so weiter. »Judith Menez-Foxx. Das heißt, du hast geheiratet?«

»Das weißt du doch. Ich hab dir damals eine Karte geschickt.«

»Ah ja? Die muss irgendwo untergegangen sein. Schade. Aber danke, dass du an mich gedacht hast.«

Er fragte weiter, und sie erzählte ihm das Nötigste, über ihre derzeitige Arbeit, über ihre Anpassungsprobleme an das Leben in den Staaten, über Stephen. Es tat gut, mal wieder Hebräisch sprechen zu können, nicht nach Worten suchen zu müssen, wie sie es im Englischen immer noch tun musste. »Und du?«, wollte sie wissen. »Immer noch bei der Armee?«

»In gewisser Weise«, meinte Ami. »Ich arbeite jetzt für das Verteidigungsministerium.«

Irgendetwas an der Art, wie er das sagte, am Klang seiner Stimme oder an dem schiefen Lächeln, das er dabei aufsetzte, ließ bei Judith ein inneres Alarmlämpchen angehen. Womöglich war das hier gar kein Treffen, um über die alten Zeiten zu plaudern. Womöglich war es nicht mal eines, das er mit der Hoffnung verknüpfte, sie ins Bett zu kriegen.

Sie nahm einen Schluck von ihrem Cappuccino, beugte sich vor und sagte leise: »Ich hab mal gehört, dass man das sagen muss, wenn man in Wirklichkeit für den Mossad arbeitet.«

Volltreffer. Sie las es in seinen Augen. Bestimmt hatte er ein ausgiebiges Training hinter sich, wie man andere täuschte, aber ihr hatte er nie etwas vormachen können.

Und das wusste er. Er behielt eine Weile bei, was wohl sein

amüsiert-harmloses Gesicht sein sollte, dann gab er es auf und meinte genauso leise: »Benutz das Wort bitte nicht. Okay?«

»Bist du gekommen, um mich als Informantin oder so anzuwerben?«

»Wir sagen *Sayan* dazu. Und es ist nichts Verwerfliches. Wir versuchen nur, den Fortbestand unseres Staates zu sichern.«

»Ist ja in Ordnung. Aber sehe ich aus, als hätte ich Lust, James Bond zu spielen?«

»Erwartet niemand von dir. Das erwartet man nicht mal von mir.«

»Schade. Ich hatte gerade angefangen, mich auf eine Fahrt in einem Aston Martin zu freuen. Ich hätte mich auch freiwillig auf den Schleudersitz gesetzt.«

Er verzog das Gesicht. »Ich meine es ernst. Schau, es gibt Tausende *Sayanim* in der ganzen Welt. Es sind immer Juden, die im Ausland leben, darunter viele, die keine israelischen Staatsbürger sind. Dank ihnen kommen wir mit weniger Personal aus als alle anderen. Ohne die *Sayanim* wäre der … wären wir nicht der beste Dienst der Welt.«

»Jetzt hättest du es beinahe selber gesagt«, meinte Judith. »Das Wort.«

»Du hast mich schon immer schnell durcheinandergebracht.«

»Und du hast schon immer lange drum herumgeredet, was du wirklich von mir willst.«

Ami winkte der Bedienung. »Ich bestell mir jetzt so einen Bagel. Willst du auch einen?«

Judith wollte. Als die beiden Dinger auf dem Tisch standen, dick belegt mit Gemüse, Putenfleisch und Soße, erklärte Ami: »Die *Sayanim* sind einfach ein Reservoir an Leuten, auf das wir im Notfall zurückgreifen können. Einer hat vielleicht ein Hotel, in dem er Leute unterbringen kann, ohne dass die üblichen Formulare ausgefüllt werden müssen. Oder er hat einen Mietwagenverleih und kann schnell und unauffällig ein bestimmtes Auto bereitstellen. Oder er ist Arzt und kann eine

Schusswunde versorgen, von der die Behörden nichts erfahren. Ein *Sayan* tut nur das, was er sowieso tut. Er wird keinen operativen Risiken ausgesetzt. Und er bekommt keine geheimen Informationen. Aber er hilft vielleicht mit, Leben zu retten.«

Judith hörte ihm kauend zu. »Ich hab keinerlei Vorstellung, wie jemand wie ich behilflich sein könnte. Ich bin freiberufliche Kuratorin für buddhistische Kunst! Was in der Praxis heißt, dass ich die meiste Zeit nichts zu tun habe. Wenn ich nicht zufällig mit einem Mann verheiratet wäre, der seine erste Million schon mit 19 gemacht hat, hätte ich –«

»Da sind wir beim Punkt«, sagte Ami.

»Wie bitte?« Sie musterte ihn. Er hatte eine kleine Narbe über der rechten Augenbraue, die er früher nicht gehabt hatte. Sie ließ ihn, falls das überhaupt möglich war, noch attraktiver aussehen.

»Dein Mann arbeitet im IT-Bereich, hat Zugang zu den Daten zahlreicher Firmen. Ich hätte gern die Möglichkeit, dich, falls es eines Tages sein müsste, zu bitten, ihn zu bitten, bestimmte Dateien zu besorgen.« Er legte den angebissenen Bagel ab, hob rasch die Hände. »Wie gesagt – nur, falls es eines Tages unbedingt sein müsste.«

»Das ist nicht dein Ernst, oder?«

»Judith«, sagte er. »Deine Eltern leben in Israel. Dein Bruder lebt in Israel. Und Israel ist umgeben von Feinden, die liebend gerne zu Ende bringen würden, was Hitler angefangen hat. Wir wollen das verhindern. Das ist alles. Natürlich wäre es eine Zumutung, so etwas von dir zu verlangen. Das ist mir völlig klar. Aber vielleicht kommt der Tag, an dem ich es dir zumuten *muss* – unter anderem, damit deine Familie weiterlebt. Und weil ich an diesem hoffentlich hypothetischen Tag eventuell keine Zeit haben werde, das mit dir auszudiskutieren, will ich es hier und heute tun. Das ist alles.« Er zog eine Visitenkarte hervor und schob sie ihr hin, ein billiges Teil, wie man es in Schnelldruckereien für ein paar Dollar bekam. Sie wies ihn als *Ami Mazor, Journalist* aus und zeigte das Logo eines israelischen Hardrock-Magazins. »Über die zweite Nummer erreichst du mich jederzeit oder jemanden, der mir eine Nachricht weitergeben kann. Und deine Nummer hab ich. Also – ist das fair?«

»Stephen und ich«, sagte Judith, die sich gerade wie betäubt fühlte, »ziehen ziemlich oft um.«

Ami lächelte überlegen. »Ich hab dich hier in Boston gefunden. Wieso denkst du, es wäre ein Problem, dich irgendwo anders zu finden?«

Die Besprechungen in der Zentrale von *Video World Dispatcher* waren gut verlaufen. Die Pläne klangen vernünftig, die Anpassungen der IT würden umfangreich werden, aber unproblematisch. Sie waren heute weiter gekommen, als Stephen erwartet hatte.

Überhaupt hatte sich in der Firma so gut wie nichts verändert. Miss Barnett hegte immer noch ihre unvorteilhafte Leidenschaft für kosmetische Produkte, Mr Addams, unbeeindruckt von Nichtraucherschutzgesetzen, rauchte immer noch dicke Zigarren, und Mr Seabrooks entschuldigte sich immer noch, ehe er eine Frage stellte. Der einzige Unterschied war, dass an der Pforte ein junger Mann mit einem verkrüppelten linken Arm wachte; der alte Ben war längst in Rente gegangen.

Und nun fuhr Stephen Foxx zurück und hatte eine Route eingeschlagen, die ihn am Haus von Sue Foster, geschiedene Santora, vorbeiführen würde.

War er reinen Herzens unterwegs? Das war die Frage.

Eine genauso gute Frage war, wieso Judiths Handy ausgeschaltet war, als er versucht hatte, sie vom Parkplatz vor der Firma anzurufen. Stattdessen fand er zwei SMS von ihr vor. Die erste lautete: *Mr Slade von Raytheon bittet um Rückruf*. Die zweite: *Denkst du an die Bildschirme für Mordechai?*

Die erste SMS hatte sich schon erledigt, er hatte in der Mittagspause mit diesem Mister Slade telefoniert. Raytheon war eine im äußersten Nordwesten der USA gelegene Firma für elektronische Bauteile, Luftfahrtelektronik und dergleichen. Sie suchten eine Software, um die Schulungen ihrer Techniker zu verwalten. Stephen war noch am Zweifeln, ob das überhaupt ein interessanter Auftrag war.

Die zweite SMS dagegen war ein hilfreicher Hinweis. Die Bildschirme für Mordechai hatte er nämlich glatt vergessen.

Mordechai war ein Freund von Judiths Bruder Yehoshua; ein leicht verpeilter Typ, der sich nicht dazu durchringen konnte, so etwas wie einen Beruf zu ergreifen. Da er einen wohlhabenden und zudem mit übermenschlicher Geduld gesegneten Vater hatte, fand er das wohl auch nicht so dringlich. Er verbrachte seine Tage lieber damit, am Computer zu spielen, genauer gesagt, mit Online-Flugsimulationen. Mordechai gehörte dem *VATSIM* an, dem *Virtual Air Traffic Simulation Network*. Das war eine weltweite Organisation von Enthusiasten, die ihre Flugsimulator-Programme über ein Netz von Servern miteinander verbanden, um virtuelle Flugzeuge durch virtuelle Lufträume zu steuern – und zwar in Echtzeit. Das hieß, ein virtueller Flug über den Atlantik erforderte es, dass Mordechai reale sechs bis acht Stunden am Computer saß, online »Funksprüche« mit anderen austauschte und seinen Kurs überwachte.

Es gab in diesem Netzwerk nicht nur Piloten, sondern auch Leute, die die Rolle von Fluglotsen und dergleichen übernahmen. Mordechai allerdings spielte am liebsten den Piloten, und sein Traum war, das in einem lebensgroßen Modellcockpit zu tun. Das wollte er sich bauen, und da ein Flugzeug Fenster hat, brauchte er entsprechend viele und große Bildschirme. Offenbar gab es Software, die die korrekten Landschaften darauf zeigen würde.

Nun, jedem seinen Spleen, dachte sich Stephen und machte sich einen Vermerk, am nächsten Tag nach sechs extrabreiten Flachbildschirmen zum Vorzugspreis zu fragen. Mr Addams sagte ihm seit Jahren, wenn er etwas brauche, solle er es nur sagen. Also.

Die Adresse, die Sue ihm genannt hatte, fand er auf Anhieb. Das Haus wirkte tadellos gepflegt. Von dem prächtigen Garten hätte man Fotos für Postkarten machen können.

Stephen klingelte, wartete. Es dauerte keine zehn Sekunden, bis Schritte zu hören waren, die Tür aufgerissen wurde und eine Frau vor ihm stand, die wohl Sue Foster sein musste. »Hallo, Stephen«, sagte sie, leicht atemlos, trat beiseite. »Schön, dass du da bist. Komm rein.«

Stephen zögerte. Er hatte derart große Mühe, sie wiederzuerkennen, dass er richtiggehend erschrak. Sue war drei Jahre älter als er, musste also um die sechsunddreißig sein, aber sie wirkte eher wie ... schwer zu sagen. Zu alt auf jeden Fall. »Hi«, erwiderte er und setzte den Fuß über die Schwelle. »Lange her, was?«

»Ja. Die Zeit vergeht«, meinte sie. »Komm, setz dich. Ich hab Kuchen gebacken. Möchtest du ein Stück?«

»Na klar«, sagte Stephen und nahm auf dem Stuhl Platz, auf den sie gezeigt hatte. Zwei Kindergesichter lugten neugierig um die Ecke, zwei Mädchen, die Jüngste vielleicht sechs oder sieben. Sie verschwanden rasch wieder, als sie sahen, dass er sie bemerkt hatte. »Deine Töchter? Wie heißen sie?«

»Die Ältere heißt Mary, die andere Christine.« Sie stellte einen Teller mit einem großen Stück Kirschkuchen vor ihn auf den Tisch, nahm sich selber auch eines. »Du hast keine Kinder?«

»Bis jetzt nicht.« Stephen beobachtete sie, wie sie mit der Kaffeemaschine hantierte, einem richtig guten Modell, und fragte sich, woran sie dachte, wenn sie ihn sah. Welche Erinnerungen sie mit ihm verband. Dachte sie an jenen brütend heißen Augustnachmittag auf dem Dachboden der Miller-Scheune, als sie ihm ihre Brüste gezeigt hatte, gegen das heilige Versprechen, niemandem zu verraten, dass sie, eine Siebzehnjährige, sich mit einem erst vierzehnjährigen Jungen einließ? Dachte sie an das, was sie danach noch alles gemacht hatten? Oder hatte sie das vergessen und sah in ihm nur einen

Jungen, der mal mit ihrem kleinen Bruder befreundet gewesen war und ihr gemeinsam mit diesem allerlei Streiche gespielt hatte? Zum Beispiel die Sache mit dem Mehl in ihrem Föhn?

Sie setzte sich zu ihm. Er hielt inne, als er sah, wie sie die Hände faltete und die Augen für ein kurzes, stilles Gebet schloss, und wartete, bis sie damit fertig war. Sie überging es, griff nach ihrer Kuchengabel und erklärte: »Ich wollte mit dir über etwas reden.«

Es klang seltsam, wie sie das sagte. Irgendwie nicht so, als wolle sie einfach nur mit ihm in Erinnerungen an alte Zeiten schwelgen. Es klang bedenklich nach: *Ich war damals von dir schwanger, habe es aber abtreiben lassen, ohne dir was zu sagen.*

Er nahm den ersten Bissen. Der Kuchen war gut, wollte ihm nur nicht recht schmecken. »Okay?«

»Als Nick damals ertrunken ist und du ihn gesehen hast, wie er tot dalag – was hast du da gedacht? Wie ging es dir da?«

Okay. Entwarnung. Auch ein trauriges Thema zwar, aber okay. Stephen überlegte, während er zu Ende kaute, rief sich den Moment wieder in Erinnerung. All die Leute in schwarzen Anzügen, als er das Haus der Fosters betrat. Das schmerzerfüllte Schweigen, das die Räume so ausfüllte, dass man kaum atmen konnte. Und schließlich dieser Körper, der in einem unfassbar aufgeräumten Zimmer reglos auf dem Bett lag und aussah wie eine Wachspuppe nach dem Vorbild seines besten Freundes.

»Ich war geschockt«, erinnerte er sich. »Natürlich war ich geschockt. Ich konnte es nicht begreifen, wieso Nick tot sein sollte. Was das überhaupt hieß. Ich hatte ja vorher noch nie einen Toten gesehen. Tod, das war etwas ganz Abstraktes. Ein Wort.« Er seufzte. »Vielleicht wären wir ein bisschen vorsichtiger gewesen, wenn wir die Sache mit dem Tod besser begriffen hätten, denke ich heute.«

Ein Unfall, hatten alle gesagt. Nick hatte am See versucht,

seinen Drachen steigen zu lassen, war gestolpert, ins Wasser gefallen, mit dem Kopf auf einen Stein am Ufer geschlagen, bewusstlos geworden und ertrunken. Einfach so.

Sue umfasste ihre Kaffeetasse. »Für mich war es auch ein Schock. Ich habe das lange nicht verwunden. Ich glaube, das war der Grund, warum ich so aufmüpfig war als Teenager, so rastlos, so extrem. Weil ich mich betäuben musste gegen die Angst, die Nicks Tod in mir hinterlassen hatte.«

Stephen hob verdutzt die Brauen. »Aufmüpfig? Du warst doch nicht aufmüpfig.«

»Mir ist damals aufgegangen, dass der Tod der große Feind ist.«

»Ist er das?«

»Ja, natürlich. Im ersten Brief an die Korinther heißt es: *Der letzte Feind, der vernichtet wird, ist der Tod*«, erklärte sie. »Aber Jesus hat durch sein Opfer am Kreuz den Tod besiegt, das weiß ich, und weil mich dieses Wissen befreit und glücklich macht, möchte ich es gern mit dir teilen.« Sie bedachte ihn mit einem Lächeln, das entsetzlich künstlich aussah. »Jesus liebt dich, verstehst du? Er liebt dich wirklich. Er will, dass du die Wahrheit kennst über das, was er ist und was er für dich getan hat und noch für dich tun will. Alles, was du tun musst, ist, sein Geschenk der Erlösung und des ewigen Lebens anzunehmen. Ist das nicht wundervoll?«

Stephen sah sie sprachlos an; eine Erfahrung, die er in seinem Leben selten machte. Nicht, dass ihm nicht allerhand Dinge eingefallen wären, die man daraufhin hätte sagen können. Aber das waren alles Dinge, die er nicht zu dieser Frau sagen würde, die ihre Religion offenbar so dringend brauchte wie ein Mensch mit einer gelähmten Lunge seine Beatmungsmaschine.

Sue zog eine Bibel hervor, schob sie ihm hin. »Die möchte ich dir schenken. Bitte lies sie. Lies sie wirklich. Lass den üblichen kritischen Verstand beiseite. Nimm einfach an, es könne sich dabei wahrhaftig um Gottes Wort handeln, und dann lies.

Du wirst sehen, dass sich daraufhin bald wunderbare Dinge in deinem Leben ereignen, glaub mir.«

»Sue«, sagte Stephen behutsam, »ich glaube dir, dass du das so empfindest, aber ich sehe das ein bisschen anders, fürchte ich.« Er wollte sie nicht verletzen, wirklich nicht. Doch es wäre würdelos gewesen, ihr einfach nach dem Mund zu reden.

Sie sah ihn eindringlich an. »Stephen – die Sache ist die: Du kannst es dir nicht leisten, das *ein bisschen anders* zu sehen. Die Bibel prophezeit, dass die Welt, wie wir sie kennen, enden und Jesus zurückkehren wird, um Gericht zu halten über alle Menschen. Und wenn das geschieht, wird es zu spät sein, es dir anders zu überlegen. Alle, die bis dahin nicht Jesus als ihren Herrn akzeptieren, werden in den feurigen Pfuhl der Hölle geworfen.«

»Nicht gerade freundlich«, entfuhr es Stephen.

Sue schien ihn nicht zu hören. »Es ist die wichtigste Entscheidung deines Lebens. Du solltest sie wirklich nicht länger aufschieben. Lade Jesus in dein Leben ein – jetzt, hier –, und du wirst wie neu geboren sein. Öffne dich, lass ihn ein, lass ihn dein Leben verändern. Alles, was du tun musst, ist, zu bekennen, dass du ein Sünder bist, und daran zu glauben, dass Jesus die Strafe für all deine Sünden schon bezahlt hat. Für die, die du schon begangen hast, und für die, die du noch begehen wirst. Er hat bezahlt, indem er am Kreuz gestorben ist, auch für dich.«

Stephen seufzte, sah sie ratlos an. Was jetzt? Eine Diskussion beginnen, was er an diesem Weltbild alles unlogisch fand? Darüber, dass man es sich nicht aussuchen konnte, was man *glaubte*, so wenig, wie man sich aussuchen konnte, was einem *schmeckte?* Solche Gespräche waren ebenso boden- wie fruchtlos, das hatte er längst gelernt.

»Es ist nett, dass du dir Sorgen um mich machst«, meinte er und nahm die Bibel an sich. »Ich werd mal reinschauen.« Pure Heuchelei. Natürlich würde er das nicht tun. »Und sonst? Wie ist es dir denn so ergangen in den … puh, fünfzehn Jahren oder so, seit wir uns das letzte Mal gesehen haben?«

Sie schüttelte unwillig den Kopf. »Wie es einem eben geht, wenn man seinen Ehemann verlassen muss, weil ihm unser Seelenheil so egal ist wie sein eigenes. Ich will nicht darüber reden.« Sie deutete auf die Bibel in Stephens Händen. »Lass dir nicht zu viel Zeit damit. Wenn du die Prophezeiungen liest, wirst du verblüfft sein, wie genau sie unsere Zeit beschreiben, mit all den Erdbeben, Hungersnöten, Kriegen und der sittlichen Verkommenheit heutzutage. Wir leben in der Endzeit, Stephen. Die Rückkehr Jesu steht unmittelbar bevor. Es steht auch geschrieben, dass sein Kommen alle überraschen wird. Verpass diese Chance nicht, ich bitte dich!«

Auf dem Rückweg zum Haus seiner Eltern ließ Stephen den Verlauf des Gesprächs noch einmal Revue passieren. Er spürte Ärger in sich aufsteigen, der immer stärker wurde, je länger er darüber nachdachte. Konnte es wahr sein? Da traf er eine alte Flamme wieder, eine Frau, die mit ihm einen der intimsten Momente ihrer beiden Leben geteilt hatte – die erste körperliche Erkundung des anderen Geschlechts –, und alles, was sie wollte, war, ihn zu missionieren!

Sie hatte sich nicht ein bisschen dafür interessiert, was er machte, wie es ihm ergangen war, was für ein Mensch aus ihm geworden war. Null. Nada. Niente. Sie hatte ihm keine einzige persönliche Frage gestellt; selbst die Frage zu Nicks Tod war nur der Aufhänger für ihren Bekehrungsversuch gewesen. Nichts von dem, was einmal zwischen ihnen gewesen war, hatte heute Nachmittag eine Rolle gespielt. Er war einfach nur ein weiteres Opfer ihrer Missionstätigkeit gewesen, ungeachtet seiner Person.

Ungeachtet. Das Wort traf es. Im Grunde hätte sie genauso gut versuchen können, ihm eine Versicherung zu verkaufen.

Und war diese Art von Religion, überlegte er, als er in die Straße einbog, in der das Haus seiner Eltern stand, nicht eigentlich *genau das* – eine Art Versicherung? Sue lebte fühlbar in Angst, vor dem Leben, vor dem Tod, und klammerte sich an einen Glauben, von dem sie hoffte, dass er sie vor alldem bewahren würde. Diese Unsicherheit war der Grund, warum sie andere missionieren wollte: um sich selbst zu vergewissern, dass ihr Glauben der richtige war. Es ging ihr nicht um ihn, obwohl sie sich das bestimmt einredete, es ging ihr um die Beruhigung, zu erleben, dass das, was sie glaubte, von anderen geteilt wurde.

Sie war, schlicht gesagt, auf Bestätigung aus. Und er war eine günstige Gelegenheit gewesen.

Armselig. Bemitleidenswert. Aber es verletzte ihn trotzdem.

Er stellte den Wagen in der Einfahrt ab, blieb einen Augenblick sitzen und malte sich aus, er hätte eine Kopie des Jesus-Videos dabeigehabt und ihr vorgespielt. Obwohl, wahrscheinlich wäre nichts passiert. Das Video berührte manche Leute und manche nicht. Sein Eindruck war, dass diejenigen, die es kalt ließ, diejenigen waren, die über ein fest gefügtes Weltbild verfügten, die alles fein säuberlich in die richtigen Schubladen einsortiert hatten. Die, mit anderen Worten, nicht mehr auf der *Suche* waren. Schon bei seinen Eltern hatte es damals nichts ausgelöst, jedenfalls nicht mehr als Verwirrung, und dabei waren seine Eltern alles andere als fromm oder ideologisch orientiert. Seine Mutter zum Beispiel –

Stephen sah auf. Seine Mutter? Sie stand in der Haustür, winkte ihm aufgeregt. So, als sei etwas passiert.

Er sprang aus dem Wagen. Sie kam ihm entgegen. »Judith hat angerufen«, rief sie. »Vor einer halben Stunde. Du sollst sie so schnell wie möglich zurückrufen.«

»Wieso? Was ist denn? Wieso hat sie mich nicht auf meinem –?« Ach richtig. Sein Mobiltelefon hatte er ja abgeschaltet nach seinem missglückten Versuch, sie von *Video World Dispatcher* aus anzurufen.

»Ich soll dir sagen«, unterbrach seine Mutter ihn, »dass ein gewisser John Kaun angerufen hat, dass er dich sprechen will und dass es äußerst dringend ist.«

Kapitel 34

41 % der US-Amerikaner glauben, dass Jesus noch vor dem Jahr 2050 leibhaftig zurückkehren wird. 58 % glauben, dass es bis dahin zu einem weiteren Weltkrieg kommen wird.

Studie des Pew Research Centers vom Juni 2010

Seit Samuel Barron aus Israel zurück war, seit er begonnen hatte, was es zu beginnen galt, lautete sein tägliches Gebet einfach nur: »Herr, gib mir die Kraft und Weisheit, zu tun, was zu tun ist. Amen.«

Noch nie zuvor hatte er so viel Kraft aus dem Beten geschöpft. Noch nie zuvor hatte er so sehr gespürt, dass Gott bei ihm war, ihn leitete und führte. Er betete häufiger als zuvor, nicht mehr nur morgens, wie es in der Vergangenheit seine Gewohnheit gewesen war, sondern auch tagsüber, dreimal, fünfmal oder mehr. Immer, wenn er es brauchte. Warum auch nicht? Er war Gottes Werkzeug, war es stets gewesen. Und jetzt war die Zeit, da er aller Hilfe bedurfte, die er kriegen konnte.

Er sprach dieses Gebet auch, als der Wagen von Gerald DenHaag vorfuhr, flüsterte es, spürte der göttlichen Energie nach, die ihm daraus zufloss. Der Herr der Welt, der Schöpfer des Kosmos war sein Verbündeter. Alles würde gut werden.

Dann trat er hinaus, um den Gouverneur zu begrüßen. Sie schüttelten einander die Hände, machten ein bisschen Small Talk. Das letzte Mal hatten sie per Video miteinander gesprochen. DenHaag wollte wissen, wie es in Israel gewesen sei.

»Nun, eine Vergnügungsreise war es nicht«, meinte Barron und überlegte, dass diese Antwort vermutlich die Untertreibung des Jahrhunderts war.

»Geschäfte also«, folgerte der Senator. »Hätte ich mir ja denken können. Sie haben mal erwähnt, dass Sie allerlei Immobilien in Jerusalem und Umgebung besitzen, war es nicht so?«

»Absolut«, erwiderte Barron. »Wenn der Herr zurückkehrt, wird Jerusalem die Hauptstadt der Welt. Es kann nicht schaden, schon mal einen Fuß in der Nähe der künftigen Weltregierung zu haben, oder?«

DenHaag lachte auf, fand das offenbar einen gelungenen Witz. Dabei war es Samuel Barron todernst damit. Aber es war ihm auch klar, dass andere das nicht so leicht verstehen konnten. Niemand, der nicht von frühester Jugend an als Werkzeug Gottes gelebt hatte, konnte das.

Sie gingen hinein. Tamara kam nun doch zum Vorschein, begrüßte den Gast freundlich, was diesem sichtlich gefiel, und kündigte an, ihnen zum Abendessen Gesellschaft leisten zu wollen. Dann zogen sie sich ins Arbeitszimmer zurück. Sie schlossen die gepolsterte Tür hinter sich, machten es sich mit Drinks in den Sesseln bequem und konnten endlich zum ernsthaften Teil des Gesprächs übergehen.

»Vor uns liegen schwere Jahre, Gerald«, erklärte Samuel Barron. »Man muss kein Prophet sein, um zu erkennen, dass die Zeichen der Endzeit im Begriff sind, sich zu erfüllen. Was wir jetzt brauchen, dringender als alles andere, ist ein Präsident im Weißen Haus, der im entscheidenden Moment das Richtige tun wird. Einen Präsidenten, der seine Bibel kennt.« Barron hielt inne, wartete, bis das bei seinem Gegenüber gesackt war, ehe er schloss: »Ich setze große Hoffnung in Sie, Gerald. *Gott* setzt große Hoffnungen in Sie!«

DenHaag atmete scharf ein, lehnte sich zurück. In seinem Gesicht sah man die unterschiedlichsten Gefühle miteinander ringen – eine Offenheit, die er sich für den Wahlkampf noch würde abtrainieren müssen. Man sah, dass er sich geschmeichelt fühlte, gleichzeitig aber auch, dass ihm diese Aufgabe Respekt einflößte, wenn nicht gar Furcht.

Nun, alles andere wäre nicht menschlich gewesen. Sie redeten immerhin vom anspruchsvollsten Job der Welt.

»Sie denken also, dass ich Chancen habe? Bisher unterstützt mich vor allem meine Frau. Aber was die Partei anbelangt, bin ich mir nicht so sicher.«

»Die Partei ist nicht Gottes Wort. Die *Bibel* ist Gottes Wort.«

»Aber die Partei ist es, die mich auf den Schild heben muss.« Sie sprachen von den *Primaries*, den Vorwahlen, die darüber entschieden, wer in den eigentlichen Wahlen antreten würde.

Samuel Barron stellte sein Whiskyglas auf den Tisch, fuhr mit dem Zeigefinger dessen Rand entlang. »Gerald – ich kann nur wiederholen, was ich Ihnen gesagt habe, als ich in Jerusalem war: Ich unterstütze Sie. Und das bedeutet, Sie werden das größte Wahlkampfbudget aller Zeiten haben. Ich habe nicht das geringste Problem damit, eine Milliarde Dollar oder mehr für Sie auszugeben. Doch Sie müssen mir versprechen, Gottes Wort zu erfüllen.«

Gerald DenHaag schluckte. »Sie wissen, wie stark mein Glaube ist, Samuel.«

»Ja, das weiß ich. Deswegen sitzen wir hier. Und bei allem nötigen Respekt für die demokratische Tradition dieses großen Landes – aber bisher hat praktisch immer der Kandidat mit dem größten Wahlkampfbudget gewonnen. Warum sollte das bei Ihnen anders sein? Und Sie wissen auch, was man sagt: Früher konnte niemand Präsident werden, der nicht die Unterstützung der Schwarzen hatte. Das hat sich geändert. Heute kann niemand mehr Präsident werden, der nicht die Unterstützung der bibeltreuen Christen hat. Und deren Unterstützung werden Sie haben. Vielleicht nicht von Anfang an, aber Sie werden sie bekommen. Also hat Ihr Gegner von vornherein keine Chance.«

Sie verabredeten sich für den Samstag. Bei *Video World Dispatcher* hatte man es zwar eilig mit dem Oklahoma-Projekt, aber so eilig, dass man das Wochenende für Besprechungen geopfert hätte, auch wieder nicht.

Stephen hatte keine Lust, sich den Samstagsverkehr von New York anzutun. Er nahm die Eisenbahn und dann ein Taxi bis zum Ritz-Carlton, einem 33-stöckigen Luxushotel am südlichen Ende des Central Parks. Dort residierte John Kaun in einer der Suiten in den obersten Etagen. An dem Gerücht, Kaun habe sich nach der Zerschlagung seines Konzerns ins einfache Leben zurückgezogen, schien nichts dran zu sein. Einmal Milliardär, immer Milliardär.

Als Stephen sich am Empfang meldete, wusste man gleich Bescheid und bat ihn, zu warten. Kurze Zeit später tauchte eine junge, blonde Frau auf, die aussah wie ein Fotomodell. Sie erklärte, sie sei Mister Kauns Sekretärin, wenn er ihr bitte folgen wolle. Sie benutzten einen Expresslift, der nur die obersten Etagen anfuhr. Oben angekommen, ging es über dicke Teppiche weiter, die jedes Schrittgeräusch schluckten, vorbei an goldenen Wandleuchten und Türen aus Palisander, alles vom Feinsten.

War es Neid, was er spürte? Das fragte sich Stephen. Er hatte John Kaun einst als Rivalen betrachtet, sich lange Zeit an ihm gemessen. So etwas vergaß man nicht.

Sah aus, als gelte sein Neid dem Richtigen, hm?

Die Sekretärin lotste ihn auf eine der Palisandertüren zu, öffnete sie. Der Raum, den sie betraten, war riesig, und das war nur der Wohnbereich. Farblich ganz in Erdtönen gehalten, mit einer ausladenden Sitzgruppe, einem Schreibtisch, einem Esstisch und einem grandiosen Blick über den Central Park: Man bekam schon was geboten für die zwei- oder dreitausend Dollar, die so eine Suite pro Tag vermutlich kostete.

John Kaun stand am anderen Ende des Raumes, neben einem der Sofas, und telefonierte. »Finden Sie das raus«, befahl er gerade, als Stephen hereinkam. »Ich brauche alle Informationen über den Deal, die Sie kriegen können.« Pause. »Ist mir egal. Wenn Sie jemanden bestechen müssen, bestechen

Sie ihn. Wenn Sie jemanden abhören müssen, hören Sie ihn ab. Okay? Ja, klar. Können Sie alles auf die Spesenrechnung schreiben. Dann höre ich morgen wieder von Ihnen? Per Fax, ja. Danke.«

Er legte auf, kam mit raschen, federnden Schritten auf Stephen zu, reichte ihm die Hand. »Mister Foxx. Es freut mich, dass Sie gekommen sind. Kann ich Ihnen etwas anbieten?«

Stephen musterte den Mann, den er vor Jahren zum letzten Mal gesehen hatte. Sonderlich verändert sah Kaun nicht aus, abgesehen von den grauen Haaren. »Eine Erklärung, was ich hier soll, wäre mir im Moment am liebsten.«

Kaun lächelte flüchtig. »Ich kann mir denken, dass Sie überrascht waren, von mir zu hören.« Er breitete die Hände aus, eine Geste, an die sich Stephen noch von damals erinnerte. »Nun, natürlich geht es um das Video. Das Jesus-Video. Ich habe Sie eingeladen, weil Sie einer der wenigen Menschen auf der Welt sind, der weiß, wovon ich rede, und mich nicht gleich für geisteskrank hält. Und der, wie ich seinerzeit feststellen musste, obendrein ein cleverer Kopf ist. So jemanden brauche ich gerade. Einen Verbündeten.«

»Einen Verbündeten?« Stephen versuchte, sich seine beträchtliche Verblüffung nicht anmerken zu lassen. »Wofür?«

Kaun zupfte an seiner Krawatte. »Dazu muss ich ein bisschen ausholen.« Er wies auf die Sitzgruppe. »Nehmen Sie doch Platz.«

Stephen ließ sich auf einem der schweren, goldgelben Polstersessel nieder. Die Sekretärin kam mit einem Tablett, servierte ihnen Kaffee und zog sich dezent wieder zurück.

»Als wir seinerzeit in Israel nach dem Video gesucht haben«, begann Kaun, während er Zucker und Milch in seine Tasse rührte, »sind wir davon ausgegangen, dass es von einer Zeitreise stammen muss. Einer Zeitreise, die aus damaliger Sicht in naher Zukunft stattfinden würde. Nicht wahr?«

Stephen nickte. »Ist mir noch erinnerlich, ja.«

»Gut.« Kaun legte den Kaffeelöffel beiseite. »Diese Zukunft

ist jetzt. Die Zeitreise hat vor etwa zwei Wochen stattgefunden.«

»Davon stand aber nichts in der Zeitung.«

»Welche wirklich wichtigen Dinge stehen denn heutzutage noch in der Zeitung?«

Das kam alles ein bisschen plötzlich. Stephen widmete sich seinem Kaffee, um Zeit zu gewinnen. »Na gut. Weiß man Näheres, wer da wie auf einmal durch die Zeit reisen kann?«

»Über die technischen Details weiß ich nichts«, erklärte Kaun. »Ich weiß nur, dass es sich um ein privates Projekt handelt, finanziert und organisiert von einem gewissen Samuel Barron.«

»Nie gehört.«

»Glaube ich gerne. Der Mann ist erstaunlich unbekannt, dafür, dass er Multimilliardär ist.«

Kaun nippte an seinem Kaffee. Seine Hand, bemerkte Stephen, zitterte dabei leicht. Er stand also unter Stress. Anspruchsvoll, sich auszumalen, was jemanden wie *Johngis Khan* so unter Stress setzen konnte, dass man es ihm ansah.

»Ferner weiß ich«, fuhr Kaun fort, »dass die Zeitreise schiefgegangen ist.«

Stephen fragte sich, wie man das bei einer Zeitreise feststellen wollte, und kam zu keiner schlüssigen Antwort. »Okay. Und? Was hat das mit mir zu tun?«

Kaun stellte die Kaffeetasse behutsam zurück. »Ich hatte vor dem Start des Zeitreiseteams die Gelegenheit, mit Michael Barron zu sprechen, dem Sohn. Er gehört zu dem Team. Von ihm weiß ich, dass das zentrale Ziel dieses Unternehmens nicht war, *Videos* von Jesus anzufertigen. Das zentrale Ziel war, *Jesus selbst* in die Gegenwart zu bringen. Samuel Barron ist ein bibeltreuer, wiedergeborener Christ. Er glaubt, dass er dazu berufen ist, auf diesem Wege die prophezeite Wiederkehr Christi herbeizuführen, das *Second Coming*.«

Ein Tag, an dem eine Verblüffung die nächste jagte. »Was nicht geklappt hat, wie Sie sagen.« Stephen hüstelte. »Ich bin mir nämlich sicher, dass *das* dann schon in der Zeitung gestanden hätte. Im Erfolgsfall.«

»Richtig. Auch das Fernsehen hätte es wohl kaum ignoriert.«

»Sehe ich auch so.«

Kaun lehnte sich zurück, musterte Stephen. »Sie sollten das nicht als Witz abtun. Denn wenn Sie die Bibel ein bisschen genauer lesen, dann stellen Sie fest, dass Jesus nicht *einfach so* wiederkehrt. Sondern dass vorher die Apokalypse stattfinden muss. Armageddon. Der letzte, endgültige Kampf zwischen Gut und Böse. Die größte Schlacht, die je auf Erden gefochten werden wird.«

Stephen musterte Kaun skeptisch. »Was wollen Sie damit sagen?«

»Was denken Sie denn, was ich damit sagen will?«

»Dass dieser Samuel Barron versuchen wird, einen dritten Weltkrieg auszulösen, weil er hofft, dass seine Zeitmaschine dann doch noch zurückkehrt, die Tür aufgeht und Jesus Christus heraussteigt? Das ist irre, entschuldigen Sie.«

John Kaun schüttelte den Kopf. »Das kommt auf die Logik an, von der man ausgeht. Es gibt für diese Art von Verhalten biblische Vorbilder. Als Jesus in Jerusalem einzieht, tut er das, indem er auf einem Esel reitet. Warum? Nicht, weil er nach drei Jahren des Umherwanderns in Galiläa plötzlich wunde Füße hatte. Nicht, weil zufällig kein Pferd verfügbar war. Nein – er ist auf einem Esel geritten, weil es so *prophezeit* war! Er hat seine Jünger extra ausgeschickt, um einen Esel herbeizuschaffen. Er wollte nicht einfach nach Jerusalem, er wollte eine Prophezeiung erfüllen. Und diese Prophezeiung besagte, der Messias werde auf einem Esel in Jerusalem einreiten. Es geschah so, weil prophezeit war, dass es so geschehen würde.«

»Eine selbsterfüllende Prophezeiung, sozusagen«, meinte Stephen.

»Sozusagen.« Kaun richtete sich auf. »Der Punkt ist: Samuel Barron ist kein einsamer Irrer mit einer seltsamen Idee. Ganz im Gegenteil. Er gehört der evangelikalen Bewegung an, die, was die wenigsten wissen, die am schnellsten wachsende religiöse Bewegung der heutigen Zeit ist. Nicht der Islam, wie die meisten denken. Wir reden von einem weltweiten Zusammenschluss christlicher Gruppen, die neben allen Unterschieden gemeinsam haben, dass sie die baldige Wiederkehr Jesu erwarten. Wir reden von über fünfhundert Millionen Menschen, die felsenfest mit Armageddon rechnen – und von denen viele in hohen und höchsten Ämtern sitzen! Wir reden von der einflussreichsten gesellschaftlichen Kraft in den USA.«

»Na gut, aber da gibt es noch andere Kräfte –«

»In immer mehr Schulen in Amerika wird heute der Kreationismus gelehrt. Angeblich, damit die Schüler eine Alternative zur Theorie der Evolution kennenlernen. In Wirklichkeit ist es die Lehre der Bibel, als Wissenschaft verbrämt. Und das ist einzig dem Einfluss der Evangelikalen zu verdanken.«

»Und Sie denken im Ernst, die fangen jetzt einen Krieg an?«

Kaun hielt seinem Blick stand. »Das ist der Grund, warum ich hier bin. Warum ich tue, was ich tue. Ich gehe davon aus, dass entsprechende Vorbereitungen stattfinden, genau. Mithilfe meiner alten Verbindungen, meiner früheren Kontakte, mithilfe von Detektiven und indem ich meinen Ruf als Investor verspiele, versuche ich herauszufinden, was wirklich vor sich geht.«

»Und was haben Sie herausgefunden?«

»Ich habe erst vor zwei Wochen damit angefangen. Bisher habe ich wenig. Nichts, worauf man den Finger legen könnte.«

»Vielleicht, weil es so etwas nicht gibt?« Stephen spürte einen heftigen Widerwillen in sich aufsteigen, eine Abneigung gegen dieses Thema, die nichts mit Kaun zu tun hatte, sondern mit Sue Foster.

Kaun stand auf, ging quer durch den Raum zum Esstisch, auf dem eine Menge Unterlagen in verschieden hohen Stapeln lagen. Er suchte eine Weile, kehrte dann mit einer hellblauen Mappe zurück.

»Was sagt Ihnen der Begriff *Prämillennarismus?*«, wollte er wissen, während er ein Blatt aus der Mappe zog.

Stephen kniff die Augen zusammen. Gehört hatte er das Wort schon einmal. »Irgendetwas Super-Religiöses.«

»Es ist eine Variante des Millenarismus, des Glaubens an die körperliche Wiederkehr Jesu Christi und an die Aufrichtung von dessen tausendjährigem Friedensreich. Entwickelt wurde diese Doktrin im neunzehnten Jahrhundert von einem gewissen John Nelson Darby und seinem Schüler Cyras Ingerson Scofield. Letzterer war der Herausgeber der Scofield-Bibel, einem der einflussreichsten Texte der christlichen Rechten.« Kaun legte das Blatt beiseite, griff nach einem anderen. »Diese beiden, Scofield und Darby, haben zu Beginn des zwanzigsten Jahrhunderts vorhergesagt, dass das Volk der Juden wieder einen eigenen Staat errichten würde, und zwar in Palästina.«

»Vielleicht ist ja einfach was dran an dieser Theorie?«, meinte Stephen spöttisch. »Vielleicht stehen die auf der richtigen Seite und Sie und ich auf der falschen?«

Es reizte ihn plötzlich, diesem Mann in die Parade zu fahren, ihm seinen Vortrag durcheinanderzubringen. Das alte Spiel, genau wie damals: Er konnte nicht anders, als sich an Kaun zu messen. Ihm Paroli zu bieten.

Kindisch, zugegeben. Aber was kam er auch mit solchen wilden Verschwörungstheorien daher?

»Ich würde eher darüber nachdenken, ob nicht die Zustimmung des britischen Empires zur Gründung Israels schon eine selbsterfüllende Prophezeiung war«, sagte Kaun ungerührt. Er lehnte sich zurück. »Sehen Sie, ich glaube, der psychologische Mechanismus dahinter funktioniert anders, als Sie gerade denken. Als man normalerweise denkt.«

»Ich lerne immer gern dazu.«

Kaun lächelte dünn. »Versuchen Sie, sich zu erinnern, Stephen: Sind Sie irgendwann in Ihrem Leben schon einmal felsenfest davon überzeugt gewesen, dass etwas Bestimmtes passieren würde? Etwas, das dann auch tatsächlich geschehen ist?

Etwas, das Sie hat glauben lassen, es könnte so etwas wie Hellsehen vielleicht doch geben?«

Stephen wollte spontan verneinen, einfach aus purer Lust am Widerspruch, aber dann hielt er inne.

Ja. Genau das hatte er schon einmal erlebt – und zwar just im Zusammenhang mit dem Jesus-Video!

Damals, als sie hinter der Kamera und dem Video darin her gewesen waren, hatte es immer wieder solche Momente gegeben. Momente, in denen er sich absolut sicher gewesen war, dass er siegreich aus diesem Rennen hervorgehen, dass er die Kamera am Ende in der Hand halten würde. Manchmal hatte er das irritierende Gefühl gehabt, die Kamera schon in seinen Händen zu *spüren*, fast so, als könne er in die Zukunft vorausstasten.

Und am Ende … hatte er sie tatsächlich gefunden.

»Ja«, sagte er also widerwillig.

»Vermutlich im Zusammenhang mit einer Frau«, mutmaßte Kaun, der natürlich nicht ahnen konnte, was in Stephen gerade vorging. »Bei mir war es jedenfalls so. Man ist plötzlich überzeugt, diese Frau ist es, ist die Frau meines Lebens … nun, und mitunter bewahrheitet sich das auch. Aber warum? Ist es, weil man füreinander bestimmt ist? Oder weil man sich aufgrund dieser Überzeugung anders verhält, als man sich sonst verhalten hätte?« Er richtete den ausgestreckten Zeigefinger auf Stephen. »Wenn Sie die feste Überzeugung, oder sagen wir ruhig, den festen *Glauben* haben, dass etwas Bestimmtes unausweichlich ist, dann verhalten Sie sich anders. Sie tun Dinge, die Sie andernfalls nicht tun würden, und vor allem: *Sie lassen Dinge zu*, die sich anbahnen, weil Sie glauben, dass sie geschehen müssen.«

»Wovon reden wir jetzt genau?«, fragte Stephen. »Nicht wirklich von Frauen, oder?

Kaun fuhr sich durch die grauen, elegant frisierten Haare. »Wovon reden wir? Angenommen, irgendwo im Nahen Osten bricht ein Konflikt aus. Wäre ja nicht das erste Mal. Aber weiter angenommen, die Politiker, die es in der Hand hätten, die Wogen zu glätten und für Ausgleich zu sorgen, lassen stattdessen den Dingen ihren Lauf. Schüren den Konflikt vielleicht noch, gießen Öl ins Feuer – weil sie sich sagen, es muss sowieso geschehen, es ist unvermeidbar, es ist Teil des göttlichen Plans für die Welt. Was, wenn daraus ein Flächenbrand entsteht, ein neuer Weltkrieg, der die Welt verwüstet? Für nichts? Denn Jesus wird davon bestimmt nicht zurückkehren.«

Stephen bewegte die Schultern, spürte seinen verspannten Nacken. Das lag an dem alten Bett, in dem er bei seinen Eltern schlief. »Finden Sie nicht selber, dass das verdammt wie eine dieser wilden Verschwörungstheorien klingt?«, fragte er. »Was ist das nächste Thema? Die Aliens von Roswell? Das UFO in Area 51? Die Wahrheit über die Ermordung Kennedys?«

»Es geht nicht darum, dass Sie mir *glauben*«, sagte Kaun. »Es geht darum, dass Sie mir *helfen*.«

»Auch dazu brauche ich einen Grund.«

»Dann denken Sie nach. Es muss nicht unbedingt die Sorge um Ihre eigene Zukunft sein. Bei mir ist es die Sorge um die Zukunft meiner Tochter. Ich will nicht, dass sie in einer apokalyptischen Welt aufwachsen muss.«

Stephen lachte freudlos auf. »Ja, okay. Aber ich glaube nun mal nicht, dass uns eine solche Zukunft droht. Weil, die Leute, von denen Sie da sprechen – die mögen ja an Armageddon und so weiter glauben, aber die glauben auch an diverse Gebote. ›Du sollst nicht töten‹ zum Beispiel. Ich schätze, das wird sich mehr oder weniger die Waage halten. Und deshalb finde ich keinen echten Grund, Ihre Befürchtungen zu teilen.«

»Tatsächlich?« Kaun sagte es, als erstaune ihn das aufrichtig. »Haben Sie sich noch nie gefragt, warum wir, die Vereinigten Staaten von Amerika, die größte Militärmacht der Weltgeschichte unterhalten? Wir geben mehr Geld für Waffen aus als die nächsten elf Staaten auf der Rangliste *zusammengenommen*. Gleichzeitig sind wir das Land, in dem sich von einer Romanserie wie ›*Left Behind*‹, die das prämillenaristische Gedankengut in Form eines Kolportageromans umsetzt, weit über sechzig Millionen Exemplare verkaufen. Es ist einer der größten Bestseller hierzulande, es gibt Verfilmungen davon, Computerspiele, eine Kinderserie, alles, was Sie wollen –«

»Mag ja sein. Aber wir sind auch das Land, das Satanisten unter den Schutz der Meinungsfreiheit stellt. Genau wie Nationalsozialisten.« Stephen schüttelte den Kopf. »Sie verrennen sich da in etwas, Mister Kaun.«

Kaun beugte sich vor, legte die hellblaue Mappe wieder zusammen. »Nun gut. Dann will ich konkreter werden. Der Gouverneur von North Carolina, Gerald DenHaag, ist ein enger Vertrauter von Samuel Barron – und ein Mitglied der evangelikalen Bewegung. Er hat unlängst seine Kandidatur für das Amt des Präsidenten erklärt. Ich prophezeie, dass er ins Weiße Haus einziehen wird.«

Stephen hob die Schultern. »Da gibt es andere Namen, die mehr Chancen haben, wenn Sie mich fragen.«

»Warten Sie es ab. Wenn Barron ihn unterstützt, wird er das größte Wahlkampfbudget haben, über das je ein Kandidat verfügt hat.«

»Und? Glauben Sie ernsthaft, der wird nach seiner Vereidigung hingehen und befehlen, die Atomraketen in Marsch zu setzen?«

»Natürlich nicht. Solche Dinge eskalieren. Es beginnt klein, harmlos. Ein Funke, der zur Flamme wird, die ein Feuer entfacht, das sich zum Flächenbrand auswächst. Bis es irgendwann alle unumgänglich finden werden, die Atomraketen zu starten.«

»Das Ende ist nahe. Schon klar. Das sagen die Leute mit den bunten Traktaten an den Hausecken auch.«

Kaun senkte den Kopf, betrachtete seine ineinander verschränkten Hände. »Sie glauben das nicht. Okay. Kein Problem. Dann seien Sie mein *Advocatus Diaboli*. Stellen Sie meine Theorien infrage. Gut möglich, dass das erfolgreicher ist, als wenn wir uns gegenseitig in denselben Ansichten bestätigen.«

Er sah auf. »Hauptsache, Sie machen mit. So merkwürdig Sie das finden mögen – ich brauche Ihre Hilfe.«

Stephen betrachtete ihn, wusste nicht, was er davon halten sollte. Ein Teil von ihm fühlte sich eindeutig geschmeichelt, dass ihn jemand wie John Kaun, jemand wie *Johngis Khan* um Hilfe bat. So geschmeichelt in der Tat, dass er im Grunde zu allem bereit war, Hauptsache, sie waren endlich auf gleicher Augenhöhe angelangt!

Doch ein anderer Teil von ihm war angewidert, hatte so genug von all dem Quatsch. Was war bloß los? Erst kam ihm Sue mit diesem religiösen Zeug, und nun John Kaun, sein ehemaliges Idol ... Waren denn alle komplett verrückt geworden?

Er hatte auf einmal Sehnsucht nach seinen Computern, seinen Programmen, nach den Diskussionen mit seinen indischen Partnern. Die waren anders drauf. Vielleicht, weil der Hinduismus in Zyklen von Jahrhunderttausenden dachte, in Kategorien ewiger Wiederkehr, und ihm die Idee eines Weltuntergangs völlig fremd war.

»Meine Hilfe?«, fragte er. »Wozu?«

»Ich muss kommenden Montag nach London fliegen, zu einer medizinischen Behandlung, die mich möglicherweise für einige Zeit außer Gefecht setzen wird. Mir wäre wohler, wenn ich wüsste, dass jemand da ist, der die Arbeit fortsetzt. Jemand, wie gesagt, der *weiß*, dass das mit der Zeitreise Tatsache ist.«

»Ich habe gerade einen Auftrag angenommen, der mich bis auf Weiteres voll beanspruchen wird«, erklärte Stephen.

Kaun nickte und meinte beiläufig: »Ja, ich weiß. Die Expansion von *Video World Dispatcher*.«

Jetzt war Stephen doch verblüfft. »Woher wissen Sie das?«

»Wie gesagt, ich habe Verbindungen. Es hat mich nur einen Anruf gekostet, um das herauszufinden.« Kaun lächelte dünn. »Soll ich Ihnen sagen, für welche Firmen Sie arbeiten? Wie viel Sie in den letzten Jahren verdient haben? Wie Ihre Partner heißen?« Er wies auf die freien Plätze der Sitzgarnitur. »Das ist es, was ich seit zwei Wochen hier mache – ich empfange jeden Tag Leute, die glauben, ich wolle einen neuen Konzern aufbauen, investieren, Geld verdienen. In Wirklichkeit interessieren mich nur die Informationen, die ich in diesen Gesprächen gewinne. Erstaunlich, was man alles erfahren kann, wenn nur die richtigen Leute denken, man wolle Geschäfte mit ihnen machen.«

Stephen holte tief Luft. »Okay«, sagte er, froh, endlich einmal einen Punkt zu haben, an dem er einhaken konnte. »Und was für Informationen haben Sie gewonnen?«

»Kommen Sie.« Kaun sprang auf und bedeutete ihm zu folgen. Er komplimentierte ihn zu dem Esstisch am anderen Ende der Suite, der vollständig bedeckt war mit Stapeln von Fotokopien, einzeln, geheftet oder in Mappen zusammengefasst, mit Büchern, aus denen jeweils Dutzende bunter Lesezeichen ragten, mit Disketten, CD-ROMS, Fotografien.

»Ich folge in der Hauptsache zwei Fährten«, erklärte Kaun. »Erstens: die Kontakte von Samuel Barron. Das allein ist schon eine Lebensaufgabe. Barron ist, was ich bis neulich auch nicht wusste, einer der reichsten Männer der Welt. Naturgemäß hat so jemand Kontakte überallhin, selbst heute noch, Jahrzehnte, nachdem er sich aus dem aktiven Geschäft zurückgezogen hat. Erstaunlich übrigens, der Mann war ein Investitionsgenie, gegen den sogar Warren Buffet aussieht wie ein Stümper. Hat zeitlebens nie auch nur einen einzigen Dollar an der Börse verloren, können Sie sich das vorstellen? Hat nur auf die Sieger gesetzt, immer. Als könne er in die Zukunft sehen.« Kaun zog ein zusammengefaltetes Stück Papier aus einem der Stapel, faltete es auseinander. Es war ein Blatt von einem Flipchart-Block, bedeckt mit einem sinnverwirrenden Geflecht von Namen und Linien, von Hand gezeichnet und in verschiedenen Farben. »Hier. Seine Verbindungen ziehen sich durchs ganze Land, auf allen Ebenen, in alle Branchen. Man hat den Eindruck einer dicken Spinne, die in einem gigantischen Netz sitzt, nicht wahr?«

Stephen nickte. Das beschrieb es in der Tat gut.

»Beachten Sie vor allem die violetten Linien. Das sind Kontakte, die religiös begründet sind – Beziehungen zu allen führenden Leuten der evangelikalen Bewegung. Von denen sind viele ihrerseits Unternehmer, Politiker, einflussreich jedenfalls.« Er tippte auf zwei Namen, die mit einem gelben Leuchtmarker hervorgehoben waren. »Das sind meines Erachtens Barrons wichtigste Verbindungen. Erstens Gouverneur Den-Haag. Den baut er gerade zum nächsten Präsidenten der Vereinigten Staaten auf. Das wird sein Mann im Weißen Haus. Und zweitens, hier, Eric Whitewater.«

»Das sagt mir etwas«, meinte Stephen. »Ist das der von –?«

»*Whitewater International*, ganz genau.« Kaun zog eine Mappe hervor. »Eine moderne Söldnertruppe, die als Firma organisiert ist. Angefangen haben sie als Bodyguards für Politiker, die im Ausland unterwegs sind. Inzwischen unternehmen sie im Auftrag der Regierung Einsätze in Afghanistan, im Irak und anderen Ländern. Das ist ein Milliardengeschäft für Whitewater. Der Vorteil für die Regierung ist, dass Whitewaters Leute Angestellte sind, keine regulären Soldaten. Das heißt, sie sind nicht an alle Auflagen gebunden, die für Soldaten gelten.«

»Die Leute fürs Grobe also.«

»Fürs Grobe und für Schweinereien, von denen wir gar nichts wissen wollen.« Kaun öffnete die dünne Mappe. »Was Whitewater anbelangt, ist es natürlich schwerer, an Informationen zu kommen. Die verstehen einiges von Geheimhaltung. Ich habe ein paar Ehemalige aufgestöbert, die gegen Geld geredet haben. Das, was sie zu erzählen haben, ist naturgemäß nicht *up to date*. Was als gesichert gelten darf, ist, dass Whitewater eine Sondertruppe unterhält, eine Eliteeinheit, die sich ›*Angels of Light*‹ nennt. Allerdings habe ich bislang nicht den Hauch einer Ahnung, wo die eingesetzt wurde.«

Stephen hob die Brauen. »›Angels of Light‹? Klingt religiös.«

»Jede Wette, dass das nicht nur so klingt.« Kaun war spürbar aufgewühlt, wirkte ungewohnt emotional. Man konnte sehen, wie stark sein Wunsch war, ihn, Stephen Foxx, zu überzeugen und auf seine Seite zu ziehen.

Das war nicht mehr der Mann, den Stephen vor Jahren uneingestanden bewundert, dessen sämtliche Interviews er gelesen und den er in Israel zum ersten Mal getroffen hatte. Dies, erkannte Stephen, war der Mann, der zum Vorschein gekommen war, als John Kaun das Video gesehen hatte. Die ausentwickelte Version des Menschen hinter der Maske des Medienmagnaten.

»Den Faktor Religion darf man in dieser Angelegenheit natürlich nicht außer Acht lassen«, fuhr Kaun lebhaft fort. »Deswegen studiere ich auch die biblischen Prophezeiungen. Nicht, weil ich ihnen irgendeine Vorhersagekraft beimesse, wohlgemerkt. Aber ich bin überzeugt, dass diejenigen, hinter denen ich her bin, sie als Masterplan betrachten, als Checkliste, was alles geschehen muss, damit Jesus erscheint.« Er gestikulierte heftig, fast panisch; so, als befürchte er, Stephen werde sich jeden Augenblick abwenden und das Weite suchen. »Im Grunde sind diese Prophezeiungen nur mit fürchterlichen logischen Klimmzügen in die heutige Welt zu übertragen. Wenn man sie unvoreingenommen liest, sieht man, wie stark sich alle Vorhersagen an der damaligen Weltsicht orientieren. Wie sie auf die politische Situation der Zeitenwende antworten, zusammen mit einer äußerst begrenzten Vorstellung von den Dimensionen der Welt. Die Zeitgenossen Jesu haben die Endzeit eindeutig noch zu ihren Lebzeiten erwartet, nicht zweitausend Jahre später. Aber«, fügte er hinzu, »wer religiös indoktriniert ist, liest die Bibel nicht unvoreingenommen. Das ist das Problem.«

Er nahm ein dickes Buch zur Hand. Eine Bibel, erkannte Stephen. Sie war gespickt mit eingeklebten Lesezeichen.

»Hier haben wir die wichtigsten Quellen der Endzeitprophetie.« Kaun schlug die Bibel an der ersten Markierung auf.

»Das Matthäusevangelium, vor allem Kapitel 24. Das Buch Daniel, vor allem die Kapitel 9, 11 und 12. Und natürlich die Offenbarung selbst. Hier, Kapitel 16, Vers 17: Unmittelbar vor der Wiederkunft Christi werden Blitz, Donner und schwere Erdbeben die ganze Erde erschüttern, Städte werden einstürzen, Inseln versinken und Berge verschwinden. Hundert Pfund schwere Hagelkörner werden vom Himmel fallen. Und so weiter, das Buch ist voll davon; ein einziger Albtraum vom Weltuntergang.«

Er blätterte. »Man kennt auch schon den Ort, an dem die gigantische Endschlacht zwischen den Guten und den Bösen stattfinden wird: Megiddo, ein winziges Dorf in der Jesreel-Ebene im Norden Israels. Von diesem Namen leitet sich das Wort Armageddon ab; *Har Megiddo* heißt ›Berg bei Megiddo‹. Übrigens steht an der bewussten Stelle bereits heute ein Denkmal!«

»Sehr vorausschauend gedacht«, meinte Stephen, dem die Richtung, die das Gespräch nahm, immer unangenehmer wurde.

»Ja, nicht wahr? So viel Weitblick würde man sich in anderen Bereichen auch ab und zu wünschen.« Kaun konsultierte einen Notizzettel, der zwischen den Buchseiten lag. »Hier soll wie gesagt der militärische Höhepunkt der Menschheitsgeschichte stattfinden. Riesige Heere aus Osten, Norden und Süden sollen hier zusammentreffen. Jerusalem wird unter Beschuss stehen, in seinen Straßen wird gekämpft werden, und es wird gestorben, gestorben, gestorben … bis ein letztes großes Erdbeben die gesamte Welt erschüttert. Dann, genau dann soll Jesus als leuchtende Erscheinung vom Himmel herabsteigen, in Begleitung der himmlischen Heerscharen. Was immer man sich darunter vorzustellen hat.«

»Engel mit Schwertern?«, schlug Stephen vor. »Oder göttlichen Maschinengewehren?«

Kaun schien ihn gar nicht zu hören. »Jesus selbst hat laut Matthäus eine große Trübsal prophezeit, die damit beginnt, dass die heiligen Stätten verwüstet werden. Er rät seinen Anhängern, dann alles liegen und stehen zu lassen und in die Berge zu fliehen.« Er sah Stephen an. »Was das bringen soll, wenn am Ende der Zeit Berge in sich zusammenstürzen, ist unklar. Aber Jesus sagt noch etwas Wichtiges, nämlich, dass er um der Auserwählten willen die Zeit der Bedrängnis auf dreieinhalb Jahre verkürzen würde.«

Er klappte die Bibel mit einem dumpfen Laut zu, legte sie beiseite und griff nach anderen Büchern. »Diesen dreieinhalb Jahren begegnet man in der evangelikalen Literatur immer wieder, überall. Und diese Sekundärliteratur ist fast noch wichtiger, denn die Bibel liest kaum jemand wirklich. Selbst die meisten religiösen Leute schlagen darin nur Stellen nach.«

Kaun breitete die Bücher vor Stephen aus, die Titel wie *Die Entrückung, Die Rückkehr des Königs* oder *Die Ankunft des Antichristen* trugen. »Natürlich gibt es, was das Ende der Welt und die Wiederkehr Jesu anbelangt, auch zahlreiche Theorien, die alle voneinander abweichen: den Millenarismus, den Postmillenarismus, den dispensationalistischen Postmillenarismus, den progressiven Dispensationalismus, den Amillenarismus, die Vier-Reiche-Lehre und noch viele andere. Aber die populärsten Theorien gehen davon aus, dass die Zeit der Trübsal beginnt, wenn der Diktator des Römischen Reiches den Tempel schändet. Das soll eine Kettenreaktion von Ereignissen auslösen, die die besagten dreieinhalb Jahre später zur größten Schlacht aller Zeiten und zur Wiederkunft Christi führen.«

»Der Diktator des Römischen Reiches?«, wiederholte Stephen konsterniert. »Das hätte aber vor *sehr* langer Zeit passieren müssen.«

»Ja, eben. Wie gesagt, die Prophezeiungen beziehen sich bei genauem Hinsehen alle auf die weltpolitische Lage im ersten Jahrhundert. Man muss sich das also irgendwie zurechtbiegen. Deswegen sagen die Evangelikalen, dass die Bibel von einer Art Nachfolger des Römischen Reichs spricht. Welches heute existierende Staatengebilde das sein soll, darüber gehen die Meinungen natürlich ebenfalls auseinander. Die meisten glauben, dass damit die Europäische Union gemeint ist«, erklärte Kaun. »Die hat aber nur einen Präsidenten, der zudem auch noch nie in Israel war …«

»Abgesehen davon, dass es dort nur noch die Überreste eines Tempels gibt«, sagte Stephen. »Dessen Schändung und Zerstörung schon vor zweitausend Jahren stattfand, wenn ich mich recht entsinne.«

»Genau. Im Jahr 70, im Verlauf des jüdisch-römischen Kriegs. Dessen Folge die Vertreibung der Juden aus Palästina war, nicht jedoch der Weltuntergang, wie wir wissen.« Kaun pochte mit der Faust auf einen zweiten Bücherstapel. »Das ist das Argument einer anderen Denkrichtung, die sagt, die Wiederkehr Jesu ist deswegen erst möglich, wenn der Tempel von Jerusalem wieder neu errichtet ist. Woran derzeit nicht zu denken ist, denn der Tempelberg ist in muslimischer Hand. Der Felsendom und die al-Aqsa-Moschee stehen darauf, zwei der wichtigsten Heiligtümer des Islam. Die Juden haben nur die *Kotel*, die Westmauer, auch genannt –«

»Die Klagemauer«, sagte Stephen. »Ich weiß.«

»Die Wiedererrichtung des Tempels betreffend«, fuhr Kaun fort, ja, es sprudelte nur so aus ihm heraus, »gibt es übrigens ebenfalls eine Prophezeiung. Danach steht die Neuerrichtung des Tempels, der der dritte Tempel der Geschichte würde, genau dann bevor, wenn in Israel eine vollkommene rote Färse – das ist ein weibliches Rind – geboren wird. Denn ein solches Tier muss rituell geopfert werden, um den neuen Tempel einzuweihen.«

Stephen schwieg. Er spürte eine Gänsehaut den Rücken hinablaufen. Das war alles so absurd, dass es fast wehtat.

»Auch daran kann man übrigens gut studieren, wie die Psychologie von Prophezeiungen funktioniert«, meinte Kaun. »Es gibt nämlich in Nebraska einen Rinderzüchter … warten Sie …« Er suchte einen Stapel durch, zog einen Zettel heraus. »Hier. Clyde Lott, O'Neill, Nebraska. Er züchtet systematisch rote Rinder und exportiert sie nach Israel. Und warum? Weil er hofft, dass, wenn man dort eine entsprechende Zuchtlinie aufbaut, irgendwann der dritte Tempel errichtet wird und schließlich Jesus wiederkehrt.«

»Aua«, murmelte Stephen.

Kaun zückte die Fotokopie eines Zeitungsartikels. »In der israelischen Presse wird immer wieder über die Geburt solch einer vollkommenen roten Färse berichtet. Zuletzt war das im April 2002 der Fall. Im Oktober stellte sich allerdings heraus, dass das Tier doch nicht hinreichend vollkommen war. Da gelten eine Reihe ausgesprochen anspruchsvoller Bedingungen – das Tier darf kein einziges Haar einer anderen Farbe haben, muss absolut gesund sein, darf nie zur Feldarbeit benutzt worden sein und vieles mehr. Eine äußerst rare Angelegenheit. Angeblich sind zwischen der Zeit Moses und der Zerstörung des zweiten Tempels insgesamt nur neun rote Färsen geboren worden.«

Er hielt inne, und einen Herzschlag lang herrschte eine seltsame Stille. Als hielte die Welt den Atem an.

Dann konnte Stephen nicht mehr anders; er musste sich räuspern und sagen: »Mister Kaun – ganz offen gesagt, ich halte das alles für Quatsch. Die Zeugen Jehovas warnen seit über hundert Jahren vor dem Weltuntergang, haben stets neue letzte Tage dafür präsentiert, und die Erde dreht sich immer noch.«

»Das ist nicht der Punkt«, erwiderte Kaun ruhig. »Der Punkt ist, dass jemand – Samuel Barron, um genau zu sein – ein Zeitreisekommando in die Vergangenheit geschickt hat, das nicht zurückgekehrt ist. Und ich fürchte, dass er nun glaubt, dass, wenn er das ganze Szenario der Apokalypse entfesselt, die Zeitreisenden doch noch zurückkehren – und Jesus mit ihnen.«

»Das ist komplett irre.«

»Der Unterschied ist, dass die Zeugen Jehovas nie irgendwelchen politischen Einfluss hatten«, sagte Kaun. »Das ist bei den Evangelikalen anders. Der Gründer der Bewegung, Billy

Graham, war spiritueller Berater praktisch aller US-Präsidenten seit John F. Kennedy. Tatsache ist, dass heute ein bedeutender Teil der amerikanischen Bevölkerung daran glaubt, dass die Wiederkunft Jesu bevorsteht und dass ihr ein großer Krieg vorausgehen muss. Ein Krieg, in dem sie auf der Seite der himmlischen Heerscharen kämpfen wollen.« Kaun hob die Hand. »Wir reden von einer Zeit in rund dreieinhalb Jahren, wie gesagt. Das wäre noch in der ersten Hälfte der Amtszeit eines Präsidenten DenHaag. Wenn Sie jetzt einwenden, dass momentan keine Anzeichen auf eine solche Wendung der Geschichte hindeuten, dann haben Sie recht. Aber denken Sie bitte daran, dass drei Jahre vor dem Kollaps der Sowjetunion auch niemand damit gerechnet hat, selbst bestinformierte Fachleute und CIA-Experten nicht.«

Stephen zögerte. Das war alles förmlich aus Kaun herausgebrochen. Es wäre ihm unangemessen brüsk vorgekommen, es einfach abzutun. Also horchte er in sich hinein, versuchte an jenen Sinn anzuknüpfen, der ihn schon einmal die Zukunft hatte erahnen lassen …

»Sorry«, sagte er schließlich. »Ich kann Ihnen folgen und verstehe Ihre Befürchtungen, aber ich teile sie nicht.« *Vielleicht auch,* flüsterte eine leise Stimme im Hintergrund seines Geistes, *weil ich nicht glauben will, dass schiere Unvernunft die Oberhand behalten wird.*

Kauns Schultern sanken herab. Er sah beiseite, aus dem Fenster, von dem aus der Blick weit über die Stadt nach Norden ging. »Es ist schade, dass wir heute so wenig Zeit haben. Vielleicht können wir noch einmal reden, wenn ich zurück bin? Das wird in sechs bis zwölf Wochen der Fall sein. Bis dahin haben Sie Ihr Projekt aufs Gleis gesetzt, haben sich alles durch den Kopf gehen lassen. Und ich könnte Ihnen noch etwas zeigen …«

»Was denn?«

Kaun winkte ab. »Das würde jetzt zu weit führen.« Er blickte Stephen an, mit einem fast flehentlichen Blick. »Was meinen

Sie? Ich rufe Sie an, sobald ich zurück bin, und richte mich dann ganz nach Ihrem Terminkalender.«

Stephen spürte, dass er es nicht fertigbrachte, diesen Vorschlag auch noch abzulehnen. Immerhin war der Mann einmal so etwas wie sein Idol gewesen. Auf eine gewisse Weise zumindest.

Also sagte er: »Okay. Verbleiben wir so.«

Kapitel 35

Jetzt sah ich eine Schriftrolle auf der rechten Hand dessen liegen, der auf dem Thron saß. Sie war innen und außen beschrieben und mit sieben Siegeln verschlossen. Dann sah ich, wie ein mächtiger Engel mit lauter Stimme ausrief: »Wer ist würdig, das Buch zu öffnen? Wer hat das Recht, die Siegel zu lösen?« Aber im ganzen Himmel, auf der Erde und selbst unter der Erde war niemand, der das Buch öffnen und hineinblicken konnte. Es war keiner zu finden, der würdig gewesen wäre, das Buch zu öffnen und zu sehen, was darin stand.

Buch der Offenbarung, Kapitel 5

Irgendwann gegen Sonntagabend hielt John Kaun inne, lehnte sich zurück, sah aus dem Fenster. Die Sonne war im Begriff, unterzugehen. Die Hochhäuser entlang der Westseite des Central Park warfen lange Schatten über die Bäume und den Rasen in dem riesigen Rechteck mitten in Manhattan.

Genug. Er hatte getan, was innerhalb der kurzen Zeit hatte getan werden können. Und in Anbetracht der Kürze der Zeit war es eindrucksvoll, was er an Informationen zusammengetragen hatte, nicht nur, was ihre Menge, sondern auch, was ihre Qualität anbelangte. Schließlich kam es nicht auf Vollständigkeit an, sondern nur darauf, eine verlässliche Spur zu finden. Wenn in den Dokumenten, die sortiert vor ihm lagen, auch nur ein einziger Hinweis enthalten war, der half, die Katastrophe zu verhindern, hatte sich die Anstrengung gelohnt.

Hinter ihm ging die Tür auf. Die Sekretärin, die in dem angrenzenden Zimmer arbeitete – es war mit der Suite über eine Tür verbunden, und man konnte es dazumieten, was Kaun getan hatte –, kam herein. »Mister Kaun?«

»Ja?« Er drehte sich um, fühlte sich müde. Was damit zu tun hatte, dass er seit ein paar Tagen einige seiner Pillen wegließ, genau dem Plan folgend, den Mark ihm aufgestellt hatte.

Sie legte ihm einen Umschlag hin. »Das ist das Ticket für den Flug nach London. Das Taxi ist bestellt, es kommt um vier Uhr nachmittags.«

»Danke, Doreen«, sagte Kaun. »Eine Bitte hätte ich doch noch.«

Sie atmete heftig ein. »*Noch* einen Tag länger kann ich nicht bleiben, das habe ich Ihnen gesagt. Ich steige morgen selber ins Flugzeug. Eigentlich sollte ich längst zu Hause sein und packen!«

Sie würde mit ihrem Freund in den Urlaub fliegen, auf eine der Karibikinseln, und danach ihr Studium der Bibliothekswissenschaften fortsetzen. Der Job bei der Zeitarbeitsfirma war von vornherein befristet gewesen. Sie hatte ihm zuliebe noch das Wochenende drangehängt, zu einem Tagessatz, den sie *schon fast unanständig* genannt hatte. Ihre Fachkenntnisse, was Datenbanken, Bibliothekskataloge und Nachschlagewerke anbelangte, waren in den letzten beiden Wochen enorm hilfreich gewesen.

Ob sie ihm die Story glaubte, die er ihr erzählt hatte – nämlich, dass er für ein Buch recherchiere –, hätte Kaun nicht sagen können. Sie ließ sich zumindest nichts Gegenteiliges anmerken.

»Es ist nur eine Kleinigkeit.« Kaun legte die Hand auf einen der Papierstapel. »Diese Unterlagen hier. Ich möchte Sie bitten, dass Sie die in einen handlichen Karton verpacken und mit zu sich nach Hause nehmen. Und dass Sie diesen Karton, falls ich mich bis in, sagen wir, zwei Wochen nicht gemeldet habe, an folgende Adresse schicken.« Er hielt ihr den Zettel mit der Anschrift hin.

Sie musterte ihn misstrauisch. »Wieso? Was haben Sie vor? Treffen Sie sich mit der Mafia oder so etwas?«

»Nein. Ich fliege nach London, um mich einem medizinischen Eingriff zu unterziehen. Es könnte sein, dass es zu Komplikationen kommt, die mich länger aufhalten als geplant.«

»Ach so.« Sie betrachtete die anderen beiden Stapel, von denen einer ziemlich hoch war. »Und der Rest?«

»Um den kümmere ich mich selbst.« Den großen Stapel würde er an den Aktenvernichter verfüttern, den kleinen in dem Teil seines Gepäcks verstauen, das er nicht nach London mitnahm. Das Hotel würde dafür sorgen, dass es zu ihm nach Hause transportiert wurde.

Sie nahm den Zettel an sich. »Okay. Kein Problem.« Sie hielt inne. »Doch. Ich komm ja erst in zwei Wochen zurück. Können wir sagen, bis in *drei* Wochen?«

Kaun nickte. »Auch gut. Sagen wir, bis in *drei* Wochen.«

Bethany Kaun war überglücklich, als ihr Mann am Dienstagmorgen kurz nach neun Uhr endlich in der Klinik auftauchte, und zugleich stinksauer, dass er sie mit all dem Schrecklichen, was ihrem Kind angetan worden war, alleingelassen hatte. Sie schloss ihn in die Arme, schweigend, weil ihr nichts einfiel, das sie ihm hätte sagen können. Sie spürte, wie sie zitterte. Sie hatte nur noch den Wunsch, sich in die Wärme fallen zu lassen, die von seinem Körper ausging, und alles andere zu vergessen. Sie war mit den Nerven am Ende. Seit Tagen lebte sie in dem Gefühl, nicht mehr dieser Welt anzugehören, sondern einer anderen, einer Art Vorhölle.

»Ich sollte erst ins Hotel und duschen«, meinte John. »Im Flugzeug war es schrecklich heiß. Ich stinke bestimmt wie eine ganze Footballmannschaft.«

Bethany ächzte. »Ich rieche nichts mehr. Nur noch Desinfektionsmittel.«

Sie besuchten Kathy, die, glatzköpfig, aufgedunsen und apathisch, ihren Vater nur durch die Glasscheibe begrüßen durfte. Sie rang sich mit Mühe ein Lächeln ab und widmete sich wieder dem Film, den sie gerade schaute. In den letzten Tagen tat sie fast nichts anderes mehr. Am liebsten sah sie

Filme, in denen es irgendwie um Fische oder andere Unterwasserlebewesen ging. Ob Zeichentrick oder Naturfilm, war ihr dabei egal.

Eine Dusche und ein karges Mittagessen in der Cafeteria später saßen sie in Doktor Hammonds Büro, um die für Mittwoch geplante Knochenmarksentnahme zu besprechen. John sollte noch an diesem Nachmittag die erste Infusion des Mittels bekommen, das die Hepatitiserreger in seinem Körper band. Die Nacht durfte er noch einmal im Hotel verbringen, am Tag darauf würde man die Dosis steigern und gegen Abend schließlich die eigentliche Entnahme durchführen.

Sie liebten sich in dieser Nacht, mit einer Intensität, wie Bethany es schon lange nicht mehr erlebt hatte, wenn überhaupt je. »Hey«, meinte sie hinterher leise, »das Zeug scheint ein Aphrodisiakum zu sein, hm?«

»Du bist es«, murmelte er und strich ihr sanft ein paar schweißverklebte Locken aus der Stirn. »*Du* bist das Aphrodisiakum.«

Romantisch scheint das Mittel obendrein zu machen, ging ihr noch durch den Kopf, ehe sie einschlief.

Am nächsten Morgen fuhren sie wieder in die Klinik. John nahm einen Schlafanzug und sein Waschzeug mit; er würde mindestens zwei Nächte unter Beobachtung bleiben, bis die bindende Substanz aus seinem Körper ausgespült war. Mehr als ein Dutzend Ärzte, Assistenzärzte und Studenten verfolgten, wie man John die zweite, stärker dosierte Infusion anhängte. Sie maßen diverse Vitalwerte bei ihm und diskutierten sie gleich am Bett, in jener medizinischen Fachsprache, die Bethany inzwischen zwar vertrauter war, als sie es sich gewünscht hätte, die sie aber immer noch nicht wirklich verstand. Jedenfalls, die Ärzte schienen zufrieden, trugen Zahlen in Protokolle ein und waren sich einig, dass alles gut verlaufe.

Zwischendurch ging Bethany zu Kathy. Ihre Tochter musste jeden Morgen geduscht und danach am ganzen Körper mit einem bräunlichen, stinkenden Desinfektionsmittel eingerieben werden: Das wollte sie niemand anderen machen lassen. Dann hieß es, das Bett frisch beziehen. Anschließend schaute ein Arzt vorbei, um Blut abzunehmen – was sich zu Kathys Erleichterung durch den Katheter bewerkstelligen ließ – und um nachzusehen, ob sich in ihrer Lunge Schleim ansammelte.

Kurz darauf kam eine junge, indischstämmige Musiktherapeutin. Sie musizierte täglich mit Kathleen auf einem Glockenspiel, um sie ein wenig aus ihrer Lethargie zu holen. Beth sah eine Weile zu, dann ließ sie die beiden allein, um wieder nach John zu schauen. Das war eine mühselige Prozedur, weil sie jedes Mal, wenn sie Kathleens abgeschirmtes Zimmer verließ, bei der Rückkehr erneut alle Desinfektionsmaßnahmen durchlaufen musste.

»Die Werte sind hervorragend«, sagte ein Arzt gerade, als sie Johns Zimmer betrat. »Es geht besser voran als erwartet.«

»Gut«, hörte sie John sagen. Ungewohnt, ihn so zu sehen, in einem weißen Krankenhemd in einem weißen Krankenbett.

Nachmittags schlief Kathleen, wie meistens, betäubt von dem Morphin, das sie bekam. Ihre Temperatur war geringfügig erhöht, aber sie hatte heute kein Blut gespuckt wie noch vor einigen Tagen. Inzwischen waren die Schleimhäute ihres Magens und ihrer Speiseröhre von der Hochdosis-Chemotherapie so stark angegriffen, dass sie nichts mehr essen konnte. Sie wurde künstlich ernährt – was Kathy in ihrer manchmal verblüffend trockenen Art als *höchst praktisch* bezeichnete.

Bethany ließ sie schlafen und ging wieder zu John. Sie kam gerade rechtzeitig, um ihm einen letzten Kuss zu geben, ehe er seine Lokalanästhesie bekam und in den OP gerollt wurde. Sie durfte zusammen mit einer Gruppe Medizinstudenten zuschauen, wie sie ihn auf die Seite legten, sah aber weg, als man ihm die dicke Nadel in den Rücken stach. Die Stimme des operierenden Arztes kam blechern aus Lautsprechern rechts und links des Sichtfensters: Alles laufe soweit normal, erklärte er, die Filtereinheit sei nun in Betrieb.

»Ein bisschen viel Blut, wenn du mich fragst«, hörte Bethany einen schwarzen Studenten leise zu einem Kommilitonen sagen.

»Ach, Quatsch«, meinte der.

Doch da fingen plötzlich mehrere Geräte gleichzeitig wie verrückt zu piepsen an, die Stimme aus den Lautsprechern rief: »Was zum Teufel –?«, und verstummte dann, und als Bethany wieder hinsah, herrschte unübersehbar Hektik im OP.

»Was ist?«, fragte sie, drehte sich zu den Studenten um, fragte noch einmal: »Was ist los?«

Es war ein eigenartiger Zustand, in dem sich John Kaun befand. Er lag da, war sich dessen bewusst, dass er auf einen OP-Tisch lag, halb nackt, an allerhand Geräte und Leitungen angeschlossen, und dass um ihn herum hektische Geschäftigkeit herrschte, Aufruhr regelrecht, ja, Panik. Er nahm auch wahr, dass er Schmerzen hatte, heftige, von der Mitte seiner Brust bis in die Arme ausstrahlende, krampfartige Schmerzen – doch zugleich war er von alldem losgelöst. Es war da, doch es erreichte ihn nicht. Wie eine Auster, die ein Sandkorn mit Perlmutt umhüllt, so umhüllte ihn die Welt mit einer Schutzschicht, die ihn von allem abschirmte.

Er registrierte, wie man die Absaugnadeln aus seinem Körper zog, ihn umherwuchtete, ihm eine Maske aufsetzte, wie bebende Hände an ihm herumhantierten. Doch zugleich waren diese Dinge weit weg, betrafen ihn nicht mehr.

Was für ein Unsinn, dachte er, *dass wir den Tod so sehr fürchten. Die Natur hat es schon so eingerichtet, dass er uns nicht schwerfällt. Es sieht nur von außen so aus.*

Hinterher fühlte sich Bethany Kaun, als sei sie selber gestorben. Sie tat, was zu tun war, sagte, was von ihr erwartet wurde, doch sie kam sich vor wie ein fühlloser, lebloser Roboter. Ja, man habe genug Knochenmark entnehmen können. Nein, es sei bestimmt nicht mehr kontaminiert. Ja, man werde es Kathleen unverzüglich implantieren, noch heute Nacht.

Die Implantation war ein denkbar unspektakulärer Anblick: ein dicker Plastikbeutel mit einer rötlichen, blutartigen Flüssigkeit darin, den man an Kathleens Infusionsständer hängte und mit ihrem Katheter verband, um den Inhalt tropfenweise in ihre Adern laufen zu lassen. Das war alles.

Ein Stück von ihrem Vater, das nun für immer ein Teil von ihr sein würde. Eine neue Blutgruppe als letztes Vermächtnis.

Papiere waren auszufüllen und zu unterschreiben, Telefonate zu tätigen, Entscheidungen zu treffen. Leute redeten behutsam mit ihr, Anteil nehmend, mit ernsten Gesichtern und häufig nickend: ein Bestatter, ein Anwalt, jemand von der Forschungsgruppe. Da war eine dickliche, ruhige Frau, eine Art weiblicher Buddha mit schottischem Akzent, die nicht von ihrer Seite wich. Man sorgte für sie. Es tat allen leid, was passiert war. Man konnte sich den Vorfall nicht erklären. Höchstens, dass das Gutachten des Kardiologen aus Oklahoma City ein übertrieben positives Bild gezeichnet hatte. Aus welchem Anlass ihr Mann das denn habe erstellen lassen?

»Ich weiß nicht«, sagte Bethany. »Ich erinnere mich nicht. Es gab keinen Grund. Er hatte seine Tabletten, sein Spray, seinen Tagesablauf, seine Vorsorgemaßnahmen.«

Ob er geplant habe, irgendeine Sportart auszuüben? Ob er das Gutachten dafür gebraucht habe?

»Nein. Nicht, dass ich wüsste. John … hat sich nie viel aus Sport gemacht.« Sie konnte schon in der Vergangenheitsform von ihm sprechen, ohne Schmerz zu spüren. War das nicht schrecklich? Ja. Doch auch das berührte sie nicht, weil sie innerlich tot war, tot, tot, tot.

Irgendwann, ein paar Tage später, brachte sie es über sich, das Krankenhaus zu verlassen und ins Hotel zurückzukehren. Dort fand sie, als sie sich aufraffte, Johns Koffer zu öffnen, einen in seiner Handschrift an sie adressierten Brief.

Oh nein.

Sie nahm den Umschlag, wusste nicht, was sie damit machen sollte. Wanderte durch das Zimmer, setzte sich hierhin, setzte sich dahin, das Ding aus mattgelbem, tonnenschwerem Papier die ganze Zeit in der Hand. Schließlich griff sie nach dem Kugelschreiber mit dem Logo des Hotels, der neben dem Telefon lag, schlitzte den Brief auf und zog das Blatt heraus, das darin steckte.

Beth,

wenn du das hier liest, ist vermutlich geschehen, womit ich rechnen musste. Ich schreibe dir diese Zeilen, um dir zu sagen, dass ich nichts bedaure, außer, dass ich dich nun allein mit alldem zurücklassen muss. Das tut mir leid, und ich hoffe, du kannst mir verzeihen, dass ich dieses Risiko eingegangen bin, um Kathleen zu helfen, was mir hoffentlich geglückt sein wird. Ich wollte nicht, dass meine Tochter an den Sünden ihres Vaters zugrunde gehen muss.

Du sollst auch wissen, dass ich, wenn ich auf mein Leben zurückblicke, vor allem das Wunder sehe, nach all den Irrwegen und unsinnigen Zielen meiner jüngeren Jahre zuletzt doch noch am richtigen Ort angekommen zu sein. Das war mehr, als ich verdient hatte, und dass ich imstande war, dich und Kathleen so sehr zu lieben, wie ich es getan habe, heißt, dass mein Leben erfüllt war.

In Liebe und Dankbarkeit,

John

Da, endlich, brachen die Tränen aus ihr hervor, der Schmerz und die Tränen, so viele davon, als sei sie zur Quelle einer neuen Sintflut bestimmt und es an der Zeit, eine neue Arche zu bauen.

Stephen Foxx erfuhr vom Tod John Kauns aus der Zeitung. Dem *Boston Herald* war die Nachricht vom Tod des ehemaligen Medientycoons einen mehrspaltigen Artikel auf der ersten Seite des Wirtschaftsteils wert. Das Foto war einigermaßen aktuell. Der Text schloss damit, dass Kaun eine Frau und eine fünfjährige Tochter hinterlasse.

»Hm«, meinte Judith, nachdem sie den Bericht ebenfalls

gelesen hatte. »Eigenartig. Auch, dass du es aus der Zeitung erfahren musst. Wo ihr doch zuletzt beinahe gute Freunde geworden seid.«

»Tja«, sagte Stephen versonnen. »Eben nur beinahe.« Sie saßen beim Frühstück, die Sonne schien herein, draußen brummte das Leben. Seltsam, daran zu denken, dass es kaum eine Woche her war, dass er Kaun besucht und wieder mal nicht gewusst hatte, ob er ihn beneiden sollte oder nicht.

Judith musterte ihn über den Rand ihrer Kaffeetasse hinweg. »Was geht dir durch den Kopf?«

»Ich muss an das Gespräch mit ihm denken, in New York. Wie er da in dieser Suite sitzt und wie besessen Informationen zusammengetragen hat aus Angst, dass der Weltuntergang droht.« Er faltete die Zeitung zusammen und legte sie zur Seite. »Ich hab mich gewundert, dass jemand wie Kaun plötzlich so paranoid wird. Aber jetzt frage ich mich, ob das vielleicht Vorahnungen waren. Vielleicht hat er insgeheim gewusst, dass diese Operation, für die er nach London geflogen ist, schiefgehen würde.«

Kapitel 36

Einmal kam ein Aussätziger. Er kniete sich vor ihm hin und bat ihn flehentlich: »Wenn du willst, kannst du mich rein machen.« Jesus hatte Mitleid mit ihm, berührte ihn mit seiner Hand und sagte: »Ich will es, sei rein!« Sofort verschwand der Aussatz, und der Mann war geheilt. Jesus schickte ihn auf der Stelle weg und befahl ihm mit aller Entschiedenheit: »Pass auf, dass du niemand auch nur ein Wort davon sagst. Geh stattdessen zum Priester, zeig dich ihm und bring das Opfer für deine Reinigung, wie Mose es angeordnet hat. Das soll ein Beweis für sie sein.« Der Mann ging weg, erzählte aber überall von seiner Heilung und machte die Sache bekannt, sodass Jesus in keine Stadt mehr gehen konnte, ohne Aufsehen zu erregen. Er hielt sich nur noch außerhalb der Ortschaften an einsamen Stellen auf. Doch die Leute kamen von überallher zu ihm.

Das Evangelium nach Markus, Kapitel 1

DAS JESUS-INTERVIEW

Vielleicht erzählen Sie einfach alles von Anfang an.

Von Anfang an? Ab der Zeitreise, meinen Sie?

Zum Beispiel.

Ja, Sie haben recht. Es wird das Beste sein, ich erzähle einfach der Reihe nach, was passiert ist. Eine Zeitreise ist ohnehin eine verwirrende Angelegenheit, man muss das nicht zusätzlich komplizieren.

Wissen Sie, am meisten hat mich verblüfft, wie wenig man

davon gespürt hat. Also, ich meine, von dem Übergang aus der Gegenwart in die Vergangenheit. Da war nichts. Gar nichts. Kein Ruck, kein Schlag, überhaupt keine körperliche Empfindung. Das Einzige, was ich bemerkt habe, war, dass es in den Sichtluken unserer Maschine plötzlich dunkel geworden ist. Weil da, wo wir angekommen sind, ja Nacht war …

Man müsste streng genommen sagen, *dann, wann* wir angekommen sind, oder? Was meinen Sie?

Ich verstehe schon, was Sie sagen wollen. Sie brauchen es wirklich nicht zu komplizieren.

Unsere Sprache ist nicht geeignet dafür. Vermutlich, weil es zu selten nötig ist, Zeitreisen zu beschreiben.

Vermutlich.

Gut. Dann schildere ich alles so einfach wie möglich. Wir saßen also in unserer Flugmaschine, Mark Walvoord hatte die Hand am Steuerhebel, niemand von uns sagte ein Wort. Es wäre auch schwierig gewesen, sich verständlich zu machen, weil die Triebwerke einen Höllenlärm machten. Wir schauten alle auf das Höhenmessgerät vor Mark und wie die Angaben darauf allmählich auf Null zugingen. Das war der Punkt, an dem wir sein mussten, damit uns das Zeitkatapult in die Vergangenheit schleudern konnte. Die Uhr zeigte noch elf Sekunden, zählte herunter. Und bei Null wurde es in den Sichtluken schlagartig schwarz.

Okay, rief Mark, das war es. Wir sind da.

Ich konnte es erst nicht glauben. Aber er drückte den Hebel hinab, wir sanken und setzten fast sofort auf. Ich schätze, wir sind in etwa zehn Fuß Höhe herausgekommen. Kaum hatten wir Bodenberührung, schaltete Mark die Triebwerke auch schon ab. Es wurde still, knackste ein bisschen, als würde irgendetwas unter uns nachgeben, ein Ast vielleicht oder ein kleinerer Stein, dann waren wir da.

In der Vergangenheit.

Ja.

Faszinierend, das so beschrieben zu bekommen. Und irgendwie zugleich, hmm ... unspektakulär. Fast enttäuschend.

Da haben Sie recht. Ich hatte davor immer dieses Bild von den Raumfahrtpionieren vor Augen, die Apollo-Mondmission und so. Riesige Maschinen, die Männer richtig durchrütteln, ganzen körperlichen Einsatz fordern. Aber das ... Selbst eine Fahrt mit dem Bus wäre aufregender gewesen.

Aber nun waren wir da. Und da zu sein, das sollte ja das eigentliche Abenteuer werden.

An einem der ersten richtig warmen Tage des Jahres in Boston klingelte ein durchschwitzter Mann von UPS an der Tür. Stephen Foxx öffnete ihm in Shorts und T-Shirt und einigermaßen verwundert, denn er hatte in letzter Zeit nichts bestellt und erwartete kein Paket.

Nun, vielleicht war es für Judith. Er unterschrieb mit dem schweißnassen Stift des UPS-Mannes auf dem Display des Gerätes, das dieser ihm hinhielt, bedankte sich und trug den schweren Karton in die Wohnung. Er wuchtete ihn auf den Küchentisch und las den Aufkleber.

Nein, es war tatsächlich für ihn. Absender war eine gewisse Doreen Baird, New York.

Hmm. Sagte ihm nichts. Er zog ein scharfes Messer aus der Schublade, schlitzte die Verpackung behutsam auf. Klappte den Deckel auf. Lauter Papiere, ein Stapel von Kopien, teilweise geheftet oder in Mappen, dazwischen Zeitungsausschnitte, Faxe, Briefe, technische Zeichnungen. Auf fast allen Blättern waren Stichworte mit Leuchtmarker angestrichen.

Obenauf lagen mehrere Kopien aus der Bibel, aus dem Buch der Offenbarung. Jemand hatte sie heftig mit farbigen Markern bearbeitet und am Rand mit eng gekritzelten Notizen versehen.

»Oh nein«, murmelte Stephen.

Das war John Kauns Handschrift. Das waren die Unterlagen, die er gesammelt hatte, oder zumindest ein Teil davon.

Was sollte das? War das eine Art Vermächtnis? Hatte der ehemalige Medientycoon wirklich geglaubt, er, Stephen Foxx, würde dessen besessene Suche nach kriegstreiberischen Machenschaften fortsetzen?

Der Mann musste echt durchgeknallt sein auf seine letzten Tage.

Stephen legte die Kopien wieder hinein, klappte den Deckel zu. Was tun? Wegwerfen?

Irgendwie brachte er das auch nicht fertig. War Kaun immer noch ein Idol für ihn? Oder zögerte er nur, weil es ihm pietätlos vorkam? Er ließ alles in der Küche stehen, bis Judith kam, zeigte ihr die Unterlagen, und sie kamen überein, die Entscheidung über deren Schicksal zu vertagen. Stephen klebte den Karton wieder zu, trug ihn ins Schlafzimmer und dort in den begehbaren Schrank, wo er ihn auf dem allerobersten Regal ganz, ganz hinten verstaute.

Da oben mochte er Staub sammeln, bis er eines Tages – wahrscheinlich anlässlich eines Umzugs – endgültig rausflog.

Alles, was mit Johns Tod zu tun hatte – der behördliche Papierkram, die Einäscherung, die Überführung der Urne nach Oklahoma City –, lief irgendwie nebenbei ab und ohne dass Bethany Kaun es näher an sich heranließ als nötig. Sie konnte es sich nicht erlauben zu trauern. Sie war jetzt allein und war es wiederum auch nicht, denn Kathy brauchte sie, mehr als je zuvor.

Sie konnten es sich beide nicht erlauben zu trauern. Ihre Aufgabe war nun, weiterzuleben.

Was die medizinische Seite anbelangte, lief alles bestens. Das Knochenmark, das letzte Vermächtnis von Kathleens Vater, schien nach allem, was man sagen konnte, rasch und komplikationsfrei anzuwachsen. Die Ärzte zeigten sich hochzufrieden. Sie erklärten immer wieder, die vielen Untersuchungen seien kein Grund zur Sorge, sondern dienten der Dokumentation von Kathleens Fall, im Hinblick auf künftige Kranke, denen die gewonnenen Erkenntnisse zugutekommen würden.

Und tatsächlich: Je mehr Zeit verging, desto mehr kam Kathleen zu Kräften, desto deutlicher sah man, dass sie auf dem Weg zurück ins Leben war. Ihr fahlweißes Gesicht gewann wieder Farbe, und ihre Augen, die zuletzt gewirkt hatten, als blickten sie schon in die andere Welt, verloren ihren apathischen Glanz.

Das war durchaus nicht nur angenehm. Kathy weinte viel. Sie hatte Phasen, in denen sie sich mit wütender Verzweiflung blutig kratzte. Einmal bekam sie einen Schreianfall, in dessen Verlauf sie alles, was auf ihrem Nachttisch stand, quer durchs Zimmer schleuderte und einen Stuhl hinterher, und es hörte erst auf, als man ihr ein Beruhigungsmittel spritzte. Ein andermal klagte sie über Schmerzen und wurde eine Zeit lang so lichtempfindlich, dass die Rollläden vor den Fenstern tagsüber geschlossen bleiben mussten. Ihre Lungen machten Probleme; man musste sie wieder täglich absaugen, eine aufwendige, anstrengende Prozedur, und sie bekam Antibiotika durch eine Magensonde.

Immer noch war sie appetitlos, wurde über Infusionen ernährt. Es dauerte Wochen, ehe sie sich von einem Teller Spaghetti mit Tomatensoße verführen ließ, wenigstens eine Gabel voll zu probieren.

Es wurden schließlich drei Gabeln, ehe sie erschöpft genug hatte, aber sie lächelte. Bethany lächelte auch, nahm es als weiteres Zeichen, dass es aufwärtsging. Die übrigen Nudeln allerdings aß sie nicht. Inzwischen hatte sie von dem, was man in England für Essen hielt, die Nase mehr als voll, erst recht von den Produkten der Krankenhausküche. Ab und zu, wenn Kathy schlief, stahl sie sich davon, entweder zu einem indischen Restaurant, das sie vier Straßen weiter entdeckt hatte und in dem auch wirklich Inder verkehrten, oder zu einem Chinesen. Der war zwar nicht ganz so gut, lag dafür aber näher am Krankenhaus, und es ging dort auch alles schneller.

Rund sechs Wochen nach der Transplantation durfte Kathy zum ersten Mal ihr Zimmer wieder verlassen. Vor den Objektiven mehrerer Videokameras und den versammelten Ärzten tat sie ein paar Schritte außerhalb der Schleuse. Am Tag darauf wagten sie sich sogar auf die Terrasse hinaus; es war ein sonniger Tag, und man hatte einen schönen Blick auf London.

Aus Kathys Sicht war die wichtigste Errungenschaft allerdings, dass ihr Fuchs nun wieder mit zu ihr ins Bett durfte.

Anderthalb Monate später war sie soweit, dass man darangehen konnte, ihre Rückkehr in die Staaten zu organisieren. Kathy aß inzwischen wieder, und die letzte Infusion lag Wochen zurück, was die Voraussetzungen für eine Entlassung nach Hause waren. Die Londoner Ärzte stimmten sich mit den Ärzten in Oklahoma City über die weitere Behandlung ab: Kathy würde den Katheter behalten und jeden zweiten Tag in die Klinik kommen, um ihn durchspülen zu lassen. Außerdem bekam Bethany eine Liste, so lang wie ihr Unterarm, mit Medikamenten, die ihre Tochter würde einnehmen müssen.

Sie hatte sich die ganze Zeit über so absolut auf Kathy konzentriert, dass kein Gedanke an finanzielle Fragen aufgekommen war. Nun, da die Rückkehr ins normale Dasein bevorstand, begann sie doch noch, sich Sorgen zu machen. Sie wartete täglich darauf, dass jemand vom Krankenhaus ihr eine Rechnung präsentierte, deren Endbetrag sie zu empfindlichen Umgestaltungen ihres Lebens zwingen würde – eine Hypothek auf das Haus aufzunehmen, die Firmenanteile zu verkaufen oder dergleichen –, aber das geschah nicht.

Dann kam der Morgen der Abreise. Sie stand früh auf, packte die Koffer, frühstückte. Sie würde Kathy aus dem Krankenhaus abholen und mit ihr zum Flughafen fahren, wo ihre Maschine um genau fünfzehn Uhr ging. Unfassbar, dass es endlich so weit sein sollte.

Als sie an die Rezeption trat, um auszuchecken, erklärte man ihr, die Rechnung für das Zimmer sei bereits bezahlt.

»Das kann nicht sein«, beharrte Bethany. Ihr Herz raste auf einmal. Hatte John das etwa auch vorbereitet? Bitte nicht, dachte sie, bitte nicht. Wenn sie mir jetzt noch einen Brief Johns in die Hand drücken, breche ich zusammen.

Aber der Rezeptionist gab jemandem hinter ihr ein Zeichen, und gleich darauf kam eine schlanke junge Frau mit engelhaft gewellten, haselnussbraunen Haaren auf sie zu. »Misses Kaun?«

»Ja«, sagte Bethany.

Die Frau streckte ihr die Hand hin. »Elaine Woolbright. Ich bin die Vorsitzende der Stiftung, die das Hepatitis-Projekt finanziert. Ich habe mir erlaubt, Ihre Hotelrechnung zu begleichen.«

»Aber das wäre nicht nötig –«

»Bitte verstehen Sie es als Versuch, Ihnen unnötige Probleme abzunehmen«, sagte die junge Frau rasch und bestimmt. Man merkte ihr an, dass sie es gewöhnt war, Dinge zu organisieren. »Mein herzliches Beileid zum Tod Ihres Mannes. Wir bedauern alle sehr, dass das passiert ist.«

»Danke«, sagte Bethany und fragte sich, wen sie mit *wir alle* wohl meinte.

»Meinem Großvater war es ein Herzensanliegen, Ihre Tochter geheilt zu sehen«, fuhr die Frau fort.

Bethany starrte auf die Perlenkette um ihren Hals, die ganz unwirklich schimmerte. »Ihr Großvater«, wiederholte sie mit dem Gefühl, gerade überhaupt nicht zu verstehen, was vor sich ging.

»Er hat die Stiftung ins Leben gerufen und mit dem Vermögen ausgestattet, mit dem wir arbeiten.«

Bethany hätte gerne etwas Kluges, der Situation Angemessenes gesagt, aber in ihrem Hirn herrschte völlige Leere. Hätte sie sich nicht so erschöpft gefühlt, wäre es ihr entsetzlich peinlich gewesen. So brachte sie nur heraus: »Dann richten Sie Ihrem Großvater meinen herzlichen Dank aus. In meinem Namen und in dem Kathys.«

Elaine Woolbright lächelte schmerzlich. »Das würde ich gerne, und ich bin sicher, er würde sich sehr freuen, aber leider ist er vor zwei Monaten gestorben. Kurz nachdem Ihre Tochter als erste Patientin feststand. Das hat er noch mitbekommen.«

Alle sterben sie, dachte Bethany. Alle.

»Das tut mir leid«, sagte sie und merkte, wie ihre Stimme dabei rau wurde.

»Das muss es nicht«, meinte die Frau mit den engelhaften Haaren. »Er war zweiundneunzig, ein gesegnetes Alter. Und er hat nicht gelitten. Er ist einfach eines Morgens nicht mehr aufgewacht.« Sie deutete in Richtung der Ausgangstür. »Aber ich will Sie nicht länger aufhalten. Ich glaube, das da ist ihr Taxi.«

Es war ein trauriger Moment, die Haustür aufzuschließen und das Haus zu betreten, das so leer, so still, so verlassen wirkte. Die Luft roch abgestanden. Jeder Schritt rief Erinnerungen wach, die wehmütig stimmten.

Beth hatte vorab die Firma engagiert, die das Haus während Kathys erster Chemo schon einmal klinisch gereinigt hatte. Sibyl hatte sie hereingelassen. Die Leute hatten auch gut gearbeitet, kein Staubkrümelchen war zu sehen – trotzdem kam es einem vor, als hausten Gespenster in den Zimmern und Fluren.

Der Garten war natürlich inzwischen das vollkommene Chaos. Das würde er auch noch geraume Zeit bleiben, Bethany hatte keinerlei Energie dafür übrig, nicht einmal genug, um einen Gärtner zu beauftragen. Dem Ersten, der sich beschwerte, beschloss sie, würde sie einfach die Schlüssel zum Geräteschuppen in die Hand drücken.

Kathleen, die während des Heimflugs halbwegs lebhaft gewirkt hatte, fiel zu Hause, ohne ihren Vater, in ein Loch. Das wirkte sich auch körperlich aus: Sie bekam mehrmals plötzlich hohes Fieber und musste – meistens mitten in der Nacht – ins Krankenhaus gebracht werden. Ihre Leberwerte verschlechterten sich, was einen hektischen Austausch von E-Mails und Daten aller Art zwischen Oklahoma City und London nach sich zog. Und wenn sonst nichts war, war es jedes Mal ein Drama, wenn Kathleen ihr CSA einnehmen musste, ein Mittel, um die Abstoßung des neuen Knochenmarks zu verhindern. Das Zeug schmeckte eklig, aber sie musste es zweimal täglich nehmen, morgens und abends, stets um die gleiche Uhrzeit. Die dafür nötigen Kämpfe ließen Bethany Kaun erschöpft zurück. Bestimmt fühlte sich so ein Ringer am Ende seiner Kräfte, sagte sie sich manchmal.

Immer wieder fragte Kathy nach ihrem Vater, wollte genau wissen, woran er gestorben war. Bethany erklärte es ihr, so gut sie konnte, und in der Regel endeten diese Gespräche damit, dass sie einander weinend in den Armen lagen.

Doch irgendwie ging es trotzdem weiter, einen Tag nach dem anderen. Wieder zu arbeiten, wie Beth es sich anfangs vage vorgestellt hatte, erwies sich allerdings als ein Ding der Unmöglichkeit – und war zum Glück auch nicht nötig. Die Weavers schauten ab und zu vorbei, meistens nur, um ein fertig gekochtes Mittagessen abzuliefern und wieder zu verschwinden. Paul versicherte ihr, dass Bob Turner sich gut eingearbeitet habe, was das Tagesgeschäft anbelangte. Sie würden schwierigere Umbauaktionen einfach aufschieben, bis Bethany zurück an Bord war.

Als Kathleen sechs wurde, war es schon keine Frage mehr, ob sie ein paar Kinder einladen durfte. Ihre Haare waren wieder gewachsen, ihre Laborwerte gut und ihr Appetit geradezu unmäßig. Es kamen Kinder, mit denen sie bei der Tagesmutter zusammen gewesen war, aber auch welche, die sie vom Krankenhaus her kannte – und die noch am Leben waren, was nicht bei allen, die ihr einfielen, der Fall war.

Es wurde trotzdem ein schönes Fest. Bethany und Kathy hatten gemeinsam das ganze Haus geschmückt. Die Kinder spielten Verkleiden und Reise nach Jerusalem und allerhand Computerspiele, die Beth zu bunt und hektisch gewesen wären, die aber auf große Begeisterung stießen.

Am späten Nachmittag waren alle irgendwann aus irgendeinem Grund in Kathys Zimmer versammelt, und als Beth ihnen einen Teller Brownies bringen wollte, hörte sie vom Flur aus, wie Kathy erzählte: »Mein Daddy ist gestorben, damit ich wieder gesund werden kann. Sonst wäre ich heute längst tot.«

Bethany musste stehen bleiben und mit den Tränen kämpfen. Ja, Kathy brachte das, was geschehen war, auf den Punkt.

Und wenn sie das so erzählen konnte – hieß das nicht, dass das Schlimmste überstanden war?

Das *Video-World-Dispatcher*-Projekt ging voran. Stephen Foxx entwarf die notwendigen Änderungen an der Unternehmens-IT, teilte die Arbeiten in Pakete auf, die er in die üblichen Kanäle verteilte. Anschließend verschwand das Projekt aus seinem Gesichtsfeld, um nur noch ab und an in Form von Nachfragen, Problemen oder – selten – in Form fertiger Programme aufzutauchen. Ansonsten war er mit neuen Aufträgen beschäftigt, mit Beratertätigkeiten und was sonst so anfiel. Routine, so weit.

Die Zeit verging. Die Entwicklung der Software verzögerte sich, was ärgerlich war, aber nicht weiter störte, weil sich der Bau des Lagers in Oklahoma aufgrund bürokratischer Probleme ebenfalls verzögerte. So ging ein gutes Jahr ins Land, ehe es zum ersten Mal erforderlich wurde, dass Stephen hinflog, um sich die Situation vor Ort persönlich anzuschauen.

Der Rundgang durch den fast fertiggestellten Neubau war schnell beendet. Das anschließende Gespräch mit den Verantwortlichen war auch kürzer, als er kalkuliert hatte. So sah er sich überraschend mit der Notwendigkeit konfrontiert, einen Nachmittag in Oklahoma City sinnvoll herumzubringen, ehe sein Flieger zurück nach Boston ging.

Aus irgendeinem Grund kam er auf die Idee, John Kauns

Witwe einen Kondolenzbesuch abzustatten. Es war zwar ein bisschen spät dafür, aber besser spät als nie. Und falls sie nicht da war oder ihn wieder wegschickte, konnte er sich immer noch etwas anderes überlegen. Oder zum Flughafen hinausfahren, den Laptop in einem Café mit WiFi-Anschluss aufklappen und online an dem einen oder anderen Schriftstück weiterschreiben, bis es Zeit wurde, zum Gate zu gehen.

Doch Mrs Kaun war da, und sie empfing ihn auch. Sie nahm seine Beileidsbekundungen mit knappem, leicht missgestimmtem Dank entgegen (er war *tatsächlich* viel zu spät dran, riss nur verheilte Wunden wieder auf) und bat ihn auf einen Kaffee herein.

Es war aufschlussreich, das Haus zu betreten. Hier also hatte John Kaun gelebt. So hatte er wirklich gewohnt. Die Räume waren geschmackvoll eingerichtet und zeugten von Wohlstand, hatten aber nichts von dem überzüchteten Luxus des Hotelzimmers, in dem Stephen Kaun zuletzt begegnet war.

Irgendwie kam ihm das … *richtig* vor.

»Sie sind also dieser Stephen Foxx«, sagte Mrs Kaun, als sie einander im Wohnzimmer gegenübersaßen. »Mein Mann hat mir von Ihnen erzählt.«

Stephen setzte sein höflichstes Lächeln auf. »Er hat bestimmt übertrieben.«

»Er hat gesagt, Sie seien ein schlauer Kopf.«

»Wie gesagt.«

»Und dass Sie dieses vermaledeite Video gefunden haben.«

Stephen legte behutsam die Hände um seine Tasse, als müsse er sich daran wärmen. Auf einmal lag eine eigenartige, fast schmerzlich kalte Ablehnung in der Luft. »Wieso vermaledeit?«, fragte er.

Sie sah beiseite, schien zu überlegen. »Eine irrationale Haltung, ich weiß. Ich verbinde dieses Video mit dem Verlust meines Mannes. Obwohl er immer meinte, wenn er es nicht gesehen hätte, hätten wir uns nie kennengelernt …«

Stephen wartete einen Moment, ehe er behutsam sagte: »Das stimmt wahrscheinlich.«

Sie sah ihn stirnrunzelnd an. »Was stimmt?«

»Nun, der John Kaun, den ich einst getroffen habe, hatte offen gesagt wenig gemeinsam mit dem, den Sie gekannt haben. Aber das Video zu sehen kann einen Menschen, ein Leben ziemlich verändern. Mir ist es jedenfalls so ergangen.«

Sie musterte ihn skeptisch. »John war sich nicht sicher, ob es wirklich Jesus war, den er gesehen hat.«

»Ich bin mir da auch nicht sicher. Er trug schließlich kein Namensschild auf der Brust.« Stephen nahm einen Schluck Kaffee. »Aber das spielt auch keine Rolle, finde ich. Es ist die Veränderung, auf die es ankommt. Die Hinwendung zum Leben selbst, die es auslöst.«

Er betrachtete sie. Trauer und Schmerz umgaben sie wie ein unsichtbares Kraftfeld. In ihren dunklen Locken zeichneten sich erste graue Strähnen ab.

»Dieses Video«, sagte sie nach einer Weile. »Ich habe mir die Kopien angeschaut, die im Internet kursieren –«

»Das sind alles Fälschungen. Plumpe, billig gemachte Imitate, mit denen irgendjemand versucht, das wahre Video in Misskredit zu bringen.«

»Das *wahre* Video?«

»Ja. Die Kopien davon zirkulieren nur von Hand zu Hand. Ich kann Ihnen eine schicken, wenn Sie wollen.«

Sie musterte ihn, schüttelte dann sanft den Kopf. »Danke, aber machen Sie sich nicht die Mühe.«

»Es wäre keine Mühe.«

»Ich möchte es trotzdem nicht.« In ihrer Stimme war plötzlich ein Klang, der verriet, dass sie es gewohnt war, Anordnungen zu erteilen, und gewohnt, dass diese befolgt wurden.

Mit anderen Worten: Es hatte keinen Zweck.

Stephen trank seinen Kaffee aus, zückte eine Visitenkarte und schob sie ihr hin. »Dann darf ich Ihnen wenigstens das hier dalassen. Falls Sie je das Bedürfnis haben sollten, mich zu kontaktieren. Aus welchem Grund auch immer.«

Ein Geräusch ließ ihn den Kopf wenden: ein Rascheln, ein Scharren, ein Einatmen. An der Tür war ein rundes, von kurzen Locken umrahmtes Kindergesicht aufgetaucht, aus dem ihn riesige schwarze Augen neugierig musterten.

»Hallo«, sagte Stephen.

Und *wusch*, weg war sie wieder.

»Meine Tochter Kathleen«, erklärte Mrs Kaun.

Stephen nickte, meinte, ohne nachzudenken: »Sie ähnelt ihrem Vater, oder?«

Ein Moment der Stille. Stephen musterte seine Gastgeberin. Hatte er gerade etwas Falsches gesagt?

Schließlich seufzte Mrs Kaun kaum hörbar. »Ja«, sagte sie. »Sie haben recht. Sie ähnelt ihm sehr.« Sie nahm seine Visitenkarte auf, studierte sie. »Sie entwickeln Warenwirtschaftssysteme?«

»Für Spezialfälle, für die die großen etablierten Systeme *zu* groß sind. Oder zu etabliert.«

»Könnte sein, dass ich diesbezüglich mal auf Sie zukomme.« Sie stand auf und streckte ihm die Hand hin. »Hat mich gefreut, Sie kennenzulernen.«

Während Stephen Foxx seinen Mietwagen in Richtung Flughafen lenkte, dachte er über diese Begegnung nach. Irgendwie war die Stimmung zum Schluss noch einmal umgeschlagen, aber er verstand nicht ganz, warum.

Und ob sie das mit dem Auftrag wohl ernst gemeint hatte? Oder war es nur eine Art höflicher Rausschmiss gewesen, nach dem Motto *don't call us, we'll call you?* Er beschloss, sich nicht weiter den Kopf darüber zu zerbrechen.

Doch das alles rief auch in ihm Erinnerungen wach. An Barnford, an den Überfall dort, den Raub des Videos, vermutlich durch Agenten der katholischen Kirche, die von Anfang an dahinter her gewesen war …

Welch eigenartige Koinzidenzen sich der Zufall mitunter

erlaubte! Als Stephen später, im Flugzeug, die Zeitung zur Hand nahm, stieß er auf eine winzige Meldung: Der um 1940 entstandenen *True Church of Barnford* war der Status als Religionsgemeinschaft aberkannt worden. Der Grund war, dass sich kein Nachfolger für den Begründer der Gemeinschaft gefunden hatte, John Specter, der im Vorjahr im Alter von 92 Jahren gestorben war.

Und zwar, wie Stephen klar wurde, als er das Todesdatum sah, genau einen Tag, ehe John Kaun ihn, Stephen, angerufen und um ein Gespräch gebeten hatte.

»Sieh an«, murmelte er, eigentümlich berührt, dass ihm in der dicken Ausgabe ausgerechnet diese fünf Zeilen ins Auge gefallen waren. »So schließen sich die Kreise nach und nach.«

Kapitel 37

Danach ging Jesus wieder einmal an den See hinaus. Die ganze Menschenmenge kam zu ihm, und er belehrte sie. Als er weiterging und an der Zollstelle vorbeikam, sah er Levi, den Sohn von Alphäus, dort sitzen und sagte zu ihm: »Komm, folge mir!« Der stand auf und folgte ihm. Später war Jesus in seinem Haus zu Gast. Mit ihm und seinen Jüngern waren noch viele Zolleinnehmer eingeladen und andere, die einen ebenso schlechten Ruf hatten. Viele von ihnen gehörten schon zu denen, die ihm nachfolgten. Als die Gesetzeslehrer von der Partei der Pharisäer sahen, dass Jesus mit solchen Leuten aß, sagten sie: »Wie kann er sich nur mit Zöllnern und Sündern an einen Tisch setzen?« Jesus hörte das und entgegnete: »Nicht die Gesunden brauchen den Arzt, sondern die Kranken. Ich bin nicht gekommen, um Gerechte zu rufen, sondern Sünder.«

Das Evangelium nach Markus, Kapitel 2

DAS JESUS-INTERVIEW

Sie waren also angekommen in der Vergangenheit ...

Ja. Ein spannender Augenblick. Wir waren alle sehr aufgeregt. Am liebsten wären wir losgerannt, hatten irgendwie die Vorstellung, Jesus steht da draußen und wartet schon auf uns. Wieder war es Mark, der die Ruhe behielt. Es war richtig gewesen, ihn zum Leiter der Expedition zu bestimmen. Er sagte, okay, kommt jetzt alle mal wieder runter, wir gehen vor wie geplant. Und der Plan war, dass wir uns zuerst umsehen und sicherstellen, dass die Maschine stabil steht und nicht abrutschen wird. Dann wollten wir unsere Ausrüstung holen und den Rest der Nacht im Freien verbringen.

Warum das?

Um uns daran zu gewöhnen. Wir würden von jetzt an viel da draußen sein, da war es sinnvoll, so früh wie möglich damit anzufangen. Erst einmal unmittelbar neben der Maschine zu schlafen hieß, dass wir, wenn irgendetwas Unvorhergesehenes gewesen wäre, einen sicheren Unterschlupf in Reichweite gehabt hätten. In dem es allerdings ziemlich beengt zugegangen wäre, wenn wir alle dort hätten schlafen wollen.

Was hatten Sie denn an Ausrüstung dabei?

Nicht viel. Die Kleidung, die wir trugen, sowie jeder eine gewebte Umhängetasche mit unserem Gepäck. In die Taschen waren Videokameras eingepasst, mit denen wir durch eine unauffällige Öffnung filmen konnten. Außerdem hatte jeder von uns einen Revolver.

Eine Waffe? Ehrlich?

Ja. Für den Fall, dass wir es mit wilden Tieren zu tun bekämen oder einer römischen Patrouille.

Aber wenn einer seine Waffe verloren hätte? Dann hätte irgendwann ein Archäologe eine uralte, rostige Smith & Wesson ausgegraben?

Nun, um genau zu sein, es waren Colts, *Single Action Army Revolver.* Dieses Thema hatten wir lange diskutiert. Wir wollten nicht unbewaffnet reisen, aber keiner von uns hätte sich mit einer damals üblichen Waffe, einem Schwert etwa, wirklich verteidigen können. Entsprechende Versuche während unseres Trainings waren desaströs verlaufen.

Was für Kleidung trug man damals eigentlich?

Die Einwohner Palästinas trugen für gewöhnlich ein Kethoneth, eine Art langes Unterhemd, das bis zu den Knien reichte oder sogar bis zu den Knöcheln und meist um die Taille herum zusammengeschnürt wurde. Wohlhabende trugen unter dem Kethoneth noch Unterwäsche aus feinem Leinen. Über dem Kethoneth trug man eine Simlah, eine Art Umhang oder breiter Schal aus schwerer Wolle oder Flachs. Wobei man die Simlah ablegte, wenn schwere Arbeit zu verrichten war.

Wir hatten jedoch Kleidung, wie sie damals in Griechenland getragen wurde, weil das ja unsere Tarngeschichte war: dass wir Kaufleute aus Griechenland seien. Wir trugen jeder einen Chiton, ein leinenes Untergewand, so ähnlich geschnitten wie ein Poncho. Darüber zog man eine Chlamys. Das war ein Mantel, ziemlich dick und dicht gewebt, um sich bei Nacht zu wärmen und um Regen abzuhalten. Sie entsprach der Simlah, die Unterschiede waren gering.

So sind Sie also hinausgegangen? Haben sich in Ihre Mäntel gehüllt und irgendwo auf den Boden gelegt, um zu schlafen?

Ja. Wir hatten das vorher geübt, und ich weiß noch, die ersten Male war es schrecklich gewesen. Der moderne Mensch ist dergleichen ja nicht mehr gewöhnt, er braucht ein Bett, um zu schlafen. Aber es geht auch ohne. Es lag nicht am harten Boden, dass wir in dieser Nacht nicht viel geschlafen haben.

Sondern?

Wir waren einfach zu aufgeregt. Hinauszutreten aus der Maschine und sich zu sagen, wir sind jetzt Zeitgenossen Jesu, wir befinden uns in der biblischen Zeit – das war unglaublich. Dabei haben wir nicht viel gesehen, es war ja dunkel. Bedenken Sie, wir befanden uns in einer Zeit, in der es kein elektrisches Licht gab! Also keine blinkenden Flugzeuge am Himmel, keine Autobahnen in der Ferne, nichts dergleichen. Es war überwältigend dunkel, überwältigend still … Und es hat anders *gerochen!*

Wie denn?

Ach, wenn ich Ihnen das beschreiben könnte! Ich habe oft an diesen ersten Moment denken müssen. Wie ich den Fuß von der untersten Stufe auf den Boden setze, einatme und mir sage, wir sind tatsächlich da, wir sind wahrhaftig in einer anderen Zeit. Die Luft war erfüllt von Aromen, die, ich weiß nicht, vielleicht von Tierdung herrührten oder Misthaufen oder Pflanzen, die in der heutigen Zeit in Israel nicht mehr vorkommen. Vor allem, glaube ich, kam der Eindruck von Fremdartigkeit daher, dass bestimmte Aromen *fehlten* – die Abgase, der Geruch moderner Seife, überhaupt das ganze Spektrum chemisch-synthetischer Düfte. Aber, wie gesagt, ich weiß es nicht.

Und dann? Am ersten Morgen?

Ja, der erste Sonnenaufgang … Ich war gerade ein wenig eingenickt, als es hell wurde. Ein prächtiger Morgen, rotgolden, atemberaubend anzusehen in der Weite, in der wir uns befanden. Und wir konnten Jerusalem sehen. Den herodianischen Tempel, der damals ja noch stand. Ein gewaltiges Bauwerk, selbst aus der Ferne. Im Grunde haben wir die Stadt nur daran erkannt, denn zu der Zeit war Jerusalem natürlich viel, viel kleiner als heute. Ein paar Häuser, die sich um einen gigantischen Tempel scharten.

Wo genau waren Sie denn gelandet?

Ein Stück nördlich von Jerusalem, auf einer Anhöhe, die offensichtlich etwas höher lag als der Ölberg, von dem wir gestartet waren. Habe ich vorhin das Prinzip der Gravitationsinvarianz erwähnt?

Kann sein. Ich habe allerdings bestimmt nicht verstanden, was es bedeutet.

Es bedeutet, dass man bei dieser Art Zeitreisen immer in exakt dem Abstand zum Erdmittelpunkt herauskommt, in dem man gestartet ist. Oder genauer gesagt, unter der exakt gleichen Gravitation.

Ich habe einmal versucht, herauszufinden, wo diese Stelle heute liegt, bin aber gescheitert. Sie muss sich heute in einem der nördlichen Stadtteile Jerusalems befinden, und möglicherweise wurde ein Teil des Berges auch abgetragen. In zweitausend Jahren kann viel geschehen.

Und dann? Was haben Sie an Ihrem ersten Tag in der Vergangenheit gemacht?

Wir haben uns vergewissert, dass wirklich niemand in der Nähe ist, und sind anschließend noch einmal in die Maschine gestiegen, um alles zu überprüfen, zu sichern und abzuschließen. Mark war sehr zufrieden mit dem Treibstoffvorrat; er meinte, es sei genug da, um eine große Schleife über Jerusalem zu fliegen. Eine Vorstellung, die uns köstlich amüsierte, wie ich sagen muss. Wir waren alle ein wenig euphorisch drauf.

Tja, und dann ging es los. Nach Norden, um nach Jesus und seinen Jüngern zu suchen. Zu Fuß. In Riemensandalen! Da ließ die Euphorie bald nach.

Stephen Foxx hielt nicht genug von Politik, als dass er sich je für die Vorwahlen interessiert hätte. In der Regel fing er erst an, über seine Stimme nachzudenken, wenn die beiden Kandidaten im Rennen um das Weiße Haus feststanden.

Das war diesmal anders. Okay – er hätte behaupten können, es läge an dem Getöse, mit dem Gerald DenHaag startete. Er war der erste Republikaner, der seine Kandidatur erklärt hatte, und verfügte offenbar über ein gigantisches Werbebudget. Entsprechend war das Echo in den Medien: Es war schlichtweg unmöglich, ihn *nicht* wahrzunehmen.

Aber in Wirklichkeit war das nicht der Grund, warum Stephen zum ersten Mal in seinem Leben die *Primaries* verfolgte. Der wahre Grund war John Kauns Vorhersage, DenHaag werde der nächste Präsident. Nur deswegen suchte Stephen Zeitungen nach Umfragewerten ab, schaltete den Fernseher zu den Nachrichten ein und klickte im Internet von einer Wahlforschungsseite zur nächsten.

Die Psychologie von Prophezeiungen: Das war es, was in ihm wirkte.

Der Gouverneur von North Carolina startete nicht nur mit einer ungeheuren Dynamik, er vergrößerte seinen Vorsprung auch stetig. Als der Herbst anbrach, lag er den Umfragen zufolge mehr als zwanzig Prozentpunkte vor seinem nächsten Konkurrenten. Bei diesem handelte es sich um Senator John Keyes, einen hochdekorierten Helden des Vietnamkriegs, der mit einer ehemaligen Schauspielerin verheiratet war, fünf Kinder hatte und als gemäßigter Pragmatiker galt. Viele politische Kommentatoren, vor allem aus den Staaten des *Bible Belt*, sahen das Rennen schon gelaufen und Gerald DenHaag unterwegs ins Weiße Haus.

Nach und nach stiegen weitere Kandidaten ein. Von diesen wurden eigentlich nur zwei ernst genommen: Erstens Mitch Richardson, ein Unternehmer aus Ohio, der einen Büroartikelversand betrieb, viel eigenes Geld in seinen Wahlkampf steckte und mit markigen Sprüchen zu punkten wusste. Zweitens der ehemalige Bürgermeister von Chicago, Thomas Hunter, dem selbst seine politischen Gegner große Überzeugungskraft und eine starke, versöhnliche Ausstrahlung attestierten.

Den ersten mit Spannung erwarteten Caucus in Iowa entschied DenHaag mit zwar nicht ganz so überwältigender, aber doch deutlicher Mehrheit für sich. Die Presse sprach von einem Rechtsruck bei der Republikanischen Partei. Manche Kommentatoren sahen schon einen Gottesstaat USA heraufdämmern. Ein Fernsehmoderator erregte Aufsehen, als er den Gouverneur als *Ajatollah* bezeichnete.

Und Stephen Foxx sagte zu seiner Frau Judith: »Kaun wird doch nicht am Ende recht behalten mit seiner Unkerei?«

In New Hampshire gewann DenHaag ebenfalls, aber nur noch mit knappen zwei Prozent Vorsprung vor John Keyes. Der hatte es in den Tagen davor geschickt verstanden, die öffentliche Aufmerksamkeit auf das unverhältnismäßig hohe Werbebudget des Gouverneurs zu lenken und in den Menschen das Gefühl zu wecken, von den Wahlkampfmanagern DenHaags manipuliert zu werden. Bei den Vorwahlen in Wyoming, die normalerweise wenig Beachtung fanden, siegte zur allgemeinen Verblüffung Mitch Richardson, was dann doch eine Nachricht war. Das gab dem Kandidaten einen derartigen Aufwind, dass er in den Umfragen für einige Zeit an die erste Stelle rückte.

Im Januar, bei den Vorwahlen in South Carolina, unterlag DenHaag Keyes zum ersten Mal, und das deutlich. In einem Fernsehinterview versuchte der Gouverneur sein schlechtes Abschneiden als Rivalität zwischen North und South Carolina abzutun. Diese Äußerung erwies sich als sehr ungeschickt. Seine Umfragewerte sanken.

Die Vorwahlen in Florida kurze Zeit später entschied ebenfalls John Keyes für sich. Thomas Hunter, der seinen Vorwahlkampf bis dahin ganz auf Florida konzentriert hatte, wurde nur Dritter und erklärte im Anschluss an die Auszählung seinen Verzicht auf die Kandidatur. Seinen Anhängern empfahl er, ihre Stimme John Keyes zu geben.

Dessen Stern stieg stetig weiter. Er entschied auch den *Super Tuesday*, an dem in 21 Bundesstaaten abgestimmt wurde, klar für sich. Gerald DenHaag dagegen landete noch hinter Mitch Richardson auf einem schlechten dritten Platz. Wenige Wochen später hatte John Keyes auch in Texas, Ohio, Vermont und Rhode Island gewonnen. Damit hatte er die erforderliche Anzahl von Delegiertenstimmen beisammen, um als Kandidat der Republikaner bei den Präsidentschaftswahlen antreten zu können.

Mitch Richardson nutzte seinen letzten Auftritt vor Kameras dazu, sich (und seine Firma) noch einmal ausgiebig in Szene zu setzen. In pathetischen Worten beschwor er den Zusammenhalt der Partei und die Zukunft des Landes, ja, der Welt, die in den Händen eines Präsidenten John Keyes hervorragend aufgehoben sei. Man brachte ihn kaum mehr von der Bühne.

Von Gerald DenHaag gab es dagegen nur einen wortkargen Abgang und die Erklärung, keinen Kommentar abgeben zu wollen.

»Eigenartig, wie der menschliche Geist funktioniert«, meinte Stephen Foxx. »Ich bin jetzt doch erleichtert, dass es nicht so gekommen ist, wie Kaun es vorausgesagt hat. Irgendwie reicht es, dass eine Prophezeiung im Raum steht, und schon ist man nicht mehr unbefangen.«

Judith nickte. »Das ist wahrscheinlich das Geschäftsgeheimnis von Hellsehern aller Art.«

»Wahrscheinlich.« Stephen griff nach der Fernbedienung und schaltete den Apparat ab. »Jedenfalls hab ich mir zeitweise fast Sorgen gemacht. Blöd, oder?«

»Letzten Endes«, sagte Samuel Barron zu dem leichenblassen Mann, der ihm gegenübersaß, »sind Gottes Wege unerforschlich.«

Gerald DenHaag hatte die Hand auf dem Beistelltisch liegen, hielt ein Whiskyglas umklammert. »Ich habe alles gegeben«, stieß er hervor. »Wirklich alles. Und jetzt geht dieser ... dieser gewissenlose Opportunist ins Rennen!«

Er gab einen unartikulierten Laut von sich, hob das Glas an, setzte es wieder ab.

»Es tut mir leid«, sagte er mühsam. »Du hast so viel Geld für mich ausgegeben, und nun das.«

Samuel Barron fuhr sich bedächtig über das Haar. »Du irrst dich, Gerald. Ich habe das Geld nicht für *dich* ausgegeben. Ich habe es für unseren *Herrn* ausgegeben. In der Annahme, seine Pläne zu erfüllen.«

Der Gouverneur schaute einen Augenblick verwirrt drein. »Ach ja«, sagte er dann. »Klar. Das meinte ich.«

»Und es muss dir nicht leidtun«, fuhr Barron fort. »Du hast alles gegeben. Das weiß ich. Du weißt es auch. Und Gott weiß es natürlich sowieso. Was mehr könnte er von dir erwarten als alles, was du geben kannst, hmm? Überleg doch mal.«

DenHaag musterte ihn verzagt, genehmigte sich einen vorsichtigen Schluck von der bernsteingelben Flüssigkeit in seinem Glas. »Aber … aber wieso ist dann jetzt Keyes der Kandidat und nicht ich?«

»Weil die Wege des Herrn eben unergründlich sind. Selbst für uns, die wir in der Gnade leben, etwas mehr davon zu wissen als andere.« Samuel Barron hob die Hand, ließ sie schwer auf die Lehne des Ledersessels klatschen, in dem er saß. »Wir müssen Vertrauen haben, Gerald. Vertrauen. Auch wenn uns das, was geschehen ist, wie ein Versagen vorkommt, müssen wir dennoch darauf vertrauen, dass Gott weiß, was er tut. Es wird alles gut werden, wenn wir nur stark im Glauben bleiben.«

Der Gouverneur verzog die Lippen. Er hatte unvorteilhaft dünne Lippen, was, wenn er unter Stress stand, besonders unästhetisch aussah, fand Samuel Barron.

»Und wenn wir uns irren?«, sagte DenHaag, und was eine Frage sein sollte, klang wie ein Vorwurf. *Wenn du dich irrst?* Das war es, was er wirklich hatte sagen wollen, aber nicht gesagt hatte. Weil er eben Politiker war und geübt darin, nicht zu sagen, was er dachte. »Wenn die Wiederkunft Christi doch nicht bevorsteht?«

»Die Endzeit hat begonnen, verlass dich darauf«, erwiderte Barron. »Alle Zeichen sind erfüllt, auf die es ankommt.« Einen Moment lang erwog er, den Gouverneur in seine Pläne einzuweihen, in das Geheimnis, dass jene, die das Erlösungswerk vollbringen würden, schon unterwegs waren. Dann rief er sich zur Ordnung. Noch war nicht aller Tage Abend, noch war John Keyes nicht Präsident. Es konnte noch so viel geschehen, und falls es doch Gerald DenHaags Bestimmung sein sollte, ins

Weiße Haus einzuziehen, war es wichtig, dass er es unvoreingenommen tat.

»Alle Zeichen?«, fragte DenHaag. »Welche denn? Wer ist der Antichrist? Wo ist die eine Weltherrschaft? Wo ist das Römische Reich von heute?«

»Das Römische Reich ist in Form der Europäischen Union wieder auferstanden. Der Antichrist ist der Papst, wer sonst? Der Herrscher über die katholische Kirche, die Jesu' Lehre praktisch in ihr Gegenteil verkehrt hat. Und seit alle Staaten der Erde in den Vereinten Nationen zusammengeschlossen sind, haben wir de facto auch die eine Weltordnung.« Das kleine ABC der Endzeitlehre. Peinlich, dass er es ihm vordeklinieren musste. »Und ansonsten … schau dich doch um! Ein völliger Verfall der Sitten. Männer sollen nun Männer heiraten dürfen, Frauen Frauen … wenn das kein Gräuel ist, was dann? Neulich habe ich gelesen, dass letztes Jahr offizielle Stellen angewiesen worden sind, nicht mehr ›Merry Christmas‹ zu wünschen, sondern ›Happy Holidays‹ – um die Gefühle Andersgläubiger nicht zu verletzen, hieß es. Ist das nicht Wahnsinn? Die Geburt Jesu Christi ist der einzige Grund dafür, dass das Weihnachtsfest überhaupt existiert, aber unsere Regierung ignoriert diese unleugbare Tatsache einfach! So weit hat sich dieses Land von seinen christlichen Wurzeln entfernt!«

»Kein Wunder, dass es seine Stimme lieber diesem pseudoheiligen Senator aus Maryland gibt.«

Entsetzlich, wie mutlos der Mann klang, in den er all seine Hoffnungen gesetzt hatte. Hielt er Gerald zu Unrecht für ein Werkzeug Gottes? Nein, es war ausgeschlossen, dass er sich irrte. Die Fakten lagen auf der Hand. Im entscheidenden Moment würde ein Mann mit dem richtigen Glauben das Richtige tun müssen, und dieser Moment lag keine drei Jahre in der Zukunft.

Und Gerald DenHaag war der Einzige in seinem Umfeld, der dafür infrage kam.

»Gerald«, sagte Samuel Barron geduldig, »mehr denn je

kommt es darauf an, die Dinge im richtigen Kontext zu betrachten. Es findet ein Kampf statt, ja – aber es ist ein Kampf um *Seelen*, nicht ein Kampf um die Macht. Gott ist der Schöpfer und Herr des Universums. Es kann keinen Zweifel daran geben, dass er am Ende gewinnen wird. So ist es prophezeit, so wird es geschehen. Das Biest ist losgelassen und darf Beute unter denen machen, die nicht stark genug im Glauben sind – das ist alles. Am Schluss landet es mitsamt seinem Raub in der ewigen Verdammnis, und alle, die ihm verfallen sind, braten in Ewigkeit unter unsäglichen Qualen in den Flammen der Hölle.«

»Trotzdem. Alles, was jetzt schlimm ist, kann noch viel schlimmer werden. Ich glaube nicht, dass ich die Wiederkunft noch erlebe.«

»Doch«, sagte Samuel Barron. So viel musste er enthüllen. »Du wirst sie noch erleben. Es wird keine drei Jahre mehr dauern.«

»*Drei?*« DenHaag schrie es fast. »Woher willst du das wissen?«

»Ich weiß es.« *Ich weiß sogar den Tag und die Stunde.* Aber das behielt er besser für sich, das war ihm klar.

»Und … Armageddon?«

»Wird ausbrechen. Auch wenn gerade alle glauben, dass wir auf eine Zeit des ewigen Friedens zusteuern. Wie es im Buch Daniel heißt: ›*Zur Zeit des Endes wird der König vom Süden mit ihm zusammenstoßen, aber der König vom Norden wird mit Streitwagen, Reitern und vielen Schiffen gegen ihn anstürmen. Wie eine verheerende Flut wird er die Länder überschwemmen. Er wird auch in das herrliche Land Israel eindringen, und viele werden dort umkommen.*‹ Es ist unausweichlich, dass das geschieht.«

DenHaag schüttelte den Kopf. »Das kann ich mir derzeit nicht vorstellen. Tut mir leid.«

»Gerald, der Nahe Osten ist ein Pulverfass, die politische Lage dort ein einziger Haufen Zunder. Ein Funke genügt, und alles geht hoch. Alles.«

Kapitel 38

Die Jünger des Johannes und die Pharisäer pflegten regelmäßig zu fasten. Einige Leute kamen deshalb zu Jesus und fragten: »Wie kommt es, dass die Jünger des Johannes und die der Pharisäer fasten, deine Jünger aber nicht?« Jesus erwiderte: »Können die Hochzeitsgäste denn fasten, wenn der Bräutigam noch bei ihnen ist? Nein, solange der Bräutigam da ist, können sie nicht fasten. Die Zeit kommt früh genug, dass der Bräutigam von ihnen weggenommen sein wird. Dann werden sie fasten.«

Das Evangelium nach Markus, Kapitel 2

DAS JESUS-INTERVIEW

Wie war es, im biblischen Palästina unterwegs zu sein?

Zuerst, wie gesagt, waren wir euphorisch. Wir sagten uns gegenseitig, dass uns das alles vorkäme wie ein Traum.

Dann begannen uns die Füße wehzutun. Die Riemen der Sandalen scheuerten. Da fiel uns ein, dass wir uns in einer Zeit befanden, in der es keine Telefone gab, keine Rettungshubschrauber, keine Antibiotika, keine Toilettenspülung und so weiter. Ja, es gab nicht einmal Wegweiser. Alles, was wir hatten, war eine auf Pergament gezeichnete Karte, die ein Historiker für uns angefertigt hatte.

Ohne zu ahnen, wofür, nehme ich an.

Ihm hat man gesagt, es sei für eine Ausstellung zu biblischen Themen.

Wohin sind Sie gegangen?

Nach Norden, in Richtung Galiläa. Wenn wir richtig gelandet waren und die historischen Daten stimmten, dann musste Jesus sich mit seinem Gefolge bereits auf Jerusalem zubewegen, um zum Passahfest dort einzuziehen.

Die Geschichte mit dem Esel?

Genau.

Waren Sie sich eigentlich sicher, dass er nicht schon dort war?

Ja. Wir wussten, dass wir geraume Zeit vor dem Passahfest angekommen waren. Unsicher waren wir uns lediglich hinsichtlich des Jahres. Es hätte sein können, dass unsere Ankunft ein oder sogar zwei Jahre zu früh stattgefunden hätte.

Oh. Das wäre eine lange Wartezeit gewesen.

Sicher, aber das hätte mir damals nichts ausgemacht. Jesus hätte auf jeden Fall bereits gepredigt. Wir wären ihm dann eben schon in Kapernaum begegnet und ihm auf seinem ganzen Weg gefolgt.

Warum haben Sie den Ankunftszeitpunkt nicht gleich so gelegt?

Das wollte mein Vater nicht. Er hat befürchtet, dass uns in einer so langen Zeit etwas zustoßen könnte und dass wir dann nicht imstande wären, unsere Mission zu erfüllen. Bedenken Sie, wir verfügten trotz aller Vorbereitungen nur über das verwöhnte Immunsystem moderner Menschen. Ein jahrelanger Aufenthalt in dieser Zeit hätte uns unweigerlich an irgendwelchen Erregern erkranken lassen. Dieses Risiko wollte mein Vater so weit wie möglich minimieren.

Und wenn Sie ein Jahr zu spät gekommen wären?

Tja. Das schwebte als Angst im Hinterkopf, zugegeben. Andererseits hatte mein Vater die besten Historiker befragt, und außerdem waren wir ja der Überzeugung, im Auftrag Gottes unterwegs zu sein. Da würde schon nichts schiefgehen, glaubten wir.

Und so sind Sie nach Norden gegangen.

Ja. Es war, solange es nicht zu heiß oder zu anstrengend wurde, sehr schön, so dahinzuwandern. Das Land war damals viel grüner, viel fruchtbarer, als es heute ist. Ich konnte auf einmal verstehen, wieso man es das Gelobte Land nannte. Und … lachen Sie mich nicht aus, aber es kam mir so vor, als könnte man spüren, dass die Erde noch weitaus dünner besiedelt war als heute. Es war stiller, wenn man so unterwegs war.

Die erste Siedlung zu erreichen war allerdings ernüchternd. Was wir vorfanden, war nur ein Haufen armseliger, schmutziger Hütten. Keine Straßen, keine Synagoge oder sonstige öffentliche Gebäude. Es gab eine einzige Quelle, von der jeder Wasser holte, und einen gemeinsamen Waschplatz mit Regenwasser aus einer Art Zisterne. Alles ziemlich unappetitlich. Keine Ahnung, wie der Ort hieß und ob er überhaupt einen Namen hatte.

Die Häuser waren einfache, fensterlose Bauten mit einem Innenraum, in der Mitte geteilt: Die eine Hälfte war für das Vieh, in der anderen Hälfte lebte die Familie. Die Wände bestanden aus Lehm und Stein, von Sonne und Regen gebleicht, darauf ein flaches Dach. Dort betete man, trocknete Wäsche, aß zusammen und hielt sich generell dort auf, wenn es das Wetter erlaubte. Später haben wir mitbekommen, dass man in warmen Nächten auch auf dem Dach schlief, auf dünnen, gewobenen Matten.

Wir wussten, dass das typisch war für den Lebensstandard der damaligen Zeit. Aber wir hatten diese Art Dorfleben bis dahin nur auf Zeichnungen gesehen und Beschreibungen davon gelesen. Es in natura zu sehen, ja, uns selber darin wiederzufinden und zu wissen, wir müssen versuchen, hier ein Nachtlager zu bekommen und etwas zu essen, das war schon was anderes.

Wie begegneten Ihnen die Menschen denn? Man hat Sie ja zweifellos als Fremde erkannt?

Natürlich. Das sah man uns sofort an. Bei dieser ersten Begegnung wurde mir klar, dass es ein kluger Entschluss gewesen war, nicht zu versuchen, uns als Einwohner des Landes auszugeben. Wir müssen für die Leute mit unserer Sprechweise und der ganzen Art, wie wir aufgetreten sind, Fremdheit ausgestrahlt haben. Trotzdem sind sie uns offen und sehr gastfreundlich begegnet. Vielleicht ist uns zugutegekommen, dass im Palästina der damaligen Zeit reger Verkehr herrschte. Selbst in diesem namenlosen Dorf war man es gewohnt, dass Fremde aus allen möglichen Regionen auftauchten. Man lud uns gleich zu einem Gastmahl ein, wollte wissen, woher wir kamen und wie es da war, im fernen Griechenland.

Sie konnten sich also verständigen?

Ja, das funktionierte gut. Und wir hatten auch genug Details und Geschichten auf Lager, um die Neugier der Leute zu befriedigen. Zumal wir recht auffallende Erscheinungen waren – übrigens auf andere Weise, als wir erwartet hatten.

Wie meinen Sie das?

Nun, da war Tom mit seinem Feuermal. Er hatte sich im Vorfeld große Sorgen gemacht, dass er damit auf Ablehnung stoßen würde, dass die Leute es für Aussatz hielten oder dergleichen. Das war nicht der Fall; Hautveränderungen aller Art waren damals gang und gäbe. Tatsächlich war Tom der Unauffälligste von uns, weil er als Einziger so groß war wie die damalige Bevölkerung, wir anderen überragten sie alle.

Oder dass Roger der kleine Finger an der rechten Hand fehlte: Das war niemandem eine Bemerkung wert. Nein, verblüffenderweise war die auffallendste Erscheinung ausgerechnet unser Arzt, der scheue, unglücklich verliebte Jeremy, und zwar wegen seiner strohblonden Haare! Niemand in der Gegend hatte blonde Haare, ja, niemand dort hatte je zuvor blonde Haare gesehen. Er war eine regelrechte Attraktion, egal, wohin wir kamen.

Doch natürlich sind wir auch in allerhand Fettnäpfchen getreten. Als wir den Leuten erzählt haben, dass wir auf der Suche nach einem Jesus von Nazareth seien, sahen wir nur in erstaunte Gesichter. Das sagte denen nichts. Es gäbe zwei im Ort, die Jesus hießen, erklärte man uns, ein etwa achtjähriger Junge, der ein wenig schielte, und ein zahnloser Greis im Nebenhaus.

Verblüffend.

Eigentlich nicht. Jesus war damals ein recht häufiger Vorname. Deswegen wird in den Evangelien ja so oft der Zusatz *von Nazareth* verwendet, und oft wird Jesus nur *der Nazarener* genannt.

Und wo war jetzt der Fettnapf?

Oh, das? Ja. Als man uns fragte, weswegen wir denn diesen Jesus von Nazareth suchten, platzte einer von uns, Tom, heraus: Er ist der Messias!

Entsetzen in den Augen ringsum! Abwehrgesten. Wir hatten etwas falsch gemacht, aber was? Unser Gastgeber rang sich schließlich dazu durch, uns flüsternd zu raten, so etwas nie wieder zu sagen. Jemanden Messias zu nennen, und das auch noch laut und vor Publikum, sei ein Schwerverbrechen, auf das die Todesstrafe stehe. Und zwar nicht irgendeine, sondern die Kreuzigung!

Tatsächlich?

Im Lauf der Zeit entwickelten wir ein besseres Gespür für die Spannungen, die in der Luft lagen. Es gärte in der Bevölkerung. Man hasste die römischen Besatzer inbrünstig, und die eigenen Oberen, die mit den Römern zusammenarbeiteten, hasste man fast noch mehr. Palästina war ein Land kurz vor dem offenen Aufruhr. Wenn Jesus vom kommenden Reich Gottes sprach, dann wurde das nicht als Metapher verstanden, sondern, wie man heute sagen würde, als konkrete politische Aussage.

Im nächsten Dorf, in dem wir uns erkundigten, hatte man von einem Jesus von Nazareth auch noch nichts gehört. Wir fragten dann, ganz in der Rolle der ahnungslosen Fremden, nach der Bedeutung des Wortes *meschiah.* Daraufhin erzählte man uns von einem Messias namens Simon, der zusammen mit einer Gruppe Gleichgesinnter den königlichen Palast in Jericho geplündert habe, ehe man ihn gefangen und geköpft habe. Dann habe es da einen jungen Schäfer namens Athronges gegeben, der sich eine Krone aufgesetzt und zum Messias erklärt und einen närrischen Angriff auf die Römer begonnen hatte. Der natürlich auch mit seiner Hinrichtung endete. Und es gab eine Geschichte von einem Banditen namens Hezekiah, der ebenfalls eine Zeit lang als Messias aufgetreten war.

Erstaunlich. Das klingt, als sei es eine Art Mode gewesen, als Messias aufzutreten.

Ich habe das damals sehr verwirrend gefunden. Heute verstehe ich es als Ausdruck des jüdischen Widerstandsgeistes gegen die römische Besatzung. Wenn das Reich Gottes kam, dann musste das Reich des Cäsars, des römischen Kaisers – der sich ja ebenfalls als Gott betrachten ließ – enden. So hat man das verstanden. Und der Messias, das war derjenige, der den Umsturz herbeiführen würde.

»Hickman. Gary Hickman. Ich fasse es immer noch nicht, ganz ehrlich.« Eric Whitewater nahm das Fernglas von den Augen, reichte es an Samuel Barron weiter. »Was reitet Keyes, ausgerechnet diesen Schwanzlutscher zu seinem Vize zu machen? Dieses Weichei? Dieses Muttersöhnchen?«

»Die Umfragewerte sind in der Woche darauf um über zehn Prozentpunkte gestiegen«, erklärte Barron. »Anscheinend kommt Hickman vor allem bei den Schwarzen und bei den Frauen gut an.«

Er spähte durch die Gläser. Sie saßen in einer Art Bunker, der auf einer Anhöhe erbaut war, meterdicker Beton und faustdickes Panzerglas in den Sehschlitzen. Von hier oben hatten sie eine tadellose Sicht auf das felsige Tal, in dessen Mitte eine winzige Siedlung aus vier Fertighäusern billigster Bauart stand. Schrottreife Autos parkten davor, an zwei Wäscheleinen flatterten Handtücher und Blusen im Wind, blecherne Mülleimer zierten den Straßenrand.

»Gary Hickman«, wiederholte Eric Whitewater erbittert. »Ich werde für John Keyes' Leben beten müssen, falls er tatsächlich Präsident wird. Nicht, dass ihm etwas zustößt und plötzlich dieser Schönling am Atomknopf sitzt.« Er hielt inne. »Oder meinst du, *das* ist Gottes Plan?«

»Keine Ahnung«, sagte Barron. »Ich bin auch enttäuscht.« Seit dem Krönungsparteitag, auf dem Keyes offiziell zum Präsidentschaftskandidaten der Republikanischen Partei erklärt worden war und seinen *running mate* verkündet hatte, waren rund zehn Tage vergangen. Keyes' Entscheidung hatte alle überrascht und für Schlagzeilen gesorgt. Der Abgeordnete aus Alabama, den bis dahin niemand auf dem Radar gehabt hatte, war schlank, Mitte vierzig und mit seinen weichen Gesichtszügen und blonden Locken eine fast engelhafte Erscheinung. Hickman hätte, da waren sich alle Kommentatoren einig, ein hervorragendes Fotomodell abgegeben. Aber Vizepräsident? Ein krasserer Gegensatz zu dem bulligen und bisweilen bissig wirkenden John Keyes war kaum vorstellbar.

»Ich war mir nach dem Gespräch mit Keyes so sicher, dass er Gerald nehmen würde.« Barron schwenkte das Fernglas zur Seite, betrachtete die uniformierten Männer, die in einigem Abstand von der Siedlung in niedrigen Gräben lagen und warteten. Man sah es aus dieser Entfernung nicht, aber er wusste, dass das Abzeichen auf ihren Ärmeln einen Engel mit einem Flammenschwert zeigte. »Und ich habe lange mit ihm gesprochen. Länger, als man mit zwanzig Millionen Dollar Wahlkampfspende kaufen kann. Er wirkte einsichtig. Na ja – zumindest nachdenklich.«

»Wahrscheinlich hat er darüber nachgedacht, was er mit dem Geld macht«, grollte Eric Whitewater.

Sie befanden sich im Herzen des Whitewater-Übungsgeländes, dreißig Quadratmeilen hügeligen und für anderweitige Nutzung ohnehin unbrauchbaren Terrains, umzäunt, abgeschirmt und uneinsehbar. Niemand bekam mit, was sie hier machten.

Ein Sprechfunkgerät gab einen schnarrenden Laut von sich. Whitewater nahm es zur Hand, drückte den breiten Knopf an der Seite. »Alpha, over.«

»Hier Delta«, kam eine krachende Stimme aus dem Lautsprecher. »Wir sind bereit. Over.«

»Alles klar. Startet den Countdown. Over.«

»Roger. Countdown starten. Over und aus.«

Ein Display, das bis jetzt auf 0:00:30 gestanden hatte, wechselte auf 0:00:29. Dann auf 0:00:28.

»Was hast du deinen Leuten erzählt, was das hier soll?«, fragte Barron.

Whitewater gab ein unwilliges Brummen von sich. »Nichts. Bei mir erfährt jeder nur, was er erfahren muss. Das ist ein eingeübtes Prinzip, das alle akzeptieren. Meine Leute stellen keine neugierigen Fragen.«

Barron nickte, hob das Glas wieder an die Augen. »Gut.«

Als die Uhr auf 0:00:00 sprang, ging alles viel zu schnell, als dass man wirklich hätte sehen können, was geschah. Barron wusste, dass es eine Rakete war, die zwischen den vier Häusern einschlug, aber er vernahm nur ein fernes Heulen, sah eine verwaschene Bewegung, gefolgt von einem blendend hellen Blitz und einer ohrenbetäubenden Explosion, die den Boden bis hier herauf erbeben ließ. Und dann sah man da unten nur noch Flammen und Rauch und Chaos.

Doch Whitewaters Männer zögerten keine Sekunde. Sofort nach der Detonation stürmten sie aus ihren Verstecken,

Schutzmasken vor den Gesichtern, und hinein in die schwarzen, öligen Rauchwolken. Sie verteilten sich, suchten den brennenden Bereich ab, hoben Dinge auf, trugen sie fort. Es dauerte nicht einmal zwei Minuten, dann gab jemand ein Kommando, und sie verschwanden wieder. Als die Flammen erloschen, war das Gelände kahl bis auf die Trümmer der Häuser und vier zerbeulte Mülleimer.

»Alles blank«, stellte Whitewater mit unüberhörbarer Zufriedenheit fest. »Keine Spuren. Keine Blackbox, keine Teile mit Seriennummern, nichts dergleichen. Als wäre es der pure Zorn Gottes gewesen, der eingeschlagen hat.«

Es lief, wie es immer lief: Beide Kandidaten erklärten feierlich, einen fairen und sauberen Wahlkampf führen zu wollen, einen Wahlkampf der Argumente und des offenen Disputs, einen Wahlkampf des gemeinsamen Ringens um den besten Weg für Amerika – und dann wurde es im Nu doch wieder eine unfaire, schmutzige Schlammschlacht, die kein Ende zu finden schien. Jede Seite grub hässliche Dinge über die andere Seite aus und stellte sie so überzogen und skandalös wie möglich dar. Die Heldentaten John Keyes' im Vietnamkrieg, las man, seien so heldenhaft gar nicht gewesen, im Gegenteil: Es tauchten angebliche ehemalige Kampfgefährten auf, die Keyes als verantwortungslosen, feigen, unzurechnungsfähigen Drückeberger schilderten. Keyes, sagten sie vor laufenden Kameras, sei ein Mann, dem man nicht einmal die Führung einer fünfköpfigen Gruppe anvertrauen dürfe, geschweige denn die Führung der mächtigsten Nation der Welt. Und übrigens, fanden emsige Aktenforscher heraus, habe Keyes im Senat für Gesetze gestimmt, die im Widerspruch zu seinen heutigen politischen Absichtserklärungen ständen.

Keyes' demokratischer Gegenspieler wiederum, erfuhr man, sei in der Vergangenheit in allerhand dubiose Investmentgeschäfte verwickelt gewesen. In einem Fall von Insiderhandel sei er gar vor Gericht zitiert worden (als Zeuge – das stand dann wiederum nicht in der Zeitung). Und – Gipfel der Infamie – er habe eine illegale Haushaltshilfe beschäftigt! Mehrere Jahre lang!

All das beherrschte die Schlagzeilen und verdrängte Nachrichten aus dem Rest der Welt weitgehend. Es beherrschte die Fernsehwerbung, die Plakatwände und die öffentliche Diskussion. Millionen von Anstecknadeln, Baseballkappen und Autoaufklebern, Milliarden von Fahnen und von roten, weißen und blauen Luftballons ergossen sich über das Land. Angeblich unfehlbare Orakel prophezeiten mal den Sieg des einen, mal den Sieg des anderen Kandidaten. Kurz vor dem Wahltermin im November kam Klopapier mit dem Konterfei von John Keyes auf den Markt, was entweder eine clevere Geschäftsidee oder ein fieser Wahlkampfgag war oder beides. Darüber gingen die Meinungen natürlich ebenfalls auseinander.

Doch am Abend des Wahldienstags ergaben die Auszählungen, dass John Keyes die meisten Wähler- und die meisten Wahlmännerstimmen gewonnen hatte und damit der nächste Präsident der Vereinigten Staaten von Amerika sein würde. Sein Sieg fiel nicht haushoch aus, aber deutlich. Selbst die üblichen versagenden Wahlmaschinen, vergessenen Briefwahlstimmen und fragwürdigen Ergebnisse (sechstausend Stimmen für seinen Gegenspieler in einem Wahlbezirk mit nur viertausend eingeschriebenen Wahlberechtigten etwa) fielen nicht schwer genug ins Gewicht, um seinen Sieg ernsthaft infrage zu stellen.

Noch am selben Abend, in seiner Dankesrede für die Delegierten und Wahlhelfer, erklärte Keyes, er wolle angesichts der zahlreichen Aufgaben, die vor ihnen lägen, unverzüglich mit der Arbeit beginnen. Das Land werde ihn und seine Mannschaft bei der Amtsübergabe am 20. Januar voll einsatzbereit finden.

Psychologisch geschickt hielt er in den darauffolgenden Wochen die Medien in Atem, indem er alle paar Tage, einem unvorhersagbaren Rhythmus folgend, einen neuen Mann oder eine neue Frau vorstellte, der oder die seinem künftigen Kabinett als Minister angehören würde. Jedes Mal wurde die Eignung des oder der Betreffenden tagelang heftig diskutiert, wodurch John Keyes quasi überhaupt nicht mehr von den Titelseiten verschwand.

So kam es, dass Stephen Foxx eines Morgens sagte: »Ach, sieh an.«

»Was?«, fragte Judith geistesabwesend. Sie saßen beide an dem langen Tisch, der eine komplette Wand in ihrem gemeinsamen Arbeitszimmer einnahm, jeder an seinem Computer.

Stephen drehte seinen Bildschirm so, dass sie die Schlagzeile darauf lesen konnte: John Keyes holte Gouverneur Gerald DenHaag ins Kabinett, und zwar als Minister für Energiefragen.

Judith lachte auf. »Hu!«, machte sie spöttisch. »Die legendären Prophezeiungen des John Kaun – werden sie Wirklichkeit? Wird Atlantis wieder auftauchen? Kommen die Außerirdischen?«

Stephen seufzte. Judith war für derlei Dinge ernüchternd unempfänglich. »Ich meine ja nur«, sagte er und drehte den Bildschirm zurück.

»Wovor hast du Angst? Dass er uns den Strom abstellt?«

»Ich finde es eben seltsam«, beharrte Stephen. Die Psychologie von Prophezeiungen. Irgendwie funktionierte sie sogar, wenn einem der Mechanismus völlig klar war.

Kapitel 39

Jesus fuhr mit dem Boot wieder ans andere Ufer, wo sich bald eine große Menschenmenge um ihn versammelte. Er war noch am See, als ein Synagogenvorsteher kam und sich vor ihm niederwarf. Er hieß Jaïrus und bat ihn sehr: »Meine kleine Tochter liegt im Sterben. Komm und leg ihr die Hände auf, damit sie gesund wird und am Leben bleibt.« Jesus ging mit, und viele Leute folgten und drängten sich um ihn. (…) Leute (kamen) aus dem Haus des Synagogenvorstehers und sagten zu Jaïrus: »Deine Tochter ist gestorben. Du brauchst den Rabbi nicht weiter zu bemühen.« Jesus hatte mitgehört und sagte zu dem Vorsteher: »Fürchte dich nicht, glaube nur!« Dann ging er weiter, erlaubte aber niemand, ihn zu begleiten, außer Petrus, Jakobus und dessen Bruder Johannes. Als sie zum Haus des Vorstehers kamen und Jesus die Aufregung sah und die laut weinenden und klagenden Menschen, ging er hinein und sagte: »Was soll der Lärm? Warum weint ihr? Das Kind ist nicht tot, es schläft nur.« Da lachten sie ihn aus. Er aber warf sie alle hinaus und ging nur mit dem Vater und der Mutter des Kindes und mit den Jüngern, die bei ihm waren, zu dem Mädchen hinein. Er fasste es bei der Hand und sagte: »Talita kum!« – Das heißt übersetzt: »Mädchen, steh auf!« Mit fassungslosem Erstaunen sahen alle, wie das Mädchen sich sofort erhob und anfing umherzugehen.

Das Evangelium nach Markus, Kapitel 5

Und wie ging es dann weiter?

Ehrlich gesagt sank unser Mut zusehends. Niemand, den wir fragten, hatte je von einem Jesus von Nazareth gehört, und außerdem hatten wir allmählich den Eindruck, uns verlaufen zu haben. Mir wurde ganz mulmig bei dem Gedanken, dass wir viele Tagesmärsche von der Maschine entfernt waren, der einzigen Chance, je wieder in unsere eigene Zeit zurückzukehren. Wir schleppten uns dahin, bergauf, bergab, wurden immer schweigsamer. Eine Frage beschäftigte uns, ohne dass einer wagte, sie zu stellen: Was ist, wenn wir versagen? Was, wenn wir verloren gehen, in irgendeine Schlucht stürzen, irgendwo von Wölfen gefressen werden?

Dann, eines Abends … Wir übernachteten entlang des Weges, machten im Schutz eines Felsens ein Feuer, aßen das wenige, was wir noch hatten. Als wir die Reihenfolge absprachen, in der einer von uns Wache halten würde, meinte Jeremy: Ich glaube, wir sind falsch an die Sache rangegangen.

Das erschreckte uns alle, das konnte man spüren. Mark fragte: Wie meinst du das?

Darauf Jeremy: Seid mal ehrlich – irgendwie sind wir doch davon ausgegangen, wir kommen mit unserer Zeitmaschine an, spazieren los, treffen auf Jesus und sagen, Herr, dein Bus in die Zukunft ist da, lass uns aufbrechen. Wir sind nicht Teil von dem, was hier gerade passiert. Wir sind nur Zuschauer. Versteht ihr?

Was willst du damit sagen, fragt Mark.

Dass wir unsere Wanderung vielleicht als eine Art Pilgerreise verstehen müssen, meint Jeremy. So, wie manche den Jakobsweg wandern. Dass wir uns darauf einlassen müssen, dass uns der Weg hin zu Jesus verwandeln wird, dass der Weg selber genauso wichtig ist, wie anzukommen. Überlegt doch mal, wir sind ja nicht zu irgendeiner Kirche unterwegs, sondern zu Ihm selber!

Das fanden wir alle unerhört einleuchtend. Es war eine regelrechte Erleichterung, es so zu betrachten. Ja, sagten wir, das ist es, du hast recht. Wir sind Pilger. Pilger aus der Zukunft, auf einem Weg, der unser Leben für immer verändern wird. Es ist die Reise unseres Lebens. So etwas wie das hier werden wir nie wieder tun.

Aber so ähnlich ging es Ihnen beim Start mit der Zeitmaschine doch auch, oder?

Ja und nein. Da waren wir erfüllt von der Begeisterung des Aufbruchs. Wir waren beseelt von dem Bewusstsein, Unerhörtes zu unternehmen, Pioniere zu sein, das Schicksal der Welt zu gestalten. Doch den Schritt, zu erkennen, dass das, was wir taten, auch uns selbst verändern würde, den hatten wir noch nicht vollzogen. Dazu bedurfte es des anstrengenden, monotonen Weges, der Entbehrungen, der Einsamkeit, in der sozusagen diese blinde Euphorie ausschwingen und einer tieferen Erkenntnis Platz machen konnte.

Wir schliefen in dieser Nacht besser als in jeder anderen zuvor, seit wir angekommen waren. Am nächsten Morgen fanden wir den richtigen Weg wieder, und als wir ins nächste Dorf gelangten und unsere üblichen Fragen stellten, war da jemand, ein Zimmermann auch noch, der nickte und sagte, ja, von einem Jesus von Nazareth habe er gehört. Das sei ein junger Rabbi, der mit seinen Anhängern umherziehe, Kranke heile und wunderbare Dinge predige. Er konnte uns sogar sagen, in welche Richtung wir gehen sollten.

Wie eine Bestätigung, auf dem richtigen Weg zu sein?

Ganz genau. Das hat uns wieder aufgebaut, mehr noch, wir sind alle fast ausgeflippt. Am liebsten wären wir gerannt. Auf jeden Fall waren unsere Schritte von da an deutlich beschwingter.

Es war, glaube ich, auf dieser Etappe, dass mir die Bemerkung entschlüpfte, es sei schon eigenartig, dass wir jetzt hier wochenlang unterwegs seien, aber trotzdem fast im selben Moment zurückkehren würden, in dem wir aufgebrochen waren.

Worauf mich Mark irritiert ansah und meinte: Wie meinst du das? Wieso im selben Moment?

Ich versuchte, es ihm zu erklären. Was ja immer etwas schwierig ist, wenn es um Zeitreisen geht. Aber es ist eben egal, wie viel Zeit man in der Vergangenheit verbringt, man kann bei der Rückkehr jeden beliebigen Zeitpunkt ansteuern, auch den, an dem man gestartet ist.

Daraufhin mischte sich Jeremy ein und sagte: Da hast du was falsch verstanden. Wenn wir zurückkehren, werden dreieinhalb Jahre seit unserem Aufbruch vergangen sein.

Dreieinhalb Jahre?

Ja. Das hörte ich zum ersten Mal, und das sagte ich auch.

Hat uns Boris erklärt, als du schon im Bett warst, sagte Tom. An deinem Geburtstag.

Und wieso hat mir das keiner gesagt, frage ich.

Worauf Mark meinte: Wir dachten, du weißt das sowieso. Du hast doch sonst auch immer alles lange vor uns erfahren.

Aber wieso? Wieso so viel später?

Das habe ich auch erst nicht begriffen. Bis Mark meinte, ob ich denn die Bibel nicht gelesen hätte. Da fiel es mir ein: das Buch der Offenbarung! Ehe Jesus wiederkehrt, muss die Zeit der Trübsal stattfinden. Die sieben Siegel des Schreckens müssen gebrochen, die sieben Posaunen ertönen, die sieben Schalen des Zorns ausgegossen werden.

Oh je, sagte ich unwillkürlich, da hab ich jemandem was Falsches versprochen.

Worauf Tom lauthals lachte und wissen wollte, ob ich mir allen Ernstes Hoffnungen auf Esther mache – ein Mädchen, in das ich eine Zeit lang heimlich verliebt gewesen war.

Dreieinhalb Jahre. Das ist heftig.

Ich kam mir ausgesprochen dumm vor in diesem Augenblick, das kann ich Ihnen sagen. Jetzt wusste jeder, dass ich die Bibel nicht annähernd so gut verinnerlicht hatte wie die anderen. Hätte sich in diesem Moment die Erde aufgetan und mich verschlungen, ich hätte es begrüßt.

Ich muss gestehen, dass ich an das Buch der Offenbarung nur vage Erinnerungen habe. Was hat es mit diesen dreieinhalb Jahren auf sich?

In der Offenbarung wird in den Kapiteln 11 und 12 eine Zeitdauer genannt, nämlich 1260 Tage oder 42 Monate. Es wird zwar dort nicht explizit gesagt, dass das die Dauer der Bedrängnis sei, aber so wird es für gewöhnlich interpretiert. Das Argument ist, dass im Buch Daniel, ebenfalls im Kapitel 12, eine ähnliche Zahl genannt wird, 1290 Tage.

Mit anderen Worten …?

Mit anderen Worten, mein Vater hatte unsere Zeitreise so organisiert, dass ab unserem Aufbruch genug Zeit blieb, damit sich die biblischen Prophezeiungen für die Endzeit erfüllen konnten. Ereignisse wie Hungersnöte, Erdbeben, Seuchen und gewaltige Kriege. Ein Drittel des Meeres wird zu Blut, ein Drittel der Menschheit getötet, und so weiter. Und schließlich die große Endschlacht, Armageddon, in der die Armeen Satans auf dem Boden Israels gegen die himmlischen Heerscharen kämpfen.

Stimmt. Die Apokalypse. Wobei ich meine, dass im Moment nicht das Geringste auf eine solche Entwicklung der Dinge hindeutet.

Nun, mag sein. Aber bedenken Sie, dass mein Vater es unternommen hat, die Rückkehr Christi zu arrangieren. Einen *Krieg* zu arrangieren ist verglichen damit einfach.

Donald Griffin fröstelte, als er das Verwaltungsgebäude verließ und auf den Parkplatz hinaustrat. Er befand sich auf Zypern, doch es war erst März. Ein kühler Wind wehte, und sein Hemd war so durchgeschwitzt, dass es ihm unter dem Jackett auf der Haut klebte.

Es waren harte Verhandlungen gewesen. Aber nun war es geschafft, der Deal unter Dach und Fach. Er trug den unterschriebenen Kaufvertrag bei sich, in dem Aktenkoffer aus grauem Leder, den ihm seine selige Mutter geschenkt hatte und der ihn schon seine ganze berufliche Laufbahn hindurch begleitete.

Er blinzelte zu dem strahlend blauen Himmel hinauf, erfüllt von dem Glücksgefühl, das einem nur zuteilwurde, wenn man hart gerungen und am Ende doch gesiegt hatte.

Und, nicht zu vergessen, wenn einem die Aussicht auf eine stattliche Provision den Sieg zusätzlich versüßte.

Wann immer Donald Griffin erzählte, dass er Flugzeugmakler war, erntete er nicht nur Erstaunen, dass es diesen Beruf gab, sondern wurde auch immer gefragt, was man da eigentlich *mache*. Worauf er zu sagen pflegte, er mache dasselbe wie ein Immobilienmakler. Nur, dass die Dinger, die er verkaufte, eben *nicht* immobil waren, im Gegenteil.

Sein Mietwagen stand am äußersten Ende des Parkplatzes. Das Geräusch seiner eigenen Schritte klang ihm überlaut in den Ohren. Er hatte richtiggehend weiche Knie und war froh, als er das Auto endlich erreicht hatte und einsteigen konnte.

Er deponierte den Koffer sorgsam neben sich auf dem Beifahrersitz. Nicht, dass dem kostbaren Dokument noch etwas passierte. Die Sonne, die sich allmählich dem Horizont zuneigte, hatte den Wagen aufgewärmt, das tat jetzt gut.

Er atmete durch, faltete die Hände, schloss die Augen und betete leise. »Danke, oh Herr, dass du bei mir warst und mir Kraft gegeben hast, die Herausforderung des heutigen Tages zu bestehen. Beschütze mich auch auf allen weiteren Wegen. Amen.«

Er verharrte noch eine Weile in stummer Versenkung, spürte, wie ihm das Gebet wieder Kraft gab. Schließlich, einige Minuten später, öffnete er die Augen, fühlte sich gestärkt und erfrischt. Das regelmäßige Gebet war ihm wichtig. Es war das Geheimnis seines Erfolges, obwohl das die meisten nicht wirklich wissen wollten.

Er holte sein Mobiltelefon aus dem Aktenkoffer, sah auf die Uhr. Wie spät war es in Atlanta? Kurz nach acht Uhr morgens, wenn er richtig rechnete. Er drückte die Kurzwahltaste 3, die Nummer des Hauptbüros.

»Griffin«, sagte er, als sich die Sekretärin meldete. »Der Chef hat gebeten, dass ich ihn direkt nach dem Abschluss informiere.«

»Moment«, sagte die Sekretärin.

Es dauerte keine drei Sekunden, bis er die ewig heisere Stimme seines Vorgesetzten am Ohr hatte. »Jim? Donald hier. Es hat geklappt, die Maschine ist verkauft. Was den Preis anbelangt, liegen wir sogar noch zwei Millionen über der Wunschmarke. Übergabe ist in sechs Wochen.« Er hüstelte. »Ach ja, und ich habe zugestimmt, dass wir die Inspektion zahlen.«

Nach dem Telefonat mit Donald Griffin, seinem besten Mann, schloss Jim H. Clarke einen Moment lang die Augen und flüsterte: »Danke, Jesus. Danke.« Dann drehte er sich zu seinem Jackett um, das über der Rückenlehne seines Sessels hing, und zog einen Zettel heraus, mit leicht zittrigen Fingern. Eine Telefonnummer stand darauf, die anzurufen ihm viel Geld einbringen würde.

Er tippte die Ziffernfolge ein. Wartete. Es klingelte viermal, dann meldete sich eine tiefe Männerstimme mit einem schlichten »Ja?«.

Jim Clarke berichtete, was es zu berichten gab, nämlich, dass die Frachtmaschine vom Typ Boeing 747–400F wie geplant an die Nahost-Handelsgesellschaft mit Sitz in Nikosia, Zypern, verkauft worden war.

»Gut«, sagte Samuel Barron am anderen Ende der Leitung.

Ran sah zum wiederholten Mal aus dem Fenster des Restaurants, schob dabei seine Hand in die Jacke und befühlte den Briefumschlag in seiner Brusttasche. Er enthielt 20000 US-Dollar, die erste Rate für einen Kontakt, von dem sie noch nicht wussten, ob er so viel Geld überhaupt wert war.

Wenn sie Alternativen gehabt hätten, wäre Ran jetzt woanders gewesen. Aber sie hatten eben keine. Im Augenblick war das Prinzip Hoffnung ihr ganzer Plan.

Schwere, bleigraue Wolken hingen am Himmel über Vancouver. Trübes Licht erfüllte die Straßen, die Luft draußen roch nach Regen. Nichts Ungewöhnliches am Pazifik. Unter anderen Umständen hätte Ran es genossen, hier zu sein.

Er ließ den Blick schweifen. Schräg gegenüber, im Schatten eines Hauseingangs, stand Jacob und sicherte. Moshe wartete mit dem Wagen um die Ecke. Mossad-Standardprozedur. So hatten sie es gelernt, so hatte es sich bewährt.

Ran sah auf die Uhr. Noch drei Minuten bis zum vereinbarten Termin. Er selbst saß seit sechzehn Minuten hier. Doch sie beobachteten dieses Restaurant und seine Umgebung seit heute früh um sechs Uhr; wenn ihnen irgendetwas verdächtig vorgekommen wäre, hätte er das Treffen mit dem Kontakt abgesagt, und sie wären sofort wieder aus Kanada verschwunden.

Schräg oben in seinem Blickfeld lief ein Fernsehapparat. Gerade kündigte Präsident Keyes eine neue Nahost-Friedensinitiative an. Wie es jeder neue US-Präsident zu tun pflegte, weil das gut ankam; bringen würde es wie üblich nichts.

In Rans Tasche vibrierte das Telefon. Er holte es heraus, las die SMS, die angekommen war. *Ihre Bestellung vom 16.4. ist soeben verschickt worden.*

Das hieß, der Kontakt kam. Ran sah aus dem Fenster. Jacob trat für einen Augenblick aus seinem Versteck, sah sich um, als hielte er nach jemandem Ausschau, kratzte sich am Ohr. Das Signal, dass er Bescheid wusste.

Eine Minute später kam der Wagen in Sicht, ein anthrazitgrauer 5er-BMW mit einem Nummernschild des US-Bundesstaats Washington. Er hielt auf dem Behindertenparkplatz schräg gegenüber. Der Mann, der ausstieg und sich dabei argwöhnisch umsah, hatte dunkle, wollige Haare und war groß, größer als zwei Meter. Er ging schief, so, wie es alle Leute taten, die sich ihre Köpfe allzu oft im Leben an irgendwelchen Türen und niedrigen Durchgängen angeschlagen hatten. Er musterte das Restaurant, in dem Ran saß, schloss seinen Wagen ab, wartete eine Lücke im Verkehr ab. Dann setzte er sich schräg über die Straße in Bewegung, mit langen, entschlossenen Schritten.

Ran spürte seinen Puls beschleunigen. *Showtime.* Er vergewisserte sich noch einmal, dass er den Umschlag griffbereit hatte, und legte das Buch zurecht, das als Erkennungszeichen dienen sollte. Leo Tolstois »Krieg und Frieden« – eine Idee des Kontaktes, die Ran ziemlich ironisch fand.

Der Mann hatte gerade die Mitte der Straße erreicht, als ein Motorrad herangerast kam, viel zu schnell für die Innenstadt. Ran sah alarmiert auf. Da stimmte was nicht!

Doch ehe er irgendetwas tun konnte, zückte der behelmte Motorradfahrer eine Pistole und schoss auf den Kontakt – einmal, zweimal. Dann war er vorbei und raste davon.

Ran sprang auf, hastete hinaus, stürzte zu dem Mann, der mitten auf dem Asphalt lag, zwei sich rasch vergrößernde rote Flecken auf dem Mantel. Ran winkte wie besessen, stoppte den Verkehr, rief den Leuten, die zusammenliefen, zu: »Rufen Sie einen Notarzt! Schnell!«

Aber es war nichts mehr zu machen, das wusste Ran, noch bevor er sich zu dem Mann hinabbeugte. Der Motorradfahrer war ein Profi gewesen. Ein Anfänger hätte entweder überhaupt nicht getroffen oder durch den Rückschlag der Waffe die Kontrolle über sein Fahrzeug verloren.

Ran tat, als suche er bei dem Mann nach Lebenszeichen. In Wirklichkeit durchsuchte er eilig dessen Taschen. Doch er fand nichts – keine CD, kein sonstiges Speichermedium, nicht einmal ein Stück Papier.

»Ist hier ein Arzt?«, rief er wieder. Ein Ablenkungsmanöver. Der Mann war längst tot.

Er stand auf, trat einen Schritt zurück, sah sich um. Eine Frau schwenkte ihr Mobiltelefon und erklärte, sie habe die Polizei verständigt. Ein älterer Mann fuchtelte heftig mit den Armen, rief, er habe alles gesehen, der Motorradfahrer habe eine weiße Suzuki gefahren. Nein, eine blaue Yamaha, widersprach ein anderer.

Ran ließ sich von dem Gewühl der immer weiter zunehmenden Menge aufsaugen und davontreiben. Bis es endlich Zeit war, den Mantelkragen hochzuschlagen und um die Ecke zu verschwinden.

Moshe wartete schon mit dem Wagen. Ran stieg ein, ließ sich schwer auf den Beifahrersitz fallen und sagte: »Mist. Ganz großer Mist.«

»Hat er noch was gesagt?«, wollte Moshe wissen.

Ran schüttelte den Kopf. »Nichts. Fahr.«

Die Zollstation Haifa war im Wesentlichen eine Halle mit blau lackiertem Betonboden. Ein Gitter teilte sie in zwei Bereiche: Vorne lagerten in Dutzenden langer Metallregale Tausende von Paketen und Päckchen. Hinten warteten Sortiertische und Gestelle mit Säcken für die Zustellung. An den Durchgängen standen Durchleuchtungsgeräte, an denen die Entscheidung fiel, ob ein Paket vom vorderen in den hinteren Teil der Halle wechseln durfte oder nicht.

Neonröhren leuchteten die Anlage taghell aus, auch jetzt, mitten in der Nacht. Rund sechzig Leute – außerdem zwei Drogenspürhunde und ein Hund, der Sprengstoff wittern konnte – arbeiteten in der Nachtschicht. Das Surren der Gabelstapler und das Quietschen der Laufbänder verstummte niemals.

Es war kurz nach fünf Uhr früh, als an einer der Durchleuchtungsstationen das rote Licht anging. David Nesvisky verzog das Gesicht. Er trug die Uniform der Grenzpolizei, seine Schulterklappen wiesen ihn als den verantwortlichen Offizier aus. Als er sich aus seinem Stuhl in die Höhe wuchtete, tat er es in der Hoffnung, dass es sich um einen falschen Alarm handelte oder jedenfalls um nichts, das seine Ablösung in knapp einer Stunde verhinderte.

Der blonde junge Mann am Bildschirm der Röntgeneinheit sah ihm mit umschatteten Augen entgegen. Er hieß Ivan und sprach Hebräisch mit deutlich russischem Zungenschlag. »Schauen Sie sich das mal an«, sagte er und wies auf das Bild auf dem Monitor.

David Nesvisky betrachtete die blass-bunten Linien und Flächen auf dem Schirm. Das Paket, das gerade im Kasten lag, enthielt ein technisches Gerät – aber was für eines? »Was ist das?«, fragte er mit dem Gefühl, als habe sein Gehirn die Arbeit für heute schon eingestellt.

Ivans Finger flatterten nervös über die Tasten und Regler. »Keine Ahnung. Erst habe ich gedacht, ein Computer. Vielleicht ein Server oder ein RAID-Controller. Aber dazu passt das hier nicht.« Er wies auf ein Gewirr grüner und blauer Linien. »Das ist ein Verstärker mit mehr Leistung, als irgendein Rechner dieser Größe braucht.«

Nesvisky kratzte sich unentschlossen am Bauch. Sein Uniformhemd spannte. Er aß zu viel. Der Schichtdienst. Und die ewigen Streitereien mit seiner Frau.

»Okay«, sagte er. »Machen Sie's auf.« Es war sein Job, so etwas zu entscheiden.

Ivan drückte auf die Taste, die das Paket herausfahren ließ, griff nach einem Cutter und schlitzte es vorsichtig auf. Wie alle, die in der Zollstation arbeiteten, hatte er Erfahrung, wie man das machte. Falls es nur blinder Alarm war, musste man ein Paket ohne großen Aufwand wieder so verschließen können, dass es die weitere Beförderung überstand.

Doch den Deckel zu öffnen, die Schaumstoffabdeckung anzuheben und das Gerät in natura zu betrachten, brachte leider nicht die erhoffte Klärung.

David Nesvisky seufzte. Das sah schlecht aus für seine pünktliche Ablösung.

»Ich geh mal telefonieren«, sagte er.

Der Techniker, der rund zwanzig Minuten später eintrudelte, hieß Hamid, ein israelischer Araber, der einen mächtigen Schnauzbart trug und ein T-Shirt der Rockband »Metallica«. Nesvisky kannte Hamid als jemanden, der für gewöhnlich nur einen Blick auf ein Gerät werfen musste, um wie aus der Pistole geschossen sagen zu können, worum es sich handelte. Doch als er in diesen Karton blickte, furchte auch er nur die Brauen. Und als er »Oha« sagte, gab David Nesvisky die Hoffnung endgültig auf, pünktlich nach Hause zu kommen.

»Scheint auf jeden Fall ein Teil einer größeren Anlage zu sein«, meinte Hamid, nachdem er das Ding herausgenommen und von allen Seiten betrachtet hatte.

Es handelte sich um einen Kasten etwa von den Ausmaßen eines Schuhkartons, der ringsum aus blankem Metall bestand bis auf eine mattschwarze Frontseite mit zwei Drucktastern und drei LEDs. Die Taster waren mit ON/OFF und BOOST beschriftet, die LEDs mit den Ziffern 1, 2 und 3. Auf der Rückseite sah man eine Buchse für das beiliegende Stromkabel und eine Reihe von Anschlüssen, wie man sie bei Musik-Equipment fand.

»Vielleicht ein neuartiges Effektgerät für Tonstudios?«, schlug Nesvisky hoffnungsvoll vor.

Hamid schüttelte nur entschieden den Kopf. »Lassen Sie es mich aufschrauben.«

Sie gingen nach nebenan in die Werkstatt, die mit allen nötigen Werkzeugen für solche Fälle ausgestattet war. Hamid legte das Teil auf eine graue Moosgummimatte, suchte sich die passenden Schraubenzieher, öffnete die Abdeckung und studierte das Innenleben.

»Es scheint eine Art Funkgerät zu sein.« Hamid deutete auf eine leere Stelle. »Hier hat jemand eine Platine rausgenommen, würde ich sagen. Warum?« Er drehte das Gerät herum, zeigte auf einen zerkratzten Fleck an der Seite. »Und das da sieht aus, als hätte man ein Typenschild abgelöst. Hmm. Verdächtig.«

»Verdächtig?«

»Das Typenschild hätte uns den Hersteller verraten. Die fehlende Platine kann man in einem wattierten Umschlag nachschicken; der schlüpft durch die Kontrollen.« Der Techniker sah ihn ernst an. »Wenn Sie mich fragen, Chef, dann will der Absender verschleiern, um was für ein Ding es sich handelt. Und warum sollte er das tun, wenn es was Harmloses wäre?«

»Der Absender. Verstehe.« David Nesvisky betrachtete den Zettel noch einmal, auf dem er die Adressen notiert hatte. Das Paket kam von einer *John Miller Trading Co.* aus Tulsa, Oklahoma, USA.

Nun, wenigstens konnte er den Fall ab hier den Kollegen von der Kriminalpolizei übergeben. »Ich geh mal telefonieren«, sagte er.

Der Adressat des Pakets war ein gewisser Brian Clark. Eine Abfrage im Computer ergab, dass es sich dabei um einen sechsundzwanzigjährigen Studenten der Theologie handelte, der sich mit einem auf ein Jahr beschränkten Visum in Israel aufhielt. Er arbeitete an der *Christian Embassy* in Jerusalem. Da hoben sich diverse Augenbrauen, denn das war das Zentrum des christlichen Zionismus, einer Bewegung, die in der Existenz des Staates Israel die Erfüllung biblischer Prophezeiungen sah. Die meisten Israelis nahmen diese Bewegung mit Belustigung zur Kenntnis, manche argwöhnten, dass sich dahinter der Versuch verbarg, die Juden zum Christentum zu bekehren. Auf alle Fälle stand die Einrichtung unter Beobachtung der Sicherheitsorgane.

Besagter Brian Clark erhielt im Morgengrauen Besuch von vier stämmigen Kriminalbeamten. Er zeigte sich überrascht, behauptete, von nichts zu wissen. Und er erwarte kein Paket.

Die vier Männer wechselten Blicke. Clark log, da waren sie sich einig. Jeder von ihnen war lange genug in dem Job, um ein Gespür dafür entwickelt zu haben.

Also verhafteten sie den Amerikaner vorläufig. Die Verhörräume im Kellergeschoss des Polizeigebäudes wirkten bisweilen einschüchternd genug, um Leute zum Reden zu bringen. Und die alten Zellen einen Stock tiefer machten niemandem Lust, länger zu bleiben als nötig. Sie konfrontierten Brian Clark mit dem Gerät, bei dem es sich nach Ansicht der Spezialisten um einen Bestandteil eines Hochleistungs-Funksenders handelte. Doch der Student stritt weiterhin ab, mit der Sache irgendetwas zu tun zu haben. Es müsse sich, beharrte er, um eine Verwechslung handeln.

Sie bearbeiteten ihn. Spielten das *Guter-Cop/böser-Cop*-Spiel. Stellten ihm immer wieder dieselben Fragen: Wozu er nach Israel gekommen sei. Mit wem er hier Kontakt habe. Ob er jemals von Mitarbeitern eines ausländischen Geheimdienstes angesprochen worden sei.

Gegen elf Uhr klingelte das Telefon des leitenden Beamten. Er verließ das Zimmer, ehe er den Anruf annahm. Durch die Scheibe sah man, wie sich seine Gestalt straffte, als er sprach, so, als nehme er Haltung an.

Dann kam er wieder herein und sagte: »Er kann gehen.«

»Was?«, rief sein Kollege aus.

»Anweisung von oben«, knurrte der Leitende. »Von *ziemlich weit* oben.«

Also ließen sie Brian Clark gehen. Dieser kehrte in sein Apartment zurück, packte und verließ Israel noch am selben Tag.

Zehntausend Dollar für eine Nacht Arbeit, das hatte unwiderstehlich geklungen, als Frank es das erste Mal gehört hatte. Doch je länger die Nacht dauerte, desto mulmiger wurde ihm bei der Sache. Niemand gab so viel Geld aus, wenn er nicht irgendwelche Zwecke damit verfolgte.

Und Frank wollte lieber nicht wissen, was für Zwecke das waren.

Der Hangar war riesig. Das musste er auch sein, denn die Boeing 747–400F, der ihre Aufmerksamkeit galt, musste darin Platz finden. Im Übrigen war die Halle gähnend leer, klinisch rein sozusagen. Sie hatten ihre Hebebühne und die Werkzeuge, die sie brauchten, das war alles.

Ein gutes Dutzend Wachmänner beobachtete die Aktion und sicherte sie ab. Die Typen trugen keine Uniform, aber sie sahen irgendwie trotzdem alle gleich aus: Schränke von Männern, bewaffnet und schweigsam. Und sie nahmen ihren Job ernst. Sie standen an den Zugängen Posten, drehten regelmäßig Runden, verständigten sich per Walkie-Talkie, mit kurzen, kryptischen Meldungen.

Als er und Kenneth am Abend angekommen waren, hatte sich ihnen der Chef der Wachmannschaft als Bob vorgestellt – na, ob das sein richtiger Name war, wollte Frank lieber nicht fragen. Er hatte ihnen die Umschläge mit dem Geld gezeigt. Bar, in kleiner Stückelung und gebrauchten Scheinen. Sie hatten das Geld durchzählen dürfen. Es hatte alles gestimmt. Zehntausend Mäuse, auf den Dollar genau.

»Damit bin ich raus aus den Miesen!«, hatte Kenneth ihm mit glänzenden Augen zugeflüstert. »Frank, stell dir vor – ich werd diesem Ekel von der Bank nie wieder in den Arsch kriechen müssen!«

Da hatte Frank so seine Zweifel. *Du wirst dir einen neuen Schlitten kaufen und eine Woche lang einen draufmachen und am Ende doppelt so viel Schulden haben wie jetzt,* hätte er ihm am liebsten gesagt.

Dann hatte Bob ihnen die Anlage gezeigt, die sie einbauen sollten. Der Hammer. Bis dahin hatte Frank nur gerüchteweise gehört, dass es solche Geräte geben sollte, und es irgendwie nie wirklich glauben können. Und nun lag so ein Ding vor ihnen, schick verpackt in knallroten Kartons mit dem Aufdruck *Prototyp – top secret.*

Ihre Aufgabe, erklärte Bob, sei es, die Anlage so einzubauen, dass sie bei einer routinemäßigen Inspektion nicht entdeckt werden würde. »Es handelt sich um eine Übung im Rahmen einer Versuchsreihe für das Pentagon«, fügte Bob hinzu.

Eine Übung. Na klar. Das konnte er seiner Großmutter erzählen.

Aber, hey, diese Anlage! War das geil! Frank ging schon beim Überfliegen der technischen Anleitung fast einer ab.

Und, wie gesagt: zehntausend Dollar!

Also legten sie los. Kenneth und er waren ein eingespieltes Team. Das half über die ersten Hürden hinweg.

Kenneth nervte natürlich mal wieder. Wollte dauernd wissen, was er, Frank, mit dem Geld machen würde.

»Darüber denk ich nach, wenn ich's habe«, erwiderte Frank nur, und nach einer Weile hörte Kenneth auf mit der Fragerei. Weil es nämlich verdammt noch mal nötig war, sich auf den Job zu konzentrieren. Das war nichts für Anfänger, so viel stand fest. Schon gar nicht, wenn man nur eine Nacht lang Zeit hatte.

»Morgen früh geht ein Team von Inspektoren an Bord, um das Flugzeug auf Flugtüchtigkeit zu untersuchen«, hatte Bob erklärt. »Die übliche Prozedur. Wenn die nichts finden, kriegen Sie Ihr Geld. Das ist der Test.«

Okay. Fairer Deal. Das Geld wollte verdient sein, was nicht ohne einen gewissen Aufwand an Hirnschmalz ging. Wo man die Komponenten unterbrachte, zum Beispiel. Wie man sie tarnte. Und so weiter.

Vielleicht, überlegte Frank nach den ersten vier Stunden, war der Job doch nicht so überbezahlt, wie er zuerst gedacht hatte.

Das Ganze dauerte bis in die frühen Morgenstunden. Die schmalen, senkrechten Streifen aus transparentem Plastik in den Hallentoren leuchteten in hellem Orangerot, als er und Kenneth die letzten Schrauben eindrehten und die letzten Schmierfettspuren abwischten.

Sie grinsten einander müde zu.

»Zehntausend Dollar«, sagte Kenneth.

»Jeder Cent verdient«, erwiderte Frank.

Dann verließen sie das Flugzeug, diesen Koloss aus Stahl, der leer 180 Tonnen wog und fast noch mal so viel zuladen konnte. Was für eine herrliche Maschine, die da haushoch über ihnen aufragte!

Die Wachmänner standen alle beisammen, mitten auf einer großen, schwarzen Plastikplane, die sie auf dem Boden ausgebreitet hatten. Wie es aussah, beteten sie: Sie hatten die Hände gefaltet, die Augen geschlossen, murmelten im Chor vor sich hin.

Frank wechselte einen Blick mit Kenneth, der nur mit den Achseln zuckte. Okay, warteten sie eben. In den Gebeten war, was sie so hörten, viel von »Herr, vergib uns« die Rede.

Frank hatte mit Religion und Kirche nichts am Hut. Aber wenn es jemanden glücklich machte, war das für ihn okay.

Endlich waren die Wachmänner fertig, verteilten sich wieder. Nur Bob blieb stehen, wo er war, mitten auf der Folie, winkte sie zu sich heran. Er schaute ernst drein, fast bedrückt.

»Sie glauben nicht an Gott?«, fragte er, als sie ihn erreicht hatten.

»Jedem das Seine«, sagte Frank.

Kenneth meinte: »Ich glaub schon an Gott. Ich sag mir nur, wer sich anstrengt, nicht zu sündigen, misstraut seiner Vergebung, oder?« Er lachte meckernd.

Das schien Bob nicht witzig zu finden. Er verzog nur kurz die Lippen und fragte: »Und? Wie sieht's aus?«

»Alles fertig«, erklärte Frank. »Ihre Inspektoren können kommen.«

»Die sind schon unterwegs«, sagte Bob. Er deutete in Richtung der Maschine. »Drehen Sie sich mal um.«

Das taten sie, verstanden aber nicht, wozu, denn da war niemand. Würden die Inspektoren den Hangar nicht durch dieselbe Tür betreten, durch die auch sie gekommen waren? Vor rund zehn Stunden.

Dadurch, dass sie Bob den Rücken zugedreht hatten, sahen sie nicht, wie dieser eine Pistole mit Schalldämpfer hervorzog. Frank vernahm nur ein hartes, ploppendes Geräusch, das viel lauter war und anders klang als in den Filmen, weswegen er es gar nicht als Schuss identifizierte. Alles, was er bemerkte, war, dass Kenneth neben ihm plötzlich in die Knie brach. Doch noch ehe er sich umdrehen konnte, endete auch sein Leben.

Hafenarbeiter entdeckten die Leiche am frühen Morgen, gerade, als die Sonne blutrot über Tel Aviv aufging. Es handelte sich um einen Mann, der mit dem Gesicht nach unten im Wasser trieb. Einer seiner Arme hatte sich an einer rostigen Rohrleitung verfangen, die hinten bei den Werften ins Hafenbecken führte. Dort hing der Körper, schaukelte mit den Wellen auf und ab, und das Metallband der Armbanduhr schlug immer wieder gegen das Rohr, was unheimlich klang. Wie Totenglocken.

Als Dr. Ephraim Feigenboim eintraf, war alles schon abgesperrt. Polizeiautos standen mit offenen Türen vor den Hallen, Blaulichter zuckten, Absperrbänder flatterten in dem Wind, der vom Meer her wehte. Eine Menge Leute sahen neugierig zu, aber man hielt sie auf Abstand.

Zwei Männer in Neoprenanzügen bargen gerade den Toten. Dr. Feigenboim bedeutete ihnen mit einer knappen Handbewegung, den Leichnam erst einmal aufs Kai zu legen, für eine erste Untersuchung. Der Körper war sichtlich steif, konnte also noch nicht lange im Wasser liegen. Eintritt des Todes vermutlich irgendwann in den frühen Morgenstunden, sagte sich Feigenboim.

Er drückte dem älteren der beiden Taucher sein Digitalthermometer in die Hand. »Ich brauche die Temperatur des Wassers im Hafenbecken. Wenn Sie so freundlich wären …«

Der Mann war nicht begeistert, noch einmal da runterklettern zu müssen, aber er tat es ohne Widerrede.

Feigenboim widmete sich dem Toten, der ein fleckiges

Hemd trug, helle Hosen und eine einzelne Sandale am linken Fuß. Alter: Anfang dreißig. Hinsichtlich der Todesursache gab es wenig Zweifel; als er den Leichnam behutsam auf den Rücken drehte, war die Wunde am Hals sofort zu erkennen.

Einer der Kommissare ging auf der anderen Seite des Körpers in die Hocke. »Man hat ihm die Kehle durchgeschnitten.«

»Nein«, sagte Feigenboim. Er streifte einen Latexhandschuh über die rechte Hand, tastete mit dem Zeigefinger in die Verletzung. »Es ist ein tiefer Stich schräg nach oben in den Kopf. Wenn das Messer lang genug war, hat es vermutlich den Hirnstamm durchschnitten.«

»Und das heißt?«, fragte der Kommissar.

»Dass er auf der Stelle tot war«, sagte Feigenboim. Dafür sprach auch der Zustand der Rachenhöhle: Der Mann hatte kein Wasser geschluckt. Mit anderen Worten, er war schon tot gewesen, ehe er ins Hafenbecken gelangt war.

Der Kommissar deutete auf den Toten. »Darf ich? Ich will sehen, ob er was in den Taschen hat. Ausweis, Führerschein oder so.«

»Bitte«, sagte Feigenboim und sah zu, wie der Polizist die nassen Taschen absuchte, ohne etwas zu finden.

Sie schauten beide auf, als ein weiteres Auto ankam. Es fuhr sehr schnell und bremste sehr heftig ab, berührte die Absperrung, als es zum Stehen gekommen war. Drei Männer stiegen aus, breitschultrig, die Haare soldatenhaft kurz, die Gesichter grimmig. Sie trugen Freizeitkleidung, aber als sie den Polizisten ihre Ausweise zeigten, ließen diese sie sofort passieren.

Dr. Ephraim Feigenboim nickte verstehend und zog den Latexhandschuh aus. Er kannte das. Das waren Leute vom Mossad. Was nur bedeuten konnte, dass es sich hier um eine Geheimdienstgeschichte handelte und er den Fall in spätestens zehn Minuten los sein würde.

Faszinierend, wie die drei Männer im Handumdrehen die Kontrolle an sich rissen. Einer zog sein Handy heraus, telefonierte, ein anderer gab den Kommissaren schlecht gelaunt irgendwelche Anweisungen. Der Dritte kam heran, ging neben ihm in die Hocke und legte, zu Feigenboims Verblüffung, seine Hand in einer fast zärtlichen Bewegung auf den Kopf des Toten.

»Sein Name war Alon«, erklärte er mit rauer Stimme.

»Verstehe«, sagte der Arzt.

»Haben Sie irgendetwas bei ihm gefunden? Ein Telefon? Ein Notizbuch?«

»Nichts«, erwiderte Feigenboim. Sein Blick fiel auf die rechte Hand des Leichnams. Erst jetzt bemerkte er, dass sie zur Faust geballt war, was man bei Toten eher selten sah. Normalerweise entspannte sich der Körper bei Eintritt des Todes. Aber wenn der Mann etwas umklammert gehabt hatte und wenn er wirklich durch einen Stich in den Hirnstamm gestorben war, was unwillkürliche Verkrampfungen der Muskulatur auslösen konnte –

»Warten Sie mal«, sagte Feigenboim. Er schlüpfte wieder in den Latexhandschuh, beugte sich über den Leichnam und begann, die Finger der totenstarren Hand einen nach dem anderen aufzubiegen.

Es ging gerade so. Darunter kam ein zusammengefaltetes Stück Papier zum Vorschein, verkrumpelt, nass, blau durchtränkt von zerlaufener Tinte.

Der Mann mit dem grimmigen Blick seufzte. »Das ist es. Deswegen musste er sterben.«

Die Sexaffäre begann mit einem reißerischen Artikel in der Birmingham Daily, einer nur in Alabama vertriebenen und wenig angesehenen Tageszeitung. Gary Hickman, der amtierende Vizepräsident der Vereinigten Staaten, hieß es darin, habe eine homosexuelle Affäre gehabt, und zwar mit dem Sohn einer Mitarbeiterin.

Der Text las sich atemberaubend unglaubwürdig und präsentierte nicht die Spur eines Beweises. Es sah aus wie eine Schmierenkampagne, es roch wie eine Schmierenkampagne, also, so sagten sich die meisten, war es vermutlich auch einfach eine Schmierenkampagne. Hickman stritt am Rande einer Umweltkonferenz alles ab und wirkte, während er das tat, eher amüsiert als verärgert. Er wisse, erklärte er, dass er sich mit seinem Vorstoß, die pseudowissenschaftliche Lehre des *Intelligent Design* per Gesetz aus amerikanischen Schulen zu verbannen, Feinde in der eigenen Partei gemacht habe. Derartige Attacken sollten dennoch unter der Würde eines jeden sein, der am politischen Leben teilnehme.

Trotzdem machte die Schlagzeile die Runde, wurde der Bericht von Medien überall auf der Welt zitiert, in der Mehrzahl der Fälle eher spöttisch. Doch drei Reporter der *Washington Post* gingen der Sache genauer nach, und siehe da: Es stimmte alles. Jeder einzelne Vorwurf. Gary Hickman hatte tatsächlich eine Affäre mit dem Sohn einer Mitarbeiterin seines Büros gehabt – und mehr noch: Der betreffende Junge war zu Beginn der Sache erst fünfzehn Jahre alt gewesen, also minderjährig, und überdies hatte ihn Hickman für seine Liebesdienste bezahlt.

Die Reporter fanden Beweise im Überfluss: den Jungen selbst, der eine Aussage unter Eid machte. Briefe von Gary Hickman an ihn, handschriftlich und überaus explizit. Hotelrechnungen. Bilder von Überwachungskameras. Kontoauszüge, die die Affäre nahezu lückenlos belegten. Zudem kam heraus, dass es nicht das erste derartige Vorkommnis gewesen war; Hickman hatte schon vor Jahren als Helfer in einem Ferienlager Kinder verführt, zuerst Mädchen, später Jungs, Hauptsache minderjährig. Dass er seine eigene Frau einen Tag nach ihrem achtzehnten Geburtstag geheiratet hatte, erschien auf einmal in einem völlig neuen Licht.

Das Ganze war ein politisches Desaster, das geeignet schien, die gesamte Regierung Keyes mit sich in den Abgrund zu reißen. Daneben sah die Affäre Clintons mit seiner Praktikantin aus wie die Lappalie, die sie im Grunde gewesen war.

Nun endlich reagierte das Weiße Haus. Gary Hickman erklärte seinen Rücktritt, gestand tränenreich seine Schuld ein, seine alleinige Schuld, und versicherte, die weiteren Ermittlungen nach Kräften zu unterstützen, um Schaden von dem großartigen Land abzuwenden, dem zu dienen stets sein vorrangiges Anliegen gewesen sei. Danach ließ er sich vor laufenden Kameras in Ketten legen und abführen; ein Vorgang, wie es ihn in der Geschichte der USA noch nie gegeben hatte.

Am Tag darauf wandte sich Präsident Keyes in einer Fernsehansprache, die live aus dem Oval Office übertragen wurde, an das amerikanische Volk. Er sprach lange und eindringlich und so ernsthaft wie noch nie zuvor. Viele sollten nachher sagen, es sei die beste Rede gewesen, die John Keyes je gehalten habe. Er sprach nachdenklich über die verschiedenen, mitunter in ganz unterschiedliche Richtungen treibenden Kräfte, die in jedem Menschen wirkten, und davon, wie man damit verantwortungsvoll umgehen könne. Er sprach über Familie, Ehrfurcht vor Gott und der Schöpfung und vor allem, immer wieder, über die Werte, für die Amerika einstehe, immer eingestanden sei und immer einstehen werde.

Und da er, sagte er zum Schluss, in den zurückliegenden Monaten der Zusammenarbeit gemerkt habe, dass sein ehemaliger Mitbewerber um das höchste Amt besagte Werte in herausragender und glaubwürdiger Weise vertrete, ernenne er hiermit und mit sofortiger Wirkung Gerald DenHaag zum Vizepräsidenten. *May God bless you, may God bless the United States of America.*

»Das«, sagte Judith, die gemeinsam mit Stephen die Ansprache des Präsidenten auf ihrem Sofa verfolgt hatte, »ist allmählich *wirklich* seltsam.«

Kapitel 40

Damals war wieder eine große Menschenmenge bei Jesus, die nichts zu essen hatte. Da rief Jesus die Jünger zu sich und sagte: »Diese Leute tun mir leid. Seit drei Tagen sind sie hier bei mir und haben nichts zu essen. Und wenn ich sie jetzt hungrig nach Hause schicke, werden sie unterwegs zusammenbrechen, denn sie sind zum Teil von weit her gekommen.« »Wo soll man denn hier in dieser Einöde Brot hernehmen, um all die Menschen satt zu machen?«, fragten die Jünger. Doch Jesus fragte zurück: »Wie viel Brote habt ihr?« – »Sieben«, antworteten sie. Da forderte er die Leute auf, sich auf die Erde zu setzen. Er nahm die sieben Fladenbrote, dankte Gott dafür, brach sie in Stücke und gab sie seinen Jüngern zum Austeilen. Die Jünger verteilten sie an die Menge. Sie hatten auch noch einige kleine Fische dabei. Jesus ließ sie ebenfalls austeilen, nachdem er sie gesegnet hatte. Die Leute aßen, bis sie satt waren, und füllten sogar noch sieben große Körbe mit den übrig gebliebenen Brocken.

Das Evangelium nach Markus, Kapitel 8

DAS JESUS-INTERVIEW

Ich würde gerne noch mehr über Ihren weiteren Weg erfahren. Sie hatten eine Spur von Jesus gefunden …

Ja. Doch als wir den Ort erreichten, an dem er gewesen war, hieß es, er sei schon weitergezogen. Wir hinterher, aber am nächsten Ort war es wieder dasselbe.

Und dann sahen wir plötzlich einen Hügel, auf dem Kreuze standen. Kreuze, an denen Menschen hingen.

Oh.

Wir blieben alle stehen wie festgefroren.

Das kann ich mir vorstellen.

Im ersten Moment war ich mir sicher, dass wir zu spät gekommen waren. Doch dann sagte ich mir, dass das nicht sein konnte. Wir befanden uns weit nördlich von Jerusalem, etwa in der Gegend von Samaria. Wer immer da hing, es konnte nicht Jesus sein. Zumal es nur zwei Kreuze waren.

Wer war es dann?

Das haben wir nicht erfahren. Zwei arme Teufel eben, die sich mit der römischen Obrigkeit angelegt hatten. Was mir damals nicht klar war – keinem von uns, glaube ich: wie gebräuchlich diese Hinrichtungsmethode zu der Zeit war. Pontius Pilatus, der römische Statthalter, hat die Juden und ihre Kultur inbrünstig gehasst und in seiner Amtszeit Tausende von Kreuzigungen befohlen.

Tausende? Das wusste ich auch nicht.

Es ist dokumentiert, dass eine jüdische Delegation nach Rom gereist ist, um den Kaiser zu bitten, dem Statthalter Mäßigung aufzuerlegen.

Dann war Jesus also keine Ausnahme?

Nein. Er ist den Tod gestorben, der für Schwerverbrecher und Aufrührer gegen den Staat vorgesehen war. Und ob sich Pilatus mit seiner Verurteilung wirklich so viel Mühe gemacht hat, wie in den Evangelien geschildert wird, darf man getrost bezweifeln.

Haben Sie sich übrigens jemals gefragt, woran man eigentlich stirbt, wenn man gekreuzigt wird?

Offen gestanden, nein.

Die Kreuzigung ist im Grunde Folterung und Hinrichtung in einem. Es ist eine Methode, einen Menschen möglichst langsam und qualvoll zu Tode zu bringen. Und man hat es öffentlich gemacht, damit alle zusehen konnten und es sich eine Warnung sein ließen.

Manchmal graut einem vor der eigenen Spezies.

Das Kernprinzip ist, dass durch die erhobenen Arme die Atemkapazität so weit eingeschränkt wird, dass der Betreffende auf Dauer nicht überlebt. Man kann denselben Effekt auch ohne Nägel erreichen. Man muss jemanden dazu einfach nur an einen Pfahl fesseln, ihm die Arme möglichst hoch über dem Kopf anbinden und abwarten. Alles andere – den Verurteilten geißeln, ihn sein Kreuz selber zum Richtplatz schleppen lassen, seinen Körper festnageln – hat nur den Zweck, ihn zusätzlich zu erniedrigen, zu quälen und seinen Organismus zu schwächen. Er stirbt schließlich unter Schmerzen an einer Kombination aus Ersticken, Blutverlust, Kreislaufkollaps und Herzversagen, oft erst nach drei Tagen.

Ich habe irgendwo einmal gelesen, dass die meisten Darstellungen des Gekreuzigten anatomisch falsch seien. Man hat die Nägel nicht durch die Handflächen getrieben, zum Beispiel.

Richtig, denn die Handflächen würden unter dem Körpergewicht einfach ausreißen. Nein, die Nägel gingen durch die Handwurzelknochen oder unterhalb des Gelenks durch den Raum zwischen Elle und Speiche. Die Füße standen für gewöhnlich auch nicht auf einem Podest, sondern man hat sie seitlich an den Pfahl genagelt, einer links, einer rechts, mit je einem Nagel durch das Fersenbein. Bei den beiden, die wir da an den Kreuzen antrafen, war es so.

Was ging in dem Moment in Ihnen vor?

Ich kann nicht für die anderen sprechen. In mir war nur ein namenloses Grauen angesichts der Grausamkeit, die hier am Werk gewesen war. Der Gedanke, dass Jesus, dem Mensch gewordenen Sohn Gottes, dieses Schicksal bevorstand, war mehr, als ich in diesem Augenblick begreifen konnte. Ich starrte die beiden Leichname an, die man wohl zur Abschreckung hatte hängen lassen, verkrümmte Leiber, an denen schon die Vögel herumhackten, und konnte nicht fassen, dass Menschen einander so etwas antun. Ich konnte es einfach nicht fassen. Ich kann es bis heute nicht.

»Dr. Menez?«

Yehoshua hob die Augen vom Okular seines Mikroskops und sah zwei Männer vor sich stehen. Er hatte sie nicht hereinkommen hören, obwohl die Tür zum Labor eigentlich unüberhörbar quietschte. Aber das passierte ihm nicht zum ersten Mal. Sobald er sich in seine Arbeit vertiefte, vergaß er alles um sich her und Zeit und Raum dazu.

»Wir«, erklärte der eine, der eine enorme Knollennase durch die Welt trug, »kommen vom Verteidigungsministerium. Der stellvertretende Institutsleiter hat uns –«

»Ah ja«, unterbrach ihn Yehoshua. »Stimmt. Professor Bar-Lev hat Sie angekündigt. Er wusste nur nicht, wann Sie …« Er sah auf die Uhr. So spät schon? Fünf Uhr vorbei. Eigentlich längst Zeit, Feierabend zu machen. »Okay. Was kann ich für Sie tun?«

Das weitläufige Labor im Keller des Rockefeller-Instituts Jerusalem war hell erleuchtet. An den Tischreihen hier hätten problemlos zwei Dutzend Leute arbeiten können, doch Yehoshua war, wie meistens, allein. Voll besetzt war das Labor so gut wie nie, nicht einmal, wenn die praktischen Kurse für die diversen Universitäten stattfanden. Momentan standen Plastikschalen auf den Tischen, von denen jede ein Stück Papyrus enthielt – ein Fund, den man in der Nähe von Eilat gemacht hatte, der vermutlich aber unbedeutend war. Nun, das gehörte dazu.

»Man hat uns gesagt«, erklärte der Mann mit der Knollennase, »dass Sie der bedeutendste Experte für die Restauration von Papier in ganz Israel sind.«

»Nun«, erwiderte Yehoshua hüstelnd, »ein bisschen verstehe ich was davon, ja.« Er wollte sich nicht anmerken lassen, wie sehr ihm diese Einschätzung schmeichelte. Es stimmte, er hatte in den letzten Jahren einige Techniken für die Wiederherstellung von Papier entwickelt. Eines seiner Verfahren wurde inzwischen weltweit angewandt und in der Fachliteratur ihm zu Ehren *Meneziation* genannt: Da blieb einem doch nichts anderes übrig, als tiefzustapeln, oder? »Das heißt vermutlich, dass ich etwas für Sie restaurieren soll?«

»Genau.« Der Mann nickte seinem Begleiter zu, der eine Glatze und bis jetzt kein Wort gesagt hatte. Er trug eine Ledertasche in der Hand, wie englische Landärzte sie in alten Filmen benutzen.

Diese Tasche stellte er nun auf den Tisch, so behutsam, als sei sie mit Nitroglyzerin gefüllt. Er öffnete den Verschluss, holte mit einer beinahe zärtlichen Bewegung eine flache Metallschachtel heraus, etwa so groß wie eine Zigarettenschachtel, und setzte sie vor Yehoshua ab. Dann hob er ganz langsam, fast feierlich den Deckel ab.

»Das hier«, sagte der mit der Knollennase.

Yehoshua beugte sich darüber. In der Schachtel lag ein Stück Papier, zusammengefaltet, verkrumpelt, feucht und blau durchtränkt von zerlaufener Tinte. Verheerend. Als habe jemand einen handgeschriebenen Brief mit der Faust zerknüllt und diese anschließend stundenlang ins Wasser gehalten.

Er zog eine der Lampen heran, die überall in verschwenderischer Anzahl montiert waren, und schaltete sie ein. Dann griff er nach einer starken Lupe und studierte das Fundstück eine Weile schweigend.

»Und? Was meinen Sie, Doktor?«, fragte der Knollennasige nach einer Weile ungeduldig. »Kann man da was machen?«

»Ja, ja, klar«, sagte Yehoshua, der in Gedanken schon eine Liste der durchzuführenden Maßnahmen aufstellte. »Bis wann brauchen Sie das?«

»Am liebsten bis gestern.«

»Verstehe.« Nun, er hatte heute Abend ohnehin nichts vorgehabt. Im Grunde hatte er abends nie etwas vor. Seit die Sache mit Adva aus war, war sein Leben ziemlich eintönig geworden. »Dann mache ich mich gleich an die Arbeit. Wie erreiche ich Sie? Ich schätze, bis morgen früh kann ich mehr sagen.«

Die beiden schüttelten die Köpfe, so synchron, als hätten sie es geübt.

»Wir bleiben«, sagte der Glatzköpfige mit einer Stimme, der man anmerkte, dass sie selten benutzt wurde.

»Es betrifft die nationale Sicherheit«, fügte der Knollennasige hinzu.

Yehoshua seufzte. Der Gedanke, unter Aufsicht zu arbeiten, war ihm unangenehm. Aber die nationale Sicherheit war eine Trumpfkarte, die alle anderen Argumente stach, deswegen sparte er sich jede Widerrede und meinte nur: »Das wird langweilig, das sage ich Ihnen gleich.«

»Wir sind ganz still«, versicherte ihm der Knollennasige. »Tun Sie einfach so, als seien wir gar nicht da.«

Oh ja, das würde er. Und wie er das würde! Es würde den beiden noch leidtun, dageblieben zu sein. Schweigend suchte Yehoshua die Chemikalien zusammen, die er brauchen würde, und hievte das zerknüllte Papierstück dann behutsam aus dem Metallkästchen in eine flache Wanne.

Bei Papyri, die in der Wüste gefunden wurden, war es immer nötig, sie mehrere Stunden lang in einer Dampfkammer zu durchfeuchten, ehe man damit arbeiten konnte. Das entfiel in diesem Fall, das Papier war eher zu nass als zu trocken. Hier musste er anders vorgehen.

Er trug die Wanne zur Nebelmaschine, einem großen Kasten mit Glastüre, in dessen Inneren beliebige Flüssigkeiten per Ultraschall vernebelt werden konnten. Yehoshua mischte eine Lösung an, die sich mit dem feuchten Papier verbinden und es verfestigen würde. Er füllte sie in den abnehmbaren Vorratsbehälter, stellte die Schale mit dem Fundstück in den Apparat, schloss die Tür und schaltete das Gerät ein. Ein durchdringendes Sirren erfüllte das Labor. Es klang, als sei in dem Kasten ein wild gewordener Mückenschwarm eingesperrt.

»Was machen Sie da?«, wollte der Knollennasige wissen.

Yehoshua musterte ihn verweisend. Die beiden Männer hatten sich auf zwei Laborstühlen breitgemacht und saßen da, als warteten sie auf einen Bus.

»Ich kann Ihnen Unterricht erteilen«, erklärte Yehoshua streng, »oder ich kann den Job erledigen. Nicht beides gleichzeitig. Also – suchen Sie es sich aus.«

»Schon gut, schon gut«, meinte der Knollennasige beschwichtigend und sank wieder in sich zusammen.

Es zog sich hin, ging langsamer voran, als Yehoshua gedacht hatte. Das Papier war nicht in normalem Wasser, sondern in Salzwasser getränkt worden; das Salz musste er in einem separaten Arbeitsgang neutralisieren. Ein Kreislauf begann, wie er für dieses Verfahren typisch war: Einnebeln mit Härtungsmittel, dann ein behutsames Lösen der ersten Lage, ganz sorgsam, ganz vorsichtig, unter den größten Lupen, die er hatte, mit hölzernen Pinzetten und feinen Dachshaarpinseln. Jede fragile Stelle verstärkte er mit Reispapier oder hauchdünnem Glasfasergewebe, ehe es weiterging. Schließlich das Salz auswaschen, so sanft, als streichle er Spinnweben, und alles wieder von vorne, Stunde um Stunde.

Irgendwann schliefen die beiden Männer ein, eingelullt von dem eintönigen Sirren der Nebelmaschine und von den betäubenden Ausdunstungen der Chemikalien, die Yehoshua verwendete. Gut, sollten sie nur schlafen. Dann hatte er schon seine Ruhe. Er musste grinsen, als er sah, wie sie da über den Tischen hingen wie alt gewordene, erschöpfte Kinder.

Das Grinsen gefror ihm, als er bemerkte, dass sie unter ihren sommerlichen Jacketts Schulterhalfter trugen und dass diese Halfter nicht leer waren.

Nun, Verteidigungsministerium. Was hatte er erwartet?

Es war nach vier Uhr morgens, und Yehoshuas Augen brannten, als er die Nebelmaschine abschaltete. Die plötzliche Stille ließ die beiden Männer hochschrecken. Sie brauchten eine Weile, bis sie begriffen, wo sie sich befanden und was los war. Dann sahen sie Yehoshua am Tisch stehen, vor einer flachen roten Plastikwanne, und auf ein auseinandergefaltetes Stück Papier hinabblicken, dessen Schrift er stabilisiert und nachgefärbt hatte.

»Was«, fragte er die beiden mit hörbarer Beunruhigung in der Stimme, »hat das zu bedeuten, was hier steht?«

Der Mann mit der Knollennase erhob sich, trat neben ihn und las ebenfalls, was auf dem geretteten Blatt stand.

»Hmm«, sagte er dann und hatte auf einmal eine Pistole in der Hand. »Es wäre besser gewesen, Sie hätten das nicht gelesen.«

Stephen Foxx trat gerade unter die Dusche, als das Telefon in der Küche klingelte. Er blieb stehen, die Hand am Mischhebel. Es klingelte noch einmal. Wo war Judith? Um diese Tageszeit konnte es eigentlich nur für sie sein, denn Stephen hatte seine Partner und Kunden dahin erzogen, ihn nicht vor zehn Uhr morgens anzurufen. Erst recht nicht montags.

Außer in Notfällen.

Es klingelte ein drittes Mal. Stephen verließ die Dusche wieder, ging zur Badezimmertür und streckte den Kopf hinaus.

»Ich geh schon, ich geh schon.« Judith, die hastig auf Strümpfen den Flur entlangsauste. Stephen wartete trotzdem noch, lauschte, bis er hörte, wie Judith ins Hebräische wechselte. Ihre Stimme bekam jenen speziellen Klang, der ihm verriet, dass ihre Mutter am anderen Ende der Leitung war.

Vermutlich, um mal wieder nachzufragen, wo die sehnlich erwarteten Enkelkinder blieben.

Er schloss die Tür und ging duschen. Als er sich danach rasierte, tat er dies ausgiebig, ließ nebenher das Radio laufen und summte die Songs mit. Zwischendurch kam, dass Präsident Keyes in den kommenden zwei Wochen auf Rundreise durch alle großen amerikanischen Universitäten sein würde. Er wolle vor den Studenten sprechen und damit die Bedeutung von Wissenschaft und Forschung für Amerika unterstreichen: Es konnte gerade keine wirklichen Probleme in der Welt geben, wenn einer so belanglosen Meldung derart viel Platz eingeräumt wurde.

Überhaupt versprach heute ein strahlend schöner Tag zu werden. Der Sommer kündigte sich mit jedem Tag deutlicher an.

Als Stephen in seinen flauschigen Bademantel gehüllt und nach Seife duftend in die Küche kam, fand er Judith vor, wie sie reglos auf dem Stuhl vor dem Telefon saß.

Er blieb stehen. Plötzlich hatte er das Gefühl, dass heute vielleicht doch kein strahlend schöner Tag werden würde.

Es hatte mit dem Anruf zu tun, klar. »Was ist passiert?«

Sie schien Mühe zu haben, aus den Gedanken zurückzufinden, in denen sie sich gerade verloren hatte. »Yehoshua ist verschwunden.«

»Wie bitte?«

»Seit über drei Tagen. Das Institut hat bei meiner Mutter angerufen und gefragt, ob sie weiß, wo er steckt. Und jetzt macht sie sich natürlich Sorgen.«

Stephen räusperte sich. Er war noch nicht bereit, sich den düsteren Vorahnungen zu ergeben, die sich ihm aufdrängen wollten. Er ging um die Theke herum, goss ihnen Kaffee ein. »Das muss ja nichts Schlimmes bedeuten«, meinte er leichthin. »Vielleicht hat er endlich wieder eine Freundin und liegt bei der im Bett.«

Judith starrte auf die blanke Tischplatte, schien die Tasse

gar nicht zu bemerken, die er ihr hinschob. Ihre Küche lag nach Osten hin; das Sonnenlicht fiel hell und scharf durch die Fenster und ließ den weißen Dielenboden leuchten.

»Mutter sagt, Yehoshua war am Mittwochabend im Labor und hat dort Besuch von zwei Männern vom Verteidigungsministerium gehabt. Ein eiliger Restaurierungsauftrag. Der Nachtwächter sagt, Yehoshua hätte die Nacht durchgearbeitet. Auf seiner ersten Runde hat er Licht gesehen und nachgeschaut, ob jemand da ist. Das Licht hat gebrannt bis vier Uhr morgens.« Judith seufzte. »Und seither fehlt jede Spur. Zu Hause ist er nicht, sein Mobiltelefon ist abgeschaltet, sein Auto verschwunden.«

Stephen musterte Judith beunruhigt. Yehoshua war nicht nur ihr Bruder, sondern auch sein Freund. Über ihn hatten sie sich überhaupt erst kennengelernt. »Vom Verteidigungsministerium? Was für ein Restaurierungsauftrag soll denn das gewesen sein?«

Judith schüttelte unwillig den Kopf. »Das ist nur eine Floskel. Das heißt, die Männer waren vom Mossad. Yehoshua ist in irgendeine verdammte Geheimdienstgeschichte verwickelt.«

Stephen wollte etwas sagen, etwas Cleveres, Beruhigendes, der Situation Angemessenes, aber ihm fiel nichts ein. Das mit dem strahlend schönen Tag konnte er auf jeden Fall vergessen.

Judiths Gestalt straffte sich. »Ich fliege hin. Heute noch, mit der nächsten erreichbaren Maschine. Ich kann Mutter damit nicht allein lassen.« Im nächsten Moment sprang sie auf und eilte hinüber ins Arbeitszimmer, um ihren Computer hochzufahren.

Stephen trug ihr die Tasse nach. »Wäre es nicht besser, erst einmal Kaffee zu trinken und in Ruhe zu überlegen, was wir –?«

»Ich kann jetzt keinen Kaffee trinken. Mutter hat Vater eine Nachricht geschickt, und der hat überhaupt nicht reagiert. Du kennst ihn ja. Jetzt dreht sie durch.«

Stephen hob die Brauen. Er hatte seinen Schwiegervater nur zweimal im Leben gesehen. Alles, was er wusste, war, dass Judiths Vater sich, kaum dass die Kinder aus dem Haus gewesen waren, von der Familie losgesagt hatte. Seither führte er das Leben eines ultraorthodoxen Juden und widmete sich völlig dem Studium der Bibel und des Talmuds. Dass seine Tochter einen *Goi* geheiratet hatte, war ihm nicht einmal einen Kommentar wert gewesen, geschweige denn eine Glückwunschkarte oder gar einen Besuch.

»Hier, ein Delta-Flug um 11 Uhr 20«, rief Judith. »Meinst du, der ist zu schaffen?«

»Vielleicht. Wenn du nicht länger als fünf Minuten zum Packen brauchst.«

Sie warf ihm einen bösen Blick zu. Weil sie genau wusste, wie utopisch dieser Gedanke war.

»Hör mal«, meinte Stephen, während sie hektisch weiterklickte, »was hältst du davon, wenn wir gemeinsam fliegen? Sagen wir, am Donnerstag. Bis dahin müsste ich mit dem Projekt auf einem Stand sein, dass die anderen allein weitermachen können.« Er entwickelte zusammen mit seinen Partnern eine Software für das Internetportal der Stadtverwaltung, sie tüftelten gerade am Datendesign. Diesen Part hatte er zu leiten versprochen, weil er die meiste Erfahrung damit hatte.

»Nein, ich will heute noch fliegen«, beharrte Judith. »Aber es wäre nett, wenn du nachkommst, sobald du kannst.«

»Vielleicht hat sich die ganze Sache ja auch bis übermorgen geklärt«, meinte Stephen.

»Schön wär's. Ich glaub's bloß irgendwie nicht.« Sie tippte auf den Schirm. »Hier. British Airways, heute Abend um sechs. Zwischenhalt in London, Ankunft morgen kurz nach Mittag in Tel Aviv.« Sie klickte auf *Buchen* und begann, nach ihrer Kreditkarte zu kramen.

Auf Langstreckenflügen ging es Judith immer gleich: Irgendwann wollte sie bloß noch endlich landen und unter die Dusche. Und danach am besten ausschlafen, mit richtig viel Platz um sich herum.

Die ersten sechs Stunden bis nach London Heathrow waren einigermaßen erträglich, aber dann: Warten auf den Anschlussflug. Noch einmal fünf Stunden in engen Sitzen. Und Ewigkeiten über Tel Aviv kreisen, ehe sie landen durften!

Gefolgt von: Chaos. Im Flughafen war alles überfüllt. Unendliche Schlangen vor den Einreiseschaltern, überall Bewaffnete, die in Gruppen zu vier oder fünf Leuten patrouillierten, Männer und Frauen in Uniform, die wachsam umherschauten, die Finger am Abzug. Das war keine Routine, das war Ernst.

Sie war wieder zu Hause. Die auf Hebräisch beschrifteten Werbeplakate überall gehörten genauso dazu wie die Angst, die man hier um sein Leben haben musste. Sie erkannte die allgemeine Nervosität, die in der Luft lag, diese unterschwellige Aufgeregtheit: die Furcht vor einem drohenden neuen Krieg.

Alle Ankommenden wurden durchleuchtet, durchsucht, befragt. Überall hörte man Streit und Geschrei. In der Reihe vor Judith brüllte ein bärtiger, arabisch aussehender Mann auf Hebräisch: »Ich bin israelischer Bürger! Behandeln Sie mich nicht wie einen Terroristen!« Worauf der Grenzer entschuldigend die Hände hob, die in blauen Gummihandschuhen steckten, und versicherte, das gehe nicht gegen ihn persönlich.

Judith wollte gerade ihre Umhängetasche auf das Rollband legen, als jemand sie am Arm packte. Sie zuckte zusammen, fuhr herum – und sah Ami vor sich!

»Du?«

Er zog sie beiseite. »Komm. Wir haben keine Zeit für diesen Quatsch hier.«

»Aber –«

Er hörte nicht auf sie, sondern zog sie einfach mit sich. Es ging hinein in einen schmalen, leeren Gang, durch eine Tür, die sich öffnete, als er einen Zahlencode eintippte, vorbei an einem bulligen, schnauzbärtigen Wachmann, der sie mit ausdrucksloser Miene passieren ließ, als Ami ihm einen Ausweis präsentierte. Hin und her, treppauf und treppab, und auf einmal standen sie in der Haupthalle.

»Und was ist mit meinem Gepäck?«

»Darum kümmern wir uns.« Ami zückte sein Telefon. »Wie sieht dein Koffer aus?«

»Wie mein … was?«

Ami wählte eine Nummer, hielt das Gerät ans Ohr. »Dein Koffer. Wie erkenne ich den?«

Sie musste tief Luft holen. Das ging ihr gerade alles zu durcheinander. »Ein beigefarbener Samsonite-Rollkoffer mit einem roten Packgürtel. Und mit einem aufgeklebten lachenden Buddha.«

Ami hob amüsiert die Brauen. »Ein Buddha?«

Sie seufzte. »Es ist ein alter Koffer. Aus meiner Buddhismus-Phase.«

Ami gab die Beschreibung durch, dann bedeutete er ihr, ihm zu folgen, was nicht so einfach war, so schnell und zielstrebig, wie er die Halle durchquerte. Überall warteten, liefen, rannten Leute, heulten Kinder, stritten Paare, stand Gepäck im Weg. Der Lärmpegel war so hoch, dass man von den Lautsprecherdurchsagen kein Wort verstand.

»Was ist überhaupt los?«, rief Judith, als sie Ami kurz vor den Drehtüren endlich eingeholt hatte.

Er zog sie mit sich durch die Tür. »Das wüsste ich selber gern«, erklärte er mit gedämpfter Stimme. »Wir beobachten jede Menge geheimer Aktivitäten im Land, auf die wir uns keinen Reim machen können. Es sind Amerikaner hier, die sich mit jüdischen Extremisten treffen. Aber warum? Wozu? Keine Ahnung. Unsere Verbindungsleute bei der CIA wissen auch nichts – sagen sie jedenfalls.« Draußen roch es nach Wüste und Autoabgasen. Er zog sie weiter in Richtung Parkplatz. »In allen Nachbarstaaten werden gerade die Streitkräfte in Alarmbereitschaft versetzt. Die syrische Armee steht schon an der

Grenze, die Jordanier putzen die Gewehre, die Ägypter überlegen noch. Es sieht so aus, als ob das alles aufgrund von Geheimdienstinformationen passiert, aber wir wissen nicht, woher die kommen und was das für Informationen sind.«

Es durchfuhr Judith wie ein elektrischer Schlag, als ihr klar wurde, dass sie, falls hier in den kommenden Tagen ein Krieg ausbrach, zur Armee eingezogen werden würde! Sie war immer noch Reservistin; daran änderte ihr Wohnsitz in Boston, USA, nicht das Geringste.

Sie riss sich los, blieb stehen. »Was soll das? Wozu erzählst du mir das alles? Ich bin gekommen, weil mein Bruder verschwunden ist.« Sie kniff die Augen zusammen. »Woher hast du überhaupt gewusst, dass ich –?«

»Ach, komm«, versetzte Ami ärgerlich. »Dein Name steht auf dem Ticket, oder? Glaubst du, wir wissen so etwas nicht?«

Sie musterte ihn argwöhnisch. Sie begriff gerade gar nichts, nur, dass hier Dinge vor sich gingen, die ihr nicht gefielen. »Was ist mit Yehoshua passiert? Es hat was mit dem Geheimdienst zu tun, stimmt's?«

Ami presste einen Moment die Lippen zusammen, ehe er antwortete. »Ja. Aber das waren nicht wir. Das heißt – keiner von denen, denen ich noch traue.«

»Was soll das wieder heißen?«

»Dass wir innerlich gespalten sind!« Es klang wie ein Schmerzensschrei, wie er das sagte. Er beugte sich vor, fügte leise und hastig hinzu: »Es geht vielen im Mossad nicht mehr um das Wohl Israels, *das* ist los. Die einen sind religiös verblendet, die anderen wollen einfach nur abkassieren, egal wie … Es ist eine Katastrophe.«

»Okay. Und was hat das mit meinem Bruder zu tun?«

Ami seufzte, fuhr sich mit beiden Händen übers Gesicht. »Wie soll ich sagen? Mir passt es überhaupt nicht, dass du gekommen bist. Mir wäre es lieber, du wärst noch in den USA.«

»Wieso das?«

»Erinnerst du dich, wie ich dir gesagt habe, dass ich dich eines Tages um Hilfe würde bitten müssen?«

»Ja?«, sagte Judith ahnungsvoll.

»Okay. Dieser Tag ist heute.«

Dienstagvormittag. Stephen an seinem Computer. Um sich herum ein Gebirge aus aufgeschlagenen Handbüchern und Programmlistings. Vor ihm an der Wand wild bekritzelte Diagramme. Am Telefon einer der Programmierer: ein Alltagsbild.

Doch heute war er nicht richtig bei der Sache. Es war still in der Wohnung, stiller als sonst, so still, dass die beiden Uhren an der Wand lauter zu ticken schienen als normal. Die eine Uhr zeigte die Bostoner Zeit an, *Eastern Standard Time*, die andere die Zeit in Israel. Hier an der Ostküste war es kurz vor elf, in Israel kurz vor sechs Uhr abends: Judith musste vor fast drei Stunden gelandet sein, aber sie hatte noch nichts von sich hören lassen. Stephen war schon zweimal in der Küche gewesen, um das Telefon dort abzuheben und sich zu vergewissern, dass mit der Leitung alles in Ordnung war.

Dann, mitten in einer Diskussion über das Datenmodell, klingelte plötzlich sein Handy.

»Moment mal«, sagte er, griff nach dem Mobiltelefon und betrachtete das Display. Eine Nummer mit der Landesvorwahl 972. Israel. Endlich.

Aber wieso rief sie auf dem Handy an? Sie wusste doch, dass er zu Hause war?

»Du, ich muss kurz unterbrechen«, sagte er seinem Gesprächspartner. »Ich ruf gleich zurück, okay?«

Er legte auf, drückte die grüne Taste. Es war tatsächlich Judith. »Soll ich dich zurückrufen?«, bot er an.

»Nein, nein.« Sie klang irgendwie fahrig. Der lange Flug vermutlich. »Ist schon okay.«

»Du weißt aber, was das an Roaminggebühren kostet?«

»Sicherheitshalber«, beharrte sie.

Stephen gab es auf. Sie hatte manchmal ihre paranoiden

fünf Minuten. »Okay«, sagte er. »Und? Wie war der Flug? Hast du schon was erfahren?«

»Ja, ja, alles gut gelaufen«, meinte Judith hastig. »Du, ich ruf an, weil ich dich was fragen muss.«

Es klang, als stünde ihre Mutter neben ihr, um mitzuhören, und als sei es ihr peinlich, vor ihr mit ihm zu turteln. »Okay?«

»Du hast doch was für eine Firma namens Raytheon gemacht, oder? Ich erinnere mich an einen Mr Slade, der mal angerufen hat. Und ich meine, ich hätte eine entsprechende Rechnung bei dir gesehen.«

»Raytheon?«, wiederholte Stephen verdutzt. »Ja. Letztes Jahr, im September.« Es war ihm absolut schleierhaft, was für eine Verbindung es zwischen dieser Firma und seinem Schwager Yehoshua Menez geben mochte.

»Hast du von denen«, fragte Judith weiter, »irgendwelche Datenbestände? Unterlagen? Vertrauliches? Du weißt schon.«

Derlei besaß er von vielen Firmen – der Ordner, in dem er die Kopien der *Non-Disclosure Agreements* aufbewahrte, die er unterschrieben hatte, war zwei Inch dick –, aber nicht von dieser. »Nein. Ich hab denen nur eine Software verkauft, mit der sie Mitarbeiterschulungen verwalten. Nichts Großartiges.« Er hatte den Auftrag damals nur angenommen, weil sich die Installation hervorragend mit einem Bummel durch Seattle und einem Segeltrip im Puget Sound hatte verbinden lassen. Zwei herrliche Tage waren das gewesen. »Wieso fragst du mich das?«

Judith gab einen merkwürdigen, zittrigen Laut von sich. Irgendwas stimmte nicht. »Das erklär ich dir, wenn du kommst.« Sie klang fast ängstlich, als sie fragte: »Du kommst doch, oder?«

»Klar. Der Flug ist schon gebucht. Morgen Abend um halb neun, Ankunft Donnerstag kurz nach vier Uhr nachmittags.« Er hörte seine eigene Stimme in der Wohnung widerhallen, während er das sagte. Die Zimmer fühlten sich gerade schrecklich leer an.

»Gut.« Es klang, als sei ihr irgendetwas daran doch nicht

recht. Stephen kannte keine Frau, die einen Satz wie *Alles in Ordnung* so vorwurfsvoll klingen lassen konnte wie Judith.

»Was ist denn?«, fragte er.

»Ach«, meinte sie seufzend, »ich weiß auch nicht. Auf der einen Seite wünsche ich mir, dass du bei mir bist … auf der anderen Seite sieht es hier so aus, als könnte jeden Moment ein Krieg ausbrechen.«

»Ehrlich?« Er furchte die Stirn, fand das übertrieben. »Als ich vorhin Nachrichten geschaut habe, hieß es, der Friedensprozess mache Fortschritte.«

Sie knurrte abfällig. »Ich hab dir schon immer gesagt, die amerikanischen Fernsehnachrichten kannst du in der Pfeife rauchen.«

»Da ist was dran«, räumte er friedfertig ein. Sie machte sich Sorgen um ihren Bruder, schon klar, vielleicht auch um ihre Mutter. Er würde jetzt keinen Streit anfangen. »Wie auch immer, ich stehe jedenfalls Donnerstagmittag auf dem Ben Gurion und fände es fürsorglich, wenn du mich abholst.«

Eine Aufzeichnung dieses Gesprächs erklang etwa eine Stunde später aus Kopfhörern, die ein Mann trug, der tief im Inneren eines großen, würfelförmigen, ringsum mit schwarzem Glas verkleideten Gebäudes saß. Das nach allen Regeln der Kunst abgeschirmte Bauwerk befand sich in Fort Meade im Bundesstaat Maryland und war der Hauptsitz der NSA, der *National Security Agency*.

Die Überzeugung, Gespräche, die per Mobiltelefon geführt wurden, seien abhörsicher, war weit verbreitet, aber falsch. Die NSA, der nahezu unbegrenzte Geldmittel zur Verfügung standen und bei der die besten Kryptologen der Welt arbeiteten, hatte längst die Codes geknackt und die technischen Einrichtungen geschaffen, um praktisch alle Telefonate weltweit abzuhören. Milliarden von Gesprächen wurden jeden Tag mitgeschnitten und von Hochleistungscomputern automatisch einer Sprachanalyse unterzogen. Das Vorkommen bestimmter

Stichworte sorgte dafür, dass eine Aufnahme nicht wieder gelöscht wurde, sondern als Eintrag auf einer Alarmliste erschien, die der jeweils Zuständige direkt auf seinen Computer bekam. Ein Mausklick genügte, um sich die Aufzeichnung eines verdächtigen Telefonats anzuhören und über weitere Maßnahmen zu entscheiden.

Das Stichwort in diesem Fall war *Raytheon* gewesen. Der Umstand, dass der Anruf aus Israel gekommen war, hatte die angezeigte Verdachtsstufe erhöht.

Der Mann entschied, dass er jemanden über dieses Gespräch informieren musste.

Allerdings nicht seinen Vorgesetzten. Das hier war keine Angelegenheit für den normalen Dienstweg, so wenig, wie das Stichwort *Raytheon* auf dem Dienstweg in die Suchabfragen gelangt war.

Das Misstrauen, das die Behörde dem Rest der Welt entgegenbrachte, erstreckte sich nicht auf die eigenen Leute. Irgendjemandem musste man schließlich vertrauen. So wurde es nirgends registriert, dass der Mann das Gespräch auf eine beschreibbare Mini-CD überspielte. Niemand kontrollierte ihn, als er nach dem Mittagessen unter dem Vorwand, heftige Zahnschmerzen zu haben, das Gebäude verließ, die Mini-CD in der Hosentasche.

Er suchte auch wirklich eine Zahnarztpraxis auf – so genau musste man schon sein. Dass der Arzt nichts fand und sich die Schmerzen von selbst wieder verflüchtigten, nun, das kam vor, nicht wahr?

Doch ehe er die Praxis erreichte, telefonierte der Mann noch von einer öffentlichen Zelle aus mit einem Glaubensbruder.

»Sagten Sie *Foxx?*«, vergewisserte sich der.

»Ja. Ein Stephen Foxx, wohnhaft in Boston, Massachusetts. Adresse, Telefonnummer und alle Daten, die wir sonst noch haben, befinden sich auch auf der CD.«

»Schicken Sie sie her«, bat die dunkle Stimme am anderen Ende der Leitung.

Nachdem der Mann aufgehängt hatte, wischte er den Hörer und den Apparat und sämtliche Stellen, die er angefasst hatte, sorgfältig mit einem Desinfektionstuch ab. Er verstand sich als Patriot, als jemand, der sein Land liebte. Doch wenn er wählen musste, wem seine Loyalität galt, den Mächtigen dieser Erde oder dem Herrn des Universums, dann war für ihn die Antwort klar.

»Stephen Foxx?«, grollte Eric Whitewater, als die Aufzeichnung zu Ende war. »Ist das nicht der, der –?«

»Der das Video entdeckt hat.« Samuel Barron nickte. »Ganz genau der.«

Whitewater nickte in Richtung der Stereoanlage. »Woher hast du diese Aufnahme?«

»Auch in den Geheimdiensten arbeiten gottesfürchtige Menschen. Nicht viele, aber es gibt sie.«

»Du hast tatsächlich Leute in den Geheimdiensten sitzen?«

Barron hob die Brauen. »Ich? Nein. *Gott* hat sie dort sitzen. Ich war nur das Werkzeug, sie in seinem Sinne wirksam werden zu lassen.« Als Whitewater nichts erwiderte, sondern ihn nur fragend ansah, fuhr er fort: »Ich kenne alle Kirchenvorstände. Die kennen ihre Geistlichen. Und die Geistlichen kennen ihre Schützlinge.« Er machte eine umfassende Geste mit den Händen. »In den amerikanischen Geheimdiensten arbeiten mehr als zweihunderttausend Menschen. Die sind zwar kein repräsentativer Querschnitt der Bevölkerung, aber ein paar aufrechte Christen finden sich trotzdem darunter. Die hab ich nur aufgespürt, das ist alles. Und ihnen klargemacht, worum es geht.«

»Und jetzt versorgen die dich mit geheimen Informationen? Das ist ein ziemliches Risiko, das sie da eingehen.«

»Die ersten Christen sind für ihren Glauben gestorben. Verglichen damit ist das gar nichts.« Barron verschränkte die Hände ineinander. »Dass *ich* Informationen erhalte, ist nur ein Nebeneffekt. Viel wichtiger ist, dass diese Leute ausgesuchte

Informationen in die richtigen Kanäle weiterleiten können. Informationen, die Dinge bewirken, die Entwicklungen anstoßen können. Das wird im Plan Gottes noch eine wichtige Rolle spielen.«

»Verstehe.« Whitewater knurrte unzufrieden. »Und welche Rolle spiele ich? Ich bin der Mann fürs's Grobe, oder?«

Samuel Barron hob die Brauen, erstaunt, fast entsetzt. Dann beugte er sich vor und fasste seinen Gast am Arm. »Eric – wie kannst du das denken? Du bist mein Freund! Mein Bruder im Glauben! Du musst mir helfen, diese Last zu tragen, die Gott mir auferlegt hat!«

Whitewater betrachtete die Hand, die ihn berührte, ohne etwas zu sagen. Barron zog sie wieder fort. Whitewater räusperte sich. »Okay«, meinte er. »Und was willst du, dass ich jetzt mache? Wieder so eine Hals-über-Kopf-Aktion wie bei dem alten Mann in England? In diesem Kaff, wo wir die Videokassette herhaben, diesem … na …?«

»Barnford«, sagte Samuel Barron. »Und ihr solltet ihn nicht gleich umbringen.«

Whitewater schnaubte entrüstet. »Das haben wir nicht. Das war sein Herz! Der Mann war über neunzig, du meine Güte.«

»Es ging mir darum, herauszufinden, woher er –« Samuel Barron unterbrach sich, winkte ab. »Ach, vergiss es.«

»Ich hab gerade sowieso nicht die Leute dafür.« Whitewater kippte den Rest seines Whiskeys hinab, stellte das Glas knallend auf den Tisch. »Von deinem Russen fehlt übrigens auch immer noch jede Spur. Es ist, als hätte ihn der Erdboden verschluckt.«

Samuel Barron nickte nur. Dann sagte er: »Es ist erstaunlich, findest du nicht, dass selbst Leute, die die Bibel gut kennen, sich Gott oft als jemanden vorstellen, der nur gut und sanft ist. Ich muss gerade an das erste Buch Samuel denken, wo es heißt: *So spricht Jahwe, der Allmächtige: ›Ich habe bedacht, was die Amalekiter Israel angetan haben, wie sie sich dem Volk in den Weg stellten, als es aus Ägypten heraufzog. Nun zieh gegen sie in den Kampf, schlage sie und vollstrecke den Bann an ihnen. Schone keinen, sondern töte Mann und Frau, Kind und Säugling, Rind und Schaf, Kamel und Esel!‹* Manchmal verlangt Gott etwas von uns, das zu befolgen uns hart erscheint. Aber wenn es Gottes Wille ist, dürfen wir uns nicht darüber hinwegsetzen. Damals hat König Saul diesen Befehl missachtet, indem er die Tiere verschonte, und Gott hat ihn deswegen verstoßen.«

Eric Whitewater musterte ihn befremdet. »Und was willst du damit sagen? Dass ich diesen Foxx jetzt doch eliminieren soll?«

Samuel Barron schüttelte versonnen den Kopf. »Ach, nein. Was weiß er schon? Offensichtlich nichts. Er war ein unbedeutender Zulieferer für Raytheon – na und? Soll er ruhig nach Israel fliegen. Wenn ihm dort etwas zustößt, wird das überhaupt nicht auffallen.«

Natürlich dauerte alles viel länger als geplant. Am Dienstag arbeitete Stephen bis spät in die Nacht hinein, gönnte sich zweieinhalb Stunden Schlaf und machte dann wieder weiter, angetrieben von viel zu viel viel zu starkem Kaffee und Schokomuffins aus seiner eisernen Reserve. Als es draußen hell wurde, hatte er das Datendesign so weit, dass er es den anderen mailen konnte. Danach duschte er. Als er zurück an den Rechner kam, waren schon vierzig Mails mit Rückfragen da.

E-Mail-Wechsel, Telefonate, Scans – es wurde ein hektischer Tag. Der Minutenzeiger auf der Uhr raste, schien regelrecht Sprünge zu machen, wenn man nicht hinsah. Doch da, Halleluja, meldete sich plötzlich Amal Rangarajan. Er war die letzten Tage telefonisch nicht zu erreichen gewesen, aber nun verkündete er die frohe Botschaft, dass er mit seinem Part schneller fertig geworden war als gedacht. Er konnte die Leitung von Stephens Projekt übernehmen und das Ganze von Bangalore aus leiten, solange Stephen in Israel war.

Er mailte ihm die Unterlagen. Dann telefonierten sie, um alle noch bestehenden Fragen zu klären. Wie immer lief bei

Amal parallel zur Arbeit ein Fernseher – etwas, das Stephen wahnsinnig gemacht hätte – und plapperte im Hintergrund unablässig laut auf Hindi.

Da war es schon Mittwochnachmittag. Stephens Mittagessen, ein Fertiggericht, war in der Mikrowelle heiß geworden und unangetastet wieder abgekühlt. Überhaupt wurde es allmählich höchste Zeit, ans Packen zu denken. Doch da hielt Amal plötzlich inne und meinte: »Stephen, ich glaube, du solltest deinen Fernseher einschalten.«

»Wieso?«

»Jemand hat euren Präsidenten erschossen.«

Kapitel 41

Abwûn d'bwaschmâja.
Nethkâdasch schmach.
Têtê malkuthach.
Nehwê tzevjânach aikâna d'bwaschmâja af b'arha.
Hawvlân lachma d'sûnkanâ jaomâna.
Waschboklân chaubên wachtahên
aikâna daf chnân schvoken l'chaijabên.
Wela tachlân l'nesjuna ela patzân min bischa.
Metol dilachie malkutha wahaila wateschbuchta l'ahlam almin. Amên.

(Das Vaterunser in aramäischer Sprache)

DAS JESUS-INTERVIEW

Wann haben Sie Jesus schließlich getroffen? *Haben* Sie ihn denn getroffen?

Ja. Haben wir.

Erzählen Sie.

Wir folgten den Hinweisen der Bevölkerung und schlugen im Lauf der Zeit einen Bogen durch die Berge von Samaria, hinunter ins Jordantal. Dort haben wir ihn und sein Gefolge irgendwann eingeholt. Es war eine beträchtliche Menge um ihn versammelt, zweihundert, dreihundert Männer und Frauen, und er stand in ihrer Mitte und predigte.

Wie wirkte das auf Sie?

Aus der Ferne war es befremdlich, fast Furcht einflößend – so viele Menschen auf einmal. Doch als wir näher kamen, uns unter die Leute mischten, ihn sahen und hörten …

Tja. Wie beschreibt man das? Das ist mir in all den Jahren nie gelungen. Es wird mir auch heute nicht gelingen.

Denken Sie an den charismatischsten Menschen, den Sie je getroffen haben. Und dann multiplizieren Sie das mit zehn. Mindestens. Martin Luther Kings Rede am *Reflecting Pool. I have a dream.* Diese Aufnahme haben Sie bestimmt schon einmal gesehen. Unter Garantie ist Ihnen dabei ein Schauer über den Rücken gelaufen. Nehmen Sie das mit zehn mal, oder mit hundert, drehen Sie es auf, so weit Ihr Vorstellungsvermögen reicht. Stellen Sie sich eine Rede vor, in der jedes einzelne Wort mit unglaublicher Kraft gefüllt ist, mit vibrierender Lebendigkeit, mit elektrisierender Zuversicht. Eine Rede, in der kein einziges Wort nebenbei gesagt wird. Eine Rede, in der jedes Wort zählt, genau wie jede Geste, jeder Blick, jede Atempause.

Er schlug einen in Bann. Uns jedenfalls, genau wie alle, die gekommen waren. Doch zugleich war er mehr als nur ein guter Redner, viel mehr. Das Reden, das Predigen erschien mir nur wie ein Vorwand, um ihm nahe sein zu können, meine Aufmerksamkeit auf ihn zu richten, ja, gewissermaßen … Ich weiß, es klingt seltsam, aber ihm zuzuhören, ihn zu sehen war, als würde man von ihm *trinken*. In seiner Gegenwart zu sein stillte einen Durst, von dem ich bis dahin nicht gewusst hatte, dass ich daran leide. Seine Präsenz stillte einen Hunger der Seele, den nichts anderes auf dieser Welt hätte stillen können. Ich stand da, inmitten dieser Menge schmutziger, einfacher Menschen, und fühlte mich zum ersten Mal in meinem Leben vollständig, zum ersten Mal heil.

Und das ließ keinen Augenblick nach. Er war nicht jemand, der während einer Rede über sich hinauswächst und danach wieder zu einem kleinen, normalen Menschen einschrumpelt. Er war in jedem einzelnen Moment so … so überwältigend *er selber*. Kraft ging von ihm aus, Lebendigkeit, ja, vor allem das. Er war das Leben selbst. Es war, als hätte das Prinzip des Lebens sich vollständig in einem Menschen manifestiert – und das war er.

Er war kein Übermensch, verstehen Sie. Ich habe ihn nie über Wasser wandeln sehen, ihn nie Tausende mit einem Laib Brot speisen sehen. Ich glaube, man hat ihm all dieses *Superman*-Zeug angedichtet, weil man auf diese Weise ausdrücken wollte, was er wirklich war: ein *ganzer* Mensch. Wenn man ihm begegnete, erkannte man unweigerlich, dass man selber keiner war, dass man verstümmelt, verkrüppelt, nur halb lebendig war, dass man, bildlich gesprochen, kaum atmete. Aber er war auch ein Heiler. Ihm war es gegeben, Menschen ganz werden zu lassen, sie zur Lebendigkeit zu erwecken. Er konnte die Wunden verschwinden lassen, die einen am Leben hinderten.

Ich schätze, das war für manchen ein Problem. Vorgeführt zu bekommen, dass man unvollständig ist, hilfsbedürftig ...

Das war für *viele* ein Problem. Vor allem für die Arrivierten. Nicht für die armen Bauern, Fischer und Schafhirten, mit denen Jesus es bis dahin meist zu tun gehabt hatte. Die nahmen seine Gegenwart an wie das Geschenk, das sie war, und fertig. Aber diejenigen, die etwas erreicht hatten, etwas darstellten, die Hohepriester, die Schriftgelehrten, die Reichen, die Mächtigen – sie spürten im Angesicht Jesu unweigerlich, dass all das, worauf sie so stolz waren, nichts bedeutete. Dass es nur ein Trostpreis war, ein buntes Pflaster auf unverheilten Wunden. So etwas verkraften nur wenige, erst recht, wenn sie Opfer für ihre Stellung gebracht haben. Wenn ihre Position, ihr Ruf, ihr Wissen etwas ist, an das sie sich klammern und durch das sie sich definieren. So jemand reagiert mit Abwehr. Und aus Abwehr wird schnell Hass.

Ist Jesus das zum Verhängnis geworden? War er den Mächtigen zu lebendig?

Das auch. Nicht nur, es spielte noch etwas anderes eine Rolle. Aber dazu komme ich später.

Nein, oder? Stephen griff nach der Fernbedienung, drückte auf ON. Unnötig, zu suchen, gleich der erste Kanal brachte die Meldung und die Bilder: Präsident Keyes am Redepult, mitten in einer sonnendurchfluteten Parkanlage. Der ferne Knall eines Schusses. Der Präsident, der nach hinten wegknickte. Und dann nur noch Geschrei und durcheinanderrennende Securityleute.

»Amal«, sagte Stephen wie betäubt, »ich glaube, du musst ab hier allein zurechtkommen, okay? Ich muss … ich muss los.«

»*No problem*«, meinte Amal, was sonst immer so lustig klang, wenn es jemand mit indischem Akzent sagte. »Geh packen.«

Packen. Stephen hatte keine Ahnung, wie er das jetzt hinkriegen sollte. Er blieb erst mal sitzen, zappte durch die Kanäle, wollte mehr erfahren.

Der Präsident hatte eine Rede vor Studenten des CalTech gehalten. Der Attentäter war ein junger Weißer, der hinterher versucht hatte zu fliehen. Er hatte sich mit den Männern des Security Service ein Feuergefecht geliefert und war dabei erschossen worden. Ansonsten wusste man noch nichts über den Mann, nichts über seine Motive. Die Meldungen über den Gesundheitszustand des Präsidenten waren widersprüchlich; es schien, als habe er den Anschlag überlebt und sei nur verletzt – wie schwer, konnte im Augenblick aber niemand sagen.

Stephen saß da wie gelähmt, schaltete von einem Kanal in den nächsten, um immer wieder dieselben Bilder zu sehen: schreiend flüchtende Menschen, umfallende Klappstühle auf dem Rasen, Männer mit Sonnenbrillen, markigen Kinnen und Knöpfen in den Ohren, ein landender Hubschrauber. Und immer wieder der Schuss, der Schuss, der Schuss – und der Präsident, der getroffen war, von der Wucht der Kugel nach hinten geschleudert wurde.

Der Präsident schwer verletzt: Das hieß, jetzt, in diesem Moment, war Vizepräsident Gerald DenHaag der Oberkommandierende der Streitkräfte! Als Stephen dieser Gedanke durchzuckte, zerriss der Bann der Bilder. Er hob die Fernbedienung und schaltete den Apparat aus.

Die plötzliche Stille hatte etwas Erschreckendes. Erfüllten sich John Kauns Vorhersagen doch noch? Auch wenn es anders gelaufen war als erwartet, war Gerald DenHaag jetzt der mächtigste Mann Amerikas, hatte die Verfügungsgewalt über die Atomraketen.

Und Judith hatte gesagt, in Israel bahne sich ein Krieg an … Mist. Auf einmal wurde Stephen mulmig zumute.

Er wandte sich wieder dem Computer zu, ging ins Internet, rief die Nachrichtenseiten auf, über die er sich normalerweise auf dem Laufenden hielt, alle auf einmal. Vor lauter Arbeit hatte er sie eine Woche lang nicht beachtet, und jetzt verschlug es ihm den Atem, als er sah, wie sich das Bild der Meldungen verändert hatte.

Die ägyptische Armee veranstaltete im Sinai ein Manöver – das größte seit über dreißig Jahren. Die Streitkräfte Jordaniens waren in Alarmbereitschaft versetzt, die Reservisten einberufen worden – aber man erfuhr nicht, warum. Syrische Panzer standen vor den Golanhöhen. Die USA hatten zwei Flugzeugträger in den Persischen Golf verlegt. Amerikanische Aufklärungsflüge verletzten den iranischen Luftraum, beschwerte sich Teheran und kündigte Gegenwehr an. Russland hatte scharf gegen die Stationierung zusätzlicher Raketen in der Türkei protestiert und kurzfristig ein Manöver an der Schwarzmeerküste angekündigt.

Und, und, und. Eine englischsprachige chinesische Nachrichtenseite diskutierte bereits denkbare Verläufe eines Krieges im Nahen Osten.

Stephen war fassungslos. Konnte das wahr sein? Versuchte tatsächlich jemand, *Armageddon* herbeizuführen?

Er sprang auf und eilte in die Garderobe. Dort zerrte er seinen Rucksack vom obersten Regalbrett – den würde er sowieso brauchen – und zog den Karton hervor, der all die Zeit da oben gestanden und Staub angesammelt hatte. Er schleppte ihn ins Arbeitszimmer, hob den Deckel ab, holte Kauns Unterlagen heraus und breitete sie auf dem Boden aus.

Verdammt. Er hätte sich das Zeug vielleicht wenigstens mal anschauen sollen!

Sein Blick fiel auf die Uhr. Die Zeiger hatten wieder Sprünge gemacht. Er musste allmählich wirklich packen, wenn er die Maschine noch kriegen wollte.

Und überhaupt: Was nützte es schon, zu wissen, was passieren würde? Die Dinge passierten, wie sie eben passierten; als Einzelner ohne die geringste Machtposition konnte man ohnehin nichts dagegen tun.

Er ließ alles liegen, wie es lag, und begann zu packen. Zum Glück dauerte das bei ihm nicht annähernd so lange wie bei Judith. In fünf Minuten schaffte er es zwar auch nicht – oder nur in Ausnahmefällen –, aber er hatte seine Checklisten: die Fenster schließen, die Bewässerungsanlage für die Pflanzen auffüllen, den Wecker ausstellen, den Müll hinunterbringen und dergleichen. Solche Dinge konnten schnell erledigt sein, wenn man nicht darüber nachdenken musste. Für das, was in die Tasche kam, hatte er ebenfalls Listen. Er würde mit leichtem Gepäck reisen, nur mit dem Rucksack; das sparte das Warten am Gepäckband. Und ohne Laptop: Seine *Non-Disclosure-Agreements* verboten ihm fast ausnahmslos, einen Computer mit projektbezogenen Daten oder Zugriff auf seine E-Mails in Krisengebiete oder überhaupt außer Landes zu bringen. Und einen Laptop *ohne* Zugriff auf seine Mailbox mitzunehmen war witzlos; wozu?

Endlich war alles vorbereitet, stand sein Rucksack fertig an der Tür. Und nun? Eine halbe Stunde oder so hatte er noch. Er kehrte ins Arbeitszimmer zurück, unschlüssig, was er mit den Papieren Kauns machen sollte. Mitnehmen konnte er das Vermächtnis des ehemaligen Medienmagnaten nicht, und jetzt noch anzufangen, darin herumzulesen, dafür reichte die Zeit nicht mehr.

Im Flugzeug kam es Stephen zugute, dass er die Nacht zuvor durchgemacht hatte: Er schlief ein, kaum dass er an seinem Platz saß, bekam vom Start überhaupt nichts mit und hätte sogar die Landung in München verschlafen, wenn ihn nicht jemand geweckt hätte.

Das Gate für seinen Anschlussflug zu suchen war, als wandere er durch einen seltsamen Traum. Überall hingen Zeitungen mit dem Bild, wie der Präsident getroffen wurde. Stephen kaufte die erste englischsprachige Zeitung, die er fand. Er las von einer Not-OP, dass der Zustand des Präsidenten kritisch sei und dass Vizepräsident DenHaag erhöhte Alarmbereitschaft für alle Streitkräfte angeordnet hatte.

Er nahm die Zeitung mit an Bord der Maschine, las sie aber dann doch nicht, sondern schlief wieder ein. Als er bei der Landung in Tel Aviv aufwachte, tat er es mit dem Gefühl, der ganze Flug habe kaum mehr als eine Stunde gedauert. Ja, er fühlte sich regelrecht erfrischt!

Das war auch nötig, denn die Einreisekontrollen, die er schon immer streng gefunden hatte, waren jetzt extrem. Jeder Passagier wurde durchleuchtet, abgetastet und befragt. Jedes Gepäckstück wurde geöffnet und alles penibel durchsucht. Er musste sein Telefon und seine Digitalkamera einschalten zum Beweis, dass es sich um funktionierende Geräte handelte und nicht um mit Sprengstoff gefüllte Attrappen. Dass sein Reisepass bereits eine erkleckliche Anzahl israelischer Einreisestempel aufwies, dämpfte das Misstrauen, mit dem man ihn musterte, nur unwesentlich.

Es dauerte über eine Stunde, ehe er endlich durch die letzte automatische Tür des Ankunftsbereichs in die Halle trat. Judith wartete tatsächlich, allerdings in Begleitung eines krausköpfigen Mannes mit der Figur eines Ringers, den Stephen noch nie gesehen hatte.

»Das ist Ami«, erklärte Judith nach einem bestürzend zaghaften Begrüßungskuss.

Stephen wollte ihm ganz automatisch die Hand hinstrecken, doch dann fiel ihm wieder ein, woher er den Namen kannte, und er hielt inne.

»Ami?«, fragte er, an Judith gewandt. »*Der* Ami?«

Sie seufzte. »Ja, *der* Ami.«

Ihr Ex? Sie kam mit ihrem Ex hier an? »Hab ich irgendwas nicht mitgekriegt?«

Judith verdrehte die Augen. »Stephen! Er hat mich hergefahren, nichts weiter. Falls ich dich mal eifersüchtig machen will, *wirst* du es mitkriegen, versprochen.«

»Okay.« Er war wohl noch nicht richtig wach. Stephen rang sich dazu durch, die Hand zu ergreifen, die ihm der breitschultrige Mann hinstreckte. »Hi«, brachte er heraus.

Ami hatte kräftige Hände, und er schien es darauf anzulegen, diese Tatsache auch unter Beweis zu stellen. »Willkommen in Israel«, sagte er, aber es klang in Stephens Ohren, als meine er: *Wie kommt sie dazu, so einen Mickerling zu heiraten?*

»Danke.« Das geriet ihm kühler als beabsichtigt, und so fügte er hinzu: »Musikjournalist, nicht wahr?«

»Ja«, erwiderte Ami finsteren Blickes. »Auch.«

»Er will damit sagen«, erläuterte Judith mit gedämpfter Stimme, »dass er eigentlich beim Geheimdienst ist.«

»Oh«, entfuhr es Stephen. Ach so, richtig. Darum ging es ja bei der ganzen Aktion. Yehoshua und so.

Beim Geheimdienst? Cool, irgendwie. Er hatte noch nie mit jemandem zu tun gehabt, der wirklich und wahrhaftig …

Moment mal!

»Dein Anruf«, wandte Stephen sich an Judith. »Diese Frage nach Raytheon. Die hatte nicht zufällig etwas mit ihm zu tun?« Er nickte in Amis Richtung.

Der verzog unwillig das Gesicht. »Was ist eigentlich so schwer zu verstehen an dem Wort *geheim?*«, grollte er und zog einen Schlüsselbund aus der Tasche. »Kommt. Wir reden im Wagen weiter.«

Wie immer, wenn Stephen nach Israel kam, erschlug ihn die Hitze fast, die draußen herrschte. Sie folgten Ami zum

Parkplatz, zu einem silbergrauen Subaru. Stephen bekam den Beifahrersitz, Judith setzte sich nach hinten.

»Also, die Raytheon-Sache«, erklärte Ami, nachdem sie die Schranke passiert hatten. »Da geht es um einen Fall, an dem ein Freund von mir dran war, ein *Katsa*, der vor allem in Kanada tätig ist.« Er warf Stephen einen raschen, grimmigen Blick zu. »Ein *Katsa* ist ein Einsatzoffizier.«

»Okay«, sagte Stephen und drehte die Klimaanlage noch ein Grad kühler.

»Er war mit einem Ingenieur in Kontakt gekommen, der bei Raytheon in der Entwicklung arbeitete. Ziemlich hochrangiger Mann. Der wollte ihm eine wichtige Information verkaufen. Sie hatten ausgemacht, sich in Vancouver zu treffen. Aber der Mann wurde getötet, ehe es dazu kam.«

»Getötet?«

»So etwas kommt vor«, meinte Ami.

Stephen lief eine Gänsehaut über den Rücken. »Okay. Und was hat das mit mir zu tun?«

»Nichts. Wir greifen gerade bloß nach jedem Strohhalm, den wir finden«, erklärte Ami. »Wir wissen nicht, um was für eine Information es sich gehandelt hat, nicht einmal, ob sie ihr Geld wert gewesen wäre. Wir spekulieren nur wild. Raytheon ist eine Firma, die Flugzeugelektronik aller Art herstellt, unter anderem auch für die Kampfflugzeuge, die unsere Luftwaffe verwendet. Es gibt Gerüchte über einen Virus, der unsere Jets lahmlegen könnte.«

»Verstehe«, sagte Stephen. Er spürte, wie Ärger in ihm aufstieg. Er drehte sich zu Judith um. »Sag mal, wann hattest du vor, mir zu sagen, dass du mich für den Mossad ausspionierst?«

Sie verdrehte die Augen. »Jetzt übertreib nicht. Ami hat mir nur eine Liste mit Namen von Firmen gezeigt, über die sie Informationen suchen, und der Name Raytheon kam mir bekannt vor.«

»Ach so. Und sonst? Gibt es noch etwas, von dem ich nichts weiß?«

Sie streckte die Hand aus, griff nach seinem Arm. »Stephen …«

Er wehrte sie ab. »Lass mich.«

Dass Ami sie chauffierte, war, wie sich bald zeigte, ihrem Vorankommen sehr förderlich, denn es wimmelte von Polizisten, Absperrungen und Kontrollen. Doch wenn Ami seinen Ausweis vorzeigte, trat der Uniformierte jedes Mal ohne Zögern vom Wagen zurück und winkte sie weiter.

Je länger sie fuhren, desto bedrückender kam Stephen die Präsenz des Militärs vor. An fast jeder Ecke standen Panzer oder zumindest Soldaten mit Maschinenpistolen. In einer Straße, die sie passierten, fegten gerade Arbeiter Steintrümmer und Glassplitter zusammen, und Polizisten machten Fotos bräunlicher Flecken, auf denen hier und da mit Kreide Körperumrisse eingezeichnet waren. Es roch nach Staub und Kordit, und in einer Häuserwand klaffte ein enormes, schwarz verfärbtes Loch. Stephen konnte kaum den Blick davon wenden; es kam ihm vor wie ein Bild seines Seelenzustands.

Oder war es der Zustand ihrer Beziehung? Hoffentlich nicht.

Ami erzählte von Bombenanschlägen, Alarmstufen und dass wahrscheinlich in den kommenden Tagen das Kriegsrecht ausgerufen würde. Die Straßen waren leerer als sonst; wenn man Leute sah, dann schrien sie einander entweder an oder beeilten sich, in den Schutz eines Hauses zu gelangen. Das sah alles äußerst ungut aus. Stephen spürte den Impuls, sich Judith zu schnappen und, wenn es sein musste, auch seine Schwiegermutter und das Land mit dem nächsten Flieger wieder zu verlassen.

Aber, eben, Yehoshua. Von dem sie, auch das berichtete Ami, immer noch keine Spur hatten.

Stephen fühlte ein heftiges Flattern tief unten in seinen Eingeweiden. Angst. Wobei er nicht einmal wusste, wovor. Davor, in einen Krieg zu geraten? Oder noch mehr davor, Judith zu verlieren? Er blickte gerade überhaupt nicht durch. Er begriff nur, dass er sich unvermittelt in einer Situation befand, die sich jeden Moment in eine Katastrophe verwandeln konnte.

Endlich waren sie da. Aber Ami setzte sie nicht einfach ab, nein, er kam mit rein! Auch das noch. Und ja, er konnte den Kerl nicht leiden. Das wäre, fand Stephen, entschieden zu viel verlangt gewesen.

Die Treppen hoch. Unverkennbar, dass Ami sich hier gut auskannte. War vermutlich mal als Schwiegersohn in spe gehandelt worden. Immerhin, wenigstens ließ er oben an der Wohnungstür Judith und ihm den Vortritt.

Die Frau, die ihn an der Tür in Empfang nahm und in die Arme schloss, sah trotz ihrer fast sechzig Jahre immer noch gut aus – wenn man die melancholischen Falten übersah, die Kummer und Einsamkeit in ihr Gesicht gegraben hatten. Sie fühlte sich noch schlanker an als sonst, beinahe schon ausgemergelt. Stephen mochte sie, was nicht hieß, dass sie ihn nicht manchmal nervte.

Er sagte zur Begrüßung artig »*Shalom, 'erev tov*« und entlockte seiner Schwiegermutter damit ein wehmütiges Lächeln. Sie sagte etwas auf Hebräisch zu ihm, von dem er kein Wort verstand, sprudelte geradezu über, ließ ihn endlich los, hielt ihn vor sich und sagte: »*Welcome, my son.*«

Woran Stephen merkte, dass ihr Englisch genauso wenig Fortschritte gemacht hatte wie sein Hebräisch.

Ami kannte sie offensichtlich auch gut, so herzlich, wie sie ihn begrüßte. Nun, der Mann hatte immerhin schon drei Kinder; vermutlich wäre er ihr als Schwiegersohn lieber gewesen. Außerdem: Mit ihm konnte sie reden. Was sie auch tat. Reden und Wasser für einen Tee aufsetzen, wie immer, wenn Besuch kam.

Stephen nahm Judith beiseite. »Meinst du, wir können mal irgendwo ein paar Worte unter vier Augen wechseln?«

Sie musterte ihn skeptisch. »Okay. Nimm deinen Rucksack gleich mit.«

Wie immer, wenn sie in Jerusalem zu Besuch waren, nächtigten sie im ehemaligen Arbeitszimmer von Judiths Vater. Das Regal mit den Büchern, die er nicht mitgenommen hatte, stand immer noch da und wurde offensichtlich auch immer noch regelmäßig abgestaubt. Das Klappsofa war ausgeklappt, das Bett zerwühlt; Judith hatte bis jetzt hier geschlafen.

»Also«, fauchte er, als die Tür zu war, »was ist das mit dir und diesem Ami?«

Judith wedelte mit den Armen, als müsse sie Mücken vertreiben, und kam auf ihn zu. »Stephen!«, zischte sie. *»Denk an das Video!«*

Er hielt inne, als habe ihn ein Sandsack gestoppt, und sah sie mit dem Gefühl an, aus einem Traum zu erwachen.

Das Video.

Ja.

Richtig.

Das Video, auf dessen Spur er seinerzeit gestoßen war. Das Video, dessen Original gestohlen worden war, von dem er aber noch eine Kopie besaß. Eine Kopie, die sie beide in den zurückliegenden Jahren so oft gesehen hatten, dass die Erinnerung daran genügte, um das Rasen der Gedanken zu stoppen, um Gefühle und Fakten wieder voneinander unterscheiden zu können, um zurückzufinden zum Staunen über das Wunderbarste aller Wunder, das es gab: am Leben zu sein.

Stephen atmete seufzend aus, fuhr sich mit beiden Händen über das Gesicht. »Entschuldige. Ich fühle mich hintergangen. Er hat dich damals getroffen, um dich als Informantin anzuwerben, oder?«

»Ja.«

»Warum hast du mir nie was davon gesagt?«

»Weil ich sauer war.«

Er stutzte. »Sauer?«

»Auf ihn«, erklärte sie. »Als ich mich mit Ami getroffen habe, wollte ich Fotos von seinen Kindern sehen und von alten Zeiten reden. Ich wollte wissen, was aus den Leuten geworden ist, die ich über ihn gekannt und nach unserer Trennung aus den Augen verloren habe. Na ja, und ich wollte, dass er mir Avancen macht. Die hätte ich dann nämlich abgelehnt mit der Begründung, dass ich mit dem tollsten Mann der Welt zusammen bin.«

»Ach was?«, sagte Stephen.

»Ja.«

Er trat vor sie hin, legte seine Stirn gegen ihre und meinte: »Du solltest so etwas nicht sagen.«

»Wieso nicht?«

»Sonst kriege ich immer zu hören, dass ich dazu neige, eingebildet zu sein. Da ist das kontraproduktiv.«

Sie stemmte ihn von sich weg. »Stephen Cornelius Foxx«, sagte sie streng, »merkst du eigentlich, wie eingebildet *das* jetzt ist?«

Aber da hatte er sie schon umfangen und ließ sie nicht mehr los.

»Wir sollten uns um das Thema Yehoshua kümmern«, meinte Judith irgendwann. »Und um Mutter.«

»Ja«, räumte Stephen ein. »Das sollten wir wirklich.«

Als sie wieder in die Küche kamen, dunkelte es draußen schon. Ami war immer noch da, aber er war Stephen jetzt nicht mehr ganz so unsympathisch. Er saß bei Judiths Mutter am Tisch, hatte genau wie sie ein Glas Tee vor sich stehen und unterhielt sich angeregt mit ihr. Auf dem Küchenbord dudelte das alte weiße Kofferradio vor sich hin, spielte arabisch klingende Musik.

Judith und Stephen setzten sich dazu, bekamen ebenfalls Tee. Normalerweise mochte Stephen Tee nicht besonders, aber wann immer er sich in Israel aufhielt, schmeckte ihm dieses Getränk seltsamerweise. Er hatte keine Ahnung, woran das lag.

»Also«, sagte er nach dem ersten, süßen Schluck, »wie gehen wir vor, um Yehoshua zu finden?«

Ami wiegte den breiten Schädel. »Im Moment können wir

nicht viel unternehmen, fürchte ich. Seit dem Attentat auf euren Präsidenten sind sämtliche Sicherheitsmaßnahmen noch einmal verstärkt worden. Alle sind nervös und haben den Finger am Abzug …« Er nickte in Richtung des Radios. »Übrigens kam gerade, dass er wohl überlebt. Es heißt, er will übermorgen zur amerikanischen Bevölkerung sprechen, vom Krankenbett aus.«

»Schön«, meinte Stephen unzufrieden. »Aber irgendetwas müssen wir unternehmen. Wir können doch nicht einfach nur herumsitzen!«

Seine Schwiegermutter beschloss, genau das nicht mehr zu tun. Sie stand auf und erklärte: *»I make something to eat.«*

Das war ihre Standardmaßnahme für alle Wechselfälle des Lebens: erst einmal was zu essen machen. Da sie selber nicht viel aß, war ihr dabei jeder Gast eine willkommene Hilfe.

Sie fragte Ami etwas, vermutlich, ob er zum Essen blieb. Der überlegte, schüttelte dann aber den Kopf und meinte: »Nein, ich sollte allmählich –«

In diesem Moment klingelte es an der Wohnungstür.

Nein, es klingelte nicht einfach, jemand läutete derart Sturm, dass sie alle zusammenzuckten. Alle bis auf Ami, der blitzartig aufsprang und im nächsten Augenblick neben der Tür stand, in der Hand eine Pistole, die dort aufgetaucht war wie hingezaubert.

Wer immer das da draußen im Flur war, er hörte auf zu klingeln und verlegte sich darauf, mit der Faust gegen die Tür zu hämmern.

Ami spähte kurz durch den Spion. »Ein Mann«, sagte er. »Ein Orthodoxer, wie es aussieht.« Er wiederholte es auf Hebräisch, damit Judiths Mutter es auch mitbekam.

Judith seufzte. »*Ultra*orthodox trifft es eher. Das wird Vater sein.«

Ami schaute noch einmal nach. »Ähm«, machte er und ließ seine Pistole wieder verschwinden. »Stimmt. Soll ich aufmachen?«

Doch Judiths Mutter setzte sich schon schimpfend und zeternd in Bewegung. Sie öffnete die Tür, trat einen Schritt zurück und verfolgte mit verschränkten Armen, wie der Ankömmling die Wohnung betrat.

Das war wirklich ein Anblick. Ein gebeugt gehender, massiger Mann in einem schwarzen Mantel, der mit seinem langen, wirren, grauen Bart aussah wie ein Prophet direkt aus der Wüste, schob sich durch den Türrahmen und wirkte dabei, als sei er zu groß für die Wohnung.

Es war tatsächlich Judiths Vater. Er warf seiner Frau einen flüchtigen Blick zu, sagte etwas, das nicht wie Hebräisch klang, also vermutlich Jiddisch war. Das, so hatte Judith ihm einmal erzählt, war die Sprache, in der ihre Eltern sich unterhalten hatten, wenn sie nicht wollten, dass die Kinder sie verstanden. Und seitdem ihr Vater aufgehört hatte, im Alltag Hebräisch zu sprechen, weil er das als Entweihung der Heiligen Schrift betrachtete, sprach er nur noch Jiddisch mit seiner Frau.

Dieser Mann also, eine dunkle, wuchtige Gestalt, kam schweren Schrittes in die Küche, trat an den Tisch, sah in die Runde und erklärte in kehligem Englisch: »Ich habe in den vergangenen Tagen nach Yehoshuas Verbleib geforscht. Und ich glaube, ich weiß jetzt, was geschehen ist, und vor allem, was geschehen *wird*.« Sein Atem rasselte, er klang nicht gesund. »Was ich nicht weiß, ist, was ich damit machen soll.«

Judith musterte ihren Vater mit unverhohlener Ablehnung. »Was soll das jetzt wieder heißen?«

Ihr Vater sah sie nicht an, legte nur seine knotigen Pranken auf die Lehne des Stuhls, vor dem er stand. »Sie planen einen Anschlag«, erklärte er. »Einen Bombenanschlag auf den Tempelberg. Und Yehoshua muss davon erfahren haben.«

Kapitel 42

Als sie in die Nähe von Jerusalem kamen, kurz vor Betfage am Ölberg, schickte Jesus zwei Jünger voraus. »Geht in das Dorf«, sagte er, »das ihr dort vor euch seht! Gleich, wenn ihr hineingeht, werdet ihr eine Eselin angebunden finden und ein Fohlen bei ihr. Bindet sie los und bringt sie her. Sollte jemand etwas zu euch sagen, dann antwortet einfach: ›Der Herr braucht sie und wird sie nachher gleich wieder zurückbringen lassen.‹« Das geschah, weil sich erfüllen sollte, was der Prophet gesagt hat: »Sagt der Tochter Zion: Dein König kommt zu dir. / Er ist sanftmütig und reitet auf einem Esel, / und zwar auf dem Fohlen, / dem Jungen des Lasttiers.« Die beiden machten sich auf den Weg und führten alles so aus, wie Jesus es ihnen aufgetragen hatte.

Das Evangelium nach Matthäus, Kapitel 21

DAS JESUS-INTERVIEW

Jesus war also schon auf dem Weg nach Jerusalem.

Ja, es war eine langsame, behutsame Annäherung. Man merkte, dass er keinem ausgedachten Plan folgte, sondern seiner … nun, wie immer man das nennen will, Intuition, inneren Stimme, seiner Eingebung, seinem Gefühl. Suchen Sie es sich aus. Das ist schwer zu vermitteln, aber in seiner Nähe spürte man, dass er nie in Gedanken woanders war oder gar über den nächsten Tag nachdachte. Er war stets da, wo er war, hatte seine ganze Aufmerksamkeit auf den Augenblick gerichtet und ließ sich alles daraus entwickeln. Er war niemand, der sich Pläne zurechtlegte. Jeder Plan hätte ihn nur eingeschränkt.

Wobei … Das klingt jetzt wahrscheinlich so, als wären wir in diesen Tagen in einem, sagen wir, Fluidum erhabener Heiligkeit umhergewandelt. Aber so war das nicht, ganz im Gegenteil. Es gab viel zu lachen. Ich weiß noch, einmal hat Jesus über Herodes Antipas gesprochen, den Statthalter von Galiläa, und ihn einen Fuchs genannt – das hat er oft, ich meine, das ist sogar in den Evangelien erwähnt. Jedenfalls, Tom hörte ihn das sagen und meinte zu mir: Was hat er bloß gegen Füchse? Füchse waren seine Lieblingstiere.

Ach ja, Tom … Er war unter den Mitgliedern des Zeitreiseteams so etwas wie mein bester Freund, wissen Sie? Ich seh ihn noch vor mir, wie wir da in der Weite Galiläas sitzen, am Rand der Gruppe, die mit Jesus reiste. Es wurde allmählich dunkel, und was gesteht er mir? Dass er schier verschmachtet vor Sehnsucht nach einer Pfeife voll guten Tabaks. Er war ein starker Raucher gewesen, müssen Sie wissen.

So war das. Das waren die besten Tage, ohne Frage. Die Zeit der Wanderung, ehe wir Jerusalem erreichten.

Ist Jesus wirklich auf einem Esel in die Stadt geritten?

Ja, das lief ziemlich genau so ab, wie es in den Evangelien beschrieben wurde. Ich habe gestaunt, wie viele Leute kamen, um ihn willkommen zu heißen. Sein Ruf war ihm offensichtlich vorausgeeilt.

Er ging dann als Erstes in den Tempel, begleitet von seinen Jüngern und ein paar anderen. Wir blieben zurück, weil wir ohnehin keinen Zutritt zu den Bereichen bekommen hätten, die den Juden vorbehalten waren. Es war auch so überwältigend. Die Stadt quoll über vor Menschen, die aus allen Himmelsrichtungen kamen, um Passah zu feiern, das höchste Fest. Keine Ahnung, wie viele. Jerusalem war klein, verglichen mit heute, die Gassen eng, aber trotzdem, es könnten meinem Gefühl nach durchaus eine Million gewesen sein. Und alle wollten sie in den Tempel, dieses monumentale Gebäude aus strahlend weißem Stein. Die Wächter und niedrigen Priester hatten alle Hände voll zu tun, den Strom von Menschen zu bändigen, der sich durch die Huldah-Tore schob, in den Hof der Heiden oder in die dunklen Galerien unterhalb des Tempelplatzes.

Dort waren die Händler und Geldwechsler. Die einzige Währung, die im Tempel akzeptiert wurde, war der Schekel; wer mit anderem Geld kam, musste es spätestens hier tauschen. Zu einem schlechten Kurs, natürlich. Wir hatten Schekel, aber an den Geldwechslern kamen wir trotzdem nicht vorbei, weil sie auch die Tempelsteuer einzogen. Einen halben Schekel pro erwachsenem Mann. Außerdem boten die Händler Opfergaben an – Berge von Weihrauch, Wein für Trankopfer, Früchte, die man opfern konnte, und vor allem Tiere: Vögel, Schafe, Rinder, alle eigens für den Zweck der Opferung aufgezogen. Je nach Geldbeutel und begangenen Sünden kaufte man ein mehr oder weniger großes Tier und übergab es einem der weiß gekleideten Priester. Was weiter damit geschah, bekamen wir nicht zu sehen. Aber dem Geruch nach, dem Geblöke und den Massen von Tierhäuten, die abtransportiert wurden, musste es drinnen um den Altar zugehen wie in einem Schlachthaus.

Jesus trieb die Geldwechsler aus dem Tempel, erzählt die Bibel.

Ja, aber nicht am ersten Tag. Da sah sich Jesus alles nur an. Erst als er am Abend mit uns allen die Stadt wieder verließ, um nach Bethanien zu gehen, wo wir Nachtlager bekommen sollten, sprach er darüber. Er meinte, dass die Priester aus dem Glauben an Gott ein bloßes Geschäft gemacht hätten, dass sie den Profit und den Luxus liebten, nicht Gott. Ja, dass sie gar nicht wüssten, was Gottesliebe eigentlich bedeute.

Es war an einem der nächsten Tage, dass Jesus in den Tempel ging und den in der Bibel dokumentierten Aufruhr veranstaltete. Er warf Tische um, zerschlug Taubenkäfige, trieb Händler mit einer Rute vor sich her. Ein enormes Spektakel, das sofort die Tempelwachen auf den Plan rief. Aber denen flößte Jesus so viel Respekt ein, dass sie ihn nicht anrührten, sondern ihn ziehen ließen, mitsamt seiner Begleiter.

Das klingt, als hätte er viele Anhänger in Jerusalem gehabt.

Das war zweifellos so. Doch er strahlte auch eine Autorität aus, der schwer zu widerstehen war. Und es war eher diese Autorität, auf die die Tempelwachen reagierten. Ich selber war richtiggehend geschockt, Jesus so zu erleben. Man hat immer das Bild von dem unendlich gütigen, sanften, liebevollen Jesus – aber ich sage Ihnen, er konnte auch anders. Doch dann war er nicht einer, der vor Wut durchdrehte und nicht wusste, was er tat, sondern … nun ja, ein zorniger, kraftvoller König. Ein König, ja. So kam er mir in dem Moment vor.

Er war in der folgenden Zeit viel in Jerusalem. Er predigte, heilte, sprach im Tempel, reizte die Schriftgelehrten zu Disputen, in denen er sie mit ihrer eigenen Logik schlug. Viele hingen an seinen Lippen, aber genauso viele lehnten ihn auch ab, waren ihm feindlich gesinnt. Man konnte die Anspannung mit jedem Tag wachsen spüren.

Denken Sie, er hat es provoziert?

Wenn man versucht, es in solchen Kategorien zu erklären, dann begreift man ihn nicht. Das hieße, ihm eine Strategie zu unterstellen, einen Plan, und so war er nicht, wie gesagt. Er war er selbst, und alles, was er wollte, war, andere dazu zu bringen, ebenfalls sie selbst zu sein.

Wir waren die Einzigen, die von vornherein wussten, dass das schiefgehen würde.

»Einen Bombenanschlag?«, hakte Ami sofort nach. »Wer? Wann?«

Judiths Vater richtete seinen Blick auf ihn. Ami, der ihn vorhin an der Tür erkannt hatte, schien ihm ebenfalls nicht unbekannt zu sein, was, so sagte sich Stephen, immerhin hieß, dass die Geschichte zwischen Ami und Judith schon *wirklich* lange her sein musste. Denn als Judith damals von zu Hause ausgezogen war, war auch ihr Vater ausgezogen. Er lebte seither in einem winzigen Zimmer in Mea Shearim, wo er sich nur noch dem Studium der Bibel und der Thora widmete.

»Ich weiß es nicht genau«, knurrte der bärtige alte Mann. »Und ich weiß keine Namen. Ich habe herumgefragt, aber man erfährt nichts direkt, nur Gerüchte. Jemand kennt jemanden, der jemanden kennt, der von jemandem gehört hat. Und so weiter.«

»Das klingt nach haltlosen Theorien«, meinte Ami, halb skeptisch, halb enttäuscht. Er wandte sich an Stephen und erklärte: »Beim Schin Bet haben sie jeden Monat so einen Fall. Meistens irgendein Verrückter, der glaubt, von Gott berufen zu sein.«

»Wer oder was ist der Schin Bet?«, fragte Stephen.

»Der Inlandsgeheimdienst«, warf Judith ein.

»Ein Kollege von dort hat mir erzählt, sie sammeln auch Romane aus aller Welt, in denen Anschläge auf den Tempelberg geschildert werden«, fügte Ami hinzu. »Falls die sich jemand zum Vorbild nimmt.« Er breitete die Arme weit aus. »So ein Regal voll. Man glaubt es kaum, wie beliebt das Sujet ist.«

Judiths Vater hob die Hände vom Stuhl und ließ sie mit einem harten Knallen wieder darauf zurückfallen. »Haltlose Theorien?« Er schüttelte sein weißhaariges Haupt kurz und entschieden. »Ich bin zu alt, um mich noch mit haltlosen Theorien abzugeben, mein Junge. Mit derlei habe ich mein halbes Leben vergeudet, das ist vorbei. Du willst wissen, wer dahintersteckt? Nun, ganz einfach – eine dieser Gruppierungen, die den Tempel wieder errichten wollen. Das *Temple Institute*, das *Temple Mount Faithful Movement* und wie sie alle heißen. Narren, die ihre Zeit damit verplempern, Priestergewänder nach den Überlieferungen zu weben und die heiligen Gefäße aus Kupfer und Gold zu schmieden, als ob die Eröffnung des Tempels kurz bevorstünde.«

Ami hob die Schultern. »Okay, kann ja sein, aber was machen die schon? Gehen einmal pro Woche auf den Tempelberg, umrunden die Moscheen und versuchen, die Muslime zu ärgern. Und alle paar Jahre verkünden sie eine Grundsteinlegung. Was bis jetzt auch immer nur eine Demonstration wie jede andere war, abseits des Tempelbergs.«

»Ja«, sagte der alte Mann. »Aber diesmal soll es anders laufen.« Er drehte sich herum, sah Stephen forschend an. »Du kennst die Situation, den Tempelberg betreffend?«

Stephen räusperte sich, überrascht, dass ihn sein Schwiegervater überhaupt wahrnahm. »Nun, eines der größten islamischen Heiligtümer steht darauf.«

»Genau. Die *al-masdschido al-aqsa,* die Al-Aqsa-Moschee, und der *qubbat as-sachra,* der Felsendom. Der keine Moschee ist und auch kein Dom, sondern ein Schrein. Seit der Eroberung Jerusalems durch Saladin und dem Frieden von Jaffa ist der Tempelberg in islamischer Hand, daran hat nicht einmal der Sechstagekrieg etwas geändert. Und ganz offensichtlich kann man keinen Tempel errichten auf einem Platz, auf dem schon andere Heiligtümer stehen – es sei denn, es geschieht ein Wunder.« Die breiten Hände hoben sich erneut von der Stuhllehne, fielen schwer wieder darauf nieder. »Tja. Es gibt Leute, die derzeit so ein Wunder erwarten.«

»Verrückte«, warf Ami ein. Er schüttelte den Kopf, fügte, wieder an Stephen gewandt, hinzu: »Diese Stadt lädt dazu ein, es ist unglaublich. Wir haben in Jerusalem regelmäßig rund hundert Fälle pro Jahr, in denen ein Tourist plötzlich glaubt, eine biblische Gestalt zu sein. Manche ziehen sich Bettlaken an, gehen in die Altstadt und predigen, bis irgendjemand die Polizei verständigt.«

Stephen musste grinsen. »Ehrlich?«

»Das ist eine anerkannte psychotische Störung«, erklärte Judith. »Man nennt es *Jerusalem-Syndrom.*«

Ihr Vater stieß einen missbilligenden Laut aus. »Damit hat das hier nicht das Geringste zu tun. Ich habe mich vorhin ungenau ausgedrückt. Die Leute, von denen wir reden, *erwarten* das Wunder nicht. Sie glauben, dass es schon geschehen ist, und erwarten lediglich, dass alles andere nun folgen wird. Dass Gott höchstselbst eingreifen wird.« Er musterte wieder Stephen. »Um das zu verstehen, muss man das Mysterium der roten Färse kennen. Du weißt, was eine Färse ist?«

Das durfte nicht wahr sein. Dieselbe Geschichte, die ihm John Kaun erzählt hatte! Stephen nickte, musste sich räuspern, ehe er antworten konnte. »Ein weibliches Rind.«

»Ein weibliches, geschlechtsreifes Rind, das noch nicht gekalbt hat, um genau zu sein. Der Überlieferung zufolge muss, um einen neuen Tempel einzuweihen, eine vollkommene, eine *koschere* rote Färse geopfert und verbrannt werden. Nur die Asche eines reinen Opfertiers ist geeignet, die biblische Reinheit des Allerheiligsten wiederherzustellen, des Ortes, in dem der Schöpfer anwesend sein wird.« Der alte Mann drehte sich zu Ami um. »Ein solches Tier ist angeblich vor einigen Wochen geboren worden.«

Ami schüttelte den Kopf. »Das hätte in der Zeitung gestanden. So Zeug bringen sie immer.«

»Diesmal nicht. Diesmal haben sie es den Medien verschwiegen. Und sie bewachen das Tier wie die Amerikaner ihr Gold in Fort Knox.« Er sah wieder Stephen an. »Dazu muss man wissen, dass eine wirklich vollkommene rote Färse eine sagenhaft seltene Laune der Natur ist. Die Anforderungen, die die heiligen Schriften stellen, sind enorm: Das Tier darf keine zwei Haare von anderer Farbe aufweisen, selbst seine Hufe müssen rot sein, es muss körperlich makellos und kerngesund sein, und es darf nie auch nur die geringste körperliche Arbeit geleistet haben. Und noch einige Bedingungen mehr. Man sagt, es habe in der gesamten Geschichte Israels nur neun solcher vollkommenen Opfertiere gegeben, nicht mehr.«

Stephen fühlte sich in jenes Hotelzimmer in New York zurückversetzt, in dem John Kaun ihm dasselbe erzählt hatte. »Hab ich schon mal gehört.«

Warum glitt alles, was mit Religion zu tun hatte, so leicht in schieren Wahnsinn ab? Warum fiel es den Menschen so schwer, einfach zu *leben?*

»Ach was«, meinte Ami mit einer wegwerfenden Handbewegung. »In ein paar Monaten werden die Rabbis wieder mal feststellen, dass das Tier doch nicht so vollkommen ist, wie es sein soll. Weil eben kein Tier vollkommen ist, wenn man es von vorne bis hinten unter der Lupe betrachtet. Und alles wird im Sande verlaufen, wie immer. Die machen sich nur lächerlich.«

Judiths Vater schüttelte finsteren Blickes den Kopf. »Diesmal nicht. Dieses Tier stammt aus einer Zuchtanstalt, die nichts anderes züchtet als rote Rinder – und wer weiß, ob man nicht gentechnisch nachgeholfen hat. Tatsache ist, dass einige Leute davon ausgehen, dass Gott nun eingreifen und den Tempelberg von seinen Besatzern reinigen wird. Und zwar mit Blitz und Donner.« Wieder diese Bewegung mit den Händen, unter denen der Stuhl erzitterte. »Mit anderen Worten, Explosionen. Man hat vor, die Moschee und den Dom zu sprengen. Muss ich erklären, was dann los wäre in der Welt?«

Ami schüttelte den Kopf. »Das gäbe Krieg. Wenn es gelänge.«

»Es würde die gesamte islamische Welt gegen uns aufbringen. Und diesmal wären sie sich zum ersten Mal einig«, ergänzte Judiths Vater. »Es wäre eine Katastrophe. Wenn uns niemand beisteht, bedeutet es den Untergang Israels. Und *wenn* uns jemand beisteht, den dritten Weltkrieg.«

Judiths Mutter, die zwar nur wenig Englisch sprach, aber einiges verstand, wandte sich abrupt ab. Sie trat an den Herd, stellte laut klappernd Töpfe darauf, als wolle sie anfangen zu kochen. Doch dann blieb sie nur stehen und atmete schwer. Judith nahm sie in den Arm, flüsterte ihr etwas zu, das Stephen nicht verstand.

Ami räusperte sich, löste sich aus der Starre, in der sie alle bis zu diesem Moment verharrt hatten, ging ein paar Schritte hin und her und meinte: »Nein. Das ist Unsinn. Wie soll das gehen? Okay, ein Bombenanschlag –«

»Das hat es schon gegeben«, warf Judiths Vater grollend ein.

»Ja, 1969, dieser australische Spinner. Aber das war ein Brandanschlag, der ein paar Kunstwerke vernichtet hat, weiter nichts.« Ami massierte sich die Stirn. »Ich meine, überleg doch mal: Wie sollte ein Anschlag, der die Moschee *zerstört*, praktisch vor sich gehen? Angenommen, jeder von denen bindet sich so viel Sprengstoff um den Bauch, wie er tragen kann, und schmuggelt sich damit durch die Kontrollen auf den Tempelberg – wie viel Zerstörung könnten sie damit anrichten? Nichts, was nicht reparierbar wäre. Ganz davon abgesehen, wie unwahrscheinlich so ein Vorgehen wäre. Ich jedenfalls habe noch nie von einem Selbstmordattentäter gehört, der nicht Muslim war.«

»Dann haben sie eben etwas anderes vor.«

»Und was? Okay, es soll Atombomben geben, die man wie einen Rucksack auf dem Rücken tragen kann. Bloß würde eine Atombombe nicht nur die Moschee wegfegen, sondern ganz Jerusalem in Schutt und Asche legen. Das können Fundamentalisten unmöglich wollen.«

Stephen hob die Hand. »Ähm … mir fällt da gerade etwas ein.« Was wahrscheinlich Quatsch war und völlig übertrieben, aber der Impuls, sich in die Diskussion der beiden einzumischen, war überwältigend.

Als er ihre Aufmerksamkeit hatte, erklärte er: »Ich besitze Unterlagen von jemandem, der sich vor einiger Zeit mit einem ähnlichen Thema beschäftigt hat. Er hatte den Verdacht, dass amerikanische religiöse Fundamentalisten genau das beabsichtigen. Dass sie einen großen Krieg in und um Israel auslösen wollen. Und zwar den Krieg, der in der christlichen Mythologie *Armageddon* heißt.«

»*Oy!*«, entfuhr es Judiths Vater. Seine Augen weiteten sich. »Was für ein Gedanke!«

Ami schüttelte den Kopf. »Warum sollte jemand so etwas vorhaben?«

»Weil ein solcher Krieg der Wiederkehr Christi unmittelbar vorausgehen soll. So jedenfalls werden die Prophezeiungen in der christlichen Bibel interpretiert.«

»Und die denken, wenn sie einen Weltkrieg auslösen, dann muss Jesus aus dem Himmel herabsteigen?«

»So ähnlich«, sagte Stephen. Das war nicht die passende Gelegenheit, auch noch die Zeitreise zu erwähnen. »Jedenfalls, dieser Mann, von dem ich rede, verfügte über politische und wirtschaftliche Verbindungen, die keiner von uns hat, und er hat viel Geld und Zeit aufgewendet, die Existenz einer solchen Verschwörung zu beweisen. Er ist kurz nach unserem letzten Gespräch gestorben, aber diese Sache mit der roten Färse hat er mir gegenüber auch erwähnt. Und er hat mir einen Teil seiner Unterlagen vermacht.« Stephen hob die Schultern. »Vielleicht finden sich darin Informationen, die uns weiterhelfen.«

»Du hast vergessen zu erwähnen, dass diese Unterlagen bei uns zu Hause im Schrank liegen«, warf Judith ein.

»Tun sie, stimmt. Aber ich habe sie sozusagen auch dabei«, sagte Stephen, zog seine Digitalkamera heraus und hielt sie hoch. »Bevor ich losgeflogen bin, habe ich sämtliche Dokumente fotografiert. Über siebenhundert Seiten, alle hier auf dem Chip.«

Judith musterte ihn erstaunt. »Wieso das denn?«

»Weil gestern jemand auf den Präsidenten geschossen hat. Und weil ich irgendwie den Gedanken nicht losgeworden bin, dass das passiert ist, um den Vizepräsidenten, der ein erklärter Evangelikaler ist, an die Macht zu bringen.«

»Du glaubst doch nicht im Ernst, der lässt jetzt die Atomraketen abfeuern, damit die Al-Aqsa-Moschee vom Tempelberg verschwindet?«

»Nein«, räumte Stephen ein, »aber er gehört zu den Leuten, die auf Armageddon *warten*. Zu denen, die es *herbeisehnen*. Angenommen, es bricht tatsächlich ein Krieg in Israel aus, dann wäre DenHaag jemand, der denken würde, ›es ist soweit, das Ende aller Zeiten ist nahe‹. Er würde sich nicht um Deeskalation bemühen, verstehst du? Ich glaube, ihm würde es nur darum gehen, auf der richtigen Seite in den Krieg zu ziehen – auf der Seite der himmlischen Heerscharen. Den Krieg selber würde er nicht infrage stellen.« Stephen blieb einen Moment die Luft weg, als ihm klar wurde, auf welche Schlussfolgerung seine Argumente hinausliefen. »Allerdings ist die Frage, wie lange DenHaag an der Macht bleiben wird. Keyes ist nicht tot. Wenn er sich wirklich schon übermorgen der Öffentlichkeit zeigen will, dann ist er vielleicht auch bald so weit, dass er die Amtsgeschäfte wieder übernehmen kann. Das heißt, falls hinter alldem tatsächlich eine Verschwörung religiöser Extremisten steckt –«

»Dann müsste es *morgen* passieren«, vollendete Ami den Satz.

Stephen nickte beklommen. Es war so schrecklich logisch.

»Morgen ist Freitag«, flüsterte Judith. »Sie könnten während des Freitagsgebets zuschlagen, wenn sie so viele Menschen wie möglich töten wollen.«

»Ich brauche einen Computer«, erklärte Stephen.

Stephen konnte nicht anders, er musste trotz der ernsten Situation lachen, als er sah, was Judith da aus irgendeinem Schrank ihrer Mutter gezogen hatte: einen klobigen Laptop-Computer, so ästhetisch wie ein Barren Gusseisen – und auch ungefähr so schwer –, dazu ein 56k-Telefonmodem, so groß wie ein Laib Brot.

»Ich hab's dir gleich gesagt«, meinte Judith. »Damit fängst du nichts an.«

Es war das Gerät, das sie ihrer Mutter einst gekauft hatte in der Hoffnung, diese würde sich mit dem Schreiben von E-Mails anfreunden. Eine Hoffnung, die sich, wie Stephen wusste, bis heute nicht erfüllt hatte.

»Einen Versuch war es wert«, sagte Stephen. »Tja. Ich nehme an, es gibt keinen Computerladen in Jerusalem, der um diese Zeit noch offen hat?« Er hob den Deckel an und betrachtete die Tastatur. »Und der Computer mit englischen Tastaturen führt?«

Ami zückte sein Mobiltelefon. »Was für ein Betriebssystem braucht dieses OCR-Programm, das du erwähnt hast?«

»Egal«, sagte Stephen. »Das gibt es für alle Betriebssysteme.« Während Judith in den Schränken ihrer Mutter zugange gewesen war, hatte er Ami erklärt, was er vorhatte: nämlich, die Fotos mithilfe eines Programms, das Schrift erkennen konnte, zu analysieren, um darin suchen und Verbindungen erkennen zu können. Das würde zwar einige Zeit dauern und nicht hundertprozentig funktionieren, aber es war besser, als siebenhundert Seiten von Hand durchzuscrollen in der Hoffnung, Zusammenhänge zu entdecken.

»Einen Linux-Rechner kann ich dir jetzt gleich besorgen.« Er zuckte mit den Schultern. »Das ist ein Sicherheitsprinzip bei uns. Wir verwenden keine Software, deren Programmcode wir nicht kennen.«

»Verstehe.« Stephen klappte den Deckel wieder zu. Wenn der Mossad seine Rechner mit einem selbst modifizierten Betriebssystem ausrüstete, dann durfte man vermuten, dass so ein Gerät alle Daten, die Stephen darauf überspielte, unauffällig irgendwohin absaugen würde.

Andererseits: Na und?

»Okay«, sagte er. »Aber ich brauche außerdem auch eine nicht zu langsame Internetverbindung. Und irgendwas, um Daten von der Kamera oder der Speicherkarte auszulesen. Und, wie gesagt, die Tastatur.«

»Kein Problem.« Ami wählte eine Nummer, gab ein paar kurze, knackige Befehle. »Dauert eine halbe Stunde«, erklärte er dann.

Judiths Mutter machte solange noch einmal Tee. Ihr Vater setzte sich widerstrebend mit an den Tisch, brummte etwas von wegen, wenn man sich in Palästina mit der Archäologie einlasse, bekomme man es ständig entweder mit religiösen Spinnern oder politischen Fanatikern zu tun oder mit beidem.

»Aber das habe ich Yehoshua schon immer gesagt«, erklärte er grollend. »Mach's nicht wie ich, hab ich gesagt. Und? Das hat er jetzt davon.«

Es waren erst zwanzig Minuten vergangen, als Amis Telefon erneut klingelte. »Ging ja schnell«, meinte Ami. Er stand auf, verließ die Wohnung und kam gleich darauf mit einer großen Styroporkiste wieder hoch, wie Pizzadienste sie verwenden. Offenbar wollte er vermeiden, dass sie mehr Mossad-Leute als unbedingt nötig zu Gesicht bekamen. In den Kartons waren natürlich keine Pizzen, sondern zwei moderne, schlanke Laptops, dazu ein Funkmodem und ein Dutzend verschiedener Kabel.

»Zwei gleich?«, freute sich Stephen. Er nahm einen der Laptops heraus, öffnete ihn. Die Tastatur trug sowohl hebräische als auch lateinische Buchstaben.

»Was sie halt dahatten«, meinte Ami. »Du kannst das Programm ja auf beiden installieren und jeweils eine Hälfte der Fotos analysieren lassen, dann geht es schneller.«

Gute Idee. Stephen stöpselte das Funkmodem ein, fuhr den Rechner hoch, ließ sich von Ami zeigen, wie man das Betriebssystem auf Englisch umschaltete und die Verbindung ins Internet herstellte. Während die OCR-Software heruntergeladen wurde, nahm er den anderen Computer in Betrieb und überspielte die Daten von seinem Fotoapparat auf die Festplatte.

Ami und Judith sahen ihm über die Schulter, während er in den Fotos blätterte. Er hatte vor seinem Aufbruch keine Zeit mehr gehabt, zu prüfen, ob die Bilder überhaupt einigermaßen scharf waren.

Was sie sahen, war ein buntes Sammelsurium: Zeitungsartikel, Diagramme, Tabellen, Kopien von Briefen – manche mit dem Vermerk *VERTRAULICH!* –, Redemanuskripte, Rechnungen, Steuerbescheide, Konstruktionszeichnungen, Namenslisten, Lieferbescheinigungen, Vertragstexte, Kopien aus Handbüchern, der Bibel oder anderen Werken, jeweils versehen mit handschriftlichen Randbemerkungen und farbigen Markierungen.

»Ups«, machte Judith plötzlich und meinte, mit der Hand fuchtelnd: »Geh noch mal zurück.«

»Wieso?«, wollte Stephen wissen, wechselte aber auf die andere Pfeiltaste und blätterte wieder zurück.

»Noch weiter«, sagte Judith, und gleich darauf: »Da.«

Es war das Foto eines Dokuments, in dessen rechter oberer Ecke der Name Raytheon stand.

»Ich hab mich geirrt«, erklärte sie. »Ich dachte, ich hätte den Namen Raytheon auf einer Rechnung von dir gesehen. Aber das stimmt nicht. Das war, als du mir damals die Unterlagen gezeigt hast. An diesen Schriftzug erinnere ich mich und an diese Skizze.«

Stephen vergrößerte das Bild, und sie beugten sich gemeinsam über den Schirm, um zu lesen, was da stand.

»Ein technischer Bericht«, stellte Ami fest.

»Top Secret«, las Judith die Kopfzeile vor.

Stephen scrollte abwärts, überflog die Zeilen, die Schemaskizzen, die Zahlen und Fotografien. »Das ist ein Bericht über Systeme zur Fernsteuerung von Passagierflugzeugen. Ingenieure von Raytheon haben im August 2001 ein mit einem speziellen Fernsteuersystem ausgestattetes Passagierflugzeug mehrere Male erfolgreich auf dem Militärflughafen Holloman in New Mexico gelandet, ohne jedes Zutun der Piloten. Ziel des Projekts war die Entwicklung eines Notfallsystems, das es erlauben soll, im Fall einer Flugzeugentführung die Kontrolle über die entführte Maschine aus der Ferne zu übernehmen.«

Jeder im Raum schien auf einmal die Luft anzuhalten.

»Ein ferngesteuertes Flugzeug«, wiederholte Ami bedächtig, so, als sei er sich nicht sicher, ob er das richtig verstanden hatte.

»Ja«, sagte Stephen. »Das System heißt *Joint Precision Approach and Landing System*, abgekürzt JPALS.«

Ami atmete geräuschvoll ein. »So könnten sie es machen.

Ja. Wenn das geht, dann … Ja. Ein vollgetanktes Passagierflugzeug auf dem Tempelberg einschlagen lassen. Verdammt.« Er sah Judiths Vater an. »In New York haben sie mit so einem Anschlag die modernsten Hochhäuser ihrer Zeit in Staub verwandelt. Von einer Moschee aus dem achten Jahrhundert bleibt nach einem solchen Einschlag nichts mehr übrig. Absolut nichts.«

Kapitel 43

Denkt daran: Ich habe euch alles vorausgesagt. Wenn sie also zu euch sagen: »Seht, er ist in der Wüste draußen!«, dann geht nicht hinaus! Oder: »Seht, hier im Haus ist er!«, dann glaubt es nicht! Denn wenn der Menschensohn wiederkommt, wird es wie bei einem Blitz den ganzen Horizont erhellen. (…) Doch unmittelbar nach dieser schrecklichen Zeit wird sich die Sonne verfinstern und der Mond wird nicht mehr scheinen. Die Sterne werden vom Himmel stürzen und die Kräfte des Himmels aus dem Gleichgewicht geraten. Und dann wird das Zeichen des Menschensohns am Himmel erscheinen. Alle Völker der Erde werden jammern und klagen, und dann werden sie den Menschensohn mit großer Macht und Herrlichkeit von den Wolken her kommen sehen. Dann wird er die Engel mit mächtigem Posaunenschall aussenden, um seine Auserwählten aus allen Himmelsrichtungen und von allen Enden der Welt zusammenzubringen.

Das Evangelium nach Matthäus, Kapitel 24

DAS JESUS-INTERVIEW

Was geschah dann?

Wir wussten aus der Bibel, dass mittlerweile Jesus' Feinde schon längst planten, wie sie ihn zum Schweigen bringen konnten. Außerdem wussten wir, dass es zu Beginn des Passahfestes passieren würde, an dem Tag, an dem die Passahlämmer geschlachtet wurden.

Jesus arrangierte es irgendwie, dass er und seine Jünger

zum Passahlamm in ein Haus in Jerusalem eingeladen wurden, nur der kleine Kreis. Alle anderen, die ihm folgten, feierten anderswo. Viele hatten offenbar Familie oder Freunde in der Stadt oder Umgebung.

Wir taten nichts dergleichen, sondern beschlossen, uns unauffällig zurückzuziehen. Wir wussten ja, wie es weitergehen würde. Wir wussten, dies war die Nacht, die in den Evangelien haarklein beschrieben ist. Wir wussten, Jesus feiert das letzte Abendmahl mit seinen Jüngern, anschließend gehen sie hinaus in den Garten Gethsemane. Dort warten sie, während Jesus noch einmal zu Gott betet, diesen Kelch an ihm vorübergehen zu lassen. Worauf die Soldaten auftauchen und Judas ihn durch einen Kuss verrät. Dann seine Verhaftung, seine Befragung durch den Hohen Rat.

Und schließlich das Todesurteil.

Das zu fällen der Hohe Rat damals nicht mehr befugt war, übrigens. Todesurteile waren Sache des römischen Statthalters. Was zu der Zeit bekanntlich Pontius Pilatus war. Er lebte eigentlich in Caesarea, war aber des Passahfestes wegen in Jerusalem. Sonst hätte sich das Ganze ziemlich lange hingezogen.

Wohin sind Sie an dem Abend gegangen?

Zurück in unsere Maschine. Wir hatten auf einmal alle Sehnsucht nach einem Platz, an dem wir uns sicher fühlen konnten. Und endlich wieder Stahl und Plastik und elektrisches Licht um uns herum zu haben, beruhigte uns ungemein, muss ich sagen.

Wie war Ihnen zumute?

Wie soll ich das beschreiben? Es war eine äußerst seltsame Gefühlslage. Wir hatten ja gewusst, was passieren würde, hätten es bis in alle Einzelheiten vorhersagen können. Trotzdem nahm es uns mit, zu erleben, wie es eintraf. Wie es tatsächlich geschah. Es erschütterte uns, vielleicht sogar mehr als die anderen, weil wir den Zusammenhang sahen, in den alles eingebettet war.

Wir versuchten zu beten, aber irgendwie erschien uns das unpassend. Wir hatten unser ganzes Leben zu einem Jesus gebetet, den wir im Himmel wussten, zur Rechten Gottes sitzend. Doch in diesem Moment war Jesus ja noch ein Mensch wie wir, ein junger Mann, etwa in Jeremys Alter, nur wenig älter als wir Übrigen! Diese Diskrepanz lähmte uns, ohne dass wir darüber zu sprechen imstande gewesen wären.

Und was haben Sie dann gemacht?

Nichts. Wir haben einfach nur irgendwie diese Nacht herumgebracht.

Stephen blätterte mit dem Gefühl, in einen Albtraum geraten zu sein, zu den darauffolgenden Dokumenten weiter. »Hier geht es um Drohnen«, hörte er sich sagen. »Da, eine Beschreibung des Drohnen-Kontrollzentrums von *Whitewater international.* Das ist eine private Söldnerfirma, die auch für die US-Regierung tätig ist. Sie haben Zugriff auf ein Netz von Kommunikationssatelliten, über das sie Drohnen weltweit steuern können, von ihren Computern in Texas aus.«

»Das ist ein Albtraum«, hörte er Judith murmeln. Also ging es ihr nicht anders.

»Hier, ein Zeitungsartikel über den ersten Flug einer ferngesteuerten Passagiermaschine. Das war im Dezember 1984. Man hat eine Boeing 720 auf dem Gelände der Edwards Air Force Base gezielt gecrasht, um die Auswirkungen eines solchen Unfalls zu studieren. Der Aufprall führte zu größeren Zerstörungen, als man erwartet hatte; das Wrack brannte über eine Stunde lang.«

»*Oy! Gevalt geshrign!*« Judiths Vater stand so ruckartig auf, dass sein Stuhl mit einem Krachen nach hinten kippte. »Wenn das der Plan ist, was soll man dagegen machen? Nichts kann man machen. Nichts.« Er fuhr sich mit den Händen über den Schädel. »Das gibt Krieg. Und die Schuld wird man wieder uns Juden geben. Wie immer.«

»Von wegen, dagegen kann man nichts machen«, erwiderte Ami grimmig. »Das kann man sehr.« Er stand ebenfalls auf, straffte sich. »Wir haben allen Grund zu vermuten, dass morgen der kritische Tag ist. Also werden wir morgen einfach den Luftraum um Jerusalem abschirmen. Wir werden jedes Flugzeug abdrängen, das sich ihm nähert, es notfalls abschießen.«

»Kannst du das erreichen?«, wollte Judith wissen.

Ami reckte das Kinn. »Nun, ich bin nicht der Verteidigungsminister, aber ich kann einen Bericht schreiben, den er garantiert liest. Ganz davon abgesehen ist Jerusalem ohnehin Flugverbotszone. Die wird normalerweise nur nicht übermäßig aufwendig gesichert.« Er sah Stephen an, wirkte in diesem Moment wie ein Oberbefehlshaber, der dabei ist, seine Truppen in die Schlacht zu führen. »Wie lange, denkst du, wird diese OCR-Analyse dauern?«

Stephen zuckte mit den Achseln. »Zwei, drei Stunden? Die ganze Nacht? Das ist schwer zu sagen.«

»Versuch auf jeden Fall, ob du noch mehr Informationen rausziehen kannst.« Er streckte die Hand aus. »Kannst du mir die Kamera mitgeben? Ich werde die Dokumente ein paar Leuten zeigen müssen.«

Stephen zögerte einen Moment, händigte ihm das Gerät dann aber aus. Er hing daran, obwohl es schon ein etwas älteres Modell war. »Krieg ich's wieder, falls der Weltuntergang ausbleibt?«

Ami lächelte nur flüchtig, verstaute das matt glänzende Metallgehäuse in seiner Brusttasche. »Also«, meinte er, »bleibt am besten hier. Und falls ihr was findet, meine Nummer habt ihr. Ich geh los und schaue, was ich erreiche.«

»Und wenn du was von Yehoshua hörst –«, warf Judith ein.

»Melde ich mich sofort.«

Judiths Vater hustete vernehmlich, bat ihn dann: »Falls du

Richtung Zentrum fährst, könntest du mich gleich mitnehmen. Ein Stück weit wenigstens.«

»Kein Problem«, sagte Ami. »Ich bring Sie auch bis zum *Meye Shorim*.«

Stephen erwachte von einem feinen, fernen *Pling!*, schreckte regelrecht hoch.

Dunkelheit umgab ihn. Einen Moment lang wusste er nicht, wo er war. Dann fiel ihm alles wieder ein. Unter anderem, dass der Ton, der ihn geweckt hatte, von dem Computer kommen musste, der noch in der Küche stand und die ganze Zeit vor sich hin gearbeitet hatte. Es war das Signal, dass die OCR-Analyse der Fotos abgeschlossen war.

Judith lag neben ihm, schlief. Er glitt behutsam aus dem Bett, tastete nach seinen Hosen, schlüpfte hinein. Dann ging er in die Küche. Sie lag im Dunkeln, erhellt nur von den Bildschirmen der beiden Laptops, die verhalten vor sich hin surrten, und dem matten, gelblichen Schimmer der Straßenbeleuchtung. Er setzte sich vor den Rechner, der mit der Analyse fertig war, blinzelte, um endgültig wach zu werden. Wie spät war es eigentlich? Halb vier vorbei. Das hatte wesentlich länger gedauert als gedacht.

Das OCR-Programm begrüßte ihn mit einer kilometerlangen Liste von Fehlermeldungen, wo es irgendwelche Zeichen nicht erkannt, mehrere Versuche unternommen und schließlich aufgegeben hatte. Uninteressant im Augenblick. Er speicherte das Protokoll ab und rief den Index auf, den es erstellt hatte. Das war die eigentliche Stärke dieses Programms und der Grund, warum er es verwendet hatte: Der Index war nicht einfach nur eine Liste aller gefundenen Wörter, sondern ein Verzeichnis, das auch Querverbindungen enthielt, die sich aufgrund ziemlich raffinierter heuristischer Verfahren erschlossen.

Eine Weile klickte er sich durch Kauns Material, diesen Querverbindungen folgend, auf der Suche nach einer brauchbaren Spur. Er hatte vor dem Schlafengehen noch in den Unterlagen herumgeblättert, mehr oder weniger ziellos, ungeordnet, wie sie ihm eben untergekommen waren. Judiths Mutter war früh schlafen gegangen, Judith irgendwann auch, doch er hatte weitergemacht, war nicht müde gewesen. Der Jetlag, vermutlich. Er hatte eine Menge interessanter Dinge über die Geschäftsverbindungen Samuel Barrons erfahren, aber nichts, was ihnen in der Sache mit dem Anschlag weitergeholfen hätte. Es war einfach zu viel Material, um seiner ohne Computerunterstützung Herr zu werden!

Es machte ein zweites Mal *Ping!*, als der zweite Computer mit der Analyse durch war. Stephen stöpselte die beiden Geräte zusammen, überspielte die gewonnene Datenbank vom einen auf den anderen Rechner. Das Zusammenführen ging zum Glück schneller und lief zudem im Hintergrund, sodass er derweil weiterrecherchieren konnte.

Er begann wieder bei Raytheon. Fand Details zu dem Fernsteuersystem. An Bord der Boeing 727–200, die in Holloman verwendet worden war, hatte sich ein Rockwell-Collins GNLU-930 Multi-Mode Receiver befunden, die Steuereinheit am Boden dagegen war ein spezielles, im Auftrag der US Air Force von Raytheon entwickeltes Gerät gewesen. Einige der Anforderungen: nicht oder nur schwer per Funk störbar, wetterunabhängig, interoperabel mit bereits bestehenden oder geplanten ähnlichen zivilen Systemen. Die Probeflüge hatten sich über eine Testzeit von drei Monaten erstreckt; nach mehreren Vergleichsflügen mit Piloten an Bord hatte man schließlich sechs unbemannte Landungen unternommen, die alle glattgegangen waren. Das Flugzeug hatte sich an GPS-Daten orientiert sowie, für den Landeanflug, an präzise von der JPALS-Bodenstation vorgegebenen sogenannten *approach path points*.

Stephen hielt inne, blinzelte, schüttelte den Kopf. Irgendwie war er noch nicht richtig wach, oder? Er las die Beschreibung ein zweites Mal.

Eine Bodenstation? Es war eine Bodenstation *am Ziel* nötig?

Er spürte etwas in seinem Inneren aufsteigen. Etwas wie Hoffnung. Wenn das stimmte …

Jetzt nichts überstürzen. Er setzte ein Lesezeichen, ging zurück zum Index. Thema Drohnen, Drohnensteuerung, Satellitenverbindungen. Wie funktionierte das? Je mehr er las, desto aufgeregter wurde er. Schließlich sprang er auf, eilte ins Gästezimmer und rüttelte Judith an der Schulter.

»Was ist denn?«, maulte sie schlaftrunken.

»Ich hab was gefunden«, flüsterte er hastig. »Sie können das Flugzeug nicht per Satellit von Texas aus steuern. Dafür sind solche Verbindungen zu langsam.«

»Was?« Sie setzte sich auf, schob sich die wild zerwühlten Locken aus dem Gesicht. »Wovon redest du?«

Er erklärte es ihr, so kurz, wie es ging. Das gab ihr Zeit, wach zu werden. Und als sie wach war, widersprach sie natürlich gleich: »Ich hab im Fernsehen einen Bericht gesehen über Drohnenpiloten. Die wohnen in, was weiß ich, Kentucky, fahren jeden Tag ins Büro und steuern von dort aus die Kampfdrohnen in Afghanistan. Von wegen Bodenstation!«

Stephen nickte. »Ja, aber ein Verkehrsflugzeug kann man nicht wie eine Drohne steuern. Militärischen Drohnen muss man nur Zielpunkte vorgeben, und ein Bordcomputer übernimmt alles Weitere. Fliegen, Raketen abfeuern und so weiter, das ist per Satellit alles kein Problem. Aber so ein Ding zu landen, das muss jemand machen, der sich in der Nähe befindet. Verstehst du, was das heißt? Wenn sie den Tempelberg mit einem Flugzeug wirklich *treffen* wollen, dann muss es eine Bodenstation hier in Jerusalem geben!«

Jetzt begriff sie. Ihre Augen waren im Dunkeln unnatürlich weit geöffnet. »Das musst du Ami sagen. So schnell wie möglich.«

»Eben. Dafür brauch ich seine Nummer.«

»Ach so.« Sie drehte sich um, wühlte ihr Telefon hervor, suchte die Nummer heraus und reichte ihm das Gerät. »Da. Einfach drücken.«

Es klingelte mehrmals, dann meldete sich eine müde Stimme. »*Hardrock Magazine*, mein Name ist Ami Mazor, was kann ich für Sie tun?«

Daran verblüfften Stephen gleich mehrere Dinge. Erstens: dass Ami offenbar um diese Zeit im Büro saß, anstatt im Bett zu liegen. Zweitens: dass er sich auf Englisch meldete.

Ach so, wahrscheinlich hatte er die Nummer im Display und sah die 01-Vorwahl. Falls es dieses *Hardrock Magazine* wirklich gab und es wirklich Artikel über Musiker veröffentlichte, kamen bestimmt eine Menge Anrufe aus den USA.

»Stephen Foxx hier«, sagte er. »Ich bin da auf was gestoßen –«

»Stopp«, unterbrach ihn Ami, der schlagartig wieder wach zu sein schien. »Nicht übers Telefon. Ich komme.«

»Aber Gespräche über Mobiltelefone sind doch abhörsicher?«

»Ha!«, meinte Ami. »Träum weiter.« Damit beendete er die Verbindung.

Kurze Zeit später kam Ami an, die Augen umschattet, das Kinn stoppelig, Zigarettenrauch ausdünstend. Er hatte offensichtlich nicht viel geschlafen oder wenn, dann in seinen Klamotten.

»Also, was gibt's?«, fragte er und ließ sich auf einen Stuhl fallen. Er angelte nach einer Zigarettenpackung, bis ihm einfiel, wo er sich befand, und er sie wieder zurückschob.

Stephen erklärte ihm, was er gefunden hatte, und zeigte ihm die Dokumente.

»Ein Sender?«, hakte Ami nach. »Sie müssen zwingend einen Sender hier in Jerusalem haben?«

»Das scheint zumindest der Stand der Technik zu sein.«

Ami furchte die Stirn. Seine Haut schimmerte grau. »Und kann man den irgendwie anmessen?«

»Wenn, dann steht hier nirgends wie.«

»Okay. Vergiss es. Ich kann eh keinen Messtrupp auftreiben. Oder was immer man da braucht.« Er fuhr sich mit den

Händen übers Gesicht, reckte sich, strahlte eine Müdigkeit aus, die ansteckend wirkte. »Es wird übrigens auch keine Abschirmung des Luftraums über Jerusalem geben.«

»Was?«, rief Judith. »Aber –«

»Ja, ich weiß. Irre. Ich bin leider nicht Verteidigungsminister, sondern nur ein kleiner Angestellter. Die meisten, mit denen ich gesprochen habe, denken, ich spinne mit meiner Theorie. Das ist der eine Grund. Und der andere … den glaubt ihr nicht.«

»Inzwischen glaub ich fast alles«, meinte Stephen.

»Mehr als die Hälfte unserer Jets ist nicht einsatzbereit. Tendenz steigend.«

Stephen stutzte. »Nee, oder? Gibt es etwa doch einen Virus?«

»Nein, viel banaler.« Ami seufzte, lehnte sich sichtlich ermattet zurück. »Der Punkt ist, dass Israel keinerlei eigene Luftfahrtindustrie hat. Wir kaufen alles ein. Jedes Flugzeug, jede Luft-Boden-Rakete, alles. Und wo kaufen wir das ein? Natürlich in den USA. Würden die USA aufhören, uns mit Ersatzteilen zu beliefern, wäre unsere Luftwaffe innerhalb einer Woche am Boden. Deswegen ist es übrigens immer Blödsinn, wenn es in den Nachrichten heißt, die amerikanische Regierung wäre nicht einverstanden mit diesem oder jenem, was unsere Regierung macht. Die USA haben uns bei den Eiern. Wir können nichts machen, was Washington ernsthaft missfällt, denn die können uns jederzeit erpressen.«

Stephen dämmerte etwas. »Und wie der Zufall es will, habt ihr gerade Probleme mit euren Ersatzteilen?«

»So ist es. Unsere Luftwaffe besteht in erster Linie aus amerikanischen F-16-Kampfjets, etwa 350 Stück davon. Die haben alle dasselbe Triebwerk, ein General Electric F110-GE-100-Turbofan. An dem gibt es einen superwichtigen Dichtring, der nicht kaputtgehen darf, weil sonst Treibstoff an der falschen Stelle austritt, sich entzündet und das Triebwerk in tausend Stücke zerfetzt. Hat man mir jedenfalls so erklärt; ich hab keine Ahnung von Technik. Okay, und gestern Abend kam ein Anruf von Lockheed-Martin, dass die letzten Dichtringe, die sie uns geliefert haben, aufgrund eines Produktionsfehlers schadhaft sind und schnellstmöglich ausgetauscht werden müssen. Es tut ihnen ganz, ganz schrecklich leid und sie liefern uns kostenfrei und so schnell wie möglich neue«, erzählte Ami und machte eine Kunstpause, ehe er hinzufügte: »Aber die kommen erst am Samstag.«

»Am Samstag. Mit anderen Worten –«

»Mit anderen Worten, heute nicht. Was wir jetzt noch haben, sind etwa 80 McDonnell-Douglas F-15. Die sind mit Pratt&Whitney-Triebwerken ausgestattet und fliegen. Doch die werden gerade alle in die Grenzregionen verlegt, weil man Überfälle aus den Nachbarländern befürchtet.«

»Warum habe ich das Gefühl, dass das kein Zufall ist?« Hielt Barron auch Anteile an Lockheed-Martin? Stephen glaubte, sich an eine solche Notiz zu erinnern, aber er hätte es nicht beschwören können. »Und jetzt?«

»Tja. Das ist die Frage«, meinte Ami. Er streckte die Hand aus, fuhr mit dem Finger Linien im Holz des Küchentischs nach. »Das Problem ist, dass ich keine wirklich guten Karten mehr in der Hand habe, sinnbildlich gesprochen. Mit dem Bericht über einen möglichen Anschlag mit einem Flugzeug hab ich mich ziemlich exponiert. Der ist zwar geheim, aber wenn die bei uns im Büro, die ich im Verdacht habe, dass sie mit den Extremisten sympathisieren, was davon mitkriegen, weiß ich nicht, was passiert.«

Stephen fiel auf, dass Ami es vermied, das Wort *Mossad* in den Mund zu nehmen. »Ich hab mir inzwischen überlegt, dass so ein Gerät vielleicht beim Zoll aufgefallen sein könnte.«

Ami warf ihm einen skeptischen Blick zu. »Eher nicht. Man braucht eine Anlage nur einigermaßen geschickt in unauffällige Einzelteile zu zerlegen und an verschiedene Adressen in Israel zu schicken, dann hat der Zoll keine Chance, das mitzukriegen. Ich wette, man könnte wesentlich größere Geräte als einen Sender ins Land bringen, ohne dass es jemand merkt.«

Er schüttelte den Kopf. »Ich meine, was ist schon ein Sender? Ein simples Stück Technik, wenn man's genau nimmt. Gesendet wird schließlich seit über hundert Jahren.«

Judith verschränkte die Arme vor der Brust, schien zu frösteln. »Und was heißt das? Was sollen wir jetzt machen?«

Ami musterte sie müde. »Hoffen, dass wir uns irren.«

Die Sonne ging gerade über Zypern auf, war noch ein blutrotes Auge am östlichen Horizont, als eine Gruppe von Männern in Overalls das Hangartor aufschoben. Das Licht warf lange, geisterhafte Schatten über den Flugplatz in der Nähe von Nikosia, der einer Transportfirma gehörte, der Nah-Ost Handelsgesellschaft. Die Landschaft ringsum lag in grau-blauem Schlummer. Die Morgenluft ließ einen frösteln.

Das Flugzeug, das hinter den Toren zum Vorschein kam, war eines der größten Transportflugzeuge, die man für Geld kaufen konnte: eine Boeing 747-400F, über siebzig Meter lang, fast zwanzig Meter hoch, mit einer Flügelspannweite von sechzig Metern. Strahlend weiß erglänzte die Bugnase, die bis vor wenigen Minuten nach oben geklappt gewesen war, um das Flugzeug durch das Bugtor zu beladen. Das seitliche Frachttor stand noch offen, der letzte der verplombten Container wurde gerade an Bord gehievt, an die vorgeschriebene Stelle gezogen und rutschsicher verzurrt. Die Maschine war voll betankt, was ihr eine Reichweite von über zwölftausend Kilometern gab: ein Viertel des Erdumfangs.

Die Männer zogen die Boeing mit dem Pusher aus dem Hangar, bugsierten sie auf die Rollbahn. Der *Ramp Agent*, der neben dem Bugrad herlief, gab die »Engine Area Clear«-Meldung durch. Dann löste er die Zugstange des Schleppwagens, entfernte den Steering Pin und schwang sich auf das platte Heck des davonfahrenden Pushers.

Routine.

Wäre da nicht etwas Mysteriöses um diesen Flug gewesen.

Zum Beispiel, dass man die Piloten nicht hatte an Bord gehen sehen. Wobei, das kam schon vor. Manchmal nahmen Transportflüge Leute mit an Bord, die, nun ja, nicht auf irgendwelchen offiziellen Listen auftauchen sollten. Diese Maschine sollte nach Aden fliegen, im Jemen. Klar, dort unten würde niemand lästige Fragen stellen. Mit einem entsprechenden *Bakshish* ließ sich da alles regeln.

Aber jetzt stand die Maschine in Startposition, die Triebwerke liefen an, und man sah immer noch niemanden im Cockpit. Kein Gesicht, das mal kurz raussah. Keine Hand, die sich grüßend hob.

Wobei …

Klar, niemand von ihnen hätte sich deswegen einen Kopf gemacht, hätte Giorgios nicht behauptet, diese Boeing würde *ohne* Piloten fliegen. Geheimes Projekt und so. Giorgios stand auf solche Theorien. Dass die Freimaurer hinter allem steckten. Dass die Amerikaner das Wetter beeinflussten und die ganze Welt abhörten, jedes einzelne Telefonat, das irgendjemand führte. Dass die Landung auf dem Mond im Filmstudio gedreht worden war.

Ja, und eben, dass es möglich sei, Flugzeuge fernzusteuern.

Sie hatten gelacht, wie immer. Aber dann war gestern dieser Container am Rand des Flughafens aufgetaucht. Auf abgeschirmtem Gelände. Mit einer Menge Antennen drauf. Bewacht. Zutritt verboten.

Dort drinnen, behauptete Giorgios, säßen die Piloten, die das Flugzeug fernsteuern würden. Sie würden es starten und eine Strecke über das Mittelmeer fliegen, ehe ein anderes Team irgendwo auf dem Weg die Kontrolle übernahm.

Du spinnst, hatten sie gesagt.

Aber jetzt lachte keiner mehr von ihnen.

Wenn sich nur einmal was in den dunklen Fenstern da oben über der Nase bewegt hätte!

Die Maschine setzte sich in Bewegung, rollte entlang der Piste zur Startbahn. Bewegte sich genau so, wie es sein sollte. Erreichte die Startposition zum richtigen Zeitpunkt, um den zugewiesenen Timeslot für den Flug nach Aden wahrnehmen zu können.

Die vier Pratt&Whitney-PW4065-Turbofan-Triebwerke heulten auf, gaben Vollschub. Die fast vierhundert Tonnen schwere Maschine setzte sich in Bewegung, wurde schneller und schneller und hob ab. Schwer zu glauben, dass sich keine menschliche Seele an Bord befinden sollte. Das Flugzeug stieg in den klaren, wolkenlosen Himmel, wurde immer kleiner und verschwand schließlich aus dem Blick.

»Hoffen«, sagte Stephen. »Hoffen kann man natürlich immer.« Bloß, dass es sich so *dürftig* anfühlte, in dieser Situation nichts anderes zu tun.

Wenn er bloß nicht hier gewesen wäre! Wenn er und Judith nur jetzt gerade woanders gewesen wären. Weit weg. Am besten auf einem anderen Planeten.

Er sah aus dem Küchenfenster. Draußen dämmerte es, schälten sich langsam die Umrisse der benachbarten Häuser aus dem Dunkel der Nacht. Alles wirkte friedlich, alles wirkte normal, und es war ein mehr als schrecklicher Gedanke, dass diese friedliche Normalität brüchig war, nur Fassade. Dass womöglich bis heute Abend Krieg, Kampf und Tod an ihren Platz treten würden.

Die Vorstellung, wie sich ein voll betanktes Flugzeug, vielleicht noch beladen mit Sprengstoff, auf den Tempelberg stürzte, wie alles darauf in Feuer und Flammen unterging … Eine Katastrophe, die die Welt mehr verändern würde als der Anschlag auf die Zwillingstürme des World Trade Centers am 11. September 2001.

Eine Katastrophe, die er und Judith möglicherweise nicht überleben würden.

Und daran zu denken, dass jetzt gerade, in diesem Augenblick, irgendwo in Israel, womöglich irgendwo in dieser Stadt, jemand im Begriff war, per Fernsteuerung genau diese Katastrophe absichtlich herbeizuführen …!

Stephen versuchte, sich vorzustellen, wie so eine Anlage aussah. Ein echtes Flugzeug ließ sich nicht mit zwei Hebelchen und ein paar Tasten fernsteuern, wie es genügte, um ein Modellflugzeug zu lenken. Bestimmt sah so eine Anlage eher aus wie ein richtiges Flugzeugcockpit –

In diesem Moment stieg ein Gedanke an die Oberfläche seines Bewusstseins, der sich schon die ganze Zeit als leises, nagendes Bohren bemerkbar gemacht hatte. Stephen drehte sich um, sah Judith an und sagte: »Mordechai! Weißt du, wo der wohnt?«

Judith musterte ihn mit ihrem *Ist-Stephen-jetzt-endgültig-durchgeknallt-oder-was?*-Blick. »Mordechai?«

»Mordechai Spiegl«, wiederholte er ungeduldig. »Der Freund deines Bruders. Dem ich ein halbes Dutzend Bildschirme zum Einkaufspreis beschafft habe.«

»Mit dem habe ich schon telefoniert. Der hat auch keine Ahnung, wo Yehoshua abgeblieben –«

»Darum geht es nicht«, unterbrach er sie. »Es geht darum, dass er dieses Hobby hat. Dass er in seiner Freizeit virtuelle Flugzeuge steuert.« Er sah Ami an. »Was, wenn jemand das Flugzeug steuert, der sowieso ein künstliches Cockpit zu Hause stehen hat? Normalerweise laufen diese Simulationen über das Internet ab, über spezielle Server. Aber wenn man stattdessen eine Fernsteueranlage anschließt, würde sich für denjenigen, der den Piloten spielt, nichts ändern. Nur eben, dass es ein reales Flugzeug wäre, das er lenkt, und nicht ein mathematisches Modell in einem Serverprozess.«

Judith schüttelte den Kopf. »Du denkst doch nicht etwa, dass Mordechai –?«

»Nein. Aber ich wette, dass das eine kleine Szene ist, in der jeder jeden kennt. Vielleicht hat Mordechai irgendwas gehört, das uns weiterhilft.«

Ami rieb sich das Kinn, was klang, als riebe er über Sandpapier. »Einen Versuch wäre es wert.«

Judith zuckte mit den Schultern. »Na, wenn ihr meint …«

Sie holte ihr Telefon, wählte eine Nummer, wartete. Man hörte es tuten, so still war es. Weiter geschah nichts.

»Geht niemand ran«, konstatierte Judith und drückte den roten Knopf. »Wobei es sein kann, dass er seinen Apparat einfach stumm gestellt hat. Das macht er manchmal, wenn er vor lauter Computerspielen spät ins Bett kommt.«

»Was ist das für einer?«, wollte Ami wissen. »Was arbeitet der, dass er sich das erlauben kann?«

»Mit dem Arbeiten hat er's nicht so«, erwiderte Judith.

»Verstehe.« Ami gab sich einen Ruck, zog die Autoschlüssel aus der Tasche. »Ist das weit weg?«

Judith wiegte den Kopf. »Wie man's nimmt. Er wohnt in Gonen C, in einer Nebenstraße der Alexandrion.«

Das lag, wie sich Stephen undeutlich erinnerte, im Süden Jerusalems. »Lasst uns hinfahren«, schlug er vor. »Besser, als hier herumzusitzen.«

Judith hielt das für eine Schnapsidee, Ami wusste nicht, ob er es für eine Schnapsidee halten sollte, trotzdem waren sie kurz darauf unterwegs. Erstaunlich, wie viel Verkehr so früh am Morgen die Straßen verstopfte, wie viele schwere Lastwagen vor allem, den Militärpatrouillen und Verkehrskontrollen an jeder Ecke zum Trotz. Freitag, deswegen wohl. Man wollte rechtzeitig vor dem Sabbat alles erledigen, was die Woche über liegen geblieben war.

Diesmal saß Judith vorne, wies Ami den Weg. Sie bogen von großen, breiten Fahrbahnen in immer kleinere, schmalere ab, bis sie in einer Seitengasse, in der zwei Autos nur mit Mühe aneinander vorbeigepasst hätten, anlangten. Das Haus, auf das sie zeigte, war ein zweistöckiges Gebäude mit einem grünlackierten Rundbogen vor dem Eingang.

Sie stiegen aus. Ami spähte zu dem Flachdach hinauf, auf dem die üblichen Zisternen standen, ein paar Solarpaneele und ein Wald verschiedenster Antennen, die im Schein der Straßenbeleuchtung schimmerten. »Eine Funkantenne mehr fällt hier jedenfalls nicht auf, so viel steht fest«, meinte er.

Es klang, als begänne er, Stephens Idee für vielleicht doch nicht ganz unsinnig zu halten.

Sie klingelten und blieben mit dem Finger auf der Klingel, bis über ihnen ein Fenster aufging und jemand etwas herunterrief. Man musste kein Hebräisch beherrschen, um zu verstehen, dass der Betreffende ungehalten war.

Judith trat ein Stück vom Eingang weg, gab lautstark heraus.

Worauf das Fenster wieder geschlossen wurde und gleich darauf Licht im Treppenhaus anging. Der Mann, der herunterkam und aufschloss, war etwa in Stephens Alter und noch ganz verschlafen. Und er trug einen babyblauen Schlafanzug mit Sternchenmuster.

Das musste Mordechai sein. Judith sagte etwas, Ami ließ seinen alle Wege freiräumenden Ausweis aufblitzen. Mordechai seufzte und trat zur Seite.

Oben im ersten Stock, hinter verschlossenen Türen, erklärten ihm Judith und Ami, worum es ging. Stephen verstand von dem Gespräch natürlich kein Wort, sah nur, dass Mordechai immer entsetzter dreinblickte. Das musste er nicht unbedingt sehen, also schaute er sich ein bisschen um. Die Wohnung war klein und, was Ordnung und Sauberkeit anbelangte, in einem Zustand, der jede Frau schreiend daraus vertreiben würde. An den Wänden hingen Poster, die entweder Großflugzeuge in dramatischen Perspektiven zeigten oder Comic-Helden in noch dramatischeren Perspektiven. Auf einem Regal standen Flugzeugmodelle, wie Fluglinien sie verkauften: vermutlich Modelle der Typen, die Mordechai schon virtuell geflogen hatte. Yehoshua hatte mal erzählt, dass viele das so machten.

Ami und Judith fragten zum Schluss offenbar, ob sie das Gespräch auf Englisch fortsetzen könnten, denn Mordechai sagte irgendwann unleidig: »Klar sprech ich Englisch. Das ist schließlich die internationale Standardsprache im Flugverkehr.«

»Umso besser«, meinte Ami. »Und? Irgendeine Idee?«

Mordechai furchte eindrucksvoll die Stirn und erweckte so den Anschein, intensiv nachzudenken, meinte dann aber: »Nein. Da fällt mir niemand ein.«

»Niemand, der sich in letzter Zeit seltsam benommen hat?«

»In der Szene gibt es praktisch *nur* schräge Vögel«, erklärte Mordechai. »Es wäre eher verdächtig, wenn sich einer mal *nicht* seltsam benimmt.«

Ami knurrte unleidig, warf Stephen einen abschätzigen Blick zu. Es sah aus, als schwände seine Begeisterung für diese Theorie wieder deutlich.

»Dann erstell uns eine Liste aller Leute, die du in der Szene kennst«, verlangte er.

Mordechai blies die Backen auf. »Puh, das sind aber ziemlich viele.«

»Fang mit denen an, die in Israel leben.«

»Okay. Das sind weniger.«

Ami sah sich um. »Außerdem würd ich gern mal deine, hm … *Anlage* sehen.«

Dieses Ansinnen schien Mordechai regelrecht zu begeistern. Sein Kopf ruckte empor, seine bis dahin fragezeichenartige Gestalt straffte sich. »Ja, klar«, erklärte er. »Gern. Kommt.«

Er führte sie nach nebenan, doch was sie zu sehen bekamen, war enttäuschend. Auf einem Tisch standen drei Bildschirme, davor ein Steuermodul, mit Saugnäpfen an der Tischplatte befestigt, daneben die Tastatur. An der Wand hing eine Weltkarte, auf der mit farbigen Filzstiften allerlei Flugrouten eingezeichnet waren.

Das war die eine Hälfte des ansonsten unmöblierten Zimmers. Die andere Hälfte stellte eine Art Baustelle dar: Große Tischlerplatten, in die er hier und da Aussparungen gesägt hatte, waren provisorisch zu einer Art Roh-Cockpit zusammengeschraubt worden und – staubten vor sich hin. Neben dem unordentlich herumliegenden Werkzeug stand ein Stapel von Schachteln. Stephen erkannte darunter die Bildschirme, die er Mordechai besorgt hatte, noch in den Kartons mit dem Aufdruck *Video World Dispatcher.*

»Das soll mal mein Cockpit werden«, erklärte Mordechai. »So richtig mit allen Armaturen, Monitoren hinter jedem Fenster und so. Ich, ähm … komm bloß nicht oft dazu, daran weiterzumachen.«

»Okay«, meinte Ami unamüsiert. »Was das anbelangt, haben wir, glaube ich, genug gesehen.«

»Manche von uns haben richtig tolle Anlagen«, sprudelte es aus Mordechai heraus. »Einer in Haifa, Benjamin, hat das Cockpit des Airbus A-300 nachgebaut, originalgetreu. Der Hammer! Ich war mal dort, hab Kopilot machen dürfen … Na ja, der verdient auch gut. Und er ist nicht verheiratet. Irgendwie muss er sein Geld ja ausgeben, was? Oder zum Beispiel –«

Er hielt inne, sah Ami an. »Doch. Jetzt fällt mir was ein.«

»Ja?«

»Da gibt's einen. Der ist vor vier, fünf Jahren oder so zum Christentum konvertiert«, erzählte Mordechai zögernd. »Und zwar so richtig hundertfünfzigprozentig. Es macht echt keinen Spaß mehr, ihn zu treffen. Weil er garantiert irgendwann davon anfängt, dass wir Juden uns alle zu Christus bekehren müssen, wenn wir nicht auf ewig verdammt sein wollen, dass die Moslems sowieso alle in die Hölle kommen und so weiter.« Mordechai schüttelte den Kopf. »Schade. Der hat zu Hause ein supertolles Cockpit. Eine Boeing 747. Genial.«

»Wie heißt der?«, fragte Stephen. »Wohnt der hier in Jerusalem?«

Mordechai musterte ihn. »Ja, in der Nähe vom amerikanischen Viertel. Er heißt Chaim Laskow.« Er stutzte. »Da fällt mir ein, er hat letzthin erwähnt, dass er dieser Tage Besuch aus den USA hat. *Glaubensbrüder,* hat er gesagt. Beziehungsweise geschrieben. Wir tauschen eigentlich nur noch Short Messages aus. Ist besser so.«

»Glaubensbrüder?«, wiederholte Stephen mit dem plötzlichen Gefühl, dass sie hier auf eine heiße Fährte gestoßen waren.

»Ja. Deswegen hat er auch keine Zeit. Wir veranstalten am Sonntag einen Gruppenflug von Tel Aviv nach London, aber er hat abgesagt. Muss sich um seinen Besuch kümmern.«

Stephen wandte sich an Ami. »Ich glaube, den sollten wir uns vornehmen.«

»So? Glaubst du?« Ami glaubte das sichtlich nicht. Vielleicht war er einfach auch nur zu müde. »Das ist doch kalter Kaffee. Ich will gar nicht wissen, wie dem sein tolles Jumbojet-Cockpit in Wirklichkeit aussieht.«

»Wir riskieren damit doch nichts«, meinte Stephen. »Es ist schließlich die einzige Spur, die wir haben.«

»Ich bezweifle gerade, dass es überhaupt eine Spur ist.« Ami blickte finster drein, dann gab er sich einen Ruck. »Okay. Darauf kommt es auch nicht mehr an.« Er zückte sein Telefon, wandte sich an Mordechai. »Die Adresse von diesem Chaim Laskow?«

Mordechai sagte sie ihm, worauf Ami jemanden anrief und in schnellem Hebräisch auf ihn einredete. »Ich hol Verstärkung dazu«, erklärte er knapp, als das Gespräch beendet war.

»*Well*«, meinte Mordechai mit schiefem Grinsen, »dann … viel Glück … oder so.«

»Nichts da«, erwiderte Ami barsch. »Zieh dir was drüber, du kommst mit.«

Das entsetzte den Jungen. »Ich? Wieso denn?«

»Zum Beispiel, damit ich sicher sein kann, dass du diesen Chaim nicht anrufst und vorwarnst, sobald wir zur Tür raus sind«, sagte Ami. »Und damit ich jemanden habe, an dem ich meine schlechte Laune auslassen kann, wenn sich das Ganze als Holzweg entpuppt.« Er fügte etwas auf Hebräisch hinzu, das *jetzt aber zackig!* heißen musste, denn Mordechai raste daraufhin sofort ins Bad und kam im Handumdrehen angezogen zurück.

Als sie das Haus verließen, war die Sonne aufgegangen.

Schräg einfallende, orangerote Strahlen tauchten die Straßen in unwirkliches Licht. Der Verkehr schien sich in der Zwischenzeit verdoppelt zu haben, die Anzahl der roten Ampeln ebenfalls. Ami telefonierte unterwegs, einhändig fahrend, erklärte dann: »Jitzhak und Dror stecken auch fest.«

»Und die anderen?«, fragte Stephen.

»Es gibt keine anderen. Die beiden sind die Einzigen, die verlässlich den Mund halten, falls wir uns bei der Sache blamieren.«

Stephen ächzte. »Na, ist doch toll.«

Endlich waren sie da. Das Haus war ein fast würfelförmig aussehender, dreistöckiger Klotz aus schwarz verfärbtem Sandstein, mit schießschartenartigen Fenstern in der Mitte – wohl das Treppenhaus – und vergitterten Balkontüren. Auf dem Dach drängelten sich Satellitenschüsseln und Fernsehantennen. Eine Art schmaler Vorgarten schien das Haus zu umgeben, aber es war nur ein asphaltierter Vorplatz, auf dem zahllose Blumentöpfe standen.

Sie hielten am Straßenrand schräg gegenüber.

»Also, er ist jedenfalls da«, erklärte Mordechai, nachdem er zu dem Haus hinaufgespäht hatte. »Seine Läden sind zu.«

»Sind *zu?*«, schnappte Ami. »Das ist das Zeichen, dass er *da* ist?«

»Ja. Er mag es nicht, wenn sich Tageslicht in seinen Bildschirmen spiegelt. Wenn er weggeht, macht er die Läden auf, damit seine Pflanzen genug Licht kriegen.«

»Und wenn er schläft?«

»Macht er die Läden auf, weil er bei offenem Fenster schläft.« Mordechai räusperte sich. »Ich sag doch, in der Szene sind alle ein bisschen schräg.«

»Bin schon überzeugt«, erklärte Ami und stieg aus.

Sie taten es ihm gleich, gesellten sich zu ihm. Er schaute die Straße hinab. Hier herrschte vergleichsweise wenig Verkehr. Von der angekündigten Verstärkung war nichts zu sehen.

Ami zog Mordechais Mobiltelefon aus der Tasche, das er vor ihrem Aufbruch dort in Verwahrung genommen hatte, reichte es ihm und sagte: »Ruf ihn an.«

Mordechai nahm das Telefon mit großen Augen entgegen. »Und was sag ich ihm?«

»Frag ihn, wann ihr euch mal wieder treffen könnt. Wenn er sich wundert, wieso du so früh anrufst, sag ihm, du hast einen Arzttermin und musst nüchtern erscheinen. Oder was in der Art.«

»Okay.« Mordechai ging die Nummern in seinem Speicher durch, rief eine auf, hielt das Gerät ans Ohr. »Nichts«, sagte er nach einer Weile. »Er geht nicht ran.«

»Dann ist er vielleicht doch nicht da?«

»Doch, da steht sein Auto.« Mordechai deutete auf einen weißen Volvo, der ringsum mit Bibelsprüchen beschriftet war, in hebräischer und lateinischer Schrift. *Jesus spricht, ich bin der Weg, die Wahrheit und das Leben* war entlang der Längsseite zu lesen; auf dem Kofferraumdeckel stand: *Das Ende ist nahe!*

»Das Ende ist nahe«, murmelte Ami. »Na, danke für den Hinweis.«

Genau in diesem Moment hörten und sahen sie hoch über sich das Flugzeug.

Kapitel 44

KURZ ZUVOR

»Captain«, sagte Morrison.

Er sagte es leise, aber in seiner Stimme schwang etwas mit, das Captain James L. Bakker die Nackenhaare aufstellte. Etwas von *es wird ernst.*

Er drehte sich herum. »Leutnant?«

»Eine Meldung von CENTCOM«, fuhr der Mann am Funk fort. »Der Vizepräsident hat soeben DEFCON-2 autorisiert.«

Also war es wirklich ernst. Womöglich war dann auch der Anschlag auf Präsident Keyes nicht die Tat eines einzelnen Irren gewesen, wie es zunächst den Anschein gehabt hatte. Sondern Teil eines größeren Plans. Eines großen, *bösen* Plans.

Captain Bakker kommandierte die *USS Ronald Reagan,* Schiffscode CVN-76, Flugzeugträger der Nimitz-Klasse, in Dienst gestellt am 12. Juli 2003, derzeit im Rahmen der *Operation Brother's Keeper* im Persischen Golf stationiert. Durch sein Fernglas hatte er am Horizont gerade die Küste von Kuwait ausgemacht. Die Begleitschiffe zogen ihre schnurgeraden Bahnen durch das Gewässer des Golfs; eine geradezu mustergültige Formation.

DEFCON-2. Diese Alarmstufe war zuvor erst ein einziges Mal ausgerufen worden: am 23. Oktober 1962, auf dem Höhepunkt der Kubakrise, als das Schicksal der Welt auf Messers Schneide gestanden hatte.

Das tat es also womöglich gerade wieder.

»Was noch?«, fragte Bakker. Ganz untypisch für Morrison, dass man ihm die Würmer einzeln aus der Nase ziehen musste.

»CENTCOM sagt, laut Geheimdienstberichten startet der

Iran einen Luftangriff«, fuhr Morrison fort. »Wie es aussieht, gegen Israel.«

Captain James L. Bakker schloss für einen kurzen Moment die Augen, sandte ein Stoßgebet zum Allmächtigen. Das Motto des Schiffes, das zu befehligen er die Ehre hatte, lautete »Peace Through Strength«, *Frieden durch Stärke.*

Wenn der Frieden nun zerbrach, hieß das, dass sie nicht stark genug gewesen waren.

»Okay«, sagte er und griff nach dem Mikrofon. »Zeit, Zähne zu zeigen.«

Die *USS Ronald Reagan* beherbergte derzeit das Geschwader CVW-14, *Carrier Air Wing Fourteen,* bestehend aus vier Angriffsstaffeln, einer Staffel für elektronische Kriegsführung, einer U-Boot-Jagd-Staffel, einer Frühwarnstaffel und allerhand Flottenlogistik. Er ließ sich mit Commander Tom Fisher verbinden, dem Kommandant der ersten Angriffsstaffel, dem *Strike Fighter Squadron 154,* genannt »Black Knights«. Er gab ihm die Befehle, die die Strategen im Pentagon für diese Situation ausgetüftelt hatten.

Noch befanden sie sich in jener Phase eines Kampfes, in der man sich nach vorbereiteten Plänen richten konnte.

Das würde bald genug vorbei sein.

»Iranische Kampfflugzeuge, die sich außerhalb des iranischen Luftraums befinden, zur Umkehr zwingen«, wiederholte Fisher grimmig. »Im Fall von Weigerung oder Angriff abschießen.«

»Möge Gott mit Ihnen sein«, sagte Captain Bakker.

Danach sprach er mit den Kommandanten der anderen Staffeln, gab weitere Befehle. Er war damit noch nicht einmal zur Hälfte durch, als draußen Triebwerke aufheulten und das Katapult die erste Boeing F-18F »Super Hornet« in die Luft beförderte. Die Maschinen würden mit fast zweifacher Schallgeschwindigkeit nach Norden fliegen, bewaffnet mit je vier AIM-9 Sidewinder und je zwei AIM-7 Sparrow-Raketen sowie, standardmäßig, ihren 20mm-M61 Vulkan-Kanonen im Bug.

Den Iranern würde Hören und Sehen vergehen, sagte sich Captain James L. Bakker.

Doch irgendwie beruhigte ihn dieser Gedanke kein bisschen.

Die Vereinigten Staaten von Amerika verfügten über zehn Flugzeugträger, so viele wie der Rest der Welt zusammengenommen. Jede einzelne dieser schwimmenden Festungen war, zusammen mit ihrem jeweiligen Begleitverband, in diesem Moment an einem strategisch wichtigen Punkt stationiert. Auf jedem einzelnen Träger heulten gerade die Alarmsirenen, starteten Kampfflugzeuge, wurden eilig Bomben oder Raketen unter Flugzeugrümpfen befestigt.

Auf jedem der übrigen 420 Schiffe der US-Navy wurden Geschütze geladen, Abwehrstationen bemannt und Freiwachen aufgehoben. Männer (und Frauen) rannten, stülpten sich Kopfhörer oder Ohrenschützer über, starrten angespannt und mit klopfenden Herzen auf Bildschirme, durch Ferngläser oder auf Gesichter von Vorgesetzten, die jederzeit den Befehl geben konnten, anzuwenden, was sie in jahrelangem Drill gelernt und geübt hatten.

Die USA verfügten ferner über 5113 einsatzbereite Atomsprengköpfe, montiert auf 449 Minuteman-III-Interkontinentalraketen: Auch diese Einrichtungen wurden in Alarmbereitschaft versetzt. Zielkoordinaten wurden eingespeist, Tankfüllungen überprüft, Codes aus versiegelten Umschlägen genommen, Feuerfreigabeschlüssel in Schlösser gesteckt, bereit, millionenfachen Tod und Verderben über einen eventuellen Angreifer zu bringen.

DEFCON-2 hieß auch, dass in diesen Stunden sämtliche Reservisten einberufen wurden.

Die verschiedenen Teilstreitkräfte der USA verfügten über 761 Militärbasen in aller Welt, auf denen rund 1,4 Millionen Soldaten stationiert waren. Auf all diesen Stützpunkten wurden Schlafende wach gerüttelt, rannten Soldaten zu ihren Stellungen, wurden Waffen und scharfe Munition ausgegeben und Zufahrten verriegelt. Flugzeuge wurden einsatzbereit gemacht, Panzer von Schutzhüllen befreit und aufgetankt. Ähnliches vollzog sich, allerdings wesentlich zögerlicher, auf den Stützpunkten und Schiffen der übrigen NATO-Mitgliedsstaaten. Eine dringliche Besprechung des NATO-Militärausschusses wurde anberaumt, die aber, falls sich die Dinge überstürzen sollten – und wenn man den Geheimdienstberichten glauben wollte, sah es ganz danach aus –, viel zu spät stattfinden würde, um den Lauf der Dinge noch zu beeinflussen.

Falls sie überhaupt noch stattfinden würde.

Und schließlich gab es da noch die SSBN, die strategischen U-Boote der Ohio-Klasse, vierzehn an der Zahl, die auf geheimen Routen die Tiefen der Ozeane durchstreiften. Jedes dieser U-Boote transportierte 24 Trident II D-5 Nuklearraketen, jede mit einer Reichweite von 12 000 Kilometern und bestückt mit je acht Gefechtsköpfen vom Typ W88, jeweils mit einer Sprengkraft von fast einer halben Megatonne – genug, um die Welt in Schutt und Asche zu legen, selbst wenn alle übrigen Einheiten der US-Streitkräfte ohne einen Schuss ausgeschaltet werden sollten.

Natürlich konnte es nicht unbemerkt bleiben, dass sich die größte Streitmacht, die der Planet je gesehen hatte, einsatzbereit machte. In Russland, China, Indien, Brasilien, Iran, Syrien und so weiter glühten die Telefonleitungen, wurden Flugzeuge aus Hangars geschoben, hoben Bomber ab, verlud man Panzer auf Transportzüge, rief Reservisten ein, lud Gewehre, Geschütze, Flugabwehrkanonen. Innerhalb von weniger als 24 Stunden hatte sich die Welt in ein Pulverfass verwandelt.

Alles, was noch fehlte, war ein Funke.

Während all dies geschah, saß Vizepräsident Gerald DenHaag mit den führenden Militärs und den Vertretern des Nationalen Sicherheitsrates zusammen. Der Besprechungsraum im West Wing des Weißen Hauses war klein, und sie waren mehr Personen, als an diesen Besprechungen üblicherweise teilnahmen. Trotzdem hatte man einen Sitzplatz respektvoll freigehalten: den des Präsidenten, der in diesen Minuten im *George Washington University Hospital* einer weiteren Operation unterzogen wurde.

John Keyes' Vorhaben, im Lauf des Samstags vom Krankenbett aus zur Nation zu sprechen, würde sich vermutlich nicht verwirklichen lassen. So, wie es im Moment aussah, würde er froh sein können, wenn er Samstagabend noch lebte.

»Der Präsident und ich«, sagte DenHaag in die Runde, »sind uns in einer Sache absolut einig: Es werden nicht wir sein, die den ersten Schuss abgeben. Aber wir werden den ersten Schuss, der auf *uns* abgegeben wird – oder auf einen unserer Verbündeten –, mit aller Macht beantworten.«

Die Männer und die eine Frau, die der Runde angehörte, nickten.

In Wirklichkeit war das eine extrem geschönte Darstellung der Lage. DenHaag hatte Keyes im Krankenhaus besucht, doch der Präsident hatte unter Medikamenten gestanden und war kaum ansprechbar gewesen. Er hatte nicht viel gesagt, und wenn, dann vor allem dummes Zeug. Er, Vizepräsident DenHaag, war es, der jetzt eventuell notwendige Entscheidungen über Leben und Tod würde treffen müssen.

»Wir wissen im Moment noch nicht, was sich in Wirklichkeit abspielt«, fuhr DenHaag fort. »Die Berichte der Geheimdienste sind höchst beunruhigend, aber auch höchst unklar. Wir müssen auf alles vorbereitet sein – und das sollte beinhalten, auf ein Ereignis gefasst zu sein, vor dem uns die Bibel seit zweitausend Jahren warnt: Armageddon, der letzte, entscheidende Kampf zwischen den Mächten des Lichts und denen der Finsternis. Wir dürfen die Möglichkeit nicht ausschließen, dass es das ist, was sich gerade anbahnt. Und wir sollten dafür gerüstet sein.« Der Vizepräsident sah ernst in die Runde. »Richten Sie Ihr Augenmerk deswegen vor allem auf Israel.«

Einige der Anwesenden blickten skeptisch drein. Etwa die Hälfte von ihnen.

Die anderen nickten verstehend – ja, geradezu ergriffen.

Die *Derech Sha'ar HaAyaot* war eine nördlich des Tempelbergs gelegene, uralte Gasse, kaum breit genug, dass ein Auto sie passieren konnte. Eine Schlucht aus verwitterten Steinen, an den gemauerten Wänden Hinweisschilder in Englisch, Arabisch und Hebräisch. Verbeulte Briefkästen. Vergitterte Fenster. Verriegelte Stahltüren. Rohrleitungen entschieden neueren Datums und in entschieden schlechterem Zustand als das historische Mauerwerk: Stromkabel liefen darin, Telefonkabel und anderes.

Eine Menge Leute waren hier zu Fuß unterwegs. Touristen vor allem. Ein Auto musste gleichsam zwischen ihnen dahinschwimmen.

David Kahn kannte das. Er war diese Gasse in den letzten Tagen und Wochen mehrmals entlanggefahren, hatte sich jeden Meter des Weges eingeprägt, die Zeit gestoppt. Er wusste, dass er rechtzeitig am erforderlichen Platz sein würde.

Er fuhr einen Kastenwagen mit einem Aufbau aus Holz, weiß lackiert. Das Holz war wichtig, denn es musste durchlässig für Funkwellen sein. Die es ohnehin schwer genug haben würden hier in dem jahrtausendealten Graben aus Stein. Aber ihre amerikanischen Freunde hatten alles berechnet und nachgemessen. Sie hatten ihnen versichert, dass es funktionieren würde.

Heute war ein Tag, der in die Geschichte eingehen würde. Heute würde die dunkle Zeit enden, die Zeit ohne Tempel. Und er, David Kahn, würde dazu beitragen, dass dem Messias der Weg bereitet wurde.

An den muslimischen Bauten auf dem Tempelberg, so seine Überzeugung, war nichts heilig. Dass man sie dort errichtet hatte, war von Anfang an ein politisches Statement gewesen.

David Kahn hatte über dieses Thema promoviert. Er hatte nachgewiesen, dass neue Religionen schon immer solche Strategien verfolgt hatten, um alte Religionen auszumerzen. Die Heiligtümer der alten Religion zerstören und die eigenen darauf errichten: tausendmal passiert. Das Verbot im Islam, das Gebet genau zu Sonnenauf- oder -untergang zu verrichten, diente der Abgrenzung gegen Kulte, die die Sonne angebetet hatten. Auch das Weihnachtsfest der Christen hatte nichts mit dem Geburtstag ihres Heilands zu tun, sondern war bewusst dicht an die Wintersonnwende gerückt worden, um dieses heidnische Fest zu verdrängen.

David Kahn hielt ein paar Schritte vor einem Laden, der Kaftane, Roben und kitschige Gemälde an Touristen verkaufte, die es hierher verschlug. Nun, was hieß Laden? Es war ein besseres Loch in der Mauer. Die Hälfte der Ware hing an Drahtbügeln an der Wand darüber und an der Wand gegenüber. Ein alter Mann saß auf einem Stuhl davor. Er sah ihm mit trüben Augen zu, wie er ausstieg, die Motorhaube öffnete und so tat, als sei etwas mit dem Motor nicht in Ordnung.

Kahn spielte das Spiel etwa eine Minute, ließ dann die Haube wieder zufallen und sagte zu dem Alten: »Ich muss den Wagen kurz stehen lassen. Es sind die Zündkerzen. Das hat er oft. Ich besorge schnell neue.«

Der alte Mann wiegte den Kopf, öffnete den zahnlosen Mund und meinte in kaum verständlichem Arabisch: »Man darf hier nicht parken.«

Wie viele Einwohner des muslimischen Teils der Stadt verstand der Alte Hebräisch offensichtlich, sprach aber lieber Arabisch.

»Ich weiß«, erwiderte Kahn, ins Arabische wechselnd. »Ich parke ja auch nicht. Es ist ein Notfall. Eine Panne, verstehen Sie?«

Der Alte nickte friedfertig. »Ich wollte es Ihnen nur sagen.«

»Eine halbe Stunde«, sagte Kahn. »Es ist ja breit genug. Die anderen kommen durch.« Das stimmte; gerade passierte ihn ein grüner Skoda, dessen Rückbank mit Obstkisten vollgepackt war. Und daneben war immer noch Platz für Fußgänger.

Im Grunde war es unnötig, mit dem Alten zu diskutieren. Er brauchte dessen Einverständnis nicht; er würde den Wagen auf jeden Fall hier stehen lassen. Und so schnell würde den auch niemand abschleppen. Schon allein, weil die üblichen Abschleppwagen zu groß waren, um die Torbögen am Eingang der *Derech Sha'ar HaAyaot* zu passieren.

»Eine halbe Stunde«, wiederholte Kahn trotzdem. Irgendwie war es ihm wichtig, dass der Alte einverstanden war.

Vielleicht, dämmerte ihm, weil der Mann in einer halben Stunde tot sein würde.

Über diesen Aspekt des Vorhabens wollte David Kahn nicht so genau nachdenken. Außerdem wusste man das ja nicht mit Gewissheit, nicht wahr? Letzten Endes war alles in Gottes Hand.

Er ließ den Alten sitzen, wo er saß, öffnete die Fahrertür noch einmal und langte rasch durch den Vorhang, der den Vordersitz von der Ladefläche dahinter trennte.

Der Vorhang verhinderte, dass man von außen das Gerät sah, das sich unter dem hölzernen Aufbau des Kastenwagens befand. Kahn wusste, dass es sich dabei um ein *Joint Precision Approach and Landing System* handelte, abgekürzt JPALS. Er wusste, dass es dazu diente, Flugzeugen eine präzise Annäherung zu ermöglichen. Er schaltete es ein, ließ die Tür zufallen und schloss ab.

Was er nicht wusste, war, dass ihn zwei Überwachungskameras dabei beobachteten. Eine weitere Kamera sah ihn, wie er mit sichtlicher Eile das Weite suchte. Ein Mann, der eine Kippa trug.

Sämtliche Kameras übermittelten ihre Daten per Leitung an eine Zentrale, wo sie gesichert und eine Woche lang aufbewahrt wurden. Wenn alles vorbei war, würden die Behörden ein Bild eines »mutmaßlichen Attentäters« besitzen. Man würde wissen, dass ein Jude an dem Anschlag beteiligt gewesen war.

Man würde natürlich versuchen, es geheim zu halten. Doch es würde durchsickern.

Dafür würde gesorgt werden.

Das Flugzeug sah im Licht des frühen Vormittags irgendwie unwirklich aus, eher wie ein großer, weißer Vogel als wie eine fliegende Maschine.

»Der Luftraum über Jerusalem«, hörte Stephen Mordechai neben sich murmeln, »ist weiträumig für Flugzeuge aller Art gesperrt.«

Also stimmte alles. Also behielt Kaun recht. Stephen musste blinzeln, das Gefühl vertreiben, dass er nur einen bösen Traum träumte.

Das weiße Kreuz am Himmel glitt weiter dahin.

Das Ende ist nahe.

Ein Auto hielt mit quietschenden Reifen, eine Art kleiner Geländewagen. Zwei Männer sprangen heraus, ein schlanker mit einem dünnen Oberlippenbart und ein etwas älterer mit ersten Geheimratsecken im grau melierten Haar. Ami stellte sie hastig vor: Der jüngere hieß Jitzhak, der ältere Dror. Dann erklärte er den beiden in raschen, stakkatohaften Sätzen, was Sache war.

Beide rissen die Augen auf, sahen hinauf zu dem unbeeindruckt dahinziehenden Flugzeug.

Das sich gerade in eine weite Kurve legte, die es über die gesamte Stadt führen würde.

»Falls wir noch irgendwas in dieser Angelegenheit unternehmen wollen«, meinte Stephen unruhig, »dann sollten wir es besser *jetzt* tun.«

Ami richtete den Blick wieder auf das Flugzeug. Er kniff die Augen zusammen. »Sieht aus, als wolle es den Tempelberg von Süden her anfliegen.«

Stephen rief sich den Stadtplan ins Gedächtnis, den er auf der Fahrt hierher einmal überflogen hatte. »Vielleicht müssen sie das«, meinte er. »Falls in dem Haus dort unterm Dach die

Funkanlage steht, kann sie als das Funkleuchtfeuer dienen, das man zum Anflug braucht.« Er sah Mordechai an. »Oder? Hab ich gelesen.«

Mordechai nickte mit großen Augen. »Genau. Wenn sie den Tempelberg treffen wollen, brauchen sie eine Peilung, die in gerader Linie hindurchführt. Mindestens zwei Funksignale. Wenn sie noch einen Sender in der Nähe des Tempelbergs aufgestellt haben, reicht das.« Er blinzelte. »Im Spiel wäre es jedenfalls so.«

»Okay«, sagte Ami. »Das heißt, wir haben nur noch ein paar Minuten. Also gehen wir rein. Volles Risiko. Jitzhak, die Tür ist dein Job. Unauffällig, bitte. Ich will keine Schießerei im Treppenhaus.«

»Alles klar.« Jitzhak brachte mit einem raschen Schlenker ein in graues Tuch gewickeltes Werkzeugbündel zum Vorschein und nickte Dror zu. Dann setzten sich beide in Bewegung und überquerten die Straße im Laufschritt.

Ami ging noch einmal zum Wagen, holte eine Pistole aus dem Handschuhfach und drückte sie Judith in die Hand. »Du kennst dich damit aus«, sagte er. »Gib uns Rückendeckung.« Er sah Stephen und Mordechai an. »Ihr kommt auch mit. Mordechai – welcher Stock ist das?«

Der Junge schlotterte vor Aufregung. »Zweiter«, stieß er hervor. »Rechte Tür.«

»Okay. Los.«

Sie überquerten ebenfalls die Straße. Das Eingangstor, ein Eisengitter mit einem simplen Schloss, stand schon offen, und als sie die Haustür erreichten, hatte Jitzhak sie gerade geknackt. Sie zückten ihre Pistolen, schoben die schwere Holztür auf. Kühle Luft und ein Geruch nach Küchenabfällen wehten ihnen entgegen.

Hoch die Treppen. Die waren aus Stein, quietschten also nicht. Und besser nicht an das Flugzeug denken, das jeden Moment seine Schleife über dem Süden der Stadt vollendet haben würde.

Zweiter Stock. Stephen war außer Puste, atmete durch den weit geöffneten Mund, um keine verräterischen Geräusche zu machen. Er sah sich nach Judith um, die ganz hinten ging, die Pistole nach oben gerichtet, sich wachsam nach allen Seiten umsehend. Ami bedeutete ihnen mit einer Geste, zurückzubleiben, auf halber Höhe der Treppe, winkte Jitzhak, der sein Werkzeug zückte.

Doch dann hob er warnend die Hand. Alles erstarrte. Durch die Wohnungstür hindurch hörte man Funkverkehr, wie er für Flugzeuge typisch war.

»BRAVO ZULU ZERO SIX SIX, ASCEND IMMEDIATELY AND TURN LEFT HEAD THREE THOUSAND THREE HUNDERT. DO YOU HEAR?«

Die Radarstation von Abadan beobachtete den US-Kampfverband im Persischen Golf schon seit Stunden. Sie registrierte die anfliegenden »Super Hornets« trotz ihrer Bauweise, die sie für viele Radargeräte nahezu unsichtbar machte. Die Information wurde an den Generalstab weitergegeben. Sie stimmte fatal mit einer dringenden Nachricht überein, die man von in den USA stationierten Agenten des iranischen Geheimdienstes erhalten hatte: nämlich, dass die USA und Israel gemeinsam einen Schlag gegen den Iran planten, mit dem Ziel, die iranischen Uran-Anreicherungsanlagen auszuschalten.

Und zwar heute. Jetzt.

»Sind die Flugabwehrkanonen einsatzbereit?«, fragte General Mahmud Sabed, ein erfahrener Kämpfer, der sich seine Orden im Krieg gegen den Irak verdient hatte.

»Ja, General«, bestätigte der Angesprochene. »Außerdem ist eine Staffel Abwehrjäger in der Luft.«

»Schicken Sie eine zweite hoch. Sie sollen entlang der Grenze patrouillieren. Wenn die Amerikaner auch nur die Spitze ihrer Flügel in unseren Luftraum strecken, schießt sie ab.«

Der Name, unter dem ihn die Kameraden kannten, war »Gabriel«. Sein wirklicher Name ging niemanden etwas an. Der stand in den Personalunterlagen im HQ von Whitewater International, und die wurden streng geheim gehalten.

Einem zufälligen Beobachter wäre Gabriel vorgekommen wie einer dieser Rucksacktouristen, die ständig in großer Zahl das Heilige Land und vor allem Jerusalem bereisten. Er hatte die Haare kurz geschoren und trug bequeme, leichte Wanderkleidung in jenen Braun- und Khakitönen, die selbst dann fast sauber aussehen, wenn sie schmutzig vom Staub der Straße sind.

Seinen mächtigen Rucksack trug er momentan nicht auf dem Rücken, sondern hatte ihn hinter sich gegen die niedrige Mauer gelehnt, auf der er saß und eine Cola trank. Er versuchte, so auszusehen, als ruhe er sich aus.

In Wirklichkeit ruhte er sich nicht aus. In Wirklichkeit wartete er. Und sein Rucksack enthielt nichts, was man für eine Wanderung gebraucht hätte.

Gabriel hatte den Platz, an dem er saß, sorgfältig ausgesucht. Anderswo drängten sich die Touristen, doch dieser Ort war ruhig. Es gab ein Geschäft, das »Cold Drinks and Ice Cream« verkaufte, Ansichtskarten, Stadtpläne und dergleichen. Ein weißer Ford stand davor, ein Mann in einem blauen Hemd lud Stiegen mit Coladosen aus und trug sie hinein.

Ein eingemauertes Schild verkündete, dieser Ort hieße *El-Ghazali Square*. In Wirklichkeit, das wusste Gabriel, war dies das Überbleibsel der *Birket Asbât Beni Israìl*, der Zisterne, die einst das nordöstliche Ende des Tempels gebildet hatte. Der neue Name verdankte sich dem Umstand, dass dieser durch Auffüllen der Zisterne mit Abraum entstandene Platz heute im muslimischen Viertel lag.

Das konnte man erfahren, wenn man einen guten Reiseführer las. Was man aus einem Reiseführer nicht erfuhr, war, dass und wo es von hier aus einen inoffiziellen Aufgang auf den Tempelberg gab.

Dieser Aufgang war keine zehn Schritte entfernt von dem Platz, an dem Gabriel wartete.

Sobald das Flugzeug sich auf den Tempelberg herabstürzte, würde er hinter der Mauer in Deckung gehen, neben seinem Rucksack, und so vor der Wucht des Einschlags geschützt sein. Wenn das Schlimmste vorbei war, würde er den Verschluss des Rucksacks aufreißen und den Feuerschutzanzug herausziehen, den er darin verborgen hielt, außerdem ein Atemschutzgerät mit Sauerstoffversorgung. Er würde beides blitzschnell anlegen – bei den Übungen zu Hause hatte er es regelmäßig in weniger als zwanzig Sekunden geschafft – und sich in die Flammenhölle stürzen, die dann auf der Oberseite des Tempelbergs herrschen würde.

Es würde aussehen, als gehöre er zur Jerusalemer Feuerwehr und als versuche er, Leben zu retten. Doch das würde er natürlich nicht tun – wozu, wenn der Herr der Welt in Bälde zurückkehrte, um Gericht zu halten über die Toten wie die Lebenden? Das wäre verschwendete Mühe gewesen. Nein, sein Job war, die Blackbox des Flugzeugs zu bergen und verschwinden zu lassen.

Simulationen des Einschlags am Computer hatten die ungefähre Gegend, in der sich die Blackbox danach befinden würde, eingegrenzt. Außerdem besaß er ein Peilgerät, das die Signale der überaus widerstandsfähigen Box (die in Wirklichkeit nicht schwarz war, wie der Name suggerierte, sondern signalrot) aufspüren konnte. Sein Schutzanzug gab ihm zwei Minuten für den Job, gerechnet ab dem Moment, in dem er den brennenden Tempelberg betrat. Vielleicht zweieinhalb. In der Zeit musste er es schaffen. Es war wichtig, alle Hinweise darauf, woher das Flugzeug stammte, zu beseitigen. Die meisten Seriennummern, Herkunftsplaketten und sonstigen Dinge hatte man vor dem Start der Maschine beseitigt, aber ohne Blackbox zu fliegen wäre aufgefallen.

Sein Mobiltelefon klingelte. Er zog es aus der Hemdtasche. Die Nummer seines Kameraden Rafael.

»Ja?«, meldete er sich.

Rafaels Stimme klang atemlos. »Die Party steigt.«

»Okay.« Er unterbrach die Verbindung, sah zum Himmel empor.

Jetzt sah er die Maschine. Ganz klein. Sie setzte zu einem weiten Bogen über der Stadt an.

Er verstaute das Telefon wieder, knöpfte die Brusttasche sorgfältig zu. Dann faltete er die Hände. Ein letztes Gebet, bevor es losging.

Ami gab Jitzhak ein Zeichen. Der steckte sein Werkzeug weg und zog seine Waffe. Er und Dror drückten sich rechts und links der Tür an die Wand. Ami nahm Anlauf und rammte seinen Körper mit einer Wucht gegen das Türblatt, dass Stephen meinte, das ganze Haus darunter erbeben zu spüren.

Die Tür brach mit einem ohrenbetäubenden Krachen auf. Die drei Männer stürmten hinein. Drinnen schrie jemand, schrien mehrere Kehlen durcheinander. Schüsse fielen, in rascher Folge und so laut, dass es im Treppenhaus dröhnte.

Dann war alles schlagartig still.

Nicht ganz. Ein leises, klägliches Jammern war zu hören.

Stephen hörte, wie Judith hinter ihm unwillig schnaubte und sich im nächsten Moment, die Pistole schussbereit erhoben, an ihm vorbeidrückte. Er wollte sie fragen, was sie vorhabe, aber noch ehe er den Mund aufmachte, wusste er, dass sie ihm darauf nicht antworten würde.

Also folgte er ihr einfach nur. Mordechai blieb zurück, den Rücken an die Wand gepresst, die Augen geschlossen und hechelnd vor Angst.

Es war immer noch still, als sie die Wohnung betraten. Zwei Männer lagen da, tot in ihrem Blut, schwere Pistolen in den Händen.

Dror saß neben ihnen am Boden, hatte einen Streifschuss abbekommen. Aber er war es nicht, der jammerte, im Gegenteil, er sah fast unbeteiligt zu, wie Jitzhak ihn versorgte.

Eine Tür in ein angrenzendes Zimmer stand offen. Das leise Klagen kam von dort.

Dann raschelte etwas, und das Jammern verstummte.

»Ami?«, rief Judith.

Ami erschien in der Tür. Unverletzt. Das Gesicht eine finstere Miene.

»Wir haben ein Problem«, sagte er.

Das Zimmer hinter ihm bot einen unvergesslichen Anblick. An den Wänden hingen jede Menge Kreuze, eine ganze Legion gemarterter Jesusse, die schmerzensreich ihre Häupter mal nach links, mal nach rechts neigten. Ein Wallfahrtsort hätte nicht üppiger bestückt sein können. Dazwischen, mitten im Raum, stand eine riesige, überaus beeindruckende Nachbildung eines Flugzeugcockpits, auf dessen Schalttafeln Lampen hektisch rot blinkten.

Und davor lag ein junger Mann ohnmächtig auf dem Boden. Er hatte Reste von superstabilem Klebeband an den Handgelenken, war offenbar an den Stuhl gefesselt gewesen, der neben ihm lag.

»Ich hab ihn bloß losgeschnitten«, sagte Ami. »Da hat er das Bewusstsein verloren.«

Es leuchteten immer mehr Lämpchen rot auf. Zwei der Bildschirme zeigten Diagramme, die bedenklich zur Seite kippten.

Das Flugzeug, das bis eben noch von hier aus ferngesteuert worden war, schmierte gerade ab.

David Kahn hatte sich beeilt, hatte sich beherrschen müssen, nicht zu rennen, als er das Flugzeug am Himmel bemerkt hatte. Zu rennen, das hätte Aufmerksamkeit erregt. Er schaffte es weit genug, kam trotz all der Touristen und Händler und Passanten bis zur Ha-Nevi'im, der Sultan-Suleiman-Straße.

Hörte er die Triebwerke hinter sich, oder bildete er sich das nur ein? Er wusste es nicht. Er stand an der Bushaltestelle, sein Herz raste, und er versuchte, nicht zurückzublicken.

Geschichte geschah. Heute. Jetzt.

Unmöglich, wegzuschauen. Er drehte sich um, bemühte sich, es wie eine harmlose, arglose Bewegung aussehen zu lassen.

Ja. Da. Da war sie. Noch hoch am Himmel, aber eindeutig im Sturzflug, im Begriff, sich mit weit ausgebreiteten Flügeln auf den Tempelberg hinabzustürzen. Eine mächtige Maschine, schneeweiß wie ein Engel.

Er sah sich um, ließ den Blick über den fließenden Verkehr schweifen, sah zu den Militärpolizisten hinüber, die die Autos im Blick hatten, nicht den Himmel. Niemand schaute hinauf. Niemand schien etwas bemerkt zu haben.

Doch, da, zwei Kinder. Zwei Jungen, zwölf oder dreizehn Jahre alt. Einer streckte den Arm aus, sagte etwas, und der andere lachte.

Dann gefror sein Lachen.

David Kahn wandte alarmiert den Kopf, schaute selber in die Richtung, in die der andere Junge zeigte.

Und sah, dass das Flugzeug außer Kontrolle war. Die Flügel neigten sich zur Seite, die Maschine würde jeden Moment ins Trudeln geraten und statt auf dem Tempelberg irgendwo in den muslimischen Wohnvierteln einschlagen.

David Kahn war, als griffe eine eisige Hand nach seinem Herz, als ihm bewusst wurde, wie das aussah: als habe ein mächtigerer Gott eingegriffen, um die Moschee zu schützen.

»Mordechai«, sagte Stephen. »Er muss das Flugzeug übernehmen.«

Ami stieß einen verächtlichen Laut aus. »Der?«

Der? Ja. Das hatte Stephen auch gedacht. Aber besser Mordechai als niemand. »Versuch halt, den Typen wachzukriegen«, meinte er und rannte los, zurück in den Hausflur.

Mordechai war nicht mehr da.

Shit. Stephen raste die Stufen hinab, erwischte ihn eine Treppe tiefer, packte ihn am Arm. »Komm. Du musst das Ding fliegen.«

»Ich?« Mordechai versuchte, sich loszureißen. »Ich bin fertig. Ich kann gerade gar nichts –«

»Du kannst«, widersprach Stephen, zog ihn mit sich und bemühte sich, nicht daran zu denken, was inzwischen mit dem Flugzeug war.

Mordechai gab es auf, rannte mit ihm hoch, keuchte, stolperte fast über die eigenen Füße.

»Schnell.« Ami kam ihnen in der Tür der Wohnung entgegen, packte Mordechai am Arm und zerrte ihn hinter sich her. Als Mordechai das Cockpit sah, stieß er einen Laut des Entsetzens aus, warf sich sofort in den Pilotensitz und griff nach den Kontrollen. Den Mann, der immer noch bewusstlos auf dem Boden lag und bei dem es sich um Chaim handeln musste, würdigte er keines Blickes.

Ein paar der roten Lichter erloschen. Schief stehende Linien kehrten in waagrechte Position zurück. Mordechai nestelte sich den Kopfhörer auf den Kopf, zog das Mikrofon vor den Mund.

»Achtung Luftkontrolle«, rief er. »Hier spricht das Flugzeug, das sich über Jerusalem befindet. Mayday – unser Pilot ist ausgefallen. Ich bin nur Ersatz. Ich habe Flugerfahrung, aber nicht auf einer 747. Ich werde das Stadtgebiet jetzt verlassen. Bitte kommen.«

Stephen und die anderen wechselten verdutzte Blicke. Mordechai wirkte auf einmal gänzlich verwandelt. In seiner Rolle als Pilot strahlte er eine Autorität aus, die ihm keiner von ihnen zugetraut hätte.

Er wandte den Kopf, suchte Amis Blick. »Wohin soll ich die Maschine fliegen?«

»Zum nächsten Flughafen«, sagte Ami. »Versuch, sie heil zu landen. Ich will Beweise sichern.«

Stephen räusperte sich. »Ich weiß nicht. Was, wenn das Flugzeug außer Treibstoff auch Bomben an Bord hat und eine Selbstzerstörungseinrichtung?«

Ami musterte ihn. Zum ersten Mal las Stephen so etwas wie

Respekt in seinem Blick. »Guter Gedanke«, meinte der Mossad-Agent und befahl Mordechai: »Lenk das Ding lieber nach Süden. Über unbewohntes Gebiet.«

Es war, wie sich zeigen sollte, die richtige Entscheidung. Die Boeing 747-400F explodierte etwa in der Mitte zwischen Arad und Nevatim. Die Suchtruppen, die das unwirtliche Gelände später durchsuchten, würden berichten, dass nichts übrig geblieben war, das größer war als die Fläche einer Hand.

Gabriel sah dem Flugzeug nach, wie es abdrehte. Da stimmte etwas nicht. Er sah sich um, fasste nach den Riemen seines Rucksacks.

Jetzt waren alle Gesichter gen Himmel gerichtet. Man hörte die Triebwerke dröhnen, auf Vollschub gehen. Die Nase der Maschine richtete sich auf, drehte sich nach Westen.

In seiner Brusttasche klingelte es wieder.

Er nestelte das Telefon heraus. »Ja?«

»Rafael hier.« Der Atem seines Kameraden ging keuchend. »Wie es aussieht, ist die Party abgesagt.«

Das durfte doch nicht wahr sein. »Weiß man, warum?«

»Die Lieferung ist verloren. Die beiden DJs melden sich nicht mehr.«

»*Shit.*« Gabriel blinzelte zum Himmel empor, bemühte sich, ruhig weiterzuatmen, wie er es gelernt hatte. Jetzt nicht die Fassung verlieren. »Okay. Das heißt –«

»Heimfahrt«, sagte Rafael. »Das heißt es.«

Gabriel atmete noch einmal tief durch. »Alles klar.«

Er unterbrach die Verbindung. Er hatte keine Ahnung, was schiefgegangen war, aber es war auch nicht seine Aufgabe, das zu wissen. Er war Soldat, ein Soldat des Lichts. Seine Aufgabe war, Befehle zu befolgen.

Er stand auf, wuchtete seinen Rucksack auf den Rücken und verließ den Platz, ohne sich noch einmal umzusehen. Eine halbe Stunde später saß er in einem Bus zum Flughafen Ben Gurion, wo er kurz nach Mittag einen Al-Italia-Flug nach

Rom bestieg. Dort waren Vorkehrungen getroffen, dass eventuelle Verfolger seine Spur verlieren würden.

Das Flugzeug kehrte nicht zurück. David Kahn hatte verfolgt, wie es sich gefangen hatte, wieder aufgestiegen und dann nach Süden abgedreht war. Für einen zweiten Anlauf, hatte er gedacht, doch es blieb verschwunden.

Er wartete über eine Stunde, ehe er sich eingestand, dass die Sache schiefgegangen sein musste. Er versuchte, jemanden von der Gruppe anzurufen, aber niemand meldete sich.

Schließlich kehrte er zurück in die schmale, jahrtausendealte Gasse nördlich des Tempelbergs, die die Christen *Via Dolorosa* nannten. Das Auto stand noch da.

Hinter der Windschutzscheibe klemmte ein Strafzettel.

»War einer von euren Polizisten«, meinte der Alte, der nach wie vor auf seinem Stuhl vor dem Laden saß. »Ich hab dem gesagt, Sie haben 'ne Panne. War ihm egal.«

David Kahn nickte nur, plötzlich erfüllt von einem heftigen Gefühl, das er nicht zu benennen wusste. Scham, vielleicht. Er steckte den Zettel ein, schloss den Wagen auf, schwang sich hinter das Lenkrad, schaltete den Sender ab und fuhr davon.

Dann war es, als käme alles zum Stillstand.

Nach der Schießerei tauchte die Polizei auf, sperrte alles ab und führte nach einer kurzen Diskussion mit den drei Mossad-Agenten den jungen Mann ab, den sie gefesselt vorgefunden hatten. Ami brachte Stephen und Judith zurück und meinte nur, alles Weitere werde jetzt »intern« abgewickelt, ohne sich darüber auszulassen, wie das zu verstehen sei. Als er sie absetzte, kam er mit hoch und nahm die Computer wieder mit, natürlich mitsamt den Daten darauf.

Und dann – geschah nichts mehr.

Was die Medien anbelangte, schien der Vorfall überhaupt nicht stattgefunden zu haben. In den Fernsehnachrichten kam alles Mögliche, aber nichts über ein Flugzeug, das Jerusalem überflogen hatte und über dem Negev explodiert war. Auch nichts über eine Schießerei mit zwei Toten in der Stadt. Judiths Mutter hörte sich an, was ihre Tochter ihr über die Ereignisse der Nacht und des frühen Morgens berichtete, wirkte jedoch nicht, als glaube sie nur ein Wort davon. Stattdessen machte sie sich daran, das Mittagessen vorzubereiten.

Sie deckten gerade den Tisch, als es klingelte und Yehoshua vor der Tür stand. Ein Mann namens Jitzhak habe ihn hergebracht, erzählte er, und dass er die Tage seit seinem Verschwinden in einer Arrestzelle verbracht hatte, bei karger Kost und ohne jede Verbindung nach draußen. Was ihm Judith und Stephen zu erzählen hatten, schockierte ihn; er hatte bis dahin nicht verstanden, weswegen man ihn aus dem Verkehr gezogen hatte. Auf dem restaurierten Stück Papier hätte eine Reihe von Namen gestanden, die ihm nichts gesagt hätten, dazu ein Vermerk, das sei der *interne Tempelberg-Freundeskreis*. So habe er es auch zu Protokoll gegeben, als man ihn heute Morgen aus der Zelle geholt und befragt habe, sehr freundlich übrigens. Yehoshua aß mit ihnen und legte dabei einen Appetit an den Tag, der seiner Mutter ein zufriedenes Lächeln entlockte. Dass Judith und Stephen seinetwegen nach Israel gekommen waren, rührte ihn sichtlich. Trotzdem entschuldigte er sich anschließend, weil er dringender als alles andere nach Hause wolle, um zu duschen und frische Sachen anzuziehen.

»Weißt du«, meinte Stephen, als er und Judith später einen Spaziergang durchs Viertel unternahmen, »mir ist jetzt klar, was das Problem mit Terroranschlägen ist.«

Judith hob die Brauen. »Sag bloß.«

»Ein Anschlag, der gelingt, ruft sofort ein weltweites Echo hervor, vor allem, wenn er irgendwie ungewöhnlich ist – besonders viele Tote, besonders grausame Tat, eine besonders unerwartete Idee und so weiter. Aber ein Anschlag, der *verhindert* wird – der ist völlig uninteressant.« Stephen hob die Hände. »Haben wir gestern vom Küchentisch deiner Mutter aus den dritten Weltkrieg verhindert? Wie unglaublich ist *das* denn? Das kann man so niemandem erzählen. Wenn ich ganz ehrlich bin, glaub ich's mir selber nicht.«

Judith sagte nichts darauf, und so gingen sie nur eine Weile dahin, folgten einer schlichten, unbedeutenden Nebenstraße einer Jerusalemer Wohnsiedlung. Irgendwo bellte ein Hund, auf einem Balkon stand eine Frau und goss Blumen, ein Mann ölte die Scharniere seiner Haustüre.

»Vielleicht«, meinte Judith schließlich ahnungsvoll, »ist das ja auch noch nicht das Ende der Geschichte.«

Kapitel 45

Es ist Gottes Wille, dass jeder von uns ihn aus ganzem Herzen lieben soll. Nun, wir lieben Jesus Christus aus ganzem Herzen, wenn wir vertrauensvoll mit den Aposteln zu ihm sagen: »Herr, was willst du, dass ich tue? Ich bin bereit, es zu verrichten.«
Wir können sicher sein, dass, wenn wir wünschen, was Gott will, wir zugleich unser eigenes Bestes wünschen, denn Gott wünscht all das, was für uns von Vorteil ist.

Alphonse de Liguori, »The Love of Our Lord Jesus Reduced to Practice«, Graz, 1841

DAS JESUS-INTERVIEW

Eine Frage noch zu der Szene in dem Video, in dem Jesus einen Ihrer Kameraden von dem Feuermal in seinem Gesicht heilt ...

Ah, das. Ja. Das habe ich ganz vergessen.

Das war in Bethanien. Dorthin kehrte Jesus von seinen Besuchen in Jerusalem zurück, immer in Begleitung der Jünger und sonstigem Gefolge. Wir hielten uns nach wie vor im Hintergrund, verfolgten nur, was geschah, waren Teil der Peripherie, wie viele andere auch. Wir hatten bei einer Witwe mit zwei Kindern Unterkunft gefunden. Gegen ein paar Münzen ließ sie uns in einem Anbau ihres Hauses übernachten, in dem Stroh für ihr Vieh lagerte. Kein gemütlicher Aufenthaltsort, es sei denn, zum Schlafen. Also hielten wir uns, solange wir in Bethanien waren, tagsüber bei einem Brunnen in der Nähe auf, der so etwas wie ein Treffpunkt war. Frauen holten Wasser, Männer saßen herum und diskutierten, und wir setzten uns einfach dazu. Ein, zwei Mal wollte jemand wissen, woher wir kämen und wie es dort sei, in Thrakien. Dann erzählten wir eben die Geschichten, die wir auf Lager hatten. Aber meistens hörten wir nur zu, denn die Gespräche drehten sich immer öfter und immer intensiver darum, was Jesus gesagt hatte. Die Menschen versuchten, es zu verstehen, es auf ihr eigenes Leben anzuwenden. Sie taten es auf eine Weise, die uns modernen Menschen sehr schlicht vorkam. Man merkte, wie schwer es ihnen fiel, außerhalb der Bahnen zu denken, die ihnen die Tradition und die Lehren der Priester vorgegeben hatten.

Eines Abends, ein paar Tage vor dem Passahfest, tauchte Jesus plötzlich auf. Er trat zu uns, wie wir da alle so am Brunnen saßen, einfach so. Er sprach mit den Menschen, segnete Frauen, die seine Füße oder sein Gewand berührten, Männer, die vor ihm auf die Knie sanken. Hier und da fasste er jemanden an, Menschen, die an irgendetwas litten, einer Narbe, Gliederschmerzen, einer Erkältung – Kleinigkeiten. Jesus streckte die Hand aus und heilte sie, was aus der Ferne aussah, als täte er es nebenbei. Doch wenn man es aus der Nähe erlebte, war es, als spränge ein unsichtbarer elektrischer Funke über auf denjenigen, den er berührte. Ganz eigenartig. Es hatte nicht das Geringste mit den Aufnahmen von Geistheilern zu tun, die man manchmal im Fernsehen gezeigt bekommt. Es fühlte sich eher an wie ein knallhartes physikalisches Phänomen.

Wir saßen dabei, schauten gebannt zu, und da drehte sich Jesus plötzlich zu uns um und sagte: Ihr seid von weit her gekommen, ist es nicht so? Wir sagten, ja, so ist es, und alles, was ich denken konnte, war: Hoffentlich fragt er jetzt nicht, woher wir kommen, denn ich will nicht Gottes Sohn anlügen, indem ich behaupte, ich käme aus Thrakien. Und die Wahrheit sagen, vor all diesen Leuten, das kann ich erst recht nicht!

Doch Jesus fragte nicht weiter, sondern wandte sich Tom zu. Er betrachtete das Feuermal auf dessen Gesicht, legte die Hand darauf und sagte: Du hast es mit Anstand und Würde getragen, und es so zu tragen, hat dich stark werden lassen. Du brauchst es nicht mehr.

Dann strich er mit der Hand nach unten, und das Mal war spurlos verschwunden.

Tom wusste gar nicht, was passiert war, stand nur verdattert da. Er sah Jesus nach, als er weiterging. Erst dann legte er die Hand an dieselbe Stelle, und da spürte er, was geschehen war.

Trotzdem beschäftigte ihn etwas ganz anderes. Er weiß, wer wir sind, flüsterte Tom aufgeregt, als Jesus wieder gegangen war und wir uns ein Stück von den anderen absetzten. Jede Wette, er weiß es ganz genau. Habt ihr das nicht mitgekriegt? Und ist doch auch logisch! Er ist Gottes Sohn, der Heiland – er weiß alles!

Tom war auf dem besten Weg, zu hyperventilieren. Eine Weile taumelte er richtiggehend, sagte immer wieder: Ich liebe ihn. Ich liebe ihn. Ich liebe ihn. Auf Englisch auch noch! Wir hatten Mühe, ihn zu sich zu bringen. Wann offenbaren wir uns ihm, wollte er dann wissen. Wann?

Mark packte ihn am Ärmel und sagte, leise und auch auf Englisch: *Calm down*. Das machen wir schon noch. Aber erst nach der Auferstehung.

Und wer hat diese Szene auf Video aufgenommen?

Keiner von uns. Wir waren viel zu überrascht, um an die Kameras in unseren Umhängetaschen zu denken. Wir hatten bis dahin eine Menge Aufnahmen gemacht, von Predigten, von allem Möglichen, aber dieser Moment hat uns völlig überrumpelt.

Woher stammt die Aufnahme dann?

Ich wollte, ich könnte Ihnen das sagen. Ich weiß es nicht. Es muss ein anderer Zeitreisender gewesen sein. Vielleicht aus einer anderen Zeit, aus ferner Zukunft.

Wenn er aus einer fernen Zukunft gekommen wäre, hätte er wohl kaum eine MR-Kamera benutzt.

Ja, da haben Sie auch wieder recht. Hmm … vielleicht war es jemand, den wir selber in die Vergangenheit entführt haben. Unbeabsichtigt.

Wie ist das zu verstehen?

Nun, der russische Physiker, der die Zeitmaschine für meinen Vater gebaut hat, hat mir einmal erklärt, dass jede Reise durch die Zeit zwangsläufig auch eine Reise durch den Raum ist. Es ist eine sechsdimensionale Bewegung – bitte verlangen Sie jetzt nicht, dass ich Ihnen das genauer erkläre; das übersteigt meine physikalischen Kenntnisse bei Weitem. Auf jeden Fall folgt man einer Linie durch die Raumzeit, die zwischen Start und Ankunft die Erde zu anderen Zeiten mehrmals berührt. Dabei kann es passieren, dass jemand sozusagen mitgerissen und in eine andere Zeit transportiert wird.

Jemand, der zufällig eine MR-Kamera im Gepäck gehabt hat?

Richtig. Was ein extremer Zufall wäre. Aber andererseits – was *ist* Zufall? Nennen wir so nicht einfach nur die Wendungen des Schicksals, die wir nicht verstehen? Ich weiß es nicht. Ich weiß nur, jemand muss diese Szene gefilmt haben, da Sie sie kennen, und ich kann nur sagen, dass es keiner von uns war. Alles andere ist, sagen wir, in einem Raum, über den niemand etwas weiß.

Denken Sie, dass Jesus Bescheid gewusst hat?

Ich weiß es nicht. Aber da wir jetzt hier sitzen, ist offensichtlich, dass etwas schiefgegangen sein muss, nicht wahr?

Die letzte Stunde der Menschheitsgeschichte: Sie war angebrochen.

Nur seltsam, dachte Samuel Barron, dass sie sich nicht so anfühlte. Das beunruhigte ihn. Oder kam es nur daher, dass er müde war? Das war er. Die letzten Wochen hatten an seinen Nerven gezehrt.

Er öffnete eine Tür in der äußersten Ecke der Studiohalle, die hinaus ins Freie ging. Eine ganz normale Tür aus grau gestrichenem Stahlblech, von der zwei Stufen aus gelochtem Metall hinab auf den blanken Boden führten, der sich leicht abschüssig hinter der Halle erstreckte. Das zweiflügelige, vergoldete Tor würde er erst nachher auffahren lassen, denn dieses Tor war für Ihn bestimmt, den Sohn Gottes. Nur Jesus würde durch dieses Tor hinaus auf den Ölberg treten, wie es prophezeit war, niemand sonst.

Der Boden war feucht, stellte Samuel Barron unzufrieden fest. Eigentlich war hier nackter Fels, aber der Staub, der sich darauf angesammelt hatte, und die Feuchtigkeit hatten sich zu einer dünnen, schlammigen Schicht verbunden. Er stocherte mit seinem Gehstock darin. So hatte er sich das nicht vorgestellt, wahrlich nicht.

Noch fünfzig Minuten. Fünfzig Minuten, bis er seinem Herrn gegenübertreten würde, dem er treu gedient und dessen Pläne er voller Hingabe betrieben hatte. Sein Herz hätte jauchzen müssen vor Freude. Stattdessen erfüllte ihn Sorge. Er sah auf die Stadt hinab in dem Gefühl, mit leeren Händen gekommen zu sein. Wo war das Feuer? Wo das Blut, von dem die Heilige Schrift sprach? Nichts hätte mit der Endzeit, wie sie die Bibel schilderte, weniger zu tun haben können als das, was er gerade sah.

Der Himmel über Jerusalem war strahlend blau, aber es roch nach Abgasen. Heute Morgen hatte es, ungewöhnlich für Mitte September, geregnet. Kurz zwar nur, doch lange genug, um überall Staub in Schlamm zu verwandeln, der nur allmählich wieder trocknete.

Es war ruhig in der Stadt, jeder ging seinen Geschäften nach. Der Alarmzustand, der noch bis vor zwei Monaten geherrscht hatte, schien bereits vergessen zu sein. Auch auf der Ebene der Weltpolitik gab es gerade keine großen Krisen, nur belangloses Geplänkel, das die Medien mühsam zu Nachrichten aufblähten. Vor drei Tagen hatten palästinensische und israelische Rettungskräfte in einer gemeinsamen Aktion einen achtjährigen Jungen gerettet, der in einen fast zwanzig Meter tiefen Schacht gestürzt war und dort festgesteckt hatte. Das Ganze hatte vierzehn Stunden gedauert und war nach wie vor Gesprächsthema.

Samuel Barron stützte sich auf seinen Stock, sah auf die Uhr. Noch eine halbe Stunde. Zeit, dass er wieder reinging.

Wenn er nur dieses Gefühl losgeworden wäre, versagt zu haben! Gerald war schuld. Gerald hatte ihn verraten, hatte Gott verraten. Über eine Woche lang war er Oberbefehlshaber der amerikanischen Streitkräfte gewesen, ehe Keyes ins Weiße Haus zurückgekehrt war, im Rollstuhl zwar und mit einem mächtigen Verband am Hals, aber wieder da, wieder an der Macht. Neun Tage lang war der Atomkoffer in Geralds Besitz gewesen, doch er hatte die Zeit nicht genutzt. Was hatte er diesen dickköpfigen, uneinsichtigen Mann bekniet, zu handeln! Vergebens. Gerald hatte das Fehlschlagen des Attentats als Zeichen gedeutet, dass Gott auf der Seite des Präsidenten sei. Die Macht, die ihm durch den Anschlag zugefallen war, hatte er als Versuchung interpretiert, der es zu widerstehen galt.

Wahrscheinlich, überlegte Barron voller Ingrimm, hatte DenHaag ihm insgeheim die Schuld daran gegeben, nicht selber Präsident geworden zu sein, trotz aller Anstrengungen. *Wenn Gott gewollt hätte, hätte er mich an Keyes' Stelle gesetzt.* Das war sein Argument gewesen. Und wie er das gesagt hatte! Vorwurfsvoll, nachtragend, undankbar!

Nun, das würde Gerald noch leidtun. Wenn am Tag des Jüngsten Gerichts seine Taten gewogen wurden und das Urteil fiel und er in die ewige Verdammnis stürzte – dann würde ihm das alles sehr, sehr leidtun!

Freilich, das Attentat war missglückt, das musste man zugeben. Dass der Junge nach dem Schuss nicht hatte fliehen können, den minutiösen Vorbereitungen zum Trotz, war bedauerlich. Und der Anschlag auf den Tempelberg war ebenfalls fehlgeschlagen. Drei große Pleiten. Und er verstand immer noch nicht, wie das hatte passieren können. Bis dahin hatte doch immer alles geklappt, hatte auf allem Gottes Segen gelegen!

Samuel Barron dachte an jenen Tag zurück. Wie er in dem atombombensicheren Bunker unter seinem Haus gesessen und die Fernsehnachrichten verfolgt hatte. CNN hatte von russischen Panzerbewegungen berichtet, an der iranischen Grenze hatte es ein, zwei – folgenlose – Feuergefechte zwischen amerikanischen und iranischen Kampfflugzeugen gegeben, der chinesische UN-Gesandte war vor laufenden Kameras heftig geworden …

Und dann war nichts weiter passiert. Die angestauten politischen und militärischen Spannungen hatten sich irgendwie wieder verflüchtigt. Botschafter und Außenminister diverser Länder hatten sich getroffen und hinter verschlossenen Türen verhandelt. Ein paar Tage später war man auf DEFCON 3 zurückgegangen.

Und nun stand er, Samuel Barron, hier. Mit leeren Händen.

Nur noch Minuten, bis die Zeitmaschine wieder erscheinen würde. Bis sie landen und Er heraustreten würde, Jesus Christus, der Mensch gewordene Gott, der Auferstandene, Herr über den Tod, der mit seinem Blut für die Sünden aller Menschen bezahlt hatte. In strahlender Herrlichkeit würde er heraustreten, verklärt, geheiligt, gesegnet. Ob wohl ein Engelschor ertönen würde? Posaunenklänge aus himmlischen Höhen? Samuel Barron war gespannt.

Die Halle war leer. Die Energiespeicher, den Parabolspiegel und das Zeitkatapult hatte er abbauen und außerhalb der Stadt einlagern lassen; die Anlage wurde für die Rückkehr der Zeitreisenden nicht benötigt. Stattdessen hatte er in der ganzen Halle Marmorboden verlegen und an den Wänden Vorhänge aus weißer, golddurchwirkter Seide aufhängen lassen. Nur das Beste vom Besten war gut genug, um eine würdige

Umgebung für den Empfang des Herrn zu schaffen. Die Filmfirma hatte er schon vor Monaten aufgelöst. Die Angestellten waren längst fort, das Studio geschlossen. Es gab nur noch den Wachdienst, der aber außerhalb des Gitterzauns patrouillierte. Er, Samuel Barron, war in diesem Moment der Einzige, der sich auf dem Gelände aufhielt.

Nur noch fünf Minuten. Barron bemerkte, dass sein Gehstock hässliche Spuren auf dem Marmor hinterließ. Er hielt an, zog sein Taschentuch heraus und wischte das Ende des Stocks ab, ehe er seinen Weg fortsetzte. Es gab einen ganz bestimmten Punkt in der Halle, an dem er stehen wollte, wenn es geschah, wenn sich die Wiederkunft des Herrn vollzog. Er hatte sich dessen Position sorgfältig ausgesucht und eine Plakette an der Stelle anbringen lassen, aus Silber nur, aber mit seinem Namen in kleiner Schrift darin. Kaum zu sehen, wenn man nicht wusste, dass die Plakette existierte.

Hier blieb er stehen, stützte sich auf seinen Stock und wartete, ganz genau so, wie er es sich seit Jahren ausgemalt, wie er es in seinen Träumen gesehen hatte. Hier würde er Jesus erwarten, hier würde er ihm gegenübertreten. Und Jesus würde wissen und verstehen, warum er das Knie nicht vor ihm beugte.

Zwei Minuten. Samuel Barron wusste nicht mehr, was er denken sollte, war nur noch erfüllt von Erwartung, innerlich völlig leer. Wobei, vielleicht war das ganz gut so.

Beten. Er konnte beten. Er faltete die Hände auf dem Griff seines Gehstocks, doch ihm fiel kein Gebet ein, nichts, was er zu sagen gehabt hätte. Alles war wie ausgewischt.

Nun, dann eben nicht. Dann würde er einfach nur warten.

Als er das nächste Mal auf die Uhr sah, war es schon sechs Minuten nach dem Termin.

Unwillkürlich hob er die Uhr ans Ohr, um zu hören, ob sie tickte, bis ihm aufging, wie unlogisch das war. Aber sie konnte auch nicht falsch gehen, das war ausgeschlossen! Er besaß die teuerste Armbanduhr, die man für Geld kaufen konnte; eine halbe Million Dollar hatte sie gekostet, ein Wunderwerk der Uhrmacherkunst, das *nie, nie, nie* falsch ging!

Wie war das möglich? Hatte er sich verrechnet? Ein Schaltjahr übersehen, eine Sommerzeitumstellung ...?

Nein. Das war unmöglich. Demidow hatte diesen Zeitpunkt ausgerechnet, mit seinem Computerprogramm, das *alles* berücksichtigte, die Position der Sonne und der Erde im Weltall, die diversen Kalender, alles.

Er wartete weiter. Eine Stunde, zwei Stunden. Nichts. Sie kamen nicht. Das Zeitkommando kam nicht, Jesus kam nicht. Er verstand es nicht. Sie hätten kommen *müssen*, auf den Bruchteil der Sekunde genau. Die Maschine war mit diesem Punkt in Zeit und Raum *verbunden!* Egal, wann sie auf den Knopf drückten, sie konnten nirgendwo anders und nirgend*wann* anders hin!

Es musste, sagte er sich schließlich, an ihm liegen. Daran, dass er mit leeren Händen erschienen war.

Er durfte das nicht als Strafe verstehen. Es war nicht endgültig. Er hatte noch eine Chance, bestimmt hatte er die, denn Jesus war gnädig und großmütig, Jesus gab jedem eine zweite Chance, und er, Samuel Barron, war doch sein treuester Diener, war es immer gewesen. Ganz ohne Zweifel bekam auch er eine zweite Chance, und, oh ja, er würde sie nutzen!

Aber was würde er tun? Seine Gedanken überschlugen sich. Selbst wenn er sich hinsichtlich des Datums nicht verrechnet hatte, konnte es trotz allem sein, dass er der falschen Theorie gefolgt war, was den Verlauf der Endzeit anbelangte. Er musste die anderen millenaristischen Interpretationen, die es gab, noch einmal vorurteilsfrei prüfen und –

Halt. Nein. Jetzt begriff er. Das Bibelwort, das er nicht in seiner vollen Bedeutung verstanden hatte, war Matthäus 25, Vers 36, die Stelle, an der Jesus zu seinen Jüngern sagt: »*Doch Tag und Stunde von diesen Ereignissen weiß niemand, nicht einmal die Engel im Himmel; nur der Vater weiß es.*«

Dabei war es absolut logisch. Wie hatte er das nur missverstehen können? Der Herr des Universums würde nicht erscheinen, wenn eine *Maschine* es wollte, sondern nur und genau dann, wenn *er selber* es wollte.

Und wollen würde er es erst, wenn die *Situation* die richtige war. Ganz einfach.

Wobei er, sagte sich Samuel Barron, genau wusste, wie die richtige Situation aussehen musste. Das Buch der Offenbarung beschrieb sie in allen Einzelheiten. Und die Bibel war Gottes Wort, die Wahrheit also. Auf die Bibel war Verlass.

Ein bleierner Himmel lag über Long Island, als er zurückkehrte. Der Herbst war angebrochen, die Bäume verloren die ersten Blätter, begannen schon auszusehen wie schwarze Krallenhände von Toten, die verzweifelt versuchten, sich aus der Unterwelt ans Licht zu wühlen. Und es regnete in Strömen. Ein wütender Sturm peitschte den Regen über das Land und den Vorplatz, durchnässte Samuel Barron bis auf die Haut, obwohl die Treppe zum Eingang nur zweiundzwanzig Stufen hatte.

Es war still im Haus. »Wo ist meine Frau?«, erkundigte er sich beim Butler, der ihm den Mantel abnahm. Die Hose war klatschnass, er würde sie wechseln müssen.

»Sir?«, fragte der Butler zurück.

»Meine Frau«, wiederholte Barron. »Hat man ihr nicht Bescheid gesagt, dass ich komme?«

Der Butler, sonst ein Meister des reglosen Gesichts, sah zu Boden. »Sir, Ihre Gattin ist ausgezogen.«

Barron stutzte. »Sie meinen, verreist?«

»Nein, Sir.«

»Wann?«

»Vor vier Tagen. Am Samstag, um genau zu sein, Sir.«

An Isaaks Geburtstag also. »Hmm. Danke.«

»Kann ich sonst noch etwas für Sie tun, Sir?«

Barron überlegte. »Lassen Sie mir einen Imbiss ins Arbeitszimmer bringen. Ein paar Sandwiches, was zu trinken, das Übliche.«

»Sehr wohl, Sir.«

Barron ging die Treppe hoch in sein Ankleidezimmer und zog sich um. Er erwog kurz, in Tamaras Zimmer nachzusehen, sagte sich dann aber, dass das unnötig war. Er wusste, dass es stimmte. Isaak. Das hatte sie ihm nie wirklich verziehen.

Er begab sich wieder hinab. Auf seinem Schreibtisch stapelte sich die Post. Er sah die Briefe rasch durch. Es war keiner von Tamara dabei. Dafür einer von einer Anwaltskanzlei, heute gekommen. Er riss ihn auf, las das Anschreiben. Es war Tamaras Anwalt. Sie hatte die Scheidung eingereicht.

Der Gong ertönte, mit dem sich Hausangestellte ankündigen mussten, ehe sie sein Arbeitszimmer betraten. Vermutlich der Imbiss. »Ja!«, rief er.

Es war nicht der Imbiss, es war wieder der Butler. Allmählich konnte er dieses ewig unbewegte Gesicht nicht mehr ertragen.

»Was?«, blaffte Barron.

»Da sind zwei Herren von der Polizei, die Sie sprechen möchten, Sir.«

Die Polizei. Seltsam. Eigentlich hätte er erschrecken müssen, doch da regte sich nichts, keinerlei Gefühl. »Sollen reinkommen.«

Gleich darauf traten zwei Männer in billigen Anzügen durch die Tür, ebenfalls mit nassen Haaren und nassen Hosenbeinen, wie Barron befriedigt registrierte. Sie stellten sich vor, überreichten ihm ihre Karten, aber er machte sich nicht die Mühe, sich ihre Namen oder ihre Gesichter zu merken. Man konnte ihn nicht belangen, mit nichts. Es führte keine Spur zu ihm, egal von wo.

»Was gibt es?«, fragte er.

»Sir«, erklärte einer der beiden mit gewissem Respekt, »uns liegt eine Vermisstenanzeige vor. Sie betrifft Ihren Sohn Michael Barron.«

Das ließ er so stehen, wartete offenbar auf eine Reaktion von ihm.

Eine *Vermisstenanzeige?* War das alles?

»Reden Sie weiter«, sagte Samuel Barron.

Jetzt war der andere an der Reihe. Er zog einen Notizblock hervor, schlug ihn auf. »Nach unseren Informationen ist Ihr Sohn vor dreieinhalb Jahren aus den Vereinigten Staaten nach Israel gereist. Dort verliert sich seine Spur. Er ist nicht auffindbar.«

»Ich weiß nicht, wo er ist.«

»Es heißt, Sie hätten ihn zuletzt gesehen.«

»Ach ja? Wer sagt das?«

Er konsultierte seine Notizen. »Eine Tamara Barron. Ihre Frau, soweit ich informiert bin.«

Samuel Barron nickte. Allmählich ergab sich ein Bild. Satan hatte schon einmal in seine Familie hineingegriffen. Nun hatte er es offenbar ein zweites Mal getan.

»Es stimmt, dass ich Michael vor dreieinhalb Jahren das letzte Mal gesehen habe«, erklärte Barron. »Aber ich weiß trotzdem nicht, wo er sich heute befindet.« Damit sagte er die reine Wahrheit, auch wenn diese beiden Polizisten nicht hätten verstehen können, in welcher Hinsicht.

»Aus welchem Anlass haben Sie Ihren Sohn damals gesehen?«

Barron verzog das Gesicht. »Offen gesagt sehe ich keinen Grund, Ihnen das zu sagen. Mein Sohn ist volljährig und niemandem Rechenschaft über seinen Aufenthaltsort schuldig, nicht einmal mir. Und dem Staat gegenüber erst recht nicht.«

»Wir tun nur unseren Job, Sir.«

»Sicher. Aber wenn Sie mich jetzt entschuldigen würden, ich habe auch zu tun. Sowieso kann ich Ihnen nichts weiter sagen als das, was ich Ihnen schon gesagt habe.« Er trat hinter seinen Schreibtisch, legte die Hand aufs Telefon. »Oder bin ich verhaftet?«

»Nein, Sir.«

»Dann wünsche ich Ihnen noch einen schönen Tag.«

Als sie wieder weg waren, warf er die beiden Visitenkarten in den Papierkorb, hob den Telefonhörer ab, wählte die Nummer der Küche und machte denen Dampf in Sachen Imbiss.

Düstere, einsame Tage folgten. Treulosigkeit und Verrat waren alles, was ihm blieb. Nicht genug, dass Tammy ihn verlassen hatte, ohne ein Wort der Ankündigung oder Erklärung, auch Gerald DenHaag war nicht mehr für ihn zu sprechen. In einem letzten, nur Sekunden dauernden Telefonat hatte er ihn einen »Besessenen« genannt und dann einfach aufgelegt.

Eric Whitewater. Okay. Der blieb ihm. Der konnte sich auch nicht rausreden, der steckte in allem knietief mit drin. Aber Whitewater war unterwegs, im Einsatz – hieß es zumindest, wenn er in der Zentrale anrief –, irgendwo in Afghanistan oder wohin ihn die Aufträge der Regierung sonst so führten.

Doch ein Samuel Barron war auf niemanden so sehr angewiesen, dass er sich nicht anderweitig hätte behelfen können. Er kannte mehr als genug Anwälte, die bereit waren, sich auch mal die Finger schmutzig zu machen, oder die jemanden kannten und bezahlten, der sich in ihrem Auftrag die Finger schmutzig machte. Er kannte mehr als genug Leute, die Leute kannten, die mit sensiblen Informationen handelten oder mit illegalen Gütern. Und er hatte immer noch genug Geld, mehr als genug, sodass nichts, absolut nichts am Geld scheitern musste. Alles, was er zu tun brauchte, war, einige Telefonate zu führen.

Er rief ein paar Leute zu sich, um in der abgesicherten Umgebung seines Arbeitszimmers die nötigen Dinge zu besprechen, und schon kamen die Dinge ins Rollen. Und wie stets, wenn man Gott auf seiner Seite hatte, fügten sich Ereignisse, kam es zu Begegnungen, eröffneten sich Möglichkeiten, die kleinere Geister als Zufall abgetan hätten. Samuel Barron wusste es besser. Die Erfahrung eines langen Lebens hatte ihn gelehrt, wie es sich anfühlte, wenn das Schicksal waltete.

So dauerte es gerade mal eine Woche, bis ihm der Mann gegenübersaß, der, ohne es zu ahnen, die Chance verkörperte, dem Schicksal der Welt eine entscheidende Wende zu geben.

Da dieser Mann extrem scheu war und es zur Bedingung eines Treffens gemacht hatte, hatte Samuel Barron an diesem Tag sämtlichen Hausangestellten freigegeben, sie alle fortgeschickt, auf seine Kosten, sodass sich keine Zeugen im Haus oder auf dem Anwesen befanden. Niemand sah den Mann kommen, niemand würde ihn gehen sehen. Genau, wie er es verlangt hatte.

Wobei man, sagte sich Samuel Barron, seinen Widerwillen sorgsam verbergend, da nichts verpasste. Der ukrainische Meisterhacker, der nur unter dem Namen Mung auftrat und auf dessen Spur er wie durch ein Wunder gestoßen war, war ein bleiches, ungekämmtes, mageres Bürschchen, das ein verwaschenes Hemd trug und schief wie ein halb gefüllter Sack auf dem Besuchersessel lümmelte. Man mochte kaum glauben, dass diese armselige Gestalt von der russischen, der polnischen, der ukrainischen und der rumänischen Polizei gesucht wurde, wobei das nur der Anfang der Liste war. Was man jedoch sofort glaubte, war, dass der Mann drogensüchtig war. Der Blick seiner tief in ihren Höhlen liegenden Augen wanderte immer wieder gierig auf das Säckchen weißen Pulvers, das vor Samuel Barron auf dem Schreibtisch lag. Kokain. Man konnte fast körperlich spüren, wie er sich nach dem Zeug verzehrte.

»Also, Mister Mung.« Barron schob einen Zettel vor ihn hin, auf dem fünf Ziffernfolgen standen. »Diese fünf IP-Adressen sind geheime, gesicherte Zugänge in das Kontrollsystem der amerikanischen Atomraketen.«

Der Blick des Ukrainers löste sich von dem Rauschgift, heftete sich auf den Zettel. Seine Augen glänzten auf einmal noch gieriger.

»Okay«, meinte er rau. »Und?«

»Ich will, dass Sie sich da reinhacken und das System komplett lahmlegen.«

Er lachte kurz auf. Es klang, als huste er. »Ah. Sie wollen der Welt den Frieden bringen?«

»Ganz genau«, sagte Samuel Barron.

Der Hacker nahm den Zettel an sich. »Das wird nicht einfach.«

»Man hat mir gesagt, Sie seien einer der Besten.«

Er wiegte den Kopf. »Ja. Vielleicht.«

Samuel Barron wusste, dass Mung auf abenteuerlichen Wegen nach Kanada gelangt war und von dort über die grüne Grenze in die USA. Er war illegal im Land, gesucht von der halben Welt, ohne Bleibe und pleite. Und rauschgiftsüchtig obendrein. Einem solchen Mann ein Angebot zu machen, das er nicht ablehnen würde, war ein Kinderspiel.

»Ich kann Sie«, sagte Barron, »in einem sicheren Haus unterbringen, wo Sie Ihre Ruhe haben und niemand etwas von Ihnen wissen will. Vorausgesetzt, Ihre Aktionen bleiben unbemerkt. Zumindest müssten Sie es schaffen zu verschleiern, woher Ihre Angriffe auf das System kommen. Am besten wäre es, wenn man denkt, sie kommen aus dem Ausland.«

»Kein Problem. Ich kann es aussehen lassen, als kämen sie aus Russland.«

»Das hatte ich gehofft.«

Denn natürlich würden die Attacken des Hackers *nicht* unbemerkt bleiben. Dafür würde er, Samuel Barron, schon sorgen.

»Was springt dabei für mich heraus?«, wollte der schiefe, hungrig wirkende Mann wissen.

»Sagen Sie, was Sie wollen.«

Der gierige Blick seines Gegenüber richtete sich wieder auf den Beutel mit dem Kokain. »Eine Million Dollar!«

Samuel Barron musste sich beherrschen, um nicht laut aufzulachen. Der Hacker hatte diese Zahl ausgesprochen, als könne er sich einen größeren Betrag überhaupt nicht vorstellen. Vielleicht war es sogar so. Der Mann verkaufte sich zu billig. Verkaufte sein ganzes Leben zu billig, wenn er glaubte, dass die Glückseligkeit, die einem eine Chemikalie verschaffen konnte, alles war, was die Welt zu bieten hatte.

»Zwei Millionen«, sagte Barron, »und so viel von dem Zeug hier, wie Sie wollen.« Er schob ihm den Beutel hin, sah zu, wie Mung ihn blitzschnell schnappte und in einer der Taschen seiner Cargo-Pants verschwinden ließ.

»Deal«, sagte der Hacker.

Barron nickte, zog einen prall gefüllten Briefumschlag aus der Schublade. »Sie werden Geld brauchen, für Computer, Kleidung, etwas zu essen. Hier sind schon einmal zwanzigtausend Dollar. In kleinen, nicht registrierten Scheinen.«

Er schob ihm den Umschlag zu, legte einen Schlüsselbund dazu und einen Zettel mit einer Adresse. »Das ist die Adresse des Hauses. Es ist komplett eingerichtet, hat zwei Fernseher, Kabelanschluss, zehn Telefonleitungen. Alles ist bezahlt, darum müssen Sie sich nicht kümmern. In der Garage steht ein Auto, ein Ford Pick-up, wie ihn in der Gegend jeder Zweite fährt. Den können Sie benutzen, um in den Supermarkt zu fahren oder wo immer Sie hinwollen.«

Der Hacker zog schniefend die Nase hoch. »Ich musste meinen Führerschein wegwerfen, als ich aus Kiew abgehauen bin.«

»Kein Problem.« Barron holte aus der Schublade, in der ganz hinten, auf einem mit etwas Sand gefüllten Kissen, eine geladene Pistole lag, einen amerikanischen Führerschein hervor und reichte ihn über den Tisch. »Der ist echt, keine Sorge.«

»Peter Karowski?«, las der Hacker. »Wer ist das?«

»Sie. Ab jetzt.«

»Woher haben Sie das Foto?«

»Aus dem Internet«, erklärte Barron. »Sie waren auf einem Hackerkongress in Hamburg.« Es konnte nicht schaden, wenn er den Eindruck erweckte, sich mit dem Internet auszukennen. In Wirklichkeit war das alles das Werk eines jungen Mannes, angestellt bei einem Anwalt, der seit Jahrzehnten für Barron arbeitete. Ein Anwalt, der für gutes Geld auch mal Dinge erledigte, die der Gesetzgeber in dieser Form nicht vorgesehen hatte.

»Wie lange werden Sie brauchen?«, wollte Barron wissen.

Schulterzucken. »Muss ich sehen.«

»Wichtig ist: Sie müssen mir Bescheid geben, ehe es losgeht.«

»Warum?«

»Weil es nicht genügt, das System auszuschalten. Es muss auch jemand dafür sorgen, dass es ausgeschaltet *bleibt*. Deswegen«, erklärte Barron, wohl wissend, dass er damit im Grunde nichts erklärte.

Es war auch nicht die Wahrheit. In Wahrheit würde er den Administratoren von NORAD einen Tipp zukommen lassen. Diese würden daraufhin den Präsidenten verständigen, dass Russland dabei war, die Gegenschlagskapazität der USA auszuschalten. Der Präsident würde keine andere Wahl haben, als den Erstschlag anzuordnen, um einem vernichtenden russischen Überfall zuvorzukommen.

Und das … würde dann endlich *Armageddon* sein.

»Okay«, sagte der Mann, von dem es hieß, es sei einer der besten Hacker der Welt. »Geht in Ordnung.«

»Ich bring Sie noch zur Tür«, sagte Samuel Barron.

Der Himmel über Long Island hing immer noch voller schwerer, bleigrauer Wolken, aber es regnete nicht mehr. Es roch nach fernen Holzfeuern und Algen, und alles war nass. Die kahl werdenden Bäume reckten sich immer noch klagend in die Höhe.

Der Hacker nickte Barron linkisch zu, dann schlenderte er davon. Er war zu Fuß gekommen, und er ging zu Fuß wieder. Barron sah ihm nach. Tapfer. Bis zur nächsten Ortschaft mit einer Bushaltestelle waren es etliche Meilen.

Nun ja, nicht sein Problem. Er schloss die Portaltür und kehrte in sein Arbeitszimmer zurück. Wo zu seiner Verblüffung ein Mann stand, den er noch nie im Leben gesehen hatte.

Mitten auf dem Teppich stand er, breitbeinig, gedrungen, kraushaarig, mit der Figur eines Ringers, sah ihn ernst an und sagte: »Hallo, Mister Barron.«

Samuel Barron blieb auf der Türschwelle stehen, von jäher Empörung übermannt. »Wer sind Sie?«, blaffte er. »Wie kommen Sie hier herein?«

»Mein Name tut nichts zur Sache«, erwiderte der Unbekannte. Er trug eine schwarze Lederjacke und schwarze Jeans und sprach Englisch mit einem kehligen Akzent. »Und was das Hereinkommen betrifft … Nun, ein so weitläufiges Anwesen hat viele Zugänge. Tatsächlich sind wir schon eine ganze Weile hier.«

Samuel Barron bemerkte, dass hinter ihm zwei weitere Männer aufgetaucht waren. Der eine war strohblond, muskelbepackt und einen Kopf größer als er, der andere war ein älterer, grauhaariger mit einer Narbe über der Nase. Aussichtslos, an ihnen vorbeikommen zu wollen.

»Was soll das?« Barron reckte das Kinn, entschlossen, sich nicht einschüchtern zu lassen. »Das wird Ihnen nichts nützen. Ich lasse Sie rauswerfen, auf der Stelle.«

»Bemühen Sie sich nicht. Wir wissen, dass das Haus leer ist.«

»Was wollen Sie? Geld?«

»Nein. Wir wollen kein Geld«, sagte der Kraushaarige. »Wir wollen *Gerechtigkeit.*«

Das war eine so unerwartete Antwort, dass es Samuel Barron die Sprache verschlug. Was sollte man darauf auch erwidern?

»Kommen Sie herein, Mister Barron. Setzen Sie sich, und hören Sie mir zu.«

Also gut. Blieb ihm ja wohl nichts anderes übrig. Barron trat über die Schwelle, ging um seinen Schreibtisch herum und sank in seinen Sessel. Er ließ den Mann mit den krausen Haaren und der Ringerfigur nicht aus den Augen, aber aus den Augenwinkeln sah er, dass die Schublade, aus der er vorhin das

Geld und die Unterlagen für den Hacker geholt hatte und in der seine Pistole lag, noch einen Spalt weit aufstand. Wenn er die Hände von den Lehnen herabhängen ließ und sich mit dem Sessel ein wenig zur Seite drehte, konnte er die vordere Kante unauffällig mit dem Finger erreichen.

Doch das tat er erst einmal nicht. Stattdessen beugte er sich, von jähem Zorn übermannt, ruckartig nach vorn und riss den Hörer vom Telefon, wählte mit der anderen Hand blitzschnell die Notrufnummer.

Die drei Männer sahen ihm dabei nur abwartend zu. Kein Wunder, denn die Leitung war tot.

»Wie gesagt«, erklärte der Mann mit der Ringerfigur, »bemühen Sie sich nicht. Legen Sie wieder auf, und hören Sie mir gut zu.«

Den Versuch war es wert gewesen, sagte sich Barron und lehnte sich zurück. Er legte die Arme auf die Lehnen und schätzte seine Chancen ein. Die beiden anderen Männer kamen ebenfalls ins Zimmer, schlossen die Tür hinter sich und stellten sich rechts und links neben ihren Anführer. Der zog ein Schriftstück aus der Brusttasche und entfaltete es.

»Wir sind hier«, erklärte er, »um Sie davon in Kenntnis zu setzen, dass Sie vor einem israelischen Geheimgericht angeklagt worden sind, einen Anschlag auf das Leben Tausender israelischer Bürger sowie auf bedeutende Heiligtümer geplant, vorbereitet und durchgeführt zu haben, in der Absicht, einen Krieg zwischen Israel und seinen Nachbarstaaten auszulösen. Im Einzelnen wird Ihnen vorgeworfen, Helfershelfer beauftragt zu haben, ein vollgetanktes und mit Bomben bestücktes Großflugzeug per Fernsteuerung auf dem Tempelberg von Jerusalem zum Absturz zu bringen. Dieses Vorhaben konnte in letzter Minute verhindert werden. Ihre beiden Helfershelfer in Jerusalem leisteten beim Zugriff staatlicher Beamter Gegenwehr und kamen dabei ums Leben.«

»Was?«, stieß Barron entgeistert hervor. »Was reden Sie da?«

»Dem Gericht lag umfangreiches Beweismaterial vor, um die Vorwürfe zu belegen. Material, das wir in den letzten Monaten durch eigene Recherchen ergänzt und bestätigt haben.«

»Ein Geheimgericht? Das ist doch eine Farce!«

Der Kraushaarige konsultierte sein Schriftstück. »Ihr Verteidiger war Dr. Ephraim Weizman. Das Verfahren wurde protokolliert und auf Video aufgezeichnet; die Dokumentation wird im israelischen Staatsarchiv aufbewahrt und nach Ablauf der Geheimhaltungsfrist interessierten Personen zugänglich sein. Das Urteil ist vom Ministerpräsidenten unterzeichnet worden.« Er faltete das Blatt wieder zusammen. »Das Gericht sieht die Ihnen zur Last gelegten Verbrechen als erwiesen an und hat Sie dafür zum Tode verurteilt.«

Zum Tode verurteilt! Ein Satz wie ein elektrischer Schlag, der die spitze, höhnische Erwiderung, die Samuel Barron bis gerade eben auf der Zunge gelegen hatte, hinwegfegte.

»Und Sie sind hier, um mich nach Israel zu entführen.« Was für ein Witz. Dort war er doch gerade erst gewesen! Sie hatten ihn sogar ausreisen lassen, ohne mit der Wimper zu zucken!

»Nein.« Der Kraushaarige verstaute das Papier ordentlich in seiner Brusttasche. »Wir sind hier, um das Urteil zu vollstrecken.« Beinahe entschuldigend fügte er hinzu: »Alles andere würde nur unnötig Aufsehen erregen.«

Samuel Barron schwenkte seinen Sessel eine Winzigkeit zur Seite, unauffällig, wie er hoffte, hakte den Mittelfinger in die Schublade ein. Dann schwenkte er zur anderen Seite, was von vorne höchstens nach – ja wohl verständlicher! – Nervosität aussah, aber tatsächlich bewirkte, dass sich die Schublade ein Stück weit öffnete. Sie tat es lautlos, weil sie auf gut geschmierten Rollen lief, ein Qualitätsfabrikat, das beste, was man für Geld kaufen konnte.

»Sie kommen zu spät«, sagte er mit fester Stimme, halb, um zu verhandeln, halb, um von seinen Aktivitäten hinter dem Schreibtisch abzulenken. »Den Krieg werden Sie nicht verhindern. Nicht, wenn Sie mich töten. Es laufen bereits Vorbereitungen, die nur ich allein stoppen kann.«

Hin und her, jedes Mal die Innenkante der Schublade ein Stückchen weiter hinten fassen, sie Inch um Inch aufziehen. Aus den Augenwinkeln sah er schon einen Zipfel des Sandkissens, auf dem die Waffe lag.

»Falls Sie damit den ukrainischen Hacker meinen, der vorhin da war«, meinte der Kraushaarige, »der gehört zu uns. Der war nur ein Lockvogel.«

»Was?«

»Dass Mung aus der Ukraine stammt, ist richtig. Aber er lebt seit fünfzehn Jahren in Israel. Er ist Angehöriger unserer Einheit für die Abwehr von Cyberterrorismus.«

Verrat. Betrug. Die ganze Welt war ein Sumpf aus Lüge und Verderbtheit, ein Sündenpfuhl, voller Menschen, die den Einflüsterungen des Bösen willig folgten. Es war Zeit, höchste Zeit, dass Gott mit aller Macht eingriff und die Sünde mit Feuer und Schwert aus seiner Schöpfung vertrieb!

Es war diese Wut, die Samuel Barron die Kraft und Entschlossenheit gab, blitzschnell nach seiner Pistole zu fassen, sie hochzureißen, auf den kraushaarigen Mann aus Israel anzulegen und abzudrücken.

Doch die Waffe machte nur *Klick!*

»Wie gesagt«, meinte der Kraushaarige. »Wir sind schon eine ganze Weile hier.«

Samuel Barron wurde am nächsten Tag von Hausangestellten gefunden. Sein Leichnam lag in seinem Schreibtischsessel, die Waffe, mit der er sich durch den Mund in den Kopf geschossen hatte, ruhte noch in seinem Schoß, der rechte Zeigefinger am Abzug. Vor ihm auf dem ansonsten leer geräumten Schreibtisch lag das Schreiben des Anwalts seiner Frau, mit dem sie die Scheidung beantragte. Die Pistole war, wie die Polizei feststellte, ordnungsgemäß erworben und auf Samuel Barron zugelassen gewesen. Die ungewöhnliche Maßnahme, das gesamte

Hauspersonal einen Tag lang von seinem Anwesen zu verbannen, hatte offenbar dem Zweck gedient, bei seinem Selbstmord nicht gestört zu werden.

Merkwürdig war allerdings, dass Samuel Barron, immerhin Multimilliardär und einer der reichsten Männer Amerikas, keinerlei Verfügungen für seinen Todesfall getroffen hatte. Sein langjähriger Anwalt für familiäre Fragen erklärte, er habe dieses Thema Barron gegenüber oft angesprochen, doch dieser habe stets ablehnend reagiert. Eine Zeitung zitierte den Anwalt mit den Worten, seinem Eindruck nach sei Barron der Überzeugung gewesen, nicht sterben zu müssen.

Diese Situation stellte, den Nachlass Barrons betreffend, ein Problem dar. Da Barrons Ehefrau zum Zeitpunkt seines Ablebens die Scheidung eingereicht hatte, kamen sie und ihr Zweig der Familie nicht mehr als Erbe in Betracht. Dem Ehevertrag zufolge hatte sie durch diesen Schritt überdies ihre Ansprüche auf Unterhalt verloren. Barrons erstgeborener Sohn Isaak war bereits verstorben, wodurch sein zweitgeborener Sohn Michael rechtmäßig der Alleinerbe gewesen wäre. Dieser befand sich jedoch auf Reisen und war nicht auffindbar. Er meldete sich auch nie, obwohl die Geschichte weltweit Schlagzeilen machte, und das jahrelang. Nach Ablauf der entsprechenden gesetzlichen Fristen wurde Michael Barron schließlich für tot erklärt, und das Vermögen Samuel Barrons fiel an den Staat.

Nach dem Tod seines Besitzers stand das Barron-Anwesen viele Jahre lang leer. Als sich endlich ein Käufer fand, entdeckten die Arbeiter, die es renovieren sollten, hinter dem – in der Zwischenzeit geplünderten – Weinkeller eine massive, fest verschlossene Stahltür. Der Besitzer ließ sie diese gewaltsam öffnen, was stundenlange Arbeit mit dem Schweißbrenner erforderte. Dahinter befand sich eine Art Verlies – und ein halb verwester Leichnam.

Das Verlies war äußerst komfortabel, eine regelrechte kleine Wohnung mit Dusche und Küchenzeile, einem Schlaf- sowie einem Wohnzimmer, ausgestattet mit einem riesigen Regal voller Bücher. Die beiden einzigen Zugänge waren besagte Stahltür sowie eine raffinierte, ebenfalls schwer gesicherte Schleuse, durch die man Gegenstände bis zur Größe eines mittleren Pakets ins Innere befördern konnte.

Bei dem Toten handelte es sich, wie sich herausstellte, um einen russischen Physiker namens Boris Michailowitsch Demidow, geboren am 26. März 1953 in Moskau, seit 1992 in den USA wohnhaft. Die Beamten der Spurensicherung kamen zu dem Schluss, dass er mehrere Jahre in dem Verlies gelebt haben musste. Offenbar hatte es sich so verhalten, dass Samuel Barron ihn in dieser Zeit mit Lebensmitteln versorgt hatte. Doch Barron hatte Selbstmord begangen, ohne an seinen Gefangenen zu denken, und so war dieser in der Folge verhungert.

Übrigens sah niemand einen Zusammenhang zwischen dem Selbstmord Samuel Barrons und dem Tod von Eric Whitewater, dem Gründer und Geschäftsführer des berühmt-berüchtigten Söldnerunternehmens. Dieser war einige Wochen nach dem Tod Barrons in einem Hotel in Kandahar von Unbekannten mit einer Klaviersaite erdrosselt worden. Als man den blutüberströmten Leichnam fand, hielt er noch ein Buch in den aneinandergefesselten Händen: die Bibel, wie sich herausstellte, als man das Blut darauf abwischte.

Kapitel 46

JAHRE SPÄTER

Kathleens elfter Geburtstag! Schon! Bethany Kaun konnte es nicht fassen, wie die Zeit vergangen war.

Doch ihre Tochter war nicht nur groß geworden, sie war auch seit über fünf Jahren symptomfrei. Was nach ärztlicher Definition hieß, dass sie als geheilt galt.

Die meisten Kinder, die sie kannten, die Kathleens Schicksal teilten, begingen den fünften Jahrestag ihrer Knochenmarkstransplantation mit einem Fest. Das hatten Bethany und Kathleen nicht gemacht, da dieser Tag zugleich Johns fünfter Todestag war. Und Kathys Vater fehlte ihnen beiden immer noch.

Doch diesen Geburtstag, den würden sie feiern, mit allem, was dazugehörte!

Das hatten sie sich auch redlich verdient. Es waren schwere Jahre gewesen. Nach der Behandlung war es lange Zeit immer wieder zu körperlichen Komplikationen gekommen: mal mit der Leber, mal mit der Lunge, mal mit irgendeinem anderen Organ. Das hatte erst im Lauf der Jahre nachgelassen, teils durch Wechsel zu anderen, besser verträglichen Medikamenten, teils einfach dadurch, dass Kathleen allmählich doch kräftiger und widerstandsfähiger wurde.

Aber fast noch dramatischer waren die seelischen Komplikationen gewesen: die Schreianfälle, die Kratzattacken, die rabenschwarzen depressiven Phasen, die Kathy durchgemacht hatte. In diesen Zeiten hatte sie die volle Aufmerksamkeit ihrer Mutter gebraucht, und das war so anstrengend gewesen, dass Bethanys eigene Trauer zu kurz gekommen war.

Doch endlich war alles besser geworden. Rund dreieinhalb

Jahre nach der Behandlung und Johns Tod hatten sich Kathys Werte fast schlagartig gebessert. Die seelischen Verstimmungen hatten aufgehört, innerhalb weniger Wochen hatte sie die Hälfte der Medikamente absetzen können. Seither war Kathleen ein fleißiges, ausgeglichenes und lebenslustiges Mädchen, das gern in die Schule ging, mit ruhiger Hand Freundschaften schloss und ein erstaunliches Gespür an den Tag legte für das, worauf es im Leben ankam.

Was sich drastisch verändert hatte, waren ihre Vorlieben. Der einst so heiß geliebte und doch namenlos gebliebene Fuchs war auf den Schrank verbannt worden und durfte ihr nur noch zusehen. Ihr neues, alles beherrschendes Hobby waren Fische. Die Zahl der Aquarien in ihrem Zimmer und, seit dort beim besten Willen kein Platz mehr dafür war, im übrigen Haus nahm stetig zu und allmählich beunruhigende Ausmaße an. Die Fernsehzeitung lag immer auf den Seiten aufgeschlagen, die das Programm des Discovery-Channels auflisteten, jede Sendung, in der es um Fische ging, mit Leuchtmarker angestrichen. Kathy verpasste keine einzige davon. Das Programmieren des Videorekorders beherrschte sie inzwischen im Schlaf, und ihre Sammlung von Videos war nicht nur umfangreich, sondern auch bestens geordnet.

Mit anderen Worten: Es war sehr einfach geworden, Geschenke für Kathleen zu finden.

In letzter Zeit zeichnete sich ab, dass Besuche in Ozeanarien und den Aquarien großer Zoos irgendwann nicht mehr genügen würden. Kathleens Interessen fokussierten sich zusehends auf die Fische der Tiefsee, und sie sprach immer öfter davon, das Tauchen erlernen zu wollen, mit Sauerstoffflaschen und allem Drum und Dran. Später einmal, aber so bald wie möglich. Eine Idee, die weder ihre Ärzte noch Bethany begeisterte, von der sich Kathleen jedoch, wie sie ihre Tochter kannte, nicht würde abbringen lassen.

Doch nun galt es, ihren Geburtstag zu feiern! Kathleen lud eine enorme Anzahl von Kindern ein, Mitschüler vor allem, aber auch Kinder, die sie aus dem Krankenhaus kannte. Und einen Jungen, mit dem sie seit ihrer Zeit bei der Tagesmutter befreundet war, José. Keinem ihrer Gäste blieb Kathys obligatorische Führung zu sämtlichen Aquarien des Hauses erspart, wobei die Kinder dabei ein, wie Bethany fand, erstaunliches Interesse an den Tag legten. Vielleicht, weil Kathy eine Menge Geschichten zu jedem Fisch erzählen konnte, den sie besaß.

Am Tag danach, einem Sonntag, lud Bethany ihre eigenen Freunde zum Essen ein, weil sie fand, dass jeder Geburtstag ihrer Tochter auch für sie ein Grund zum Feiern war. Und weil sie überdies fand, das Recht erworben zu haben, es sich einfach zu machen, wenn es ging, lud sie ihren Freundeskreis ins *Langoustine* ein und überließ Sybil alles Weitere.

Sie kamen alle: auch die Weavers, Bob Turner, dessen Frau hochschwanger und aufgeregt war, und Frank D. Gates III., den sie nach langem Überlegen schließlich als neuen kaufmännischen Geschäftsführer eingestellt hatten. Frank war solo, da frisch geschieden. Jeder wusste, dass ihn die Trennung von seiner Frau mitnahm, aber er ließ sich nichts anmerken.

Es wurde ein schöner Abend. Seinen Höhepunkt fand er, als Paul vor dem Nachtisch aufstand, ans Glas klopfte und offiziell seine Entscheidung verkündete, sich im Lauf des Jahres aus der Geschäftsleitung zurückzuziehen. Die technische Geschäftsführung würde, fuhr er fort, an Bob Turner übertragen. Bob, offenbar vorgewarnt, nahm die Glückwünsche lächelnd entgegen, seine Frau dagegen schien *nichts* geahnt zu haben, sondern fiel ihm lachend und weinend zugleich um den Hals.

So viel Mut zur Veränderung war irgendwie ansteckend. So machte sich Bethany am nächsten Morgen, als Kathy in der Schule war, daran, das Arbeitszimmer ihres Mannes auszuräumen, das seit über fünf Jahren vor sich hinstaubte. Das Einzige, was sie nach Johns Tod dort geholt hatte, war sein Laptop, um Adressen nachzuschlagen, die sie für die Einladungen zur Beerdigung gebraucht hatte. Damals hatte sie gehofft, eine Nachricht oder dergleichen vorzufinden, wenn sie den Rechner hochfuhr, aber sie hatte tatsächlich nur Geschäftliches darauf entdeckt.

Sie zog für diese Attacke auf die Vergangenheit ihre ältesten Klamotten an und begann damit, mit dem Staubsauger grob die dicksten Schichten zu entfernen. Anschließend lüftete sie kräftig und holte Müllsäcke und zwei Kartons. In die Müllsäcke kam alles, was ohne Frage wegkonnte – und das war viel. In den größeren der beiden Kartons kamen Dinge, bei denen sich Beth noch nicht entscheiden konnte oder wollte, ob sie es behalten würde. Den Karton wollte sie in die Garage stellen und ihn sich in einem Jahr noch einmal vornehmen. Und der kleine Karton … Nun, erschütternd, wie selten sie etwas fand, das dort hineingehörte.

Ein klarer Fall von Behalten war es natürlich, als sie in der untersten Schublade seines Schreibtisches die Briefe entdeckte, die sie ihm in der Anfangszeit ihrer Beziehung geschrieben hatte. Sie hatte nicht gewusst, dass er sie aufbewahrt hatte; irgendwie hatte sie allerdings auch nie groß darüber nachgedacht. Es versetzte sie in eine andere Zeit, die Briefe noch einmal zu lesen, und sie las jeden von ihnen, von vorne bis hinten.

Sie durfte, sagte sie sich, als sie damit durch war und während sie sich die Tränen aus dem Gesicht wischte, jetzt nicht innehalten, nicht pausieren, die Arbeit nicht unterbrechen. Denn wenn sie das tat, würde sie nie wieder die Kraft finden, weiterzumachen.

Also bündelte sie die Briefe, deponierte sie sorgsam in dem kleinen Karton und machte weiter. Hinter den Briefen lag noch etwas, eine bunt bedruckte Schachtel …

Eine Schachtel, die eine Videokassette enthielt.

Bethany setzte sich langsam auf den Boden, die Kassette in der Hand. Was war das? War das am Ende … das bewusste Video, dem John immer quasi magische Kräfte zugeschrieben hatte?

Die Kassette war nicht beschriftet. Typisch John. Aber nein, wenn er eine Kopie des Videos besessen hätte, hätte er ihr das gesagt.

Oder? Hätte er?

Sie war sich da plötzlich nicht mehr so sicher.

Sie stand auf, klopfte sich den Staub von dem grauen, abgewetzten Sweatshirt, das ihr zu groß war, weil es einmal John gehört hatte. Dann ging sie mit der Kassette in der Hand hinüber ins Wohnzimmer, legte sie in den Videorekorder ein und ließ sie laufen.

Es war nicht Jesus, der auf dem Bildschirm erschien, sondern John. Am unteren Bildrand war das Datum der Aufnahme eingeblendet, ein Datum, das ihr bekannt vorkam.

»Oh mein Gott«, entfuhr ihr, als sie begriff.

Als feststand, dass Judith schwanger war, beschlossen sie, ein Vorhaben anzupacken, über das sie bis dahin nur geredet hatten: nämlich die eigentlich viel zu kleine Wohnung in Boston aufzugeben und sich endlich ein Haus zu kaufen. Jetzt wussten sie ja, was sie brauchten: ein Haus mit viel Platz, in einer Umgebung, in der ein Kind gut aufwachsen konnte. Und das am besten so schnell wie möglich, ehe, wie Judith es formulierte, »ich zum Walfisch werde und du beim Umzug alles allein schleppen musst«.

Natürlich dachte Stephen Foxx nicht im Traum daran, beim Umzug überhaupt irgendetwas zu schleppen; dafür gab es schließlich Umzugsfirmen. Aber auch er wollte keine Zeit verlieren, denn nach dem Umzug würden sie sich in der neuen Umgebung zurechtfinden müssen, und zwar möglichst, *bevor* das Baby kam.

Also machten sie sich umgehend auf die Suche. Sie unternahmen lange Ausflüge mit dem Wagen, ins Hinterland von Massachusetts, hinauf nach New Hampshire, hinab nach Rhode Island, Annoncen folgend oder aufs Geratewohl. Immer aber hatten sie gute Karten dabei, über denen sie abends in den Motels brüteten und Dinge wie Einkaufsmöglichkeiten und die Nähe zum nächsten Flughafen diskutierten. Sie wollten auf jeden Fall im Nordosten der USA bleiben, wobei es Stephen eher nach Norden zog, Judith dagegen nach Süden. Es würde also auf einen Kompromiss hinauslaufen. Maine jedenfalls käme nicht infrage, erklärte Judith kategorisch, Großelternnähe hin oder her, dort sei es ihr entschieden zu kalt.

Nach den ersten Ausflügen und einigen teilweise erschütternden Besichtigungen kristallisierten sich nach und nach ihre Vorstellungen heraus, was sie wollten und vor allem, was sie *nicht* wollten. Allmählich gerieten sie auch an Objekte, die wirklich infrage kamen, und gaben erste Gebote ab. Eigentlich wartete Stephen auf den Rückruf einer Maklerin, als das Telefon eines Nachmittags klingelte und sich eine Stimme meldete, die ihm bekannt vorkam, von der er aber nicht wusste, wo er sie hintun sollte, ehe der Name fiel: »Guten Tag, Mister Foxx. Hier ist Bethany Kaun.«

»Mrs Kaun!« Stephen winkte ab, als Judith neugierig um die Ecke lugte, signalisierte ihr, dass es nicht die Maklerin war. »Wie geht es Ihnen?«

Es gehe ihr gut, danke der Nachfrage, erklärte sie und sagte dann: »Ich rufe aus einem Grund an, der Sie vielleicht überraschen wird. Und zwar habe ich in den Sachen meines Mannes ein Video gefunden, von dem mir mein Gefühl sagt, es würde Sie interessieren, es zu sehen.«

»Ein Video?«, fragte Stephen verdutzt.

Sie lachte leise. »Ja, seltsam, nicht wahr? Immer, wenn wir miteinander zu tun haben, geht es um Videos.«

Drei Tage später saßen Judith und er bei Mrs Kaun im Wohnzimmer auf der Couch, Kaffee und Gebäck vor sich auf dem Tisch. Die Wohnung sah noch weitgehend so aus, wie sie Stephen in Erinnerung hatte.

Nur die vielen Aquarien waren neu.

Bethany Kaun schaltete den Fernseher ein, wählte den Videokanal an und schob die Kassette in den Rekorder. Dann –

der Bildschirm zeigte vorerst nur flimmerndes Schwarz – nahm sie die Fernbedienung und setzte sich wieder zu ihnen.

»An dem Tag, an dem die Zeitexpedition aufgebrochen ist, befanden John, Kathy und ich uns in Jerusalem«, begann sie.

Sie sprach so konzentriert und bedächtig, als habe sie diese Ansprache vorher sorgfältig ausgearbeitet und auswendig gelernt. Sie erzählte, wie John Kaun auf die Spur der Zeitreisenden gekommen war und dass er einen Tipp bekommen hatte, wer dahintersteckte und wo er die Gruppe antreffen würde. Und sie erzählte, wie der irrwitzige Plan herangereift war, die Expedition zusammen mit Kathy zu *begleiten*, um Jesus zu bitten, sie zu heilen, wenn es schon sonst niemand konnte.

»Kühn«, meinte Stephen anerkennend.

»Sagen Sie ruhig *tollkühn*«, erwiderte Bethany Kaun. »Wir waren eben verzweifelt. Wir haben nach jedem Strohhalm gegriffen.«

Sie erzählte, wie Kaun erfahren hatte, dass das Zeitreiseteam Jesus in die Gegenwart bringen wollte. Sie spielte nervös mit einem schmalen, eleganten Perlenarmband, ihrem einzigen Schmuckstück, während sie erzählte, wie sie auf diese Ankunft gewartet hatten. Und wie dann nichts dergleichen geschehen war.

»Aber kaum fünf Minuten nach dem bewussten Zeitpunkt bekam John eine E-Mail. Es war die E-Mail, die ihn auf ein neues Behandlungsverfahren aufmerksam machte, das zu der Zeit in London gerade entwickelt worden war. John hatte in den Wochen davor sämtliche Freunde, Bekannte und Geschäftskontakte von früher um Hilfe gebeten. Ich ging damals automatisch davon aus, dass jemand aus seinem alten Netzwerk ihm diese E-Mail geschickt hatte.«

Stephen spürte ein Kribbeln im Nacken. »Damals?«

»Ich hatte bis neulich keinen Anlass, daran zu zweifeln«, erklärte Bethany Kaun. »Aber tatsächlich kam diese E-Mail von einem gewissen John Specter, dem Begründer einer kleinen, wenig bekannten Sekte in Südengland –«

»Die *True Church of Barnford.*« Stephen nickte. »Ist mir nicht unbekannt.«

Sie stutzte. »Ach ja. Ihnen sagt das natürlich etwas.« Sie drehte die Fernbedienung in ihren Händen. »Ich habe diese Nachricht damals nicht zu Gesicht bekommen. Ich war so auf Kathy fixiert, dass ich mich um nichts sonst gekümmert habe. Ich habe die E-Mail vorletzte Woche zum ersten Mal gelesen, als ich die Korrespondenz meines Mannes gesichtet habe. Der Absender beschreibt darin kurz das Verfahren und fügt hinzu, dass Kathleen damit eventuell geheilt werden könnte. Dann lädt er meinen Mann ein, ihn aufzusuchen, um die Details zu klären. Am Schluss bittet er John, niemandem zu sagen, wohin er geht, weil die Unterredung in aller Abgeschiedenheit vor sich gehen müsse.«

»Oha«, meinte Judith.

»Mir hat John damals nur gesagt, dass er nach London fliegt, um sich das Verfahren genauer anzuschauen. Mehr hat mich in dem Moment nicht interessiert. Ich meine, er hat den Rechner dagelassen, ich hätte mir das Schreiben anschauen können. Aber ich bin gar nicht auf die Idee gekommen.« Bethany Kaun richtete die Fernbedienung auf die Fernsehanlage. »Ich wäre auch nie auf die Idee gekommen, dass diese Unterredung auf Video aufgezeichnet worden sein könnte und dass man John eine Kopie mitgegeben hat. Ganz zu schweigen davon, worum es in dem Gespräch ging.«

Man sah ein helles, sparsam eingerichtetes Wohnzimmer mit Holzboden und großen Fenstertüren im Hintergrund, die den Blick in einen prächtigen Garten gewährten. Zwei Ohrensessel standen davor, leicht asymmetrisch. Einer der Sessel war leer, im anderen saß John Kaun. Er saß auf der Vorderkante und blickte mit gerunzelter Stirn in Richtung Kamera.

»Haben Sie gut hergefunden?«, fragte die helle, dünne Stimme eines alten Mannes, der nicht zu sehen war.

»Ja, kein Problem«, erwiderte Kaun.

»Die Anweisungen waren etwas kryptisch.« Der Bildausschnitt verschob sich, bis die beiden Sessel mittig standen.

»Nun«, meinte Kaun, »ich bin hier.«

»Ja. Das ist gut.« Der Sprecher hatte hinter der Kamera gestanden; nun kam er ins Bild: ein gebeugt gehender, weißhaariger alter Mann, der weit über achtzig sein musste, vielleicht sogar über neunzig. Er tippelte mit winzigen, behutsamen Schritten auf den freien Sessel zu, ließ sich darin nieder und lehnte sich zurück, sichtlich froh, zu sitzen.

»Ich verstehe ehrlich gesagt immer noch nicht, wozu Sie dieses Gespräch aufzeichnen«, erklärte Kaun, auf die Kamera deutend. »Hat das juristische Gründe? Weil dieses Blutreinigungsverfahren neu ist?«

Der Alte lachte mühsam, winkte ab. »Ach was, nein, mit solchen Dingen hat das nichts zu tun. Ich nehme das Gespräch auf, weil ich Ihnen sehr viel zu erzählen habe. Und ich fürchte, ich werde nicht die Kraft haben, es je ein zweites Mal zu tun. Sie bekommen eine Kopie der Aufnahme mit, wenn Sie gehen. Glauben Sie mir, hinterher werden Sie verstehen, warum.«

Jetzt lehnte sich auch Kaun zurück, immer noch skeptisch. »Na gut. Von mir aus.«

Der Alte rieb sich die Hände, schien nach dem Anfang eines roten Fadens zu suchen, den er sich für das Gespräch zurechtgelegt hatte. »Mister Kaun, ich habe Sie aus zwei Gründen hergebeten. Der erste Grund ist der, dass es, wie ich Ihnen ja geschrieben habe, ein neues Verfahren gibt, das für Ihre Tochter Kathleen eine gute Chance bedeutet, ihre Leukämie zu überwinden. Der zweite Grund … dazu komme ich später.«

»Der erste Grund interessiert mich, offen gestanden, auch wesentlich mehr«, erwiderte Kaun. Man sah ihm seine Ungeduld an.

»Das kann ich gut verstehen. Also, um es kurz zu machen: Ich habe vor ein paar Jahren Forschungen an einem Londoner

Institut initiiert – und aus meinem nicht ganz unbeträchtlichen Vermögen finanziert –, die zum Ziel hatten, das Knochenmark von Menschen mit infektiösen Lebererkrankungen für Transplantationen verwendbar zu machen. Dieses Verfahren ist einsatzbereit, allerdings noch nie in einem wirklichen Fall eingesetzt worden. Sie und Ihre Tochter wären die Ersten, denen es zugutekommt.«

»Wie sicher ist es, dass es Kathleen nicht schaden wird?«

Der alte Mann hob die Hände. »Nun, wie sicher kann man so etwas sagen? Es handelt sich um ein international angesehenes Institut, in einer Klinik, die auch die Mitglieder der königlichen Familie behandelt. Ein Nobelpreisträger hat das Forschungsteam geleitet. Ein weiterer Angehöriger des Teams, der berühmte Immunologe Doktor James Woolbright, hat meine Enkeltochter Elaine geheiratet, die nebenbei bemerkt die Stiftung verwaltet, unter der all das läuft. Ein Nebenprodukt der Forschungen ist ein Medikament, das seit zwei Jahren weltweit mit Erfolg für die Behandlung von Hepatitis eingesetzt wird. Ich gebe Ihnen genaue Unterlagen zu allem mit, sodass Sie das mit Ärzten Ihres Vertrauens besprechen können. Auf jeden Fall – und deswegen erzähle ich Ihnen das alles – können Sie sicher sein, dass Sie es hier nicht mit Quacksalberei zu tun haben, sondern mit der Speerspitze medizinischer Forschung.«

»Okay. Und wie muss ich mir das in der Praxis vorstellen?«

»Höchst einfach. Der einzige Unterschied zur normalen Knochenmarksspende ist, dass der Körper des Spenders vor der Entnahme eine gewisse Zeit lang – zwölf Stunden etwa – mit einem speziellen Medikament durchgespült werden muss. Dieses Mittel bindet die Erreger, die im anschließenden Reinigungsprozess ausgeschieden werden.«

»Welche Nebenwirkungen hat das?«

»So gut wie keine. Abgesehen davon, dass das Mittel Ihr Blut etwas verdickt. Aber nicht in einem Maße, dass es für einen Menschen mit einem halbwegs gesunden Herz-Kreislauf-System ein Problem wäre.« Der alte Mann hielt inne, musterte Kaun. »Oder? Ist das in Ihrem Fall ein Problem?«

Kauns Gesicht blieb reglos. »Nein«, sagte er ruhig. »Damit habe ich kein Problem.«

»Gut«, meinte sein Gesprächspartner. »Dann sind Sie der Erste, bei dem es eingesetzt wird.«

Das Bild fror ein, der Ton verstummte. Sie sahen beide zu Bethany Kaun hin, die bebend dasaß, die linke Faust vor den Mund gepresst, als ließe sich anders nicht aufhalten, was herauswollte.

»Entschuldigen Sie«, flüsterte sie mühsam. »Es ist nur, weil … weil ich an dieser Stelle immer sehe, dass er es gewusst hat. Dass er gewusst hat, dass er bei dem Eingriff sterben würde. Und er hat es trotzdem getan. So sehr hat er seine Tochter geliebt.«

Stephen und Judith sagten nichts. Was hätten sie darauf auch sagen sollen?

»Entschuldigen Sie«, sagte Bethany Kaun noch einmal, bemüht, tief und gleichmäßig zu atmen.

»Soll ich Ihnen ein Glas Wasser bringen?«, bot Judith an.

»Nein, nein. Danke. Es geht schon.« Sie hob die Fernbedienung, ließ das Video weiterlaufen.

Man sah, wie Kaun sich vorbeugte. »Eine Frage, Mister Specter: Wie sind Sie ausgerechnet auf mich gekommen? Dass meine Tochter krank ist und ich der einzige bekannte Knochenmarksspender für sie bin, das wissen nur sehr wenige –«

»Ich wusste es«, erwiderte sein Gegenüber. »Schon lange.«

Kaun musterte ihn forschend. »Sie wussten es? Woher?«

Der weißhaarige alte Mann lächelte. »Mister Kaun, man hat über Sie einmal geschrieben, Sie hätten ein außergewöhnliches Gedächtnis für Personen und Gesichter. Was sagt Ihnen mein Gesicht?«

Kaun stutzte, betrachtete ihn genauer, schüttelte schließlich den Kopf. »Tut mir leid. Sie kommen mir zwar vage bekannt vor, aber offen gestanden weiß ich nicht, wo ich Sie hintun soll.«

»Bestimmt nicht?«

»Nun, vermutlich habe ich irgendwann etwas über die *True Church of Barnford* gelesen. Ich nehme an, dass ich in diesem Zusammenhang ein Foto von Ihnen gesehen habe.«

Der alte Mann wiegte den Kopf. »Nun, nicht auszuschließen. Aber ich denke, dass Sie sich eher von einer ganz anderen Begegnung her an mich erinnern. Ich habe mich seither nur ziemlich verändert; das ist es, was Ihnen Rätsel aufgibt.«

»Dann helfen Sie mir auf die Sprünge.«

»Es stimmt alles, was Sie über mich und die True Church gehört haben. Doch aus Ihrer Perspektive ist es erst ein paar Tage her, dass wir uns getroffen haben. Mein wirklicher Name ist nicht John Specter, sondern Michael Barron.«

Kaun richtete sich auf, hatte die Augen aufgerissen. »Michael Barron! Ja, genau! Aber wie … wie ist das möglich?«

»Nun, wie wohl? Ich bin in der Zeit gestrandet. Es ist eine sehr lange Geschichte, und Ihnen die zu erzählen war der zweite Grund, aus dem ich Sie hergebeten habe.« Er wies in Richtung der Kamera. »Verstehen Sie jetzt, warum ich unsere Unterhaltung aufzeichne?«

Kapitel 47

Wir lieben Jesus mit einer Liebe jenseits aller Worte, einer Liebe, die uns beinahe Angst einflösst, aber welch wunderbare Angst! Denn in dieser Hingabe sind es Seine Hände, die wir bewegen, als würden wir die unerfahrenen Hände eines Kindes bewegen. Liebster Herr, dass Er uns all diese Dinge tun lässt! Dass Er Sein kostbares Blut vergießt, als ob es nur Wasser vom nächsten Brunnen wäre!

Frederick William Faber, »All for Jesus«, 1854

Es durchfuhr Stephen Foxx wie ein Stromstoß. Der Gründer der *True Church of Barnford*, die in der Geschichte um das Jesus-Video eine so wichtige Rolle spielte, war einer der Zeitreisenden? Das war ja allerhand!

»Was heißt das?«, fragte John Kaun auf dem Bildschirm, die Stirn in skeptische Falten gelegt. »Dass Ihre Zeitreise Sie in eine falsche Zeit gebracht hat? Nicht in die Zeit Jesu, sondern in die Zeit, hmm, des Zweiten Weltkriegs?«

»Nein, es ist etwas komplizierter«, erwiderte der alte Mann. »Wir *waren* in der Zeit Jesu. Wir haben ihn gesehen, ihn getroffen. Es war die Rückkehr, die schiefgegangen ist.«

Er breitete die Hände aus, begann eine lange, gewundene Erklärung, die rasch vom Hundertsten ins Tausendste kam: Wie die Zeitmaschine aufgebaut gewesen war, nach welchem Prinzip sie funktioniert hatte, welche Rolle das Element Osmium und die Kassette mit dem ersten Jesus-Video dabei spielte – ein Monolog, dem Kaun regungslos, aber mit sichtlich zunehmender Verwirrung zuhörte.

Schließlich hielt der alte Mann inne. »Jetzt habe ich den Faden verloren. Was wollte ich gerade sagen?« Er schaute grüblerisch ins Leere. »Ich komme nicht drauf. Entschuldigen Sie bitte.«

»Vielleicht«, schlug Kaun vor, »erzählen Sie einfach alles von Anfang an.«

»Von Anfang an? Ab der Zeitreise, meinen Sie?«

»Zum Beispiel.«

»Ja, Sie haben recht. Es wird das Beste sein, ich erzähle einfach der Reihe nach, was passiert ist. Eine Zeitreise ist ohnehin eine verwirrende Angelegenheit, man muss das nicht zusätzlich komplizieren.«

Stephen verfolgte das Gespräch gebannt. Der alte Mann erzählte, wie das Zeitreiseteam angekommen war, wie sie sich auf die Suche nach Jesus gemacht und mit welchen Schwierigkeiten sie dabei zu ringen gehabt hatten. Er merkte, wie Judith neben ihm schauderte, als von den Kreuzigungen die Rede war, und spürte, wie ihm das Herz aufging, als der Mann seine Begegnung mit Jesus schilderte.

Zwischendurch musste er immer wieder durchatmen, sich klarmachen, was sie hier sahen: einen Augenzeugenbericht aus der Zeit Jesu!

Was würden sie mit diesem Video machen? Es veröffentlichen, auch wenn niemand glauben würde, dass der alte Mann die Wahrheit sprach? Es ins Internet hochladen, wo es jedem selber überlassen blieb, sich ein Urteil zu bilden?

Er wusste es nicht. Darüber würden sie gründlich nachdenken müssen.

Schließlich kam die Stelle, an der der Mann, der John Specter war und Michael Barron, sagte: »Da wir jetzt hier sitzen, ist offensichtlich, dass etwas schiefgegangen sein muss, nicht wahr?«

Man sah, wie John Kaun sich vorbeugte, ganz im Bann der Erzählung. »Was ist geschehen?«, wollte er wissen.

»Wir haben das mit der Rückkehr vermasselt«, erklärte sein

Gegenüber. »Im einen Moment war ich noch bei den anderen in der Maschine – und im nächsten Moment lag ich mitten auf einer saftigen, grünen Wiese, im hellen Sonnenschein. Ich war nicht verletzt, hatte keine Schmerzen, nichts dergleichen. Es war, als wäre ich durch ein Loch im Boden in eine andere Welt gefallen und hätte unterwegs kurz das Bewusstsein verloren. Und ich war definitiv nicht mehr in Palästina, das war mir sofort klar.«

»Sondern? Wo?«

»Das wusste ich nicht. Ich setzte mich auf, schaute mich um. Es war heiß. Insekten schwirrten herum, Schmetterlinge tanzten. Blumen blühten. Eine liebliche Landschaft, sanft gewellt, Bäume, ein paar Hausdächer dahinter. Ich raffte mich auf, ging darauf zu, kam an einen staubigen Feldweg. Sah Drahtzäune, hörte das Geräusch eines Traktors. Gegenwart also, dachte ich. Die Häuser gehörten zu einem winzigen Ort, und gerade, als ich das Ortsschild erreichte, auf dem der Name stand, in lateinischen Buchstaben, bog ein Mädchen um die Ecke. Sie war sechzehn, siebzehn Jahre alt, hatte eine blau karierte Kittelschürze an und das Haar zurückgebunden. Als sie mich sah, blieb sie stehen, als wäre sie gegen eine Wand gelaufen.«

»Weil Sie noch Ihre Kleidung aus biblischen Zeiten trugen.«

»So war es. Sie riss die Augen auf und sagte in bestem britischen Englisch: Wer sind Sie denn?«

»Sie waren also in England?«

Der alte Mann nickte. »Ganz genau. Dass es mich aus irgendeinem Grund an einen anderen Ort verschlagen hatte, war mir schon seit meinem Aufwachen klar gewesen. Aber den Beweis zu haben war trotzdem ein Schock. Welchen Tag haben wir, fragte ich als Erstes. Montag, sagt sie. Nein, ich meine, welches Datum, sage ich. Darauf sie: den 12. August. Welches Jahr, frage ich.«

»Man wirkt nicht sehr vertrauenerweckend, wenn man so etwas fragt, nehme ich an?«

»Allerdings nicht. Sie sah mich äußerst befremdet an, ehe sie sagte: 1940.«

Kaun hob die Brauen. »1940? Sie waren mitten im Krieg gelandet?«

»Ja. Ich erschrak nicht schlecht. Ich sagte auch: Es ist Krieg, nicht wahr? Worauf sie meinte, ja, schon, aber auf dem Kontinent. In so einem Ton, als dächte sie, was ist denn das für ein Spinner, dass der das nicht mitgekriegt hat? Dann wollte sie wissen, was ich für Kleidung anhätte, ob ich bei einem Zirkus arbeite. Die Idee, dass ein Zirkus in die Gegend kommen könnte, schien ihr zu gefallen.«

»Und was haben Sie gesagt?«

»Ich suchte fieberhaft nach einer Ausrede, als mein Blick auf das Ortsschild fiel. Und dann erschrak ich zu Tode.«

»Wieso das?«

»Der Ort, an den es mich verschlagen hatte, war dieser hier«, erklärte der Alte mit einer ausholenden Geste. »Barnford.«

»Und was war daran so schrecklich?«

»Das Datum«, sagte sein Gegenüber. »Mir fiel etwas ein, das ich viele Jahre zuvor gelesen hatte. Barnford war nämlich einer der Orte in Südengland, die am ersten Tag des deutschen Luftkriegs gegen England zerstört worden sind. Und zwar am 13. August 1940.«

»Oha. Das wusste ich nicht.«

»Barnford war militärisch ohne Belang; ein deutscher Bomber hat es mit einer anderen Stellung verwechselt. Ich muss vor Schreck erbleicht sein, denn das Mädchen fragte, was ich habe. Dieses Dorf wird morgen von den Deutschen bombardiert und zerstört werden, sagte ich, ohne nachzudenken. Ihr müsst es alle verlassen, heute noch. Da wurde sie wiederum blass.« Der alte Mann sah nachdenklich aus dem Fenster. »So seltsam es klingt, aber ich bin überzeugt, in dieser Situation kam es mir zugute, dass die Kleidung, die ich trug, mir das Aussehen eines biblischen Propheten gab. Vielleicht hätte man mir sonst nicht geglaubt – mir, einem namenlosen Fremden, aus dem Nichts aufgetaucht. Das war mir in dem Moment nicht klar, dazu war ich meinen Habit aus den Wochen, die hinter mir lagen, zu sehr gewöhnt.«

»Und dann?«

»Das Mädchen meinte, ich solle mitkommen und das den anderen sagen. Die anderen, das waren die Frauen im Dorf und die wenigen Männer, die noch da waren, die meisten von ihnen zu alt, um in den Krieg zu ziehen, manche invalid. Die kamen zusammen, und ich sagte ihnen, was passieren würde, erzählte ihnen alles, was ich darüber wusste – wohlweislich aber nicht, *woher* ich es wusste. Dass sie mich auslachen würden, wenn ich behauptete, ein Reisender durch die Zeit zu sein, war mir klar, auch wenn ich immer noch benommen war von dem Erlebten. Schließlich glaubten sie mir und organisierten eine Evakuierung des Dorfes. Sie brachten sich, ihre Familien und ihre wichtigsten Wertsachen in Scheunen in den umliegenden Dörfern unter. Alle, bis auf einen. Der starb, als am nächsten Tag die Bomben fielen.«

»Wie war Ihnen da zumute?«

»Entsetzlich. Bin ich jetzt dazu verurteilt, in dieser Zeit zu bleiben, fragte ich mich, in diesem schrecklichsten aller Kriege? Offenbar. Und als am nächsten Tag alles so geschah, wie ich es gesagt hatte, kamen die Menschen von Barnford zu mir und wollten wissen, wie ich heiße. Was sollte ich anderes sagen als: Mein Name ist John Specter? Das war der Name des Mannes gewesen, der das Dorf gerettet hatte. Das hatte ich gelesen, als ich vierzehn Jahre alt gewesen war. Ich hatte freilich nicht geahnt, dass ich meine eigene Geschichte gelesen hatte. Es war das Schicksal, das erst noch auf mich wartete.«

»Was wussten Sie über John Specter?«

»Nicht viel. Nur wenig mehr, als dass er in den Vierzigerjahren die *True Church of Barnford* begründet hatte. Ein unheimlicher Gedanke, dass ich das würde tun müssen; ich hatte keine Ahnung, wie man so etwas anstellt! So habe ich die

Dinge erst einmal laufen lassen. Ich habe nicht viel über meine Herkunft gesagt, nur, dass ich Jesus gesehen hätte, den wirklichen Jesus. Ich habe das so formuliert, dass man es als Vision interpretieren konnte, und die meisten haben es wohl so verstanden. Die anderen hielten mich sowieso für einen Spinner. Ja, und dann habe ich eben von Jesus erzählt, also quasi: gepredigt. Das hat eine Eigendynamik entwickelt, aus der heraus sich die Dinge wie von selber ergeben haben.« Er machte eine wedelnde Handbewegung. »Das war natürlich alles viel später. Erst mal wurde ich eingezogen, weil ich ein junger, gesunder Mann war und Krieg herrschte. Ich durchlief eine hastige Ausbildung und wurde in verschiedenen Flak-Stellungen an der Südküste eingesetzt, bis der Krieg vorbei war.«

»Gab es keine Probleme mit den Behörden? Sie hatten doch keine Papiere. Sie hätten ein Spion sein können.«

»Ich wurde natürlich verhört. Ich schützte Gedächtnisverlust vor, und schließlich wurde es den Leuten wohl zu dumm. Sie stellten mir Papiere aus, auf den Namen John Specter, und einen Gestellungsbefehl. Die Papiere kamen mir nach dem Krieg zugute, weil sie mir erlaubten, nach Barnford zurückzukehren und mich dort niederzulassen. Und vermutlich hat der unausgeräumte Spionageverdacht doch eine Rolle gespielt, denn man hat mich an eher unwichtigen Punkten eingesetzt.« Er lächelte. »Wobei ich mir keine Sorgen gemacht habe. Ich wusste, dass John Specter den Krieg überlebt hatte.«

»Woher?«

»Ich hatte in meinem ersten Jahr an der Highschool in einem Buch über Sekten etwas über die *True Church of Barnford* gelesen. Von daher wusste ich, dass die Universität im Jahre 1964 eingeweiht wurde, im Beisein John Specters.« Er wies mit der Hand in Richtung der Gartens. »Sie haben das Gebäude beim Herfahren gesehen, der Ziegelbau nebenan. Keine große Sache. Man kann hier Geschichte und Bibelkunde studieren, allerdings mit einer völlig anderen Orientierung als anderswo.

Und nur zum eigenen Vergnügen, denn wir sind nie staatlich anerkannt worden.«

John Kaun furchte die Stirn. »Wenn Sie damals so viel über die Zukunft wussten, hätten Sie nicht in den Lauf der Dinge eingreifen können? Gerade im Weltkrieg? Sie hätten den britischen Generalstab vor den schlimmsten Fehlern warnen können. Oder deutsche Spione früher enttarnen.«

»Nein, genau das hätte ich eben nicht können. Verstehen Sie, was ich begriffen hatte, war, dass man die Vergangenheit nicht verändern kann. Das, was geschehen ist, ist geschehen, und das, was nicht geschehen ist, ist nicht geschehen. Alles, was ich über die noch vor mir liegende Geschichte des zwanzigsten Jahrhunderts wusste, würde so passieren, das Gute wie das Schlechte. Ich würde nichts daran ändern können.«

»Aber Sie hätten es versuchen können.«

»Ein solcher Versuch wäre unweigerlich schiefgegangen. Angenommen, ich hätte mich auf den Weg gemacht, um vor dem Angriff auf Coventry im November 1940 zu warnen: Es wäre mir nicht gelungen, denn der Angriff hat ja stattgefunden. Das wusste ich. Ich wusste nicht, woran mein Eingreifen scheitern würde, das nicht. Wahrscheinlich hätte man einfach nicht auf mich gehört.«

»Hat man Sie nicht oft nach derlei Dingen befragt? Ich stelle mir vor, dass Sie seit Ihrem Auftauchen in Barnford als eine Art Prophet galten.«

»Ja, schon. Doch ich habe mich mit Vorhersagen sehr zurückgehalten. Was ich gesagt habe, waren Dinge wie, dass der Krieg noch bis 1945 dauern, dass England ihn aber gewinnen würde, gemeinsam mit den USA. Das war nichts Originelles. Winston Churchill hat in jeder seiner Reden die britische Entschlossenheit bekräftigt, um keinen Preis nachzugeben, und dass die USA irgendwann in den Krieg eintreten würden, darauf hofften die meisten sowieso.«

Der alte Mann faltete die Hände, betrachtete sie einen Moment nachdenklich, ehe er fortfuhr. »Wobei ich durchaus versucht habe, die offenen Lücken, die mein Wissen um die Zukunft mir ließ, zu nutzen. Ich will Ihnen ein Beispiel erzählen. Im April 1942, während eines Fronturlaubs, hielt ich einen meiner Vorträge, oder sagen wir, eine meiner Predigten. Im Publikum saß ein Paar aus Schottland. Die beiden waren auf Einladung eines Freundes mitgekommen, der sie mir danach vorstellte. Der Mann, schlank, hochgewachsen, Anfang vierzig, mit schmalem Gesicht, klaren Augen und einem dünnen Oberlippenbart, kam mir irgendwie bekannt vor. Ich fragte ihn nach seinem Namen. James Stagg, sagte er. Was er von Beruf mache, fragte ich weiter, und er sagte: Meteorologe, Superintendent des Kew Gardens Observatorium. Da fiel mir ein, wo ich das Gesicht schon einmal gesehen hatte: in jenem Buch über den Zweiten Weltkrieg, das ich als Vierzehnjähriger gelesen hatte und dem ich es überhaupt nur verdankte, zu wissen, was noch alles geschehen würde.«

»Und dann?«, fragte Kaun verdutzt. »Ich muss sagen, der Name sagt mir nichts.«

»Ich nahm ihn beiseite und sagte ihm, hören Sie, ich würde Ihnen gern etwas über Ihre Zukunft sagen, wenn Sie nichts dagegen haben. Nein, sagte er, gern. Vielleicht war er nur höflich, vielleicht hat es ihn wirklich interessiert, ich weiß es nicht. Jedenfalls sagte ich ihm: Sie werden nächstes Jahr zum Group Captain der Royal-Air-Force-Freiwilligenreserve bestellt, und in zwei Jahren, im Juni 1944, wird Ihre große Stunde in diesem Krieg schlagen. Ja, Sie werden sogar eine ganz entscheidende Rolle spielen. Und zwar werden Sie mit einem ungeheuer wichtigen, aufwendigen und streng geheimen militärischen Projekt zu tun haben. Ihre Aufgabe dabei wird sein, den Wetterbericht für den 6. Juni 1944 zu erstellen. Von diesem Wetterbericht wird alles abhängen. Es wird in dieser Zeit stürmen und regnen, doch in der Nacht zum 6. Juni wird der Regen aufhören und der Sturm sich im Lauf des Tages legen.«

»Die Operation Overlord«, fiel Kaun ein. »Die Invasion der Alliierten in der Normandie.«

»Genau. Ich wusste aus meinem Buch, dass Group Captain James Martin Stagg derjenige gewesen war, der General Eisenhower davon überzeugt hat, dass die Operation am 6. Juni anlaufen konnte. Die anderen Meteorologen sowohl der britischen als auch der amerikanischen Marine waren anderer Meinung als er, doch Eisenhower glaubte ihm – und Stagg behielt recht.«

»Das heißt doch aber, Sie haben den Kampf um Europa entschieden!«

Der alte Mann schüttelte den Kopf. »Nein, das heißt es nicht. Ich weiß nicht, was Stagg aus diesem Treffen und aus dem, was ich ihm gesagt habe, gemacht hat. Vielleicht hat er auf seinen großen Moment gewartet. Vielleicht hatte er das alles aber auch längst vergessen, als es soweit war, und nur ein vages Gefühl zurückbehalten, das ihn dazu veranlasste, den anderen Meteorologen zu widersprechen. Vielleicht war Eisenhower sowieso entschlossen, es auch bei Regen zu wagen. Ich weiß es nicht. Ich jedenfalls hatte nichts zu entscheiden. Ich war ein Zeitreisender, und die Geschichte war unveränderlich. In diesem Zustand habe ich all die Jahre gelebt – bis vorgestern um sechzehn Uhr achtundvierzig. Erst seither ist die Zukunft wieder offen.«

»Und Sie waren nie in Versuchung, den Lauf der Geschichte doch zu beeinflussen? Wenigstens ein bisschen?«

Der alte Mann lächelte sanft. »Oh, ich habe in dieser Hinsicht meine Möglichkeiten ausgereizt, keine Sorge. Zum Beispiel das: Ein Mädchen, in das ich einmal verliebt war – ihr Name war Esther, ich habe sie vorhin erwähnt –, hat mir von einer Bewahrung erzählt, die ihr als Kind widerfahren war. Ein alter Mann hat sie davor bewahrt, überfahren zu werden, als sie zwölf Jahre alt war. Er hat sie festgehalten, als sie am Independence Day über die Straße rennen wollte, auf der gerade ein Truck aus einer unerwarteten Richtung kam.«

Kaun hob die Augenbrauen. »Und dieser alte Mann ...?«

»War ich. Zumindest kam mir irgendwann der Verdacht.

Also bin ich in dem betreffenden Jahr nach Chicago geflogen und habe mich an der Stelle postiert, die sie mir genannt hatte: East Ontario Street, Ecke North Rush Street. Und tatsächlich kam sie angerannt, ein Kind noch, wollte blindlings ihren Eltern hinterher über die Straße, sah den Lastwagen nicht – und es war niemand sonst da, der auf sie achtete. Also bin ich hinzugetreten, hab sie festgehalten und ihr gesagt, dass sie in die falsche Richtung geschaut hat.«

»Und dann?«

»Habe ich gemacht, dass ich wieder verschwand.« Er seufzte. »In diesem Moment konnte ich meinen Vater gut verstehen, der sich zeitlebens für ein Werkzeug des Schicksals gehalten hat.«

»Eigenartiger Gedanke, dass sich manche Kreise auf eine derartige Weise schließen.« Kaun blinzelte. »Und sich selbst? Haben Sie jemals versucht, sich selbst als Kind zu begegnen?«

»Nein«, sagte der alte Mann. »Das war mir zu riskant. Es hätte mich interessiert, das schon. Wie das ist, sich selbst zu treffen. Sein jüngeres Ich von außen zu betrachten. Der Gedanke hat mich fasziniert. Ich habe meine eigene Erinnerung nach einem Anhaltspunkt durchwühlt, dass so eine Begegnung stattgefunden haben könnte. Ohne dass ich es als Kind verstanden hätte, selbstverständlich. Aber da war nichts. Keine Begegnung mit einem seltsamen älteren Mann, die es hätte sein können. Also ließ ich es lieber.«

»Wovor hatten Sie Angst?«

»Davor, zu sterben. Ganz einfach.« Der alte Mann breitete die Hände aus. »Sehen Sie, ich wusste über John Specters Leben, dass er den Krieg überlebt und danach diese Kirche begründet hatte. Ob er zu der Zeit, als der junge Michael Barron aufwuchs, noch am Leben war – immerhin war ich da schon alt, über siebzig –, das wusste ich nicht. Es hat bestimmt in irgendeinem Buch gestanden, aber das hatte ich eben nicht gelesen. Wenn ich nun aufgebrochen wäre, um mir selber als Kind zu begegnen, obwohl eine solche Begegnung nie stattgefunden hatte – was wäre geschehen, um die Konstanz der Geschichte zu bewahren? Vermutlich wäre ich einfach unterwegs gestorben.«

»Sie wollten das Schicksal nicht herausfordern.«

»Sozusagen.« Der alte Mann schmunzelte. »Aber es gibt einen Fall, in dem ich Schicksal gespielt habe. Er betrifft Sie, Mister Kaun!«

»Mich?« Kaun sah ihn entgeistert an.

»Von wem hatten Sie den Tipp, in welchem Hotel Sie mich antreffen würden? Beziehungsweise Michael Barron?«

»Von einem ehemaligen Mitarbeiter, James Ryan. Dachte ich zumindest. Es war nur eine E-Mail.«

»Der Tipp kam schon von ihm. Aber ich habe ihn darum gebeten.« Er machte eine Geste, das Anwesen bezeichnend, in dem sie sich befanden. »Von hier aus, in meiner älteren Inkarnation natürlich.«

»Was? Und woher kannten Sie ihn?«

»Oh, ich kannte ihn schon, ehe Sie ihn kennenlernten. Sie hatten mir in unserem Gespräch damals – also, für Sie in dem Gespräch vor drei Tagen – seinen Namen genannt. Das habe ich zum Anlass genommen, frühzeitig nach ihm Ausschau zu halten. Was nicht ganz unaufwendig war, denn Ryan ist ein recht häufiger Name. Aber irgendwann trat ein James Hegarty Ryan in die Dienste eines gewissen John Kaun, und ab da war klar, wen ich weiter beobachten lassen musste.«

Kauns Augenbrauen wanderten nach oben. »Sie haben *Ryan* beobachtet, ohne dass er es gemerkt hat? Das kann ich mir nicht vorstellen, bei allem Respekt.«

»Nun, ehrlich gesagt ist er den Detektiven, die ich beauftragt hatte, immer schnell durch die Maschen geschlüpft. Als er das erste Mal auf einem Foto an Ihrer Seite aufgetaucht ist, habe ich die Überwachung einstellen lassen. Ich wusste ja, dass er von nun an für Sie arbeiten würde, bis Sie mit der Jagd auf das Jesus-Video begannen. Ich hatte über ein paar Iren, die meiner kleinen Gemeinschaft hier angehören, Kontakt in den irischen Untergrund. Als ihr Ryan dort auftauchte, habe ich ihn kontaktiert und ihm ein Angebot gemacht.«

»Was für ein Angebot?«

»Ich habe ihm eine kanadische Identität verschafft und ihn unter einem neuen Namen zu meinem Vater geschickt. Lazarus Walker – der Name hat ihm überhaupt nicht gefallen! Viel zu auffällig, hat er gemeint. Aber er hat eingewilligt. Auch in meine Bedingung, dass ich ihn eines Tages um einen wichtigen Gefallen würde bitten müssen.«

»Mir diese Information zukommen zu lassen?«

»Genau.«

Kaun fuhr sich mit den Händen über das Gesicht, eine Geste, die Stephen bei ihm noch nie beobachtet hatte. »Man kriegt Knoten im Kopf, wenn man darüber nachdenkt«, meinte er entsagungsvoll. »Wie haben Sie das mit seinem Pass überhaupt gedreht?«

»Der Mann, der mir den Pass auf den Namen John Specter ausgestellt hat, wurde später ein guter Freund. Von ihm habe ich alles gelernt, was es über Pässe und dergleichen zu wissen gibt, vor allem, welche Schlupflöcher das System hat.«

»Vermutlich haben Sie sich geärgert, dass Sie sich vor Ihrer Zeitreise nicht ein paar Lottozahlen auf den Arm tätowiert haben, oder?«

Der alte Mann neigte den Kopf. »Das hatte ich in der Tat nicht. Aber ich erinnerte mich an ein paar Aktien, von denen mir mein Vater erzählt hatte, dass es die wachstumsstärksten Papiere ihrer Zeit gewesen waren. Polaroid, Avon, Masco, Xerox, Dell … Ich bin früh eingestiegen, habe die Kursschwankungen geduldig ausgesessen und bin recht wohlhabend geworden auf diese Weise.«

Kaun nickte anerkennend. Man sah, dass ihm diese Idee gefiel. »Auch nicht schlecht«, meinte er.

»Dieses Vermögen hat mir unter anderem erlaubt, Forschungen über mit Hepatitis infiziertes Knochenmark zu finanzieren. Ein Projekt, das ich vor Jahren begonnen habe. Es war zur Abwechslung etwas, dessen Ausgang ich nicht vorhersehen konnte. Mir war nur klar, dass es nicht gelingen würde, ein solches Verfahren vor unserem Zusammentreffen in Afula zu entwickeln, oder zumindest nicht sehr lange davor. Denn sonst hätten Sie davon gehört und keinen Grund gehabt, mich aufzusuchen. Dass Sie das tun würden, wusste ich aber. Was ich dagegen nicht wusste, war, ob es überhaupt gelingen würde. Doch glücklicherweise haben die Wissenschaftler vor Kurzem den Durchbruch geschafft. Ich hatte Ihnen ja damals … also, aus Ihrer Sicht habe ich es vor ein paar Tagen getan, für mich ist es eine Ewigkeit her … jedenfalls, ich hatte Ihnen versprochen, dass Ihre Tochter nicht sterben muss. Ich bin erleichtert, dass ich dieses Versprechen einhalten kann, obwohl alles anders gekommen ist als geplant.« Der alte Mann zupfte an seiner Strickjacke. »Natürlich besteht trotz allem ein medizinisches Restrisiko, aber, nun ja. Es war mir ein Anliegen, zu tun, was ich konnte.«

John Kaun musterte ihn, sichtlich beeindruckt. »Und dafür danke ich Ihnen von ganzem Herzen.«

»Sie haben ein Video von Jesus gesehen, nicht wahr? Und es hat Sie verändert?«

»Ja, das hat es.«

»Mich hat es verändert, ihm zu begegnen, auch wenn es nur kurz war. Was hätte er bewirken können, wenn er länger gelebt hätte! Welch anderen Weg hätte die Welt, hätten die Menschen …« Er winkte ab. »Unnötig, das jetzt zu diskutieren. Darüber habe ich in den vergangenen Jahrzehnten so viel gesprochen, und es hat so wenig gefruchtet. Etwas anderes ist wichtiger. Eine Bitte, die ich an Sie habe. Ein Hilferuf. Wohlgemerkt, ich mache es nicht zur Bedingung. Ihre Tochter erhält ihre Behandlung auf jeden Fall. Aber ich hoffe auf ein gewisses Wohlwollen von Ihrer Seite für mein Anliegen.«

Kaun richtete sich auf. »Heraus damit. Für das, was Sie getan haben, können Sie so gut wie alles von mir verlangen.«

»Es geht um meinen Vater, Samuel Barron.« Der alte Mann

hielt inne, knetete seine Hände, schien nach Worten zu suchen. »Ich habe ihn gestern Abend angerufen, um ihm zu sagen, dass das Unternehmen schiefgegangen ist.«

»Und was hat er gesagt?«

»Er hat mir nicht geglaubt.«

»Was?« Kaun runzelte die Stirn, überlegte. »Ihre Stimme klingt natürlich nicht mehr wie die des jungen Michael Barron. Sie müssten einen anderen Weg finden, sich sozusagen auszuweisen. Vielleicht, indem Sie irgendetwas erwähnen, das nur sie wissen können?«

»Ich bin nicht so weit gekommen. Ich glaube, ich habe es ungeschickt angestellt. Ich werde es an einem der kommenden Tage noch einmal versuchen.« Der alte Mann knetete seine Hände. »Nur fürchte ich, es wird nicht einfach. Zu akzeptieren, dass die Zeitreise fehlgeschlagen ist, wird für meinen Vater gleichbedeutend damit sein, zu akzeptieren, dass sein Glauben falsch ist. Dass er sein Leben an ein Trugbild vergeudet hat.«

Kaun nickte. »Gut möglich. Aber was kann ich in diesem Zusammenhang bewirken? Ich glaube kaum, dass er auf mich mehr hören wird als auf Sie.«

»Das ist auch nicht, worum ich Sie bitte. Worum ich Sie bitte, ist, dass Sie mir helfen, ihn zu stoppen.«

Kaun runzelte die Stirn. »Ihn *stoppen?* Wie meinen Sie das?«

»Mein Vater hat das Zeitkommando vorgestern auf die Reise geschickt. Er geht davon aus, dass es in dreieinhalb Jahren zurückkehren wird, mit dem auferstandenen Jesus Christus an Bord. Was, wie wir wissen, nicht geschehen wird. Doch das weiß mein Vater nicht, und er wird es auch nicht wissen wollen.« Er hielt inne, schien sich in Gedanken zu verlieren. »Wie gesagt, ich wusste, dass John Specter im Jahre 1964 noch leben würde – aber über sein weiteres Leben wusste ich nichts mehr. Ich wusste also nicht, ob ich den heutigen Tag erleben würde. Deswegen habe ich mich damals hingesetzt und einen sehr, sehr langen Brief verfasst, in dem ich das, was ich Ihnen gerade erzähle, niedergeschrieben habe. Ich habe diesen Brief bei einem Londoner Notar hinterlegt mit dem Auftrag, ihn Ihnen zu schicken, falls ich heute nicht mehr am Leben sein sollte.«

»Ah«, machte Kaun. »Sehr vorausschauend.«

»Wie man es nimmt. Wenn ich jetzt daran denke, was in dem Brief steht, dann glaube ich nicht, dass er Sie überzeugt hätte. Ich habe weit weniger über die Zeitreise geschrieben, als Sie mich gefragt haben, und viel, viel mehr über mein eigentliches Anliegen. Von daher war es gut, dass es so gekommen ist.«

»Ihr eigentliches Anliegen?«

»Die Apokalypse«, sagte der alte Mann. »Ich glaube nicht, dass mein Vater einfach nur abwarten wird, dass sich die Apokalypse von selber ereignet. So, wie ich ihn kenne, wird er sie herbeiführen. Verstehen Sie? Er wird es für seinen göttlichen Auftrag halten, den dritten Weltkrieg zu entfachen.«

John Kaun musterte ihn befremdet. »Meinen Sie das im Ernst?«

»*Jetzt ist die Zeit gekommen, wo du Gericht über die Toten hältst und wo du die verdirbst, die die Erde verderben*«, rezitierte der alte Mann. »Offenbarung des Johannes, Kapitel 11. Da ist schon ein Drittel der Menschheit tot und die Erde verwüstet, aber weitere elf Kapitel kommen noch.«

»Schon, nur –«

»Mein Vater glaubt felsenfest, dass die Endzeit so aussehen wird, dass all dies geschehen muss, ehe Jesus wiederkehrt und mit ihm das Königreich Gottes auf Erden. Und er ist jemand, der die Dinge gern selber in die Hand nimmt. Ferner ist er steinreich und hält sich für das Werkzeug Gottes. Sie trauen ihm besser zu viel zu als zu wenig.«

»Ja, mag sein, aber was könnte ich gegen ihn ausrichten? Ich bin nur ein kleiner Geschäftsmann, der Kartoffelchips verkauft.«

Sein Gegenüber lachte. »Mister Kaun, Sie wissen genau,

dass Sie mehr sind als das. Sie waren einmal ein Star auf dem ganz großen Parkett der Wirtschaft. Sie werden immer noch von vielen bewundert. Sie haben immer noch Verbindungen, Kontakte, Freunde in Schlüsselpositionen. Und Sie sind ein bekannter Name in Medienkreisen. Jeder Journalist, den Sie ansprechen, wird Ihnen zuhören.« Er hob die Hände. »Sie sollten ihm dann allerdings auch konkrete Informationen geben können, und die, fürchte ich, werden Sie selber beschaffen müssen. Ich kann Ihnen nur ein ungefähres Bild davon zeichnen, was sich in den kommenden Jahren abspielen wird. Was ich mit dem, was ich Ihnen bis jetzt erzählt habe, hoffentlich bereits zum großen Teil getan habe.«

Kaun war sichtlich skeptisch. »Das ist nicht so leicht, wie Sie sich das vorstellen. Ich kann nicht einfach an mein früheres Leben anknüpfen, selbst wenn ich noch einen gewissen Ruf genießen sollte. Dafür fehlen mir zum Beispiel schon die finanziellen Mittel –«

»Geld ist kein Problem«, unterbrach der alte Mann. »Ich statte Sie aus. Ich habe ohnehin mehr Geld, als ich brauche. Aber sehen Sie, *ich* kann es nicht tun. Denn ich – ich bin niemand. Der obskure Führer einer obskuren Sekte, weiter nichts. Wenn jemand wie ich anfängt, vom Weltuntergang zu reden, lachen alle nur.«

»Ja. Verstehe.« Kaun rieb sich nachdenklich die Stirn. »Ich muss zugeben, dass mir die Vorstellung missfällt, meine Tochter könnte ihre Krankheit überleben, nur um in einem Atomkrieg zu sterben.«

»Das wäre mein nächstes Argument gewesen.«

Kaun sah auf. »Gut. Abgemacht. Ich werde tun, was ich kann. Was immer das helfen wird.«

»Sie brauchen mir nicht zu versprechen, die Welt zu retten. Wenn Sie versprechen, es zu versuchen, reicht mir das schon.«

»Gut. Das kann ich versprechen.« Kaun faltete die Hände, überlegte eine Weile, sah sein Gegenüber dann wieder an und meinte: »Ich würde gern noch einmal auf Ihre Zeitreise zurückkommen, wenn Sie erlauben.«

»Bitte. Fragen Sie.«

»Ihre Rückkehr. Was ist da schiefgegangen?«

Das Gesicht des alten Mannes nahm einen schmerzlichen Ausdruck an. »Hab ich das ausgelassen? Ja. Ich denke so ungern daran zurück. Sehr, sehr ungern. Gut, dass Sie fragen.«

Kaun nickte. Schwieg. Wartete, bis der andere zu erzählen begann.

»Ich habe Ihnen erzählt, dass wir uns an dem Abend, zwei Tage vor Beginn des Passahfestes, zurückgezogen haben, weil wir wussten, in dieser Nacht geschieht es. In dieser Nacht wird Jesus im Garten von Gethsemane verhaftet, verraten durch den Kuss eines Jüngers.«

Kaun nickte wieder. »Judas. Ja.«

»Am nächsten Tag«, fuhr er fort, jedes Wort mit Bedacht wählend, »sind wir nach Jerusalem zurückgekehrt, um zu sehen, was vor sich ging. Dort sind wir dazugekommen, wie Jesus öffentlich ausgepeitscht wurde.«

Kaun hob die Brauen. »Oh.«

»Ja. Oh. Es war ein grauenhafter Anblick. Ganz und gar grauenhaft. Jesus war nackt, und sie schlugen ihn mit einer mehrschwänzigen Peitsche, in die Nägel eingeknotet waren. Folterknechte, denen das, was sie taten, sichtlich Spaß machte. Die johlten, wenn ihre Peitschenhiebe seine Haut aufplatzen ließen, wenn ihre Nägel Fleisch aus seinen Wunden rissen. Denen es Genugtuung bereitete, Blut fließen zu sehen. Ringsum schwer bewaffnete Legionäre, die die Zuschauer im Blick behielten. Mitzujohlen, die Rohlinge in ihrem Tun anzufeuern und den Verurteilten zu verhöhnen, das wurde geduldet. Doch wem Tränen in die Augen stiegen, der tat besser daran, sich im Hintergrund zu halten.« Dem alten Mann schien von der Erinnerung der Atem zu stocken. »Ich sah bald kaum mehr etwas. Und das, was ich hörte – die Schreie der Menge, das Zischen der Peitschen –, ertrug ich nicht länger. Ich ging, nein, ich taumelte davon. Ergriff wieder die Flucht. Niemand hielt mich auf, niemand fragte mich, wie man Petrus gefragt hatte: ob ich denn nicht mit dem Jesus aus Galiläa zusammen gewesen sei? Was hätte ich gesagt? Ich weiß es nicht. Ich weiß nur, dass, während Jesus die Peitschen der Römer ertrug, ich es nicht einmal ertrug, dabei zuzusehen.«

Stephen merkte, dass er unwillkürlich die Hände vor den Mund gelegt hatte, dass auch sein Atem schwerer ging. Darüber hatte er nie nachgedacht: Dass der Mann, dessen Videobild sein Leben prägte, ein so schreckliches Schicksal erlitten hatte, einen so furchtbaren Tod gestorben war. Ihm war es immer genug gewesen, sich von dessen gespeichertem digitalen Abbild berühren, erfüllen, aufrichten zu lassen; weiter waren seine Gedanken nie gegangen.

Doch nun spürte er, dass auch ihm die Tränen kamen.

»Ich habe die Stadt verlassen«, fuhr der alte Mann fort, »nach Norden, in Richtung unserer Maschine. Die anderen sind mir gefolgt. Ich habe es erst gar nicht bemerkt, bin nur tränenblind dahingestolpert. Wir sind etwa gleichzeitig angekommen, haben den Eingang geöffnet, sind eingestiegen, haben die Tür hinter uns verschlossen, alles sprachlos. Dies war er, verstehen Sie? Der Tag der Kreuzigung. Der Tag, von dem die Evangelien sagen, *es ward eine Finsternis über das ganze Land bis zur neunten Stunde*. Der Tag, von dem es heißt, dass der Vorhang im Tempel von oben bis unten zerriss in dem Moment, in dem Jesus starb. Wir hatten all das gewusst, aber nur aus Büchern. Es zu erleben, dabei zu sein, war etwas völlig anderes.«

»Und dann?«

Zögern. Schwere Atemzüge. »Keiner von uns brachte ein Wort heraus. Unsere Gesichter waren blass wie der Tod. Schweißnass. Ich musste die ganze Zeit daran denken, was Jesus noch bevorstand. Dass er, zerschunden, wie er war, das Kreuz bis zur Hinrichtungsstätte würde schleppen müssen. Dass man ihn dort darannageln würde. Ich musste an die beiden toten Männer denken, die wir im Norden gesehen hatten, ihre zerfressenen, verwesenden Leichname, die noch am Kreuz gehangen hatten. Und irgendwann habe ich es nicht mehr ausgehalten. Ich bin aufgestanden und habe gesagt: Lasst uns nicht rumsitzen und heulen. Lasst ihn uns *retten!*«

Kaun riss die Augen auf, öffnete den Mund, brachte aber keinen Ton heraus.

»Wen, fragen sie völlig entgeistert«, erzählte der alte Mann mit brüchiger Stimme weiter. »Na, Jesus natürlich, sage ich. Wie ich mir das vorstelle? Ich sage: Ganz einfach – die Maschine hat noch genug Treibstoff, um eine Runde über Jerusalem zu drehen, Mark hat es selber gesagt. Also – lasst uns das tun! Lasst uns dort landen, wo Jesus jetzt ist, lasst uns alle Soldaten um ihn herum erschießen, und dann holen wir ihn an Bord und drücken den Rückkehrknopf! Was wollen sie dagegen tun? Wenn unsere Revolver losknallen und die Römer tot umfallen, was wollen sie tun? Sollen sie uns für Götter halten, sollen sie fliehen – egal. Hauptsache, wir retten ihn.«

Kaun nickte, mit angehaltenem Atem, wie es aussah. »Und?«

Der alte Mann legte die gefalteten Hände vor den Mund, ein Bild der Erschütterung. »Ich dachte in diesem Moment, das ist es. Das ist, wofür wir in die Vergangenheit gekommen waren, wofür uns das Schicksal an diese Stelle gebracht hat: um Jesus zu retten vor seinen verrohten, erbarmungslosen Schlächtern. Ich war sicher, alle würden mir zustimmen. Aber das taten sie nicht. Stattdessen sahen sie mich an wie jemanden, der den Verstand verloren hat. Der Erste, der sprach, war Roger, und er schrie mich an: Bist du verrückt? Wieso bin ich verrückt, frage ich zurück. Darauf er: Jesus *muss* sterben – wie soll er denn sonst *auferstehen?*«

Kapitel 48

Als die Pharisäer hörten, dass Jesus die Sadduzäer zum Schweigen gebracht hatte, kamen sie zusammen. Nun versuchte einer von ihnen, ein Gesetzeslehrer, Jesus eine Falle zu stellen. »Was ist das wichtigste Gebot von allen?«, fragte er ihn. Jesus antwortete: »›Du sollst den Herrn, deinen Gott, lieben von ganzem Herzen, mit ganzer Seele, mit ganzem Verstand!‹ Das ist das erste und wichtigste Gebot. Das zweite ist ebenso wichtig: ›Du sollst deinen Nächsten lieben wie dich selbst!‹ Mit diesen beiden Geboten ist alles gesagt, was das Gesetz und die Propheten wollen.«

Das Evangelium nach Matthäus, Kapitel 22

Ein endloser Augenblick eiserner Stille, sowohl in dem Raum, in dem sie saßen, als auch in dem Raum, den das Video zeigte.

Dann hob der alte Mann eine Hand, wischte sich etwas aus dem Augenwinkel, eine Träne. »Ich … ich konnte erst gar nicht glauben, dass ich das gehört hatte. Dass er das wirklich gesagt hatte. Was, fragte ich. Und da sagte er es noch einmal. Jesus muss sterben, sonst kann er nicht auferstehen. Ich sah ihn fassungslos an, sagte: Aber ich *will* nicht, dass er stirbt. Ich will ihn da wegholen. Rausholen aus der Stadt. Nach Hause bringen. In die Gegenwart. In ein Krankenhaus, wo man ihn retten kann.«

Kaun sagte nichts, sah ihn nur an und sank dabei eine Winzigkeit nach hinten.

»Da ging Mark dazwischen. Mark, der immer vernünftig war, immer einen kühlen Kopf bewahrt hat. Michael, sagt er, verlier jetzt nicht die Nerven. Das ist eben der Plan. Der Plan Gottes. Er opfert seinen Sohn für uns. Jesus weiß das, er hat es freiwillig auf sich genommen. Du weißt das doch alles, Michael.« Er blinzelte. »Aber ich stieß ihn weg, schrie: Das ist Quatsch! Was heißt, er opfert seinen Sohn? *Wem* denn? Hmm? Wem muss Gott ein Opfer bringen? Das ist völlig unlogisch. Gott ist der Schöpfer von allem und jedem, es gibt nichts und niemanden darüber; was soll das Gerede von einem Opfer, das er bringen muss? Hört auf, lasst uns losfliegen, lasst uns Jesus da rausholen, so schnell wie möglich!«

»Hmm«, hörte man Kaun murmeln. »Ja, stimmt eigentlich. Das ist nicht sonderlich logisch.«

Der alte Mann achtete nicht auf ihn, war völlig in seinen Erinnerungen. »Der Nächste ist Jeremy, der aufschreit und meint: Und unsere Sünden? Was wird aus unseren Sünden? Was redest du da, rief ich. Er ist außer sich. Wir dürfen da nicht eingreifen, ruft er, Jesus hat unsere Sünden auf sich genommen, er muss sterben, damit uns unsere Sünden vergeben werden. Auch Tom mischt sich ein, packt mich am Arm, schüttelt mich und ruft, komm zu dir, reg dich ab, er wird ja auferstehen. Ja, schreie ich ihn an, na und? Ich will nicht, dass er diese Qualen erleiden muss, kapierst du das nicht? Ich will nicht, dass er so schrecklich *sterben* muss!«

Kaun saß ihm gegenüber wie versteinert.

»Ich kam mir in dem Moment vor wie der einsamste Mensch der Welt. Meine Kameraden, mit denen ich durch dick und dünn gegangen war, die ich als Brüder empfunden hatte, waren mir auf einmal so fremd, als kämen sie von einem anderen Stern. Ihr könnt doch nicht behaupten, dass ihr Jesus liebt, und gleichzeitig wollen, dass er stirbt, schrie ich sie an. Das passt doch nicht zusammen. Ihr liebt ihn nicht, wenn ihr das wollt. Das ist doch alles Lüge. Ihr lügt euch in die Tasche. Wenn man jemanden liebt, dann will man, dass er *lebt!* Aber ihr liebt Jesus nicht. Ihr betet nur zu ihm, weil ihr Angst habt vor der Hölle. Oder? So ist es doch? Es ist ein Deal für euch. Ihr glaubt und betet, damit ihr später in den Himmel kommt. Es ist ein knallhartes Geschäft. Ihr liebt Jesus nicht, ihr habt nur Angst um euch selbst! Ihr seid um kein Haar besser als Judas!«

»Harte Worte«, meinte Kaun leise.

»Mag sein, aber ich war verzweifelt. Wobei derjenige, den ich eigentlich angeschrien habe, ich selber war. In diesem Moment konnte ich nicht mehr begreifen, wie mir die Lehre, dass der Tod Jesu ein bewusstes Opfer gewesen sein soll, je hatte einleuchten können. Ich sah das, was dabei war, zu passieren, auf einmal als Unglück, als schreckliches Versagen, und das kann ich seither nicht mehr anders sehen.« Er strich sich durch die dünnen, weißen Haare. »Ich erreichte auch nichts. Sie standen gegen mich, hielten daran fest, dass Jesus sterben und auferstehen müsse, und dann würden sie sich ihm offenbaren. Er weiß doch Bescheid, sagte Tom immer wieder, er weiß Bescheid. Und ihr glaubt, er geht danach mit euch, hab ich gefragt. Wie stellt ihr euch das vor? Dass ihr zu ihm hingeht und sagt, hi, wir haben dich in aller Ruhe sterben lassen, schön, dass du wieder fit bist, möchtest du nicht einsteigen und mit uns in die Zukunft kommen? Da gäb's einen Planeten zu reparieren und einem Haufen ähnlich undankbarer Heuchler und Schweinehunde wie uns das Paradies auf Erden zu verschaffen, los, an die Arbeit? Ich war so erbittert zu sehen, was für ein erbärmlicher Deal hinter der Religiosität steckte, mit der ich aufgewachsen war, umso erbitterter, als ich in der Gegenwart Jesu etwas gespürt hatte, das *wirklich* war und größer als alles, was ich kannte. Eine wahrhaftige Transzendenz, wenn Sie mir die Verwendung dieses abgenutzten Wortes für einen Moment erlauben, denn hier, was das betraf, stimmte es. Das war es, wofür dieses Wort einmal geschaffen worden war. Aber ich kam nicht durch, erreichte gar nichts. Mark sagte, du bist außer dir, es war zu viel für dich, schon okay. Du bleibst jetzt einfach da, einer von uns bleibt bei dir, und wir anderen gehen los und schauen zu, dass wir den richtigen Augenblick erwischen. Was für ein Augenblick soll das sein, fragte ich. Na, meinte Mark, wir müssen beobachten, in welches Grab sie ihn legen. Wo wir warten müssen, bis es soweit ist. Bis die Engel kommen und den Stein wegrollen, damit Jesus wieder herauskommen kann. Das wird der richtige Augenblick sein. All das hat er zu mir gesagt in dem Wissen, dass Jesus noch lebte, dass sie ihm vielleicht gerade die Dornenkrone auf den Kopf pressten und das Kreuz auf die blutenden, geschundenen Schultern luden. In dem Wissen, dass der größte Teil der Qual noch vor ihm lag!«

Nun war es an John Kaun, sich etwas aus den Augen zu wischen. »So habe ich diese Geschichte noch nie betrachtet, muss ich zugeben.«

Der alte Mann legte die Hände vor den Mund, bemühte sich, wieder ruhiger zu atmen. »Verstehen Sie jetzt, warum ich unser Gespräch aufnehmen musste? Ich würde es nicht fertigbringen, all diese Erinnerungen ein weiteres Mal zu durchleben.«

Kaun nickte. »Und dann? Wie ging es weiter?«

»Sie beschlossen, dass Tom bei mir bleiben solle. Die anderen stiegen aus, und in dem Moment, in dem die Tür sich schloss, bin ich durchgedreht. Ich habe Tom beiseitegestoßen und bin zum Steuerpult gestürzt. Ich hatte nicht viel Übung darin, das Ding zu fliegen, nur aufsteigen und absteigen, aber ich dachte, irgendwie kriege ich das hin. Ich hatte noch nicht einmal den Anlassknopf gefunden, da war Tom schon an der Tür, stieß sie wieder auf und rief die anderen zu Hilfe. Dann ging alles drunter und drüber. Roger stürzte herbei, riss mich vom Pult weg. Ich schlug zurück – sinnlos, er war ein Schrank von einem Mann –, Mark schrie, wir sollten Ruhe bewahren, das sei unchristliches Verhalten, was wir hier an den Tag legten, wir dürften Satan keinen Raum geben und all so Zeug. Und dann, ich weiß nicht mehr, wie, gelangte ich an einen der Umhängebeutel, die da noch lagen, bekam einen der Revolver in die Hand, fuchtelte damit herum und drohte. Ich dachte, ich könnte Mark dazu zwingen, die Maschine nach Jerusalem zu fliegen. Da hing auf einmal Jeremy an mir, hatte meinen rechten Arm gepackt und riss an dem Revolver, während er immer wieder schrie: Du wirst mich nicht mit meinen Sünden sterben lassen! Du wirst mich nicht mit meinen Sünden sterben lassen!«

»Und dann löste sich ein Schuss, nehme ich an.«

»Natürlich. Ich war kein guter Schütze, und ein Revolver, dessen Hahn gespannt ist, ist nichts, an dem man wild herumzerren sollte. Immerhin hatte ich daran gedacht, die Mündung von den anderen wegzuhalten. Aber als der Schuss fiel – mit einem Knall, der im Inneren der Maschine ohrenbetäubend laut war –, zischte er als Querschläger herum und traf das Rückkehrmodul unter dem goldenen Thron im Mittelpunkt der Maschine. Und das«, sagte der alte Mann und hob die Hände in einer Geste der Ratlosigkeit, »löste irgendetwas aus, das so nicht vorgesehen war. Die gelbe Signallampe begann zu blinken, ein Display zählte von zehn Sekunden abwärts, Mark schrie: Nein, nein, nein, nicht! Wir dürfen nicht ohne ihn zurückkehren! Ich sehe noch vor mir, wie er die Sicherheitsabdeckung herabreißt und immer wieder auf den roten Stopp-Schalter hämmert, aber die Uhr zählt weiter abwärts, egal was er macht. Als sie bei vier ist, kriegt das Aggregat einen Sprung, als stünde es unter Druck, bei drei zerplatzt es mit einem Knall. Der letzte Eindruck, an den ich mich erinnere, ist, wie wir alle auseinandergeschleudert werden. Farbige Funken sprühen rings um uns herum, bis plötzlich eine Woge von Dunkelheit aus dem Gerät bricht, die alles auslöscht. Etwas wie eine Stoßwelle packt mich und schleudert mich davon. Und dann – nichts mehr. Dann erwachte ich auf der schon erwähnten blühenden Wiese.«

»Ein unkontrollierter Sprung sozusagen.«

»Ungewollt und äußerst unkontrolliert, ja.«

John Kaun musterte sein Gegenüber nachdenklich. »Denken Sie, es hätte gelingen können, Jesus vor dem Tod am Kreuz zu retten, wenn Sie sich alle einig gewesen wären?«

Der alte Mann lächelte melancholisch. »Hier sehen Sie das Prinzip am Werk, das dafür sorgt, dass die Geschichte unverändert bleibt. Es *konnte* uns nicht gelingen, weil es anders geschehen war. Oder war es anders geschehen, *weil* es uns nicht gelungen war? Wenn Sie darüber nachdenken, erkennen Sie, dass diese Frage unentscheidbar ist.«

»Was, glauben Sie, ist aus Ihrer Zeitmaschine geworden?«

»Ich denke, die entfesselte Rückkehrkraft hat sie zerstört. Jedenfalls hat man nie irgendwelche Teile von ihr ausgegraben, nicht wahr? Nicht in Palästina, wo die Archäologen schon jeden Stein umgedreht haben.«

»Und Ihre Kameraden?«

»Spurlos verschwunden. In andere Zeiten und an andere Orte, nehme ich an. Ich habe nie wieder etwas von ihnen gehört.«

Damit endete das Video.

»So also ist das gewesen«, sagte Stephen leise. »Dann war es wahrscheinlich diese Aufnahme, die John Kaun mir nach seiner Rückkehr aus London zeigen wollte. Nur, dass er eben nicht zurückgekommen ist.«

»Tut mir leid«, sagte ihre Gastgeberin. »Wenn ich es nicht so lange vor mir hergeschoben hätte, seine Sachen auszuräumen …«

»Nicht so tragisch. Ihr Mann hat sein Versprechen trotzdem gehalten.«

Sie sah ihn erstaunt an. Wie er das meine? Also erzählten Stephen und Judith ihr, was damals in Israel passiert war und welchen Anteil John Kauns Unterlagen daran gehabt hatten, das Schlimmste zu verhindern.

Das Schweigen danach dauerte lange.

»Sie haben einmal angeboten«, sagte Bethany Kaun endlich leise, »mir dieses Jesus-Video zu zeigen, Mister Foxx. Erinnern Sie sich?«

»Ja, natürlich«, sagte Stephen.

»Ich glaube, jetzt wäre ich so weit, es mir anzusehen.«

»Gern.« Stephen stand auf. »Ich habe eine DVD mit einer Kopie davon dabei, draußen im Wagen. Warten Sie, ich hole sie.«

Fundstück 4

Das *Zhongguo Sichou Bowuguan*, das Nationale chinesische Seidenmuseum, befindet sich am Südufer des Westsees in Hangzhou in der Provinz Zhejiang. Es wurde im Jahre 1992 eröffnet und widmet sich ausschließlich der fünftausendjährigen Geschichte der Seide. Es ist das größte Museum seiner Art.

Das Hauptgebäude, das mehrere Ausstellungen zu verschiedenen Themen beherbergt, ist futuristisch gestaltet. Folgt man der Präsentation von Techniken der Aufzucht von Seidenraupen, gelangt man irgendwann in einen Nebenraum, in dem nur einige eher unscheinbare Seidenbilder aus der Qin-Dynastie hängen. (Dabei handelt es sich um die Zeit jener Kaiser, die im zweiten vorchristlichen Jahrhundert zum ersten Mal das gesamte von Chinesen bewohnte Territorium unter ihrer Führung vereinigt haben. Dadurch entstand der Staat China, wie er heute noch existiert: Der Name *China* leitet sich von *Qin* ab.)

Diese Seidenbilder, von denen keines größer ist als die Fläche zweier Hände, zeigen Tiere wie Ochsen, Löwen oder Enten, florale Muster und stilisierte Bäume – alle, bis auf eines. Auf einem der Bilder sieht man einen Mann mit seinen zwei Frauen. Laut Katalog soll es sich dabei um den Leibarzt von König Ying Zheng von Qin handeln, des späteren ersten chinesischen Kaisers Shi Huangdi.

Das Ungewöhnliche daran ist, dass der Mann auf diesem Bild blond ist. Kein anderes Porträt aus geschichtlichen Zeiten stellt jemanden mit dieser Haarfarbe dar, die bei Chinesen praktisch nicht vorkommt.

Fundstück 5

Im Jahre 1908 verursachten außergewöhnlich starke Regenfälle in der Nähe von Glen Rose, Texas, Überschwemmungen, die massive Kalksteinplatten aus dem Flussbett des Paluxy River rissen. Dadurch wurden große versteinerte, dreizehige Fußabdrücke freigelegt, die ein Teenager namens George Adams im Frühjahr 1909 entdeckte. Ein Lehrer des Ortes, Robert McDonald, identifizierte diese Abdrücke als die von Dinosauriern. Wissenschaftler, die sie genauer untersuchten, kamen zu dem Schluss, dass es sich um Spuren von jagenden Acrocanthosauriern handelte, zweibeinigen Fleischfressern von über zehn Metern Körperlänge.

Im Jahr darauf stießen zwei andere Teenager, Charlie Moss und sein Bruder Grady, an einer anderen Stelle im Paluxy River auf eine ähnliche Fährte. Wieder waren es große dreizehige Abdrücke – mit dem Unterschied, dass man zwischen den Dinosaurierspuren kleinere, ebenfalls versteinerte Tritte sah. Nach Überzeugung der Einheimischen handelte es sich dabei um menschliche Fußspuren.

Das war auch schon nach damaligem wissenschaftlichen Kenntnisstand ein Ding der Unmöglichkeit. Die Zeit der Saurier ist vor fünfundsechzig Millionen Jahren zu Ende gegangen, lange vor der Entstehung größerer Säugetiere und mindestens sechzig Millionen Jahre, ehe der früheste Vorfahr des *Homo sapiens* aufgetreten ist. Menschen und Saurier können einander also nie begegnet sein.

Möglicherweise wurde diesem zweiten Fund deswegen nicht die akademische Aufmerksamkeit zuteil, die nötig gewesen wäre, um die Frage, worum es sich dabei handelte, eindeutig zu klären. Jedenfalls nicht rechtzeitig, ehe in den 1930er Jahren ein gewisser Jim Ryals begann, Stellen, an denen die scheinbar menschlichen Fußspuren dicht neben denen von Sauriern zu finden waren, aus dem Fels zu schlagen und zu verkaufen. Bis heute ist ungeklärt, an wen diese Fossilien gingen und wo sie abgeblieben sind.

Offenbar weckte diese Geschäftsidee den Neid des ursprünglichen Entdeckers, George Adams. Dieser begann, lose Steine mit geeigneten Vertiefungen zu suchen und diese zu menschlich aussehenden Fußspuren zu erweitern, um sie ebenfalls zu verkaufen. Da er sich dabei nicht sehr geschickt anstellte (fast alle noch erhaltenen »Menschenspuren« weisen schwerwiegende anatomische Fehler auf) und sein betrügerisches Vorgehen überdies später von seinem Neffen aufgedeckt wurde, kamen die Spuren vom Paluxy River derart in Verruf, dass sie heute nicht einmal mehr von Anhängern des Kreationismus akzeptiert werden.

Wenig bekannt ist, dass sich im Besitz einer Nichte von Jim Ryals ein Foto befindet, das eines der größten Felsstücke zeigt, die dieser je aus dem Flussbett gelöst hat. Man sieht darauf den Abdruck eines menschlichen Fußes, kurz dahinter eine Vertiefung, die man sich als Abdruck eines Knies vorstellen kann – und schließlich den Abdruck einer Hand. Es ist ein Anblick, bei dem man förmlich vor sich sieht, wie ein Mensch, der mit letzter Kraft vor einem Saurier zu fliehen versucht, stürzt und zu dessen Opfer wird.

Der Abdruck zeigt übrigens eine rechte Hand, an der der kleine Finger fehlt.

Fundstück 6

Das schottische Schloss *Cawder Castle* liegt rund 16 Kilometer östlich von Inverness und nimmt für sich in Anspruch, Schauplatz der geschichtlichen Ereignisse gewesen zu sein, die William Shakespeare zu seinem Drama *Macbeth* inspiriert haben: Hier, so will es die Legende, soll Macbeth König Duncan umgebracht haben, und zwar im Jahr 1040.

Man kann dieses Schloss besichtigen. Es ist berühmt für seine Gärten, den *Walled Garden* etwa, der im 17. Jahrhundert angelegt wurde, den Blumengarten aus dem 18. Jahrhundert oder den *Wild Garden*, der um 1960 entstanden ist. Auf dem Gelände des Schlosses liegt ferner ein Wald, in dem man über einhundert verschiedene seltene Flechtenarten nachgewiesen hat.

In einem der zahlreichen Räume des Schlosses befindet sich ein Kamin, der mit einem Steinrelief verziert ist, das unter anderem einen pfeiferauchenden Fuchs zeigt. Der Fuchs hält die Pfeife genau wie ein menschlicher Raucher und grinst dabei verschmitzt. Am Rand des Reliefs ist die Jahreszahl 1510 eingraviert.

Tabak wurde allerdings erstmals 1585 nach England eingeführt, also nicht weniger als fünfundsiebzig Jahre, *nachdem* jemand den rauchenden Fuchs in Stein gehauen hat.

– ENDE –

Leseprobe aus

ANDREAS ESCHBACH

Das Jesus-Video

Bastei Lübbe Taschenbuch

Bd 17035

1

SEIT ER WUSSTE, dass er berühmt werden würde, wartete er auf sie. Dass sie so schnell kamen, erstaunte ihn, aber es überraschte ihn nicht.

Zuerst war da nur eine Staubwolke, in weiter Ferne. Er nahm sie gleichsam aus dem Augenwinkel wahr, sah dann hoch und überlegte, ob ihm seine erwartungsvoll gespannten Nerven einen Streich spielten. Wahrscheinlich. Fahrzeuge wirbelten solche Staubwolken auf, wenn sie über die steinige Piste fuhren, die etwa eine Meile südwestlich des Lagers verlief. Aber das war sicher nur wieder ein Lastwagen, der in das nahe gelegene Dorf wollte. Wahrscheinlich hatte es nichts zu bedeuten. Nicht das, was er erwartete.

Er wandte sich wieder den wenigen Quadratzentimetern Erde zu, die er seit einer Stunde mit einem Borstenpinsel bearbeitete. Es war heiß. Sie hatten Juni, und schon in den Morgenstunden stiegen die Temperaturen auf achtundzwanzig Grad und mehr. Danach vermied es jeder, auf ein Thermometer zu schauen. Es hatte seit Wochen nicht mehr geregnet, was für die Arbeit natürlich gut war, aber die oberste Schicht des Erdreichs verwandelte sich dadurch in feinen, widerlichen Staub, den der leiseste Windhauch mit sich forttrug, den sie atmeten, aßen, mit sich in ihre Zelte und Feldbetten trugen und bis zum Ende der Ausgrabungsarbeiten nicht mehr richtig loswerden würden. Zusammen mit Schweiß bildete er eine dünne, schmierige Schicht, gegen die die wasserarmen Tröpfelduschen, die sie hier im Lager verwendeten, keine Chance hatten.

Ja, er musste sich eingestehen, dass er wartete. Dass etwas in ihm bebte vor Ungeduld. Dass er nur arbeitete, um sich davon abzulenken. Die Münze, auf die er vorhin gestoßen war, als er an einer vielversprechenden Stelle behutsam mit bloßen Händen das Erdreich beiseitegeräumt hatte, war ein Schekel aus dem Jüdischen Krieg, eine wertvolle geprägte Silbermünze, die eine Blume mit drei Blütenkelchen zeigte und entlang des Randes eine Aufschrift in der alten hebräischen Schrift aufwies. Mit seinem Pinsel hatte er sie soweit gereinigt, dass sie fotografiert und dann ins Grabungsbuch eingetragen werden konnte. Normalerweise hätte ihn ein solcher Fund in Hochstimmung versetzt. Nur während einer sehr kurzen Periode der römischen Besatzungszeit hatten die Juden Silbermünzen mit hohen Werten geprägt, nämlich in der Zeit des jüdischen Aufstands, der im Jahr 66 begonnen und im Jahr 70 von römischen Truppen niedergeschlagen worden war. Damals war der Große Tempel zerstört worden, und die jüdische Vertreibung hatte ihren Anfang genommen. Die Münze war ein weiterer Fund, der eine präzise Datierung der Gräber erlaubte, die sie freilegten.

Aber er war mit seinen Gedanken woanders. Bei dem Fund vom Vortag. Er hatte ihn nicht selber gemacht – einer der Ausgrabungshelfer, ein junger Student aus den Vereinigten Staaten, war darauf gestoßen –, aber er war der Einzige, dem seine Bedeutung klar war. Ihn schauderte, wenn er daran dachte. Noch nie zuvor waren Archäologen auf ein so brisantes Fundstück gestoßen, ein Artefakt, das buchstäblich die Grundfesten der Zivilisation erschüttern konnte.

Die Staubwolke kam näher, hatte jetzt die Abzweigung passiert und, anstatt zum Dorf weiterzufahren, die Richtung auf das Lager eingeschlagen. Charles Wilford-Smith legte den Pinsel auf das aufgeschlagene Grabungsbuch, zwischen dessen Seiten der Sand knisterte, und stand auf.

Die Landschaft ringsum irritierte ihn jedes Mal. Stumpfes, ödes Land erstreckte sich in kargen Wellen ringsumher, vegetationslos bis auf vereinzelte dürre Halme, die im Schatten größerer Steine wuchsen. Sie verliehen der Ebene zumindest einen grünen Schimmer, bis sie am Horizont in graue, alte

Hügel überging, von deren ursprünglicher Höhe viel abgetragen worden war von einem Wind, der ungezählte Jahrtausende geweht hatte und immer noch wehte. Trotzdem hatte man kein Gefühl von Weite. Man fühlte sich im Gegenteil wie unter einem Brennglas. Als könne man es körperlich spüren, wie die Geschichte von mindestens drei großen Kulturen sich in diesem Land bündelte. Jeder Stein, jeder dürre Krüppelstrauch schien mit Erinnerungen an blutige Dramen und gnadenlose Verfolgungen getränkt zu sein, ferne Echos der Stimmen biblischer Propheten schienen noch von den Bergen widerzuhallen, und die Inbrunst zahlloser Gebete schien den Körper zu durchdringen wie radioaktive Strahlung.

Bedächtig nahm er den breitkrempigen Sonnenhut ab, den er stets bei der Arbeit trug. Er war so etwas wie sein Markenzeichen geworden, unfreiwillig, und die Jahre hatten ihre Spuren darauf hinterlassen. Er zog ein Taschentuch hervor, das einmal weiß gewesen war, wischte sich damit über die Stirn und dann über den Schädel, auf dem das altersgraue Haar seit Jahrzehnten auf dem Rückzug war.

»Shimon«, sagte er halblaut.

Aus dem benachbarten Erdloch kam der Kopf eines Mannes, der um die fünfzig sein mochte, ein rundes Vollmondgesicht mit krausem dunklen Haar und starkem Bartwuchs. Die Augen blinzelten geistesabwesend. Sie hatten bis gerade eben in eine zweitausend Jahre zurückliegende Zeit geblickt und stellten sich nur mühsam zurück auf die Gegenwart ein. »Was gibt's?«

Er deutete auf die näher kommende Staubwolke. »Wir bekommen Besuch.« Mittlerweile erkannte man das Fahrzeug, eine lang gezogene dunkle Limousine, die eindeutig nicht für derartige Schotterpisten gebaut war. Die Sonne tanzte glitzernd auf den Chromleisten rund um die verdunkelten Scheiben, wenn der Wagen durch eines der zahllosen Schlaglöcher fuhr und dann schaukelte wie ein Küstenwachboot in schwerem Seegang.

»Besuch?« Shimon erhob sich schwerfällig und schaute zu dem Fahrzeug hinüber. »Wer kann das sein?«

»Hoher Besuch.«

»Jemand von der Regierung?«

»Noch höher vermutlich.« Er setzte den Sonnenhut wieder auf und stopfte das Tuch zurück in seine Hosentasche. »Unser Geldgeber.«

»Ah!« Shimon Bar-Lev sah ihn an. Sie arbeiteten seit fast zwanzig Jahren zusammen. »Areal 14, nicht wahr? Das will er sich ansehen. Und was ist mit uns? Willst du ewig ein Geheimnis daraus machen, was du und dieser – wie heißt er?«

»Foxx«, erwiderte Wilford-Smith geduldig. Shimons schlechtes Gedächtnis für die Namen lebender Personen war legendär. »Stephen Foxx.«

»Ja, genau. Was du und dieser Foxx gefunden habt?«

»Nein, natürlich nicht.«

»Aber der Mann in der Limousine dort erfährt es vor mir?«

»Ja. Glaub mir, Shimon, wenn du es erst weißt, wirst du verstehen, warum ich mich so anstelle.«

Shimon knurrte etwas Unverständliches. Er wirkte dabei wie ein trotziges Kind.

Wilford-Smith sah sich um. Satellitenbilder hatten ihn auf die Spur dieser Siedlung gebracht, die um die Zeitenwende herum bewohnt gewesen war. Aufgrund dieser Bilder hatten sie neunzehn auszugrabende Areale bestimmt. Innerhalb jedes Areals waren sie nach einem Gittersystem vorgegangen, wobei Quadrate von fünf mal fünf Metern freigelegt wurden. Das auf der Oberfläche markierte Gitter blieb dabei stehen und bildete zwischen den ausgegrabenen Quadraten ein Schnittprofil von einem Meter Breite, das es dem Ausgräber erlaubte, alle Details einem festen Bezugssystem zuzuordnen. Das war die traditionelle Methode, die sich in aller Welt bewährt hatte. Und natürlich waren die Gitter – die ›Katzenstege‹, wie man sie nannte – die Zugangswege zu allen Grabungsstellen, manchmal wie ein System schmaler Brücken über Abgründe.

Von den neunzehn Arealen wurden vorerst nur die fünf vielversprechendsten bearbeitet. Das hieß, seit gestern sechs. Er hatte die Arbeiten am Areal 14 einstellen lassen und die Hilfskräfte stattdessen damit beginnen lassen, die obersten Schichten von Areal 3 abzutragen. Über dem Fundort stand jetzt ein großes weißes Zelt, das nachts von zwei grimmigen jungen Männern mit geladenen Maschinenpistolen bewacht wurde. Diese Männer gehörten einem in Tel Aviv angesiedelten Sicherheitsdienst an und waren keine anderthalb Stunden nach seinem Telefonat mit dem Mann aufgetaucht, der jetzt aller Voraussicht nach in der schwarzen Limousine saß.

Natürlich gab es Gerüchte. Er konnte es förmlich brummen hören, wenn er zwischen den Ausgräbern hindurchging. Die meisten waren Volontäre, freiwillige junge Hilfskräfte aus aller Welt, die ihnen die *Israel Antiquities Authority* in Jerusalem vermittelte. Für ein lächerliches Entgelt und das Gefühl von Abenteuer nahmen sie es auf sich, täglich früh aufzustehen und den ganzen Tag körbeweise Erde und Steine zu schleppen. Nun beobachteten sie ihn aus den Augenwinkeln und fragten sich, was hier eigentlich vorging.

»Vielleicht ist es am besten, wenn wir alle Arbeiten für heute einstellen«, überlegte er halblaut. »Die Leute sollen sich ausruhen.«

Shimon sah ihn entgeistert an. »Aufhören? Aber es ist noch nicht einmal drei Uhr!«

»Ich weiß.«

»Was soll das? Es gibt so viel zu tun. Sie haben gerade angefangen mit dem neuen Areal, und …«

Er spürte, wie seine Stimme einen unduldsamen Klang bekam. »Shimon – das sind lauter junge Leute, intelligent, strotzend vor Energie und so neugierig, dass sie fast platzen. Es ist mir egal, wie du es anstellst, aber keiner von denen kommt mir heute Abend in die Nähe von Areal 14, *alright?*«

Der andere sah ihn lange an, und wie immer stellte sich jenes gegenseitige Verstehen ein, das sie beide als magisch empfanden. »*Alright*«, sagte Shimon dann. Es klang wie ein Versprechen. Es *war* ein Versprechen.

Er seufzte, stieg mühsam aus der Grabungsstelle hinauf auf den schmalen Steg des ursprünglichen Bodens. Drüben an Areal 3 standen sie schon. Junge Männer hauptsächlich, nur einige wenige, heftig umworbene Frauen dazwischen. Sie beobachteten den schwarzen Wagen, der jetzt langsam, beinahe unschlüssig über den Parkplatz rollte, und dann wieder ihn. Er glaubte ihre Blicke auf der Haut zu spüren, während er gelassenen Schrittes auf das lose abgegrenzte Geviert zuging, in dem die Autos abgestellt waren. Zumindest hoffte er, dass es gelassen aussah und nicht einfach gebrechlich. Seit er die siebzig überschritten hatte, fielen ihm die Klagen seines Vaters wieder ein, der siebenundachtzig geworden war und seine Familie die letzten siebzehn Jahre seines Lebens über den, wie er es zu nennen pflegte, *fortschreitenden Zerfall* seines Körpers keinen Tag im Unklaren gelassen hatte.

Der schwarze Wagen war zum Stehen gekommen. Gelbes Nummernschild, also ein israelischer Wagen. Wo um alles in der Welt bekam man in Israel so ein Auto? Er staunte immer wieder, was Geld auszurichten vermochte.

Offenbar warteten sie im vermutlich angenehm klimatisierten Inneren. Als er den Wagen erreicht hatte, stieg der Chauffeur aus, ein Koloss von einem Mann, breitschultrig, militärisch kurz geschnittene Haare, in eine ebenfalls beinahe militärisch aussehende Uniform gekleidet, einen Revolver unübersehbar im Schulterhalfter. Sicher war er hauptberuflich Bodyguard und nur nebenbei Chauffeur, denn die Art, wie er den Wagenschlag öffnete, wirkte linkisch und einstudiert.

Der Mann, der dem Fond der Limousine entstieg, war nicht nur reich und mächtig, er sah auch so aus. Er trug einen perfekt sitzenden dunkelblauen Anzug, der in dieser Umgebung völlig deplatziert gewirkt hätte, wäre er von jemand anderem getragen worden. John Kaun aber, jeder Zoll unumschränkter Herrscher über ein weltweites Firmenkonsortium, war es gewohnt, dass sich die Umgebung nach ihm richtete, nicht umgekehrt. Irgendwie schien das auch für Wüstenlandschaften, archäologische Grabungsstätten und hochsommerliche Temperaturen zu gelten.

Sie begrüßten einander mit der gebotenen Höflichkeit. Sie waren einander erst zweimal begegnet – das erste Mal, als es um die Frage der finanziellen Unterstützung der Ausgrabungen ging, dann noch einmal, als in New York eine Ausstellung von Funden aus der Zeit des Königs Salomo eröffnet worden war. Zu behaupten, dass sie einander leiden konnten, wäre übertrieben gewesen. Es war wohl eher so, dass jeder den anderen als notwendiges Übel betrachtete.

»Sie haben es also geschafft«, sagte John Kaun dann und ließ dabei seinen Blick über die Gegend schweifen. Es war faszinierend, ihm dabei zuzusehen – man hatte den Eindruck, dass diese Augen imstande waren, die zur Verfügung stehenden optischen Informationen buchstäblich anzusaugen, die Umgebung förmlich leer zu schauen. Man erwartete, dass die Berge sich diesen Augen entgegenwölbten oder dass die Farbe aus ihnen schwand, irgendetwas in der Art. »Sie haben etwas gefunden, das mehr sein wird als eine Fußnote in einem archäologischen Lexikon.«

»So sieht es aus«, nickte Charles Wilford-Smith.

»Heinrich Schliemann hat Troja gefunden. John Carter das Grab des Tut-Ench-Amun. Und Charles Wilford-Smith …« Zum ersten Mal schimmerten hinter der Maske des Mächtigen menschliche Regungen hindurch. »Ich muss gestehen, dass ich es kaum erwarten kann«, erklärte er. »Den ganzen Flug über habe ich an nichts anderes gedacht.«

Charles Wilford-Smith wies einladend in Richtung Zelt, das einmal ein Ausrüstungsgegenstand der britischen Armee gewesen war. »Was immer Sie sich vorgestellt haben«, sagte er dabei, »die Wirklichkeit übertrifft es.«

Gibt es ein Video von Jesus Christus?

Andreas Eschbach
DAS JESUS-VIDEO
Thriller
704 Seiten
ISBN 978-3-404-17035-7

Bei archäologischen Ausgrabungen in Israel findet der Student Stephen Foxx in einem 2000 Jahre alten Grab die Bedienungsanleitung einer Videokamera, die erst in einigen Jahren auf den Markt kommen soll. Es gibt nur eine Erklärung: Jemand muss versucht haben, Aufnahmen von Jesus Christus zu machen! Der Tote im Grab wäre demnach ein Mann aus der Zukunft, der in die Vergangenheit reiste – und irgendwo in Israel wartet das Jesus-Video darauf, gefunden zu werden. Oder ist alles nur ein großangelegter Schwindel? Eine atemberaubende Jagd zwischen Archäologen, Vatikan, den Medien und Geheimdiensten beginnt ...

Bastei Lübbe

Was, wenn der Staat seine Bürger nicht mehr schützen kann? Muss es dann nicht jemand anderes tun?

Andreas Eschbach
TODESENGEL
Roman
544 Seiten
ISBN 978-3-7857-2481-1

Ein strahlend weißer Racheengel geht um in der Stadt, heißt es, der überall dort auftaucht, wo Unschuldige in Gefahr sind, und diejenigen, die ihnen Gewalt antun, brutal bestraft: Ist das wirklich nur die Schutzbehauptung eines alten Mannes, der Selbstjustiz geübt hat?
Ein Journalist deckt auf: Es gibt diese Gestalt tatsächlich er kann es beweisen. Und damit nimmt das Verhängnis seinen Lauf

Selbstjustiz versus staatliches Gewaltmonopol ein spannender Roman um ein kontroverses Thema von Bestsellerautor Andreas Eschbach

Bastei Lübbe